JOHN LE CARRÉ
DER NACHT-MANAGER

JOHN
LE CARRÉ

DER NACHT-
MANAGER

ROMAN

AUS DEM
ENGLISCHEN VON
WERNER SCHMITZ

KIEPENHEUER
& WITSCH

Titel der Originalausgabe: *The Night Manager*

Aus dem Englischen von Werner Schmitz

Umschlaggestaltung: Kalle Giese, Overath
Satz: Kalle Giese Grafik, Overath
Druck und Bindearbeiten: Mohndruck, Gütersloh
ISBN 3-462-02277-6

Zur Erinnerung an Graham Goodwin

I

An einem schneegepeitschten Abend im Januar 1991 verließ Jonathan Pine, der englische Nacht-Manager des Palasthotels Meister in Zürich, seinen Platz hinter dem Empfangstisch und bezog, erfüllt von ihm bis dahin unbekannten Gefühlen, seinen Posten im Foyer, um im Namen seines Hotels einen vornehmen späten Gast willkommen zu heißen. Der Golfkrieg hatte gerade angefangen. Den ganzen Tag lang hatten die vom Personal diskret übermittelten Meldungen von den Bombenangriffen der Alliierten an der Zürcher Börse für Unruhe gesorgt. Die im Januar ohnehin nur spärlichen Zimmerreservierungen waren auf einem alarmierenden Tiefstand angelangt. Wieder einmal in ihrer langen Geschichte befand sich die Schweiz im Belagerungszustand.
Aber das Palasthotel Meister war der Herausforderung gewachsen. Von Taxifahrern und Stammgästen liebevoll das Meister genannt, herrschte dieses Hotel mit seiner Erscheinung und seiner Tradition allein über ganz Zürich; wie eine gesetzte Tante aus der Zeit King Edwards blickte es vom Gipfel seines Hügels hinab auf die Torheiten des hektischen Stadtlebens. Je mehr sich unten im Tal änderte, desto mehr Zurückhaltung übte das Meister, unbeugsam in seinen Maßstäben, eine Bastion kultivierten Stils in einer Welt, die fest entschlossen war, zum Teufel zu gehen.
Jonathan hatte sich in einer kleinen Nische zwischen den bei-

den eleganten Schaukästen mit Damenmode postiert. Adèle aus der Bahnhofsstraße hatte eine Zobelstola ausgestellt, die auf einer ansonsten bloß mit einem goldenen Bikiniunterteil und einem Paar Korallenohrringen bekleideten Schaufensterpuppe dekoriert war; Preis auf Anfrage beim Portier. Der Protest gegen die Verwendung von Tierpelzen äußert sich in Zürich genauso lautstark wie in anderen Städten der westlichen Welt, aber von derlei pflegt das Palasthotel Meister nicht die geringste Notiz zu nehmen. Der zweite Schaukasten – von César, ebenfalls aus der Bahnhofsstraße – wandte sich lieber an den arabischen Geschmack, und zwar mit einem Tableau phantastisch bestickter Gewänder und diamantbesetzter Turbane und Armbanduhren zu sechzigtausend Franken das Stück. Flankiert von diesen Schreinen des Luxuslebens, konnte Jonathan die Pendeltüren scharf im Auge behalten.

Er war kompakt gebaut, wirkte aber eher zurückhaltend; sein schüchternes Lächeln diente dem Selbstschutz. Sogar seine englische Staatsangehörigkeit war ein wohlgehütetes Geheimnis. Er war ein gewandter Mann in den besten Jahren. Ein Matrose hätte in ihm vielleicht einen Kollegen erkannt, wegen der bewußten Sparsamkeit seiner Bewegungen und der umsichtigen Art, wie er die Füße setzte, eine Hand immer am Boot. Er hatte kurzes gelocktes Haar, eine schwere Boxerstirn und erstaunlich blasse Augen. Man erwartete mehr Aggressivität von ihm, dunklere Schattierungen.

Dieses sanfte Wesen, kombiniert mit seiner Boxerfigur, verlieh ihm eine beunruhigende Intensität. Kein Gast des Hotels konnte ihn je mit irgend jemand anderem verwechseln: weder mit Herrn Strippli, dem cremeblonden Geschäftsführer, noch mit einem von Herrn Meisters überheblichen jungen Deutschen, die auf dem Weg zum Starruhm irgendwo anders wie Götter durch das Haus stolzierten. Jonathan war der vollendete Hotelier. Man fragte sich nicht, wer wohl seine Eltern wären oder ob er Musik hörte, ob er eine Frau und Kinder und einen Hund hätte. Der Blick, mit dem er die Tür im Auge behielt,

glich dem eines Scharfschützen. Er trug eine Nelke im Knopfloch. Wie immer abends.
Der Schnee war selbst für diese Jahreszeit außergewöhnlich. In dicken Schwaden fegte er über den erleuchteten Vorplatz, wie schäumende Wogen in einem Unwetter. Die für den hohen Gast in Alarmbereitschaft versetzten Lakaien starrten erwartungsvoll in den Schneesturm hinaus. Roper wird es nicht schaffen, dachte Jonathan. Selbst wenn seine Maschine Starterlaubnis bekommen hat, eine Landung bei dem Wetter ist ausgeschlossen. Herr Kaspar muß das falsch verstanden haben.
Herr Kaspar, der Chefportier, hatte noch nie in seinem Leben etwas falsch verstanden. Wenn Herr Kaspar »Eintreffen erwartet« über den Hauslautsprecher hauchte, konnte nur ein geborener Optimist auf den Gedanken kommen, das Flugzeug des Gastes sei umgeleitet worden. Im übrigen, wieso sollte Herr Kaspar um diese Zeit das Kommando führen, wenn nicht wegen eines zahlungskräftigen Kunden? Frau Loring hatte Jonathan einmal erzählt, früher hätte man Herrn Kaspar für zwei Franken als Schläger und für fünf als Mörder dingen können. Doch im Alter ändert man sich. Heutzutage vermochte nur die Aussicht auf besonders reiche Beute Herrn Kaspar vom abendlichen Fernsehvergnügen wegzulocken.
Das Hotel ist leider ausgebucht, Mr. Roper, probte Jonathan noch einmal seinen Text, in einem allerletzten Versuch, das Unvermeidliche abzuwenden. *Herr Meister ist untröstlich. Eine Aushilfskraft hat einen unverzeihlichen Fehler begangen. Es ist uns jedoch gelungen, Ihnen Zimmer im Baur au Lac zu besorgen,* und so weiter. Aber auch dieser Wunschtraum platzte. Es gab heute nacht in ganz Europa kein Hotel, das mehr als fünfzig Gäste hatte. Alle Reichen dieser Erde blieben tapfer am Boden, mit einer Ausnahme: Richard Onslow Roper, Geschäftsmann aus Nassau auf den Bahamas.
Jonathans Hände verkrampften sich, und instinktiv zuckte er mit den Ellbogen, als müßte er sich auf einen Kampf vorbereiten. Ein Auto, dem Kühler nach ein Mercedes, war auf den

Vorplatz eingebogen, die Strahlen der Scheinwerfer im Schneetreiben kaum sichtbar. Jonathan sah, wie Herr Kaspar sein Senatorenhaupt hob, der Schein des Kronleuchters auf die pomadisierten Strähnen fiel. Aber der Wagen hielt am anderen Ende des Vorplatzes. Ein Taxi, bloß ein Stadttaxi, ein Niemand. Herr Kaspar senkte den Kopf, der jetzt wie Acryl schimmerte, und wandte sich wieder dem Studium der Börsenschlußkurse zu. Vor Erleichterung gestattete sich Jonathan ein gespenstisch wissendes Lächeln. Die Perücke, die unverwüstliche Perükke: Herrn Kaspars hundertundvierzigtausend Franken teurer Schopf, der Stolz des klassischen Schweizer Portiers. Frau Loring nannte die Perücke Herrn Kaspars Wilhelm Tell; denn diese Perücke hatte es gewagt, sich gegen die millionenschwere Despotin Madame Archetti aufzulehnen.

Vielleicht, um seine Gedanken zu sammeln, die ihn in allzu viele Richtungen rissen, vielleicht auch, weil er in der Geschichte irgendeinen versteckten Bezug auf sein Dilemma vermutete, rekapitulierte Jonathan sie noch einmal *ganz* genau so, wie sie ihm von Frau Loring, der Wirtschaftsleiterin, erzählt worden war, als diese ihm in ihrer Dachstube zum erstenmal Käsefondue gemacht hatte. Frau Loring war fünfundsiebzig und stammte aus Hamburg. Sie war Herrn Meisters Kindermädchen gewesen und, Gerüchten zufolge, die Geliebte seines Vaters. Jetzt war sie die Bewahrerin der Perückenlegende, ihr lebender Beweis.

»Madame Archetti war damals die reichste Frau von Europa, *junger* Herr Jonathan«, erklärte Frau Loring, als hätte sie auch mit Jonathans Vater geschlafen. »Alle Hotels der Welt waren hinter ihr her. Aber zu Meister kam sie am liebsten, bis Kaspar sich ihr widersetzte. Danach, nun ja, kam sie immer noch, aber nur, um gesehen zu werden.«

Madame Archetti war Erbin des Archetti-Supermarkt-Vermögens, erklärte Frau Loring. Madame Archetti lebte von den Zinsen der Zinsen. Und nun, mit über fünfzig, machte es ihr Spaß, in ihrem offenen englischen Sportwagen mit ihren Angestellten und einem Lastwagen voller Garderobe im Schlepp-

tau die großen Hotels Europas zu bereisen. Von den Vier Jahreszeiten in Hamburg über das Cipriani in Venedig bis zur Villa d'Este am Comer See kannte sie jeden Portier und Oberkellner mit Namen. Sie verschrieb ihnen Diäten und Kräutermittel und informierte sie über ihre Horoskope. Und gab ihnen geradezu schwindelerregende Trinkgelder, vorausgesetzt, sie genossen ihre Gunst.
Und Gunst genoß Herr Kaspar jede Menge, sagte Frau Loring. Er genoß sie in Höhe von zwanzigtausend Schweizer Franken bei jedem ihrer jährlichen Besuche, ganz zu schweigen von Quacksalber-Haarwuchsmitteln, magischen Steinen, die er sich gegen sein Ischiasleiden unters Kopfkissen legen sollte, und zu Weihnachten und zu den Feiertagen irgendwelcher Heiliger pfundweise Beluga-Kaviar, den Herr Kaspar dank einer Abmachung mit einem bekannten Restaurant in der Stadt diskret in Bargeld umwandelte. All dies für die Beschaffung einiger Theaterkarten und ein paar Tischreservierungen, an denen er natürlich die übliche Provision verdiente. Und dafür, daß er jene frommen Signale der Ergebenheit ausstrahlte, deren Madame Archetti für ihre Rolle als Herrin im Dienstbotenreich bedurfte.
Bis zu dem Tag, an dem Herr Kaspar seine Perücke kaufte.
Er kaufte sie nicht unbesonnen, sagte Frau Loring. Zuvor kaufte er Land in Texas, durch Vermittlung eines im Ölgeschäft tätigen Gastes des Meisters. Die Investition zahlte sich aus, er machte Gewinn. Erst dann kam er zu dem Schluß, daß er wie seine Gönnerin eine Lebensstufe erreicht hatte, die ihm das Recht gab, einige seiner fortschreitenden Jahre abzulegen. Nach monatelangen Messungen und Diskussionen war das Ding fertig – eine phänomenale Perücke, ein Wunderwerk an kunstvoll nachgeahmter Haarpracht. Um sie auszuprobieren, nutzte er seinen jährlichen Urlaub auf Mykonos und tauchte dann eines Montag morgens im September wieder hinter seinem Empfangstisch auf, gebräunt und fünfzehn Jahre jünger, solange man ihn nicht von oben sah.
Und das tat niemand, sagte Frau Loring. Oder wenn doch,

sprach ihn jedenfalls niemand darauf an. Erstaunlich, aber wahr: Kein Mensch erwähnte die Perücke. Weder Frau Loring noch André, der damalige Pianist des Hauses, noch Brandt, der Vorgänger von Maître Berri im Speisesaal, noch Herr Meister senior, der doch sonst stets ein scharfes Auge auf Abweichungen in der äußeren Erscheinung seiner Angestellten hatte. Das ganze Hotel war stillschweigend übereingekommen, am Glanz von Herrn Kaspars Verjüngung teilzuhaben. Frau Loring selbst riskierte Kopf und Kragen mit einem tief ausgeschnittenen Sommerkleid und einem Paar Strümpfe mit Zickzacknähten. Und alles ging seinen glücklichen Gang – bis zu dem Abend, an dem Madame Archetti zu ihrem üblichen einmonatigen Aufenthalt eintraf und die Hotelfamilie sich wie jedes Jahr im Foyer aufstellte, um sie zu begrüßen: Frau Loring, Maître Brandt, André und Herr Meister senior, der darauf wartete, sie persönlich in die Turmsuite zu geleiten.
Und an der Rezeption Herr Kaspar mit seiner Perücke.
Zunächst, erzählte Frau Loring, habe Madame Archetti es sich verkniffen, von der Veränderung ihres Günstlings Notiz zu nehmen. Als sie an ihm vorbeirauschte, warf sie ihm ein Lächeln zu, aber es war das Lächeln einer Prinzessin auf ihrem ersten Ball, das allen Anwesenden zugleich gewidmet war. Sie ließ sich von Herrn Meister auf beide Wangen küssen, von Maître Brandt auf eine. Frau Loring bekam ein Lächeln. Dann schlang sie behutsam die Arme um die schmalen Schultern des Pianisten André, der *»Madame«* schnurrte. Erst dann trat sie auf Herrn Kaspar zu.
»Was haben wir da auf dem Kopf, Kaspar?«
»Haar, Madame.«
»Wessen Haar, Kaspar?«
»Es ist meins«, erwiderte Herr Kaspar mit Würde.
»Nehmen Sie's ab«, befahl Madame Archetti. »Oder Sie können keinen Penny mehr von mir erwarten.«
»Ich kann es nicht abnehmen, Madame. Es gehört mir. Mein Haar ist Teil meiner Persönlichkeit.«
»Dann entfernen Sie diesen Teil, Kaspar. Nicht jetzt, das ist zu

kompliziert, aber bis morgen früh. Sonst gibt es nichts. Was haben Sie für Theaterkarten für mich?«
»*Othello*, Madame.«
»Ich werde Sie mir morgen früh ansehen. Wer spielt ihn?«
»Leiser, Madame. Der beste Mohr, den wir haben.«
»Wir werden sehen.«
Pünktlich um acht am nächsten Morgen erschien Herr Kaspar wieder zum Dienst, die gekreuzten Amtsschlüssel auf den Jakkenaufschlägen wie Tapferkeitsorden. Und auf dem Kopf triumphal das Symbol seiner Unbotmäßigkeit. Den ganzen Morgen herrschte ein bedenkliches Schweigen im Foyer. Die Hotelgäste spürten die bevorstehende Explosion, wie die berühmten Gänse von Freiburg, meinte Frau Loring, auch wenn sie den Grund dafür nicht kannten. Mittags tauchte zur gewohnten Stunde Madame Archetti aus der Turmsuite auf und stieg am Arm ihres derzeitigen Verehrers, eines aufstrebenden jungen Herrenfriseurs aus Graz, die Treppe hinunter.
»Aber wo ist denn Herr Kaspar heute morgen?« fragte sie vage in Herrn Kaspars Richtung.
»Er steht hinter der Rezeption und ist Ihnen wie stets zu Diensten, Madame«, erwiderte Herr Kaspar mit einer Stimme, die denen, die sie hörten, für alle Zeiten als Fanal der Freiheit im Gedächtnis bleiben sollte. »Er hat die Karten für den Mohren besorgt.«
»Ich sehe keinen Herrn Kaspar«, teilte Madame Archetti ihrem Begleiter mit. »Ich sehe nur Haare. Sagen Sie ihm bitte, daß wir ihn in seiner Unsichtbarkeit vermissen werden.«
»Das war für ihn das Fanal«, pflegte Frau Loring ihre Geschichte zu beenden. »Von dem Augenblick an, da diese Frau das Hotel betreten hatte, konnte Herr Kaspar seinem Schicksal nicht mehr entrinnen.«
Und heute abend, das ist mein Fanal, dachte Jonathan, während er den schlimmsten Mann der Welt erwartete.

Jonathan machte sich Sorgen wegen seiner Hände, die wie eh und je makellos waren, seit man seine Fingernägel auf der Militärakademie gelegentlichen Stichprobenkontrollen unterzogen hatte. Anfangs hatte er die Hände in der Haltung, die man ihm auf dem Exerzierplatz eingehämmert hatte, an die bestickten Nähte seiner Hose gelegt. Nun aber hatten sie sich, ohne daß er es gemerkt hatte, auf seinem Rücken verschränkt und hielten krampfhaft ein Taschentuch fest, denn ihm war qualvoll bewußt, daß seine Handflächen Schweiß absonderten.

Er verlegte seine Unruhe in ein Lächeln und überprüfte es in den Spiegeln, die sich rechts und links von ihm befanden. Es war das Lächeln huldvoller Begrüßung, daß er sich während seiner langen Berufsjahre angeeignet hatte: ein gewinnendes, aber auch weise zurückhaltendes Lächeln, denn er wußte aus Erfahrung, daß Gäste, vor allem sehr reiche Gäste, nach einer strapaziösen Reise leicht reizbar sein konnten und bei ihrer Ankunft nichts weniger erwarteten als einen Nacht-Manager, der sie angrinste wie ein Schimpanse.

Das Lächeln, stellte er fest, war noch an seinem Platz. Der Ekel hatte es nicht vertrieben. Die selbstgebundene Krawatte, ein Signal an die besseren Gäste, saß angenehm leger. Sein Haar konnte sich zwar nicht mit dem von Herrn Kaspar messen, gehörte aber wenigstens ihm selbst und lag so ordentlich und glatt wie immer.

Das ist ein anderer Roper, verkündete er in Gedanken. *Die ganze Sache ist ein totales Mißverständnis. Hat überhaupt nichts mit ihr zu tun. Es gibt zwei, beide sind Geschäftsleute, beide wohnen in Nassau.* Aber diese fixe Idee verfolgte Jonathan schon, seit er am Nachmittag um halb sechs seinen Dienst angetreten hatte. Im Büro hatte er Herrn Stripplis Liste mit den für diesen Abend erwarteten Gästen achtlos in die Hand genommen, und plötzlich war ihm der Name Roper in elektronischen Großbuchstaben von dem Computerausdruck ins Gesicht gesprungen.

Roper R. O., sechzehn Personen, mit Privatjet aus Athen, Eintreffen für 21 Uhr 30 erwartet, dahinter Herrn Stripplis hysterische Anmerkung: »VVIP!« Jonathan holte sich die Public-Relations-Datei auf den Bildschirm. Roper R. O., und danach die Buchstaben OBG, die spröde hausinterne Abkürzung für Bodyguard, wobei das O für »offiziell« stand, und offiziell bedeutete: Genehmigung der Schweizer Bundesbehörden zum Tragen einer Schußwaffe. Roper, OBG, Geschäftsadresse Ironbrand Land, Ore & Precious Metals Company, Nassau, Privatadresse ein Postfach in Nassau, Kreditbürgschaft durch die Zürcher Bank Soundso. Wie viele Ropers mit dem Vornamen R. und einer Firma namens Ironbrand mochte es auf der Welt wohl geben? Wie viele Zufälle hatte Gott wohl sonst noch im Ärmel?

»Wer in aller Welt ist R. O. Roper, wenn er zu Hause ist?« fragte Jonathan Herrn Strippli auf deutsch, während er so tat, als sei er mit ganz anderen Dingen beschäftigt.

»Er ist Brite, genau wie Sie.«

Strippli hatte die aufreizende Angewohnheit, ihm auf englisch zu antworten, obwohl Jonathans Deutsch besser war.

»Überhaupt nicht wie ich. Er wohnt in Nassau, handelt mit Edelmetallen, hat Bankkonten in der Schweiz: Wo ist da die Ähnlichkeit?« Nach Monaten des Aneinandergekettetseins hatten ihre Streitereien etwas von der Kleinlichkeit zwischen Eheleuten bekommen.

»Jedenfalls ist Mr. Roper ein sehr wichtiger Gast«, gab Strippli mit seinem langsamen Singsang zurück, während er angesichts des Schneetreibens draußen den Gürtel seines Ledermantels zuschnallte. »Bei uns ist er die Nummer fünf der am besten zahlenden Privatleute und die Nummer eins der Engländer. Als seine Gruppe das letztemal hier war, hat er im Durchschnitt einundzwanzigtausend und siebenhundert Schweizer Franken pro Tag ausgegeben, *plus* Trinkgeld.«

Jonathan hörte das klitschige Stottern von Herrn Stripplis Motorrad, als dieser trotz des Schnees auf dem Weg zu seiner Mutter den Hügel hinuntertuckerte. Er saß eine Zeitlang hinter seinem Tisch und verbarg den Kopf in den kleinen Händen wie jemand, der einen Luftangriff erwartet. Immer mit der Ruhe, sagte er sich. Roper läßt sich Zeit, das kannst du auch.

Also richtete er sich wieder auf und wandte seine Aufmerksamkeit mit der gelassenen Miene eines Mannes, der sich Zeit läßt, der eingegangenen Post zu. Ein Stuttgarter Textilfabrikant erhob Einspruch gegen die Rechnung für seine Weihnachtsparty. Jonathan entwarf eine bissige Antwort, die Herr Meister nur noch zu unterschreiben brauchte. Eine nigerianische Werbeagentur fragte nach Räumlichkeiten für eine Konferenz. Jonathan antwortete, bedauerlicherweise sei alles ausgebucht.

Eine schöne und vornehme junge Französin namens Sybille, die mit ihrer Mutter im Hotel gewohnt hatte, beklagte sich ein weiteres Mal darüber, wie er mit ihr umgegangen sei. »Sie gehen mit mir segeln. Wir wandern in den Bergen. Wir haben schöne Tage. Sind Sie denn so englisch, daß wir nicht auch mehr als Freunde sein können? Sie sehen mich an, ich sehe einen Schatten auf Ihr Gesicht fallen, ich bin Ihnen widerwärtig.«

Er spürte das Bedürfnis nach Bewegung und beschloß, die Bauarbeiten im Nordflügel zu inspizieren, wo Herr Meister aus altem Zirbelkiefernholz, das vom Dach eines aufgegebenen Kleinods der Innenstadt gerettet worden war, einen Grillroom anlegen ließ. Niemand wußte, wozu Herr Meister einen Grillroom haben wollte, niemand konnte sich erinnern, wann er damit angefangen hatte. Die numerierten Holzteile lagen in Stapeln an der unverputzten Wand. Jonathan, der ihren moschusartigen Geruch wahrnahm, erinnerte sich, daß Sophies Haar an jenem Abend, als sie sein Büro im Queen Nefertiti Hotel in Kairo betrat, nach Vanille gerochen hatte.

Man konnte Herrn Meisters Baumaßnahmen keinen Vorwurf daraus machen. Seitdem Jonathan um halb sechs an diesem Abend Ropers Namen erblickt hatte, war er auf dem Weg nach Kairo.

Gesehen hatte er sie oft, aber nie mit ihr gesprochen: eine lässige, dunkelhaarige Schönheit von vierzig Jahren, schlank, elegant und distanziert. Sie war ihm aufgefallen, als sie durch die

Boutiquen des Nefertiti schlenderte oder wenn sie von einem muskulösen Chauffeur in einen kastanienbraunen Rolls Royce geleitet wurde. Wenn sie im Foyer umherging, übernahm der Chauffeur die Rolle des Leibwächters und schlich, die Hände vor den Eiern gekreuzt, hinter ihr her. Wenn sie, die Sonnenbrille ins Haar geschoben wie eine Fahrerbrille und ihre französische Zeitung auf Armeslänge vor sich, im Restaurant Le Pavillon eine *menthe frappée* trank, nippte der Chauffeur am Nebentisch ein Glas Selters. Das Personal nannte sie Madame Sophie, und Madame Sophie gehörte Freddie Hamid, und Freddie war der jüngste der drei unsympathischen Hamid-Brüder, die zusammen einen beträchtlichen Teil von Kairo besaßen, darunter auch das Queen Nefertiti Hotel. Freddie hatte einmal beim Bakkarat innerhalb von zehn Minuten eine halbe Million Dollar verloren; es war das Größte, was er bis zu seinem fündundzwanzigsten Lebensjahr vollbracht hatte.

»Sie sind Mr. Pine«, sagte sie mit leicht französischem Akzent und setzte sich in den Sessel vor seinem Schreibtisch. Dann bog sie den Kopf nach hinten und musterte ihn von unten: »Die Zierde Englands.«

Es war drei Uhr morgens. Sie trug einen seidenen Hosenanzug und um den Hals ein Topas-Amulett. Wahrscheinlich sturzbetrunken, befand er: also Vorsicht.

»Ich danke Ihnen«, gab er gewandt zurück. »Das hat schon lange niemand mehr zu mir gesagt. Was kann ich für Sie tun?«

Doch als er diskret um sie herumschnüffelte, roch er bloß ihr Haar. Und das Rätselhafte an diesen glänzend schwarzen Haaren war, daß sie einen blonden Duft verströmten: warm und nach Vanille.

»Und ich bin Madame Sophie aus Penthouse Nummer 3«, fuhr sie fort, wie um sich selbst daran zu erinnern. »Ich habe Sie oft gesehen, Mr. Pine. Sehr oft. Sie haben einen entschlossenen Blick.«

Die Ringe an ihren Fingern antik. Trauben wolkiger Diamanten, die in Mattgold gefaßt waren.

»Und ich habe *Sie* gesehen«, erwiderte er mit seinem allzeit bereiten Lächeln.
»Sie *segeln* auch«, sagte sie, als hielte sie ihm eine amüsante Verfehlung vor. Das *auch* war ein Rätsel, das sie nicht erklärte. »Mein Beschützer hat mich vorigen Sonntag zum Kairoer Jachtclub begleitet. Während wir dort Champagnercocktails tranken, lief Ihr Schiff ein. Freddie hat Sie erkannt und Ihnen gewinkt, aber Sie waren zu sehr mit der Navigation beschäftigt, um uns zu bemerken.«
»Ich nehme an, wir hatten Angst, den Steg zu rammen«, sagte Jonathan, der sich an eine lärmende Bande reicher Ägypter erinnerte, die auf der Clubveranda Champagner stemmten.
»Ein hübsches blaues Boot mit englischer Flagge. Gehört es Ihnen? Es sah so königlich aus.«
»Du meine Güte, nein! Es gehört dem Gesandten.«
»Mit so einem hohen Tier gehen Sie segeln?«
»Nun, er ist der zweite Mann in der Britischen Botschaft.«
»Er sah so jung aus. Sie beide. Ich war beeindruckt. Irgendwie hatte ich mir vorgestellt, daß Leute, die nachts arbeiten, krank sein müßten. Wann schlafen Sie denn?«
»Das war mein freies Wochenende«, gab Jonathan rasch zurück, denn in diesem Frühstadium ihrer Bekanntschaft gedachte er nicht, seine Schlafgewohnheiten zu erörtern.
»Gehen Sie immer an Ihren freien Wochenenden segeln?«
»Wenn man mich einlädt.«
»Was tun Sie sonst an Ihren freien Wochenenden?«
»Ein bißchen Tennis spielen. Ein bißchen laufen. Über meine unsterbliche Seele nachdenken.«
»*Ist* sie unsterblich?«
»Ich hoffe es.«
»Glauben Sie es?«
»Wenn ich glücklich bin.«
»Und wenn Sie unglücklich sind, bezweifeln Sie es. Kein Wunder, daß Gott so launenhaft ist. Warum sollte Er beständig sein, wenn wir so ungläubig sind?«
Sie sah tadelnd auf ihre goldenen Sandalen hinab, als ob auch

die sich schlecht benommen hätten. Jonathan fragte sich, ob sie vielleicht doch nüchtern sei und lediglich in einem anderen Rhythmus lebte als die Welt um sie herum. Oder womöglich nimmt sie Freddies Drogen, dachte er: denn es gab Gerüchte, daß die Hamids mit libanesischem Haschischöl handelten.

»Können Sie reiten?« fragte sie.

»Leider nein.«

»Freddie hat Pferde.«

»Ich habe davon gehört.«

»Araber. Prachtvolle Araber. Leute, die Araber züchten, sind eine internationale Elite, wußten Sie das?«

»Ich habe davon gehört.«

Sie erlaubte sich eine Denkpause, die Jonathan sich zunutze machte:

»Kann ich irgend etwas für Sie tun, Madame Sophie?«

»Und dieser Gesandte, dieser Mister –«

»Ogilvey.«

»*Sir* Dingsbums Ogilvey?«

»Nur Mister.«

»Ist er ein Freund von Ihnen?«

»Ein Segelfreund.«

»Sie waren zusammen in der Schule?«

»Nein, auf einer solchen Schule war ich nicht.«

»Aber sie gehören doch derselben Klasse an, oder wie man das nennt? Vielleicht züchten Sie keine Araber, aber Sie sind doch beide – nun, mein Gott, wie sagt man? – beide Gentlemen?«

»Mr. Ogilvey und ich sind Segelkameraden«, erwiderte er mit seinem ausweichendsten Lächeln.

»Freddie hat auch eine Jacht. Ein schwimmendes Bordell. So sagt man doch?«

»Bestimmt nicht.«

»Bestimmt *doch*.«

Wieder machte sie eine Pause, während sie einen in Seide gehüllten Arm ausstreckte und die Unterseite der Armreifen an ihrem Handgelenk studierte. »Ich hätte gern eine Tasse Kaffee,

Mr. Pine. Ägyptischen. Und dann werde ich Sie um einen Gefallen bitten.«

Mahmud, der Nachtkellner, brachte Kaffee in einer Kupferkanne und schenkte feierlich zwei Tassen ein. Bevor Freddie auftauchte, hatte sie einem reichen Armenier gehört, erinnerte sich Jonathan, und davor einem Griechen aus Alexandria, der, mit dubiosen Konzessionen ausgestattet, am ganzen Nil Geschäfte machte. Freddie hatte sie förmlich belagert, hatte sie zu den unmöglichsten Zeiten mit Orchideensträußen bombardiert und in seinem Ferrari vor ihrer Suite übernachtet. Die Klatschkolumnisten hatten, wenn auch vorsichtig, darüber geschrieben. Der Armenier hatte die Stadt verlassen.

Sie versuchte sich eine Zigarette anzuzünden, aber ihre Hand zitterte. Er hielt ihr das Feuerzeug hin. Sie schloß die Augen und inhalierte. An ihrem Hals zeigten sich Altersfalten. Und Freddie Hamid gerade mal fünfundzwanzig, dachte Jonathan. Er legte das Feuerzeug auf den Schreibtisch.

»Auch ich bin Britin, Mr. Pine«, bemerkte sie, als sei dies etwas, was sie beide bekümmerte. »Als ich noch jung und prinzipienlos war, habe ich einen Ihrer Landsleute geheiratet, um an seinen Paß zu kommen. Wie sich herausstellte, liebte er mich sehr. Ein grundanständiger Kerl. Kein Mensch ist besser als ein guter Engländer, und niemand ist schlechter als ein schlechter. Ich habe Sie beobachtet. Ich denke, Sie sind ein guter Engländer. Mr. Pine, kennen Sie Richard Roper?«

»Leider nein.«

»Aber sie müssen ihn kennen. Er ist berühmt. Er ist schön. Ein fünzigjähriger Apoll. Er züchtet Pferde, genau wie Freddie. Die beiden reden sogar davon, gemeinsam ein Gestüt aufzumachen. Mr. Richard Onslow Roper, einer Ihrer berühmten internationalen Unternehmer. Also.«

»Bedaure, der Name sagt mir nichts.«

»Aber Dicky Roper macht in Kairo viele Geschäfte! Er ist Engländer, wie Sie, sehr charmant, reich, bezaubernd, redegewandt. Fast zu redegewandt für uns schlichte Araber. Er besitzt eine herrliche Motorjacht, *doppelt* so groß wie die von Freddie! Wie können Sie ihn nicht kennen. Sie sind doch auch ein Segler? Natürlich kennen Sie ihn. Sie machen mir was vor, das sehe ich.«

»Vielleicht hat er es nicht nötig, in Hotels zu wohnen, wenn er so eine herrliche Motorjacht hat. Ich lese nicht genug Zeitung. Bin nicht auf dem laufenden. Bedaure.«

Aber Madame Sophie fand das nicht bedauerlich; sondern beruhigend. Die Erleichterung war ihr anzusehen: Ihr Gesicht hellte sich auf, und sie griff nun entschlossen nach ihrer Handtasche.

»Ich möchte, daß Sie mir ein paar persönliche Dokumente kopieren, bitte.«

»Nun, für so etwas haben wir auf der anderen Seite des Foyers ein Servicebüro, Madame Sophie«, sagte Jonathan. »Wenden Sie sich an Mr. Ahmadi, der hat dort meistens Nachtdienst.« Er wollte schon zum Telefon greifen, aber ihre Stimme hielt ihn davon ab.

»Es sind vertrauliche Dokumente, Mr. Pine.«

»Mr. Ahmadi ist absolut zuverlässig.«

»Danke, aber es wäre mir lieber, wir beide könnten das selber machen«, gab sie zurück und zeigte mit den Augen auf das Kopiergerät, das in der Ecke auf seinem Rolltisch stand. Ihm war klar, daß sie es auf ihren Gängen durchs Foyer bemerkt hatte, wie sie ihn bemerkt hatte. Sie zog einen Packen weißer Papiere aus der Handtasche, gebündelt, aber nicht gefaltet, und schob sie ihm, die beringten Finger steif gespreizt, über den Schreibtisch zu.

»Der Apparat ist leider nur sehr *klein*, Madame Sophie«, erklärte Jonathan und stand auf. »Sie werden selbst Hand anlegen müssen. Darf ich es Ihnen zeigen und Sie dann allein lassen?«

»Wir werden gemeinsam Hand anlegen, bitte«, sagte sie mit einer Anzüglichkeit, die von ihrer Spannung herrührte.

»Aber wenn es sich um vertrauliche Papiere handelt –«

»Bitte, Sie müssen mir helfen. Ich bin technisch so unbegabt. Ich bin ganz außer mir.« Sie nahm ihre Zigarette aus dem

Aschenbecher und inhalierte. Ihre weit aufgerissenen Augen schienen schockiert über ihr Tun. »Machen Sie das bitte«, verlangte sie.

Also machte er es.

Er schaltete das Gerät ein, legte die Briefe ein – alle achtzehn – und überflog sie, wenn sie wieder auftauchten. Er tat das nicht bewußt. Aber er versuchte auch nicht bewußt, es zu unterlassen. Die Fähigkeit zu beobachten war ihm in Fleisch und Blut übergegangen.

Von Ironbrand Land, Ore & Precious Metals Company, Nassau, an Hamid InterArab Trading Company, Kairo, Eingangsdatum 12. August. Hamid InterArab an Ironbrand, Ausgang, Hochachtungsvoll.

Noch mal Ironbrand an Hamid InterArab, es ging um irgendwelche Waren und die Posten vier bis sieben auf unserer Warenliste, Endabnehmer Angelegenheit der Hamid InterArab, Einladung zum Essen auf der Jacht.

Die Briefe von Ironbrand unterzeichnet mit einem knappen Schnörkel, wie ein Monogramm auf einer Hemdtasche. Die InterArab-Kopien ohne Unterschrift, nur der Name Said Abu Hamid in überdimensionalen Großbuchstaben unter der leeren Stelle.

Dann sah Jonathan die Warenliste, und sein Blut tat, was immer Blut tun mag, wenn es einem heiß den Rücken herunterläuft und man sich Sorgen macht, wie sich wohl die eigene Stimme anhören wird, wenn man jetzt etwas sagt: ein normaler Briefbogen, ohne Unterschrift, ohne Herkunftsbezeichnung; überschrieben: »Lieferbares Angebot, Stand 1. Oktober 1990.« Die Posten ein Lexikon des Teufels aus Jonathans nie ruhender Vergangenheit.

»Sind Sie sicher, daß eine Kopie reicht?« fragte er mit jener besonderen Unbekümmertheit, die er in kritischen Momenten stets aufbrachte, so wie man unter Beschuß einen besonders scharfen Blick bekommt.

Einen Ellbogen in die Hand gestützt, stand sie da und sah ihm rauchend zu.

»Sie haben Erfahrung«, sagte sie. Worin, sagte sie nicht.
»Nun, es ist nicht sehr kompliziert, wenn man es einmal raus hat. Solange es keinen Papierstau gibt.«
Er legte die Originale auf einen Stapel, die Fotokopien auf einen anderen. Das Denken hatte er eingestellt. Hätte er einen Leichnam aufbahren müssen, dann hätte er seinen Kopf genauso abgeschaltet. Er drehte sich zu ihr um und sagte betont lässig, mit einer Kühnheit, die er keineswegs empfand: »Fertig.«
»Von einem guten Hotel kann man alles verlangen«, meinte sie. »Sie haben doch sicher einen passenden Umschlag?«
Umschläge lagen in der dritten Schublade seines Schreibtischs, links. Er nahm einen gelben, DIN A4, und schob ihn über den Tisch, aber sie ließ ihn dort liegen.
»Bitte stecken Sie die Kopien in den Umschlag. Dann verschließen Sie ihn sorgfältig und legen ihn in Ihren Safe. Vielleicht sollten Sie Klebeband nehmen. Ja, kleben Sie ihn zu. Eine Quittung ist nicht nötig. Vielen Dank.«
Für abschlägige Antworten hatte Jonathan ein besonders warmes Lächeln. »Leider dürfen wir von Gästen nichts zur Aufbewahrung annehmen, Madame Sophie. Selbst von Ihnen nicht. Ich kann Ihnen ein Schließfach und einen eigenen Schlüssel geben. Mehr kann ich leider nicht tun.«
Während er sprach, stopfte sie die Originalbriefe bereits wieder in ihre Tasche. Sie ließ die Tasche zuschnappen und hängte sie sich über die Schulter.
»Seien Sie bei mir nicht so bürokratisch, Mr. Pine. Sie haben den Inhalt des Umschlags gesehen. Sie haben ihn verschlossen. Schreiben Sie Ihren Namen drauf. Die Briefe gehören jetzt Ihnen.«
Nie über seinen Gehorsam erstaunt, nahm Jonathan einen roten Filzstift vom Schreibtisch und schrieb in Großbuchstaben PINE auf den Umschlag.
Auf Ihre Verantwortung, sagte er stumm zu ihr. Ich habe Sie nicht darum gebeten. Ich habe Sie nicht dazu aufgefordert.
»Wie lange soll ich das hier aufbewahren, Madame Sophie?« erkundigte er sich.

»Vielleicht für immer, vielleicht nur bis morgen. Das ist nicht abzusehen. Wie eine Liebesgeschichte.« Die Koketterie verließ sie, und sie wurde zur Bittstellerin. »Das bleibt unter uns. Ja? Abgemacht? Ja?«
Er sagte: Ja. Er sagte: Selbstverständlich. Und bedeutete ihr mit einem Lächeln, er sei ein klein wenig erstaunt, daß diese Frage überhaupt erwähnt werden mußte.
»Mr. Pine.«
»Madame Sophie.«
»Denken Sie an Ihre unsterbliche Seele.«
»Ich denke daran.«
»Wir sind natürlich alle unsterblich. Aber falls sich ergeben sollte, daß ich es nicht bin, übergeben Sie diese Dokumente bitte Ihrem Freund Mr. Ogilvey. Kann ich mich darauf verlassen?«
»Gewiß, wenn Sie es so wünschen.«
Sie lächelte noch immer, war noch immer auf rätselhafte Weise nicht mit ihm in Einklang. »Haben Sie immer Nachtdienst, Mr. Pine? Jede Nacht?«
»Das ist mein Beruf.«
»Gewollt?«
»Selbstverständlich.«
»Von Ihnen?«
»Von wem sonst?«
»Aber sie sehen bei Tageslicht so gut aus.«
»Ich danke Ihnen.«
»Ich werde Sie hin und wieder anrufen.«
»Es ist mir eine Ehre.«
»Wie Sie bin ich des Schlafens ein wenig müde. Sie brauchen mich nicht nach draußen zu begleiten.«
Und dann wieder der Vanilleduft, als er die Tür aufhielt und ihr am liebsten ins Bett gefolgt wäre.

Jonathan, bloß ein Statist in seinem überfüllten geheimen Theater, stand im Halbdunkel von Herrn Meisters ewig unvollendeten Grillroom und sah sich selbst zu, wie er sich syste-

matisch mit Madame Sophies Papieren beschäftigte. Der Ruf zur Pflicht kommt für den ausgebildeten Soldaten, mag die Ausbildung auch lange her sein, nie überraschend. Nur sein Kopf geht wie bei einem Roboter hin und her:
Pine – er steht in der Tür seines Büros im Queen Nefertiti und starrt durch das leere Marmorfoyer auf die Leuchtkristallziffern über dem Lift, die zitternd dessen Fahrt zu den Penthouse-Suiten anzeigen.
Der Lift – er kommt leer ins Erdgeschoß zurück.
Pine – seine Handflächen kribbeln und sind trocken, seine Schultern sind entspannt.
Pine – er öffnet den Safe wieder. Der kriecherische Geschäftsführer des Hotels hat die Kombination auf Freddie Hamids Geburtsdatum eingestellt.
Pine – er nimmt die Fotokopien heraus, faltet den gelben Umschlag zusammen und steckt ihn in eine Innentasche seiner Smokingjacke, um ihn später zu vernichten.
Der noch warme Kopierer.
Pine – er stellt zunächst den Kontrast etwas dunkler, damit die Wiedergabe schärfer wird, und kopiert dann die Kopien. Namen von Projektilen. Namen von Lenksystemen. Technische Angaben, die Pine nicht verstehen kann. Namen von Chemikalien, die Pine nicht aussprechen kann, deren Verwendungszweck er aber kennt. Andere Namen, die ebenso tödlich sind, aber leichter auszusprechen. Namen wie Sarin, Soman und Tabun.
Pine – er legt die neuen Kopien in die Speisekarte vom Tage, faltet diese der Länge nach und steckt sie sich in die andere Innentasche. Die Kopien in der Speisekarte sind noch warm.
Pine – er schiebt die alten Kopien in einen frischen, von seinem Vorgänger nicht unterscheidbaren Umschlag. Pine – er schreibt PINE auf den neuen Umschlag und legt ihn mit derselben Seite nach oben an dieselbe Stelle auf demselben Bord.
Pine – er verschließt den Safe. Die Außenwelt ist wiederhergestellt.

Pine acht Stunden später, diesmal in anderen Diensten – er sitzt Hintern an Hintern mit Mark Ogilvey in der engen Kajüte der Jacht des Gesandten, während Mrs. Ogilvey in Designerjeans in der Kajüte steht und Sandwiches mit Räucherlachs belegt.

»Freddie Hamid soll schmutziges Spielzeug von Dicky Onslow Roper kaufen?« wiederholt Ogilvey ungläubig und blättert die Papiere ein zweitesmal durch. »Was zum Teufel soll das? Der miese Hund sollte lieber beim Bakkarat bleiben. Der Botschafter wird an die Decke gehen. Darling, hör dir das mal an.«

Aber Mrs. Ogilvey hat es bereits gehört. Die Ogilveys arbeiten als Ehepaar-Team. Sie spionieren lieber, statt Kinder zu kriegen.

Ich habe dich geliebt, dachte Jonathan sinnloserweise. Hier ist dein Geliebter im Perfekt.

Ich habe dich geliebt und dich an einen aufgeblasenen britischen Spion verraten, den ich nicht einmal leiden konnte.

Weil ich auf seiner kleinen Liste von Leuten stand, die stets zu Diensten sind, wenn das Signal ertönt.

Weil ich EINER von UNS war – WIR, das sind Engländer, auf deren Loyalität und Diskretion immer Verlaß ist. Wir, das sind BRAVE BURSCHEN.

Ich habe dich geliebt, bin aber damals nie dazu gekommen, es dir zu sagen.

Sybilles Brief klang ihm in den Ohren: Ich sehe einen Schatten auf Ihr Gesicht fallen. Ich bin Ihnen widerwärtig.

Nein, nein, ganz und gar nicht widerwärtig, Sybille, beeilte sich der Hotelier seiner unerwünschten Korrespondentin zu versichern. Nur gleichgültig. Das Widerwärtige geht auf mein Konto.

2

Wieder hob Herr Kaspar sein berühmtes Haupt. Durch das Hämmern des Sturms ließ sich das dezente Brummen eines kraftvollen Motors vernehmen. Herr Kaspar rollte seine Bulletins von der belagerten Zürcher Börse zusammen und schlang einen Gummi darum. Er legte die Rolle in seine Investmentschublade, verschloß sie und nickte dem Chefpagen Mario zu. Behutsam zog er einen Kamm aus der hinteren Hosentasche und ließ ihn durch seine Perücke gleiten. Mario bedachte Pablo mit einem finsteren Blick, und der wiederum grinste Benito an, den lächerlich hübschen Lehrling aus Lugano, dessen zärtliche Gefühle vermutlich ihnen beiden gleichermaßen galten. Alle drei hatten im Foyer Schutz gesucht, nun aber traten sie mit romanischem Wagemut dem Sturm entgegen, knöpften ihre Capes am Kragen zu, packten ihre Schirme und Kofferkulis und verschwanden im Schneegestöber.
Es ist nie geschehen, dachte Jonathan, während er genau die Ankunft des Wagens beobachtete. Da ist nur der Schnee, der über den Vorplatz fegt. Es ist ein Traum.
Aber Jonathan träumte nicht. Die Limousine war real, auch wenn sie auf einem weißen Vakuum schwebte. Ein langgestreckter Wagen, länger als das Hotel, hatte vor dem Eingang angelegt wie ein schwarzer Ozeanriese am Pier; die Pagen in ihren Capes sprangen eilig umher, um ihn festzumachen, das heißt alle bis auf den impertinenten Pablo, der in einem inspi-

rierten Augenblick einen Curlingbesen aufgestöbert hatte und jetzt mit viel Gefühl die Schneeflocken vom roten Teppich kehrte. Für einen letzten glücklichen Moment war es wahr, ein Schneeschwall wischte alles weg, und Jonathan konnte sich vorstellen, eine Flutwelle hätte das Schiff ins Meer zurückgerissen, wo es an den Klippen der umliegenden Berggipfel gesunken wäre, so daß Mr. Richard Onslow Roper und seine offiziell genehmigten Leibwächter, und wer sonst noch zu diesen sechzehn Leuten gehören mochte, mit ihrer privaten *Titanic* im denkwürdigen Großen Sturm vom Januar 1991 bis auf den letzten Mann ertrunken wären, Gott sei ihren Seelen gnädig.

Aber der Wagen war wieder aufgetaucht. Pelze, gutgebaute Männer, eine schöne langbeinige junge Frau, Diamanten und goldene Armbänder und ganze Türme schwarzer Koffer ergossen sich wie Beutegut aus seinem luxuriösen Inneren. Eine zweite Limousine hielt dahinter, nun eine dritte. Ein ganzer Konvoi von Limousinen. Schon bewegte Herr Kaspar die Drehtür in der für das Eintreten der Gäste günstigsten Geschwindigkeit. Als erstes erschien hinter dem Glas ein unordentlicher brauner Kamelhaarmantel und wurde behutsam ins Blickfeld gedreht, über dem Kragen hing ein schmieriger Seidenschal, darüber eine durchnäßte Zigarette und der verquollene Blick eines Sprößlings der englischen Oberschicht. Gewiß kein fünfzigjähriger Apoll.

Nach dem Kamelhaarmantel erschien ein marineblauer Blazer, ein Twen, der Blazer einreihig, um bequem an die Pistole zu kommen, die Augen waren flach, wie aufgemalt. OBG Nummer eins, dachte Jonathan, der den boshaften Blicken auswich: fehlt noch einer, und wenn Roper Angst hat, noch ein dritter.

Die schöne Frau hatte kastanienbraunes Haar und trug einen bunten wattierten Mantel, der ihr fast bis auf die Füße reichte; dennoch gelang es ihr, ein wenig zu leicht angezogen zu wirken. Sie hatte Sophies eigenartige schiefe Haltung, und ihr Haar, wie das Sophies, hing zu beiden Seiten des Gesichts herunter. Die Frau von jemandem? Die Geliebte? Von allen? Zum erstenmal seit sechs Monaten spürte Jonathan die verheerende, unsinnige Macht einer Frau, die er augenblicklich begehrte. Wie Sophie glitzerte sie von Juwelen und wirkte auch angezogen irgendwie nackt. Zwei Reihen phantastischer Perlen betonten ihren Hals. Diamantenbesetzte Armbänder sahen aus ihren wattierten Ärmeln hervor. Doch was sie unmittelbar als Bewohnerin des Paradieses auswies, war ihre undefinierbare wilde Ausstrahlung, dieses ungezähmte Lächeln, dieses unbefangene Auftreten. Wieder schwang die Tür auf, und diesmal strömten alle gleichzeitig hinein, so daß plötzlich eine Delegation des letzten Rests der englischen Wohlstandsgesellschaft unter dem Kronleuchter aufgereiht war: Sie alle waren so elegant und gepflegt, so von der Sonne begünstigt, daß sie eine kollektive Moral zu verkörpern schienen, die Krankheit, Armut, blasse Gesichter, Alter und körperliche Arbeit für ungesetzlich erklärte. Nur der Kamelhaarmantel mit seinen erbärmlich zugerichteten Wildlederstiefeln gab sich freiwillig als Außenseiter zu erkennen.

Und in ihrer Mitte und doch abseits von ihnen: der Mann, genau so, wie Jonathan sich den Mann nach Sophies wütender Beschreibung vorgestellt hatte. Groß und schlank und auf den ersten Blick von Adel. Blondes Haar mit grauen Strähnen, nach hinten gekämmt und mit kleinen abstehenden Büscheln über den Ohren. Ein Gesicht, gegen das man beim Kartenspiel verliert. Eine Körperhaltung, die arrogante Engländer zur Meisterschaft entwickelt haben: ein Knie leicht angewinkelt, eine Hand auf dem Kolonialherrenarsch. *Freddie ist so schwach*, hatte Sophie erklärt. *Und Roper ist so englisch.*

Wie alle gewandten Männer tat Roper mehrere Dinge auf einmal: Er schüttelte Kaspar die Hand, klopfte ihm mit der gleichen Hand auf den Oberarm und warf dann Fräulein Eberhardt eine Kußhand zu; sie lief rosa an und winkte ihm zu wie ein Groupie im Klimakterium. Schließlich heftete er seinen Herrscherblick auf Jonathan, der inzwischen auf ihn zugeschlendert sein mußte, obwohl er selbst dies nur daraus schließen konnte, daß er statt Adèles nackter Schaufensterpuppe zuerst den Zeitungsstand, dann Fräulein Eberhardts rotes Antlitz am Empfangstisch und jetzt den MANN selbst vor sich sah. *Er ist skrupellos*, hatte Sophie gesagt. *Er ist der schlimmste Mann der Welt.*

Er hat mich erkannt, dachte Jonathan und wartete auf seine Entlarvung. Er hat mein Foto gesehen, hat meine Beschreibung gehört. Gleich hört er auf zu lächeln.

»Ich bin Dick Roper«, verkündete eine träge Stimme; Jonathan fühlte, wie seine Hand umfaßt und kurz festgehalten wurde. »Meine Leute haben hier ein paar Zimmer gebucht. Das heißt, 'ne ganze Menge. Guten Abend.« Belgravia-Tonfall, der proletarische Akzent der Superreichen. Sie waren einander unangenehm nahe gekommen.

»Sehr erfreut, Sie zu sehen, Mr. Roper«, murmelte Jonathan, ebenfalls auf englisch. »Ich heiße Sie willkommen, Sir. Sie Ärmster, Sie müssen ja einen absolut gräßlichen Flug hinter sich haben. Welch ein Mut, sich überhaupt in die Luft zu wagen! Außer Ihnen hat das niemand getan, kann ich Ihnen versichern. Mein Name ist Pine, ich bin der Nacht-Manager.«

Er hat von mir gehört, dachte er. Freddie Hamid hat ihm meinen Namen genannt.

»Und was treibt der alte Meister im Augenblick so?« fragte Roper, während sein Blick zu der schönen Frau herüberglitt. Sie stand am Zeitungskiosk und deckte sich mit Modejournalen ein. Über die eine Hand rutschten ihr dauernd die Armbänder, mit der anderen strich sie sich unablässig die Haare zurück. »Liegt mit seiner Ovomaltine und einem Buch im Bett, stimmt's? Ich *hoffe*, es ist ein Buch, muß ich sagen. Jeds, was machst du, Darling? Liebt Zeitschriften über alles. Süchtig. Ich selbst kann das Zeug nicht ausstehen.«

Jonathan brauchte ein paar Sekunden, bis ihm klar wurde, daß mit Jeds die Frau gemeint war. Jed war also kein Mann im Singular, sondern Jeds eine einzige Frau in ihrer ganzen Vielfältigkeit. Der kastanienbraune Kopf drehte sich so weit um, daß sie ihr Lächeln sehen konnten. Es war schelmisch und gutmütig.

»Alles in *Ordnung* mit mir, Darling«, sagte sie tapfer, als erholte sie sich von einem Tiefschlag.
»Herr Meister ist heute abend leider unabkömmlich, Sir«, sagte Jonathan, »aber er freut sich schon sehr darauf, Sie morgen früh, wenn Sie sich ausgeruht haben, begrüßen zu dürfen.«
»Sie sind Engländer, Pine? Hört sich so an.«
»Durch und durch, Sir.«
»Kluger Kerl.« Der blasse Blick schweift wieder weiter, diesmal zur Rezeption, wo der Kamelhaarmantel für Fräulein Eberhardt Formulare ausfüllt. »Machst du der jungen Dame einen Heiratsantrag, Corky?« rief Roper. »Das möcht ich erleben«, bemerkt er in leiserem Ton zu Jonathan. »Major Corkoran, mein Assistent«, verrät er ihm anzüglich.
»Gleich fertig, Chef!« brummt Corky und hebt einen Kamelhaarärmel. Er steht breitbeinig und mit vorgeschobenem Oberkörper da, wie jemand, der zu einem Krocketschlag ansetzt, und seine Hüfte hat, von Natur aus oder mit Absicht, einen gewissen femininen Schwung. Neben ihm liegt ein Pakken Pässe.
»Mußt doch bloß ein paar Namen abschreiben, Herrgott. Keinen Fünfzig-Seiten-Vertrag, Corks.«
»Die neuen Sicherheitsvorschriften, Sir, bedaure«, erklärte Jonathan. »Die Schweizer Polizei besteht darauf. Wir können nichts dagegen machen.«
Die schöne Jeds hat drei Zeitschriften ausgewählt, braucht aber noch mehr. Sie stützt einen leicht abgetragenen Stiefel nachdenklich auf dem hohen Absatz ab, die Spitze zeigt in die Luft. Genau wie Sophie. Mitte Zwanzig, denkt Jonathan. Bis an ihr Lebensende.
»Schon länger hier, Pine? Letztesmal noch nicht, stimmt's, Frisky? Ein einzelner junger Brite wär uns doch aufgefallen.«
»Ausgeschlossen«, sagte der Blazer, der Jonathan durch ein imaginäres Zielfernrohr anstarrte. Blumenkohlohren, stellte Jonathan fest. Haare blond, fast schon weiß. Hände wie Äxte.
»Ich bin seit sechs Monaten hier, Mr. Roper, fast auf den Tag genau.«

»Und wo waren Sie vorher?«
»Kairo«, antwortete Jonathan leichthin. »Im Queen Nefertiti.« Zeit vergeht, wie die Zeit vor einer Detonation. Aber die Zierspiegel im Foyer zerspringen nicht bei der Nennung des Queen Nefertiti Hotels, die Pilaster und Kronleuchter bleiben an ihrem Platz.
»Schön da, wie?«
»Wunderbar.«
»Weshalb sind Sie dann fortgegangen, wenn's Ihnen so gefallen hat?«
Na, Ihretwegen eigentlich, denkt Jonathan. Sagte aber: »Aus Fernweh, nehme ich an, Sir. Sie wissen doch, wie das ist. Das Nomadenleben ist eine der Attraktionen unseres Berufs.«
Plötzlich geriet alles in Bewegung. Corkoran hatte sich vom Empfangstisch gelöst und kam, die Zigarette von sich gestreckt, auf sie zugestelzt. Jeds hatte ihre Zeitschriften ausgesucht und wartete nun, Sophie-haft, daß jemand sie für sie bezahlte. Corkoran sagte: »Setzen Sie's auf die Zimmerrechnung, mein Lieber.« Herr Kaspar legte dem zweiten Blazer einen Stapel Post in die Arme, und der begann demonstrativ, die dickeren Päckchen mit den Fingerspitzen abzutasten.
»Wird aber auch Zeit, Corks. Was zum Teufel ist mit deiner Schreibhand los?«
»Wichskrampf, würde ich sagen, Chef«, erklärte Major Corkoran. »Handgelenk ausgeleiert«, fügte er hinzu und bedachte Jonathan mit einem eigenartigen Lächeln.
»*O Corks*«, kicherte Jeds.
Aus dem Augenwinkel beobachtete Jonathan, wie der Chefpage Mario einen Kofferstapel zum Lastenaufzug schob, wobei er jenen Watschelgang zum Einsatz brachte, mit dem Gepäckträger sich dem unzuverlässigen Gedächtnis ihrer Kunden einzuprägen hoffen. Dann sah er in den Spiegeln sein eigenes Bild bruchstückhaft an sich vorbeiziehen, neben sich Corkoran, der in einer Hand die Zigarette und in der anderen die Zeitschriften hielt; und Jonathan erlaubte sich ein paar Sekunden diensteifriger Panik, weil er Jeds aus den Augen verloren

hatte. Er drehte sich um und sah sie, ihre Blicke begegneten sich, und sie schenkte ihm ein Lächeln, also das, was er sich in seiner alarmierend wiedererwachten Lust ersehnt hatte. Er begegnete auch Ropers Blick, denn sie hing an seinem Arm, hielt diesen in ihren langen Händen, während sie ihm fast auf die Füße trat. Leibwächter und Wohlstandsgesellschaft zuckelten hinter ihnen her. Jonathan bemerkte einen blonden Schönling mit Pferdeschwanz, neben ihm ein schlichtes Weib mit finsterem Blick.

»Die Piloten kommen später nach«, sagte Corkoran gerade. »Irgendein Scheiß mit dem Kompaß. Wenn es nicht der Kompaß ist, tut's die Klospülung nicht. Sind Sie hier fest angestellt, mein Lieber, oder nur für eine Nacht?«

Sein Atem verriet, was er an diesem Tag Gutes genossen hatte: die Martinis vorm Essen, die verschiedenen Weine dazu, die Cognacs danach, und obendrauf seine stinkenden französischen Zigaretten.

»Nun, ich denke, so fest, wie man in diesem Beruf fest angestellt sein kann, Major«, erwiderte Jonathan und veränderte gegenüber dem Untergebenen ein wenig den Tonfall.

»Das gilt für uns alle, mein Lieber, glauben Sie mir«, sagte der Major inbrünstig. »Vorläufig fest, Herrgott.«

Wieder ein Filmschnitt, und sie schritten durch den großen Saal, in dem zwei alte Damen in grauer Seide dem Klavierspieler Maxie lauschten, der »When I Take My Sugar To Tea« für sie spielte. Roper und die Frau hielten sich noch immer in den Armen. Ihr kennt euch noch nicht lange, sagte Jonathan bitter aus den Augenwinkeln zu ihnen. Oder ihr versöhnt euch nach einem Streit. *Jeds,* wiederholte er bei sich. Er sehnte sich nach der Sicherheit seines Einzelbetts.

Dann wieder ein Schnitt, und sie standen zu dritt hintereinander, vor der kitschigen Tür von Herrn Meisters neuem Turmsuitenlift; im Hintergrund schnatterte die Wohlstandsgesellschaft.

»Was zum Teufel ist aus dem *alten* Lift geworden, Pine?« wollte Roper wissen. »Ich dachte, Meister wäre verrückt auf alte Sa-

chen. Diese dämlichen Schweizer würden glatt noch Stonehenge modernisieren, wenn sie könnten. Hab ich recht, Jeds?«
»Roper, du kannst doch wegen einem *Lift* keine Szene machen«, sagte sie vorsichtig.
»Und ob ich das kann.«
Aus weiter Ferne hört Jonathan eine Stimme, sie ist seiner eigenen nicht unähnlich und zählt die Vorzüge des neuen Lifts auf: eine Sicherheitsmaßnahme, Mr. Roper, aber auch eine zusätzliche Attraktion, im vorigen Herbst einzig zur Bequemlichkeit unserer Turmsuitengäste eingebaut ... Und während Jonathan redet, baumelt zwischen seinen Fingern der goldene Hauptschlüssel, der nach Herrn Meisters eigenem Entwurf angefertigt wurde und der mit einer goldenen Quaste und einer reichlich albernen goldenen Krone verziert ist.
»Ich meine, erinnert Sie das nicht an die Pharaonen? Gewiß, es ist *ziemlich* abscheulich, aber ich kann Ihnen versichern, daß unsere weniger kultivierten Gäste ganz *entzückt* davon sind«, verrät er mit einem manierierten Lächeln, das er noch nie zuvor bei irgendwem angewandt hat.
»Nun, *ich* finde es hinreißend«, sagte der Major aus dem Off. »Und ich bin verdammt kultiviert.«
Roper balanciert den Schlüssel auf der Handfläche, als veranschlage er sein Schmelzgewicht. Er betrachtet genau beide Seiten, dann die Krone, dann die Quaste.
»Taiwan«, verkündet er und wirft ihn zu Jonathans Bestürzung dem blonden Blazer mit den Blumenkohlohren zu; der bückt sich blitzschnell, schreit »Meiner«! und schnappt den Schlüssel mit der linken Hand.
9-mm-Automatik-Beretta, gesichert, stellt Jonathan fest. Ebenholzgriff, Halfter in der rechten Achselhöhle. Ein linkshändiger OBG mit einem Ersatzmagazin in der Gürteltasche.
»Ah, guter *Einsatz*, Frisky, Schatz. Gut *gefangen*«, brummt Corkoran. Erleichtertes Lachen der betuchten Außenfeldspieler, angeführt von der Frau, die Ropers Arm drückt und *ehrlich, Darling* sagt, obwohl sich das in Jonathans dröhnendem Ohr zuerst wie *närrisch, Darling* anhört.

Jetzt läuft alles in Zeitlupe ab, geschieht alles unter Wasser. Der Lift faßt nur fünf Personen, der Rest muß warten. Roper schreitet hinein und zieht die Frau hinter sich her. Nobelinternat und Mannequin-Ausbildung, denkt Jonathan. Und ein Spezialkurs, den Sophie ebenfalls absolviert hat, wie man beim Gehen mit den Hüften wackelt. Dann Frisky, dann Major Corkoran ohne Zigarette, schließlich Jonathan. Ihr Haar ist nicht nur kastanienbraun, sondern auch weich. Und sie ist nackt. Das heißt, sie hat ihren wattierten Mantel ausgezogen und ihn sich wie einen Militärmantel über den Arm gehängt. Sie trägt ein weißes Herrenhemd mit Sophies bauschigen Ärmeln, die bis zu den Ellbogen hochgekrempelt sind. Jonathan setzt den Lift in Gang. Corkoran starrt mißbilligend nach oben wie ein Mann beim Pinkeln. Die Hüfte des Mädchens lehnt locker und unbekümmert an Jonathans Seite. *Verschwinde*, würde er ihr gern gereizt sagen. *Wenn du flirtest, laß es. Wenn du nicht flirtest, zieh die Hüfte weg.* Sie duftet nicht nach Vanille, sondern nach den weißen Nelken von der Gedenkfeier in der Kadettenschule. Roper steht hinter ihr, seine breiten Hände liegen besitzergreifend auf ihren Schultern. Frisky betrachtet mit leerem Blick den verblaßten Knutschfleck an ihrem Hals, ihre ungeschützten Brüste unter dem teuren Hemd. Wie Frisky verspürt auch Jonathan zweifellos den infamen Wunsch, jemandem zuvorzukommen.

»Soll ich vorgehen und Ihnen all die schönen neuen Sachen zeigen, die Herr Meister extra für Sie seit Ihrem letzten Besuch hat einbauen lassen?« schlägt er vor.

Vielleicht sollten Sie endlich mal Ihre guten Manieren ablegen, hatte Sophie zu ihm gesagt, als sie neben ihm durch die Dämmerung ging.

Er ging voraus und wies auf die unbezahlbaren Vorzüge der Suite hin: die erstaunliche Einbaubar... das tausend Jahre alte Obst... das ultramoderne superhygienische Düsenklo, nimmt Ihnen alles ab außer dem Zähneputzen... all seine affektierten kleinen Scherze, elegant aus dem Hut gezaubert zum Vergnügen von Mr. Richard Onslow Roper und dieser schlanken, fröhlichen, unverzeihlich attraktiven Frau. Wie kann sie es wagen, in Zeiten wie diesen so schön zu sein?

Meisters legendärer Turm thront wie ein bombastischer Taubenschlag über den märchenhaften Spitzen und Kehlen seines verwinkelten Daches. Der Dreischlafzimmer-Palast darin geht über zwei Etagen, ein pastellfarbener Traum in einem Stil, den Jonathan vertraulich als Schweizer-Franken-Quatorze bezeichnet. Das Gepäck ist da, die Pagen haben ihr üppiges Trinkgeld erhalten. Jed hat sich ins große Schlafzimmer zurückgezogen, gedämpft hört man dort Wasser einlaufen und den Gesang einer weiblichen Stimme. Der Gesang ist undeutlich, aber provozierend, wenn nicht gar unflätig. Der Blazer Frisky steht auf dem Treppenabsatz am Telefon und murmelt jemandem, den er verachtet, Anweisungen zu. Major Corkoran, mit einer neuen Zigarette bewaffnet, aber ohne den Kamelhaarmantel, hängt im Speisezimmer an einer anderen Leitung und spricht langsam Französisch mit jemandem, dessen Französisch nicht so gut ist wie seins. Auf seinen glatten Babywangen zeigen sich hochrote Flecken. Und sein Französisch ist französisches Französisch, gar keine Frage. Er ist so selbstverständlich hineingeschlüpft, als sei es seine Muttersprache; und vielleicht ist es das auch, denn nichts an Corkoran weist auf eine unkomplizierte Herkunft hin.
Anderswo in der Suite laufen andere Dinge und Gespräche ab. Der große Mann mit dem Pferdeschwanz heißt Sandy, erfahren wir, und Sandy spricht an einem weiteren Telefon mit jemandem in Prag, der Gregory heißt, während Mrs. Sandy im Mantel auf einem Stuhl sitzt und die Wand anstiert. Aber diese Nebendarsteller hat Jonathan aus seiner unmittelbaren Wahrnehmung verbannt. Sie existieren, sie sind elegant, sie kreisen auf einer weit entfernten Umlaufbahn um ihr Zentralgestirn Richard Onslow Roper aus Nassau auf den Bahamas. Aber sie sind nur Chargen. Jonathans Führung durch die Herrlichkeiten des Palastes ist beendet. Es wird Zeit, daß er verschwindet. Eine charmante Handbewegung, die freundliche

Ermahnung »Fühlen Sie sich bitte *ganz* wie zu Hause«, und normalerweise wäre er dann ohne weiteres wieder nach unten gestiegen und hätte es Ihnen allein überlassen, sich für fünfzehntausend Franken die Nacht zu amüsieren, Steuer, Bedienung und Frühstück inklusive.
Aber dieser Abend *ist* nicht normal, es ist Ropers Abend, es ist Sophies Abend, und Sophies Rolle spielt bizarrerweise Ropers Begleiterin für uns, die, wie sich herausstellt, bei allen anderen Jed heißt, nicht Jeds – Mr. Onslow Roper liebt es, sein Kapital zu vermehren. Noch immer fällt Schnee, und der schlimmste Mann der Welt wird davon angezogen wie jemand, den die tanzenden Flocken in seine Kindheit zurückversetzen. Er steht mit gebeugtem Rücken in der Mitte des Zimmers, gegenüber von den hohen Fenstern und dem verschneiten Balkon. Er hält einen grünen Sotheby-Katalog wie ein Gesangbuch, aus dem er gleich etwas singen wird, aufgeschlagen vor sich; den anderen Arm hat er erhoben, um einem stummen Instrument am Rand des Orchesters den Einsatz zu geben. Er trägt eine sehr intellektuelle Lesebrille mit halben Gläsern.
»Soldat Boris und sein Kumpel sind mit Montag mittag einverstanden«, ruft Corkoran aus dem Speisezimmer. »Ist Montag mittag okay?«
»Okay«, sagt Roper, wobei er eine Seite des Kataloges umblättert und gleichzeitig über den Rand der Brille den Schnee beobachtet. »Sehen Sie sich das an. Ein Hauch der Unendlichkeit.«
»Ich freue mich immer sehr, wenn es schneit«, sagt Jonathan ernst.
»Dein Freund Appetito aus Miami fragt, warum nicht lieber in der *Kronenhalle*, da wär das Essen besser.«
»Zuviel Publikum. Wir essen hier, er kann ja Butterbrote mitbringen. Sandy, was zahlt man heute für ein passables Stubbs-Pferd?«
Der hübsche Männerkopf mit dem Pferdeschwanz schiebt sich durch die Tür. »Format?«

»Dreißig mal fünfzig Zoll.«
Das hübsche Gesicht verzieht sich kaum. »Sotheby hat letzten Juni ein gutes verkauft. Protector in a Landscape. Signiert und datiert, 1779. Ein Prachtstück.«
»*Quanta costa*?«
»Sitzt du bequem?«
»Spucks aus, Sands!«
»Eins Komma zwei Millionen. Plus Provision.«
»Pfund oder Dollar?«
»Dollar.«
Aus der gegenüberliegenden Tür hört man Major Corkoran jammern. »Die Brüsseler wollen die Hälfte in bar, Chef. Ganz schön dreist, wenn du mich fragst.«
»Sag ihnen, daß du dann nicht unterschreibst«, gibt Roper betont scharf zurück, ein Tonfall, mit dem er sich Corkoran offenbar vom Leib halten will. »Ist das ein Hotel da oben, Pine?« Ropers Blick ist auf die schwarzen Fensterscheiben gerichtet, hinter denen die Kindheitsschneeflocken weiter ihren Tanz aufführen.
»Ein Signalturm, Mr. Roper. Eine Art Navigationshilfe, soweit ich weiß.«
Herrn Meisters geliebte vergoldete Bronze-Uhr schlägt die Stunde, doch Jonathan bringt es trotz seiner üblichen Gewandtheit nicht fertig, die Füße in Richtung Ausgang zu bewegen. Seine Lackschuhe bleiben wie einzementiert fest im tiefen Flor des Salonteppichs stecken. Sein milder Blick, der so gar nicht zu seiner Boxerstirn passen will, kann sich nicht von Ropers Rücken lösen. Dabei sieht ihn Jonathan nur indirekt, mit einem Teil seiner Gedanken ist er überhaupt nicht in der Turmsuite, sondern in Sophies Penthouseapartment auf dem Queen Nefertiti Hotel in Kairo.

Auch Sophie wendet ihm den Rücken zu, und der ist so schön, wie er es immer gewußt hat: weiß im Weiß ihres Abendkleids. Sie blickt nicht in den Schnee hinaus, sondern auf das dunstige Sternenmeer der Kairoer Nacht, nach der Mondsichel, die an den Spitzen über der geräuschlosen Stadt hängt. Die Türen zu ihrem Dachgarten stehen offen. Sophie hat nur weiße Blumen angepflanzt – Oleander, Bougainvillea, Agapanthus. An ihr vorbei weht der Duft Arabischen Jasmins ins Zimmer. Auf einem Tisch neben ihr steht eine Flasche Wodka, und die ist eindeutig halb leer, nicht halb voll.

»Sie haben geläutet«, erinnerte Jonathan sie mit einem Lächeln in der Stimme, ganz der ergebene Diener. Vielleicht ist das unsere Nacht, dachte er.

»Ja, ich habe geläutet. Und Sie sind gekommen. Freundlich von Ihnen. Ich bin sicher, Sie sind immer freundlich.«

Er erkannte sofort, diese Nacht war nicht ihre Nacht.

»Ich muß Ihnen eine Frage stellen«, sagte sie. »Werden Sie mir eine ehrliche Antwort geben?«

»Wenn ich kann. Selbstverständlich.«

»Sie meinen, unter bestimmten Umständen würden Sie es nicht tun?«

»Ich meine, daß ich die Antwort nicht wissen könnte.«

»Oh, Sie werden die Antwort wissen. Wo befinden sich die Papiere, die ich Ihnen anvertraut habe?«

»Im Safe. In dem Umschlag. Mit meinem Namen drauf.«

»Hat sie irgend jemand außer mir gesehen?«

»Der Safe wird von mehreren Kollegen benutzt, hauptsächlich um Bargeld aufzubewahren, bis es zur Bank gebracht wird. Soweit ich weiß, ist der Umschlag noch versiegelt.«

Sie ließ unwillig die Schultern sinken, wandte aber nicht den Kopf um. »Haben Sie sie irgendwem gezeigt? Ja oder nein, bitte? Ich unterstelle nichts. Ich bin ganz spontan zu Ihnen gekommen. Es wäre nicht Ihre Schuld, wenn ich einen Fehler begangen hätte. Ich hatte die sentimentale Vorstellung, Sie seien ein anständiger Engländer.«

Die hatte ich auch, dachte Jonathan. Doch er kam gar nicht auf den Gedanken, daß er die Wahl haben könnte. In der Welt, der rätselhafterweise seine Treue gehörte, gab es auf ihre Frage nur eine Antwort.

»Nein«, sagte er. Und noch einmal: »Nein, niemand.«

»Wenn Sie mir sagen, daß das die Wahrheit ist, will ich Ihnen glauben. Ich möchte wirklich sehr gern glauben, daß es auf der Welt doch noch einen letzten Gentleman gibt.«
»Es ist die Wahrheit. Ich habe Ihnen mein Wort gegeben. Nein.«
Wieder schien sie sein Nein zu ignorieren oder zumindest für voreilig zu halten. »Freddie behauptet, ich hätte ihn verraten. Er hat mir die Papiere anvertraut. Er wollte sie nicht bei sich im Büro oder zu Hause haben. Dicky Roper bestärkt Freddie in seinem Verdacht mir gegenüber.«
»Wie kommt er denn dazu?«
»Roper ist der andere Korrespondenzpartner. Bis heute hatten Roper und Freddie Hamid vor, Geschäftspartner zu werden. Ich war bei einigen ihrer Besprechungen auf Ropers Jacht dabei. Roper war es gar nicht recht, mich als Zeugin dabeizuhaben, aber da Freddie unbedingt mit mir angeben wollte, blieb ihm nichts anderes übrig.«
Sie erwartete offenbar, daß er etwas sagte, doch er blieb stumm.
»Freddie hat mich heute abend besucht. Später als sonst. Wenn er in der Stadt ist, kommt er immer schon vor dem Essen. Er nimmt aus Rücksicht auf seine Frau den Parkhauslift, bleibt zwei Stunden und geht dann wieder, um im Kreis seiner Familie zu essen. Ich bilde mir etwas darauf ein, daß ich ihm helfe, seine Ehe intakt zu halten. Heute abend kam er später. Er hatte telefoniert. Anscheinend hat Roper eine Warnung bekommen.«
»Eine Warnung? Von wem?«
»Von guten Freunden in London.« Und plötzlich verbittert: »Ropers guten Freunden. Um das klarzustellen.«
»Und was haben die gesagt?«
»Daß seine geschäftlichen Vereinbarungen mit Freddie den Behörden bekannt sind. Roper war am Telefon vorsichtig, er hat nur gesagt, er habe sich auf Freddies Diskretion verlassen. Freddies Brüder waren nicht so rücksichtsvoll. Freddie hatte ihnen nichts von dem Geschäft erzählt. Er wollte sich ihnen

gegenüber beweisen. Er war so weit gegangen, daß er unter dem Vorwand, irgendwelche Waren duch Jordanien zu transportieren, eine Kolonne von Hamid-Lastwagen abgestellt hatte. Auch das hat seine Brüder nicht gerade erfreut. Jetzt hat Freddie Angst und ihnen deshalb alles erzählt. Außerdem ist er wütend, weil er in der Achtung seines teuren Mr. Roper gesunken ist. Also: *Nein?*« wiederholte sie, noch immer in die Nacht hinausstarrend. »Definitiv *nein*. Mr. Pine kann sich nicht denken, wie diese Informationen nach London beziehungsweise Mr. Ropers Freunden zu Ohren gekommen sein könnten. Der Safe, die Papiere – er kann es sich nicht denken.«

»Nein. Kann er nicht. Tut mir leid.«

Bis dahin hatte sie ihn nicht angesehen. Nun drehte sie sich endlich um und ließ ihn ihr Gesicht sehen. Ein Auge war vollständig geschlossen. Beide Seiten waren bis zur Unkenntlichkeit verschwollen.

»Ich möchte, daß Sie mich auf eine Fahrt begleiten, bitte, Mr. Pine. Freddie ist nicht vernünftig, wenn sein Stolz bedroht ist.«

Die Zeit ist stehengeblieben. Roper ist noch immer in den Sotheby-Katalog vertieft. *Sein* Gesicht hat niemand zu Brei geschlagen. Die vergoldete Wanduhr schlägt noch immer die Stunde. In einem absurden Impuls vergleicht Jonathan sie mit seiner Armbanduhr, und als er merkt, daß er endlich wieder die Füße bewegen kann, öffnet er die Glasklappe und schiebt den großen Zeiger vor, bis die beiden Uhren übereinstimmen. Geh in Deckung, redet er sich zu. Wirf dich hin. Das unsichtbare Radio spielt Alfred Brendel, der Mozart spielt. Hinter den Kulissen redet Corkoran schon wieder, diesmal auf italienisch, das nicht so sicher klingt wie sein Französisch.

Aber Jonathan kann nicht in Deckung gehen. Die aufregende Frau kommt die reichverzierte Treppe hinab. Zunächst hört er sie nicht, denn sie ist barfuß und trägt Herrn Meisters Hotelbademantel, und als er sie dann hört, wagt er kaum sie anzusehen. Ihre langen Beine sind vom Bad babyrosa, das kastanienbraune Haar hat sie sich wie ein nettes braves Mädchen über die Schultern gebürstet. Ein Duft warmer *mousse de bain* hat die Gedenkfeier-Nelken verdrängt. Jonathan wird es schier übel vor Verlangen.

»Zur weiteren Erfrischung darf ich Ihnen Ihre private Bar empfehlen«, sagt er in Ropers Rücken. »Malzwhisky, von Herrn Meister persönlich ausgewählt; Wodkas aus sechs verschiedenen Ländern.« Sonst noch was? »Ah ja, und Rund-um-die-Uhr-Zimmerservice für Sie und Ihre Begleitung natürlich.«

»Also ich *sterbe* vor Hunger«, sagt das Mädchen. Sie bleibt nicht gerne unbeachtet.

Jonathan gewährt ihr sein leidenschaftsloses Hotelierslächeln. »Bitte, verlangen Sie *alles*, worauf Sie Lust haben. Die Speisekarte ist bloß ein Kompaß, in der Küche wird man *begeistert* sein, mal richtig arbeiten zu können.« Er wendet sich wieder Roper zu, und irgendein Teufel drängt ihn noch einen Schritt weiter. »Und englischsprachige Nachrichten im Kabelfernsehen, falls Sie sich den Krieg ansehen möchten. Nur den grünen Knopf auf der kleinen Box drücken, dann die neun.«

»Bin dagewesen, kenne den Film, danke. Kennen Sie sich mit Bildhauerei aus?«

»Nicht besonders.«

»Ich auch nicht. Da sind wir schon zwei. Hallo, Darling. Schön gebadet?«

»Herrlich.«

Jed geht durch das Zimmer zu einem niedrigen Sessel, kuschelt sich hinein, nimmt die Zimmerservice-Speisekarte und setzt eine goldene Lesebrille auf, ein Paar kreisrunder, sehr kleiner und, wie Jonathan wütend überzeugt ist, vollkommen überflüssiger Gläser. Sophie hätte so was im Haar getragen. Brendels vollkommener Fluß hat das Meer erreicht. Das versteckt eingebaute quadrophonische Radio kündigt an, als nächstes werde Fischer-Dieskau eine Auswahl von Schubertliedern singen. Ropers breite Schulter stößt an Jonathans. Jed schlägt ihre undeutlich zu sehenden, babyrosa Beine übereinander

ander und zieht, während sie das Studium der Speisekarte fortsetzt, geistesabwesend den unteren Teil des Bademantels darüber. Hure! schreit eine Stimme in Jonathan. Flittchen! Engel! Warum werde ich plötzlich von solchen pubertären Phantasien befallen? Ropers wie gemeißelter Zeigefinger ruht auf einer ganzseitigen Abbildung.

Los 236, Venus und Adonis in Marmor, Höhe ohne Sockel siebzig Zoll. Venus streicht mit ihren Fingern bewundernd über Adonis' Gesicht. Zeitgenössische Kopie nach Canova, unsigniert, Original in der Villa La Grange, Genf, Schätzpreis £ 60 000 bis 100 000.

Ein fünfzigjähriger Apoll möchte Venus und Adonis kaufen.

»Was ist denn eigentlich *roasty*?« fragt Jed.

»Ich glaube, Sie meinen *Rösti*«, antwortet Jonathan im Tonfall überlegenen Wissens. »Eine Schweizer Delikatesse aus Kartoffeln. So eine Art Kartoffelbrei, nur ohne Brei. Mit viel Butter und gebraten. Wenn man sehr hungrig ist, eine absolute Köstlichkeit. Eine *Spezialität* unserer Küche.«

»Wie finden Sie die Dinger?« will Roper wissen. »Gut? Nicht gut? Keine Ausflüchte. Das hilft keinem weiter – so 'ne Art Bratkartoffeln, Darling, kenn ich aus Miami – also was meinen Sie, Mr. Pine?«

»Ich denke, es hängt *ziemlich* davon ab, wo sie aufgestellt werden sollen«, antwortet Jonathan vorsichtig.

»Am Ende eines Gartenwegs. Pergola mit Blick aufs Meer. Nach Westen, damit man den Sonnenuntergang mitkriegt.«

»Der schönste Ort der Welt«, sagt Jed.

Jonathan ist plötzlich wütend auf sie. Warum hältst du nicht den Mund? Warum ist deine Blabla-Stimme so nah, wenn du quer durchs ganze Zimmer redest? Warum mußt du ständig dazwischenquatschen, anstatt die verdammte Speisekarte zu lesen?

»Sonnenschein garantiert?« fragt Jonathan mit seinem gönnerhaftesten Lächeln.

»Dreihundertsechzig Tage im Jahr«, erklärt Jed stolz.

»Weiter«, drängt Roper. »Sie sind doch nicht aus Zucker. Wie lautet Ihr Urteil?«

»Ich fürchte, sie gefallen mir ganz und gar nicht«, erwidert Jonathan knapp, bevor er sich Zeit zum Überlegen genommen hat.
Warum hat er das bloß gesagt? Bestimmt ist Jed daran schuld. Jonathan selbst wäre der letzte, der eine Ahnung davon hat. Er kann zu Statuen nichts sagen, er hat nie eine gekauft, nie eine verkauft, nicht mal daran gedacht, eine zu betrachten, außer der scheußlichen Bronzestatue von Earl Haig, der am Paradeplatz seiner militärischen Kindheit mit einem Fernglas nach Gott Ausschau gehalten hatte. Das alles war lediglich der Versuch, Jed auf Distanz zu halten.
Ropers feine Züge verziehen sich nicht, doch für einen Augenblick fragt sich Jonathan, ob er vielleicht nicht doch aus Glas ist. »Lachst du über mich, Jemima?« fragt Roper mit vollendet freundlichem Lächeln.
Die Speisekarte sinkt herab, und über ihren Rand späht vergnügt das mutwillige, völlig makellose Gesicht. »Warum *sollte* ich lachen?«
»Glaube mich zu erinnern, du hättst dir auch nicht viel draus gemacht, als ich sie dir im Flieger gezeigt habe.«
Sie legt die Speisekarte auf den Schoß und nimmt mit beiden Händen die überflüssige Brille ab. Dabei öffnet sich der kurze Ärmel von Herrn Meisters Bademantel, und Jonathan bekommt zu seiner totalen Empörung eine ihrer vollkommenen Brüste zu sehen, deren obere Hälfte von der Leselampe über ihr in goldenes Licht getaucht ist, die leicht erigierte Warze hebt sich ihm durch die Bewegung der Arme entgegen.
»Darling«, sagt sie liebevoll. »Das ist völliger, kompletter, ausgemachter Blödsinn. Ich habe nur gesagt, ihr *Hintern* sei zu dick. Wenn du dicke Hintern magst, kauf sie. Dein Geld. Dein Hintern.«
Roper streckt grinsend die Hand aus, packt den Hals von Herrn Meisters Gratisflasche Dom Perignon und macht die Flasche auf.
»Corky!«
»Augenblick, Chef!«

Kurzes Stocken. Stimme korrigieren. »Gib Danby und MacArthur ein Glas. Schampus.«

»Mach ich, Chef.«

»Sandy! Caroline! Schampus! Zum Teufel, wo *stecken* die zwei? Zanken sich wieder. Langweiliges Volk. Bringt mich jedesmal in Rage«, fügt er in Jonathans Richtung hinzu. »Bleiben Sie, Pine – die Party geht ja grade erst los – Corks, bestell noch ein paar Flaschen!«

Aber Jonathan geht. Er signalisiert irgendwie sein Bedauern, erreicht den Gang, und als er noch einmal zurückblickt, wirft Jed ihm über ihr Champagnerglas eine neckische Kußhand zu. Er dankt mit seinem eisigsten Lächeln.

»Nachtchen, mein Lieber«, murmelte Corkoran, als sie in entgegengesetzter Richtung aneinander vorbeistreifen. »Schönen Dank für die reizende Betreuung.«

»Gute Nacht, Major.«

Frisky, der aschblonde OBG, sitzt auf einem gobelingeschmückten Thron neben dem Lift und studiert ein Taschenbuch mit viktorianischen Erotika. »Spielen Sie Golf, mein Lieber?« fragt er, als Jonathan an ihm vorbeihuscht.

»Nein.«

»Ich auch nicht.«

Die Schnepf' im Zickzackfluge treff' ich mit Sicherheit, singt Fischer-Dieskau. *Die Schnepf' im Zickzackfluge treff' ich mit Sicherheit.*

Das halbe Dutzend Dinnergäste saß wie Betende in einer Kathedrale über die von Kerzen beleuchteten Tische gebeugt. Jonathan saß unter ihnen und schwelgte in entschlossener Euphorie. Dafür lebe ich, sagte er sich: für diese halbe Flasche Pommard, diesen *foie de veau glacé* mit Gemüse in drei Farben, diese Damastdecke, dieses zerdellte alte Hotelsilber, das mich wissend anfunkelt.

Allein zu essen, war schon immer sein besonderes Vergnügen gewesen, und heute abend, dank der vom Krieg verursachten Leere, hatte Maître Berri ihm anstelle des Einzelsitzes neben der Küchentür einen der Hochaltäre am Fenster zugewiesen. Während er über den verschneiten Golfplatz auf die Stadt mit ihren am See glitzernden Lichtern hinabsah, gratulierte Jonathan sich verbissen zu der Erfüllung, die sein Leben gefunden hatte; alles Häßliche von früher hatte er hinter sich gelassen.

Das war nicht leicht für dich da oben mit dem ungeheuerlichen Roper, Jonathan, mein Junge, sagte der grauwangige Kommandant der Schule beifällig zu seinem besten Kadetten. *Und dieser Major Corkoran ist auch nicht ohne. Genau wie das Mädchen, möchte ich meinen. Mach dir nichts draus. Du bist standhaft gewesen, du hast deine Ecke verteidigt. Gut gemacht.* Und als er all seine kriecherischen Phrasen und lüsternen Gedanken in der Reihenfolge ihres schmählichen Auftretens noch einmal an sich vorbeiziehen ließ, gelang es Jonathan tatsächlich, seinem Spiegelbild in dem kerzenhellen Fenster anerkennend zuzulächeln.

Plötzlich wurde der *foie de veau* zu Asche in seinem Mund, und der Pommard schmeckte nach Metall. Seine Eingeweide verkrampften sich, sein Blick wurde verschwommen. Er sprang hastig auf, murmelte Maître Berri zu, er habe noch was vergessen, und schaffte es gerade noch rechtzeitig zur Toilette.

3

Jonathan Pine, der verwaiste einzige Sohn einer krebskranken deutschen Schönheit und eines Sergeanten der britischen Infanterie, der in einem der zahlreichen postkolonialen Kriege seines Landes gefallen war, Zögling einer traurigen Reihe von Waisenhäusern, Kinderheimen, Halbmüttern, Kadetteneinheiten und Ausbildungslagern, ehemaliger Angehöriger einer Spezialeinheit im noch traurigeren Nordirland, Lieferant, Koch, Hotelier auf Wanderschaft, ewiger Flüchtling vor emotionalen Verwicklungen, Freiwilliger, Sammler von Fremdsprachen, Nachtlebewesen im freiwilligen Exil und Seemann ohne Ziel, saß in seinem hygienischen Schweizer Büro hinter der Rezeption, rauchte eine unübliche dritte Zigarette und dachte über die weisen Worte des verehrten Hotelgründers nach, die in einem Rahmen neben dessen imposantem sepiafarbenem Foto hingen.

Mehrmals in den vergangenen Monaten hatte Jonathan zum Bleistift gegriffen, um die Wahrheit des großen Mannes aus ihrer umständlichen deutschen Syntax zu befreien, doch waren seine Bemühungen stets an irgendeinem unverrückbaren Nebensatz gescheitert. »Wahre Gastfreundschaft ist für das Leben, was wahre Kochkunst für das Essen ist«, begann er und glaubte schon fast, er hätte es. »Sie ist Ausdruck unserer Achtung vor dem eigentlichen Wert jedes Individuums, das im Verlauf seiner Lebensreise unserer Obhut anvertraut wird, ungeachtet seines Zustandes, gegenseitiger Verantwortlichkeit im Geiste der Humanität, die –« Und dann entglitt ihm wie jedesmal der Satz. Manche Sachen sollten am besten im Original bleiben.

Sein Blick wandte sich wieder Herrn Stripplis Fernseher zu, einem geschmacklosen Kasten, der wie eine Herrenhandtasche vor ihm stand. Dort lief seit fünfzehn Minuten immer das gleiche Videospiel. Der Bomber richtet das Fadenkreuz auf den grauen Fleck eines Gebäudes tief unter ihm. Die Kamera fährt näher heran. Ein Geschoß rast auf das Ziel zu, dringt ein und durchschlägt mehrere Stockwerke. Das Fundament des Gebäudes platzt zur salbungsvollen Zufriedenheit des Nachrichtensprechers wie eine Papiertüte. Volltreffer. Zwei Freispiele. Niemand spricht über die Opfer. Aus dieser Höhe sind keine zu sehen. Irak ist nicht Belfast.

Neues Bild. Sophie und Jonathan treten ihre Fahrt an.

Jonathan sitzt am Steuer; Sophie hat ihr zerschlagenes und verschwollenes Gesicht teilweise unter Kopftuch und Sonnenbrille verborgen. Kairo ist noch nicht erwacht. Die Morgenröte färbt den staubigen Himmel. Um Sophie aus dem Hotel und in sein Auto zu schmuggeln, hat der Undercover-Soldat jede Vorsicht walten lassen. Er fährt in Richtung der Pyramiden los, denn er weiß nicht, daß sie ein anderes Schauspiel im Sinn hat. »Nein«, sagt sie. »Dort entlang.« Eine stinkende, triefende Schmutzschicht hängt über den zerfallenen Gräbern des Kairoer Friedhofs. In einer Mondlandschaft aus rauchender Asche hocken die Elenden dieser Erde zwischen Hütten aus Plastiktüten und Blechdosen wie Geier in Technikolor und wühlen im Müll. Jonathan parkt auf einem Sandstreifen. Lastwagen donnern auf dem Weg zu und von der Müllkippe an ihnen vorbei und lassen eine übelriechende Wolke zurück.

»Hier hab ich ihn hingebracht«, sagt sie. Eine Seite ihres Mundes ist lächerlich geschwollen. Sie spricht durch eine Öffnung auf der anderen Seite.

»Warum?« fragt Jonathan – soll heißen: Warum bringen Sie jetzt mich hierher?
»›Sieh dir diese Leute an, Freddie‹, habe ich zu ihm gesagt. ›Jedesmal, wenn jemand mal wieder einem schäbigen arabischen Despoten Waffen verkauft, hungern diese Leute ein bißchen mehr. Kennst du den Grund? Hör mir zu, Freddie. Weil es mehr Spaß macht, eine hübsche Armee zu haben, als den Hungernden zu essen zu geben. Du bist Araber, Freddie. Laß mal außer acht, daß wir Ägypter uns nicht als Araber bezeichnen. Wir sind Araber. Ist es richtig, daß deine Träume mit dem Leben deiner arabischen Brüder bezahlt werden?‹«
»Verstehe«, sagt Jonathan, peinlich berührt wie jeder Engländer, der mit politischen Emotionen konfrontiert wird.
»›Wir *brauchen* keine Führer‹, habe ich gesagt. ›Der nächste große Araber wird ein bescheidener Handwerker sein. Er wird die Dinge in Gang bringen, und statt Krieg wird er den Menschen Würde geben. Er wird ein großer Organisator sein, kein Kriegsherr. Er wird so sein wie du, Freddie, wie du sein könntest, wenn du mal erwachsen würdest.‹«
»Und was hat Freddie dazu gesagt?« fragt Jonathan. Wenn er in ihr zerschlagenes Gesicht sieht, fühlt er sich jedesmal wie ein Angeklagter. Die dunklen Flecke um ihre Augen schillern blau und gelb.
»Er hat mir gesagt, ich soll mich um meine eigenen Angelegenheiten kümmern.« Als er die unterdrückte Wut in ihrer Stimme hört, wird sein Herz noch schwerer. »Ich habe ihm gesagt, das *ist* meine Angelegenheit! *Leben und Tod* sind meine Angelegenheit! *Araber* sind meine Angelegenheit! *Er* war meine Angelegenheit!«
Und du hast ihn gewarnt, denkt er angewidert. Du hast ihn wissen lassen, du seist eine Macht, mit der zu rechnen sei, keine schwache Frau, die er nach Belieben wegwerfen kann. Du hast ihn auf die Idee gebracht, daß auch du eine Geheimwaffe hättest, und hast ihm gedroht, genau das zu tun, was ich getan habe, ohne zu wissen, daß ich es längst getan hatte.

»Die ägyptischen Behörden werden ihm nichts tun«, sagt sie. »Er besticht sie, und sie halten sich da raus.«
»Verlassen Sie die Stadt«, rät Jonathan. »Sie wissen, wozu die Hamids fähig sind. Verschwinden Sie von hier.«
»Die Hamids können mich in Paris genausogut umbringen lassen wie in Kairo.«
»Sagen Sie Freddie, daß er Ihnen helfen soll. Er muß Sie vor seinen Brüdern in Schutz nehmen.«
»Freddie hat Angst vor mir. Wenn er nicht mutig ist, ist er ein Feigling. Was starren Sie denn so die Autos an?«
Weil man hier außer dir und den Elenden dieser Erde nichts anderes anstarren kann.
Aber sie erwartet keine Antwort von ihm. Möglich, daß diese Kennerin männlicher Schwäche sein Schamgefühl zutiefst nachvollziehen kann.
»Ich würde gerne Kaffee trinken, bitte. Ägyptischen.« Und das tapfere Lächeln, das ihn mehr verletzt, als jeder Vorwurf es je könnte.
Er kauft ihr auf einem Straßenmarkt einen Kaffee und fährt sie zum Parkhaus des Hotels zurück. Er ruft bei den Ogilveys an, wo sich das Hausmädchen meldet. »Er weg«, schreit sie. Und Mrs. Ogilvey? »Er nix da.« Er ruft in der Botschaft an. Auch dort er nix da. Er schien nach Alexandria zur Regatta.
Jonathan ruft im Jachtclub an, um eine Nachricht für Ogilvey zu hinterlassen. Eine männliche Stimme, offenbar high, teilt ihm mit, es gebe keine Regatta.
Jonathan ruft einen befreundeten Amerikaner in Luxor an. Larry Kermody – Larry, ist deine Gästesuite frei?
Er ruft Sophie an. »Ein Freund von mir, ein Archäologe, hat in Luxor noch eine Wohnung frei«, sagt er. »Und zwar im Chicago House. Sie können gern für ein oder zwei Wochen dort wohnen.« Er versucht die Stille mit Humor zu überspielen. »Eine Art Mönchszelle für akademische Gäste hinten ans Haus gebaut, mit eigenem kleinen Dachgarten. Niemand braucht überhaupt zu erfahren, daß Sie sich dort aufhalten.«

»Werden Sie mitkommen, Mr. Pine?«
Jonathan erlaubt sich keine Sekunde Zögern. »Können Sie Ihren Leibwächter abhängen?«
»Der hat sich schon selbst abgehängt. Freddie meint offenbar, ich sei es nicht mehr wert, beschützt zu werden.«
Er ruft eine Reiseagentin an, die mit dem Hotel in geschäftlicher Verbindung steht, eine Engländerin mit Bierstimme: Sie heißt Stella. »Stella, hören Sie. Zwei VIP-Gäste wollen heute abend inkognito nach Luxor fliegen. Geld spielt keine Rolle. Ich weiß, daß alles dicht ist. Ich weiß, daß es keine Flugzeuge gibt. Was können Sie tun?«
Langes Schweigen. Stella hat mediale Gaben. Stella ist zu lange in Kairo gewesen: »Nun, mein Lieber, daß *Sie* sehr wichtig sind, weiß ich, aber wer ist das Mädchen?« Und sie läßt ein fieses keuchendes Lachen hören, das Jonathan noch lange, nachdem er aufgelegt hat, in den Ohren pfeift.

Jonathan und Sophie sitzen Seite an Seite auf dem Flachdach des Chicago House, sie trinken Wodka und blicken in die Sterne. Während des Fluges hat sie kaum ein Wort gesagt. Er hat ihr etwas zu essen angeboten, aber sie will nichts. Er hat ihr ein Tuch um die Schultern gelegt.
»Roper ist der schlimmste Mann der Welt«, erklärt sie.
Jonathan hat nur begrenzte Erfahrungen mit den größten Schurken der Welt. Instinktiv sucht er die Schuld erst bei sich selbst, dann bei anderen.
»Ich nehme an, in seinem Gewerbe sind alle ziemlich ekelhaft«, sagt er.
»Er hat keine Entschuldigung«, erwidert sie scharf, unversöhnt trotz seiner beschwichtigenden Bemerkung. »Er ist gesund. Er ist ein Weißer. Er ist reich. Er ist aus guter Familie, er ist gebildet. Er hat Charme.« Die Aufzählung seiner Vorzüge läßt Roper immer ungeheuerlicher erscheinen. »Er fühlt sich in der Welt wohl. Er ist amüsant. Selbstbewußt. Und doch macht er sie kaputt. Was fehlt ihm denn noch?« Sie wartet, daß Jonathan etwas sagt, aber vergeblich. »Weshalb ist er so?

Er kommt nicht aus armen Verhältnissen. Er ist ein Glückskind. Sie sind ein Mann. Vielleicht wissen Sie es.«
Aber Jonathan weiß überhaupt nichts mehr. Er betrachtet den Umriß ihres mißhandelten Gesichts vor dem nächtlichen Himmel. *Was wirst du tun*? fragte er sie stumm. *Was werde ich tun*?
Er schaltete Herrn Stripplis Fernseher aus. Der Krieg war vorbei. Ich habe dich geliebt. Ich habe dich mit deinem zusammengeschlagenen Gesicht geliebt, als wir auf Armlänge voneinander entfernt in den Tempeln von Karnak herumgingen. *Mr. Pine*, hast du gesagt, *es ist Zeit, die Flüsse bergauf fließen zu lassen.*

Es war zwei Uhr morgens, Zeit für Jonathan, die von Herrn Meister gewünschte Runde anzutreten. Er begann dort, wo er immer begann, im Foyer. Er stand in der Mitte des Teppichs, wo Roper gestanden hatte, und lauschte den rastlosen nächtlichen Geräuschen des Hotels, die tagsüber im Tumult untergingen: das Bullern des Heizkessels, das Surren eines Staubsaugers, das Klirren von Tellern in der Zimmerservice-Küche, die Schritte eines Kellners auf der Hintertreppe. Er stand da, wo er jede Nacht stand, und stellte sich vor, wie sie aus dem Lift kam, das Gesicht wiederhergestellt, die Sonnenbrille ins Haar hochgeschoben; sie geht durchs Foyer, bleibt dann vor ihm stehen und mustert ihn spöttisch. »Sie sind Mr. Pine. Die Zierde Englands. Und Sie haben mich verraten.« Horwitz, der alte Nachtportier, saß schlafend an seinem Tisch. Er hatte den kurzgeschorenen Kopf in die Armbeuge gelegt. Du bist noch immer auf der Flucht, Horwitz, dachte Jonathan. Marschieren und schlafen. Marschieren und schlafen. Er stellte die leere Kaffeetasse des Alten vorsorglich außer Reichweite.
An der Rezeption war Fräulein Eberhardt von Fräulein Vipp abgelöst worden, einer ergrauten, verbindlichen Frau mit einem schneidenden Lächeln.
»Kann ich bitte die Spätzugänge von heute abend sehen, Fräulein Vipp?«

Sie reichte ihm die Anmeldeformulare der Turmsuitengäste. Alexander, Lord Langbourne, alias zweifellos Sandy. Adresse: Tortola, British Virgin Islands. Beruf – laut Corkorans Eintragung – Peer. Begleitet von Ehefrau Caroline. Weder ein Verweis auf seine langen, im Nacken zusammengebundenen Haare noch darauf, was ein Peer eigentlich machte, außer Peer zu sein. Onslow Roper, Richard, Beruf Unternehmer. Jonathan blätterte rasch den Rest der Formulare durch. Frobisher, Cyril, Pilot. MacArthur, Irgendjemand, und Danby, Irgendjemand anders, Manager. Weitere Assistenten, weitere Piloten und Leibwächter. Inglis, Francis, aus Perth, Australien – Francis demnach wohl Frisky – Fitneß-Berater. Jones, Tobias, aus Südafrika – Tobias also Tabby – Sportler. *Sie* hatte er sich absichtlich bis zuletzt aufgespart, wie das einzige gelungene Foto in einem Stapel verpatzter Aufnahmen. Marshall, Jemima W., wie Roper als Adresse eine Postfachnummer in Nassau. Britisch. Beruf – vom Major eigentümlich schwungvoll eingetragen – Reiterin.

»Können Sie mir davon Kopien machen, Fräulein Vipp? Wir führen eine Untersuchung über unsere Turmsuitengäste durch.«

»Selbstverständlich, Mr. Pine«, sagte Fräulein Vipp und ging mit den Formularen ins hintere Büro.

»Danke, Fräulein Vipp«, sagte Jonathan.

Doch in seiner Vorstellung sieht Jonathan sich selbst am Kopierer im Queen Nefertiti Hotel arbeiten, während Sophie raucht und ihm zusieht: *Sie haben Erfahrung*, sagt sie. Ja, ich habe Erfahrung. Ich bin ein Spion. Ich bin ein Verräter. Ich verliebe mich, wenn es zu spät ist.

Frau Merthan war die Telefonistin, auch so eine Soldatin der Nacht, deren Wachhäuschen eine stickige Kabine neben der Rezeption war.

»Guten Abend, Frau Merthan.«

»Guten Morgen, Mr. Jonathan.«

Den Scherz machten sie jedesmal.

»Der Golfkrieg läuft bestens, will ich doch hoffen?« Jonathan

warf einen Blick auf die Pressemitteilungen, die aus dem Fernschreiber hingen. »Bombardierung hält unvermindet an. Bereits eintausend Einsätze geflogen. Zahlenmäßige Überlegenheit, heißt es.«
»Soviel Geld auszugeben, für einen einzigen Araber«, stellte Frau Merthan mißbilligend fest.
Er begann die Papiere zu ordnen, eine instinktive Angewohnheit, die er bereits im Schlafsaal seiner ersten Schule angenommen hatte. Und dabei fiel sein Blick auf die Faxe. Ein einfacher schlichter Ablagekorb für die Eingänge, die am Morgen zu verteilen waren. Ein schlichter Ablagekorb für die Ausgänge, die noch zu faxen waren.
»Viel los am Telefon, Frau Merthan? Panikverkäufe rund um den Globus? Sie müssen sich vorkommen wie der Nabel der Welt.«
»Prinzessin du Four muß ihren Cousin in Wladiwostok anrufen. Jetzt, wo es in Rußland aufwärtsgeht, ruft sie jeden Abend Wladiwostok an und spricht eine Stunde lang mit ihm. Und jeden Abend wird sie unterbrochen und muß neu verbunden werden. Ich glaube, sie sucht nach ihrem Prinzen.«
»Und was ist mit den Prinzen im Turm?« fragte er. »Kaum waren sie da, schienen sie alle nur noch am Telefon zu hängen.«
Frau Merthan drückte auf ein paar Tasten und spähte durch ihre Lesebrille auf den Bildschirm. »Belgrad, Panama, Brüssel, Nairobi, Nassau, Prag, London, Paris, Tortola, irgendwo in England, noch mal Prag, noch mal Nassau. Alles Direktverbindungen. Bald wird es nur noch Direktverbindungen geben, und ich bin meinen Job los.«
»Eines Tages sind wir alle Roboter«, versicherte ihr Jonathan. Er lehnte sich über Frau Merthans Tisch und spielte den neugierigen Laien.
»Zeigt dieser Bildschirm auch die tatsächlich gewählten Nummern?« fragte er.
»Selbstverständlich, sonst würden sich die Gäste sofort beschweren. Das ist ganz normal.«

»Zeigen Sie mir mal?«
Sie zeigte es ihm. Roper kennt jeden schlechten Menschen auf der Welt, hatte Sophie gesagt.
Im Speisesaal balancierte Faktotum Bobbi auf einer Aluminiumleiter und staubte mit seinem langstieligen Mop die Kristalltropfen eines Kronleuchters ab. Jonathan trat vorsichtig auf, um ihn nicht abzulenken. In der Bar waren Herrn Kaspars nymphenhafte Nichten in bebenden Kitteln und Stonewashed-Jeans damit beschäftigt, die Topfpflanzen wiederherzurichten. Die ältere sprang auf ihn zu und hielt ihm in ihrer behandschuhten Hand einen Haufen schmutziger Zigarettenstummel hin.
»Machen Männer so was auch bei sich zu Hause?« fragte sie und streckte ihm in frecher Entrüstung die Brüste entgegen. »Kippen in Blumentöpfe stecken?«
»Ich glaube schon, Renate. Männer sind jederzeit zu den unglaublichsten Dingen fähig.« Frag Ogilvey, dachte er. Bei seiner Geistesabwesenheit regte ihn ihre schnippische Art grundlos auf. »Ich würde mich an Ihrer Stelle mit dem Klavier sehr in acht nehmen. Herr Meister bringt Sie um, wenn Sie einen Kratzer darauf machen.«
In den Küchen bereiteten die Nachtköche ein Schlafzimmer-Festmahl für die frischvermählten Deutschen in der Bel Etage vor: Steak-Tartar für ihn, Räucherlachs für sie, eine Flasche Meursault, um die Leidenschaft der beiden wieder anzuheizen. Jonathan sah zu, wie Alfred, der österreichische Nachtkellner, mit seinen zarten Fingern die Servietten zu Rosetten formte und, um die Romantik noch zu steigern, eine Schale Kamelien dazustellte. Alfred war ein gescheiterter Ballettänzer und hatte in seinen Paß »Künstler« eintragen lassen.
»Jetzt wird also Bagdad bombardiert«, sagte er zufrieden, ohne seine Arbeit zu unterbrechen. »Das wird ihnen eine Lehre sein.«
»Hat die Turmsuite heute nacht etwas zu essen bestellt?«
Alfred holte Luft und begann aufzuzählen. Sein Lächeln wirkte ein wenig zu jungenhaft. »Dreimal Räucherlachs, einmal

Fish and Chips auf englische Art, viermal Filetsteak medium und eine Doppelportion Karottenkuchen mit Schlag, den Sie Sahne nennen. Karottenkuchen ist Seiner Hoheit, Religionsersatz. Hat er mir erzählt. Und, auf Anweisung Seiner Hoheit, fünfzig Franken Trinkgeld von dem Herrn Major. Ihr Engländer gebt immer Trinkgeld, wenn ihr verliebt seid.«

»Tatsächlich?« sagte Jonathan. »Das muß ich mir merken.« Er stieg die breite Treppe hinauf. Roper ist nicht verliebt, der ist nur brünstig. Wahrscheinlich hat er sie bei irgendeiner Hostessenagentur gemietet, für soundsoviel pro Nacht. Er kam an die Doppeltür zur Grande Suite. Die Neuvermählten hatten auch neue Schuhe, bemerkte er: schwarze Lacklederschuhe mit Schnallen für ihn, goldene Sandalen für sie, ungeduldig abgestreift und hingeworfen. Unter dem Zwang lebenslangen Gehorsams bückte Jonathan sich und stellte sie nebeneinander.

In der obersten Etage legte er das Ohr an Frau Lorings Tür, hörte das Gekläff eines britischen Militärexperten aus dem Kabelfernsehen. Er klopfte an. Sie hatte sich den Morgenmantel ihres verstorbenen Mannes übers Nachthemd gestreift. Kaffee blubberte aus einer Maschine. Sechzig Jahre Schweiz hatten ihr Hochdeutsch nicht um einen einzigen kehligen Konsonanten vermehren können.

»Es sind Kinder. Aber sie kämpfen, also sind sie Männer«, erklärte sie in der perfekten Betonung seiner Mutter und reichte ihm eine Tasse.

Der britische Fernsehexperte schob mit der Leidenschaft eines Konvertiten irgendwelche Modellsoldaten in einem Sandkasten herum.

»Die Turmsuite ist also belegt. Von wem?« fragte Frau Loring, die alles wußte.

»Ach, irgendso ein englischer Mogul und seine Kohorte. Roper, Mr. Roper und Begleitung. Und eine Dame, halb so alt wie er.«

»Die Belegschaft sagt, sie sei phantastisch.«

»Ich hab nicht hingesehen.«

»Und völlig unverdorben. Natürlich.«
»Na, die müssen's ja wissen.«
Sie musterte ihn, wie sie es immer tat, wenn er so beiläufig redete. Manchmal schien sie ihn besser zu kennen als er sich selbst.
»Sie glühen ja richtig. Mit ihnen könnte man eine ganze Stadt beleuchten. Was geht in Ihnen vor?«
»Wird wohl am Schnee liegen.«
»Schön, daß die Russen endlich auf unserer Seite sind. Nicht?«
»Eine großartige Leistung der Diplomatie.«
»Ein Wunder«, korrigierte ihn Frau Loring. »Und wie die meisten Wunder wird es von keinem geglaubt.«
Sie gab ihm seinen Kaffee und bat ihn mit einer entschiedenen Geste, sich auf seinen üblichen Sessel zu setzen. Ihr Fernsehgerät war riesengroß, größer als der Krieg. Glückliche Soldaten winkten von gepanzerten Mannschaftswagen. Noch mehr Geschosse trafen hübsch ins Schwarze. Das zischende Hin und Her von Panzern. Mr. Bush wird vom jubelnden Publikum noch einmal auf die Bühne gerufen.
»Wissen Sie, was ich empfinde, wenn ich Krieg sehe?« fragte Frau Loring.
»Noch nicht«, sagte er zärtlich. Aber sie hatte anscheinend vergessen, was sie sagen wollte.
Oder vielleicht hört Jonathan es einfach nicht, denn die Klarheit dessen, was sie sagte, erinnert ihn unwiderstehlich an Sophie. Die freudige Erfüllung seiner Liebe zu ihr ist vergessen. Sogar Luxor ist vergessen. Er ist wieder in Kairo, zum letzten furchtbaren Akt.

Er steht in Sophies Penthouse, bekleidet – was zum Teufel spielt es für eine Rolle, was er da anhatte? – bekleidet mit genau dieser Smokingjacke; ein ägyptischer Polizeiinspektor in Uniform und zwei Mitarbeiter in Zivil, ebenso starr wie die Tote, lassen ihn nicht aus den Augen. Überall ist Blut, es riecht wie altes Eisen. An den Wänden, an der Decke, auf dem Diwan. Es ist wie auslaufender Wein, auf der Frisierkommode vergossen. Kleidungsstücke, Uhren, Wandteppiche, französische, arabische und englische Bücher, vergoldete Spiegel, Parfümflaschen und Schminkkästchen – alles zermalmt von einem amoklaufenden Riesenbaby. Sophie selbst ist in diesem Chaos ein vergleichsweise unbedeutendes Beiwerk. Sie scheint zu kriechen, vielleicht in Richtung der offenen Balkontür, die auf ihren weißen Dachgarten hinausführt; sie liegt in einer Stellung, die das Erste-Hilfe-Handbuch der Armee als stabile Seitenlage zu bezeichnen pflegte: den Kopf auf einem ausgestreckten Arm, eine Tagesdecke über dem Unterleib, am Oberkörper die Reste einer Bluse oder eines Nachthemds, deren Farbe nie mehr herauszufinden sein wird. Andere Polizisten erledigen andere Aufgaben, alles ohne große Überzeugung. Einer lehnt sich über die Brüstung des Dachgartens, als suche er dort nach dem Täter. Ein anderer spielt an der Tür von Sophies Wandtresor herum, schwingt sie in den zerstörten Angeln hin und her und knallt sie zu. Warum sind ihre Pistolenhalfter schwarz? fragt sich Jonathan. Sind auch sie Wesen der Nacht?

In der Küche spricht eine Männerstimme arabisch ins Telefon. Zwei weitere Polizisten bewachen die Eingangstür; auf dem Gang dahinter starren die Erster-Klasse-Passagiere einer Kreuzfahrt in seidenen Morgenmänteln und Nachtcreme ihre Beschützer an. Ein uniformierter Jüngling mit Notizbuch nimmt eine Aussage auf. Ein Franzose sagt, er werde seinen Anwalt anrufen.

»Unsere Gäste aus dem unteren Stockwerk beschweren sich über die Störung«, teilt Jonathan dem Inspektor mit. Er erkennt, daß er einen taktischen Fehler begangen hat. Angesichts eines gewaltsamen Todes ist es weder normal noch taktvoll, zu erklären, warum man da ist.

»Sie waren mit disse Frau befreindet?« fragt der Inspektor. Eine Zigarette klebt an seinen Lippen.

Weiß er etwas über Luxor?

Weiß Hamid davon?

Die besten Lügen sagt man dem anderen mit einer Spur von Arroganz offen ins Gesicht: »Sie hat gern in diesem Hotel gewohnt«, erwidert Jonathan, noch immer um einen natürlichen Tonfall bemüht. »Wer hat das getan? Was ist passiert?«
Der Inspektor zieht gleichgültig die Schultern hoch. *Die ägyptischen Behörden lassen Freddie meistens in Ruhe. Er besticht sie, und sie halten sich da raus.*
»Sie hatten Sex mit disse Frau?« fragt der Inspektor.
Hat man uns an Bord des Flugzeugs gesehen?
Uns zum Chicago House verfolgt?
Die Wohnung mit Wanzen versehen?
Jonathan hat seine Ruhe wiedergefunden. Er kann das. Je schrecklicher der Anlaß, desto mehr kann er sich auf seine Ruhe verlassen. Er gibt sich leicht gereizt: »Wenn Sie eine Tasse Kaffee Sex nennen. Sie hatte einen Leibwächter. Er war von Mr. Hamid angestellt. Wo ist er? Ist er verschwunden? Vielleicht war es der Leibwächter.«
Der Inspektor scheint unbeeindruckt. »Hamid? Wer ist Hamid, bitte?«
»Freddie Hamid. Der jüngste der Hamid-Brüder.«
Der Inspektor runzelt die Stirn, als sei ihm der Name Hamid nicht angenehm oder nicht wichtig oder nicht bekannt. Von seinen beiden Mitarbeitern ist einer kahlköpfig, der andere rothaarig. Sie tragen Jeans und Bomberjacken und viel Haar im Gesicht. Beide hören aufmerksam zu.
»Was Sie reden mit disse Frau? Politik?«
»Belanglosigkeiten.«
»Hä?«
»Über Restaurants. Gesellschaftsklatsch. Mode. Mr. Hamid hat sie manchmal in den Jachtclub mitgenommen, hier oder in Alexandria. Wir haben uns angelächelt. Guten Morgen zugewinkt.«
»Sie töten disse Frau?«
Ja, antwortet er stumm. *Nicht ganz so, wie Sie denken, aber ja, ich habe sie zweifellos getötet.*
»Nein«, sagt er.

Der Inspektor hakt beide Daumen in seinen schwarzen Gürtel. Auch seine Hose ist schwarz, die Knöpfe und Rangabzeichen sind golden. Er liebt seine Uniform sehr. Ein Helfer sagt etwas zu ihm, aber der Inspektor hört nicht zu.
»Sie hat Ihnen einmal gesagt, einer sie will töten?« fragt der Inspektor Jonathan.
»Natürlich nicht.«
»Warum, bitte?«
»Wenn sie das getan hätte, hätte ich es Ihnen sofort mitgeteilt.«
»Okay. Sie gehen jetzt.«
»Haben Sie mit Mr. Hamid Kontakt aufgenommen? Was werden Sie unternehmen?«
Der Inspektor tippt an den Schirm seiner schwarzen Mütze, um seiner Theorie Autorität zu verleihen. »Das war ein Einbrecher. Verrückter Einbrecher, töten Frau. Vielleicht Drogen.«
Verschlafen dreinblickende Sanitäter in grünen Overalls und Turnschuhen kommen mit einer Bahre und einem Leichensack ins Zimmer. Ihr Chef trägt eine Sonnenbrille. Der Inspektor tritt seine Zigarette im Teppich aus und zündet sich die nächste an. Ein Mann mit Gummihandschuhen und Kamera läßt ein Blitzlicht aufflammen. Alle haben die Requisitenkiste geplündert, um sich unterschiedlich auszustaffieren. Sie wird auf die Bahre gehoben, sie drehen sie um, und eine weiße, stark verkleinerte Brust rutscht aus der zerfetzten Umhüllung. Jonathan betrachtet Sophies Gesicht. Es ist, vielleicht durch Fußtritte, vielleicht durch einen Pistolenknauf, fast bis zur Unkenntlichkeit entstellt.
»Sie hatte einen Hund«, sagt er. »Einen Pekinesen.«
Doch während er das sagt, erblickt er den Hund hinter der offenen Küchentür. Er liegt auf den Fliesen, so gerade, wie er noch nie gelegen hat. Ein klaffender Riß zieht sich wie ein Reißverschluß über seinen Bauch, vom Hals bis zu den Hinterbeinen. Zwei Männer, denkt Jonathan dumpf: einer zum Festhalten, einer zum Schneiden; einer zum Festhalten, einer zum Schlagen.

»Sie war britische Staatsbürgerin«, sagt Jonathan; er spricht im Präteritum, um sich selbst zu bestrafen. »Sie sollten die Botschaft informieren.«
Aber der Inspektor hört ihm nicht mehr zu. Der kahlköpfige Mitarbeiter nimmt Jonathan am Arm und will ihn zur Tür bringen. Nur einen Augenblick lang, aber lang genug, spürt Jonathan, wie es ihm vor Kampfeswut heiß über Schultern und Arme hinunter in die Hände läuft. Der andere spürt es auch und tritt zurück, als hätte er einen Schlag erhalten. Dann setzt er ein gefährliches, wissendes Lächeln auf. Und jetzt gerät Jonathan in Panik. Nicht aus Angst, sondern aus dem untröstlichen Gefühl heraus, daß er etwas für immer verloren hat. Ich habe dich geliebt. Und ich habe es nie eingestanden, weder dir noch mir selbst.

Frau Merthan döste neben ihrer Telefonanlage. Manchmal rief sie spätnachts ihre Freundin an und erzählte ihr flüsternd Schweinereien, heute aber nicht. Sechs eingegangene Faxe für die Turmsuite warteten zusammen mit den Originalen der Ausgänge dieser Nacht auf den Morgen. Jonathan warf einen prüfenden Blick darauf, rührte sie aber nicht an. Er lauschte Frau Merthans Atemzügen. Er bewegte versuchsweise eine Hand vor ihren geschlossenen Augen hin und her. Sie grunzte laut auf. Wie ein geschicktes Kind, das seiner Mutter etwas aus der Einkaufstasche stiehlt, zupfte er die Faxe behutsam aus den Ablagekörben. Ob der Kopierer noch warm ist? *Sie töten disse Frau*? Er drückte eine Taste an Frau Merthans Computer, dann noch eine, und eine dritte. *Sie haben Erfahrung*. Der Computer piepste, und wieder tauchte das beunruhigende Bild von Ropers Begleiterin vor ihm auf, wie sie die Turmsuitentreppe herunterkam. Wer waren »die Brüsseler«? Wer war »Appetito aus Miami«? Wer war »Soldat Boris«? Frau Merthan drehte grunzend den Kopf. Er schrieb die Telefonnummern auf, während sie weiterschnarchte.

Der ehemalige stellvertretende Truppführer Jonathan Pine, zum Kampf bei jedem Wetter ausgebildeter Sohn eines Sergeants, stapfte einen verschneiten Weg hinunter; neben ihm plätscherte gurgelnd ein Bergbach durch den Wald. Pine trug einen Anorak über dem Smoking und leichte Kletterstiefel über den mitternachtsblauen Socken. Seine lackledernen Abendschuhe baumelten in einer Plastiktüte an seiner linken Seite. Überall in Bäumen und Gärten und längs des Ufers glitzerten unter einem vollkommen blauen Himmel Arabesken aus Schnee. Aber diesmal ließ Jonathan solche Schönheit kalt. Er war auf dem Weg zu seiner Dienstwohnung in der Klosbachstraße; es war zwanzig nach acht. Ich werde anständig frühstücken, beschloß er: gekochte Eier, Toast, Kaffee. Manchmal machte es Spaß, sich selbst zu versorgen. Vielleicht vorher ein Bad, um sich frisch zu machen. Und beim Frühstück, falls er mit sich ins reine käme, würde er einen Entschluß fassen. Er griff mit einer Hand in seinen Anorak. Der Umschlag war noch da. Wo gehe ich hin? Ein Narr ist, wer aus Erfahrungen nicht lernt. Warum bin ich so kampflustig gestimmt?

Als Jonathan sich dem Haus näherte, in dem sich sein Apartment befand, merkte er, daß er in Marschschritt gefallen war. Und so trugen ihn seine Füße, keineswegs langsamer, auch zum Römerhof, wo mit unheilvoll offenen Türen eine Straßenbahn auf ihn wartete. Er fuhr damit, ohne darüber nachzudenken, was er tat; der fremde braune Umschlag lag drückend an seiner Brust. Am Hauptbahnhof stieg er aus und ließ sich ebenso widerstandslos wie zuvor zu einem schmucklosen Gebäude im Bleicherweg tragen, in dem eine Reihe von Ländern, darunter sein eigenes, ihre Konsulate und Handelsvertretungen unterhielten.

»Ich möchte bitte Oberstleutnant Quayle sprechen«, sagte er zu der breitwangigen Engländerin hinter kugelsicherem Glas. Er zog den Umschlag heraus und schob ihn unter der Glasscheibe durch. »Es geht um eine Privatangelegenheit. Vielleicht sagen Sie ihm, daß ich ein Freund von Mark Ogilvey aus Kairo bin. Wir sind zusammen gesegelt.«

War womöglich die Sache mit Herrn Meisters Weinkeller für Jonathans Entschluß verantwortlich, mit den Füßen abzustimmen? Kurze Zeit vor Ropers Eintreffen war Jonathan sechzehn Stunden lang dort eingeschlossen gewesen, und die Erfahrung kam ihm in der Erinnerung wie ein Einführungskurs ins Sterben vor.

Eine der zusätzlichen Pflichten, mit denen Jonathan von Herrn Meister betraut worden war, bestand darin, einmal im Monat eine Bestandsaufnahme des Weinkellers vorzunehmen; dieser lag tief im Basaltgestein unter dem ältesten Teil des Hotels. Gewöhnlich erledigte Jonathan diese Arbeit am ersten Montag eines jeden Monats, bevor er die sechs freien Tage nahm, auf die er anstelle von Wochenenden vertraglichen Anspruch hatte. An dem besagten Montag war es nicht anders gewesen.

Der Versicherungswert der Spitzenweine war vor kurzem auf sechseinhalb Millionen Schweizer Franken festgelegt worden. Entsprechend kompliziert waren die Sicherheitseinrichtungen des Kellers. Ein Kombinations- und zwei Zeitschlösser waren zu öffnen, erst dann kam man an das vierte Schloß heran, ein Schnappschloß. Jeder, der hineinwollte, wurde von einer heimtückischen Videokamera beobachtet. Nachdem er die Schlösser erfolgreich bewältigt hatte, begann Jonathan seine rituelle Zählung wie üblich mit dem 61er Château Petrus, der in diesem Jahr zu viertausendfünfhundert Franken die Flasche angeboten wurde, und arbeitete sich bis zu den Magnumflaschen 45er Mouton Rothschild vor, die für zehntausend Franken zu haben waren. Und dann ging mitten in seinen Berechnungen das Licht aus.

Jonathan haßte die Dunkelheit. Aus welchem anderen Grund entscheidet man sich wohl, nachts zu arbeiten? Als Junge hatte er Edgar Allan Poe gelesen und in *Das Faß Amontillado* alle Qualen des Opfers mit durchlitten. Jedes Grubenunglück, jeder Tunneleinsturz, jede Geschichte von Bergsteigern, die in einer Gletscherspalte festsaßen, hatte in seiner Erinnerung einen eigenen Grabstein.

Er hatte die Orientierung verloren und blieb reglos stehen. Stand er auf dem Kopf? Hatte ihn der Schlag getroffen? War er in die Luft gesprengt worden? Der Bergsteiger in ihm machte sich auf den Aufprall gefaßt. Der geblendete Seemann klammerte sich an das Wrack. Der ausgebildete Kämpfer schlich ohne den Trost einer Waffe auf seinen unsichtbaren Gegner zu. Mit den Bewegungen eines Tiefseetauchers begann Jonathan sich auf der Suche nach einem Lichtschalter an den Weinregalen entlangzutasten. Telefon, dachte er. Gab es hier im Keller ein Telefon? Seine Gewohnheit, alles zu registrieren, war ihm hinderlich, lieferte zu viele Bilder auf einmal. Die Tür, hatte die Tür innen einen Griff? Mit einem geistigen Gewaltakt erinnerte er sich an den Alarmknopf. Aber der brauchte Strom.

Er konnte sich das Aussehen des Kellers nicht mehr vorstellen, und er begann wie eine Fliege im Innern eines schwarzen Lampenschirms um die Regale zu kreisen. Auf etwas derart Schreckliches war er in seiner Ausbildung nicht vorbereitet gewesen. All die Gepäckmärsche und Nahkampfübungen oder das entbehrungsreiche Training halfen ihm jetzt gar nichts. Ihm fiel ein, daß er mal gelesen hatte, Goldfische hätten ein so kurzes Gedächtnis, daß sie jede Runde im Glas als ein sensationell aufregendes Erlebnis empfänden. Er schwitzte, und wahrscheinlich weinte er. Mehrmals schrie er: Hilfe! Ich bin's, Pine! Der Name erklang vergeblich. Die Flaschen! dachte er. Die Flaschen sind meine Rettung! Er würde sie in die Dunkelheit schleudern und damit Hilfe herbeiholen. Aber selbst in diesem umnachteten Zustand behielt seine Selbstdisziplin die Oberhand: Er war nicht so verantwortungslos, reihenweise Flaschen Château Petrus zu viereinhalbtausend Franken das Stück zu zerschlagen.

Wem würde sein Verschwinden auffallen? Für die Belegschaft hatte er seine monatlichen sechs freien Tage angetreten. Die Inventur gehörte formal zu seiner Freizeit, ein Kuhhandel, zu dem Herr Meister ihn beschwatzt hatte. Seine Vermieterin würde annehmen, er übernachte im Hotel; das tat er gelegentlich, wenn Zimmer frei waren. Wenn ihm nicht zufällig ein Millionär zu Hilfe käme und eine Flasche teuren Wein bestellte, würde er längst tot sein, ehe irgend jemand sein Fehlen bemerkt hatte. Und Millionäre ließen sich wegen der Kriegsbedrohung nicht blicken.

Jonathan zwang sich, ruhiger zu werden; er setzte sich angespannt auf etwas, das sich wie ein Pappkarton anfühlte, und bemühte sich mit allen Kräften, Ordnung in sein bisheriges Leben zu bringen – ein letztes Aufräumen vor dem Tod: die schönen Zeiten, die er gehabt hatte, die Lehren, die ihm erteilt worden waren, die Fortschritte, die er in seiner persönlichen Entwicklung erzielt hatte, die guten Frauen. Es gab sie nicht. Die Zeiten, die Frauen, die Lehren. Nichts. Nichts außer Sophie, und die war tot. Er konnte in sich gehen, so sehr er wollte, er sah nichts als Halbherzigkeiten. Fehlschläge und würdelose Rückzüge, und Sophie war für dies alles das Denkmal. Als Kind hatte er sich Tag und Nacht abgequält, ein unzulänglicher Erwachsener zu sein. Als Mann für besondere Einsätze hatte er sich hinter blindem Gehorsam versteckt und, von gelegentlichen Schwächeanfällen abgesehen, Durchhaltevermögen bewiesen. Als Liebhaber, Ehemann und Ehebrecher hatte er nicht viel vorzuweisen: ein paar ängstliche Ausrutscher, gefolgt von jahrelangen Beschimpfungen und feigen Rechtfertigungen.

Und allmählich dämmerte es ihm, falls in totaler Finsternis etwas dämmern kann, daß sein Leben nur der Probelauf für ein Stück gewesen war, in dem er gar keine Rolle gespielt hatte. Und daß er von jetzt an, falls es ein Von-jetzt-an für ihn geben sollte, sein krankhaftes Streben nach Ordnung aufgeben und sich ein wenig Chaos gönnen mußte; denn Ordnung war nachweislich kein Ersatz für Glück, und so führte vielleicht das Chaos dahin.

Er würde bei Meister kündigen.

Er würde sich ein Boot kaufen, eins, das er ohne fremde Hilfe steuern konnte.

Er würde das richtige Mädchen finden, das ihm etwas bedeu-

tete, und es im Präsens lieben; eine Sophie, die er nicht verraten würde.
Er würde Freunde finden.
Er würde ein Zuhause finden und, da er selbst keine Eltern hatte, selber Vater werden.
Er würde alles tun, absolut alles, bloß nicht mehr im Dunkel sklavischer Ausflüchte herumkriechen, denn eben damit hatte er, wie ihm jetzt schien, sein Leben vergeudet und das von Sophie.
Seine Retterin war Frau Loring. Mit der ihr eigenen Wachsamkeit hatte sie ihn auf dem Weg zum Keller durch ihre Gardine beobachtet und ziemlich spät gemerkt, daß er nicht wieder hochgekommen war. Als der Rettungstrupp unter Führung von Herrn Meister – er trug ein Haarnetz und einen Zwölf-Watt-Handscheinwerfer – und lautem Rufen – »Herr Pine! Herr Jonathan!« – eintraf, war Jonathan nicht, wie man hätte meinen können, halb wahnsinnig vor Angst, sondern durchaus gelassen.
Nur ein Engländer, so versicherte man einander, als man ihn ins Helle führte, konnte so die Ruhe bewahren.

4

Die Rekrutierung des ehemaligen Undercover-Soldaten Jonathan Pinc durch den ehemaligen Nachrichtenoffizier Leonard Burr wurde von letzterem, gleich nachdem Pine sich bei Oberstleutnant Quayle gemeldet hatte, ins Auge gefaßt, jedoch erst nach zermürbenden Wochen interner Querelen in Whitehall vollzogen – trotz zunehmender Klagen aus Washington und Whitehalls ewigem Bedürfnis, Beifall in den launischen Korridoren des Kapitols zu ernten.

Jonathans Rolle bei dem Projekt lief anfangs unter dem Namen Trojaner, wurde dann aber eilig in Klette umgetauft – es brauchte zwar nicht allen Mitgliedern des gemeinsamen Teams bekannt zu sein, was es mit Homers hölzernem Pferd auf sich hatte, aber alle wußten, daß Trojan der Name eine der populärsten Kondommarken Amerikas war. Klette hingegen war in Ordnung. Eine Klette wird man nicht so leicht los.

Jonathan war ein Geschenk des Himmels, und niemand wußte das besser als Burr, der sich, seit auf seinem Schreibtisch die ersten Berichte aus Miami gelandet waren, den Kopf zerbrochen hatte, um einen Weg, *irgendeinen* Weg in Ropers Lager zu finden. Aber wie? Selbst sein eigener Auftrag hing an einem Faden, wie er bei den ersten Sondierungsgesprächen über die Durchführbarkeit seines Plans herausfand:

»Ehrlich gesagt, mein Chef ist ein wenig *unentschlossen*, Leonard«, vertraute ihm ein nervöser Bonze namens Goodhew an

der abhörsicheren Leitung an. »Gestern ging es ständig um die Kosten, heute will er vermeiden, die unsichere Lage in einer ehemaligen Kolonie womöglich noch zu verschärfen.«
Die Sonntagszeitungen hatten Rex Goodhew einmal als den Talleyrand von Whitehall bezeichnet, nur ohne dessen Hinken. Aber wie üblich war das ein Irrtum, denn Goodhew war nicht der, der er schien. Was ihn so anders machte, waren nicht seine Intrigen, sondern seine Tugenden. Sein schiefes Lächeln, seine flache Mütze und sein Fahrrad verbargen nichts Bedrohlicheres als einen hochgesinnten, von Reformeifer beseelten Anglikaner. Und wer je das Glück hatte, sein Privatleben näher kennenzulernen, fand dort kein Geheimnis, sondern eine hübsche Frau und ein paar kluge Kinder, die ihn anbeteten.
»Unsicher, daß ich nicht lache, Rex!« platzte Burr los. »Die Bahamas sind der sicherste Fleck dieser Hemisphäre. Fast alle hohen Tiere in Nassau stecken bis zu den Ohren in Kokain. Auf dieser einen Insel gibt es mehr korrupte Politiker und zwielichtige Drogenhändler als –«
»Vorsicht, Leonard«, warnte ihn Rooke von der anderen Seite des Zimmers. Rob Rooke war so etwas wie Burrs Korrektiv, ein pensionierter Soldat von fünfzig Jahren, mit ergrautem Haar und zerfurchter, wettergegerbter Kinnpartie. Doch Burr war nicht in der Stimmung, ihm Beachtung zu schenken.
»Was den Rest Ihrer Behauptung angeht, Leonard«, fuhr Goodhew unverdrossen fort, »den Sie, wie ich persönlich finde, mit *ungeheurem* Schwung, obgleich mit ein *wenig* zu vielen Adjektiven, vorgetragen haben, so nennt mein Chef dergleichen ›im Kaffeesatz lesen, mit einer extra Prise Wunschdenken‹.«
Goodhew spielte auf seinen Minister an, einen aalglatten Politiker, der noch nicht einmal vierzig war.
»Kaffeesatz?« wiederholte Burr in zorniger Verblüffung. »Was quakt er da von Kaffeesatz? Ich beziehe mich auf den hieb- und stichfesten, nachprüfbaren, erstklassigen Bericht eines hochgestellten Informanten der amerikanischen Ermittlungs-

behörde. Es ist ein Wunder, daß Strelski uns den überhaupt gezeigt hat! Was hat das mit *Kaffeesatz* zu tun?«
Wieder wartete Goodhew ab, bis Burr mit seiner Tirade fertig war. »Und jetzt zur *nächsten* Frage – mein Chef stellt sie, Leonard, nicht ich; also erschießen Sie nicht den Boten! – Wann gedenken Sie unsere Freunde auf der anderen Seite des Flusses in Kenntnis zu setzen?«
Diesmal bezog er sich auf Burrs früheren Dienst und jetzigen Rivalen, der sich in einem düsteren Hochhauskomplex an der South Bank mit Nachrichtenauswertung befaßte.
»Niemals!« gab Burr streitsüchtig zurück.
»Nun, ich finde, das sollten Sie aber.«
»Wieso?«
»Mein Chef hält Ihre alten Kollegen für Realisten. In einem kleinen, sehr neuen und, wie er zu behaupten wagt, *idealistischen* neuen Dienst wie dem Ihren ist es ziemlich leichtfertig, nicht über den Gartenzaun zu blicken. Er würde sich wohler fühlen, wenn sie die Leute vom Fluß mit an Bord hätten.«
Nun verlor Burr den Rest seiner Selbstbeherrschung. »Sie meinen, Ihr Chef würde gern erleben, daß noch jemand anderes in einer Kairoer Wohnung totgeprügelt wird, stimmt's?«
Rooke war aufgesprungen und stand da wie ein Verkehrspolizist, die rechte Hand zu einem »Halt« erhoben. Goodhews schnoddriger Ton im Hörer wurde hart.
»Was *sind* das für Anspielungen, Leonard? Vielleicht erklären Sie es lieber nicht.«
»Das sind keine Anspielungen. Ich sage Ihnen was. Ich habe mit den Realisten Ihres Herrn und Meisters *gearbeitet*, Rex. Ich habe mit ihnen gelebt. Mit ihnen gelogen. Ich *kenne* sie. Ich *kenne* Geoffrey Darker. Und ich *kenne* seine Projektgruppe Beschaffung. Ich *kenne* ihre Häuser in Marbella und ihre Zweit-Porsches in der Garage und ihren rückhaltlosen Einsatz für die freie Marktwirtschaft, vorausgesetzt, es geht um *ihre* Freiheit und um die Wirtschaft *anderer*. Ich bin nämlich dagewesen!«
»Leonard, ich habe nichts gehört, und das wissen Sie.«

»Und ich *weiß*, es gibt mehr Schweinereien in diesem Verein, mehr miese Zusagen, die einzuhalten sind, mehr Händchenhalten mit dem Feind und mehr zu Wilderern gewordene Wildhüter, als meiner Operation oder meinem Dienst zuträglich sein kann!«

»Schluß jetzt«, ermahnte Rooke ihn ruhig.

Als Burr den Hörer aufknallte, rutschte ein Schiebefenster aus der alten Halterung und stürzte herunter wie eine Guillotine. Geduldig faltete Rooke einen gebrauchten braunen Umschlag zusammen, schob das Fenster hoch und klemmte es fest.

Burr hatte noch immer die Hände vorm Gesicht und sprach durch die gespreizten Finger. »Was zum Teufel will der eigentlich, Rob? Erst soll ich Geoffrey Darker und seine finsteren Machenschaften zum Scheitern bringen, und dann befiehlt er mir, mit Darker zusammenzuarbeiten. Verdammt noch mal, was *will* er denn nun?«

»Er will, daß du ihn zurückrufst«, sagte Rooke geduldig.

»Darker *ist* tückisch. Du weißt das, ich weiß das. Und Rex Goodhew weiß es auch, wenn er einen klaren Tag hat. Warum also müssen wir herumschleichen und so tun, als ob wir Darker für einen Realisten hielten?«

Burr rief Goodhew trotzdem zurück, und das war auch richtig so, denn Goodhew war, wie Rooke ihm unablässig in Erinnerung brachte, sein bester und einziger Fürsprecher.

Vom Äußeren her hätten Rooke und Burr kaum verschiedener sein können: Rooke, das Paradepferd in seinen fast korrekten Anzügen; Burr, dessen Auftreten so nachlässig war wie seine Redeweise: Irgendwo in Burr steckte ein Kelte, ein Künstler und Rebell – Goodhew sagte ein Zigeuner. Wenn er versuchte, sich für einen besonderen Anlaß anzuziehen, sah er am Ende noch schlampiger aus, als wenn er sich keine Mühe gegeben hätte. Burr stammte aus Yorkshire und gehörte, wie er Ihnen selbst sagen würde, zu der anderen Sorte von Bewohnern dieser Gegend. Seine Vorfahren waren keine Bergarbeiter, sondern Weber gewesen; das heißt, sie verdienten sich unabhän-

gig ihren Lebensunterhalt und waren nicht Sklaven eines Unternehmens. Das verrußte Sandsteindorf, in dem Burr aufgewachsen war, lag an einem Südhang; jedes Haus sah in die Sonne und war mit breiten Mansardenfenstern versehen, die möglichst viel Sonne einfangen sollten. Burrs Vorväter waren den ganzen Tag allein in ihren einsamen Dachstuben mit Weben beschäftigt, während die Frauen unten schwatzend beim Spinnen saßen. Die Männer führten ein eintöniges Leben in Zwiesprache mit dem Himmel. Und während ihre Hände mechanisch die tägliche Plackerei hinter sich brachten, wanderten ihre Gedanken in alle möglichen, verblüffenden Richtungen. Über die Dichter, Schachspieler und Mathematiker, deren Intelligenz in der langen Helligkeit ihrer Mansardenhorste Früchte trug, gab es in dieser kleinen Ortschaft Geschichten, mit denen man Bände hätte füllen können. Und Burr, der es bis Oxford und noch weiter gebracht hatte, war der Erbe ihrer kollektiven Genügsamkeit, ihrer guten und ihrer rätselhaften Eigenschaften.
Und so war Burr gewissermaßen dafür prädestiniert, daß er von dem Tag an, da Goodhew ihn aus dem River House geholt und mit einem eigenen, schlecht finanzierten und wenig geliebten Dienst ausgestattet hatte, Richard Onslow Roper zu seinem persönlichen Antichrist bestimmte.

Gewiß, vor Roper hatte es andere gegeben. In den letzten Jahren des Kalten Krieges, bevor der Gedanke an den neuen Dienst Goodhews Augen funkeln ließ, als Burr schon von dem Jerusalem der Nach-Thatcher-Ära träumte und selbst seine angesehensten Kollegen aus der Zentralen Nachrichtenauswertung nach den Feinden anderer Leute und anderen Jobs Ausschau zu halten begannen, gab es nur wenige Insider, die von Burrs früheren Feldzügen nichts wußten, seinen Feldzügen gegen so berühmte Kriminelle der achtziger Jahre wie den unscheinbaren milliardenschweren »Alteisenhändler« Tyler, der nur mit Standby-Tickets flog, oder den einsilbigen »Buchhalter« Lorimer, der grundsätzlich nur von Telefonzel-

len aus telefonierte, oder den widerlichen Sir Anthony Joyston Bradshaw, Gentleman und gelegentlicher Satrap von Darkers sogenannter Projektgruppe Beschaffung, der eine riesige Farm am Rand von Newbury hatte und in Begleitung seines Butlers, der mit stärkenden Drinks und Gänseleber-Sandwiches neben ihm herritt, an Hetzjagden teilnahm.
Doch Richard Onslow Roper, so sagten Burrs Beobachter, war der Gegner, von dem Leonard immer geträumt hatte. Dicky Roper war reichlich ausgestattet mit allem, was Leonard zur Besänftigung seines sozialen Gewissens brauchte. In Ropers Vergangenheit gab es weder Mühen noch Benachteiligungen. Klassenzugehörigkeit, Privilegien, alles was Burr verabscheute, war Roper auf einem Präsentierteller dargeboten worden. Sogar Burrs Stimme klang anders, wenn er über ihn redete: »unser Dicky«, nannte er ihn, wobei er bewußt seinen Yorkshire-Akzent einsetzte; oder zur Abwechslung: ›der Roper‹.
»Er versucht Gott, unser Dicky. Von allem, was Gott hat, muß der Roper das Doppelte haben, und das wird sein Verderben sein.«
Solche Besessenheit zahlte sich nicht immer aus. Burr, kampfbereit in seiner finanzschwachen Dienststelle lauernd, neigte dazu, überall Verschwörungen zu wittern. Kaum war mal eine Akte nicht da, kaum verzögerte sich eine Genehmigung, sah er schon den langen Arm von Darkers Leuten im Spiel.
»Ich sage dir, Rob, wenn der Roper bei hellichtem Tag unter den Augen des Obersten Richters von England einen bewaffneten Raubüberfall begehen würde –«
»Würde der Oberste Richter ihm sein Brecheisen leihen«, schlug Rooke vor. »Und Darker hätte es ihm gekauft. Komm. Wir gehen essen.«
Das schäbige Büro der beiden lag in der Victoria Street; dort hockten sie immer bis spät in den Abend und grübelten vor sich hin. Die Akte Roper umfaßte elf Bände und ein halbes Dutzend geheimer Anlagen voller Zettel und Querverweise. Alles zusammen dokumentierte das allmähliche Abdriften

Ropers von »grauen«, halb tolerierten Waffengeschäften hin zu dem, was Burr tiefschwarz nannte.
Aber der Roper füllte auch andere Akten: bei den Ministerien der Verteidigung, des Äußeren, des Inneren, der Finanzen und der Entwicklungshilfe, bei der Bank von England und der Finanzverwaltung. Wer an diese Akten herankommen wollte, ohne in den womöglich Darker verbündeten Kreisen Neugier zu erwecken, war nicht nur auf Glück und Verschlagenheit angewiesen, sondern gelegentlich auch auf Rex Goodhews stillschweigendes Einverständnis. Um die Fährte zu verwischen, mußten Vorwände erfunden und nicht benötigte Unterlagen angefordert werden.
Dennoch kam nach und nach ein ganzes Archiv zusammen. Bevor Burr und sein kleines eingeschworenes Team sich an die Arbeit machen konnten, schob Pearl, die Tochter eines Polizisten, morgens als erstes einen Metallrollwagen mit den entwendeten Akten hinein, die geflickt und verbunden waren wie Kriegsverletzte. Abends schob Pearl sie dann wieder an ihren Aufbewahrungsort zurück. Ein Rad des Wägelchens wackelte, und man hörte es über das Linoleum des Korridors davonquietschen. Das Ding wurde Ropers Schinderkarren genannt.

Bei all diesen Strapazen mußte Burr stets auch an Jonathan denken. »Er soll jetzt bloß nichts riskieren, Reggie«, bedrängte er Quayle über das abhörsichere Telefon, während er ungeduldig auf etwas wartete, das Goodhew sarkastisch als das offizielle, endgültige Vielleicht seines Chefs bezeichnete. »Er soll keine Faxe mehr stehlen und nicht mehr an Schlüssellöchern lauschen, Reggie. Er soll Ruhe bewahren und sich natürlich verhalten. Ist er immer noch wütend auf uns wegen der Sache in Kairo? Ich werde erst mit ihm flirten, wenn ich weiß, daß ich ihn haben kann. Ich mach so was nicht zum erstenmal.« Und zu Rooke: »Ich sage keinem was, Rob. Für alle anderen heißt er Mister Brown. Darker und sein Freund Ogilvey haben mir eine Lektion erteilt, die ich nicht vergessen werde.«

Als weitere verzweifelte Vorsichtsmaßnahmen legte Burr ein Scheindossier für Jonathan an, gab ihm einen fiktiven Namen, versah es mit den Personalien eines fiktiven Agenten und behandelte das Dossier mit einer auffälligen Heimlichtuerei, der, so hoffte er, etwaige Diebe auf den Leim gehen würden. Paranoia? meinte Rooke. Burr schwor, das alles sei nicht mehr als eine vernünftige Vorsichtsmaßnahme. Er wisse nur zu gut, wozu Darker imstande sei, wenn er einen Rivalen ausschalten wollte – selbst wenn es sich bloß um einen so mickrigen Verein wie den seinen handle.

Unterdessen notierte Burr mit seiner sauberen Handschrift immer mehr Details in Jonathans rasch anschwellender Akte, die er in einem unbeschrifteten Ordner in der langweiligsten Ecke der Registratur aufbewahrte. Rooke besorgte über Mittelsmänner die Armeepapiere von Jonathans Vater. Der Sohn war knapp sechs Jahre alt, als Sergeant Peter Pine in Aden postum eine militärische Auszeichnung für »hervorragenden Mut vor dem Feind« verliehen worden war. Auf einem Zeitungsausschnitt war vor den Toren des Palastes ein gespenstisch wirkendes Kind zu sehen, das den Orden deutlich sichtbar an seinem blauen Regenmantel trug. Daneben eine weinende Tante. Seiner Mutter ging es nicht gut genug, um daran teilzunehmen. Ein Jahr später war auch sie tot.

»Solche Burschen haben normalerweise viel für die Armee übrig«, bemerkte Rooke auf seine einfache Art. »Verstehe gar nicht, warum er da aufgehört hat.«

Mit dreiunddreißig hatte Peter Pine gegen die Maumau in Kenia gekämpft, Oberst Grivas durch ganz Zypern gejagt und sich in Malaya und Nordgriechenland mit Guerillas angelegt. Niemand konnte ihm etwas Schlechtes nachsagen.

»Ein Sergeant und Gentleman«, bemerkte der Antikolonialist Burr, ein Gesicht schneidend, zu Goodhew.

Dann wandte er sich wieder dem Sohn zu und brütete über Berichten von Jonathans langem Marsch durch Kadettenheime und zivile Waisenhäuser und die Duke-of-York-Militärschule in Dover. Die widersprüchlichen Aussagen machten ihn schnell wütend. *Ängstlich*, sagte der eine Bericht; *mutig* der nächste; *ein Einzelgänger, sehr kontaktfreudig*, ein *introvertierter* Junge, ein *extrovertierter*, ein *geborener Führer, hat kein Charisma*, immer hin und her wie ein Pendel. Und einmal hieß es: *auffällige Neigung für Fremdsprachen*, als sei dies ein krankhaftes Symptom für etwas, an das man besser nicht rühren sollte. Aber was Burr endgültig auf die Palme brachte, war das Wort *unausgeglichen*.

»Wer zum Teufel hat denn je bestimmt«, wollte er entrüstet wissen, »daß ein sechzehnjähriger Junge ohne ein Zuhause, der nie eine Chance hatte, elterliche Liebe zu erfahren, *ausgeglichen* zu sein hat?«

Rooke nahm die Pfeife aus dem Mund und runzelte die Stirn, und damit war sein Beitrag zu der theoretischen Debatte auch schon zu Ende.

»Und was soll das hier heißen: auf Draht?« fragte Burr aus seiner Lektüre heraus.

»Lebenstüchtig, unter anderem. Ausgebufft.«

Sogleich nahm Burr Anstoß. »Jonathan ist nicht *lebenstüchtig*. Er ist überhaupt nicht tüchtig. Er ist lasch. Was bedeutet *Roulement*?«

»Eine fünfmonatige Dienstzeit«, antwortete Rooke geduldig.

Burr war auf Jonathans Akte seinerzeit in Irland gestoßen; dorthin war er nach einer Reihe von freiwillig absolvierten speziellen Schulungskursen geschickt worden, um in der Banditengegend von South Armagh Observationsaufgaben zu übernehmen.

»Operation Nachteule, was war das?«

»Ich habe nicht die leiseste Ahnung.«

»Dann tu mal was, Rob. Du bist doch der Soldat hier.«

Rooke rief im Verteidigungsministerium an und erfuhr, die Nachteulen-Papiere seien als so geheim eingestuft, daß sie einer nicht registrierten Dienststelle nicht überlassen werden dürften.

»*Nicht registriert*!« explodierte Rooke und wurde noch röter als

sein Schnurrbart. »Wofür halten die uns eigentlich, zum Teufel? Für irgendeinen Saftladen? Großer Gott!«
Doch Burr war zu beschäftigt, um Rookes seltenen Ausbruch genießen zu können. Er konzentrierte sich auf das Bild des blassen Jungen, der sich Fotografen zuliebe den Orden seines Vaters angeheftet hatte. Allmählich bekam Burr eine Vorstellung von Jonathan. Jonathan war der Richtige, da war er sicher. Rookes vorsichtige Ermahnungen konnten diese Überzeugung nicht ins Wanken bringen.
»Als Gott mit der Herstellung von Dicky Roper fertig war«, sagte er eines Freitagabends beim Curry ernst zu Rooke, »hat Er tief Luft geholt, sich ein bißchen geschüttelt und dann hastig unseren Jonathan zusammengeschustert, um das ökologische Gleichgewicht wiederherzustellen.«

Die von Burr ersehnte Nachricht traf genau eine Woche später ein. Sie waren auf Goodhews Rat im Haus geblieben und hatten darauf gewartet.
»Leonard?«
»Ja, Rex.«
»Sind wir uns einig, daß dieses Gespräch nicht stattfindet? Beziehungsweise erst nach der Montagssitzung des Gemeinsamen Lenkungsausschusses?«
»Wie Sie wünschen.«
»Also das Wesentliche. Ein paar Brocken mußten wir ihnen schon hinwerfen, sonst wären sie beleidigt gewesen. *Sie* kennen ja die Verhältnisse im Finanzministerium.« Burr kannte sie nicht. »Erstens. Es ist ein Fall für die Ermittlungsbehörde, hundertprozentig. Planung und Ausführung liegen ausschließlich bei Ihnen; das River House stellt Hilfsmittel zur Verfügung, ohne Wenn und Aber. Höre ich Jubelgeschrei? Kommt mir nicht so vor.«
»Wie ausschließlich ist dieses Ausschließlich zu verstehen?« fragte Burr mißtrauisch.
»Wenn man auf fremde Hilfe angewiesen ist, muß man nehmen, was kommt. Zum Beispiel kann man von den River-

Jungs nicht erwarten, daß sie für jemanden das Telefon überwachen und sich nicht mal kurz das Ergebnis ansehen, bevor sie den Umschlag zukleben. Oder?«

»Stimmt, das kann man nicht. Und was ist mit unseren tapferen amerikanischen Vettern?«

»Langley, Virginia, wird sich wie sein Gegenstück am anderen Themseufer außerhalb des Bannkreises halten. Prinzip der Gegenseitigkeit. Die *Lex Goodhew.* Wenn die Leute von der Nachrichtenauswertung in London unter Kontrolle gehalten werden müssen, dann müssen logischerweise auch die Kollegen in Langley unter Kontrolle gehalten werden. So habe ich argumentiert, und diesen Rat hat mein Chef angenommen. Leonard ...? Leonard, sind Sie eingeschlafen?«

»Goodhew, Sie sind ein echtes Genie.«

»Drittens – oder bin ich bei D? – mein Chef in seiner Eigenschaft als zuständiger Minister wird symbolisch Ihr kleines Händchen halten, aber nur mit verdammt dicken Handschuhen; seit neuestem hat er nämlich eine panische Angst vor Skandalen.« Der scherzhafte Tonfall verschwand, und der Prokonsul kam durch: »Also keinerlei direkte Kommunikation zwischen Ihnen und ihm, ist das klar, Leonard? Es führt nur ein Weg zu meinem Chef, und der geht über mich. Wenn ich schon meinen guten Ruf aufs Spiel sezte, dürfen Sie mir nicht dazwischenfunken. Einverstanden?«

»Einverstanden. Was ist mit meinem Kostenvoranschlag?«

»Was damit ist? Wie meinen Sie das?«

»Ist er genehmigt worden?«

Der verdammte englische Idiot antwortete: »Du liebe Zeit, nein, Sie armer Irrer! Man hat ihn *nicht* genehmigt. Er wird mit zusammengebissenen Zähnen geduldet. Ich mußte die Kosten auf drei Ministerien aufteilen *und* mir noch was bei meiner Tante schnorren. Und da ich persönlich die Bücher frisieren werde, haben Sie die Güte, über ihre Ausgaben und auch über Ihre Sünden nur *mir* gegenüber Rechenschaft abzulegen.«

Burr war viel zu aufgeregt, um sich noch mit dem Kleinge-

druckten abzugeben. »Wir haben also grünes Licht«, sagte er, damit auch Rooke es mitbekam.
»Das sehr schnell auf Gelb umspringen kann, sage ich Ihnen«, gab Goodhew zurück. »Also keine abfälligen Bemerkungen mehr über Darkers Beschaffungskrake, keine törichten Reden über Geheimdienstleute, die bloß ihre eigenen Schäfchen ins trockene bringen. Sie werden Ihren Kumpels von der amerikanischen Polizei um den Bart gehen müssen, da bleibt Ihnen nichts anderes übrig, und Sie werden meinen Chef nicht um seinen sicheren Wahlkreis und sein schönes Auto bringen. Wie wollen Sie Bericht erstatten? Stündlich? Dreimal täglich vor den Mahlzeiten? Und vergessen Sie nicht, daß dieses Gespräch erst nach der Sitzung am nächsten Montag stattgefunden hat, nach heftiger Debatte, wie es bei solchen Dingen üblich ist.«

Daß er wirklich den Sieg davongetragen hatte, glaubte Burr jedoch erst, als die amerikanischen Ermittler tatsächlich in London eingetroffen waren. Die amerikanischen Polizisten verbreiteten eine gewisse Aktivität, die das interministerielle Gezänk vergessen ließ. Burr mochte sie auf den ersten Blick, und auch sie mochten ihn, jedenfalls lieber als den eher verschlossenen Rooke, dessen Rücken sich militärisch straffte, sobald er mit ihnen an einem Tisch saß. Burrs barsche Ausdrucksweise und sein brüsker Umgang mit der Bürokratie war ihnen sofort sympathisch. Und als klar wurde, daß er die verrufene Zentrale Nachrichtenauswertung verlassen hatte, um sich entsagungsvoll der Niederwerfung des Feindes zu widmen, wurde er ihnen noch sympathischer. Die Zentrale Nachrichtenauswertung war für sie etwas von Grund auf Schlechtes, ob nun in Langley oder im River House. Es bedeutete, bei einigen der größten Schurken der Hemisphäre ein Auge zuzudrücken, bloß um anderswo irgendwelche nebulösen Vorteile zu ergattern. Es bedeutete Operationen, die unerklärlicherweise mittendrin abgebrochen werden mußten, und Befehle, die von höchster Stelle rückgängig gemacht wurden. Es bedeutete grünschnäblige Phantasten aus Yale, die sich einbildeten, sie könnten die schlimmsten Halsabschneider Lateinamerikas austricksen, und immer sechs unschlagbare Argumente auf Lager hatten, warum sie genau das Falsche taten.

Der erste Ermittlungsbeamte, der eintraf, war der berühmte Joseph Strelski aus Miami, ein wortkarger, in Amerika geborener Slawe in Turnschuhen und Lederjacke. Als Burr vor fünf Jahren zum erstenmal seinen Namen gehört hatte, hatte Strelski Washingtons zwiespältige Kampagne gegen die illegalen Waffenschieber geleitet, denen auch Burr ewige Feindschaft geschworen hatte. Bei seinem Kampf gegen sie war Strelski frontal mit genau den Leuten zusammengeprallt, die eigentlich seine Verbündeten hätten sein müssen. Hastig mit anderen Aufgaben betraut, zog Strelski in den Krieg gegen die südamerikanischen Kokainkartelle und deren Komplicen in den Staaten: die infamen, prozentual beteiligten Anwälte und Großhändler in Seidenhemden, die Kuriersyndikate und Geldwäscher und all die Politiker und Beamten, die er als stillschweigende Mittäter bezeichnete, die den anderen den Weg bahnten und ihren Anteil bekamen.

Jetzt galt Strelskis ganze Leidenschaft den Drogenkartellen. Amerika gibt mehr Geld für Drogen aus als für Essen, Leonard! beteuerte er immer wieder, im Taxi, auf dem Flur, bei einem Glas Seven Up. Es geht hier um Beträge, die den Kosten des gesamten Vietnamkriegs entsprechen, Rob, und zwar jährlich, und unversteuert! – Und mit derselben Begeisterung, mit der andere Süchtige den Dow-Jones-Index zitieren, schnurrte er die aktuellen Drogenpreise herunter: angefangen bei einem Dollar pro Kilo Rohkokablätter in Bolivien über zweitausend das Kilo Kokainbasis in Kolumbien und zwanzigtausend Dollar das Kilo bei den Großhändlern in Miami bis zu zweihunderttausend das Kilo im Straßenhandel. Dann – als hätte er sich wieder einmal dabei ertappt, daß er die anderen langweilte – setzte er ein hartes Grinsen auf und sagte, wer sich einen Profit von hundert zu eins entgehen lasse, müsse ja

auch wirklich ein Vollidiot sein. Aber das Grinsen konnte die kalte Glut in seinen Augen nicht ersticken.
Dieser ewige Zorn setzte Strelski so zu, daß er sich selbst nicht mehr riechen konnte. Bei jedem Wetter zog er morgens und abends los, um zu Burrs gekünsteltem Entsetzen in den königlichen Parks zu joggen.
»Joe, um Gottes willen, nehmen Sie sich eine dicke Scheibe Plumpudding, und bleiben Sie sitzen«, riet ihm Burr mit gespielter Strenge. »Wir kriegen schon einen Herzinfarkt, wenn wir nur an Sie denken.«
Alles lachte. Unter den Ermittlern herrschte eine sehr lockere Atmosphäre. Nur Amato, Strelskis venezolanisch-amerikanischer Helfer, verzog keine Miene. Er saß mit verkniffenem Mund bei ihren Besprechungen, und seine schwarzen Augen starrten ins Leere. Am Donnerstag strahlte er dann plötzlich wie ein Idiot. Seine Frau hatte ein Mädchen geboren.
Aus ganz anderem Holz war Strelskis zweiter Helfer, Pat Flynn, ein übergewichtiger, dickbackiger Ire vom US-Zoll: der Typ Polizist, erzählte Burr Goodhew behaglich, der seine Berichte mit dem Hut auf dem Kopf tippte. Um Flynn rankten sich Legenden, und das nicht ohne Grund. Pat Flynn, so hieß es, habe die erste als Verteilerkasten getarnte Lochkamera erfunden, die innerhalb von Sekunden an jedem Telegrafen- oder Hochspannungsmast angebracht werden konnte. Pat Flynn habe eine Technik entwickelt, mit der man kleine Boote unter Wasser mit Wanzen versehen konnte. Pat Flynn habe auch noch andere Fähigkeiten, vertraute Strelski Burr an, als die beiden eines Abends durch den St. James Park schlenderten, Strelski in seiner Joggingausrüstung und Burr in seinem zerknautschten Anzug:
»Pat kannte einen, der einen kannte, der einen kannte, der einen kannte«, sagte Strelski. »Ohne Pat wären wir nie an Bruder Michael herangekommen.«
Strelski sprach von seiner heiligsten und heikelsten Quelle; und das war geweihter Boden, auf den Burr sich nur vorwagte, wenn Strelski ihn dazu einlud.

Während die Ermittler täglich näher zusammenrückten, fügten sich die Schreibtischspione von der Nachrichtenauswertung nicht leicht in ihre Rolle als Bürger zweiter Klasse. Zu einem ersten Schlagabtausch kam es, als Strelski einmal durchblicken ließ, sein Dienst habe die Absicht, Roper hinter Gitter zu bringen. Er kenne sogar schon das Gefängnis, das man für ihn vorgesehen habe, teilte er der Runde fröhlich mit. »Und ob ich das kenne. Ist in Marion, einem kleinen Ort in Illinois. Dreiundzwanzigeinhalb Stunden täglich Einzelhaft, ohne Gesellschaft, Hofgang in Handschellen, Essen wird auf einem Tablett durch einen Schlitz in die Zelle geschoben. Parterre ist am schlimmsten, keine Aussicht. Ganz oben ist es besser, aber mehr Gestank.«

Diese Enthüllung stieß auf eisiges Schweigen, das schließlich von einem Rechtsberater des Kabinetts mit scharfer Stimme gebrochen wurde.

»Sind Sie sicher, daß wir über so etwas diskutieren sollten, Mr. Strelski?« fragte er mit der Arroganz eines Staatsanwalts. »Ich hatte den Eindruck, ein bekannter Schurke sei der Gesellschaft von größerem Nutzen, wenn man ihn auf freiem Fuß läßt. Denn solange er frei herumläuft, kann man mit ihm machen, was man will: seine Komplicen identifizieren, *deren* Komplicen identifizieren; abhören und beobachten. Wenn man ihn einsperrt, muß man das ganze Spiel mit irgendeinem Neuen wieder von vorne anfangen. Es sei denn, man bildet sich ein, so etwas vollständig ausrotten zu können. Aber das denkt doch wohl niemand, oder? Nicht hier in diesem Zimmer?«

»Sir, ich behaupte, im wesentlichen gibt es zwei Wege, die man einschlagen kann«, erwiderte Strelski und lächelte ihn wie ein aufmerksamer Schüler respektvoll an. »Man kann auswerten, oder man kann handeln. Auswerten, das ist eine unendliche Geschichte: Man rekrutiert den Feind, um den nächsten Feind zu schnappen. Dann rekrutiert man den *nächsten* Feind, damit man den nächsten schnappen kann, und immer so weiter. Handeln, das ist es, was wir im Fall von Mr. Roper vorhaben. Er entzieht sich dem Gesetz, und das heißt für mich, er muß festgenommen werden, er muß nach dem Waffenhandelsgesetzen angeklagt werden, und er muß eingesperrt werden. Auswerten, Informationen benutzen – am Ende müssen Sie sich fragen, wer da eigentlich ausgenutzt wird: der Mann, der sich dem Gesetz entzieht, die Öffentlichkeit oder die Justiz.«

»Strelski ist ein Einzelgänger«, verriet Goodhew Burr mit unverhohlener Freude, als sie unter Regenschirmen auf dem Bürgersteig standen. »Sie beide sind vom gleichen Schlag. Kein Wunder, daß die Juristen es mit der Angst bekommen.«

»Also bei Juristen habe ich meine Zweifel.«

Goodhew sah die verregnete Straße hinunter. Er war glänzender Laune. Am Tag zuvor hatte seine Tochter ein Stipendium in South Hampstead und sein Sohn Julian den Aufnahmebescheid vom Cambridger Clare College bekommen. »Mein Chef sitzt wie auf glühenden Kohlen, Leonard. Er hat mal wieder mit Leuten geredet. Mehr als einen Skandal befürchtet er jetzt, daß er als Tyrann bezeichnet werden könnte. Ihn quält die Vorstellung, er sei Drahtzieher eines weitreichenden, von zwei mächtigen Regierungen inszenierten Komplotts gegen einen einsamen britischen Geschäftsmann, der sich der Bekämpfung der Rezession verschrieben hat. Sein Gefühl für Fairplay sagt ihm, daß Ihr Vorgehen unverhältnismäßig ist.«

»Tyrann«, wiederholte Burr leise: Er dachte an Ropers elfbändige Akte und die Tonnen hochkomplizierter Waffen, mit denen er unkomplizierte Leute überhäufte. »Wer ist denn hier der Tyrann? Herrgott noch mal.«

»Lassen Sie Gott aus dem Spiel, bitte. Ich brauche ein überzeugendes Gegenargument. Bis Montagmorgen ganz früh, bitte. So kurz, daß es auf eine Postkarte paßt, keine Adjektive. Und sagen Sie Ihrem netten Kollegen Strelski, daß ich von seiner Arie *hingerissen* war. Ah. Die Rettung naht. Ein Bus.«

Whitehall ist ein Dschungel, aber wie jeder Dschungel hat auch Whitehall ein paar Wasserstellen zu bieten, an denen bei

Sonnenuntergang Tiere, die einander zu jeder anderen Tageszeit in Stücke reißen würden, zusammenkommen und sich in heikler Gesellschaft satt trinken. Ein solcher Ort war der Fiddler's Club, hoch über dem Embankment gelegen und nach einem Pub namens Fiddler's Elbow benannt, der früher gleich nebenan gewesen war.

»*Ich* vermute, Rex steht im Sold einer ausländischen Macht; was meinen Sie, Geoffrey?« sagte der juristische Berater des Kabinetts zu Darker, als sie sich aus dem Faß in der Ecke ein Glas Bier zapften und die Rechnung quittierten. »Glauben Sie nicht auch? *Ich* denke, er wird von den Franzmännern bezahlt, um die Effektivität der britischen Regierung zu untergraben. Prost.«

Darker war wie viele einflußreiche Leute ein kleiner Mann, hohlwangig und mit tiefliegenden, ruhigen Augen. Meist trug er knallblaue Anzüge und breite Manschetten und an diesem Abend auch noch dunkelbraune Wildlederschuhe, die seinem Galgenlächeln einen Hauch von Ascot verliehen.

»Ach Roger, wie sind Sie nur dahintergekommen?« erwiderte Goodhew mit gequälter Heiterkeit, entschlossen, diesen Seitenhieb gutmütig hinzunehmen. »Ich stehe schon seit Jahren bei denen auf der Lohnliste, stimmt's, Harry?« Er gab die Frage an Harry Palfrey weiter. »Wie hätte ich mir sonst mein schönes neues Fahrrad leisten können?«

Darker lächelte immer noch. Und da er keinen Humor hatte, wirkte sein Lächeln ein wenig finster, beinahe wahnsinnig. An dem langen Klostertisch saßen Goodhew und acht weitere Männer: ein Bonze vom Außenministerium, ein Baron vom Finanzministerium, der juristische Berater des Kabinetts, zwei Tory-Mittelbänkler in zu engen Anzügen und drei Schreibtischspione, von denen Darker der bedeutendste und der arme Harry Palfrey der jämmerlichste war. Der Raum war miefig und verqualmt. Außer seiner Nähe zu Whitehall, zum House of Commons und zu Darkers Betonreich auf der anderen Seite des Flusses sprach nichts für ihn.

»Wenn Sie mich fragen, Roger, handelt Rex nach dem Motto:

Teile und herrsche«, sagte einer der Torys, der so viel Zeit in geheimen Ausschüssen verbrachte, daß man ihn oft für einen Geheimdienstmann hielt. »Machtbesessenheit, getarnt mit Verfassungsbrimborium. Er untergräbt die Zitadelle bewußt von innen heraus, stimmt's, Rex? Geben Sie's zu.«
»Völliger Blödsinn, ich muß doch bitten«, gab Goodhew leichthin zurück. »Mein Chef bemüht sich nur, die Nachrichtendienste in die neue Ära zu retten und ihnen zu helfen, ihre Altlasten loszuwerden. Sie sollten ihm dankbar sein.«
»Ich vermute, Rex *hat* gar keinen Chef«, widersprach der Bonze vom Außenministerium unter allgemeinem Gelächter. »Hat denn irgend jemand schon mal diesen Burschen gesehen? Ich denke, Rex hat ihn erfunden.«
»Warum sind wir eigentlich so pingelig mit Drogen?« klagte einer vom Finanzministerium, die dünnen Fingerspitzen ineinander verstrebt wie eine Bambusbrücke. »Dienstleistungsgewerbe, Nachfrage und Angebot. Riesenprofite für die Dritte Welt, *etwas* davon gelangt schon an die richtigen Stellen. Wir tolerieren Tabak, Alkohol, Umweltverschmutzung, Pocken. Warum sind wir bei Drogen so zimperlich? *Ich* würde ein Waffengeschäft in Höhe von ein paar Milliarden Pfund nicht ausschlagen, selbst *wenn* ein bißchen Kokain an den Banknoten hängt, das sag ich Ihnen ganz offen!«
Eine versoffene Stimme unterbrach ihren Heiterkeitsausbruch. Sie kam von Harry Palfrey, einem River-House-Anwalt, der jetzt als unbefristete Leihgabe für Darkers Projektgruppe Beschaffung arbeitete. »Burr meint es ernst«, warnte er heiser, ohne daß irgendwer ihn besonders dazu gedrängt hätte. Er trank einen großen Scotch, und es war nicht der erste. »Burr tut, was er sagt.«
»O mein *Gott*«, rief der vom Außenministerium entsetzt. »Dann sind wir jetzt wohl *alle* geliefert! Stimmt's, Geoffrey? Stimmt's?«
Aber Geoffrey Darker hörte nur mit den Augen zu und lächelte sein freudloses Lächeln.

Dabei hatte von allen, die an diesem Abend im Fiddler's Club versammelt waren, nur der abgehalfterte Rechtsanwalt Harry Palfrey eine Vorstellung vom wahren Umfang des Kreuzzuges, zu dem Rex Goodhew angetreten war. Palfrey war heruntergekommen. In jeder britischen Organisation gibt es immer einen Mann, der seinen Niedergang als Kunstwerk gestaltet, und in dieser Hinsicht war Harry Palfrey das Prunkstück des River House. Was auch immer Positives er in der ersten Hälfte seines Lebens geleistet hatte, hatte er in der zweiten systematisch zerstört – ob das nun seine Anwaltspraxis war, seine Ehe oder die Bewahrung seines Stolzes, von dem nur noch ein paar jämmerliche Reste in seinem bedauernden Grinsen übriggeblieben waren. Warum Darker an ihm festhielt, warum überhaupt jemand an ihm festhielt, war durchaus kein Rätsel: Palfrey war der Versager, neben dem jeder andere als Erfolgsmensch erschien. Nichts war ihm zu bescheiden, nichts zu erniedrigend. Gab es einen Skandal, ließ Palfrey sich immer bereitwillig zur Schlachtbank bringen. Mußte ein Mord ausgeführt werden, war Palfrey mit Eimer und Putzlappen zur Stelle, um das Blut wegzuwischen und drei Augenzeugen zur Entlastung des Täters aufzutreiben. Und mit der Weisheit des menschlichen Wracks kannte Palfrey Rex Goodhews Geschichte, als wäre es seine eigene, und in gewissem Sinn war sie das auch, denn er hatte schon vor langer Zeit die gleichen Beobachtungen gemacht wie Goodhew, auch wenn er nie den Mut besessen hatte, die gleichen Schlüsse zu ziehen.

Die Geschichte war, daß nach fünfundzwanzig Jahren unter der Flagge von Whitehall irgend etwas in Goodhew unbemerkt zerbrochen war. Auslöser mochte das Ende des Kalten Krieges gewesen sein. Goodhew war so bescheiden, es nicht zu wissen.

Die Geschichte war, daß Goodhew eines Montagmorgens wie immer aufwachte und aus dem Stand beschloß, daß er schon viel zu lange im mißbrauchten Namen der Freiheit seine Skrupel und Prinzipien dem großen Gott der Sachzwänge geopfert hatte und daß es dafür längst keine Rechtfertigung mehr gab.

Und daß er unter den schlechten Angewohnheiten des Kalten Krieges, die nicht mehr zu rechtfertigen waren, litt. Er mußte sich ändern oder innerlich zugrunde gehen. Weil die äußere Bedrohung nicht mehr bestand. Sie war weg. Verschwunden.
Aber wo sollte er anfangen? Eine halsbrecherische Fahrt mit dem Fahrrad brachte ihm die Antwort. Als er an jenem verregneten Februarmorgen – es war der 18., Rex Goodhew vergaß nie ein Datum – wie gewöhnlich von seinem Haus in Kentish Town nach Whitehall radelte und sich durch die stinkenden Schlangen der Pendlerautos wand, hatte er plötzlich eine stumme Eingebung. Er mußte die Krake Geheimdienst zurechtstutzen. Er würde die Macht auf einzelne, kleinere Dienste verteilen und jeden davon einzeln verantwortlich machen. Er würde entflechten, dezentralisieren, humanere Organisationsformen aufbauen. Und anfangen würde er mit dem korrumpierendsten Faktor von allen: der unheiligen, von Geoffrey Darker im River House beherrschten Allianz zwischen der Zentralen Nachrichtenauswertung, Westminster und dem geheimen Waffenhandel.

Und woher wußte Harry Palfrey das alles? Von Goodhew. Goodhew hatte Palfrey aus christlichem Anstand an Sommerwochenenden nach Kentish Town eingeladen, wo sie im Garten Pimms tranken und mit den Kindern albernes Kricket spielten; denn er merkte durchaus, daß Palfrey auf seine schäbig grinsende Art ziemlich nah am Abgrund stand. Und nach dem Essen hatte Goodhew ihn mit seiner Frau am Tisch alleingelassen, damit er ihr sein Herz ausschütten konnte, denn ausschweifende Männer tun nichts lieber, als sich bei tugendhaften Frauen auszuweinen.
Und im Nachglanz eines solchen wohltuenden Geständnisses hatte Harry Palfrey sich mit kläglichem Eifer freiwillig bereit erklärt, Goodhew über die Hintertreppenmachenschaften gewisser ungeratener Barone des River House auf dem laufenden zu halten.

5

Zürich, unten am See kauernd, zitterte unter einer eisigen grauen Wolke.

»Mein Name ist Leonhard«, sagte Burr und stemmte sich aus Quayles Bürosessel wie jemand, der bei einer Schlägerei einschreiten will. »Ich bin für Gangster zuständig. Rauchen Sie? Hier. Vergiften Sie sich.«

Sein Angebot klang so gut gelaunt und komplicenhaft, daß Jonathan sofort darauf einging und – obwohl er nur selten rauchte und es hinterher jedesmal bereute – eine Zigarette nahm. Burr zog ein Feuerzeug aus der Tasche, klickte und schoß Jonathan die Flamme ins Gesicht.

»Ich nehme an, Sie meinen, wir hätten Sie im Stich gelassen, hab ich recht?« sagte er, um gleich den Punkt des größten Widerstands aufzugreifen. »Sie und Ogilvey sind ja, bevor Sie Kairo verlassen haben, ganz schön aneinandergeraten, wenn ich nicht irre.«

Ich habe gedacht, Sie hätten *sie* im Stich gelassen, hätte Jonathan fast geantwortet. Aber er war auf der Hut, und so setzte er sein Hotelierslächeln auf und sagte: »Ach, das renkt sich wieder ein, bestimmt.«

Burr hatte genau über diesen Augenblick nachgedacht und beschlossen, daß Angriff die beste Verteidigung war. Daß er, was Ogilveys Beteiligung an der Sache betraf, die schlimmsten Ahnungen hegte, war jetzt nebensächlich: Dies war nicht der

Zeitpunkt, darauf hinzuweisen, daß es in seinem Haus Meinungsverschiedenheiten gab.

»Wir werden nicht fürs Zuschauen bezahlt, Jonathan. Dicky Roper hat eine Menge High-Tech-Spielzeug an den Dieb von Bagdad verscherbelt, darunter ein Kilo waffenfähiges Uran, das hinten von einem russischen Laster runtergefallen war. Freddie Hamid hat ihm eine ganze Lkw-Flotte zur Verfügung gestellt, um das Zeug nach Jordanien zu schmuggeln. Was hätten wir tun sollen? Zu den Akten und vergessen?« Burr sah mit Genugtuung, wie Jonathans Gesicht jenen Ausdruck aufsässigen Gehorsams annahm, der ihn an ihn selbst erinnerte. »Es gibt ein Dutzend Kanäle, auf denen die Sache durchgesickert sein könnte, ohne daß irgendwer Ihre Sophie verdächtigt hätte. Und wenn sie Freddie gegenüber nicht das Maul aufgerissen hätte, dürfte sie jetzt noch am Leben sein.«

»Sie war nicht meine Sophie«, warf Jonathan zu schnell ein.

Burr ging darüber hinweg. »Die Frage ist, wie können wir unsern Freund festnageln? Ich habe zu diesem Thema ein paar Ideen, falls es Sie interessiert.« Er setzte ein freundliches Lächeln auf. »Genau. Ich sehe, Sie haben's erfaßt. Ich bin aus Yorkshire, Mittelschicht. Und unser Freund, Mr. Richard Onslow Roper, ist aus der höchsten Kaste. Tja, das ist *sein* Pech!«

Jonathan lachte pflichtschuldig, und Burr war erleichtert, nach Sophies Ermordung wieder festen Boden unter den Füßen zu haben. »Kommen Sie, Jonathan, ich lade Sie zum Essen ein. Sie haben doch nichts dagegen, Reggie? Uns läuft nämlich die Zeit davon. Sie haben Ihre Sache gut gemacht. Ich werd's weitersagen.«

In der Eile vergaß Burr seine qualmende Zigarre in Quayles Aschenbecher. Jonathan drückte sie aus, der Abschied fiel ihm schwer. Quayle war ein rechtschaffener, nervöser Mensch mit seltsamen Angewohnheiten: Manchmal zog er mit einer agentenhaften Bewegung ein Taschentuch aus dem Ärmel und tupfte sich den Mund damit ab, oder er bot einem plötzlich Kekse aus einer steuerfreien karierten Dose an. Ihre kuriosen, wortkargen Begegnungen hatten Jonathan während der sechswöchigen Wartezeit so etwas wie Halt gegeben. Und jetzt beim Abschied erkannte er, daß es Reggie Quayle nicht anders gegangen war.

»Danke, Reggie«, sagte er. »Danke für alles.«

»Mein Lieber! Das Vergnügen ist ganz auf meiner Seite! Gute Fahrt, Sir! Halten Sie die Ohren steif!«

»Danke. Sie auch.«

»Fahrzeug vorhanden? Ein Wagen? Oder soll ich 'ne Kutsche ranpfeifen? Schon erledigt? Na, prima. Ziehen Sie sich warm an. Wir sehn uns in Philippi.«

»Sie bedanken sich bei den Leuten, daß sie ihre Arbeit gemacht haben, stimmt's?« fragte Burr, als sie auf den Bürgersteig traten. »Nehme an, in Ihrem Beruf lernt man das so.«

»Ach, ich glaube, ich bin gern höflich«, antwortete Jonathan.

»Wenn Sie das meinen.«

Wie bei jedem Einsatz hatte Burr auch diesmal alles äußerst sorgfältig geplant. Das Restaurant hatte er bereits ausgesucht und am Abend zuvor inspiziert: eine Trattoria am See, außerhalb der Stadt, bei der es unwahrscheinlich war, daß die Belegschaft von Meister auftauchen würde. Er hatte einen Ecktisch ausgewählt, dem Oberkellner zehn wohlerwogene Yorkshire-Franken zugesteckt und den Tisch auf den Namen Benton, einen seiner Arbeitsnamen, reservieren lassen. Aber er ging kein Risiko ein.

»Falls wir jemand treffen sollten, den Sie kennen und ich nicht, Jonathan, und wie Sie wissen, ist das nach Murphys Gesetz jederzeit möglich, stellen Sie mich nicht vor. Und wenn es sich nicht vermeiden läßt, bin ich Ihr alter Stubenkamerad aus Shorncliffe, und dann reden Sie übers Wetter«, sagte er und bewies damit zum zweitenmal beiläufig, daß er seine Hausaufgaben über Jonathans Vorleben gemacht hatte. »In letzter Zeit in den Bergen rumgeklettert?«

»Ein bißchen.«

»Wo?«

»Hauptsächlich im Berner Oberland.«
»Irgendwas Besonderes?«
»Während der Kälteperiode das Wetterhorn, nicht übel, wenn man Eis mag. Wieso? Klettern Sie auch?«
Falls Burr den Spott in Jonathans Frage überhaupt mitbekam, beschloß er, darüber hinwegzugehen. »Ich? Ich bin jemand, der mit dem Aufzug in die erste Etage fährt. Und wie sieht's mit dem Segeln aus?« Burr sah zum Fenster, hinter dem der See grauschwarz wie ein Sumpf lag.
»Das ist hier alles bloß Kinderkram«, sagte Jonathan. »Thun ist ganz nett. Aber kalt.«
»Und die Malerei? Sie machen Aquarelle, oder? Pinseln Sie noch gelegentlich?«
»Selten.«
»Aber ab und zu. Wie steht's mit Ihrem Tennis?«
»So lala.«
»Die Frage war ernst gemeint.«
»Na ja, guter Vereins-Durchschnitt, nehme ich an.«
»Ich denke, Sie haben in Kairo ein Turnier gewonnen.«
Jonathan errötete bescheiden. »Ach, das war doch nichts, bloß ein Spielchen unter Exilanten.«
»Machen wir erst mal die schwierige Arbeit, ja?« schlug Burr vor. Er meinte: Suchen wir uns erst mal was zu essen aus, damit wir in Ruhe reden können. »Sie kochen selbst ein bißchen, stimmt's?« fragte er, während sie ihre Gesichter hinter den übergroßen Speisekarten verbargen. »Vielseitig begabt. Ich bewundere das. Solche Renaissance-Menschen sind heutzutage selten geworden. Zu viele Spezialisten.«
Jonathan schlug die Seiten um. Fleisch, Fisch, Dessert, er dachte nicht ans Essen, sondern an Sophie. Er stand vor Mark Ogilvey in dessen pompöser Dienstvilla in den grünen Vorstädten Kairos, umgeben von imitierten Möbeln aus dem achtzehnten Jahrhundert, die das Bauministerium zur Verfügung gestellt hatte, und Roberts-Radierungen, die Ogilveys Frau aufgehängt hatte. Er trug die Smokingjacke, und in seiner Vorstellung klebte noch immer Sophies Blut daran. Er

schrie, doch als er seine Stimme hörte, klang sie wie ein Echolot. Er wünschte Ogilvey die Pest an den Hals, und Schweiß lief ihm über die Innenseiten der Handgelenke. Ogilvey trug einen Morgenmantel, ein mausgraues Ding mit ausgefransten goldenen Tressen an den Ärmeln, wie bei einem Tambourmajor. Mrs. Ogilvey kochte Tee, damit sie zuhören konnte.

»Hüten Sie Ihre Zunge, mein Lieber, ja?« sagte Ogilvey und zeigte auf den Kronleuchter, um ihn daran zu erinnern, daß sie womöglich abgehört wurden.

»Scheiß drauf! Sie haben sie umgebracht, hören Sie? Sie müssen ihre Quellen doch beschützen und nicht totprügeln lassen!«

Ogilvey nahm seine Zuflucht bei der einzigen sicheren Antwort, die man in seinem Gewerbe kennt. Er nahm eine Kristallkaraffe von einem Silbertablett und zog mit geübtem Ruck den Stöpsel heraus.

»Mein Lieber. Nehmen Sie einen Schluck. Ich fürchte, Sie sind auf dem Holzweg. Wir haben damit nichts zu tun. Sie auch nicht. Wie kommen Sie darauf, daß sie sich nur Ihnen anvertraut hat? Wahrscheinlich hat sie es ihren fünfzehn besten Freunden erzählt. Sie kennen das alte Sprichwort. Zwei Leute können ein Geheimnis nur bewahren, wenn einer von ihnen tot ist? Wir sind hier in Kairo. Ein Geheimnis ist etwas, daß jeder weiß, außer einem selbst.«

In diesem Augenblick kam Mrs. Ogilvey mit der Teekanne herein. »Vielleicht trinkt er lieber *so* etwas, Liebling«, sagte sie taktvoll. »Brandy kann seltsame Wirkungen haben, wenn man aufgeregt ist.«

»Taten haben Folgen, mein Lieber«, sagte Ogilvey und reichte ihm ein Glas. »Die erste Lektion im Leben.«

Ein Krüppel bewegte sich humpelnd zwischen den Tischen des Restaurants zur Toilette. Er ging an zwei Stöcken und wurde von einer jungen Frau gestützt. Sein Auftreten bereitete den Gästen Unbehagen, und sie konnten erst weiteressen, als er nicht mehr zu sehen war.

»Sie haben unseren Freund also praktisch nur am Abend seines Eintreffens gesprochen«, deutete Burr an, um das Gespräch auf Ropers Aufenthalt im Meister zu bringen.
»Ja, ansonsten bloß guten Morgen und guten Abend. Quayle meinte, ich sollte mein Schicksal nicht herausfordern, und daran habe ich mich gehalten.«
»Einmal haben Sie aber vor Ropers Abreise noch flüchtig mit ihm gesprochen.«
»Roper fragte mich, ob ich Ski fahre. Ich sagte ja. Er fragte, wo. Ich sagte, Mürren. Er fragte, wie der Schnee dieses Jahr sei. Ich sagte, gut. Er sagte: ›Schade, daß wir keine Zeit haben, für ein paar Tage da raufzufahren; mein Mädchen ist verrückt danach, es mal auszuprobieren.‹ Ende des Gesprächs.«
»Sie war demnach auch dabei – seine Freundin – Jemima? – Jed?«
Jonathan tut so, als dächte er darüber nach, während er insgeheim den mädchenhaften Blick bewundert, den sie auf ihn richtet. *Können Sie es richtig gut, Mr. Pine?*
»Ich glaube, er nannte sie Jeds. Plural.«
»Er hat für jeden einen Namen. Damit glaubt er die Leute zu kaufen.«
Das muß absolut phantastisch sein, sagt sie mit einem Lächeln, das den Eiger zum Schmelzen bringen würde.
»Sie soll ja sehr gut aussehen«, sagte Burr.
»Wenn man diesen Typ mag.«
»Ich mag jeden Typ. Was für ein Typ ist sie?«
Jonathan gab sich weltverdrossen. »Ach, ich weiß nicht ... mittlere Reife, guter Durchschnitt ... schwarze Schlapphüte ... typische Millionärsbiene ... Wer ist sie denn eigentlich?«
Burr schien es nicht zu wissen, oder es war ihm egal. »Irgendeine Geisha aus der Oberschicht. Klosterschule; nimmt an Fuchsjagden teil. Jedenfalls sind Sie gut mit ihm ausgekommen. Er wird Sie nicht vergessen.«
»Der vergißt niemanden. Er hatte die Namen aller Kellner parat.«
»Aber er fragt bestimmt nicht jeden nach seiner Meinung über

italienische Bildhauerei, oder? Ich fand das ermutigend.« Ermutigend für wen oder warum, das erklärte Burr nicht; und Jonathan war nicht zum Fragen aufgelegt. »Gekauft hat er es aber doch. Der Mann oder die Frau sind noch nicht geboren, die Roper davon abbringen könnten, sich etwas zu kaufen, das er sich in den Kopf gesetzt hat.« Er schob sich zum Trost ein großes Stück Kalbfleisch in den Mund. »Übrigens danke«, fuhr er fort. »Danke für Ihre Mühen. In Ihren Berichten an Quayle gibt es einige exzellente Beobachtungen, wie ich sie besser noch nicht gesehen habe. Ihr linkshändiger Schütze, Uhr am rechten Handgelenk, vertauscht Messer und Gabel, wenn er sich übers Essen hermacht – also das ist wirklich Spitze.«

»Francis Inglis«, rezitierte Jonathan. »Fitneßberater aus Perth, Australien.«

»Er heißt weder Inglis, noch kommt er aus Perth. Frisky ist Brite, ehemaliger Söldner, und auf seinen miesen, kleinen Kopf ist eine Belohnung ausgesetzt. Er war es, der Idi Amins Leuten beigebracht hat, wie man jemand mit Hilfe von Elektroschockstäben zu freiwilligen Geständnissen bringen kann. Unser Freund mag die Engländer, und am liebsten hat er welche mit Dreck am Stecken. Aus Leuten, die er nicht in der Hand hat, macht er sich nichts«, fügte er hinzu, während er sorgfältig sein Brötchen aufschnitt und mit Butter bestrich. »Also los«, fuhr er fort und stieß sein Messer in Jonathans Richtung. »Wie sind Sie an die Namen seiner Besucher gekommen, wenn Sie nur nachts arbeiten?«

»Jeder, der heutzutage in die Turmsuite will, muß sich anmelden.«

»Und wieso hängen Sie abends im Foyer herum?«

»Herr Meister erwartet das von mir. Ich hänge da herum und kann fragen, was ich will. Ich habe präsent zu sein, dafür bin ich da.«

»Dann erzählen Sie uns mal von seinen Besuchern«, forderte Burr Jonathan auf. »Zum Beispiel dieser Österreicher, wie Sie ihn nennen. Drei einzelne Besuche in der Turmsuite.«

»Dr. Kippel, Adresse Wien, grüner Lodenmantel.«
»Weder Österreicher noch Kippel. Sondern ein bescheidener Pole, falls Polen je bescheiden sind. Soll zu den neuen Zaren der polnischen Unterwelt gehören.«
»Warum in aller Welt sollte Roper sich denn mit der polnischen Unterwelt abgeben?«
Burr setzte ein bedauerndes Lächeln auf. Er hatte nicht vor, Jonathan aufzuklären, sondern ihn zappeln zu lassen. »Und der untersetzte Bursche mit dem glitzernden grauen Anzug und den grauen Augenbrauen? Nannte sich Larsen. Schwede.«
»Ich nahm einfach an, daß er ein Schwede mit dem Namen Larsen war.«
»Er ist Russe. Bis vor drei Jahren ein hohes Tier im sowjetischen Verteidigungsministerium. Heute betreibt er eine florierende Stellenvermittlung für Physiker und Ingenieure aus dem Ostblock. Manche kassieren zwanzigtausend Dollar im Monat. Ihr Mr. Larsen macht seinen Profit auf beiden Seiten. Nebenher verschiebt er militärische Hardware. Wer hintenrum bei den Russen ein paar hundert T72-Panzer oder ein paar Scud-Raketen kaufen will, ist bei Larsen genau richtig. Biologische Gefechtsköpfe kommen extra. Und was ist mit Ihren zwei militärisch aussehenden Briten?«
Jonathan erinnerte sich an zwei schlaksige Männer in britischen Blazern. »Was ist mit denen?«
»Die kommen tatsächlich aus London, heißen aber nicht Forbes und Lubbock. Operieren von Belgien aus, beliefern die führenden Verrückten dieser Welt mit militärischen Ausbildern.«
Die Brüsseler, dachte Jonathan, während er allmählich die Fäden aufnahm, die Burr bedächtig vor seiner Erinnerung ausbreitete. *Soldat Boris.* Wer kommt als nächster dran?
»Klingelt's jetzt vielleicht? Sie haben ihn nicht sehr ausführlich beschrieben, aber ich dachte, er könnte einer von den Herren im Anzug gewesen sein, mit denen sich unser Freund unten im Konferenzzimmer getroffen hat.«
Burr nahm ein kleines Foto aus seiner Brieftasche und schob es

Jonathan zur Begutachtung über den Tisch. Es zeigte einen Mann in den Vierzigern mit verkniffenen Lippen, traurigen, trüben Augen und künstlich gewelltem Haar; vor seinem Adamsapfel hing völlig unpassend ein goldenes Kreuz. Das Bild war bei heller Sonne aufgenommen worden, und den Schatten nach zu urteilen, hatte die Sonne senkrecht gestanden.
»Ja«, sagte Jonathan.
»Ja, was?«
»Er war halb so groß wie alle anderen, aber alle haben sie vor ihm gekuscht. Trug eine schwarze Aktentasche, die zu groß für ihn war. Und Schuhe mit Plateausohlen.«
»Schweizer? Brite? Beschreiben Sie ihn.«
»Irgendwie eher ein Lateinamerikaner.« Er gab das Foto zurück. »Könnte alles möglich sein. Vielleicht ein Araber.«
»Ob Sie's glauben oder nicht, er heißt Apostoll, kurz Apo genannt.« Und lang Appetito, dachte Jonathan, der sich wieder daran erinnerte, wie Major Corkoran mit seinem Chef gesprochen hatte. »Grieche, Amerikaner in erster Generation, Doktor juris an der Michigan State University, magna cum laude, Gauner. Büros in New Orleans, Miami und Panama City, alles Plätze von einwandfreiem Ruf, wie Ihnen zweifellos bekannt sein dürfte. Erinnern Sie sich an Lord Langbourne? Sandy?«
»Sicher«, antwortete Jonathan und rief sich den verwirrend schönen Mann mit dem Pferdeschwanz und der schlechtgelaunten Frau ins Gedächtnis zurück.
»Auch so ein verdammter Anwalt. Nämlich der von Dicky Roper. Apo und Sandy Langbourne machen Geschäfte miteinander. Sehr lukrative Geschäfte.«
»Verstehe.«
»Wohl kaum, aber Sie ahnen, worum es geht. Wie sieht's übrigens mit Ihrem Spanisch aus?«
»Nicht schlecht.«
»Sollte besser sein als nicht schlecht. Achtzehn Monate im Ritz in Madrid, da sollten Sie bei Ihrer Begabung absolut perfekt sein.«

»Ich hab's ein bißchen vernachlässigt, das ist alles.«
Eine Unterbrechung, während Burr sich in seinen Stuhl zurücklehnte und den Kellner die Teller abräumen ließ. Jonathan spürte überrascht, wie die Aufregung wiederkehrte: das Gefühl, sich ganz langsam dem geheimen Zentrum zu nähern, der Reiz zu handeln, nachdem man zu lange außerhalb gestanden hat.
»Sie werden mich doch nicht mit dem Nachtisch allein lassen?« fragte Burr aggressiv, als der Kellner ihnen die mit Plastik beschichteten Karten reichte.
»Großer Gott, nein.«
Sie einigten sich auf Maronenpüree mit Schlagsahne.
»Und Corky, Major Corkoran, Ihr Regimentskamerad, sein Laufbursche«, sagte Burr mit dem Tonfall eines Mannes, der sich das Beste bis zum Schluß aufgespart hatte. »Wie schätzen Sie den ein? Warum lachen Sie?«
»Er war amüsant.«
»Was sonst noch?«
»Laufbursche, wie Sie sagen. Majordomus. Er unterschreibt.«
Burr stürzte sich auf dieses letzte Wort, als habe er während des ganzen Essens darauf gewartet. »Was unterschreibt er?
»Anmeldeformulare, Rechnungen.«
»Rechnungen, Briefe, Verträge, Verzichtserklärungen, Bürgschaften, Geschäftsberichte, Ladescheine, Schecks«, sagte Burr aufgeregt. »Frachtbriefe, Zollpapiere und jede Menge Dokumente, aus denen hervorgeht, daß jedes Unrecht, das sein Arbeitgeber je begangen hat, nicht von Richard Onslow Roper, sondern von seinem ergebenen Diener Corkoran begangen wurde. Ein sehr reicher Mann, dieser Major Corkoran. Hunderte von Millionen auf seinem Namen, nur daß er die alle auf Mr. Roper überschrieben hat. Und es gibt nicht ein schmutziges Geschäft von Roper, unter das Corky nicht seine Unterschrift gesetzt hat. ›Corks, komm mal eben her! Du brauchst es nicht zu lesen, alter Junge, unterschreib einfach. So ist's brav, damit hast du dir zehn weitere Jahre Sing-Sing verdient.‹«

Burr sprach mit solchem Nachdruck, er ahmte Ropers abgehackte Sprechweise so drastisch nach, daß der leichte Fluß ihres Gesprächs ins Stocken geriet.

»Es gibt nichts Schriftliches, das uns irgendwie weiterhelfen könnte«, vertraute Burr ihm an, das bleiche Gesicht dicht vor Jonathans. »Und wenn Sie zwanzig Jahre zurückgehen oder von mir aus noch mehr: So ziemlich das Verwerflichste, das Roper je selbst unterschrieben hat, dürfte eine Kirchenspende sein. Schon gut, ich hasse ihn. Ich geb's ja zu. Und Sie sollten das auch tun, nach dem, was er Sophie angetan hat.«

»Oh, ich habe damit keine Schwierigkeiten.«

»Tatsächlich?«

»Nicht die geringsten.«

»Gut so, bleiben Sie dabei. Bin gleich zurück. Halten Sie die Stellung.«

Burr knöpfte sich den Hosenbund zu und ging pinkeln, während Jonathan von einer seltsamen Hochstimmung erfaßt wurde. Ihn *hassen?* Haß zählte nicht zu den Gefühlen, denen er sich bisher hingegeben hatte. Er konnte Zorn empfinden; und er konnte sicherlich trauern. Aber Haß, wie Begierde, war so lange etwas Niedriges, wie der erhabene Kontext fehlte, und den hatte Roper mit seinem Sotheby-Katalog und seiner schönen Geliebten bis jetzt noch nicht geliefert. Dennoch fand Jonathan Gefallen an der Vorstellung, Haß zu entwikkeln, der durch den Mord an Sophie Würde bekam – einen Haß, der vielleicht zu Rache werden würde. Es war wie die Verheißung einer fernen, großen Liebe, und Burr selbst hatte sich zum Kuppler ernannt.

»Also warum?« fuhr Burr behaglich fort, als er wieder Platz nahm. »Das habe ich mich immer wieder gefragt. Warum macht er das? Warum setzt der distinguierte Hotelier Jonathan Pine seine Karriere aufs Spiel, warum klaut er Faxe und verpfeift einen geschätzten Kunden? Erst in Kairo, jetzt in Zürich. Besonders, nachdem Sie sauer auf uns waren. Schon gut. Ich war auch sauer auf uns.«

Jonathan tat so, als widme er sich dieser Frage zum erstenmal. »Man tut es einfach«, sagte er.
»Nein, das tut man nicht. Sie sind kein Tier, das nur seinen Instinkten folgt. Sie *beschließen*, es zu tun. Was hat Sie dazu gebracht?«
»Es hat sich etwas geregt, nehme ich an.«
»*Was* hat sich geregt? Wie *hört* es wieder auf? Wodurch könnte es wieder anfangen?«
Jonathan holte Luft, sprach dann aber einen Augenblick lang nicht. Er hatte entdeckt, daß er wütend war, wußte aber nicht, warum. »Wenn jemand ein geheimes Waffenlager an einen ägyptischen Gauner verkauft – und dieser jemand ist Engländer – und man selbst ist Engländer – und es braut sich ein Krieg zusammen – und die Engländer werden auf der anderen Seite kämpfen –«
»Und wenn man selbst Soldat gewesen ist –«
»– dann tut man es einfach«, wiederholte Jonathan und fühlte, wie sich ihm die Kehle zusammenschnürte.
Burr schob seinen leeren Teller zur Seite und beugte sich über den Tisch. »Der Ratte Futter geben, sagt man das nicht unter Bergsteigern? Der Ratte, die in uns nagt und uns drängt, das Risiko einzugehen? Nehme an, Ihre Ratte ist ziemlich groß, mit *dem* Vater als Vorbild. Der war doch auch ein Undercover-Agent? Na, das wissen Sie ja selbst.«
»Nein, das habe ich nicht gewußt«, sagte Jonathan höflich, während sich ihm der Magen umdrehte.
»Man mußte ihn wieder in seine Uniform stecken, nachdem er erschossen worden war. Hat man Ihnen das nicht erzählt?«
Jonathans Hoteliersläche ln, knallhart von einer Wange zur anderen. Seine Hoteliersstimme, falsch und weich. »Nein. Hat man nicht. Wirklich nicht. Merkwürdig. Sollte man nicht meinen, daß sie einem so was sagen?«
Burr schüttelte den Kopf über die rätselhaften Verhaltensweisen von Beamten.

»Ich meine, Sie haben recht früh Ihren Abschied genommen, wenn man es genau betrachtet«, fuhr Burr bedacht fort. »Mit fünfundzwanzig eine vielversprechende Karriere bei der Armee aufgeben, bloß um Nachtportier zu werden, das tut nicht jeder. Nicht, wenn man auf Segeln, Bergsteigen und alles verzichten muß, was man sonst noch so in der Welt treiben kann. Wie sind Sie bloß auf die Hotelbranche gekommen, um Himmels willen? Sie hätten so vieles machen können, warum ausgerechnet *das?*«

Um mich zu unterwerfen, dachte Jonathan.

Um zu entsagen.

Um Ruhe zu finden.

Kümmer dich um deinen eigenen Scheiß.

»Also, *ich* weiß es nicht«, gestand er mit selbstverleugnendem Lächeln. »Vermutlich, weil ich meine Ruhe haben will. Ehrlich gesagt, habe ich Stille sehr gern.«

»Na, na, das nehme ich Ihnen nicht ab, Jonathan. Ich habe Sie in diesen Wochen sehr genau beobachtet und viel über Sie nachgedacht. Reden wir noch etwas über die Armee, ja? Einiges von dem, was ich über Ihre Karriere dort gelesen habe, hat mich nämlich sehr beeindruckt.«

Großartig, dachte Jonathan, der nun wieder ganz präsent war. Wir reden über Sophie, also reden wir über Haß. Wir reden über Haß, also reden wir über die Hotelbranche. Wir reden über die Hotelbranche, also reden wir über die Armee. Sehr logisch. Sehr vernünftig.

Trotzdem hatte er an Burr nichts auszusetzen. Burr hatte Herz, und das machte ihn einnehmend. Er mochte verschlagen sein. Er mochte die Kunst der Intrige beherrschen, er hatte einen Blick für menschliche Stärken und Schwächen. Aber er ließ sich noch von seinem Herzen leiten; Goodhew wußte das, und Jonathan spürte es, deshalb gestattete er Burr, in seiner Privatsphäre herumzustreifen, und deshalb begann Burrs Sendungsbewußtsein wie eine Kriegstrommel um Jonathans Ohr zu dröhnen.

6

Zeit der Ruhe. Zeit für Geständnisse. Sie hatten sich auf ein Glas Pflaumengeist geeinigt, um den Kaffee herunterzuspülen.

»Ich hatte auch mal eine Sophie«, sagte Burr versonnen, aber nicht ganz wahrheitsgemäß. »Staune selbst, daß ich sie nicht geheiratet habe, wenn ich so drüber nachdenke. Normalerweise tu ich das. Meine jetzige heißt Mary, kommt mir immer ein bißchen wie ein Abstieg vor. Dennoch, wir sind tatsächlich schon seit fünf Jahren zusammen. Sie ist Ärztin, um's genau zu sagen. Aber bloß für Allgemeinmedizin. Gemeindepfarrer mit Stethoskop. Soziales Gewissen etwas größer als ein dicker Kürbis. Scheint sich zu bewähren.«

»Möge es lange so bleiben«, sagte Jonathan galant.

»Wohlgemerkt, Mary ist nicht meine erste Frau. Nicht mal meine zweite, um ehrlich zu sein. Ich weiß nicht, was das mit mir und den Frauen ist. Ich habe nach oben gezielt, nach unten, nach links und rechts, hab's aber nie getroffen. Liegt das an mir, liegt es an ihnen? Das frag ich mich.«

»Ich weiß, was Sie meinen«, sagte Jonathan. Aber innerlich war er wachsam geworden. Er konnte sich über Frauen nicht ungezwungen unterhalten. Sie waren die versiegelten Umschläge in seinem Schreibtisch. Sie waren die Jugendfreundinnen und Schwestern, die er nicht gehabt hatte, die Mutter, die er nie gekannt hatte, die Frau, die er nie hätte heiraten sollen, und die Frau, die er lieben und nicht hätte verraten sollen.

»Anscheinend komme ich ihnen zu schnell auf die Schliche und mache sie dann kaputt«, klagte Burr, und in der Hoffnung, daß Jonathan ihm denselben Gefallen erweisen möge, tat er wieder einmal so, als wolle er ihm sein Herz ausschütten. »Das eigentliche Problem sind die Kinder. Wir haben jeder zwei eigene und jetzt noch eins, das uns beiden gehört. Die nehmen dem Ganzen die Würze. Sie haben keine Kinder, oder? Sie haben das vermieden. So was nenne ich klug. Ganz schön schlau.« Er nahm einen Schluck *Pflümli.* »Erzählen Sie uns ein bißchen mehr von *Ihrer* Sophie«, schlug er vor, obwohl Jonathan ihm bis jetzt noch gar nichts erzählt hatte.
»Sie hat nicht *mir* gehört. Sondern Freddie Hamid.«
»Aber Sie haben mit ihr gevögelt«, sagte Burr gleichmütig.

Jonathan befindet sich im Schlafzimmer der kleinen Wohnung in Luxor, der Mond scheint schräg durch die halb geschlossenen Gardinen. Sophie liegt im weißen Nachthemd auf dem Bett, das Gesicht nach oben, die Augen geschlossen. Sie kann schon wieder kleine Scherze machen. Sie hat ein wenig Wodka getrunken. Er auch. Die Flasche steht zwischen ihnen.
»Warum sitzen Sie denn am anderen Ende des Zimmers, Mr. Pine?«
»Aus Respekt, nehme ich an.« Das Hotelierslächeln. Die Hoteliersstimme, sorgfältig zusammengesetzt aus den Stimmen anderer Leute.
»Aber ich denke, Sie haben mich hierhergebracht, um mich zu trösten.«
Diesmal kommt keine Antwort von Mr. Pine.
»Stören Sie meine blauen Flecke? Oder bin ich Ihnen vielleicht zu alt?«
Der sonst so redegewandte Mr. Pine bewahrt weiterhin furchtbares Schweigen.
»Ich mache mir Sorgen um Ihre Würde, Mr. Pine. Vielleicht auch um meine. Ich glaube, Sie sitzen so weit weg von mir, weil Sie sich wegen irgend etwas schämen. Ich hoffe, nicht wegen mir.«

»Ich habe Sie hierhergebracht, weil es ein sicherer Ort ist, Madame Sophie. Sie brauchen eine Atempause, damit Sie überlegen können, was Sie tun und wohin Sie gehen wollen. Ich dachte, ich könnte behilflich sein.«

»Und Mr. Pine? Der braucht wohl gar nichts? Sie sind ein gesunder Mann, der dem Kranken hilft. Vielen Dank, daß Sie mich nach Luxor gebracht haben.«

»Vielen Dank, daß Sie mitgekommen sind.«

Ihre großen Augen waren in dem Halbdunkel fest auf ihn gerichtet. Sie wirkte nicht gerade wie eine hilflose Frau, die ihm für seine Hilfe dankbar war.

»Sie haben so viele Stimmen, Mr. Pine«, fuhr sie nach zu langer Pause fort. »Ich weiß gar nicht mehr, wer Sie sind. Sie sehen mich an, Sie berühren mich mit Ihren Augen. Und ich bin nicht unempfänglich für Ihre Berührung. Gewiß nicht.« Ihre Stimme versagte kurz, sie richtete sich auf, schien sich zu fassen. »Sie sagen etwas, und Sie sind dieser Mensch. Und dieser Mensch bewegt mich. Dann wird dieser Mensch weggerufen, und ein ganz anderer tritt an seine Stelle. Und Sie sagen etwas. Und wieder bin ich bewegt. Da hat also ein Wachwechsel stattgefunden. Es kommt mir vor, als ob jeder der Menschen in Ihnen es immer nur kurz mit mir aushalten kann, dann muß er gehen und sich ausruhen. Verhalten Sie sich bei allen Ihren Frauen so?«

»Aber Sie sind doch nicht eine meiner Frauen, Madame Sophie.«

»Warum sind Sie dann hier? Um sich als Pfadfinder aufzuspielen? Doch wohl kaum.«

Sie verstummte wieder. Er hatte das Gefühl, sie überlegte, ob sie die Maske fallenlassen sollte. »Ich möchte, daß einer von Ihren vielen Menschen heute nacht bei mir bleibt, Mr. Pine. Läßt sich das arrangieren?«

»Selbstverständlich. Ich werde auf dem Sofa schlafen. Wenn Sie das wünschen.«

»Nein. Das wünsche ich keineswegs. Ich wünsche, daß Sie neben mir im Bett liegen und mit mir schlafen. Ich möchte das Gefühl haben, daß ich wenigstens einen von Ihnen glücklich gemacht habe und daß die anderen dann durch sein Beispiel Mut bekommen. Ich lasse es nicht zu, daß Sie sich so schämen. Sie machen sich viel zu viele Vorwürfe. Wir alle haben schlimme Dinge getan. Aber Sie sind ein guter Mensch. Sie sind viele gute Menschen. Und Sie haben keine Schuld an meinem Unglück. Und sollten Sie doch zu denen gehören –« sie stand ihm jetzt, die Arme an der Seite, gegenüber – »dann wünsche ich mir, Sie hätten bessere Gründe, hier zu sein, als bloß Schamgefühle. Mr. Pine, warum beharren Sie so darauf, nicht ein wenig näher zu kommen?«

Ihre Stimme war in dem schwindenden Licht lauter geworden, ihre Erscheinung gespenstischer. Er ging einen Schritt auf sie zu und fand, daß der Abstand zwischen ihnen gar kein Abstand mehr war. Vorsichtig, um ihr nicht weh zu tun, streckte er einen Arm nach ihr aus. Er zog sie behutsam an sich, schob seine Hände unter den Träger ihres weichen Nachthemds, spreizte die Finger und legte die Handflächen zart auf ihren bloßen Rücken. Sie schmiegte ihre Wange an die seine, wieder spürte er den Vanilleduft und staunte, wie unerwartet weich ihre langen schwarzen Haare waren. Er schloß die Augen. Einander umklammernd sanken sie aufs Bett. Und als es dann dämmerte, bat sie ihn, den Vorhang aufzuziehen, so daß der Nacht-Manager sie nicht mehr nur im Dunkeln liebte.

»Das waren wir alle«, flüsterte er. »Das ganze Regiment. Offiziere und andere Dienstgrade, Deserteure und Köche. Keiner ist zurückgeblieben.«

»Das glaube ich nicht, Mr. Pine. Sie haben gewiß noch geheime Hilfstruppen.«

Burr wartete noch immer auf Antwort.

»Nein«, sagte Jonathan trotzig.

»Warum denn nicht? Ich laß mir keine entgehen. Hatten Sie damals eine Freundin?«

»Nein«, wiederholte Jonathan und wurde rot.

»Sie meinen, ich soll mich um meine eigenen Angelegenheiten kümmern?«

»So etwa.«
Burr schien es gern zu hören, daß er sich um seine eigenen Angelegenheiten kümmern sollte. »Dann erzählen Sie uns von Ihrer Ehe. Eigentlich ziemlich komisch, Sie sich als Ehemann vorzustellen. Habe ein ungutes Gefühl dabei, weiß auch nicht, warum. Sie sind ein Single. Das sehe ich Ihnen an. Vielleicht bin ich auch einer. Also, wie war das?«
»Ich war jung. Sie war noch jünger. Ich hab auch ein ungutes Gefühl dabei.«
»Sie hat gemalt, stimmt's? Wie Sie?«
»Ich war bloß Sonntagsmaler. Und sie eine richtige Künstlerin. Jedenfalls glaubte sie das.«
»Weshalb haben Sie sie geheiratet?«
»Aus Liebe, nehme ich an.«
»Nehmen Sie an. Wie ich Sie kenne, wohl eher aus Höflichkeit. Weshalb haben Sie sie verlassen?«
»Aus Vernunftgründen.«
Unfähig, die Flut der Erinnerungen noch länger zurückzuhalten, ließ Jonathan sich von den finsteren Bildern dieser Ehe forttragen, die vor ihrer beider Augen zerbrach: die Freundschaft, die es nicht mehr gab, die körperliche Liebe, die sie nicht mehr füreinander empfanden, die kleinen Restaurants, in denen sie glückliche Leute plaudern sahen, die welken Blumen in der Vase, das verfaulende Obst in der Schale, ihre mit Farbe verkrustete Staffelei, die an der Wand lehnte, die dicke Staubschicht auf dem Eßtisch, und sie starrten sich dabei durch getrocknete Tränen an – ein Chaos, das nicht einmal Jonathan beseitigen konnte. Es liegt nur an mir, sagte er ihr immer wieder, und wenn er sie berühren wollte, schreckte er zurück, so wie auch sie zurückschreckte. Ich bin zu schnell erwachsen geworden und habe unterwegs die Frauen verpaßt. Es liegt an mir und überhaupt nicht an dir.
Wieder hatte Burr barmherzig das Thema gewechselt.
»Was hat Sie denn nach Irland geführt?« fragte er lächelnd. »Wollten Sie vielleicht zufällig vor ihr davonlaufen?«
»Es war eine Aufgabe. Wenn man in der britischen Armee war –

wenn man ein richtiger Soldat sein wollte – sich nützlich machen wollte – scharfe Munition nach all dem Übungsschießen – dann mußte man einfach nach Irland gehen.«
»Und Sie wollten sich nützlich machen?«
»War es bei Ihnen anders, in dem Alter?«
»Es ist noch immer so«, antwortete Burr bedeutungsvoll.
Jonathan ging über die indirekte Frage hinweg.
»Haben Sie gehofft, Sie könnten dort umkommen?« fragte Burr.
»Seien Sie nicht albern.«
»Ich bin nicht albern. Ihre Ehe war im Eimer. Sie waren noch jung. Sie fühlten sich für alle Mißstände der Welt verantwortlich. Es überrascht mich nur, daß Sie sich nicht auf die Großwildjagd oder die Fremdenlegion verlegt haben. Was haben Sie da drüben denn eigentlich getrieben?«
»Unser Auftrag lautete, die Herzen und Köpfe der Iren zu erobern. Jedem einzelnen guten Tag zu sagen, die Kinder zu streicheln. Ein bißchen patrouillieren.«
»Erzählen Sie vom Patrouillieren.«
»Langweilige KKPs. Uninteressant.«
»Entschuldigen Sie, Jonathan, ich hab's nicht so mit Abkürzungen.«
»Kraftfahrzeugkontrollpunkte. Man nahm sich irgendeinen Hügel oder eine Kreuzung, und wenn Autos kamen, sprang man aus dem Graben und hielt sie an. Manchmal erwischte man einen Untergrundkämpfer.«
»Und dann?«
»Nahm man Funkkontakt mit dem Einsatzleiter auf, und der sagte einem, wie man vorgehen sollte. Anhalten und durchsuchen. Durchwinken. Verhören. Wie's grade kam.«
»Gab's sonst noch was, außer KKPs?«
Immer noch die gleiche Freundlichkeit, während Jonathan so tat, als müsse er sich erst erinnern. Jede Guppe war für ein Stück Land zuständig. Man forderte einen Lynx an, nahm sein Marschgepäck, kampierte ein paar Nächte im Freien, dann fuhr man zurück und trank ein Bier.

»Und wie sah's mit Feindkontakten aus?«
Jonathan lächelte mißbilligend. »Warum sollten die rauskommen und mit uns kämpfen, wo sie uns doch jederzeit in unseren Jeeps per Fernsteuerung in die Luft sprengen konnten?«
»Ja, warum eigentlich?« Burr pflegte seine besten Karten sehr bedächtig auszuspielen. Er nippte an seinem Schnaps, er schüttelte den Kopf und lächelte, als wäre das Ganze so eine Art Scherzfrage. »Und was waren das dann für Spezialaufträge, mit denen Sie betraut wurden?« fragte er. »All diese Spezialausbildungen, die Sie mitgemacht und die mich schon beim Lesen ins Schwitzen gebracht haben? Ich kriege es jedesmal mit der Angst zu tun, wenn ich sehe, daß Sie Löffel und Gabel in die Hand nehmen, um ehrlich zu sein. Ich denke dann, Sie spießen mich auf.«
Jonathan zögerte, es war, als bremse er innerlich ab. »Es gab da sogenannte Observationszüge.«
»Was war das?«
»Der ranghöhere Zug im jeweiligen Regiment, der einfach zusammengestellt wurde.«
»Woraus?«
»Aus allen, die mitmachen wollten.«
»Ich dachte, das wäre die Elite gewesen.«
Kurze, knappe Sätze, bemerkte Burr. Kontrolliert sich beim Sprechen. Lider gesenkt, Lippen gespannt:
»Man wurde ausgebildet. Man lernte beobachten, die Untergrundkämpfer erkennen. Verstecke anlegen, sie im Dunkeln aufsuchen und verlassen. Auf Dachböden. In Büschen. Gräben.«
»Mit welchen Waffen wurden Sie ausgerüstet?«
Jonathan zuckte die Achseln, als wollte er sagen: ist doch egal. »Uzis. Hecklers. Schrotflinten. Man wird an allen ausgebildet. Man sucht sich eine aus. Für Außenstehende hört sich das aufregend an. Wenn man es selbst macht, ist es bloß ein Job.«
»Wofür hatten Sie sich entschieden?«
»Mit einer Heckler hatte man die besten Chancen.«
»Das bringt uns zur Operation Nachteule«, stellte Burr fest, ohne den Tonfalls seiner Stimme zu ändern. Und lehnte sich

zurück, um Jonathans nach wie vor unveränderte Miene zu beobachten.

Jonathan redete im Schlaf. Seine Augen waren offen, aber seine Gedanken waren in einem anderen Land. Er hatte nicht damit gerechnet, daß das Essen zu einer Exkursion in die schlimmsten Abschnitte seines Lebens werden würde.
»Wir hatten einen Hinweis, daß einige Untergrundkämpfer über die Grenze nach Armagh kommen würden, um ein geheimes Waffenlager zu verlegen. RPGs.« Diesmal fragte Burr nicht nach der Bedeutung der Abkürzung. »Wir lagen ein paar Tage auf der Lauer, und schließlich tauchten sie auf. Drei konnten wir ausschalten. Die Einheit war ganz schön glücklich. Alles ging rum und flüsterte ›drei‹ und hielt den Iren drei Finger ins Gesicht.«
»Pardon?« Burr schien nicht richtig gehört zu haben. »*Ausschalten* heißt in diesem Zusammenhang *töten*?«
»Genau.«
»Haben Sie das *Ausschalten* selbst besorgt? Sozusagen im Alleingang?«
»Sicher, ich war dabei.«
»Bei einem Erschießungskommando?«
»Bei einer Abfang-Gruppe.«
»Wie groß?«
»Zwei Mann. Brian und ich.«
»Brian.«
»Mein Kamerad. Obergefreiter.«
»Und was waren Sie?«
»Unteroffizier. Sergeant im Einsatz. Wir hatten den Auftrag, sie auf der Flucht abzufangen.«
Die Haut in seinem Gesicht hatte sich gespannt, beobachtete Burr. Die Muskeln um die Kinnpartie waren verkrampft.
»Das war reines Glück«, sagte Jonathan mit lupenreiner Gleichgültigkeit. »Jeder träumt davon, einen Terroristen auszuschalten. Wir hatten die Chance. Wir hatten einfach *ungeheures* Glück.«

»Und Sie haben drei ausgeschaltet. Sie und Brian. Drei Männer getötet.«
»Sicher. Sag ich doch. Glück gehabt.«
Starr, beobachtete Burr. Starre Ruhe und betäubendes Understatement.
»Eins zu zwei? Zwei zu eins? Wer hatte mehr?«
»Jeder einen, und einen zusammen. Erst haben wir uns darüber gestritten, uns dann auf halbe-halbe geeinigt. In der Hitze des Gefechts ist es oft schwer zu sagen, wer wen zur Strecke bringt.«
Plötzlich brauchte Burr ihn nicht mehr anzutreiben. Es war, als hätte Jonathan beschlossen, die Geschichte jetzt zum erstenmal zu erzählen. Und vielleicht war dies auch so.
»Unmittelbar auf der Grenze stand so ein baufälliges Bauernhaus. Der Besitzer war ein Subventions-Cowboy, schmuggelte seine Kühe über die Grenze hin und her und beanspruchte auf beiden Seiten Agrar-Subventionen. Er hatte einen Volvo und einen nagelneuen Merc und eben diesen verwahrlosten kleinen Hof. Der Nachrichtendienst hatte uns mitgeteilt, wenn die Pubs zugemacht hätten, kämen drei Untergrundkämpfer aus dem Süden rüber; ihre Namen wurden auch genannt. Wir legten uns auf die Lauer und warteten. Ihr Waffenlager befand sich in einer Scheune. Unser Versteck lag in einem Gebüsch fünfzig Meter davon entfernt. Wir hatten Befehl, in unserem Versteck zu bleiben und zu beobachten, ohne gesehen zu werden.«
So was gefällt ihm, dachte Burr: beobachten, ohne gesehen zu werden.
»Wir sollten sie in die Scheune gehen und ihr Spielzeug holen lassen. Wenn sie die Scheune verließen, sollten wir durchgeben, welche Richtung sie nahmen, und uns unbemerkt entfernen. Fünf Meilen weiter sollte dann eine andere Mannschaft eine Straßensperre errichten und eine Stichprobenkontrolle machen, als ob das Ganze reiner Zufall wäre. Das war zum Schutz der Quelle. Da sollten sie dann ausgeschaltet werden. Das Dumme war nur, daß die Untergrundkämpfer gar nicht vorhatten, die Waffen irgendwo hinzufahren. Sie wollten sie in einem Gra-

ben verbuddeln, drei Meter von unserem Versteck; dort hatten sie zuvor schon eine Kiste im Boden vergraben.«

Er lag auf dem Bauch im duftenden Moos eines Hügels in South Armagh und beobachtete durch einen Restlichtaufheller drei grüne Männer, die grüne Kisten über eine grüne Mondlandschaft schleiften. Träge erhebt sich der Mann zur Linken auf die Fußspitzen, läßt seine Kiste los und dreht sich würdevoll um, die Arme wie zur Kreuzigung ausgebreitet. *Die dunkelgrüne Tinte ist sein Blut. Ich schalte ihn aus, und die blöde Sau beschwert sich nicht mal,* stellt Jonathan fest, als er den Rückstoß seiner Heckler spürt.

»Und da haben Sie sie erschossen«, meinte Burr.

»Wir mußten die Initiative ergreifen. Wir nahmen uns jeder einen, und dann zusammen den dritten. Das Ganze hat nur Sekunden gedauert.«

»Haben sie zurückgeschossen?«

»Nein«, sagte Jonathan. Er lächelte, noch immer starr. »Wir hatten eben Glück. Ist der erste Schuß ein Treffer, hat man Schwein gehabt. Wollen Sie sonst noch was wissen?«

»Seitdem noch mal dagewesen?«

»In Irland?«

»In England.«

»Nein, bestimmt nicht. Weder noch.«

»Und die Scheidung?«

»Wurde in England über die Bühne gebracht.«

»Von wem?«

»Von ihr. Ich habe ihr die Wohnung, mein ganzes Geld und alle unsere gemeinsamen Freunde abgetreten. Sie nannte das halbe-halbe.«

»England haben Sie ihr auch überlassen.«

»Ja.«

Jonathan hatte aufgehört zu reden, aber Burr hörte ihm immer noch zu. »Ich glaube, was ich *eigentlich* wissen möchte, Jonathan«, fuhr er endlich mit der gleichmütigen Stimme fort, die er fast während ihres ganzen Gesprächs gebraucht hatte, »ist dies: ob die Vorstellung, es noch einmal zu versuchen, irgendeinen Reiz für Sie hat. Ich rede nicht vom Heiraten. Sondern davon, Ihrem Land zu dienen.« Er hörte sich das sagen, aber was die Reaktion seines Gegenübers betraf, hätte er ebenso gut eine Granitwand anstarren können. Er winkte, bat um die Rechnung. Und dann dachte er: Zum Teufel damit, manchmal sind die schlechtesten Augenblicke die besten. Und daher – so war er nun einmal – sagte er es auf jeden Fall mal, während er Schweizer Banknoten auf eine weiße Untertasse zählte.

»Angenommen, ich würde Sie bitten, Ihr ganzes bisheriges Leben für ein besseres Leben einzutauschen«, meinte er. »Besser vielleicht nicht für Sie, aber besser für das, was Sie und ich das Wohl der Allgemeinheit nennen. Eine erstklassige, untadelige Sache, die sich garantiert positiv auf das Schicksal der Menschheit auswirken wird, wenn nicht, kriegen Sie ihr Geld zurück. Weg mit dem alten Jonathan, hier kommt der neue: rundum verbessert und in neuer Verpackung. Hinterher gibt's einen Neubeginn, eine neue Identität, Geld, das Übliche. Ich kenne eine Menge Leute, die so was ziemlich reizvoll finden könnten. Ich selbst vielleicht auch, um ehrlich zu sein, nur daß es Mary gegenüber nicht fair wäre. Aber wem gegenüber müssen Sie fair sein, außer sich selbst? Niemandem, soweit ich weiß. Sie werden die Ratte dreimal täglich füttern, Sie werden bei Windstärke 12 an den Fingernägeln im Fels hängen, Sie werden alle Ihre Fähigkeiten brauchen, Sie werden nicht eine einzige Stunde erleben, in der Sie nicht vor Angst schlottern. Und das alles werden Sie für Ihr Land tun, genau wie Ihr Vater, was auch immer Sie von Irland gehalten haben mögen. Oder meinetwegen von Zypern. Und Sie werden es auch für Sophie tun. Sagen Sie ihm bitte, ich brauche eine Quittung. Benton. Essen für zwei Personen. Was soll ich geben? Noch mal fünf? Ich bitte Sie nicht, für mich zu unterschreiben, wie das andere tun. Gehen wir.«

Sie schlenderten am See entlang. Der Schnee war verschwunden. Nachmittagssonne schimmerte auf dem dampfenden

Weg. In teure Mäntel gehüllte drogensüchtige Teenager starrten auf die Risse im Eis. Jonathan hatte die Hände in den Manteltaschen und hört, wie Sophie ihm dazu gratulierte, wie zärtlich er als Liebhaber war.

»Mein englischer Ehemann war auch sehr zärtlich«, sagte sie, während sie ihm mit den Fingern bewundernd übers Gesicht fuhr. »Ich hatte meine Jungfräulichkeit so eifersüchtig gehütet, daß er Tage brauchte, um mich zu überzeugen, daß ich ohne sie besser dran wäre.« Dann befiel sie eine böse Ahnung, und sie zog ihn wie ein Schutzschild zu sich heran. »Vergessen Sie nicht, daß Sie eine Zukunft haben, Mr. Pine. Darauf dürfen Sie nie wieder verzichten. Weder für mich noch für sonstwen. Versprechen Sie es mir.«

Also hatte er es ihr versprochen. Wie wir alles versprechen, wenn wir verliebt sind.

Burr sprach über Gerechtigkeit. »Wenn ich die Weltherrschaft übernehme«, verkündete er genüßlich dem dampfenden See, »halte ich die Nürnberger Prozesse Teil 2 ab. Ich werde alle Waffenhändler und Scheiß-Wissenschaftler schnappen und alle aalglatten Geschäftsleute, die die Verrückten, weil es gut fürs Geschäft ist, noch einen Schritt weiter treiben, als die sowieso schon gehen wollten, und alle verlogenen Politiker und die Anwälte und Steuerberater und Bankiers, und ich werde sie alle auf die Anklagebank bringen, und dann werden sie für ihr Leben Rede und Antwort stehen müssen. Und wissen Sie, was sie sagen werden? ›Wenn *wir* es nicht getan hätten, hätte jemand anders es getan.‹ Und wissen Sie, was ich darauf sagen werde? ›Aha, verstehe. Und wenn Sie das Mädchen nicht vergewaltigt hätten, würde irgendein anderer es vergewaltigt haben. Und damit rechtfertigen Sie Vergewaltigung. Schon kapiert.‹ Und dann verpaß ich dem ganzen Haufen eine Ladung Napalm. Zisch.«

»Was hat Roper denn *getan?*« fragte Jonathan irgendwie wütend und enttäuscht zugleich. »Abgesehen von – Hamid und all dem.«

»Was zählt, ist das, was er jetzt tut.«

»Wenn er heute damit aufhören würde. Wie schlecht ist er? Wie schlecht ist er gewesen?«
Er dachte daran, wie Roper ihn unabsichtlich mit der Schulter berührt hatte. *Pergola mit Blick aufs Meer.* Wie hatte Jed gesagt: *Der schönste Ort der Welt.*
»Er plündert«, sagte Burr.
»Wo? Wen?«
»Überall und jeden. Wenn es irgendwo ein krummes Geschäft zu machen gibt, ist unser Freund dabei und läßt Corkoran für sich unterschreiben. Er hat sein legales Unternehmen, die Firma Ironbrand: Spekulationskapital, gewagte Landverkäufe, Erze, Traktoren, Turbinen, Rohstoffe, ein paar Tanker, der Aufkauf von ein paar maroden Unternehmen. Büros im weißesten Teil von Nassau, smarte junge Männer mit ausrasierten Nacken, die an Computern arbeiten. Dieser Zweig steckt tief in Schwierigkeiten. Sie werden davon gelesen haben.«
»Leider nicht.«
»Das hätten Sie aber tun sollen. Seine Umsätze im vorigen Jahr waren katastrophal, und dieses Jahr werden sie noch schlechter sein. Seine Aktien sind von 160 auf 70 gefallen, und vor drei Monaten hat er waghalsig auf Platin gesetzt, gerade rechtzeitig, um zu erleben, wie es in den Keller ging. Er ist nicht ernstlich besorgt, er ist bloß verzweifelt.« Er holte Luft und begann von neuem. »Und hinter der Ironbrand-Fassade hat er seine häßlichen Zwerge versteckt. Die fünf Klassiker der Karibik – Geldwäscherei, Gold, Smaragde, Holz aus dem Regenwald, Waffen und noch mal Waffen. Krumme Touren mit Pharmazeutika und Hilfslieferungen im Komplott mit korrupten Gesundheitsministern, windige Düngergeschäfte mit korrupten Landwirtschaftsministern.« Der Zorn in Burrs Stimme erhob sich wie ein langsam aufziehendes Gewitter und war um so beunruhigender, da er nicht zum Ausbruch kam. »Aber seine große Liebe sind Waffen. Er nennt sie Spielzeuge. Für Machtbesessene sind Spielzeuge das beste Mittel, die Sucht zu befriedigen. Glauben Sie niemals diesen Scheiß von *Waren wie alle anderen, Dienstleistungsgewerbe.* Waffen

sind eine Droge, und Roper ist süchtig. Das Dumme mit den Waffen ist nur, daß jeder sie für rezessionsgefeit gehalten hat; sind sie aber nicht. Der Krieg Iran-Irak war ein Freibrief für Waffenhändler, sie glaubten, er würde niemals aufhören. Seither geht es nur noch bergab. Zu viele Hersteller, die zu wenigen Kriegen nachjagen. Ein zu großes Angebot von Hardware ist zu Schleuderpreisen auf dem Markt. Es gibt zu viel Frieden und zu wenig harte Währungen. Natürlich hat unser Dicky ein bißchen bei den Serben und Kroaten mitgemischt – die Kroaten über Athen, die Serben über Polen beliefert –, aber die Stückzahlen waren ihm einfach zu klein, und es gab viel zu viel Konkurrenz. Kuba kann man vergessen, ebenso Südafrika, die bauen ihre Waffen selber. Irland bringt's nicht, sonst wäre er da auch drin. In Peru hat er eine Sache laufen, beliefert die Jungs vom Leuchtenden Pfad. Und er bemüht sich um die moslemischen Rebellen im Süden der Philippinen, aber da sind ihm die Nordkoreaner zuvorgekommen, und ich habe den Verdacht, daß er sich mal wieder eine blutige Nase holt.«

»Ja, und wer läßt ihn gewähren?« fragte Jonathan aggressiv. Und als Burr ausnahmsweise einmal sprachlos war: »Das ist doch wohl ein verdammt starkes Stück, mit so was zu entkommen, wenn einem Leute wie Sie im Nacken sitzen?«

Einen Augenblick lang schreckte Burr vor einer Antwort zurück. Genau dieselbe Frage war ihm eben beim Sprechen durch den Kopf gegangen, und die Antwort war niederschmetternd: *Das River House läßt ihn gewähren*, wollte er sagen. *Whitehall läßt ihn. Geoffrey Darker und seine Kumpane von der Projektgruppe Beschaffung lassen ihn. Goodhews Chef hält sich ein Teleskop vor die blinden Augen und läßt ihn. Solange seine Spielzeuge aus England stammen, wird jeder ihn machen lassen, was immer er will.* Aber zum Glück wurde er abgelenkt.

»Da soll mich doch!« rief er aus und packte Jonathan am Arm. »Wo ist denn der Vater von *der* da?«

Ein etwa siebzehnjähriges Mädchen krempelte sich, während ihr Freund zusah, ein Jeansbein hoch. Flecke wie feuchte Insektenstiche bedeckten ihre Wade. Sie schob die Nadel rein, ohne mit der Wimper zu zucken. An ihrer Stelle zuckte Burr zusammen, und sein Abscheu ließ ihn für eine Weile in sich selbst versinken; schweigend gingen sie ein Stück weiter, während Jonathan kurz einmal nicht an Sophie dachte, sondern an Jeds endlose babyrosa Beine auf Meisters reichverzierter Treppe und an ihr Lächeln, als sie zufällig seinem Blick begegnete.

»Was ist er für ein Mensch?« fragte Jonathan.

»Das habe ich bereits gesagt. Er ist ein Schweinehund.«

»Aus was für Verhältnissen kommt er? Was sind seine Motive?«

Burr zuckte die Achseln. »Vater ein Schmalspurauktionator und Taxator in der Provinz. Mutter eine Säule der örtlichen Kirche. Ein Bruder. Privatschulen, die die Eltern sich nicht leisten konnten.«

»Eton?«

»Wie kommen Sie darauf?«

»Wegen seiner Ausdrucksweise. Keine Pronomen. Keine Artikel. Und dieses Genuschel.«

»Ich habe ihn immer bloß am Telefon abgehört. Das reicht mir vollständig. Er hatte so eine Stimme, bei der es mir hochkommt.«

»Ist Roper der ältere oder der jüngere Bruder?«

»Der jüngere.«

»Hat er eine Universität besucht?«

»Nein. Konnte es wahrscheinlich nicht abwarten, die Welt zu verwüsten.«

»Und sein Bruder?«

»Der ja. Was sollen diese oberschlauen Fragen? Der Bruder ist in die Familienfirma eingetreten. In der Rezession pleite gegangen. Jetzt züchtet er Schweine. Na und?« Er warf Jonathan einen wütenden Seitenblick zu. »Fangen Sie mir jetzt bloß nicht an, nach Rechtfertigungen für ihn zu suchen, Jonathan«, warnte er. »Der Roper würde die Welt auch *dann* verwüsten, wenn er in Eton und Oxford gewesen wäre und eine halbe Million Jahreseinkommen hätte. Er ist ein Schurke, das können Sie ruhig glauben. Das Böse existiert.«

»Ja, ich weiß, ich weiß«, sagte Jonathan beschwichtigend. Sophie hatte das gleiche gesagt.

»Jedenfalls hat er eine Menge auf dem Kerbholz«, fuhr Burr fort. »Es geht um High-Tech, Mid-Tech, Low-Tech und Scheiß-Tech. Gegen Panzer hat er was, wegen ihrer langen Haltbarkeit; aber wenn der Preis stimmt, macht er schon mal eine Ausnahme. Es geht um Stiefel, Uniformen, Giftgas, Streubomben, Chemikalien, FMs – das sind Fertigmahlzeiten, Trägheitsnavigationssysteme, Kampfflugzeuge, Kodebücher, Bleistifte, roten Phosphor, Granaten, Torpedos, maßbestellte U-Boote, motorisierte Torpedoboote, Flugabwehr, Lenksysteme, Fußeisen, Feldküchen, Messingknöpfe, Orden und Regimentsabzeichen, Metz-Blitzlichtgeräte und Geheimlabors, die als Hühnerfarmen getarnt sind, Bereifungen, Koppel, Büchsen, Munition aller Kaliber, die amerikanisch-russisch kompatibel sein muß, Red Eyes und andere tragbare Raketenwerfer wie Stingers und Leichensäcke. Jedenfalls ging es darum – denn heute haben wir ein Überangebot und Staatsbankrotte und keine Abnehmer, außer zu sehr vorteilhaften Bedingungen, und Regierungen, die zu besseren Bedingungen anbieten als ihre eigenen Gangster. Sie sollten mal seine Lagerhäuser sehen. Taipeh, Panama, Port of Spain, Gdansk. Früher hat unser Freund doch tatsächlich fast tausend Leute beschäftigt, die nichts anderes zu tun hatten, als die gelagerten Waren zu polieren, während die Preise raufgingen. Immer nur rauf, niemals runter. Jetzt hat er noch sechzig Leute, und die Preise sind im Keller.«

»Und wie reagiert er darauf?«

Zur Abwechslung mußte Burr sich auf Ausflüchte verlegen. »Er hat was Großes vor. Einen letzten Biß in den Apfel. Den größten Deal aller Zeiten. Er will Ironbrand auflösen und alles in Pracht und Herrlichkeit an den Nagel hängen. Ich möchte was wissen.«

Jonathan hatte sich noch immer nicht an Burrs taktische Richtungswechsel gewöhnt.
»An diesem Morgen in Kairo, als Sie mit Sophie losgefahren sind. Nachdem Freddie sie verdroschen hatte.«
»Ja?«
»Glauben Sie, irgendwer hat da was von spitzgekriegt, Sie mit ihr gesehen, zwei und zwei zusammengezählt?«
Dieselbe Frage hatte Jonathan sich schon tausendmal gestellt: nachts, wenn er sein dunkles Reich durchstreifte, um seinem inneren Ich zu entkommen; tagsüber, wenn er nicht schlafen konnte und sich statt dessen in den Bergen austobte oder ziellos mit seinem Boot segelte.
»Nein«, erwiderte er.
»Sicher?«
»Soweit man sicher sein kann.«
»Haben Sie irgendwas Riskantes mit ihr unternommen? Sind Sie irgendwo zusammen hingegangen, wo man Sie hätte erkennen können?«
Jonathan empfand ein seltsames Vergnügen dabei, zu Sophies Schutz zu lügen, auch wenn es längst zu spät war.
»Nein«, wiederholte er bestimmt.
»Na, dann sind Sie ja sauber, wie?« sagte Burr, und auch damit wiederholte er, ohne es zu wissen, Sophies Worte.

Die beiden Männer tranken zur Entspannung einen Scotch in einem Altstadtcafé, einem Lokal, in dem es weder Tag noch Nacht gab, neben ihnen saßen reiche Damen mit weichen Filzhüten und aßen Sahnetorte. Manchmal fand Jonathan die Universalität der Schweizer bezaubernd. An diesem Abend schienen sie ihm ihr ganzes Land in verschiedenen Grautönen gestrichen zu haben.
Burr begann eine amüsante Geschichte über Dr. Apostoll, den vortrefflichen Anwalt, zu erzählen. Er begann holprig, fast stoßweise, als habe er sich in seine eigenen Gedanken gemischt. Er hätte das nicht erzählen sollen, das wußte er, gleich nachdem er damit angefangen hatte. Aber wenn wir ein großes

Geheimnis hüten, können wir manchmal an nichts anderes denken.
Apo ist ein Lustmolch, sagte er. Das hatte er schon einmal gesagt. Apo vögelt alles, was ihm in die Quere kommt, sagte er, lassen Sie sich nicht von seinem biederen Auftreten täuschen, er ist einer dieser kleinen Männer, die dauernd beweisen müssen, daß sie größere Hurenböcke sind als alle großen Männer zusammen. Sekretärinnen, Ehefrauen anderer Leute, reihenweise Nutten von allen möglichen Diensten, Apo nimmt alles:
»Dann kriegt eines Tages seine Tochter einen Rappel und bringt sich um. Auch nicht gerade nett, falls es so was überhaupt gibt. Schöner sauberer Selbstmord. Fünfzig Aspirin mit einer halben Flasche unverdünntem Bleichmittel runtergespült.«
»Wieso hat sie das denn nur getan?« rief Jonathan entsetzt.
»Apo hatte ihr zum achtzehnten Geburtstag eine goldene Armbanduhr geschenkt. Neunzigtausend Dollar bei Cartier in Bal Harbour, die beste Uhr, die es überhaupt zu kaufen gibt.«
»Aber was war denn so schlimm daran, ihr eine goldene Uhr zu schenken?«
»Nichts, nur daß er ihr die gleiche Uhr schon zum siebzehnten Geburtstag geschenkt und es vergessen hatte. Das Mädchen wollte sich zurückgestoßen fühlen, nehm ich an, und die Uhr war dann bloß der Auslöser.« Er machte keine Pause. Weder hob er die Stimme, noch änderte er den Tonfall. Er wollte so schnell wie möglich von dieser Geschichte weg. »Haben Sie schon ja gesagt? Ich habe nichts gehört.«
Aber Jonathan zog es zu Burrs Unbehagen vor, bei Apostoll zu bleiben. »Und, was hat er dann getan?« fragte er.
»Apo? Dasselbe wie alle. Ist ein NEUER MENSCH geworden. Zu Jesus gekommen. Auf Cocktailparties in Tränen ausgebrochen. Übernehmen wir Sie, oder geben wir Sie auf, Jonathan? Ich hab noch nie was von langem Liebeswerben gehalten.«
Wieder das Gesicht des Jungen, grün statt rot, das mit jedem

Feuerstoß immer mehr zerbarst und auseinanderfloß. Sophies Gesicht, ein zweitesmal zusammengeschlagen, als sie umgebracht wurde. Das Gesicht seiner Mutter, zur Seite geneigt, der Mund weit offen, bevor die Nachtschwester ihn zudrückte und mit einem Stück Mull hochband. Ropers Gesicht, das zu nah herankam, als es sich zu Jonathan hinüberbeugte.

Aber auch Burr hing seinen Gedanken nach. Er machte sich heftige Vorwürfe, daß er so viel von Apostoll geredet hatte. Er fragte sich, ob er es jemals lernen würde, seine blöde Zunge zu hüten.

Sie waren in Jonathans winziger Wohnung in der Klosbachstraße, tranken Whisky und Henniez-Wasser, und das Trinken bekam ihnen beiden nicht gut. Jonathan saß auf dem einzigen Sessel, während Burr auf der Suche nach Anhaltspunkten das Zimmer durchstöberte. Er hatte die Bergsteigerausrüstung betastet und ein paar von Jonathans behutsamen Aquarellbildern des Berner Oberlandes betrachtet. Jetzt stand er im Alkoven und arbeitete sich durch Jonathans Bücher. Er war müde, und ihm ging die Geduld aus, sowohl mit sich als auch mit Jonathan.

»Sie lesen also Hardy«, stellte er fest. »Wie kommt's?«

»Weil ich im Exil bin, nehme ich an. Mein Quantum Heimweh nach England.«

»Heimweh? Hardy? Quatsch. Der Mensch ist eine Maus, und Gott ein apathischer Mistkerl, das ist Hardy. Hallo, wen haben wir denn da? Colonel T. E. Lawrence von Arabien höchstpersönlich.« Er hielt einen schmalen Band in gelbem Schutzumschlag in die Höhe und schwenkte ihn wie eine eroberte Flagge. »Das einsame Genie, das nur eine Nummer sein wollte. Von seinem Land im Stich gelassen. Jetzt wird's langsam heiß. Geschrieben von der Dame, die sich nach seinem Tod in ihn verliebte. Das also ist Ihr Held, hätte ich mir denken können. All diese Enthaltsamkeit, dieses fehlgerichtete Streben, Bohnen aus der Dose, ein Naturbursche. Kein Wunder, daß Sie

den Job in Ägypten angenommen haben.« Er sah auf das Vorsatzblatt. »Wessen Initialen sind das? Ihre nicht.« Aber noch während er das fragte, fiel ihm die Antwort ein.
»Die meines Vaters. Das Buch hat ihm gehört. Würden Sie es bitte zurückstellen?«
Burr hörte die Gereiztheit in Jonathans Stimme und drehte sich zu ihm um. »Bin ich da auf einen wunden Punkt gestoßen? Offenbar. Hätte nie gedacht, daß Sergeanten Bücher lesen.« Bedächtig drang er in die Wunde ein. »Ich dachte, Bücher wären nur was für Offiziere.«
Jonathan stellte sich Burr in den Weg, so daß er nicht aus dem Alkoven konnte. Sein Gesicht war kreideweiß, und er hatte instinktiv die Hände zum Eingreifen gehoben.
»Wenn Sie das bitte ins Regal zurücktun würden, das ist persönlich.«
Burr stellte das Buch in aller Ruhe zu seinen Gefährten ins Regal zurück. »Eins möchten wir wissen«, meinte er, indem er wieder einmal das Thema wechselte und an Jonathan vorbei in die Mitte des Zimmers schlenderte. Es war, als hätte ihr Gespräch von eben niemals stattgefunden. »Nehmen Sie eigentlich in Ihrem Hotel auch Bargeld an?«
»Gelegentlich.«
»Bei welchen Gelegenheiten?«
»Wenn spätnachts jemand abreist und in bar bezahlt, nehmen wir's. Die Rezeption ist von Mitternacht bis fünf Uhr morgens geschlossen, in der Zeit ist der Nacht-Manager dafür zuständig.«
»Sie nehmen also das Bargeld und legen es in den Safe?«
Jonathan ließ sich in den Sessel sinken und verschränkte die Hände hinterm Kopf. »Schon möglich.«
»Angenommen, Sie würden es stehlen. Wann würde man dahinterkommen?«
»Am Ende des Monats.«
»Sie könnten es aber jederzeit zum Abrechnungstag zurücklegen und danach wieder rausnehmen, möchte ich meinen«, sagte Burr nachdenklich.

»Meister paßt schwer auf. Typischer Schweizer.«
»Ich zimmere eine Legende für Sie zusammen, ja?«
»Ich weiß, worauf Sie hinauswollen.«
»Nein, das wissen Sie nicht. Ich will, daß Sie sich in Ropers Kopf versetzen, Jonathan. Ich glaube, Sie können das. Ich will, daß Sie ihn zu mir führen. Sonst werde ich ihn niemals festnageln können. Er mag verzweifelt sein, aber er kommt niemals aus der Deckung. Ich kann ihm Mikrofone in den Arsch stecken, ihn mit Satelliten überwachen, seine Post lesen und seine Telefone abhören. Ich kann ihn riechen, hören und beobachten. Ich kann Corkoran für fünfhundert Jahre ins Gefängnis schicken, aber an den Roper komme ich nicht ran. Sie haben noch vier Tage, ehe Sie bei Meister zurück sein müssen. Ich möchte, daß Sie mich am Morgen nach London begleiten, meinen Freund Rooke kennenlernen und sich die Sache anhören. Ich möchte Ihr Leben vom ersten Tag an umschreiben, und am Ende werden Sie sich selber lieben.«
Burr warf ein Flugticket aufs Bett und stellte sich an das Gaubenfenster, er schob den Vorhang auseinander und starrte in die graue Dämmerung. Es lag wieder Schnee in der Luft. Ein grauer, tiefhängender Himmel. »Sie brauchen keine Zeit, um darüber nachzudenken. Seit Sie mit der Armee und Ihrem Land Schluß gemacht haben, hatten Sie Zeit genug. Es gibt Gründe, nein zu sagen; aber es gibt auch Gründe, sich einen tiefen Bunker zu graben und den Rest Ihres Lebens darin zu verbringen.«
»Wie lange würde das dauern?«
»Weiß ich nicht. Wenn Sie es nicht machen wollen, ist schon eine Woche zu lang. Wollen Sie noch eine Predigt hören?«
»Nein.«
»Rufen Sie mich in ein paar Stunden an?«
»Nein.«
»Wie weit sind Sie denn mit sich gekommen?«
Nirgendwohin, dachte Jonathan, als er das Ticket aufschlug und die Abflugzeit las. Es gibt nichts zu entscheiden. Hat es

nie gegeben. Man hat einen guten Tag oder einen schlechten Tag, man geht vorwärts, weil hinter einem nichts ist; man läuft, weil man stürzt, wenn man noch länger stehenbleibt. Es gibt Bewegung, oder es gibt Stillstand, es gibt die Vergangenheit, die einen vorantreibt, und es gibt den Feldkaplan, der predigt, daß nur die Gehorsamen frei sind, und es gibt die Frauen, die dir sagen, du seist gefühllos, aber sie könnten nicht ohne dich leben. Es gibt ein Gefängnis namens England, und es gibt Sophie, die ich verraten habe, es gibt einen irischen Jungen ohne Gewehr, der mich auch noch anstarrte, nachdem ich ihm das Gesicht weggeschossen hatte, und es gibt ein Mädchen, mit dem ich kaum gesprochen habe, die »Reiterin« in ihren Paß einträgt und mich so unruhig gemacht hat, daß ich sechs Wochen später noch immer verrückt nach ihr bin. Es gibt einen Helden, an den ich niemals heranreichen werde und dem man, um ihn zu begraben, erst wieder die Uniform anziehen mußte. Und ein verschwitzter Rattenfänger aus Yorkshire flüstert mir ins Ohr, ich solle mit ihm kommen und das Ganze noch einmal machen.

Rex Goodhew war in Kampfeslaune. Die erste Hälfte des Vormittags hatte er erfolgreich damit verbracht, seinem Chef Burrs Sache vorzutragen, in der zweiten Hälfte hatte er bei einem Whitehall-Seminar über die Verletzung von Geheimhaltungspflichten referiert, und schließlich hatte er ein vergnügliches Geplänkel mit einem jungen Lahmarsch vom River House, der kaum alt genug war, seine erste Lüge richtig vorzubringen. Und jetzt war Mittag, ein sonniger Wintermittag in Carlton Gardens, eine niedrige Sonne beleuchtete die weißen Fassaden, und sein geliebtes Athenaeum war nur einen Katzensprung entfernt.
»Ihr Freund Leonard Burr macht einen ziemlichen Wirbel, Rex«, sagte Stanley Padstow vom Innenministerium mit einem besorgten Lächeln und ging nun neben ihm her. »Ich glaube, mir war nicht ganz klar, was Sie uns da eingebrockt haben, um ehrlich zu sein.«

»Du meine Güte«, sagte Goodhew. »Sie Ärmster. Was beunruhigt Sie denn genau?«
Padstow war zur selben Zeit wie Goodhew in Oxford gewesen, aber das einzige, woran Goodhew sich bei ihm noch erinnern konnte, war, daß er es sich zur Aufgabe gemacht hatte, unscheinbare Mädchen zu beglücken.
»Ach, nichts besonderes«, sagte Padstow, der versuchte, unbefangen zu klingen. »Er benutzt meine Leute, um zu vertuschen, welche Akten von ihm zur Einsichtnahme erbeten wurden. Er überredet die Frau von der Registratur, für ihn das Blaue vom Himmel herunterzulügen. Er führt höhere Polizeibeamte zu dreistündigen Essen bei Simpson aus. Er bittet uns, für ihn zu verbürgen, wenn sie kalte Füße kriegen.« Dabei sah Padstow die ganze Zeit zu Goodhew hinüber, der seinem Blick aber nicht auswich. »Aber es ist alles in Ordnung, ja? Es ist nur so, daß man das bei diesen Jungs nie genau weiß. Oder?«
Sie unterbrachen sich, um außer Hörweite einer Schar Nonnen zu kommen.
»Nein, Stanley, das weiß man nicht«, sagte Goodhew. »Aber ich werde Ihnen eine ausführliche schriftliche Bestätigung schicken, streng geheim, nur für Ihre eigenen Unterlagen bestimmt.«
Padstow rang tapfer um einen beiläufigen Tonfall. »Und üble Streiche in Südwestengland. Ich meine – das ist doch wohl alles abgesichert? Nur schien das aus Ihrem Brief nicht ganz klar hervorzugehen.«
Sie hatten die Eingangsstufen des Athenaeum erreicht.
»*Mir* scheint es einwandfrei zu sein, Stanley«, sagte Goodhew. »Wenn ich nicht irre, sind Streiche in Südwestengland durch meine Briefe vollständig abgesichert.«
»Mord nicht ausgeschlossen?« fragte Padstow hastig flüsternd, als sie eintraten.
»Oh, ich glaube nicht. Nicht, solange niemand zu Schaden kommt, Stanley.« Goodhews Stimme bekam einen anderen Ton. »Und das geht nur unsere Abteilung etwas an, verstanden?« sagte er. »Kein Sterbenswörtchen an die River-Leute,

kein Wort an irgendwen außer an Leonard Burr oder, falls Sie sich Sorgen machen, an mich. Das ist Ihnen doch recht, Stanley? Das ist doch keine zu große Belastung?«

Sie aßen an verschiedenen Tischen. Goodhew genehmigte sich eine Hackfleisch-Nieren-Pastete und ein Glas Rotwein des Hauses. Padstow hingegen aß sehr schnell, als müsse er mit der Uhr um die Wette kauen.

7

An einem kalten Freitag Ende Februar betrat Jonathan Mrs. Tretheweys Poststelle und stellte sich mit Linden vor, ein Name, den er, als Burr ihn aufforderte, einen vorzuschlagen, aus der Luft gegriffen hatte. In seinem ganzen Leben war er keinem Linden begegnet, es sei denn, er erinnerte sich unbewußt an irgend etwas von seiner deutschen Mutter, ein Lied oder ein Gedicht, das sie ihm auf ihrem scheinbar endlosen Sterbelager vorgetragen hatte.

Der Tag war feucht und düster gewesen, ein Abend, der beim Frühstück begonnen hatte. Das Dorf lag zehn Meilen von Lands End entfernt. Der Schwarzdorn an Mrs. Tretheweys Granitmauer war von den Südweststürmen gekrümmt. Die Autoaufkleber auf dem Parkplatz an der Kirche empfahlen Fremden, nach Hause zu gehen.

Es hat etwas von Diebstahl, heimlich ins Land seiner Geburt zurückzukehren, nachdem man es für immer verlassen hat. Es hat etwas von Diebstahl, einen nagelneuen Decknamen zu benutzen und als sein neues Ich aufzutreten. Man fragt sich, wessen Kleider man gestohlen hat, was für einen Schatten man wirft, ob man als jemand anderer schon einmal hiergewesen ist. Nach sechs Jahren als undefinierbares Ich im Exil kommt einem der erste Tag in der neuen Rolle wie ein besonderes Ereignis vor. Ein wenig von dieser Frische mag sich auf Jonathans Gesicht gezeigt haben, denn Mrs. Trethewey beteuerte hinterher stets, ihr sei eine gewisse Keckheit an ihm aufgefallen, ein Funkeln, wie sie es nannte. Und Mrs. Trethewey ist keine Schwätzerin. Sie ist eine kluge Frau, groß und stattlich, keineswegs eine Landpomeranze. Bei manchen ihrer Äußerungen fragt man sich, was wohl aus ihr geworden wäre, wenn sie eine Ausbildung gehabt hätte, wie sie heute üblich ist, oder einen Mann, der nicht ganz so unterbelichtet gewesen wäre wie der arme alte Tom, der vorige Weihnachten in Penzance einen Schlaganfall hatte und tot umfiel, nachdem er sich beim Freimaurer-Treffen ein wenig zuviel gegönnt hatte.

»Jack Linden, also der war auf *Draht*«, sagte sie etwa auf ihre belehrende kornische Art. »Hatte nette Augen, wenn man ihn zum erstenmal sah, heiter, will ich mal sagen. Aber die sahen dich überall an, doch nicht so, wie du jetzt meinst, Marilyn. Die sahen dich gleichzeitig von weitem und von nahem an. Schon bevor er überhaupt in den Laden kam, hätte man denken können, der hat was gestohlen. Hatte er ja auch. Das wissen wir jetzt. So wie wir auch manches andere wissen, das wir lieber nicht wissen würden.«

Es war zwanzig nach fünf, zehn Minuten vor Ladenschluß; sie zählte die Einnahmen in der elektronischen Kasse, bevor sie sich mit ihrer Tochter Marilyn, die sich oben um die Kleine kümmerte, im Fernsehen *Neighbours* ansah. Sie hörte ein großes Motorrad – »so ein richtig dicker Brummer« –, sie sah, wie er es auf den Ständer stellte, den Helm abnahm und sein hübsches Haar glattstrich, obwohl das gar nicht nötig gewesen wäre, das diente ihm eher zur Entspannung, vermutete sie. Und sie glaubte ihn lächeln zu sehen. Eine Ameise, dachte sie, und dazu noch eine fröhliche. In West-Cornwall bedeutet Ameise Ausländer, und Ausländer ist jeder, der östlich vom River Tamar zu Hause ist.

Aber diese Ameise hier hätte vom Mond stammen können. Mrs. Trethewey hatte nicht übel Lust, das Schild an der Tür umzudrehen, sagt sie, aber sein Aussehen hielt sie davon ab. Auch seine Schuhe, die gleichen, die ihr Tom immer zu tragen pflegte; sie glänzten wie Kastanien, und bevor der Mann her-

einkam, trat er sie sich sorgfältig auf der Matte ab, was man von einem Motorradfahrer ja nicht gerade erwartet.
Also machte sie mit ihrer Rechnerei weiter, während er zwischen den Regalen umherging, natürlich ohne einen Korb zu nehmen, typisch Mann, ob sie nun Paul Newman heißen oder ohne Rang und Namen sind: kommen rein, um ein Päckchen Rasierklingen zu kaufen, haben am Ende beide Arme voll beladen, aber ein Korb kommt nicht in Frage. Und sehr leise auf den Füßen, fast lautlos, so leicht ist er. Motorradfahrer stellt man sich in der Regel nicht leise vor.
»Sie kommen also aus dem Norden, junger Mann?« fragte sie ihn.
»Hm, ja nun, ich fürchte, Sie haben recht.«
»Da gibt es doch nichts zu fürchten, mein Lieber. Aus dem Norden kommen viele nette Leute, und hier unten gibt es viele, die von mir aus *gern* in den Norden gehen könnten.« Keine Antwort. Zu beschäftigt mit den Keksen. Und seine Hände, stellte sie fest, als er jetzt die Handschuhe auszog – tadellos in Ordnung. Gepflegte Hände hatte sie gern. »Woher kommen Sie denn genau? Doch hoffentlich aus einer schönen Gegend.«
»Nun, eigentlich nirgendwoher«, bekannte er denkbar dreist, nahm zwei Schachteln Vollkornkekse und eine mit Crackern und studierte die Etiketten, als ob er so was noch nie gesehen hätte.
»Sie können doch nicht aus Eigentlich Nirgendwoher kommen, mein Bester«, wendete Mrs. Trethewey ein und beobachtete ihn, wie er an den Regalen entlangging. »Sie mögen ja nicht aus Cornwall sein, aber vom Himmel sind Sie bestimmt nicht gefallen. Also, woher kommen Sie?«
Die Dorfbewohner horchten sofort auf, wenn Mrs. Trethewey ihre strenge Stimme bekam. Jonathan dagegen lächelte lediglich. »Ich habe im *Ausland* gelebt«, erklärte er, als wolle er sie aufheitern. »Ich bin so einer, der zurückgekehrt ist.«
Und seine Stimme, genauso wie seine Hände und Schuhe, berichtete sie: überaus gepflegt.

»Wo denn im Ausland, mein Bester?« wollte sie wissen. »Es gibt mehr als ein Ausland, sogar für uns hier unten. *So* primitiv sind wir nun doch nicht, auch wenn viele das denken, möchte ich meinen.«
Aber sie kam nicht an ihn heran, sagt sie. Er stand einfach da und nahm lächelnd mit der Ruhe eines Jongleurs Tee und Thunfisch und Haferkuchen, und jedesmal, wenn sie ihm eine Frage stellte, kam sie sich vorlaut vor.
»Nun, ich bin der, der das Haus am Lanyon gemietet hat«, sagt er.
»Das heißt also, daß Sie komplett verrückt sind, mein Lieber«, sagte Ruth Trethewey behaglich. »Nur ein Verrückter möchte da draußen am Lanyon wohnen und den ganzen Tag mitten auf dem Felsen hocken.«
Und diese Geistesabwesenheit bei ihm, sagt sie. Ja, er war natürlich ein Seemann, das wissen wir jetzt, auch wenn er es mißbraucht hat. Dieses erstarrte Grinsen, mit dem er die Obstkonserven studierte, als wollte er sie auswendig lernen. *Ausweichend* war er, ganz genau. Schlüpfrig wie ein Stück Seife in der Badewanne. Man glaubte ihn zu haben, und schon flutschte er einem durch die Finger. Er hatte irgend etwas an sich, mehr weiß ich auch nicht.
»Ich nehme an, Sie werden doch wenigstens einen Namen haben, wenn Sie zu uns ziehen wollen«, sagte Mrs. Trethewey in irgendwie entrüsteter Verzweiflung. »Oder haben Sie den im Ausland gelassen, als sie nach Hause gekommen sind?«
»Linden«, sagte er und holte das Geld heraus. »Jack Linden. Mit i und e«, fügte er hilfsbereit hinzu. »Nicht zu verwechseln mit *Lyndon* mit *y*.«
Sie erinnert sich, wie sorgfältig er alles in die Satteltaschen packte, etwas auf diese Seite, etwas auf die andere Seite, als ob er die Ladung in einem Boot verstaute. Dann trat er auf den Kickstarter und hob zum Abschied den Arm. Du bist Lindon vom Lanyon, beschloß sie, während sie beobachtete, wie er auf die Kreuzung zufuhr und sich elegant in die Linkskurve legte. Aus Eigentlich Nirgendwoher.

»Ich hatte einen Mr. Linden-von-Lanyon-mit-*i*-und-*e* im Laden«, erzählte sie Marilyn, als sie nach oben kam. »Und er hat ein Motorrad, das ist größer als ein Pferd.«

»Verheiratet, nehme ich an«, sagte Marilyn, die eine kleine Tochter hatte, aber nie über den Vater reden wollte.

Das also war Jonathan geworden, vom ersten Tag an, bis die Bombe platzte: Linden vom Lanyon, eine dieser rastlosen englischen Seelen, die auf der Flucht vor ihren Geheimnissen und vor sich selbst wie von einem Magneten angezogen immer weiter nach Westen die Halbinsel hinunter ziehen.

Der Rest der im Dorf über ihn vorhandenen Informationen wurde nach und nach mit Hilfe jener fast übernatürlichen Methoden zusammengetragen, die der Stolz eines jeden guten Netzwerks sind. Daß er reich war, was besagen sollte, daß er bar zahlte, und zwar fast übereilig – mit neuen Fünfern und Zehnern, die er wie Spielkarten auf den Deckel von Mrs. Tretheweys Tiefkühltruhe zählte – na, wir wissen, wo er *das* herhatte, stimmt's? – kein Wunder, daß es Bargeld war!

»Sagen Sie bitte, wann, Mrs. Trethewey«, pflegte Jonathan zu rufen, während er die Banknoten hinblätterte. Eigentlich eine schockierende Vorstellung, daß sie ihm nicht gehörten. Aber Geld stinkt ja bekanntlich nicht.

»Das ist nicht meine Aufgabe, Mr. Linden«, protestierte Mrs. Trethewey, »sondern Ihre. Ich kann alles nehmen, was Sie da haben und mehr.« Auf dem Land wirken Scherze am besten durch Wiederholung.

Daß er sämtliche Fremdsprachen beherrschte oder jedenfalls Deutsch. Denn als Dora Harris im Count House eine deutsche Tramperin hatte, der es ziemlich schlecht ging, bekam Jack Linden irgendwie Wind davon und fuhr zum Count House runter, um mit ihr zu reden, während Mrs. Harris aus Gründen des Anstands auf dem Bett saß. Er blieb, bis Dr. Maddern kam, um ihm die Symptome des Mädchens zu dolmetschen, einige davon waren sehr intim, sagte Dora, aber Jack Linden kannte die Wörter alle. Dr. Maddern sagte, um Wörter

wie diese überhaupt zu kennen, müsse er über Spezialwissen verfügen.
Daß er frühmorgens über den Klippenweg spazierte, wie jemand, der nicht schlafen konnte, so daß Pete Hosken und sein Bruder, als sie in der Dämmerung draußen auf See vor Lanyon Head ihre Hummerkörbe einholten, ihn oben am Rand der Klippe sehen konnten: ausschreitend wie ein Soldat, meist mit einem Rucksack auf den Schultern. Und was zum Teufel trug er um diese Tageszeit in einem Rucksack herum? Drogen, nehme ich an. Na, muß ja wohl. Das wissen wir auch.
Und daß er die Klippenwiesen bearbeitete, immer rauf und runter mit der Hacke, bis man glauben konnte, er bestrafte die Erde, aus der er gekommen war: Der Kerl hätte jederzeit als ehrbarer Arbeiter sein Leben fristen können. Er baue Gemüse an, behauptete er, blieb aber nicht lange genug, um es zu essen.
Und hat sein Essen immer selbst gekocht, sagte Dora Harris; ein Feinschmecker, dem Geruch nach zu urteilen, denn wenn der Südwestwind nicht allzu heftig wehte, lief ihr davon noch in einer halben Meile Entfernung das Wasser im Mund zusammen, das sagten auch Pete und sein Bruder auf See.
Und wie nett er zu Marilyn Trethewey war oder wohl eher sie zu ihm – tja, Linden, der war nett zu jedem, bis zu einem gewissen Grade, aber Marilyn hatte drei Winter lang nicht gelacht, erst Jack Linden brachte sie wieder dazu.
Und wie er der alten Bessie Jago mit dem Motorrad zweimal die Woche Lebensmittel aus Mrs. Tretheweys Laden vorbeibrachte – Bessie wohnte an der Ecke zur Lanyon Lande –, wie er alles ordentlich in die Regale einräumte und nicht einfach die Dosen und Schachteln auf den Tisch kippte, damit sie sie dann selbst wegpacken konnte. Und was er ihr alles über sein Haus erzählte, wie er das Dach mit Zement ausbessere und neue Schiebefenster einbaue und den Weg zur Vordertür neu anlege.
Aber das war auch alles, worüber er sprach; kein einziges Wort

von sich selbst, wo oder wovon er gelebt hatte, so daß sie nur rein zufällig dahinterkamen, daß er in Falmouth an einem Bootgeschäft beteiligt war, einer Firma namens Sea Pony, die sich auf das Chartern und Vermieten von Segeljachten spezialisiert hatte. Die aber keinen besonders guten Ruf hatte, sagte Pete Pengelly, eher ein Treffpunkt für Möchtegern-Kapitäne und Drogensüchtige aus dem Norden war. Pete sah ihn eines Tages in ihrem vorderen Büro sitzen, als er bei Sparrows Bootsverleih nebenan mit seinem Lastwagen vorfuhr, um einen generalüberholten Außenbordmotor abzutransportieren: Linden saß an einem Tisch, sagte Pete, und sprach mit einem großen, dicken, schwitzenden, bärtigen Kerl mit einer Goldkette um den Hals und krausen Haaren, dem der Laden zu gehören schien. So daß Pete den alten Jason Sparrow ohne Umschweife fragte: Was ist denn aus Sea Pony nebenan geworden, Jason? Sieht aus, als hätte die Mafia den Laden übernommen.

Der eine heißt Linden, der andere Harlow, teilte Jason ihm mit. Linden kommt aus dem Norden, und Harlow, der große Dicke mit Bart, ist Australier. Die beiden haben den Laden gekauft und bar bezahlt, sagte Jason; seitdem haben sie keinen Handschlag getan, haben bloß immer Zigaretten geraucht und sind mit irgendwelchen Hobbyjachten in der Bucht rumgeschippert. Linden, der versteht schon was von Schiffen, räumte Jason ein. Aber dieser Harlow, der Dicke, kann seinen Arsch nicht von einem Ruder unterscheiden. Meistens zanken sie sich, sagte Jason, jedenfalls Harlow. Brüllt rum wie ein Stier. Der andere, Linden, der lächelt bloß immer. Das sind mir zwei Partner, sagte Jason verächtlich.

Dies also war das erste, was sie von Harlow erfuhren. Linden & Harlow, Partner und Feinde.

Eine Woche später, mittags im Snug, trat dieser Harlow dann leibhaftig auf: Einen solchen Fettwanst hatte man noch nicht gesehen, hundertzwanzig, hundertdreißig Kilo. Er kam mit Jack Linden herein und pflanzte sich hinten in die Kiefernholzecke neben die Dartscheibe, wo sonst immer William

Charles sitzt. Nahm die ganze verdammte Bank ein und verdrückte drei Fleischpasteten. Und da hockten die beiden, bis das Snug am Nachmittag zumachte, steckten die Köpfe über einer Karte zusammen und murmelten wie zwei verdammte Piraten. Tja, wir wissen, warum. Da haben sie es ausgeheckt. Und ehe man sich versah, war Harlow tot. Und Jack Linden verschwunden, ohne sich auch nur von irgend jemandem zu verabschieden.

So plötzlich verschwunden, daß die meisten sich nur in der Erinnerung mit ihm beschäftigen konnten. So spurlos verschwunden, daß sie, wären nicht die Zeitungsausschnitte an der Wand des Snug gewesen, womöglich geglaubt hätten, er wäre ihnen nie über den Weg gelaufen, das Lanyon-Tal wäre nie mit orangefarbenen Bändern abgesperrt und von zwei proletenhaften jungen Polizisten aus Camborne bewacht worden, die Kriminalbeamte in Zivil wären nie von der Melkzeit bis zur Abenddämmerung durchs Dorf getrampelt – »drei Wagenladungen von diesen Typen«, sagte Pete Pengelly –, die Journalisten aus Plymouth, sogar aus London, darunter auch ein paar Frauen und einige, die man auch dafür hätte halten können, wären nie herbeigeströmt und hätten mit ihren dummen Fragen nicht jeden gelöchert, von Ruth Trethewey bis zu Slow-and-Lucky, der nicht ganz richtig im Kopf ist und den ganzen Tag mit seinem Schäferhund durch die Gegend läuft: Der Hund ist übrigens genauso bekloppt wie Lucky, nur bissiger: Wie war er gekleidet, Mr. Lucky? Worüber hat er gesprochen? Ist er Ihnen gegenüber denn niemals grob geworden?
»Am ersten Tag konnten wir die verdammten Bullen und Reporter kaum auseinanderhalten«, erinnert Pete sich gern, und alle im Snug lachen. »Wir haben die Reporter mit Sir angeredet und den Bullen gesagt, sie sollten sich verpissen. Am zweiten Tag haben wir dann allen gesagt, sie sollten sich verpissen.«
»Er war's nicht, verdammich«, knurrt der verschrumpelte William Charles von seinem Platz neben der Dartscheibe. »Die

haben nie was bewiesen. Es gibt keine Leiche, also gibt's auch keinen Mörder, verdammich. So steht's im Gesetz.«

»Aber sie haben Blut gefunden, William«, sagte Pete Pengellys jüngerer Bruder Jacob, der einen so guten Schulabschluß hatte, daß er studieren konnte.

»Scheißblut«, sagt William Charles. »Ein Blutstropfen hat noch nie was bewiesen. Irgendein Bauerntrampel schneidet sich beim Rasieren, und gleich kommt die Polizei angerannt und nennt Jack Linden einen Mörder. Idiotenvolk.«

»Warum ist er dann weggelaufen? Warum verdrückt er sich mitten in der Nacht, wenn er niemand umgebracht hat?«

»Idiotenvolk«, wiederholt William Charles wie ein eindrucksvolles Amen.

Und die arme Marilyn, die nun aussah, als wäre sie von einer Schlange gebissen worden und den ganzen Tag die Straße raufstarrte, falls sein Motorrad doch noch zurückkam, warum hat er *sie* verlassen? *Sie* wollte der Polizei keinen Unsinn erzählen. Sagte, sie hätte nie von ihm gehört, Schluß und aus! Ja, genau so.

Und so geht das weiter, hin und her, ein bunter Strom konfuser Erinnerungen: zu Hause, wo sie hundemüde vom Pflügen vor ihren flimmernden Fernsehern hocken; an nebligen Abenden im Snug, wo sie ihr drittes Bier schlürfen und die Dielenbretter anstieren. Es dämmert, der Nebel zieht auf und klebt wie Dampf an den Schiebefenstern, kein Lüftchen regt sich. Der Wind hat sich vollständig gelegt, die Krähen werden still. Auf dem kurzen Weg zum Pub riecht es nach warmer Milch aus der Molkerei, Ölöfen, Kohlefeuer, Pfeifenrauch, Silofutter und Seetang aus dem Lanyon. Ein Hubschrauber tuckert zu den Scillys. Ein Tanker tutet im Nebel. Die Kirchenglocken dröhnen im Ohr wie ein Gong am Boxring. Alles ist separat, jeder Geruch einzeln, jedes Geräusch, jedes Stück Erinnerung. Ein Schritt auf der Straße knackt wie ein brechendes Genick.

»Ich sage dir *eins*, Junge«, legt Pete Pengelly los, als ob er sich in ein lebhaftes Streitgespräch einmischt, und dabei hat seit Minuten niemand ein Wort gesagt. »Jack Linden muß einen verdammt guten Grund gehabt haben. Jack hat für alles, was er getan hat, einen Grund gehabt. Sag bloß, das ist nicht wahr.«

»Von Fischen hat er auch was verstanden«, räumt der junge Jacob ein, der wie sein Bruder kleine Boote aus dem Porthgwarra holt. »Einmal samstags ist er mit uns raus, stimmt's, Pete? Vorher nie mit ihm gesprochen. Sagt, er will 'n Fisch mit nach Hause nehmen. Ich biet ihm an, ihn für ihn auszunehmen, stimmt's? Ah, das mach ich selbst, sagt er. Und löst den Fisch gleich von den Gräten, einfach so. Haut, Kopf, Schwanz, Fleisch. Macht das sauberer als 'ne Robbe.«

»Und Segeln konnt er! Ganz allein von den Kanalinseln nach Falmouth, und das bei 'nem halben Orkan!«

»Der Australier hat nur bekommen, was er verdient«, sagt eine Stimme aus der Ecke. »So ein ungehobelter Klotz, und Jack hat immer bloß gelächelt. Hast du mal seine Hände gesehen, Pete? Lieber Gott, die waren groß wie Kürbisse.«

Ruth Trethewey ist fürs Philosophische zuständig, obwohl Ruth nie über die Marilyn-Seite der Geschichte spricht und jeden zum Schweigen bringt, der in ihrer Gegenwart davon anfängt: »Jeder Mensch hat seinen persönlichen Teufel, der irgendwo auf ihn lauert«, erklärt Ruth, die seit dem Tod ihres Mannes gelegentlich die männliche Vorherrschaft im Snug durchbricht. »Es gibt hier heute abend keinen Mann, in dem nicht ein Mörder steckte, wenn ihn der Falsche reizt. Und selbst wenn du Prince Charles bist, das ist mir egal. Jack Linden war einfach zu höflich, das konnte nicht gutgehen. Alles, was er in sich verschlossen hatte, ist auf einmal rausgekommen.«

»Jack Linden, hol dich der Teufel«, erklärt Pete Pengelly plötzlich mit vom Trinken geröteten Gesicht, während die anderen in respektvollem Schweigen dasitzen, wie immer, wenn Ruth Trethewey eine ihrer Ansichten verkündet hat. »Wenn du heut abend hier reinkommst, spendier ich dir ein Bier, Mann, und schüttel dir, verdammt noch mal, die Hand genauso, wie ich es an dem Abend damals gemacht hab.«

Und am nächsten Tag ist Jack Linden vergessen, vielleicht für Wochen. Seine erstaunliche Seereise ist ebenso vergessen wie das Geheimnis der beiden Männer, die ihn mit einem Rover am Abend vor seinem Verschwinden am Lanyon besucht haben sollen – und einige Male vorher, wie ein paar Leute behaupten, die es wissen sollten.
Aber die Zeitungsausschnitte hängen im Snug noch immer an der Wand, die graublauen Klippen des Lanyon-Tals tropfen und dampfen noch immer in dem scheußlichen Wetter, das ewig über ihnen zu hängen scheint: Ginster und Narzissen blühen noch immer Seite an Seite an den Ufern des Lanyon, der zur Zeit nicht breiter ist als ein ordentlicher Schritt. Daneben schlängelt sich der dunkle Weg bis zu dem geduckten Haus, das Jack Lindens Zuhause gewesen war. Noch immer fahren die Fischer in weitem Bogen um Lanyon Head herum, wo bei Ebbe braune Felsen wie Krokodile im Wasser lauern und die Strömung einen auch an den ruhigsten Tagen runterziehen kann, so daß jedes Jahr irgendein Trottel aus dem Norden, der mit seiner Freundin im Gummiboot da rausfährt, um nach Wrackteilen zu tauchen, dort für immer ins Wasser springt oder vom Rettungshubschrauber aus Culdrose in Sicherheit gebracht werden muß.
Leichen, so sagt man im Dorf, hat es in der Lanyon-Bucht schon immer gegeben, lange bevor Jack Linden seinen bärtigen Australier dazuwarf.

Und Jonathan?
Jack Linden war für ihn genauso ein Rätsel wie für das Dorf. Es nieselte grau, als er die Vordertür des Hauses auftrat und die Satteltaschen auf die nackten Dielen warf. In fünf Stunden war er dreihundertfünfzig Meilen gefahren. Doch als er in seinen Motorradstiefeln von einem trostlos kahlen Raum zum anderen stapfte und aus den eingeschlagenen Fenstern auf die apokalyptische Landschaft blickte, lächelte er wie jemand, der den Palast seiner Träume gefunden hat. Ich bin auf dem Weg, dachte er. Auf dem Weg zu mir selbst, dachte er und erinnerte

sich an den Schwur, den er in Meisters Weinkeller getan hatte. Auf dem Weg, die fehlenden Teile seines Lebens zu entdecken. Mit Sophie ins reine zu kommen.
Seine Ausbildung in London gehörte zu einem anderen Teil seiner Erinnerungen: die Gedächtnisspiele, die Kameraspiele, die Kommunikationsspiele, die endlose Berieselung von Burrs methodischen Belehrungen: Seien Sie dies und niemals das, seien Sie natürlich, aber etwas mehr. Die Pläne dieser Leute faszinierten Jonathan, er genoß ihre Raffinesse und die ständige Querdenkerei.
»Wir rechnen damit, daß Linden die erste Runde durchhält«, hatte Burr durch Rookes Pfeifenqualm gesagt, als die drei Männer in dem spartanischen Ausbildungshaus am Lisson Grove zusammensaßen. »Danach denken wir uns eine neue Identität für Sie aus. Sie wollen noch immer mitmachen?«
Ah, und ob er wollte! Mit neu entflammtem Pflichtgefühl wirkte er heiter an seiner bevorstehenden Vernichtung mit und steuerte eigene Ideen bei, die ihm dem Original mehr zu entsprechen schienen.
»Sekunde mal, Leonard. Ich bin auf der Flucht, die Polizei ist hinter mir her, okay? Sie sagen, ich soll mich nach Frankreich absetzen. Aber ich war doch in Irland. Ich würde, wenn's brenzlig wird, niemals über die Grenze gehen.«
Und sie hörten auf ihn und bewilligten ihm eine höllisch riskante zusätzliche Woche im Versteck und waren beeindruckt und sagten das auch hinter seinem Rücken.
»Halt ihn an der kurzen Leine«, empfahl Rooke Burr in seiner Rolle als Verwalter von Jonathans Armee-Vorleben. »Nicht verhätscheln. Keine Extrawürste. Keine überflüssigen Frontbesuche, um ihn aufzumuntern. Wenn er es nicht schafft, ist es besser, wenn wir es so früh wie möglich herausbekommen.«
Aber Jonathan schaffte es. Er hatte es immer geschafft. Entbehrung war sein Element. Er sehnte sich nach einer Frau, einer Frau, die er erst noch kennenlernen mußte, einer Frau, die eine Mission hatte wie er selbst, keine leichtfertige Reiterin mit einem reichen Gönner, sondern eine Frau mit Sophies

Würde und Herz und Sophies ganzer Sexualität. Wenn er bei seinen Klippenspaziergängen um eine Ecke kam, ließ ein Lächeln entzückten Erkennens sein Gesicht bei der Vorstellung erstrahlen, daß dieses ihm bisher noch nicht begegnete Muster an weiblicher Tugend irgendwo auf ihn wartete: *O hallo,* Jonathan, *du* bist es.

Doch allzu oft, wenn er ihre Züge genauer studierte, sah sie Jed beunruhigend ähnlich: Jeds unberechenbarer, vollkommener Körper. Jeds Lächeln, das ihn verfolgte.

Zum ersten Mal besuchte Marilyn Trethewey Jonathan, um eine Kiste Mineralwasser zu liefern, die zu groß für sein Motorrad war. Sie war gut gebaut wie ihre Mutter, hatte ein energisches Kinn und tiefschwarzes Haar wie Sophie, rote kornische Wangen und kräftige, feste Brüste, denn sie konnte keinen Tag älter als zwanzig sein. Wenn er sie, immer allein, hinter dem Kinderwagen über die Dorfstraße laufen oder im Laden ihrer Mutter einsam an der Kasse stehen sah, fragte Jonathan sich, ob sie ihn überhaupt wahrnahm, oder ob sie nur den Blick auf ihm ruhen ließ, während sie in Gedanken etwas ganz anderes sah.

Sie bestand darauf, die Kiste mit den Flaschen selbst zur Vordertür zu tragen, und als er ihr helfen wollte, wies sie ihn ab. Also blieb er auf der Schwelle stehen, während sie ins Haus ging und die Kiste auf den Küchentisch stellte; bevor sie wieder nach draußen kam, sah sie sich lange im Wohnzimmer um.

»Sie müssen Fuß fassen«, hatte Burr ihm geraten. »Sich ein Gewächshaus kaufen, einen Garten anlegen, lebenslange Freundschaften schließen. Wir müssen wissen, daß Sie sich losreißen mußten. Wenn Sie ein Mädchen finden, das Sie sitzenlassen können, um so besser. In einer perfekten Welt würden Sie ihr ein Kind machen.«

»Vielen Dank.«

Jonathans Tonfall ließ Burr aufhorchen, und er sah ihn rasch von der Seite an. »Was ist denn los? Haben wir uns etwa gelobt,

im Zölibat zu leben? Diese Sophie hat es Ihnen ja wirklich angetan, was?«
Ein paar Tage später tauchte Marilyn wieder auf, diesmal hatte sie nichts abzuliefern. Und statt wie sonst in Jeans und schmuddeligem Oberteil kam sie jetzt in Rock und Jacke, als hätte sie einen Termin bei ihrem Anwalt. Sie läutete, und als er die Tür aufmachte, sagte sie: »Sie schicken mich nicht weg, ja?« Also trat er einen Schritt zurück und ließ sie an sich vorbei, und sie stellte sich mitten in das Zimmer, wie um seine Vertrauenswürdigkeit zu testen. Er sah, daß die Spitzenärmel ihrer Bluse knitterten, und ihm war klar, daß es sie viel Überwindung gekostet hatte, so weit zu gehen.
»Es gefällt Ihnen hier, oder?« fragte sie ihn auf ihre herausfordernde Art. »So ganz allein?« Sie besaß den Scharfblick und die unverbildete Klugheit ihrer Mutter.
»Es macht mir Spaß«, sagte Jonathan, zu seiner Hoteliersstimme Zuflucht nehmend.
»Und was machen Sie hier? Sie können doch nicht den ganzen Tag in die Glotze starren. Sie haben ja gar keine.«
»Lesen. Wandern. Hier und da ein paar Geschäfte machen.«
Und jetzt geh, dachte er, hob die Augenbrauen und sah sie verkrampft lächelnd an.
»Sie malen auch?« sagte sie und betrachtete die Aquarelle, die auf dem Tisch vor dem zur See blickenden Fenster ausgebreitet waren.
»Ich versuch's.«
»Ich kann malen.« Sie untersuchte die Pinsel, prüfte ihre Form und Elastizität. »Ich war gut im Malen. Hab sogar Preise gewonnen.«
»Warum malen Sie dann nicht jetzt?« fragte Jonathan.
Er hatte das als Frage gemeint, doch zu seinem Schreck faßte sie es als Einladung auf. Schon hatte sie den Wassertopf in die Spüle entleert und neu gefüllt, und nun setzte sie sich an seinen Tisch, nahm einen frischen Bogen Zeichenpapier, schob sich die Haare hinter die Ohren und nahm nichts mehr wahr außer ihrer Arbeit. Und mit dem langen Rücken, den sie ihm

zuwandte, und dem schwarzen Haar, das darüberfiel, und dem Sonnenlicht vom Fenster, das auf ihrem Scheitel glänzte, war sie Sophie, sein anklagender Engel.
Er sah ihr eine Zeitlang zu und hoffte, die Assoziation möge vergehen, aber sie blieb, so daß er nach draußen ging und bis zum Einbruch der Dunkelheit im Garten grub. Als er zurückkam, wischte sie gerade den Tisch ab, so wie sie es auch in der Schule getan hatte. Dann lehnte sie ihr noch nicht fertiges Bild an die Wand; es zeigte weder See noch Himmel, noch Kliff, sondern ein dunkelhaariges, lachendes Mädchen – Sophie als Kind, zum Beispiel, Sophie, lange bevor sie ihren perfekten englischen Gentleman wegen seines Passes geheiratet hatte.
»Kann ich morgen wiederkommen?« fragte sie auf ihre knappe, aggressive Art.
»Sicher. Wenn Sie wollen. Warum nicht?« sagte der Hotelier und nahm sich vor, morgen nach Falmouth zu fahren. »Falls ich weg muß, laß ich die Tür offen.«
Und als er aus Falmouth zurückkam, fand er das Bild des Mädchens und einen Zettel mit der schroffen Mitteilung, es sei für ihn. Danach kam sie fast jeden Nachmittag, und wenn sie genug gemalt hatte, setzte sie sich ihm gegenüber in den Sessel am Kamin und las seinen *Guardian.*
»Die Welt ist ganz schön aus den Fugen geraten, stimmt's, Jack?« meinte sie, mit der Zeitung raschelnd. Er hörte sie lachen, und auch im Dorf begann man das zu hören. »Der reinste Schweinestall, Jack Linden. Das können Sie mir glauben.«
»Ich glaub's«, versicherte er, sorgsam bedacht, ihr Lächeln nicht zu lange zu erwidern. »Das glaub ich unbedingt, Marilyn.«
Aber er wünschte nun dringend, sie würde gehen. Ihre Verletzlichkeit machte ihm angst. Wie die Distanz, die er ihr gegenüber empfand. Nicht in tausend Jahren. Ich schwör's, versicherte er Sophie in Gedanken.

Nur frühmorgens, denn meist erwachte er im Morgengrauen, drohte Jonathans Entschlossenheit zum Einsatz gelegentlich ins Wanken zu geraten, und für eine düstere Stunde wurde er zum Spielball einer Vergangenheit, die noch weit hinter den Verrat an Sophie zurückreichte. Er erinnerte sich an das Kratzen der Uniform auf seiner kindlichen Haut und das Schaben das Khakikragens am Hals. Er sah sich auf der Eisenpritsche in seiner Kaserne schlafen, wobei er angespannt auf das Wecksignal und die ersten im Falsetto gebrüllten Tagesbefehle wartete: Steh nicht rum wie ein verdammter Butler, Pine, nimm die Schultern zurück, Junge! *Ganz* zurück! Weiter! Er durchlebte all seine Ängste von neuem: vor dem Spott, wenn er versagte, und dem Neid, wenn ihm etwas gelang; vor dem Exerzierplatz, dem Sportplatz und dem Boxring; vor dem Erwischtwerden, wenn er sich zum Trost etwas stahl – ein Taschenmesser, ein Foto der Eltern eines Kameraden; vor seiner Angst zu versagen, denn dies bedeutete, daß er dabei versagte, sich beliebt zu machen; davor, zu spät oder zu früh zu kommen, zu sauber, nicht sauber genug zu sein, zu laut, zu leise, zu unterwürfig, zu frech. Er erinnerte sich, daß er lernen mußte, Tapferkeit als Alternative zu Feigheit zu betrachten. Er erinnerte sich an den Tag, an dem er zum erstenmal zurückschlug, und an den Tag, an dem er selbst als erster zuschlug, als er sich selbst beibrachte, aus Schwäche Stärke zu machen. Er erinnerte sich an seine ersten Frauen, die auch nicht anders waren als die späteren, jede neue eine größere Enttäuschung als die letzte, während er sich abmühte, sie in den himmlischen Status der Frau zu erheben, die er nie gehabt hatte.
An Roper dachte er unablässig – er brauchte ihn nur aus der Erinnerung hervorzuholen, um aufwallende Tatkraft und Entschlossenheit zu spüren. Er konnte weder Radio hören noch die Zeitung lesen, ohne nicht sogleich bei jedem Konflikt Ropers heimliches Wirken zu erkennen. Wenn er von einem Massaker an Frauen und Kindern in Osttimor las, hatten Ropers Gewehre die Greueltat begangen. Wenn in Beirut eine Autobombe explodierte, hatte Roper sie geliefert, und ver-

mutlich auch das Auto dazu: *Bin dagewesen, kenne den Film, danke.*

Nach Roper selbst waren es Ropers Leute, die zum Gegenstand seiner faszinierten Entrüstung wurden. Er dachte an Major Corkoran alias Corky alias Corks in seinem schmierigen Schal und den scheußlichen Wildlederstiefeln; Corky der Unterzeichner, Corky, der fünfhundert Jahre Gefängnis bekommen konnte, wann immer Burr sich dafür entschied.

Er dachte an Frisky und Tabby und die anderen zwielichtigen Trabanten: Sandy Lord Langbourne mit dem im Nacken zusammengebundenen goldblonden Haar. Dr. Apostoll auf seinen Plateausohlen, dessen Tochter sich wegen einer Cartier-Uhr umgebracht hatte; MacArthur und Danby, die in graue Anzüge gekleideten Manager-Zwillinge von der beinahe anständigen Seite des Unternehmens: bis der Roper-Clan für ihn zu einer Art monströser Königlichen Familie wurde, mit Jed als First Lady im Turm.

»Wieviel weiß sie von seinen Geschäften?« hatte Jonathan Burr einmal gefragt.

Burr zuckte die Achseln. »Der Roper ist weder ein Angeber noch ein Schwätzer. Keiner weiß mehr, als er wissen muß. Nicht bei unserem Dicky.«

Ein Heimatloser aus der Oberklasse, dachte Jonathan. In Klosterschulen erzogen. Verschmähtes Vertrauen. In der Kindheit eingesperrt wie ich.

Jonathans einziger Vertrauter war Harlow, doch bei solchen Einsätzen sind dem gegenseitigen Vertrauen Grenzen gesetzt.

»Harlow ist bloß ein Statist«, erinnerte ihn Rooke bei einem nächtlichen Besuch am Layon. »Er ist nur da, um von Ihnen getötet zu werden. Er kennt das Ziel nicht und braucht es auch nicht zu kennen. Lassen Sie es dabei.«

Trotzdem waren der Mörder und sein Opfer auf dieser Etappe der Reise Verbündete, und Jonathan bemühte sich um eine Beziehung zu ihm.

»Sind Sie verheiratet, Jumbo?«

Sie waren von ihrem planmäßigen Auftritt im Snug zurück und saßen jetzt an dem geschrubbten Kieferntisch in Jonathans Küche. Jumbo schüttelte bedauernd den Kopf und nahm einen Schluck Bier. Er war eine schüchterne Seele, wie große Männer es häufig sind, ein Schauspieler oder gestrandeter Opernsänger mit einem gewaltigen Brustkasten. Den schwarzen Bart, vermutete Jonathan, hatte er sich eigens für diese Rolle wachsen lassen, und gleich nach dem Ende der Vorstellung würde er ihn dankbar wieder abnehmen. War Jumbo wirklich Australier? Es tat nichts zur Sache. Er war überall heimatlos.

»Ich bitte mir eine Luxusbestattung aus, Mr. Linden«, sagte Jumbo ernst. »Schwarze Pferde, eine glänzende Kutsche und einen neunjährigen Lustknaben mit Zylinder. Auf Ihr Wohl.«

»Auf das Ihre, Jumbo.«

Als er die sechste Dose geleert hatte, schlug Jumbo auf seine blauen Jeansmütze und schleppte sich zur Tür. Jonathan sah seinen klapprigen Landrover über den gewundenen Weg davonrumpeln.

»Wer war das denn?« fragte Marilyn, die mit zwei frischen Makrelen hereinkam.

»Ah, bloß mein Geschäftspartner«, sagte Jonathan.

»Also für *mich* hat er eher ausgesehen wie Gozilla in einer dunklen Nacht.«

Sie wollte die Fische braten, aber er zeigte ihr, wie man sie mit frischem Dill und Gewürzen in Alufolie backen konnte. Als sie es einmal wagte, ihm die Schürze umzubinden, streifte ihr kräftiges schwarzes Haar seine Wange, und er wartete auf den Duft von Vanille. Laß die Finger von mir. Ich bin ein Verräter. Ein Mörder. Geh nach Hause.

Eines Nachmittags flogen Jonathan und Jumbo von Plymouth nach Jersey und zogen eine Show mit der Besichtigung einer Acht-Meter-Jacht ab, die dort am Ende des kleinen Hafens von St. Helier vertäut lag. Die Reise, wie auch ihr gemein-

sames Auftreten im Snug, galt nur dem Zweck, gesehen zu werden. Am Abend flog Jumbo allein zurück.
Die inspizierte Jacht hieß *Ariadne* und war dem Logbuch zufolge zwei Wochen zuvor aus Roscoff gekommen, ein Franzose namens Lebray hatte sie gesegelt. Davor war sie in Biarritz gewesen und davor auf hoher See. Jonathan brachte zwei Tage damit zu, sie auszurüsten, Proviant zu beschaffen und den Kurs auszuarbeiten. Am dritten Tag segelte er los, um sich mit dem Schiff vertraut zu machen und die Kurswechsel festzulegen, denn auf See wie an Land verließ er sich nur auf seine eigene Arbeit. Im Morgengrauen des vierten Tages setzte er dann Segel. Die Wettervorhersage für dieses Gebiet war gut, der Wind kam aus Südwest, und er steuerte vierzehn Stunden lang mit konstant vier Knoten auf Falmouth zu. Gegen Abend jedoch frischte der Wind auf und erreichte bis Mitternacht Stärke sechs oder sieben, so daß eine starke Grundsee die *Ariadne* zum Stampfen brachte. Jonathan reffte die Segel und kreuzte vor dem Wind in Richtung Plymouth, um dort Schutz zu suchen. Als er den Eddystone-Leuchtturm passierte, drehte der Wind auf West und schwächte sich ab, so daß er wieder Kurs auf Falmouth nahm und, um dem schweren Wetter zu entgehen, dicht an der Küste hart am Wind in westlicher Richtung lavierte. Als er in den Hafen einlief, war er, ohne zu schlafen, zwei anstrengende Nächte durchgesegelt. Manchmal hatten ihn die Geräusche des Sturms fast taub gemacht. Manchmal hatte er überhaupt nichts gehört und sich gefragt, ob er tot sei. Die schweren Wellen und das Kreuzen gegen den Wind hatten ihn herumgeworfen wie einen Kieselstein, seine Knochen knackten wie die eines alten Mannes, und sein Schädel tönte hohl von der Einsamkeit der See. Aber während der ganzen Fahrt hatte er an nichts gedacht, wie er sich hinterher erinnerte. Nur an sein Überleben. Sophie hatte recht. Er hatte eine Zukunft.
»Schöne Fahrt gehabt?« fragte Marilyn und starrte ins Kaminfeuer. Sie hatte die Strickjacke ausgezogen. Darunter trug sie eine ärmellose Bluse, die am Rücken zugeknöpft war.

»Nur ein kleiner Ausflug ins Landesinnere.«
Sie sah zu ihm hinüber, und er erkannte mit Schrecken, daß sie den ganzen Tag auf ihn gewartet hatte. Auf dem Kaminsims stand ein neues Bild, dem ersten sehr ähnlich. Sie hatte ihm Obst mitgebracht und Freesien für die Vase.
»Ah, danke sehr«, sagte er höflich. »Sehr nett von Ihnen. Danke.«
»Sie wollen mich also, Jack Linden?«
Sie hob die Hände in den Nacken und öffnete die oberen zwei Knöpfe ihrer Bluse. Sie machte einen Schritt auf ihn zu und lächelte. Sie begann zu weinen, und er wußte nicht, was er tun sollte. Er legte ihr einen Arm um die Schultern, führte sie zum Lieferwagen und ließ sie dort allein, bis sie sich ausgeweint hatte und nach Hause fahren konnte.

An diesem Abend überkam Jonathan ein geradezu metaphysisches Gefühl seiner Unsauberkeit. In seiner extremen Einsamkeit gelangte er zu der Überzeugung, daß der vorgetäuschte Mord, den er begehen sollte, so etwas wie eine Projektion der echten Morde war, die er in Irland schon begangen hatte, und des echten Mordes, den er an Sophie begangen hatte, und daß die Feuerprobe, die ihn erwartete, nur der Vorgeschmack einer lebenslänglichen Buße sein würde.
In den Tagen, die ihm noch blieben, erfüllte ihn eine leidenschaftliche Liebe für den Lanyon, und er erfreute sich an der Vollkommenheit in immer neuen Einzelheiten: Die Seevögel, wo immer sie sich niederließen, saßen stets am rechten Ort; die mit dem Wind schwebenden Falken; die untergehende Sonne, die in einer schwarzen Wolke verschwand; die Flotten kleiner Boote, die sich über den Untiefen zusammendrängten, und die Möwenschwärme über ihnen. Und wenn es dunkel wurde, waren die Boote wieder da, eine winzige Stadt mitten im Meer. Mit jeder letzten Stunde wurde der Drang, in dieser Landschaft aufzugehen – in ihr unterzutauchen, in ihr begraben zu sein –, beinahe unerträglich.
Ein Sturm zog auf. Jonathan zündete in der Küche eine Kerze

an und starrte an ihr vorbei in die wirbelnde Nacht; der Wind knatterte in den Fensterrahmen und brachte das Schieferdach zum Rattern wie eine Uzi. Als der Sturm sich am frühen Morgen legte, wagte Jonathan sich nach draußen und schritt über das Schlachtfeld der vergangenen Nacht; dann sprang er wie Lawrence von Arabien ohne Helm auf sein Motorrad, fuhr zu einer der alten Hügelfestungen hinauf und suchte die Küstenlinie ab, bis er den Lanyon gefunden hatte. Meine Heimat. Das Kliff hat mich akzeptiert. Hier will ich bleiben. Und anständig sein.

Aber seine Schwüre waren umsonst. Der Soldat in ihm polierte schon die Stiefel für den langen Marsch gegen den schlimmsten Mann der Welt.

Während dieser letzten Tage, die Jonathan in seinem Haus verbrachte, begingen Pete Pengelly und sein Bruder Jacob den Fehler, am Lanyon mit Lampen auf Jagd zu gehen.

Pete erzählt die Geschichte nur vorsichtig, und in Gegenwart anderer Gäste erzählt er sie gar nicht, denn sie ist mit einem Geständnis und einem gewissen reumütigen Stolz verbunden. Mit Lampen auf Kaninchenjagd zu gehen ist in dieser Gegend ein seit über fünfzig Jahren geheiligter Sport. Ausgerüstet mit zwei Motorradbatterien, die man sich in einem kleinen Kasten um die Hüfte schnallt, einem alten Autoscheinwerfer mit scharf gebündeltem Strahl und einigen Sechs-Volt-Ersatzbirnen, kann man eine ganze Versammlung von Kaninchen lange genug hypnotisieren, um sie reihenweise abzuknallen. Weder Gesetze noch Bataillone streitbarer Damen in braunen Baskenmützen und Söckchen haben je vermocht, dem Einhalt zu gebieten, und der Lanyon ist seit Generationen ein beliebtes Jagdrevier – oder war es jedenfalls bis zu jener Nacht im März, als vier Mann unter der Führung von Pete Pengelly und seinem jüngeren Bruder Jacob mit Gewehren und Lampen dort hinaufkamen.

Sie parkten vor Lanyon Rose und schlichen dann am Fluß entlang. Pete schwört bis zum heutigen Tag, sie selbst seien leise wie die Kaninchen gewesen und hätten nicht die Lampen benutzt, sondern sich ihren Weg im Licht des Vollmonds gesucht, eben deswegen hätten sie ja gerade diese Nacht gewählt. Doch als sie geduckt, um nicht über den Horizont zu ragen, auf dem Kliff auftauchten, stand dort kein halbes Dutzend Schritte oberhalb von ihnen Jack Linden, die bloßen Hände seitlich ausgestreckt. Kenny Thomas redete hinterher viel von diesen Händen, so bleich und auffallend im Mondlicht, aber das war nur die Folge der besonderen Situation. Klügere Köpfe erinnern sich, daß Jack Linden keine großen Hände gehabt hatte. Pete erzählt lieber von Lindens Gesicht, das wie ein verdammter Granitklotz vorm Himmel stand, wie er sich ausdrückt. Da hätte man sich die Faust dran gebrochen. Über das, was dann geschah, gibt es keine Meinungsverschiedenheiten.

»Entschuldigung, aber wo möchten die Herren hin, wenn ich fragen darf?« sagt Linden mit der üblichen Höflichkeit, aber ohne zu lächeln.

»Auf die Jagd«, sagt Pete.

»Hier geht niemand mit Lampen auf die Jagd, tut mir leid, Pete«, sagt Linden, der Pete Pengelly nur ein paarmal gesehen hatte, aber anscheinend nie einen Namen vergaß. »Dieses Gelände gehört mir, das wissen Sie. Ich baue nicht darauf an, aber es gehört mir, und ich lasse es eben, so wie es ist. Und das erwarte ich auch von anderen Leuten. Aus Ihrer Jagd wird also leider nichts.«

»Ach ja, ach ja, Mr. Linden?« sagt Pete Pengelly.

»Jawohl, Mr. Pengelly. Ich dulde es nicht, daß auf meinem Land in der Schonzeit Wild geschossen wird. Das ist nicht fair. Würden Sie nun bitte die Patronen aus Ihren Waffen nehmen, zum Auto zurückgehen und nach Hause fahren? Sie sind mir doch nicht böse?«

Worauf Pete sagt: »He, du kannst mich mal«, und die anderen drei sich an seine Seite drängen, so daß sie als geschlossener Trupp zu Linden aufblicken – vier Gewehre gegen einen Mann mit dem Mond im Rücken. Sie waren direkt aus

dem Snug gekommen, und ein paar Biere hatten sie stark gemacht.
»Aus dem Weg, verdammich, Mr. Linden«, sagt Pete.
Dann macht er den Fehler, mit dem Gewehr unterm Arm herumzufuchteln. Nicht daß er auf Linden gezielt hätte, er schwor, so was hätte er nie getan, und wer Pete kannte, glaubte ihm das auch. Und das Gewehr war gesichert: Pete würde nie im Leben nachts mit geladenem und entsichertem Gewehr durch die Gegend laufen, sagt er. Trotzdem kann es sein, daß er, als er zum Beweis seiner Entschlossenheit damit herumfuchtelte, versehentlich den Hahn gespannt hat, das gibt er ohne weiteres zu. Pete behauptet nicht, er könne sich genau und vollständig an alles erinnern, was passiert ist, denn inzwischen stand die Welt für ihn auf dem Kopf, der Mond schwamm im Meer, der Arsch klebte ihm am Hinterkopf, und die Füße klebten ihm am Arsch, und die erste nützliche Erkenntnis, die Pete zusammenbrachte, war die, daß Linden plötzlich über ihm stand und die Patronen aus seinem Gewehr leerte. Und da es zutrifft, daß große Männer schwerer stürzen als kleine, war Pete sogar sehr schwer gestürzt, und der Schlag, wo immer er ihn getroffen haben mochte, hatte ihm nicht nur den Atem genommen, sondern auch den Willen aufzustehen.
Das Ethos der Gewalt verlangte, daß nun die anderen dran waren, immerhin waren sie noch zu dritt. Die beiden Thomas-Brüder waren schon immer schnell mit den Fäusten gewesen, und der junge Jacob spielte als Flügelstürmer bei den Pirates und war breit wie ein Bus. Und Jacob war schon drauf und dran, seinem Bruder zu Hilfe zu eilen. Doch Pete, der im Farnkraut lag, hielt ihn davon ab.
»Rühr ihn nicht an, Junge. Komm ihm bloß nicht zu nahe, verdammich. Der Kerl muß ein Zauberer sein. Wir gehen jetzt alle zum Wagen«, sagte er und rappelte sich mühsam hoch.
»Erst bitte die Patronen aus den Gewehren«, sagte Linden.
Da Pete Pengelly nickte, nahmen die drei Männer die Patro-

nen aus den Gewehren. Dann marschierten alle vier zum Auto zurück.
»Ich hätte die Sau umgebracht!« protestierte Jacob, nachdem sie losgefahren waren. »Ich hätte ihm sämtliche Kochen gebrochen, Pete, nach dem, was er dir angetan hat!«
»Nein, das hättest du nicht, mein Lieber«, gab Pete zurück. »Sondern er hätte dir die Knochen gebrochen, glaub mir.«
Und seit dieser Nacht war Pete Pengelly ein anderer Mensch, sagen die Leute im Dorf, auch wenn sie vielleicht ein wenig zu voreilig Ursache und Wirkung verknüpfen. Im folgenden September heiratete Pete eine vernünftige Bauerntochter aus St. Just. Deshalb kann er mit einer gewissen Distanz auf die Episode zurückblicken und von der Nacht erzählen, in der Jack Linden ihn um ein Haar kaltgemacht hätte, wie er dann den fetten Australier kaltmachte.
»Ich sag dir eins, Junge. Wenn Jack ihn *wirklich* umgebracht hat, dann hat er saubere Arbeit geleistet, das steht mal fest.«
Aber die Sache fand ein besseres Ende, auch wenn Pete das manchmal für sich behält, als sei es zu kostbar, um es mit anderen zu teilen. Am Abend vor seinem Verschwinden kam Jack Linden in den Snug, legte Pete Pengelly eine bandagierte Hand auf die Schulter und spendierte ihm doch verdammt noch mal ein Bier. Sie sprachen zehn Minuten miteinander, dann ging Jack Linden nach Hause. »Er hat das mit sich ins reine gebracht«, behauptet Pete stolz. »Jetzt hör mir mal gut zu, Junge. Jack Linden hat seine Angelegenheiten geregelt, nachdem er den verdammten Australier abserviert hatte.«
Nur daß er inzwischen nicht mehr Jack Linden hieß, aber daran konnten sie sich nicht so recht gewöhnen und werden es vielleicht wohl auch nie. Einige Tage nach seinem Verschwinden entpuppte sich Linden-vom-Lanyon-mit-*i*-und-*e* als Jonathan Pine aus Zürich, von der Schweizer Polizei wegen Verdachts der Unterschlagung gesucht, die er in einem vornehmen Hotel, wo er eine Vertrauensstelle innegehabt hatte, begangen haben sollte. »Segelnder Hotelier auf der Flucht«, titelte der *Cornishman* über einem Foto von Pine alias Linden.

»Im Fall des vermißten Australiers sucht die Polizei nach einem Bootshändler aus Falmouth. ›Wir gehen von einem Mord im Zusammenhang mit Drogengeschäften aus‹, erklärt der Kripochef. ›Der Gesuchte dürfte an seiner bandagierten Hand leicht zu identifizieren sein.‹«
Aber da kannten sie Pine schlecht.

Ja, bandagiert. Und verletzt. Verletzung und Verband waren wesentliche Bestandteile von Burrs Plan.
Jack Lindens Hand, dieselbe, die er Pete Pengelly auf die Schulter gelegt hatte. Eine Menge Leute, nicht nur Pete Pengelly, hatten diese bandagierte Hand gesehen, und auf Burrs Betreiben machte die Polizei einen großen Wirbel um diese Zeugen und um die Hand, welche es war und wann sie sie gesehen hatten. Und als das Wer und das Wann und das Welche ermittelt war, fragte die Polizei nach dem Warum. Soll heißen, man notierte die widersprüchlichen Erklärungen, die Jack für den fachmännisch dicken Mullverband um seine rechte Hand und die wie ein Bündel Spargel zusammengebundenen Fingerspitzen gegeben hatte. Und mit Burrs Unterstützung sorgte die Polizei dafür, daß diese Erklärungen ihren Weg in die Presse fanden.
»Wollte in meinem Haus eine neue Fensterscheibe einsetzen«, erzählte Jack Linden Mrs. Trethewey am Donnerstag, als er ihr zum letzten Mal, diesmal mit der falschen Hand, sein Geld hinblätterte.
»Das kommt davon, wenn man einem Freund hilft«, hatte Jack zu dem alten William Charles gesagt, als die beiden sich zufällig in Penhaligons Tankstelle trafen – Jack, um sein Motorrad aufzutanken, William Charles, um sich die Zeit zu vertreiben. »Hat mich gebeten, mal vorbeizukommen und beim Reparieren seines Fensters zu helfen. Und jetzt sehen Sie sich das an.« Dann hielt er William Charles die bandagierte Hand hin wie ein Hund seine kranke Pfote, denn Jack konnte über alles einen Scherz machen.
Aber erst Pete Pengelly brachte sie richtig in Rage. »Natürlich

war es in seinem verdammten Schuppen, Mann!« erklärte er dem Kriminalbeamten. »Hat eine Fensterscheibe zurechtgeschliffen, oben am Lanyon in seinem Schuppen; plötzlich rutscht das Schleifgerät ab, und alles ist voller Blut. Er legt sich selbst einen Verband an, zieht ihn fest und fährt dann auf seinem Motorrad eigenhändig zum Krankenhaus, bis nach Truro, und die ganze Zeit läuft ihm das Blut in den Ärmel, hat er mir selbst erzählt! So was denkt man sich nicht aus, Mann. So was tut man, verdammich.«

Doch als die Polizei den Schuppen am Lanyon pflichtbewußt untersuchte, wurde weder Glas noch Schleifgerät oder Blut gefunden.

Mörder lügen, hatte Burr Jonathan eingschärft. Zu folgerichtig ist zu gefährlich. Ohne Widersprüche sind Sie kein Krimineller.

Der Roper überprüft alles, hatte Burr erklärt. Auch wenn er keinen Verdacht hat, überprüft er. Also statten wir Sie mit diesen kleinen Mörderlügen aus, damit aus dem unechten Mord ein echter wird.

Und eine hübsche Narbe spricht Bände.

Und irgendwann in diesen letzten Tagen verstieß Jonathan gegen sämtliche Regeln und besuchte, ohne Burrs Einwilligung oder Wissen, seine ehemalige Frau Isabelle, um sich mit ihr zu versöhnen.

Ich bin auf der Durchreise log er, als er sie von einer Telefonzelle in Penzance anrief; gehen wir irgendwo essen, wo's ruhig ist. Auf der Fahrt nach Bath – wegen der bandagierten Hand trug er nur den linken Motorradhandschuh – probte er seinen Text für sie, bis er in seiner Vorstellung zum Heldengesang geworden war: Du wirst in der Zeitung einiges über mich lesen, Isabelle, aber das ist alles nicht wahr. Wir haben schlimme Zeiten durchgemacht, Isabelle, das tut mir leid; aber wir haben auch schöne Zeiten erlebt. Dann wünschte er ihr alles Gute und malte sich aus, sie würde diesen Wunsch erwidern.

Auf einer Herrentoilette zog er seinen Anzug an und verwandelte sich wieder in einen Hotelier. Er hatte sie seit fünf Jahren nicht mehr gesehen und erkannte sie kaum wieder, als sie zwanzig Minuten zu spät auftauchte und dem verdammten Verkehr die Schuld daran gab. Das lange braune Haar, das sie sich früher, bevor sie zu Bett gingen, auf dem nackten Rücken zu bürsten pflegte, war praktisch kurz geschnitten. Sie trug unförmige Kleider, um ihre Figur zu verstecken, und hatte ein schnurloses Telefon in einer Tasche mit Reißverschluß dabei. Und er erinnerte sich jetzt, daß am Ende das Telefon das einzige gewesen war, womit sie hatte reden können.

»*Mensch*«, sagte sie. »*Du* siehst glücklich aus. Keine Sorge. Ich schalte es ab.«

Sie ist eine Schwätzerin geworden, dachte er, und dann fiel ihm ein, daß ihr neuer Mann irgend etwas mit der örtlichen Jagdgesellschaft zu tun hatte.

»Na, mich laust der Affe«, rief sie. »Corporal Pine. Nach *soviel* Jahren. Was um Himmels willen hast du denn mit deiner *Hand* gemacht?«

»Ein Boot darauf fallen lassen«, sagte er, was als Erklärung offenbar reichte. Er erkundigte sich, wie die Geschäfte stünden. In seinem Anzug schien dies genau die richtige Frage zu sein. Er hatte gehört, daß sie in Innenarchitektur machte.

»Einfach furchtbar«, erwiderte sie aufrichtig. »Und was treibt Jonathan? Ach Gott«, sagte sie, als er es ihr erzählte. »Du bist also auch in der Freizeitindustrie. Wir sind dem Untergang geweiht, Liebling. Du *baust* die Dinger aber doch nicht?«

»Nein, nein. Maklertätigkeiten, Überführungen. Wir hatten einen ganz guten Start.«

»Wer ist *wir*, Darling?«

»Ein australischer Partner.«

»Männlich?«

»Männlich, hundertzwanzig Kilo.«

»Und wie sieht's mit deinem Sexleben aus? Ich hab immer gedacht, du wärst vielleicht schwul. Bist du aber nicht, oder?«

Diesen Vorwurf hatte sie ihm damals oft gemacht, aber das hatte sie anscheinend vergessen.

»Goßer Gott, nein«, antwortete Jonathan lachend. »Wie geht's Miles?«
»Prächtig. Sehr gut. Bankgeschäfte sind gute Werke. Nächsten Monat muß er mein überzogenes Konto ausgleichen, also bin ich nett zu ihm.«
Sie bestellte einen warmen Entensalat und Badoit und zündete sich eine Zigarette an. »Warum bist du aus der Hotelbranche ausgestiegen?« fragte sie und blies ihm Rauch ins Gesicht. »Zu langweilig?«
»Bloß der Reiz des Neuen«, sagte er.
Wir desertieren, hatte die nicht zu bändigende Tochter des Captains geflüstert, als sie sich mit ihrem phantastischen Körper auf ihn legte: *Wenn ich noch ein einziges Mal diesen Armee-Fraß essen muß, sprenge ich die ganze Kaserne eigenhändig in die Luft. Fick mich, Jonathan. Mach eine Frau aus mir. Fick mich und nimm mich irgendwohin mit, wo ich atmen kann.*
»Was macht die Malerei?« fragte er und dachte daran, wie sehr sie beide ihr großes Talent bewundert hatten, wie er sich erniedrigt hatte, um es noch größer zu machen, wie er für sie gekocht und geschleppt und geputzt hatte in dem Glauben, angesichts dieser Selbstverleugnung werde sie um so besser malen.
Sie schnaubte. »Meine letzte Ausstellung hatte ich vor drei Jahren. Sechs von dreißig verkauft, alle an Miles' reiche Freunde. Wahrscheinlich mußte einer wie du kommen, um ein Nervenbündel aus mir zu machen. *Gott*, hast du mir das Leben schwergemacht. Was zum Teufel wolltest du eigentlich? Ich wollte van Gogh sein, und was wolltest *du?* Außer daß du die Antwort der Armee auf Rambo warst?«
Dich, dachte er. Dich wollte ich, aber du warst nicht da. Er konnte es nicht sagen. Er wünschte, er hätte schlechtere Manieren. Schlechte Manieren bedeuten Freiheit, war eine ihrer Redensarten. Wer fickt, hat schlechte Manieren. Aber jetzt ging es nicht mehr um ihr Argument. Er war gekommen, um für die Zukunft, nicht für die Vergangenheit um Verzeihung zu bitten.

»Warum sollte ich Miles eigentlich nicht erzählen, daß wir uns treffen?« fragte sie vorwurfsvoll.
Jonathan setzte das alte falsche Lächeln auf. »Ich wollte nicht, daß er sich unseretwegen aufregte«, sagte er.
Einen magischen Augenblick lang sah er sie, wie er sie zum erstenmal besessen hatte, damals, als sie die Königin des Regiments war: das frische, aufsässige, verlangend schiefgelegte Gesicht, die geöffneten Lippen, die zornige Glut in ihren Augen. Komm zurück, schrie es in ihm: versuchen wir's noch mal.
Der junge Geist verschwand, der alte kehrte wieder.
»Warum um Himmels willen bezahlst du denn nicht mit *Kreditkarte?*« fragte sie, als er mit der linken Hand die Scheine hinblätterte. »Da weiß man viel besser, wo die Knete geblieben ist, Liebling.«
Burr hat recht, dachte er. Ich bin ein Single.

8

Sie jagten durch die zunehmende Dunkelheit von Cornwall, und Burr, auf den Beifahrersitz von Rookes Wagen gekauert, zog sich den Mantelkragen fester um die Ohren und versetzte sich in die fensterlosen Zimmer der Wohnung am Stadtrand von Miami zurück, wo keine achtundvierzig Stunden zuvor die Geheime Einsatztruppe von Operation Klette ihren ersten Tag der offenen Tür abgehalten hatte.

Geheime Einsatztruppen verweigern normalerweise Schreibtischspionen und anderen Schlauköpfen den Zutritt zu ihren Kreisen, aber Burr und Strelski haben ihre Gründe. Die Atmosphäre ist wie bei einer Holiday Inn-Vertreterkonferenz unter Kriegsbedingungen. Delegierte treffen einzeln ein, identifizieren sich, steigen in stählerne Aufzüge, identifizieren sich noch einmal und grüßen sich vorsichtig. Jeder trägt Namen und Beruf am Revers, auch wenn einige der Namen nur für diesen Tag gewählt wurden und manche Berufe so obskur sind, daß selbst alte Hasen nicht gleich schlau daraus werden. »DEP DR OPS CO-ORDS« heißt es bei einem, »SUPT NARCS & FMS SW« bei einem anderen. Und dazwischen lächeln mit erfrischender Klarheit ein »US SENATOR«, ein »BUNDESANWALT« oder ein »UK VERBINDUNGSOFFIZIER«.

Das River House wird von einer riesigen Engländerin vertreten in perfekter Lockenfrisur und einem Twinset à la Thatcher; allgemein ist sie als Darling Katie bekannt und offiziell als Mrs. Katherine Handyside Dulling, Wirtschaftskonsulentin der Britischen Botschaft in Washington. Seit zehn Jahren besitzt Darling Katie den goldenen Schlüssel zu Whitehalls besonderen Beziehungen zu den zahllosen Nachrichtendiensten Amerikas. Von denen der Land-, See- und Luftstreitkräfte, über Inneres und Äußeres und CIA bis zu den allmächtigen Nuschlern der Palastgarde des Weißen Hauses – von den geistig Gesunden über die harmlos Verrückten bis hin zu den gefährlich Lächerlichen ist der geheime Überbau amerikanischer Macht Katies Revier, wo sie sondiert, schikaniert, verhandelt und die Leute für ihre berühmte Abendtafel gewinnt.

»Haben Sie gehört, wie er mich genannt hat, Cy, dieses *Monster* da, dieses *Ding*?« brüllt Katie einem verkniffenen Senator im Zweireiher zu, während sie Rex Goodhew einen anklagenden Zeigefinger wie eine Pistole an die Schläfe hält. »Eine *Femagogin!* Ich! Eine *Femagogin!* Haben Sie *jemals* etwas politisch so Unzutreffendes gehört? Ich bin eine Maus, Sie Scheusal. Ein verwelkendes Veilchen! Und nennt sich selbst einen Christen!«

Fröhliches Gelächter erfüllt den Raum. Katies bilderstürmerisches Geschrei ist die Erkennungsmelodie der Eingeweihten. Weitere Delegierte treffen ein. Gruppen gehen auseinander, bilden sich neu. »He, Martha, *hallo!* ... *Hi,* Walt ... Schön Sie zu sehen ... Marie, großartig!«

Jemand hat das Signal gegeben. Trockenes Rascheln, als die Delegierten ihre Pappbecher in Mülltüten werfen und zum Vorführraum eilen. Die Rangniedrigsten, angeführt von Amato, gehen zu den vorderen Reihen. Weiter hinten auf den teuren Plätzen sitzt Neal Marjoram, Darkers Stellvertreter von der Projektgruppe Beschaffung, und lacht behaglich mit einem rothaarigen amerikanischen Schreibtischspion, dessen Namensschild ihn bloß als »Mittelamerika – Finanzierung« ausweist. Ihr Gelächter verstummt, als das Licht ausgeht. Ein

Witzbold sagt: »Action!« Burr sieht ein letztesmal zu Goodhew hinüber. Er sitzt nach hinten gebeugt und lächelt die Dekke an wie ein Konzertbesucher, der die Musik gut kennt. Joe Strelski beginnt seinen Vortrag.

Und als Lieferant von Falschinformationen beherrscht Joe Strelski seinen Text perfekt. Burr ist verwirrt. Nach zehn Jahren fortgesetzten Betrugs fällt ihm heute zum erstenmal auf, daß die besten Betrüger die Langweiler sind. Wäre Strelski jetzt von Kopf bis Fuß an Lügendetektoren angeschlossen, würden die Nadeln, da ist Burr sicher, nicht ausschlagen. Auch sie würden sich langweilen. Strelski spricht fünfzig Minuten lang, und als er dann fertig ist, hätte niemand mehr als diese fünfzig ertragen können. Sein monotoner Wortschwall läßt die sensationellsten Informationen zu Asche werden. Der Name Richard Onslow Roper kommt ihm kaum über die Lippen. In London hat er ihn bedenkenlos ausgesprochen. Roper ist unser Ziel; Roper ist die Schlüsselfigur. Aber heute in Miami, vor einem gemischten Publikum aus Nachrichtenauswertern und Ermittlern, ist Roper ins Dunkel verbannt, und als Strelski eine halbherzige Diavorführung der Mitwirkenden kommentiert, wird Dr. Paul Apostoll zum Star der Truppe gemacht, *da er uns seit sieben Jahren als wichtigster Mittelsmann und Drahtzieher des Kartells in dieser Hemisphäre bekannt ist...*
Nun berichtet Strelski über den mühseligen Prozeß, Apostoll als *die Hauptachse unserer anfänglichen Untersuchungen* festzulegen, und gibt einen umständlichen Bericht von *den erfolgreichen Bemühungen der Agenten Flynn und Amato,* die Büros des Herrn Doktors in New Orleans mit einer Wanze auszustatten. Hätten Flynn und Amato ein undichtes Rohr auf dem Herrenklo repariert, hätten Strelskis Ausführungen nicht weniger begeistert klingen können. Mit einem phantastisch langweiligen Satz, den er ohne Punkt und Komma und voller falscher Betonungen aus einem vorbereiteten Text vorliest, treibt er sein Publikum dem Schlaf in die Arme:
»Basis für die Operation Klette sind nachrichtendienstliche

Indikatoren aus einer Vielzahl technischer Quellen des Inhalts daß die drei führenden kolumbianischen Kartelle einen gegenseitigen Nichtangriffspakt unterzeichnet haben als Voraussetzung für die Erstellung militärischer Deckung entsprechend den verfügbaren Finanzen und der bei ihren Planungen im Vordergrund stehenden Bedrohung angemessen.« Luftholen. »Diese Bedrohungen sind: erstens.« Noch einmal Luftholen. »Militärisches Einschreiten der Vereinigten Staaten auf Ersuchen der kolumbianischen Regierung.« Beinahe fertig, aber noch nicht ganz. »Zweitens, die wachsende Stärke der nichtkolumbianischen Kartelle vor allem in Venezuela und Bolivien. Drittens, eigenständige Maßnahmen der kolumbianischen Regierung, jedoch mit tatkräftiger Unterstützung der US-Nachrichtendienste.«

Amen, denkt Burr, starr vor Bewunderung.

Die Vorgeschichte des Falles scheint niemanden zu interessieren, und Strelski breitet sie vermutlich nur deshalb aus. Während der letzten acht Jahre, sagt er – das Interesse läßt noch mehr nach – wurden »von verschiedenen Seiten, die die unbegrenzten finanziellen Mittel der Kartelle lockte«, einige Versuche unternommen, diese zu überreden, doch zunehmend schwere Waffen zu kaufen. Franzosen, Israelis und Kubaner haben ihnen ebenso ihre Waren aufgedrängt wie eine Reihe unabhängiger Hersteller und Händler, die meisten davon mit stillschweigendem Einverständnis ihrer jeweiligen Regierungen. Die Israelis, unterstützt von britischen Söldnern, schafften es tatsächlich, ihnen ein paar Golil-Sturmgewehre und ein Truppenübungspaket zu verkaufen.

»Aber die Kartelle«, sagt Strelski, »nun, nach einer Weile verloren die Kartelle irgendwie das Interesse.«

Das Publikum kennt die Gefühle der Kartelle genau.

Als Dr. Apostoll auf der Insel Tortola entdeckt wird, kommt Kinoatmosphäre auf; mit dem Teleobjektiv von der anderen Straßenseite aus gefilmt, sitzt er im Büro der karibischen Anwaltskanzlei Langbourne, Rosen und de Sota, der Notare der Niederträchtigen. Zwei käsebleiche Schweizer Banker von den Cayman-Inseln werden am selben Tisch identifiziert. Zwischen ihnen sitzt Major Corkoran, und zu Burrs heimlichem Vergnügen hält der Unterzeichner einen gezückten Füllfederhalter in der Rechten. Ihm am Tisch gegenüber sitzt ein nicht identifizierter Lateinamerikaner. Der gelangweilte Schönling neben ihm, die Haare hübsch im Nacken zusammengebunden, ist niemand anders als Lord Alexander Langbourne alias Sandy, Rechtsberater des Mr. Richard Onslow Roper von der Firma Ironbrand Land, Ore & Precious Metals Company aus Nassau, Bahamas.

»Wer hat diesen Film aufgenommen, Mr. Strelski, bitte?« fragt eine sehr juristisch klingende Stimme scharf aus der Dunkelheit.

»Wir«, antwortet Burr zufrieden, und die Gesellschaft entspannt sich sofort wieder: Agent Strelski hat seine territoriale Befugnis jedenfalls nicht überschritten.

Aber jetzt kann nicht einmal Strelski die Aufregung in der Stimme unterdrücken, und für einen kurzen Augenblick erklingt klar und deutlich Ropers Name.

»Unmittelbar im Anschluß an den eben von mir erwähnten Nichtangriffspakt erteilten die Kartelle ihren Repräsentanten Weisung, mit einigen illegalen Waffenhändlern Sondierungsgespräche zu führen«, sagte er. »Was wir hier sehen, leider ohne Ton gefilmt, ist unseren Quellen zufolge der erste von Apostoll unternommene offene Versuch, an neutrale Mittelsmänner von Richard Roper heranzutreten.«

Als Strelski Platz nimmt, springt Rex Goodhew auf. Heute gibt er sich sachlich. Er scherzt nicht, er vermeidet die englischen Kinkerlitzchen, die manche Amerikaner auf die Palme treiben. Er bedauert freimütig, daß an dieser Affäre britische Staatsangehörige, darunter einige klangvolle Namen, beteiligt sind. Er bedauert, daß sie sich hinter den Gesetzen der britischen Protektorate auf den Bahamas und in der Karibik verstecken können. Das Zustandekommen guter Beziehungen auf Arbeitsebene zwischen britischen und amerikanischen Stellen macht ihm Mut. Er will Blut sehen, und die Zentrale Nachrichtenauswertung soll ihm helfen, es zu vergießen:

»Unser gemeinsames Ziel ist es, die Täter zu ergreifen und ein öffentliches Exempel an ihnen zu statuieren«, erklärt er mit Truman-hafter Schlichtheit. »Mit Ihrer Hilfe wollen wir dem Gesetz Geltung verschaffen, die Verbreitung von Waffen in einer unsicheren Region verhindern und den Nachschub von *Drogen* –« Goodhew spricht dieses Wort aus, als handele es sich um eine leichte Form von Aspirin – »abschneiden, denn dies ist die Währung, in der unserer Ansicht nach die Waffen bezahlt werden sollen – wohin auch immer sie letztlich geliefert werden. Um dies zu erreichen, bitten wir um Ihre volle, rückhaltlose Unterstützung als nachrichtensammelnde Dienste. Ich danke Ihnen.«

Nach Goodhew kommt der Bundesanwalt, ein ehrgeiziger junger Mann mit einer Stimme, die dröhnt wie ein laufender Rennwagenmotor in der Box. Er gelobt, »diese Sache in Rekordzeit vor Gericht zu bringen«.

Burr und Strelski beantworten Fragen.

»Wie sieht's denn dabei mit der menschlichen Seite aus, Joe?« ruft eine Frau aus dem Hintergrund des Saals. Dem britischen Kontingent verschlägt es vorübergehend die Sprache: die *menschliche Seite!*

Strelski errötet beinahe. Offenbar wäre es ihm lieber gewesen, sie hätte die Frage nicht gestellt. Er macht das Gesicht eines Verlierers, der seine Niederlage nicht eingestehen will. »Wir arbeiten daran, Joanne, glauben Sie mir. Wenn man bei einer Sache wie dieser mit menschlichen Quellen arbeitet, kann man nur warten und beten. Wir haben Vorgaben, wir haben Hoffnungen, wir haben unsere Leute da eingeschleust, und wir glauben, daß irgend jemand da draußen schon bald darauf angewiesen sein wird, sich den Schutz von Zeugen zu kaufen, und uns eines Nachts anrufen und bitten wird, das für ihn zu arrangieren. Es wird dazu kommen, Joanne.« Er nickte entschlossen, als sei er als einziger davon überzeugt. »Es wird dazu kommen«, wiederholte er ebenso wenig überzeugend wie zuvor.

Mittagszeit. Die Nebelwand ist aufgezogen worden, auch

wenn niemand sie sehen kann. Niemand bemerkt, daß Joanne eine von Strelskis engen Mitarbeiterinnen ist. Die Prozession setzt sich zum Ausgang in Marsch. Goodhew bricht mit Darling Katie und ein paar Schreibtischspionen auf.
»Eins will ich gleich klarstellen, Leute«, läßt Katie sich vernehmen, als sie gehen, »ich lasse mich nicht mit zwei kalorienarmen Salatblättern abspeisen, verstanden? Wenn ich nicht Fleisch und drei verschiedene Gemüse und Mehlpudding mit Rosinen bekomme, geh ich gar nicht erst mit. Von wegen *Femagogin,* Rex Goodhew. Und dann kommen Sie mit dem Hut bei uns betteln. Ich werd Ihnen noch mal den frommen Hals umdrehen.«

Abend. Flynn, Burr und Strelski sitzen auf der Terrasse von Strelskis Strandhaus und sehen den Streifen Mondlichts im Kielwasser der zurückkehrenden Vergnügungsboote tänzeln. Agent Flynn hält liebevoll ein großes Glas Bushmills Single Malt in der Hand. Umsichtig läßt er die Flasche nicht von seiner Seite. Man spricht nur gelegentlich. Niemand will außer der Reihe von den Ereignissen des Tages reden. Letzten Monat, sagt Strelski, war meine Tochter Vegetarierin. Diesen Monat ist sie in den Metzger verliebt. Flynn und Burr lachen pflichtschuldig, und wieder senkt sich Schweigen über sie.
»Wann wird Ihr Junge losgelassen?« fragt Strelski ruhig.
»Ende der Woche«, antwortet Burr ebenso gedämpft. »So Gott und Whitehall wollen.«
»Wenn Ihr Junge von innen zieht und unser Junge von außen schiebt, dürften wir so was wie einen Regelkreis haben«, sagt Strelski.
Flynn lacht ausgiebig und nickt in der Dämmerung mit seinem großen, dunklen Kopf wie ein Taubstummer. Burr fragt, was ein Regelkreis ist.
»Ein Regelkreis, Leonard, das heißt, daß man jeden Teil des Schweins verwendet, außer dem Quieken«, sagt Strelski. Wieder eine Pause, in der sie aufs Meer hinaussehen. Als Strelski wieder anfängt, muß Burr sich vorbeugen, um seine Worte zu verstehen.

»Dreiunddreißig erwachsene Leute in diesem Raum«, murmelt er. »Neun verschiedene Dienste, sieben Politiker. Ein paar von denen werden den Kartellen schon erzählen, daß Joe Strelski und Leonard Burr eine Quelle mit einer nichtsnutzigen menschlichen Seite haben, stimmt's, Pat?«
Flynns weiches irisches Lachen geht im Rauschen der See beinahe unter.
Burr jedoch kann, auch wenn er das für sich behält, die Zufriedenheit seiner Gastgeber nicht teilen. Die Auswerter hatten nicht allzu viele Fragen gestellt, das stimmte. Aber Burr hatte den beunruhigenden Eindruck, daß sie zu wenige gestellt hatten.

Zwei efeuumrankte Granitpfosten, in die der Name *Lanyon Rose* eingemeißelt war, tauchten aus dem Nebel auf. Ein Haus gab es nicht. Der Farmer war vermutlich gestorben, ehe er dazu kam, es zu bauen, dachte Burr.
Sie waren sieben Stunden gefahren. Über den Granitmauern und dem Schwarzdorn dunkelte ein unruhiger Himmel. Die Schatten auf der löchrigen Fahrbahn verschwammen undeutlich ineinander, so daß der Wagen immerzu bockte wie unter Beschuß. Es war ein Rover und Rookes ganzer Stolz. Seine kräftigen Hände kämpften mit dem Steuer. Der Wagen kam an verlassenen Bauernhöfen und einem keltischen Kreuz vorbei. Rooke schaltete das Fernlicht ein, blendete dann wieder ab. Seit sie den Tamar River überquert hatten, gab es nur noch Dämmerung und wallenden Nebel.
Die Straße stieg an, der Nebel verschwand. Plötzlich sahen sie durch die Windschutzscheibe nur noch Schluchten voller weißer Wolken. Eine Salve von Regentropfen prasselte an die linke Wagenseite. Der Wagen schwankte, dann kippte er im freien Fall über den Rand, die Motorhaube zeigte zum Atlantik. Die letzte Kurve, die steilste. Über ihnen lärmte ein Schwarm zankender Vögel. Rooke bremste auf Schrittempo ab, bis sie den Aufruhr hinter sich hatten. Wieder traf sie ein Regenschauer. Als er nachließ, sahen sie auf einem Bergsattel mitten in schwarzem Farn das graue Häuschen.

Er hat sich erhängt, dachte Burr, als er Jonathans gekrümmte Silhouette im Licht des Eingangs baumeln sah. Aber der Erhängte hob grüßend den Arm und trat ins Dunkel hinaus, bevor er seine Taschenlampe anmachte. Sie parkten auf einer kleinen, mit Granitschotter bedeckten Fläche. Rooke stieg aus, und Burr hörte die beiden Männer, die sich wie zwei Reisende begrüßten. »Schön, Sie zu sehen! Ah! Was für ein Wind!« Burr blieb vor Nervosität störrisch sitzen und schnitt dem Himmel Grimassen, während er den obersten Mantelknopf durchs Loch zwängte. Der Wind brauste um den Wagen und rüttelte an der Antenne.
»Nun komm schon, Leonard!« brüllte Rooke. »Die Nase kannst du dir später noch pudern!«
»Ich fürchte, Sie werden rüberklettern müssen, Leonard«, sagte Jonathan durchs Fahrerfenster. »Wir evakuieren Sie auf der Leeseite, wenn's recht ist.«
Burr packte sein rechtes Knie mit beiden Händen und schob es über Schalthebel und Fahrersitz, dann wiederholte er das Manöver mit dem linken Bein. Er setzte einen Straßenschuh auf den Schotter. Jonathan hielt die Taschenlampe auf ihn gerichtet. Burr erkannte Stiefel und eine gestrickte Matrosenmütze.
»Wie geht's Ihnen?« schrie Burr, als hätten sie sich seit Jahren nicht gesehen. »Sind Sie fit?«
»Nun, ja, ich glaube schon.«
»Braver Junge.«
Rooke ging mit seiner Aktentasche voraus. Burr und Jonathan folgten ihm nebeneinander den geharkten Pfad hinauf.
»Und das da ist gutgegangen?« fragte Burr mit einer Kopfbewegung zu Jonathans bandagierter Hand. »Er hat sie also nicht aus Versehen amputiert.«
»Nein, nein, alles in Ordnung. Schneiden, nähen, einwickeln, das Ganze hat keine halbe Stunde gedauert.«
Sie standen jetzt in der Küche. Burrs Gesicht brannte noch immer vom Wind. Geschrubbter Kieferntisch, stellte er fest. Gebohnerte Steinfliesen. Polierter Kupferkessel.

»Keine Schmerzen?«
»Nicht, wenn die Pflicht ruft«, antwortete Jonathan.
Sie lachten zaghaft, wie Fremde.
»Ich habe ein Stück Papier für Sie dabei«, kam Burr wie üblich sofort auf das zu sprechen, was ihm auf der Seele lag. »Sie sollen es unterschreiben, mit mir und Rooke als Zeugen.«
»Was steht denn drin?« fragte Jonathan.
»Dummes Zeug steht drin« – wie praktisch, daß man den Bürokraten die Schuld zuschieben konnte – »es geht um Schadensbegrenzung. Eine Versicherungspolice. Wir haben Sie nicht gedrängt, Sie werden uns nicht verklagen. Sie können bei Versäumnissen, Amtsvergehen oder Tollwut der Regierung nichts anhängen. Wenn Sie aus einem Flugzeug fallen, sind Sie selber schuld. Und so weiter.«
»Die kriegen wohl kalte Füße?«
Burr durchschaute die indirekte Frage und gab sie zurück. »Und wie sieht's mit *Ihnen* aus, Jonathan? Darum geht's doch wohl eigentlich?« Jonathan wollte protestieren, doch Burr sagte: Mund halten und zuhören. »Morgen um diese Zeit werden sich alle um Sie reißen. Aber nicht im positiven Sinn. Jeder, der Sie gekannt hat, wird sagen: ›Hab ich doch gleich gesagt.‹ Jeder, der Sie nicht gekannt hat, wird Ihr Foto genau ansehen, ob da nicht der Beweis für die Anlage zum Mörder zu finden ist. Das bedeutet lebenslänglich, Jonathan. Das werden Sie nie mehr los.«
Ein flüchtiges Bild tauchte vor Jonathan auf: Sophie in der Pracht von Luxor. Sie saß, die Arme um die Knie geschlungen, auf einem Sockel und sah die Säulenreihe entlang. *Ich brauche den Trost der Ewigkeit, Mr. Pine,* sagte sie.
»Wenn Sie wollen, kann ich die Uhr noch immer anhalten. Schaden wird das keinem, nur meinem Ego«, fuhr Burr fort. »Aber wenn Sie aussteigen wollen und nicht den Mumm haben, es zu sagen, oder wenn Sie Onkel Leonard einfach nur einen Gefallen tun möchten oder etwas ähnlich Dummes, dann sage ich Ihnen eindringlich: Reißen Sie gefälligst Ihren Mut zusammen und erklären Sie sich *jetzt,* nicht später. Wir

können nett zu Abend essen, uns verabschieden und nach Hause fahren. Niemand ist Ihnen böse, jedenfalls nicht für immer. Morgen abend oder an irgendeinem Abend danach ist es nicht mehr möglich.«

Tiefere Schatten im Gesicht, dachte Burr. Der Blick des Beobachters, der an einem haftenbleibt, nachdem er längst weggesehen hat. Was haben wir da nur ins Rollen gebracht? Er sah sich von neuem in der Küche um. Gestickte Bilder von Schiffen mit vollen Segeln, Holzbesteck, Kupferkessel aus Newlyn. Eine glänzende Tafel mit der Aufschrift: »Du siehest mich, Gott.«

»Sind Sie sicher, daß ich dieses Zeug nicht für Sie in Verwahrung nehmen soll?« fragte Burr.

»Nein, bestimmt nicht. Schon gut. Verkaufen Sie's. Nur keine Umstände.«

»Eines Tages, wenn Sie seßhaft werden, brauchen Sie's vielleicht.«

»Ich reise lieber mit leichtem Gepäck. Und es ist alles noch da – das Ziel, meine ich? Er macht noch immer, was er gemacht hat, lebt noch immer, wie er gelebt hat, und so weiter? Es hat sich nichts geändert?«

»Nicht daß ich wüßte, Jonathan«, sagte Burr mit leicht verwirrtem Lächeln. »Und ich bin ziemlich auf dem laufenden. Kürzlich hat er sich einen Canaletto gekauft, falls das was besagt. Und ein paar Araber für seinen Stall. Und ein hübsches Diamant-Halsband für seine Süße. Habe nicht gewußt, daß man das Halsband nennt. Hört sich so nach Schoßhündchen an. Na ja, genau das wird sie wohl auch sein.«

»Vielleicht kann sie es sich nicht leisten, mehr zu sein«, sagte Jonathan.

Er streckte die bandagierte Hand aus, und einen Augenblick lang glaubte Burr schon, er solle sie ihm schütteln. Dann aber erkannte er, daß Jonathan das Dokument haben wollte, also wühlte er in seinen Taschen, erst im Mantel, dann im Jackett, und zog den dick versiegelten Umschlag heraus.

»Ich meine es ernst«, sagte Burr. »Die Entscheidung liegt bei Ihnen.«

Jonathan suchte mit der linken Hand nach einem Steakmesser in der Schublade, zerschlug mit dem Griff das Siegelwachs und schlitzte den Umschlag dann an der Klappe auf. Burr fragte sich, warum Jonathan sich die Mühe gemacht hatte, das Wachs zu zerbrechen, es sei denn, um mit seiner Geschicklichkeit anzugeben.
»Lesen Sie «, befahl Burr. »Jedes verdammte Wort, sooft Sie wollen. Sie sind Mr. Brown, falls Sie nicht von selbst darauf gekommen sind. Ein namenloser Freiwilliger in unseren Diensten. Leute wie Sie heißen in offiziellen Papieren immer Brown.«
Entworfen von Harry Palfrey für Rex Goodhew. Weitergeleitet an Leonard Burr, der es Mr. Brown zur Unterschrift vorlegen soll.
»Sagen Sie mir nur nie seinen Namen«, hatte Goodhew gebeten. »Sollte ich den Namen gesehen haben, hab ich ihn vergessen. Lassen wir es dabei.«
Jonathan hielt das Schreiben an die Öllampe. Was ist er für einer? fragte sich Burr zum hundertsten Mal, während er die hartweichen Konturen seines Gesichts betrachtete. Ich dachte, ich wüßte es. Ich weiß es nicht.
»Denken Sie darüber nach«, drängte Burr. »Whitehall hat es auch getan. Ich habe sie es zweimal neu schreiben lassen.« Er unternahm einen letzten Versuch. »Bitte sagen Sie es mir, nur für mich, ja? ›Ich, Jonathan, bin sicher.‹ Sie wissen, auf was Sie sich einlassen, Sie haben alles durchdacht. Und Sie sind noch immer sicher.«
Wieder dieses Lächeln, bei dem es Burr noch unbehaglicher wurde. Wieder streckte Jonathan die bandagierte Hand aus, diesmal nach Burrs Kugelschreiber. »Ich bin sicher, Leonard. Ich, Jonathan. Und ich werde auch morgen früh sicher sein. Wie soll ich unterschreiben? Jonathan Brown?«
»John«, erwiderte Burr. »In Ihrer normalen Handschrift.« Während er zusah, wie Jonathan sorgfältig *John Brown* schrieb, tauchte Corkoran, der Unterzeichner, mit seinem gezückten Füllfederhalter vor seinem inneren Auge auf.

»Erledigt«, sagte Jonathan fröhlich, um Burr zu trösten.
Aber dem fehlte noch etwas. Dramatik, ein festlicheres Gefühl. Er stand auf, mühsam wie ein alter Mann, und ließ sich von Jonathan aus dem Mantel helfen. Dann ging ihnen Jonathan ins Wohnzimmer voran.
Der Eßtisch war feierlich gedeckt. Leinenservietten, stellte Burr entrüstet fest. Drei Hummercocktails in Gläsern. Silberbesteck wie in einem Drei-Sterne-Restaurant. Der Geruch bratenden Fleischs. Ein anständiger Pommard, vorsorglich entkorkt. Was zum Teufel hat er mit mir vor?
Rooke wandte ihnen den Rücken zu; die Hände in den Taschen, betrachtete er Marilyns letztes Aquarell.
»Muß sagen, das gefällt mir nicht übel«, wagte er eine seltene Schmeichelei.
»Danke«, sagte Jonathan.

Jonathan hatte sie schon gehört, lange bevor er sie gesehen hatte. Und noch bevor er sie gehört hatte, wußte er, daß sie da waren, denn allein dort auf seinem Kliff hatte der scharfe Beobachter gelernt, Geräusche bereits im Entstehen wahrzunehmen. Der Wind war sein Verbündeter. Wenn der Nebel sank und Jonathan nur noch das Stöhnen des Leuchtturms zu hören glaubte, dann trug ihm der Wind die Stimmen der Fischer draußen auf dem See herüber.
Und so spürte er die Vibrationen des Rover-Motors, noch ehe dessen Brummen über das Kliff zu ihm herunterdrang. Wartend stand er im Wind und machte sich bereit. Als die Scheinwerfer auftauchten und genau auf ihn zielten, zielte er im Geist zurück; er schätzte die Geschwindigkeit des Rovers an den Telegrafenmasten ab und berechnete die Entfernung, über die hinweg er zielen müßte, wenn er eine raketengetriebene Granate auf sie richtete. Unterdessen behielt er aus den Augenwinkeln den Hügel im Blick, falls von dort ein zweiter Wagen käme oder sie einen Scheinangriff führten.
Und als Rooke den Wagen parkte und Jonathan lächelnd mit der Taschenlampe durch den Sturm schritt, hatte er sich ausge-

malt, wie er seine beiden Gäste an dem Lichtstrahl entlang erschoß und ihnen mit abwechselnden Feuerstößen die grünen Gesichter weggepustet hatte. Untergrundkämpfer erfolgreich erledigt. Sophie gerächt.

Doch als sie jetzt losfuhren, war er ruhig und nahm andere Dinge wahr. Der Sturm hatte sich gelegt und zerrissene Wolkenfetzen zurückgelassen. Ein paar Sterne waren noch da. Graue Einschußlöcher umgaben den Mond mit einem blasigen Muster. Jonathan sah die Rücklichter des Rover an der Wiese vorbeigleiten, in der er seine Iriszwiebeln gesteckt hatte. In ein paar Wochen, dachte er, falls die Kaninchen nicht durch den Zaun kommen, wird diese Wiese lila sein. Die Rücklichter glitten am Bullengehege vorbei, und er erinnerte sich, wie er an einem warmen Abend aus Falmouth zurückgekommen war und Jacob Pengelly und seine Freundin dort überrascht hatte, beide mit nichts am Leibe außer sich selbst; Jacob bäumte sich ekstatisch hinter ihr auf, und die Kleine bog sich ihm wie eine Akrobatin entgegen.

Der nächste Monat ist durch die Traubenhyazinthen ein blauer Monat, hatte Pete Pengelly ihm erzählt. Aber dieser Monat, Jack, dieser jetzt ist golden und wird immer goldener, Ginster und Schlüsselblumen und wilde Narzissen setzen sich gegen alle anderen Blumen durch. Warten Sie's nur ab, Jack. Prost.

Ich muß zu mir selbst finden, sagte Jonathan sich auf. Ich muß meine fehlenden Teile finden.

Ich muß einen Mann aus mir machen; mein Vater hat gesagt, das werde man bei der Armee: *ein* Mann.

Ich muß nützlich sein. Aufrecht stehen. Mein Gewissen von der Last befreien.

Ihm war schlecht. Er ging in die Küche und trank ein Glas Wasser. Über der Tür hing eine Schiffsuhr aus Messing, und ohne darüber nachzudenken, warum, zog er sie auf. Dann ging er ins Wohnzimmer, wo er seinen Schatz aufbewahrte: eine alte Standuhr aus Obstholz mit nur einem Gewicht, die er bei Daphne in der Chapel Street für ein Butterbrot gekauft hatte.

Er zog an der Messingkette, bis das Gewicht oben war. Dann setzte er das Pendel in Bewegung.
»Schätze, ich werde mal für eine Weile zu meiner Tante Hilary nach Teignmouth fahren«, hatte Marilyn gesagt, als die Tränen versiegt waren. »Mal 'ne Abwechslung, Teignmouth, nicht wahr?«
Jonathan hatte auch eine Tante Hilary gehabt, in Wales, neben einem Golfclub. Sie war ihm durchs Haus gefolgt, um das Licht auszumachen, und hatte im Dunkeln zu ihrem lieben Herrn Jesus gebetet.

»Geh nicht«, hatte er Sophie auf jede erdenkliche Weise angefleht, als sie auf das Taxi warteten, das sie zum Flughafen von Luxor zurückbringen sollte. »Geh nicht«, hatte er sie im Flugzeug angefleht. »Verlaß ihn, er bringt dich um, geh das Risiko nicht ein«, hatte er sie angefleht, als er sie in das Taxi setzte, das sie zu ihrer Wohnung und zu Freddie Hamid zurückbringen sollte.
»Wir haben beide unsere Verabredungen mit dem Leben, Mr. Pine«, hatte sie mit ihrem zerschlagenen Lächeln zu ihm gesagt. »Für eine arabische Frau gibt es schlimmere Erniedrigungen, als von ihrem Geliebten verprügelt zu werden. Freddie ist sehr reich. Er hat mir gewisse handfeste Versprechungen gemacht. Ich muß an mein Alter denken.«

9

Am Muttertag kommt Jonathan nach Espérance. Sein dritter Zementlaster auf vierhundert Meilen hat ihn an der Kreuzung oben an der Avenue des Artisans abgesetzt. Seine Dritte-Welt-Reisetasche schwingend, geht er den Bürgersteig hinunter, vorbei an Schildern, auf denen es heißt: *Merci Maman, Bienvenue à toutes les mamans* und *Vaste Buffet Chinois des Mères.* Die Sonne des Nordens ist der reinste Balsam für ihn. Es ist, als ob er Licht und Luft zugleich einatmet. Ich bin zu Hause. Da bin ich.

Nach acht Monaten Schnee läßt diese unbeschwerte Goldgräberstadt in der Abendsonne der Heiterkeit ihren Lauf; und dafür ist sie unter ihren Nachbarn in der Provinz Quebec, in den Ortschaften, die längs des größten Nephrit-Gürtels der Welt verstreut sind, berühmt. Sie ist heiterer als Timmins weiter westlich im öden Ontario, lebendiger als Val d'Or im Osten, bei weitem heiterer als die trostlosen Angestellten-Siedlungen der Wasserwerks-Ingenieure im Norden. Narzissen und Tulpen stehen stolz wie Soldaten im Garten der weißen Kirche mit dem Bleidach und dem schlanken Turm, Löwenzahnblüten, groß wie Dollars, bedecken den Grashang unterhalb der Polizeiwache. Nachdem sie den Winter über unterm Schnee gewartet haben, sind die Blumen nun genauso ausgelassen wie die Stadt. Die Geschäfte für die Neureichen und solche, die es werden wollen – die *Boutique Bébé* mit ihren rosa Giraffen, die

nach glücklichen Bergleuten und Goldschürfern benannten Pizzalokale, die *Pharmacie des Croyants*, die auch Hypnotherapie und Massage anbietet, die nach Venus und Apollo benannten Bars mit ihrem Neonlicht, die stattlichen Bordelle, die die Namen ehemaliger Puffmütter tragen, die japanische Sauna mit ihrem Pagodendach und dem Plastiksteingarten, die Banken aller Arten und Richtungen, die Schmuckgeschäfte, wo die Claimdiebe das gestohlene Edelmetall zu schmelzen pflegten und es gelegentlich auch heute noch tun, die Hochzeitsgeschäfte mit ihren jungfräulichen Wachsbräuten, der polnische Feinkostladen, der für *»films super-érotiques XXX«* Reklame macht, als wären dies kulinarische Ereignisse, die Restaurants, die für die Schichtarbeiter rund um die Uhr geöffnet sind, sogar die Notarskanzleien mit ihren geschwärzten Fenstern – sie alle funkeln im Glanz des Frühsommers, und sie alle rufen *»merci Maman«: on va avoir du fun!*
Jonathan sieht in die Schaufenster oder dankbar zum blauen Himmel hinauf und läßt sich das eingefallene Gesicht von der Sonne wärmen; Motorradfahrer mit Bärten und Sonnenbrillen donnern die Straße rauf und runter, jagen die Maschinen hoch und wackeln mit ledernen Hinterteilen den Mädchen zu, die an den Tischchen draußen auf dem Bürgersteig ihre Cola schlürfen. In Espérance fallen die Mädchen auf wie Papageien. Die Matronen im öden Ontario nebenan mögen sich kleiden wie Sofas auf einer Beerdigung, aber die heißblütigen Québécoises hier in Espérance machen jeden Tag zum Karneval, sie tragen bunte Baumwollkleider und goldene Armreifen, die einem über die Straße zulächeln.
Es gibt keine Bäume in Espérance. Ganz von Wäldern umgeben, betrachten die Einwohner der Stadt freien Raum als Errungenschaft. Es gibt auch keine Indianer in Espérance, beziehungsweise sie treten nicht in Erscheinung, falls man nicht wie Jonathan einen entdeckt, der mit Frau und Familie seinen Transporter mit einer Tausend-Dollar-Ladung an Vorräten aus dem *supermarché* belädt. Einer von ihnen sitzt als Wache im Wagen, während die anderen in der Nähe bleiben.

Es gibt auch keine ordinäre Zurschaustellung von Reichtum in der Stadt, einmal abgesehen von den Fünfundsiebzigtausend-Dollar-Motorjachten auf dem Parkplatz neben der Küche des Château Babette und den Rudeln von Harley Davidsons vor dem Bonnie & Clyde Saloon. Kanadier – französische oder andere – legen keinen Wert darauf, eine Schau abzuziehen, weder mit Geld noch mit Gefühlen. Natürlich gibt es noch immer Glückspilze, die hier ein Vermögen machen. Und Glück ist die wahre Religion dieser Stadt. Jeder träumt von einer Goldader in seinem Garten, und einige Glückliche sind tatsächlich auf eine gestoßen. Diese Männer in Baseballmützen, Turnschuhen und Bomberjacken, die auf der Straße in mobile Telefone sprechen: in anderen Städten wären sie Drogenhändler oder Callboys oder Zuhälter, aber hier in Espérance sind sie mit dreißig friedliche Millionäre. Und die Älteren, die essen mittags ihren Proviant eine Meile unter der Erde aus Blechbüchsen.
Jonathan verschlingt all dies in den ersten Minuten nach seiner Ankunft mit den Augen. In seinem Zustand hellwacher Erschöpfung nimmt er alles auf einmal in sich auf, während er innerlich vor Dankbarkeit jubelt wie ein Reisender, der den Fuß ins gelobte Land gesetzt hat. Es ist schön. Ich habe dafür gearbeitet. Es gehört mir.

Er hatte, ohne sich einmal umzusehen, den Lanyon im Morgengrauen verlassen und war nach Bristol gefahren, um dort für eine Woche unterzutauchen. Er hatte sein Motorrad in einem heruntergekommenen Stadtteil abgestellt, wo Rooke es, wie versprochen, stehlen lassen würde; er hatte den Bus nach Avonmouth genommen, wo er in einer Matrosenherberge abstieg, die von zwei älteren Homosexuellen geführt wurde; Rooke zufolge waren die beiden dafür bekannt, nicht mit der Polizei zusammenzuarbeiten. Es regnete Tag und Nacht, und als Jonathan am dritten Tag beim Frühstück saß, hörte er im örtlichen Radio zum erstenmal seinen Namen und seine Beschreibung; wurde zuletzt im westlichen Cornwall gesehen,

Verletzung an der rechten Hand, wählen Sie folgende Nummer. Während er zuhörte, sah er, daß auch die beiden Iren zuhörten: Sie ließen sich nicht aus den Augen. Er bezahlte seine Rechnung und fuhr mit dem Bus nach Bristol zurück.

Schmutzige Wolken wälzten sich über die zerstörte Industrielandschaft. Die Hand in der Tasche – er hatte den Verband auf ein schlichtes Pflaster reduziert –, ging er durch die feuchten Straßen. Als er beim Friseur saß, erkannte er sein Bild auf der Rückseite der Zeitung eines anderen Kunden; es war das Foto, das Burrs Leute von ihm in London aufgenommen hatten: Es sah ihm mit Absicht nicht ähnlich, aber doch ähnlich genug. Er wurde zu einem Geist, der in einer Geisterstadt spukte. In den Cafés und Billardsälen wirkte er zu harmlos und isoliert, in den besseren Straßen zu abgerissen. Die Kirchen, in die er gehen wollte, waren verschlossen. Wenn er im Spiegel sein Gesicht überprüfte, erschrak er über den feindseligen Ausdruck. Jumbos vorgetäuschter Tod saß wie ein Stachel in seinem Fleisch. Visionen, wie sein angebliches Opfer ungemordet und ungejagt in irgendeinem sicheren Zufluchtsort fröhlich zechte, verhöhnten ihn bei allen möglichen Gelegenheiten. Dennoch nahm er in seiner anderen Rolle die Schuld seines Scheinverbrechens entschlossen auf sich. Er kaufte ein Paar Lederhandschuhe und warf den Verband weg. Um sein Flugticket zu kaufen, inspizierte er einen Vormittag lang verschiedene Reisebüros, bevor er sich für das belebteste und anonymste entschied. Er bezahlte in bar und buchte auf den Namen Fine einen Flug für zwei Tage später. Dann nahm er den Bus zum Flughafen und buchte auf denselben Abend um. Ein Platz war noch frei. Am Flugsteig wollte ein Mädchen in Uniform seinen Paß sehen. Er zog seinen Handschuh aus und reichte ihn ihr mit der gesunden Hand.

»Heißen Sie nun Pine oder Fine?« wollte sie wissen.

»Was Ihnen lieber ist«, versicherte er mit einem Aufblitzen seines alten Hotelierslächeln, und sie winkte ihn widerwillig durch – oder hatte Rooke sie bestochen?

Nach der Landung in Paris-Orly vermied er das Risiko, auszuchecken, und blieb die ganze Nacht im Transitbereich sitzen. Am Morgen nahm er einen Flug nach Lissabon, diesmal auf den Namen Dine; Rooke hatte ihm nämlich geraten zu versuchen, dem Computer immer einen Schritt voraus zu bleiben. In Lissabon tauchte er wiederum im Hafenviertel unter.

»Das Schiff heißt *Stern von Bethlehem* und ist ein halbes Wrack«, hatte Rooke gesagt. »Aber der Käpten ist käuflich, und genau das brauchen Sie.«

Er sah einen stoppelbärtigen Mann im Regen von einem Heuerbüro zum anderen schlurfen, und dieser Mann war er selbst. Er sah, wie der Mann einem Mädchen Geld für eine Übernachtung gab und dann bei ihr auf dem Fußboden schlief, während sie wimmernd auf dem Bett lag, weil sie Angst vor ihm hatte. Hätte sie weniger Angst vor mir, wenn ich mit ihr schlafen würde? Er blieb nicht, um es herauszufinden, sondern ging, bevor es hell wurde, und lief noch einmal durch die Hafengegend; im äußeren Hafen entdeckte er den *Stern von Bethlehem*, ein schmutziges Zwölftausend-Tonnen-Kohlenschiff auf dem Weg nach Pughwash, Nova Scotia. Doch als er beim Schiffsagenten nachfragte, sagte man ihm, die Besatzung sei vollzählig, das Schiff werde mit der Abendflut auslaufen. Durch Bestechung kam Jonathan doch noch an Bord. Ob der Kapitän ihn erwartet hatte? Jonathan kam es so vor.

»Was kannst du denn so, mein Sohn?« fragte der Kapitän, ein großer Schotte mit freundlicher Stimme. Er mochte um die vierzig sein. Hinter ihm stand ein barfüßiges Filipino-Mädchen von siebzehn.

»Kochen«, sagte Jonathan; der Kapitän lachte ihm ins Gesicht, nahm ihn aber als Hilfskraft unter der Bedingung, daß er die Überfahrt abarbeitete und er, der Kapitän, den Lohn in die eigene Tasche steckte.

Jetzt war er Kombüsensklave, mußte in der schlechtesten Koje schlafen und die Beleidigungen der Mannschaft über sich ergehen lassen. Der Schiffskoch war ein ausgemergelter Laskar, halbtot vom Heroin, und bald machte Jonathan Dienst für sie beide. In den wenigen Stunden, die ihm zum Schlafen blieben, träumte er die süßen Träume von Gefangenen, und Jed, ohne ihren Morgenmantel von Meister, spielte darin die Hauptrolle. Dann klopften ihm eines sonnigen Morgens die Matrosen auf die Schultern und sagten, so gutes Essen hätten sie auf See noch nie bekommen. Aber Jonathan wollte nicht mit ihnen an Land gehen. Mit Vorräten ausgestattet, die er beiseite geschafft hatte, verschwand der Beobachter in einem Versteck, das er im vorderen Laderaum angelegt hatte, und blieb dort noch zwei Nächte, bevor er sich an der Hafenpolizei vorbeischlich.

Allein auf einem riesengroßen und unbekannten Kontinent, überfiel Jonathan ein anderes Gefühl des Verlusts. Seine Entschlossenheit schien plötzlich in der strahlenden Kargheit der Landschaft zu versickern. Roper ist eine Abstraktion, das gilt auch für Jed und mich. Ich bin gestorben, und das ist mein Leben nach dem Tode. Er wanderte am Rand des gleichgültigen Highway entlang, schlief in Fernfahrerunterkünften und Scheunen, schuftete zwei Tage für einen Tageslohn und betete, das Gefühl, berufen zu sein, möge ihm zurückgegeben werden.

»Am besten versuchen Sie es im Château Babette«, hatte Rooke gesagt. »Ein großes und schlampiges Haus, geführt von einer alten Vettel, der dauernd die Leute weglaufen. Genau das richtige, wenn man sich verkriechen will.«

»Der ideale Ausgangspunkt für Sie, nach Ihrem Schatten zu suchen«, hatte Burr gesagt.

Schatten bedeutete Identität, Schatten bedeutete Substanz in einer Welt, in der Jonathan zum Gespenst geworden war.

Das Château Babette hockte wie eine zerlumpte alte Henne mitten im Trubel der Avenue des Artisans. Es war das Meister von Espérance. Jonathan erkannte es nach Rookes Beschreibung sofort, und als er auf das Haus zuging, blieb er auf der anderen Straßenseite, um es besser betrachten zu können. Ein großes altersschwaches Holzgebäude, recht düster für ein ehemaliges Freudenhaus. Eine Steinurne stand an jeder Ecke des scheußlichen Vorbaus. Zerbröckelnde nackte Jungfrauen veranstalteten darauf in einem Walddekor ihre Kapriolen. Der ehrwürdige Name war senkrecht in ein morsches Brett gebrannt. Als Jonathan die Straße überquerte, ließ ein scharfer Ostwind es rattern wie eine Eisenbahn und wehte ihm Sand in die Augen und den Geruch von *frites* und Haarspray in die Nase.

Er stieg die Eingangstreppe hinauf, stieß zuversichtlich die alte Pendeltür auf und trat ins Dunkel einer Gruft. Als erstes glaubte er von ferne Männergelächter zu hören und den Gestank des Abendessens vom Vorabend zu riechen. Nach und nach erkannte er einen bossierten kupfernen Postkasten, dann eine alte Standuhr mit Blüten auf dem Ziffernblatt, die ihn an den Lanyon erinnerte, dann einen mit Briefen und Kaffeebechern übersäten Empfangstisch, der von einer Reihe bunter Lämpchen beleuchtet wurde. Männliche Gestalten standen um ihn herum, von ihnen kam das Lachen. Seine Ankunft war offenbar mit einer Horde geiler Markscheider aus Quebec zusammengefallen, die mal ein bißchen auf den Putz hauen wollten, ehe es am nächsten Tag zu irgendeiner Mine im Norden weiterging. Ihre Koffer und Reisetaschen lagen in einem wirren Haufen am Fuß einer breiten Treppe. Zwei slawisch aussehende Pagen mit Ohrringen und grünen Schürzen suchten mürrisch zwischen den Adressenanhängern herum.

»*Et vous, Monsieur, vous êtes qui?*« kreischte ihm ein weibliche Stimme über den Lärm hinweg zu.

Jonathan erkannte die majestätische Gestalt von Madame Latulipe, der Inhaberin, die in einem lila Turban und dick geschminkt hinter der Rezeption stand. Sie hatte den Kopf nach hinten geneigt, um ihn zu betrachten, und sie spielte für ihr ausschließlich männliches Publikum.

»Jacques Beauregard«, antwortete er.

»*Comment, chéri?*«

Nicht gewohnt, die Stimme zu erheben, rief er noch einmal über das Getöse hinweg: Beauregard. Aber irgendwie fiel ihm der Name leichter als Linden.

»Pas d'bagages?«
»Pas de bagages.«
»Alors, bon soir et amusez-vous bien, m'sieu«, kreischte Madame Latulipe zurück und übergab ihm den Schlüssel. Jonathan hatte den Eindruck, daß sie ihn irrtümlicherweise für einen dieser Markscheider hielt, fand es aber nicht nötig, sie aufzuklären.
»Allez-vous manger avec nous à'soir, M'sieu Beauregard?« rief sie, denn ihr war plötzlich seine ansehnliche Erscheinung aufgefallen, als er die Treppe hochstieg.
Jonathan sagte nein, danke, Madame – Zeit, schlafen zu gehen.
»Aber mit leerem Magen kann man doch nicht schlafen, M'sieu Beauregard!« protestierte Madame Latulipe kokett, wieder zum Gefallen ihrer lärmenden Gäste. »Zum Schlafen braucht man Energie, wenn man ein Mann ist! *N'est-ce pas, mes gars?«*
Jonathan blieb auf dem Treppenabsatz stehen und lachte tapfer mit, bestand aber weiter darauf, daß er jetzt schlafen müsse.
»Bien, tant pis, d'abord!« schrie Madame Latulipe.
Sie störte sich weder an seinem außerplanmäßigen Eintreffen noch an seinem ungepflegten Äußeren. Ungepflegtheit wirkte in Espérance beruhigend und war für Madame Latulipe, die selbsternannte Kultursachverständige der Stadt, ein Zeichen von Geist. Er war *farouche*, aber in ihrem Wörterbuch bedeutete *farouche* vornehm: und sie hatte Künstlerisches in seinem Gesicht entdeckt. Er war ein *sauvage distingué*, die Art von Mann, die sie am liebsten mochte. Nach seinem Akzent hatte sie ihn unwillkürlich zum Franzosen erklärt. Oder vielleicht war er Belgier, sie war keine Expertin, ihre Ferien verbrachte sie in Florida. Sie wußte nur, daß sie ihn verstand, wenn er Französisch sprach, er aber, wenn sie mit ihm sprach, so unsicher aussah wie alle Franzosen, wenn sie aus Madame Latulipes Mund hörten, was diese für die wahre, die unverdorbene Version ihrer Sprache hielt.

Nichtsdestotrotz beging Madame Latulipe aufgrund dieser spontanen Beobachtungen einen verzeihlichen Fehler. Sie brachte Jonathan nicht auf einer der Etagen unter, wo man so bequem Damenbesuch empfangen konnte, sondern in ihrem *grenier,* in einem von vier hübschen Mansardenzimmern, die sie für ihre Bohemien-Gefährten zu reservieren pflegte. Und sie verschwendete keinen Gedanken an die Tatsache – aber wozu auch? –, daß ihre Tochter Yvonne zwei Türen weiter vorübergehend Zuflucht gesucht hatte.

Vier Tage blieb Jonathan in dem Hotel, ohne daß Madame Latulipe ihm mehr von ihrer brennenden Neugierde gewidmet hätte als den anderen männlichen Gästen.
»Aber Sie haben ja Ihre Leute im Stich gelassen!« rief sie ihm in gespielter Bestürzung zu, als er am nächsten Morgen, allein und zu spät, zum Frühstück erschien. »Sind Sie nicht mehr länger Markscheider? Haben Sie gekündigt? Möchten Sie vielleicht Dichter werden? Wir schreiben viele Gedichte in Espérance.«
Als er am Abend zurückkam, fragte sie ihn, ob er heute eine Elegie verfaßt oder ein Meisterwerk gemalt habe. Sie meinte, er solle etwas essen, aber wieder lehnte er ab.
Er schüttelte lächelnd den Kopf.
»Tant pis d'abord«, sagte sie; es war ihre übliche Antwort auf nahezu alles.
Im übrigen war er für sie Zimmer 306, unproblematisch. Erst als er sie am Donnerstag um Arbeit bat, unterzog sie ihn einer genaueren Prüfung. »Was denn für eine Arbeit, *mon gars?*« fragte sie. »Wollen Sie vielleicht für uns in der Disco singen? Spielen Sie Geige?«
Aber sie war nun auf der Hut. Sie fing seinen Blick auf und fand sich aufs neue in ihrem Eindruck bestätigt, daß dieser Mann sich von den anderen fernhielt. Vielleicht zu sehr fernhielt. Sie besah sein Hemd und stellte fest, daß es dasselbe war, das er bei seiner Ankunft getragen hatte. Wieder so ein Goldgräber, der seinen letzten Dollar verspielt hat, dachte sie. Wenigstens haben wir nicht auch noch sein Essen bezahlt.

»Irgendeine Arbeit«, antwortete er.
»Aber es gibt viele Jobs in Espérance, Jacques«, wandte Madame Latulipe ein.
»Ich weiß«, sagte Jonathan, drei Tage lang hatte er gallisches Achselzucken oder Schlimmeres erlebt. »Ich habe es in Restaurants versucht, in Hotels, auf der Bootswerft und im Jachthafen. In vier Minen und zwei Holzfällereien, beim Zementwerk, bei zwei Tankstellen und der Papierfabrik. Die wollten mich auch nicht haben.«
»Aber warum denn nicht? Sie sind doch sehr ansehnlich, sehr einfühlsam. Warum wollen die Sie denn nicht haben, Jacques?«
»Sie brauchen Papiere. Meine Sozialversicherungsnummer. Den Nachweis der kanadischen Staatsbürgerschaft. Den Nachweis, daß ich legal eingewandert bin.«
»Und Sie können nichts davon vorweisen? Sie sind zu ästhetisch?«
»Mein Paß liegt bei der Einwanderungsbehörde in Ottawa. Er wird dort bearbeitet. Das glaubt man mir nicht. Ich bin Schweizer«, fügte er hinzu, als sei dies eine Erklärung für die Ungläubigkeit der Leute.
Aber inzwischen hatte Madame Latulipe auf die Klingel gedrückt, und ihr Mann erschien.
André Latulipes Geburtsname war nicht Latulipe, sondern Kwiatkowski. Erst als seine Frau das Hotel von ihrem Vater erbte, hatte er eingewilligt, ihren Namen anzunehmen und auf diese Weise einen Zweig des Adels von Espérance zu erhalten. Er war Einwanderer der ersten Generation und hatte ein Engelsgesicht, eine breite, kahle Stirn und vorzeitig weiß gewordenes Haar. Er war klein und stämmig und so nervös, wie Männer mit fünfzig werden, wenn sie sich halb zu Tode gearbeitet haben und sich plötzlich fragen, warum. Als Kind war Andrzej Kwiatkowski in Kellern versteckt und in tiefer Nacht über verschneite Bergpässe geschmuggelt worden. Er war aufgegriffen, verhört und freigelassen worden. Er wußte, was es hieß, vor Uniformen zu stehen und zu beten. Er sah sich Jona-

thans Zimmerrechnung an und stellte genau wie seine Frau beeindruckt fest, daß sie keine Extrakosten enthielt. Ein Schwindler hätte das Telefon benutzt, an der Bar und im Restaurant Rechnungen abgezeichnet. Ein Schwindler hätte sich bei Mitternacht aus dem Staub gemacht. Die Latulipes waren in ihrem Leben manchen Schwindlern aufgesessen, und alle hatten sich so verhalten.

Die Rechnung noch in der Hand, sah Monsieur Latulipe Jonathan langsam von oben bis unten an, wie seine Frau es auch schon getan hatte, aber verständnisvoll: Er sah die braunen Wanderstiefel, abgewetzt, aber rätselhaft sauber; seine Hände, die kleinen Hände eines Handwerkers, die er respektvoll an den Hosennähten hielt; seine ordentliche Haltung, die verhärmten Züge und das Glimmen der Verzweiflung in seinen Augen. Monsieur Latulipe sah einen Mann, der sich bemühte, in einer bessern Welt Fuß zu fassen, und er fühlte sich zu ihm hingezogen.

»Was haben Sie gelernt?« fragte er.

»Kochen«, sagte Jonathan.

Und damit gehörte er zur Familie. Und zu Yvonne.

Sie kannte ihn sofort: ja. Es war, als wären Signale, die auszutauschen normalerweise Monate erfordert hätte, durch Vermittlung ihrer entsetzlichen Mutter in einer Sekunde ausgesandt und empfangen worden.

»Das ist Jacques, unser *neuestes* Geheimnis«, sagte Madame Latulipe, indem sie, ohne anzuklopfen, die Tür eines Zimmers aufstieß, das keine drei Meter über den Flur neben Jonathans lag.

Und du bist Yvonne, dachte er und verlor, ihm selbst unerklärlich, jedes Schamgefühl.

Mitten im Zimmer stand ein Schreibtisch. Eine Leselampe aus Holz beleuchtete die eine Seite ihres Gesichts. Sie tippte, und als sie merkte, daß es ihre Mutter war, tippte sie erst einmal fertig, so daß Jonathan der Spannung ausgesetzt war, eine unordentliche blonde Mähne zu betrachten, bis Yvonne endlich geruhte den Kopf zu heben. An die Wand war ein Einzelbett geschoben. Übereinandergestapelte Körbe mit gewaschener Bettwäsche nahmen den übrigen Raum ein. Das Zimmer war ordentlich, aber es gab keine Erinnerungsstücke und Fotos. Bloß einen Toilettenbeutel neben dem Waschbecken und auf dem Bett einen Löwen mit einem Reißverschluß am Bauch für ihr Nachthemd. Einen schrecklichen Augenblick lang mußte er an Sophies abgeschlachteten Pekinesen denken. Den Hund habe ich auch getötet, dachte er.

»Yvonne ist unser Familiengenie, *n'est-ce pas, ma chère?* Sie hat Kunst studiert, sie hat Philosophie studiert, sie hat alle Bücher gelesen, die je gedruckt worden sind. *N'est-ce pas, ma chérie?* Jetzt spielt sie für uns die Verwalterin, sie lebt wie eine Nonne, und in zwei Monaten wird sie mit Thomas verheiratet sein.«

»Und sie kann tippen«, sagte Jonathan; warum, das wußte Gott allein.

Langsam schob sich der Brief aus dem Drucker. Yvonne sah Jonathan an, und er konnte ihre linke Gesichtshälfte in allen Einzelheiten betrachten: das klare, ungezähmte Auge, die slawische Stirn und das unnachgiebige Kinn ihres Vaters, die seidigen Härchen auf den Wangenknochen, die Seite des kräftigen Halses, der sich in der Bluse verlor. Ihre Schlüsselkette trug sie wie ein Schmuckstück um den Hals, und als sie sich aufrichtete, rutschten die Schlüssel klimpernd zwischen ihre Brüste.

Sie stand auf, eine große und auf den ersten Blick maskulin wirkende Frau. Sie reichte ihm die Hand. Er nahm sie – warum auch hätte er zögern sollen? Beauregard, ein Neuling in Espérance und im Leben? Ihre Handfläche war fest und trocken. Sie trug Jeans, und wieder war es ihre linke Seite, die er im Licht der Schreibtischlampe zu sehen bekam: die strammen Jeansfalten, die sich vom Schritt bis zur linken Hüfte spannten. Dann das Formelle und Exakte ihrer Berührung.

Du bist eine kleine Wildkatze, dachte er, während sie gelassen seinen Blick erwiderte. Du hast schon früh Geliebte gehabt. Du bist high von Pot oder Schlimmerem auf Harley David-

sons mitgefahren. Und jetzt, mit über zwanzig, hast du eine Ebene erreicht, die man sonst Kompromiß nennt. Du bist zu kultiviert für die Provinz, aber zu provinziell für die Großstadt. Du bist verlobt und wirst irgendeinen Langweiler heiraten, aus dem du unbedingt etwas Besseres machen willst. Du bist Jed, doch auf dem absteigenden Ast. Du bist Jed mit Sophies Würde.
Sie kleidete ihn ein, und ihre Mutter schaute zu.

Die Dienstkleidung des Personals hing zum Lüften in einer Kleiderkammer, die sich eine halbe Etage tiefer auf dem Treppenabsatz befand. Yvonne ging voraus, und bis sie die Schranktür öffnete, hatte er Gelegenheit festzustellen, daß ihr Gang trotz ihrer burschikosen Art durchaus weiblich war: weder das stolze Gehabe des Wildfangs noch das Aufmerksamkeit heischende Hüftgewackel des Teenagers, sondern das geradlinige Auftreten einer erwachsenen und sinnlichen Frau.
»In der Küche trägt Jacques Weiß, ausschließlich Weiß, und täglich frische Sachen, Yvonne. Keine zwei Tage hintereinander dieselben Sachen, Jacques, das ist ein Grundsatz meines Hauses, wie jeder weiß. Im Babette wird leidenschaftlich auf Hygiene geachtet. *Tant pis d'abord.*«
Während ihre Mutter weiterplapperte, hielt Yvonne ihm erst die weiße Jacke an, dann die weiße Hose mit Gummiband am Bund. Dann schickte sie ihn zum Anprobieren in Zimmer 34. Ihre brüske Art, vielleicht der Mutter zuliebe, hatte etwas Sarkastisches. Als er zurückkam, behauptete ihre Mutter, die Ärmel seien zu lang; das stimmte zwar nicht, doch Yvonne zuckte nur die Schultern und steckte sie mit Nadeln ab, wobei ihre Hände gleichgültig die Jonathans streiften und sich ihre und seine Körperwärme mischten.
»Ist es gut so?« fragte sie mit einem Ton, als sei es ihr vollkommen egal.
»Jacques fühlt sich immer gut. Er hat verborgene Schätze, *n'est-ce pas, Jacques?*«
Madame Latulipe erkundigte sich nach seinen Freizeitbe-

schäftigungen. Ob er gern tanzen gehe? Jonathan antwortete, er sei zu allem bereit, vielleicht aber jetzt noch nicht. Ob er singe, ein Instrument spiele, ob er Theater spiele oder male? Für all diese Neigungen und mehr sei in Espérance gesorgt, versicherte ihm Madame Latulipe. Vielleicht würde er gern mal das eine oder andere Mädchen kennenlernen? Das sei doch normal, sagte Madame Latulipe: Viele kanadische Mädchen würde es interessieren, etwas vom Leben in der Schweiz zu erfahren. Verbindlich ausweichend, hörte Jonathan sich in seiner Aufregung etwas Verrücktes sagen:

»Na, in diesem Aufzug würde ich nicht weit kommen, stimmt's?« rief er so laut, daß er beinahe losprustete, während er Yvonne noch immer seine weißen Ärmel hinhielt. »Die Polizei würde mich an der nächsten Kreuzung verhaften, so wie ich aussehe, hab ich recht?«

Madame Latulipe stieß das wild schallende Gelächter aus, das tpyisch für humorlose Leute ist. Yvonne hingegen musterte ihn mit dreister Neugier, Auge in Auge. War es Taktik, oder war es teuflische Berechnung von mir? fragte Jonathan sich hinterher. Oder war es selbstmörderische Unbedachtsamkeit, daß ich ihr gleich in den ersten Augenblicken unseres Kennenlernens erzählt habe, daß ich auf der Flucht bin?

Die beiden älteren Latulipes konnten sich bald am Erfolg ihres neuen Angestellten erfreuen. Mit jedem Talent, das er offenbarte, wurde er ihnen sympathischer. Jonathan seinerseits, der mehr als pflichtgetreue Soldat, arbeitete von früh bis spät für sie. Es hatte in seinem Leben eine Zeit gegeben, da hätte er seine Seele verkauft, um die Schürze des Kochs mit dem eleganten schwarzen Jackett eines Nacht-Managers zu vertauschen. Jetzt nicht mehr. Frühstück begann um sechs, wenn die Männer von der Nachtschicht kamen. Jonathan erwartete sie bereits. Bestellungen wie ein 350-Gramm-Lendensteak, zwei Eier und Pommes frites waren nichts Ungewöhnliches. Die von seiner Gönnerin bevorzugten Säcke tiefgefrorener Fritten und das übelriechende Großküchen-Öl verschmähte er

und verwendete nur die besten Zutaten: frische Kartoffeln, die er selbst schälte und vorkochte und dann in einer Mischung aus Sonnenblumen- und Erdnußöl fritierte, nur das Beste war gut genug. Ständig hatte er Suppenfond, er legte einen Blumenkasten mit Kräutern an, er machte Kasserolen, Schmorbraten und Knödel. Er entdeckte eine vergessene Garnitur Stahlmesser und schärfte sie meisterlich – niemand außer ihm durfte sie anrühren. Er setzte den alten Herd wieder in Gang, den Madame Latulipe je nachdem als unhygienisch, gefährlich, häßlich oder zu wertvoll zum Benutzen bezeichnet hatte. Wenn er Salz zum Essen gab, nahm er wie ein echter Koch die Hand hoch über den Kopf und ließ es aus der Höhe herabrieseln. Seine Bibel war ein zerfleddertes Exemplar seines geliebten *Le Répertoire de la Cuisine,* auf das er zu seiner Freude in einem örtlichen Trödelladen gestoßen war.
All dies beobachtete Madame Latulipe zunächst mit staunender, um nicht zu sagen hingerissener Bewunderung. Sie bestellte neue Dienstkleidung und neue Kochmützen für ihn, und es hätte nicht viel gefehlt, so hätte sie ihm kanariengelbe Westen, Lackstiefel und Kniebänder bestellt. Sie kaufte ihm kostspielige Tiegel und Dampfkochtöpfe, die er nach Kräften benutzte. Und als sie herausfand, daß er für die Glasur seiner *crème brûlée* den Zucker mit einer normalen Lötlampe schmolz, war sie von dieser Verbindung des Artistischen mit dem Sachlichen so beeindruckt, daß sie darauf bestand, ihre Freundinnen aus der Boheme in die Küche zu führen, damit sie es selber sehen konnten.
»Er ist so raffiniert, unser Jacques, *tu ne crois pas,* Mimi, *ma chère?* Er ist reserviert, er sieht gut aus, er ist geschickt, und er kann *ungeheuer* dominierend sein. Bitte! Wir alten Damen dürfen so etwas sagen. Wir brauchen nicht rot zu werden wie kleine Mädchen, wenn wir einen schönen Mann sehen. *Tant pis d'abord,* Hèlene?«
Doch eben die Reserviertheit, die sie an Jonathan bewunderte, brachte sie auch in Rage. Wenn er ihr nicht gehörte, wem dann? Anfangs meinte sie, er schreibe einen Roman, aber bei

einer Untersuchung der Papiere auf seinem Schreibtisch kamen nur ein paar Briefentwürfe zutage, Beschwerden an die Schweizer Botschaft in Ottawa, die der Beobachter, ihr Interesse ahnend, eigens für sie verfaßt hatte.

»Sind Sie verliebt, Jacques?«

»Nicht, daß ich wüßte, Madame.«

»Sind sie unglücklich? Sind Sie einsam?«

»Ich bin glücklich und zufrieden.«

»Aber zufrieden sein ist nicht genug! Sie müssen sich hingeben. Sie müssen täglich alles aufs Spiel setzen. Sie müssen begeistert sein.«

Jonathan sagte, seine Begeisterung sei die Arbeit.

Nach dem Mittagessen hätte Jonathan sich den Nachmittag frei nehmen können, aber meistens ging er in den Keller und half die Leergutkisten auf den Hof schleppen, während Monsieur Latulipe die Flaschen nachzählte: denn wehe, wenn ein Kellner oder Barmädchen privat eine Flasche einschmuggelte, um sie zu Discopreisen zu verkaufen.

An drei Abenden in der Woche kochte Jonathan für die Familie. Sie aßen zeitig am Küchentisch, und Madame Latulipe machte intellektuelle Konversation dazu.

»Sie sind aus Basel, Jacques?«

»Nicht weit von Basel, Madame.«

»Aus Genf?«

»Ja, näher bei Genf.«

»Genf ist die Hauptstadt der Schweiz, Yvonne.«

Yvonne hob nicht den Kopf.

»Bist du heute glücklich, Yvonne? Hast du mit Thomas gesprochen? Du mußt täglich mit ihm sprechen. Das ist normal, wenn man verlobt ist und heiraten will.«

Und gegen elf, wenn die Disco langsam in Schwung kam, war Jonathan wieder da und half aus. Vor elf gab es bloß Striptease-Shows, aber nach elf wurden die Darbietungen animierender, und die Mädchen zogen sich nicht mehr zwischen den Auftritten an, höchstens einen Fransengürtel für ihr Geld und vielleicht einen Morgenmantel, den sie aber gar nicht erst zubanden. Wenn sie für zusätzliche fünf Dollar für jemanden die Beine spreizten – eine Dienstleistung, die am Tisch erbracht wurde, auf einem Hocker, den das Haus eigens zu diesem Zweck zur Verfügung stellte –, glaubte man in den struppigen, künstlich angestrahlten Bau irgendeines Nachttieres zu blicken.

»Gefällt Ihnen unsere Show, Jacques? Ist das anspruchsvoll? Stimuliert es sogar Sie ein bißchen?«

»Es ist sehr eindrucksvoll, Madame.«

»Das freut mich. Wir sollten unsere Gefühle nicht verleugnen.«

Schlägereien gab es selten, und sie glichen eher den Balgereien zwischen jungen Hunden. Nur die schlimmsten endeten mit einem Rausschmiß. Ein Stuhl krachte, ein Mädchen sprang zurück, der klatschende Schlag einer Faust folgte oder das strenge Schweigen zweier ringender Männer. Schließlich tauchte von irgenwoher André Latulipe wie ein kleiner Atlas zwischen ihnen auf und hielt sie auseinander, bis sie sich wieder beruhigt hatten. Als Jonathan dies zum erstenmal erlebte, ließ er ihn die Sache auf seine Art beilegen. Doch als einmal ein übergroßer Betrunkener Anstalten machte, Latulipe einen Schwinger zu verpassen, drehte Jonathan ihm den anderen Arm auf den Rücken und setzte ihn an die frische Luft.

»Wo haben Sie das gelernt?« fragte Latulipe, als sie Flaschen wegräumten.

»Bei der Armee.«

»Die Schweizer haben eine *Armee?*«

»Allgemeine Wehrpflicht.«

An einem Sonntagabend kam der alte katholische Pfarrer, er trug einen schmutzigen hohen Kragen und einen geflickten Rock. Die Mädchen hörten zu tanzen auf, und Yvonne aß Zitronenkuchen mit ihm, den der Pfarrer unbedingt bezahlen wollte: Er zückte seinen mit einem Riemen verschnürten Trapperbeutel, Jonathan beobachtete die beiden aus dem Hintergrund.

An einem anderen Abend erschien ein Hüne von einem Mann mit kurzgeschorenem weißem Haar und einer weichen

Kordjacke mit Lederflicken an den Ellbogen. Eine beschwipste Frau in einem Pelzmantel schwankte neben ihm her. Die zwei ukrainischen Kellner Latulipes gaben ihm einen Tisch an der Tanzfläche, er bestellte Champagner und zwei Portionen Räucherlachs und verfolgte die Vorstellung mit väterlicher Nachsicht. Doch als Latulipe sich nach Jonathan umsah, um ihn zu warnen, daß der Kommmissar keine Rechnung erwartete, war Jonathan verschwunden.
»Haben Sie was gegen die Polizei?«
»Solange ich meinen Paß nicht zurückhabe, ja.«
»Woher wußten Sie, daß es ein Polizist war?«
Jonathan lächelte entwaffnend, gab aber keine Antwort, an die Latulipe sich später erinnern konnte.

»Wir sollten ihn warnen«, sagte Madame Latulipe zum fünfzigsten Mal. Sie lag im Bett und konnte nicht schlafen. »Sie reizt ihn absichtlich. Sie macht wieder die alten Mätzchen.«
»Aber sie reden nie miteinander. Sie sehen sich nicht einmal an«, protestierte ihr Mann und ließ sein Buch sinken.
»Und du weißt nicht, warum? Zwei Kriminelle wie sie?«
»Sie ist mit Thomas verlobt und wird ihn heiraten«, sagte Latulipe. »Seit wann ist kein Verbrechen ein Verbrechen?« fügte er lahm hinzu.
»Du redest mal wieder wie ein Barbar. Ein Barbar ist ein Mensch ohne Intuition. Hast du ihm gesagt, daß er nicht mit den Discomädchen schlafen soll?«
»Er scheint nicht darauf aus zu sein.«
»Da hast du's! Vielleicht wäre es besser, wenn er es täte.«
»Herrgott noch mal, er ist Sportler«, platzte Latulipe heraus; jetzt ging sein slawisches Temperament mit ihm durch. »Er hat andere Ventile. Er läuft. Er wandert durch den Busch. Er segelt. Er leiht sich Motorräder aus. Er kocht. Er arbeitet. Er schläft. Nicht jeder Mann ist sexbesessen.«
»Dann ist er ein *tapette*«, verkündete Madame Latulipe. »Ich habe das von Anfang an gewußt. Yvonne verschwendet ihre Zeit. Das wird ihr eine Lehre sein.«

»Er ist kein *tapette!* Frag die Ukrainer! Er ist völlig normal!«
»Hast du schon seinen Paß gesehen?«
»Sein Paß hat nichts damit zu tun, ob er ein *tapette* ist oder nicht! Der ist an die Schweizer Botschaft zurückgegangen. Muß erneuert werden, bevor Ottawa ihn abstempelt. Er ist ein Spielball der Bürokratie.«
»›Ein Spielball der Bürokratie!‹ Diese Ausdrucksweise! Für wen hält er sich eigentlich? Für Victor Hugo? Schweizer reden nicht so.«
»Ich weiß nicht, wie Schweizer reden.«
»Dann frag Cici! Cici sagt, Schweizer sind ungehobelt. Sie war mit einem verheiratet. Sie muß es wissen. Beauregard ist Franzose, da bin ich mir sicher. Er kocht wie ein Franzose, er spricht wie ein Franzose, er ist arrogant wie ein Franzose, er ist verschlagen wie ein Franzose. Und dekadent wie ein Franzose. Natürlich ist er Franzose! Er ist Franzose, und er ist ein Lügner.«
Schwer atmend starrte sie an ihrem Mann vorbei an die Dekke, dort klebten Papiersterne, die im Dunkeln glitzerten.
»Seine Mutter war Deutsche«, sagte Latulipe, um einen ruhigeren Ton bemüht.
»Was? Unsinn! Deutsche sind blond. Wer hat dir das erzählt?«
»Er selbst. Gestern abend waren ein paar deutsche Ingenieure in der Disco. Beauregard hat Deutsch mit ihnen gesprochen wie ein Nazi. Ich habe ihn gefragt. Englisch spricht er auch.«
»Du mußt dich an die Behörden wenden. Wenn Beauregard nicht ordentlich angemeldet ist, muß er gehen. Ist das mein Hotel oder seins? Er ist ein Illegaler, da bin ich mir sicher. Er benimmt sich zu auffällig. *C'est bien sûr!*«
Sie drehte ihrem Mann den Rücken zu, schaltete das Radio ein und betrachtete zornig ihre Papiersterne.

Zehn Tage nachdem Yvonne ihm seine weiße Kluft verpaßt hatte, holte Jonathan sie auf seiner Harley Davidson beim

Mange-Quick an der nach Norden führenden Landstraße ab. Sie hatten sich scheinbar zufällig – jeder hatte den anderen gehört – auf dem Mansardenflur getroffen. Er sagte, morgen habe er seinen freien Tag, sie fragte, was er vorhabe. Ein Motorrad mieten, antwortete er. Vielleicht gucke ich mir ein paar Seen an.

»Mein Vater hat ein Boot an seiner Sommerhütte«, sagte sie, als sei ihre Mutter gar nicht vorhanden. Am nächsten Tag erwartete sie ihn wie verabredet, blaß, aber entschlossen.

Die Landschaft war ebenso eintönig wie majestätisch, hügelige blaue Wälder unter einem leeren Himmel. Doch als sie nach Norden preschten, zogen Wolken auf, und der Ostwind brachte Nieselregen. Als sie das Haus erreichten, regnete es richtig. Sie zogen einander aus, und für Jonathan verging eine Ewigkeit, in der er lange weder Befriedigung noch Erlösung fand, als er sich für Monate der Enthaltsamkeit entschädigte. Sie rang mit ihm, ohne den Bilck von ihm zu wenden, es sei denn, um ihm eine andere Stellung, eine andere Frau anzubieten.

»Warte«, flüsterte sie.

Ein Stöhnen ging durch ihren Körper, sie sank zusammen und hob sich wieder, ihr Gesicht verzerrte sich und wurde häßlich, entspannte sich aber nicht. Sie ergab sich mit einem Schrei, aber der klang so dumpf, als käme er aus den triefenden Wäldern rings um sie her oder aus den Tiefen des grauen Sees. Sie setzte sich auf ihn, und von neuem begannen sie den Aufstieg von Gipfel zu Gipfel, bis sie gemeinsam abstürzten.

Er lag angespannt neben ihr, sah sie atmen, war neidisch auf ihre Gelassenheit. Er versuchte herauszufinden, wen er jetzt verriet. Sophie? Oder bloß wie üblich sich selbst? Wir verraten Thomas. Sie drehte sich auf die Seite, wandte ihm den Rücken zu. Ihre Schönheit und seine Einsamkeit. Er begann sie zu streicheln.

»Er ist ein guter Mensch«, sagte Yvonne. »Hat's mit Anthropologie und den Rechten der Indianer. Sein Vater arbeitet als Anwalt für die Kri. Er will in seine Fußstapfen treten.« Sie hatte eine Flasche Wein geholt und lag jetzt wieder im Bett. Ihr Kopf ruhte auf seiner Brust.

»Er wäre mir bestimmt sehr sympathscih«, sagte Jonathan höflich und stellte sich einen ernsten Träumer im Norwegerpullover vor, der seine Liebesbriefe auf Recyclingpapier schrieb.

»Du bist ein Lügner«, sagte sie und küßte ihn wild. »Irgendwie bist du ein Lügner. Du sagst nichts als die Wahrheit, aber du bist ein Lügner. Ich verstehe dich nicht.«

»Ich bin auf der Flucht«, sagte er. »Ich hatte in England Schwierigkeiten.«

Sie schob sich an seinem Körper hoch und legte ihren Kopf neben seinen. »Willst du darüber reden?«

»Ich brauche einen Paß«, sagte er. »Ich bin kein Schweizer, das ist alles Quatsch. Ich bin Brite.«

»*Wie* bitte?«

Sie war aufgeregt. Sie nahm sein Glas, trank daraus und sah ihn über den Rand an.

»Vielleicht können wir einen stehlen«, sagte sie. »Das Bild auswechseln. Ein Freund von mir hat das mal gemacht.«

»Vielleicht«, stimmte er ihr zu.

Ihre Augen glänzten, sie streichelte ihn. Ich habe alles Erdenkliche versucht, erzählte er ihr, Gästezimmer durchsucht, in parkende Autos geguckt, kein Mensch hier hat einen Paß bei sich. War auf der Post, hab mir die Anträge besorgt und die Vorschriften studiert. Habe auf dem Friedhof nach Toten in meinem Alter geforscht, dachte, ich könnte einen Antrag in ihrem Namen stellen. Aber heutzutage kann man ja nie wissen: Womöglich sind die Toten schon in irgendeinem Computer erfaßt.

»Was ist dein richtiger Name?« flüsterte sie. »Wer bist du? Wer bist du?«

Ein Augenblick wunderbaren Friedens senkte sich auf ihn herab, als er ihr das größte Geschenk machte: »Pine. Jonathan Pine.«

Sie verbrachten den ganzen Tag nackt, und als der Regen aufhörte, fuhren sie mit dem Boot zu einer Insel mitten im See und badeten nackt am Kiesstrand.
»In fünf Wochen gibt er seine Doktorarbeit ab«, sagte sie.
»Und dann?«
»Heirat mit Yvonne.«
»Und dann?«
»Mit den Indianern im Busch arbeiten.« Sie sagte ihm, wo. Sie schwammen ein Stück.
»Ihr beide?« fragte er.
»Sicher.«
»Für wie lange?«
»Ein paar Jahre. Mal sehen, wie's läuft. Wir werden Kinder haben. Ungefähr sechs.«
»Wirst du ihm treu sein?«
»Sicher. Manchmal.«
»Was für Indianer sind das?«
»Hauptsächlich Kri. Die hat er am liebsten. Spricht auch die Sprache ganz gut.«
»Und wie sieht's mit Flitterwochen aus?« fragte er.
»Thomas? Seine Vorstellung von Flitterwochen ist Essen bei McDonald's und Hockeytraining im Eisstadion.«
»Reist er viel?«
»In den Nordwest-Territorien. Keewatin. Yellowknife. Great Slave Lake. Norman Wells. Die ganze Gegend.«
»Ich meine im Ausland.«
Sie schüttelte den Kopf. »Nein. Der doch nicht. Er sagt, in Kanada gibt es alles.«
»Was?«
»Hier gibt es alles, was wir zum Leben brauchen. Wozu woanders hingehen? Er sagt, die Leute reisen zuviel. Und er hat recht.«
»Dann braucht er also keinen Paß«, sagte Jonathan.
»Schwein«, sagte sie. »Bring mich an Land zurück.«
Aber als sie dann zu Abend gegessen und noch einmal miteinander geschlafen hatten, hörte sie ihm zu.

Sie schliefen jeden Tag oder jede Nacht miteinander. In den frühen Morgenstunden, wenn er aus der Disco nach oben kam, lag Yvonne wach im Bett und wartete auf sein behutsames Zeichen an der Tür. Er kam auf Zehenspitzen herein, und sie zog ihn zu sich herab, ihre letzte Stärkung vor der Wüste. Sie bewegten sich kaum, wenn sie sich liebten. Der Dachboden war wie eine Trommel, jede Bewegung polterte durchs ganze Haus. Wenn sie vor Lust zu stöhnen anfing, legte er ihr eine Hand auf den Mund, und sie biß ihm so fest in den Daumenballen, daß die Abdrücke ihrer Zähne zurückblieben.

Wenn deine Mutter uns entdeckt, schmeißt sie mich raus, sagte er.

Und wenn schon, flüsterte sie und umschlang ihn fester. Ich geh mit dir. Sie schien alles vergessen zu haben, was sie ihm von ihren Zukunftplänen erzählt hatte.

Ich brauche mehr Zeit, gab er zu bedenken.

Für den Paß?

Für dich, antwortete er und lächelte in die Dunkelheit.

Sie wollte nicht, daß er fortging, wagte ihn aber nicht bei sich zu behalten. Madame Latulipe hatte sich nämlich angewöhnt, zu den unmöglichsten Zeiten bei ihr hereinzusehen.

»Schläfst du, *cocotte?* Bist du glücklich? Nur noch vier Wochen bis zur Hochzeit, *mon p'tit choux.* Die Braut muß sich ausruhen.«

Einmal, als ihre Mutter auftauchte, lag Jonathan tatsächlich noch im Dunkeln neben Yvonne, aber zum Glück machte Madame Latulipe nicht das Licht an.

Sie fuhren mit Yvonnes babyblauem Pontiac zu einem Motel in Tolérance, und Gott sei Dank ließ er sie schon zum Wagen vorgehen, denn als sie, seinen Geruch noch am Körper, aus dem Apartment trat, sah sie auf dem Parkplatz nebenan Mimi Leduc, die ihr aus ihrem Auto zugrinste.

»*Tu fais visite au show?*« schrie Mimi, die das Fenster herunterkurbelte.

»Hm-ja.«

»*C'est super, n'est-ce pas? T'as vu le kleine schwarze Kleid? Très tief ausgeschnitten, très sexy?*«
»Hm-ja.«
»Ich hab's gekauft! *Toi aussi faut l'acheter! Pour ton trouss – eau-uu!*« Wenn ihre Mutter im Supermarkt war, liebten sie sich in einem leeren Gästezimmer oder in der Kleiderkammer. Ihre sexuelle Besessenheit hatte Yvonne leichtfertig gemacht. Das Risiko war wie eine Droge für sie. Den ganzen Tag sann sie auf Möglichkeiten, mit ihm allein zu sein.
»Wann wirst du zu dem Priester gehen?« fragte er.
»Wenn ich bereit bin«, antwortete sie, und er fühlte sich an Sophies sonderbare Würde erinnert.
Sie beschloß, am nächsten Tag bereit zu sein.

Der alte Pfarrer Savigny hatte Yvonne nie im Stich gelassen. Seit ihrer Kindheit war sie mit ihren Sorgen, Triumphen und Geständnissen zu ihm gekommen. Wenn ihr Vater sie geschlagen hatte, betupfte der alte Savigny ihr das blaue Auge und überredete sie, wieder nach Hause zu gehen. Wenn ihre Mutter sie zum Wahnsinn trieb, sagte der alte Savigny lachend, Madame Latulipe sei eben manchmal etwas dämlich. Als Yvonne anfing, mit Jungen ins Bett zu gehen, versuchte er nie, ihr das auszureden. Und als sie ihren Glauben verlor, war er traurig, aber sie besuchte ihn weiterhin jeden Sonntagabend nach der Messe, an der sie nicht mehr teilnahm, und brachte ihm jedesmal etwas mit, was sie im Hotel geklaut hatte: eine Flasche Wein oder, wie an diesem Abend, Scotch.
»*Bon*, Yvonne! Setz dich. Mein Gott, du glänzt wie ein Apfel. Gütiger Himmel, was hast du mir da mitgebracht? Eigentlich müßte *ich* der Braut Geschenke machen!«
Er trank ihr zu, lehnte sich in seinen Sessel zurück und blickte mit seinen tränenden alten Augen in die Unendlichkeit.
»In Espérance sind wir verpflichtet, einander zu lieben«, erklärte er mitten aus seiner Predigt für künftige Eheleute heraus.
»Ich weiß.«

»Erst gestern noch waren wir alle Fremde hier, jeder vermißte seine Familie und die Heimat, jeder hatte ein bißchen Angst vor der Wildnis und den Indianern.«
»Ich weiß.«
»Also sind wir zusammengerückt. Und haben einander geliebt. Das war ganz natürlich. Es war notwendig. Und wir haben unsere Gemeinschaft und unsere Liebe Gott gewidmet. In der Wildnis sind wir Seine Kinder geworden.«
»Ich weiß«, sagte Yvonne noch einmal und wünschte, sie wäre nicht gekommen.
»Und heute sind wir gute Bürger. Espérance ist erwachsen geworden. Es ist gut, es ist schön, es ist christlich. Aber langweilig. Wie geht's Thomas?
»Thomas geht es prächtig«, sagte sie und griff nach ihrer Handtasche.
»Aber wann bringst du ihn mir mal? Falls du ihn wegen deiner Mutter nicht nach Espérance kommen läßt, wird es Zeit, ihn der Feuerprobe zu unterziehen!« Sie lachten zusammen. Eben dies gelegentliche Aufblitzen von Verständnis war es, weshalb sie den alten Savigny so liebte. »An dem Jungen muß schon was dran sein, wenn er ein Mädchen wie dich gewinnt. Ist er ungeduldig? Liebt er dich bis zum Wahnsinn? Schreibt er dir dreimal täglich?«
»Thomas ist ein wenig vergeßlich.«
Wieder lachten sie, während der alte Pfarrer kopfschüttelnd immer wieder »vergeßlich« sagte. Sie öffnete die Handtasche, nahm einen Zellophanumschlag mit zwei Fotos heraus und hielt ihm eins davon hin. Dann reichte sie ihm die alte Stahlbrille vom Tisch und wartete, bis er sich das Foto richtig angesehen hatte.
»*Das* ist Thomas? Mein Gott, das ist ja ein Prachtjunge! Warum hast du mir das nie gesagt? Vergeßlich? Dieser Mann? Eine Wucht ist er! Deine Mutter würde einem solchen Mann zu Füßen liegen!«
Er hielt Jonathans Foto auf Armeslänge von sich, hielt es schräg ins Licht des Fensters und konnte sich nicht satt daran sehen.

»Ich habe eine Überraschung für ihn: eine Hochzeitsreise«, sagte sie. »Er hat keinen Paß. Ich werde ihm in der Sakristei einen in die Hand drücken.«
Der alte Mann wühlte schon in seiner Strickjacke nach einem Stift. Sie gab ihm einen. Dann legte sie ihm die Fotos mit der Rückseite nach oben hin und sah zu, wie er, langsam wie ein Kind, in seiner Eigenschaft als Geistlicher, der kraft der Gesetzte von Quebec Ehen schließen durfte, seine Unterschrift darauf setzte. Sie zog das blaue Antragsformular für den Paß aus der Handtasche: *»Formule A pour les personnes de 16 ans et plus«* und zeigte ihm die Stelle, wo er mit seiner Unterschrift bestätigen mußte, daß ihm der Antragsteller persönlich bekannt war.
»Aber seit wann kenne ich ihn? Ich habe den Burschen ja noch nie gesehen!«
»Schreiben Sie einfach: schon immer«, sagte Yvonne und sah ihn schreiben: *»La vie entière.«*
Tom, telegraphierte sie noch am selben Abend triumphierend. *Kirche braucht deine Geburtsurkunde. Schicke per Express ans Babette. Behalt mich lieb. Yvonne.*
Als Jonathan an ihre Tür tippte, blieb sie ruhig liegen und stellte sich schlafend. Doch als er dann neben ihrem Bett stand, richtete sie sich auf und packte ihn gieriger als je zuvor. *Ich hab's getan,* flüsterte sie immer wieder. *Ich hab's geschafft! Die Sache läuft!*

Kurz nach dieser Episode und so ziemlich um die gleiche frühe Abendstunde erschien Madame Latulipe zu dem vereinbarten Besuch im prächtigen Büro des baumlangen Polizeikommissars. Sie trug ein violettes Kleid, vielleicht eine Art Halbtrauer.
»Angélique«, sagte der Kommissar und zog ihr einen Stuhl heran. »Meine Liebe. Immer zu Ihren Diensten.«
Wie der Pfarrer gehörte der Kommissar zu den alten Fährtensuchern. Signierte Fotografien an den Wänden zeigten ihn in seinen besten Jahren, einmal im Pelz als Führer eines Hunde-

schlittens, ein andermal als einsamen Helden, der im Busch der Wildnis zu Pferd einen Mann verfolgte. Aber diese Andenken gereichten dem Kommissar kaum zum Vorteil. Sein einst männliches Profil war wegen des bleichen Doppelkinns kaum noch zu erkennen. Über dem Ledergürtel seiner Uniform saß ein fetter Wanst wie ein brauner Fußball.
»Ist mal wieder eins Ihrer Mädchen in Schwierigkeiten geraten?« fragte der Kommissar mit wissendem Lächeln.
»O nein, Louis, nicht, daß ich wüßte.«
»Hat jemand die Finger in der Kasse gehabt?«
»Nicht doch, Louis, unsere Abrechnungen sind ziemlich in Ordnung.«
Der Kommissar kannte diesen Ton und baute seine Verteidigung auf.
»Das freut mich zu hören, Angélique. So was kommt heutzutage immer wieder vor. Die Zeiten haben sich gründlich geändert. *Un p'tit drink?*
»Danke, Louis, das hier ist kein Privatbesuch. Ich möchte, daß Sie Erkundigungen über einen jungen Mann anstellen, den André bei uns im Hotel eingestellt hat.«
»Was hat er getan?«
»Es geht eher darum, was André getan hat. Er hat einen Mann ohne Papiere eingestellt. Sehr naiv von ihm.«
»André ist ein freundlicher Mensch, Angélique. Ein besonders guter Mensch.«
»Vielleicht zu freundlich. Der Mann ist schon zehn Wochen bei uns, und seine Papiere sind immer noch nicht da. Er hat uns in eine illegale Situation gebracht.«
»Wir sind hier oben nicht in Ottawa, Angélique. Das wissen Sie.«
»Er behauptet, er sei Schweizer.«
»Nun, soll er doch. Die Schweiz ist ein schönes Land.«
»Erst erzählt er André, sein Paß sei bei der Einwanderungsbehörde; dann erzählt er ihm, der Paß sei zur Verlängerung bei der Schweizer Botschaft, und jetzt ist er schon wieder bei einer anderen Behörde. Wo ist er?«

»Also, *ich* hab ihn nicht, Angélique. Sie kennen Ottawa. Diese Schwuchteln brauchen drei Monate, um sich den Arsch zu wischen«, sagte der Kommissar und grinste dämlich über diese treffliche Formulierung.
Madame Latulipe verfärbte sich. Aber sie errötete nicht hübsch, sondern wurde fleckig fahl vor Wut, was den Kommissar nervös machte.
»Er ist *kein* Schweizer«, sagte sie.
»Woher wissen Sie das, Angélique?«
»Weil ich mit der Schweizer Botschaft telefoniert habe. Ich habe gesagt, ich sei seine Mutter.«
»Und?«
»Ich habe gesagt, ich sei empört über die Trödelei, mein Sohn habe keine Arbeitserlaubnis, er mache Schulden, er sei deprimiert. Wenn man ihm schon nicht den Paß schicken könne, solle man einen Brief schicken, in dem bestätigt wird, daß alles in Ordnung ist.«
»Das haben Sie wirklich gut gemacht, Angélique. Sie sind eine großartige Schauspielerin. Wir alle wissen das.«
»Kein Spur von ihm. Kein Jacques Beauregard, der Schweizer ist und in Kanada lebt. Das ist alles ein Märchen. Er ist ein Verführer.«
»Er ist *was?*«
»Er hat meine Tochter verführt. Hat ihr völlig den Kopf verdreht. Er ist ein raffinierter Schwindler, und er will meine Tochter stehlen, das Hotel *stehlen,* unseren Seelenfrieden *stehlen,* unsere Zufriedenheit, unsere –«
Sie hatte eine ganze Liste von Dingen, die Jonathan stahl. Die hatte sie zusammengestellt, wenn sie nachts nicht schlafen konnte, und mit jedem neuen Anzeichen dafür, wie verrückt ihre Tochter nach dem Dieb war, wurde die Liste länger. Nur ein einziges Verbrechen hatte Madame Latulipe versäumt zu erwähnen: Auch ihr Herz hatte er gestohlen.

10

Die Landebahn war ein grüner Streifen auf dem braunen Sumpfland von Louisiana. An ihrem Rand grasten Kühe, auf deren Rücken weiße Reiher hockten, die aus der Luft wie Schneetupfen aussahen. Am hinteren Ende des Streifens stand ein ramponierter Blechschuppen, der einmal ein Hangar gewesen sein mochte. Vom Highway führte ein roter Schlammpfad dorthin, aber Strelski schien sich nicht sicher, ob sie hier richtig waren, oder vielleicht war er nicht glücklich damit. Er ging in die Kurve und ließ die Cessna gleiten, dann flog er in einer niedrigen Diagonale über den Sumpf. Vom hinteren Sitz aus sah Burr eine alte Treibstoffpumpe neben dem Schuppen und dahinter ein Stacheldrahttor. Das Tor war zu, aber ansonsten sah er kein Anzeichen von Leben, bis er im Gras Reifenspuren entdeckte. Strelski erblickte sie im gleichen Augenblick, sie schienen ihm zu gefallen, denn er gab Gas, flog die Kehre zu Ende und kam dann von Westen wieder zurück. Er mußte über die Bordsprechanlage etwas zu Flynn gesagt haben, denn der hob jetzt die leberfleckigen Handflächen von der Maschinenpistole auf seinem Schoß und zuckte untypisch südländisch die Schultern. Es war eine Stunde her, seit sie in Bâton Rouge gestartet waren.

Ächzend wie ein alter Mann setzte die Cessna auf und holperte über den Damm. Weder die Kühe noch die Reiher hoben die Köpfe. Strelski und Flynn sprangen ins Gras. Der Damm

war ein Streifen Land zwischen dampfenden Sumpfflächen, die mit einem schmatzenden Geräusch vibrierten. Fette Käfer trudelten durch die Dunstschwaden. Nach links und rechts absichernd, ging Flynn zum Schuppen voran, die Maschinenpistole quer vor der Brust. Ihm folgte Strelski mit der Aktentasche und einer gezogenen Automatik. Den Schluß bildete Burr mit nichts als einem Gebet, denn er hatte wenig Erfahrung mit Waffen und konnte sie nicht ausstehen.
Pat Flynn hat im Norden Birmas gekämpft, hatte Strelski gesagt. Pat Flynn hat in Salvador gekämpft ... Pat ist so ein unwahrscheinlicher Christ ... Strelski sprach stets mit Ehrfurcht von Flynn.
Burr studierte die Reifenspuren zu seinen Füßen. Auto oder Flugzeug? Er nahm an, daß man das irgendwie erkennen konnte, und schämte sich, es nicht zu wissen.
»Wir haben Michael erzählt, Sie seien ein großer Brite«, hatte Strelski gesagt. »Wie Winston Churchills Tante.«
»Größer«, sagte Flynn.

»Wir treffen Pater Lucan und Bruder Michael«, teilt Strelski Burr am Abend zuvor mit, als sie auf der Terrasse des Strandhauses in Fort Lauderdale sitzen. »Pat Flynn hat das Sagen. Wenn Sie Michael etwas fragen wollen, lohnt es sich im allgemeinen, Pat dafür einzuspannen. Der Kerl ist ein Hohlkopf und ein Spinner. Stimmt's, Pat?«
Flynn grinst und hält sich eine riesige Hand vor den Mund, um seine Zahnlücken zu verbergen. »Michael ist wunderbar«, verkündet er.
»Und fromm«, sagt Strelski. »Michael ist ein richtiger Heiliger, stimmt's, Pat?«
»Ein wahrer Gläubiger, Joe«, bestätigt Flynn.
Dann machen Strelski und Flynn unter großem Gekicher Burr mit der Geschichte bekannt, wie Bruder Michael zu Jesus gefunden und die hohe Berufung zum Superschnüffler erhalten hat – eine Geschichte, wie Strelski beteuert, die sich nie ergeben hätte, wäre Agent Flynn nicht zufällig zur Fastenzeit in

Boston gewesen, um spirituellen Urlaub von seiner Frau zu nehmen und mit Hilfe einer Kiste Bushmills Single Malt Irish Whisky und ein paar gleichgesinnten Abstinenzlern vom Priesterseminar seine Seele zu kurieren.

»Stimmt das, Pat?« fragt Strelski nach, womöglich besorgt, daß Flynn einschlafen könnte.

»Absolut, Joe«, versichert Flynn; er nimmt einen Schluck Whisky, schiebt sich ein riesiges Stück Pizza in den Mund und verfolgt wohlwollend den Aufgang des Vollmondes über dem Atlantik.

Und unser Pat und seine ehrwürdigen Brüder haben noch kaum der ersten Flasche Whisky zusprechen können, Leonard – fährt Strelski fort –, als der Abt höchstpersönlich aufkreuzt und sich erkundigt, ob Sonderkommissar Patrick Flynn vom US-Zoll wohl die Heiligkeit besitzen würde, sich ihm für eine kurze Unterredung in der Abgeschiedenheit seines Amtszimmers zur Verfügung zu stellen?

Und nachdem Kommissar Flynn huldvoll auf diesen Vorschlag eingegangen ist, sitzt dort im Büro des Abts, sagt Strelski, so ein spindeldürrer Texaner mit Ohren wie Tischtennisschläger und entpuppt sich als Pater Lucan aus einem Kloster in New Orleans, das sich Einsiedelei vom Blut der Jungfrau Maria nennt und aus Gründen, die nur dem Papst bekannt sind, dem Schutz des Abtes in Boston unterstellt ist.

Und dieser Lucan, erzählt Strelski weiter, dieser Pickelhering mit den Tischtennisschlägerohren, fühlt sich berufen, für die Heilige Jungfrau verlorene Seelen zu retten, und zwar durch seinen geweihten Stand und das Beispiel ihrer Apostel.

Im Verlauf dieses mühsamen Ringens, sagt Strelski – während Flynn kichernd mit dem roten Kopf nickt und wie ein Idiot an seiner Stirnlocke rupft –, hat Lucan einem reichen reuigen Sünder die Beichte abgenommen, dessen Tochter sich vor kurzem wegen des kriminellen Lebensstils und der Ausschweifungen ihres Vaters auf besonders widerwärtige Weise umgebracht hat.

Und besagtes Beichtkind – sagt Strelski – hat in seiner tiefen

Zerknirschung Lucan so gründlich sein Herz ausgeschüttet, daß der arme Junge seinen Arsch mit Volldampf zu seinem Abt nach Boston verfrachtet hat, um sich von ihm geistlichen Rat und Riechsalz geben zu lassen: Das Beichtkind war nämlich das absolut größte Verbrecherschwein, das Lucan oder irgend jemand anderem jemals über den Weg gelaufen war...

»Bußfertigkeit, Leonard, bei einem Drogenhändler, das hält nicht lange vor.« Strelski ist philosophisch geworden. Flynn lächelt still den Mond an. »Reue war für ihn ein Fremdwort, würde ich sagen. Als Patrick eintraf, bedauerte Michael schon seinen kurzen Ausflug in die Anständigkeit und berief sich auf das erste und fünfte Gebot und seine kranke Großmutter. Außerdem sei er geistesgestört und gramgebeugt, und daher könne man nichts von dem, was er gesagt habe, ernst nehmen. Aber Pat hier« – Flynn lächelt noch breiter – »unser frommer Pat hat die Situation gerettet. Er hat Michael zwischen zwei Möglichkeiten wählen lassen: A: Er kommt siebzig bis neunzig Jahre in eine geschlossene Anstalt. B: Er kann mit Gottes Heerscharen Ball spielen, eine Amnestie für sich erwirken und die komplette erste Reihe der Folies Bergère vögeln. Michael beriet sich volle zwanzig Sekunden lang mit seinem Schöpfer, befragte sein moralisches Gewissen und entschied sich für B.«

Flynn stand in dem Blechschuppen und winkte Strelski und Burr herein. Es stank dort nach Fledermaus, und die Hitze schlug ihnen wie aus einem Backofen entgegen. Der kaputte Tisch, die Holzbank und die zusammengeklappten Plastikstühle um den Tisch waren mit Fledermauskot bedeckt. Fledermäuse, die kopfüber von den Eisenträgern hingen, klammerten sich zu zweit oder zu dritt aneinander wie verschreckte Clowns. An einer Wand stand ein zertrümmertes Radio neben einem Generator mit einer Reihe alter Einschußlöcher. Jemand hat hier alles demoliert, stellte Burr fest. Jemand hat gesagt: Wenn wir das hier nicht mehr benutzen, dann auch niemand anders, und dann haben sie alles kleingeschlagen, was sich kleinschlagen ließ. Flynn warf einen letzten Blick nach draußen, dann schloß er die Schuppentür. Burr fragte sich, ob das Schließen der Tür ein Signal war. Flynn hatte grüne Moskitonetze mitgebracht. Der Aufdruck auf der Papiertüte lautete: *Rettet die Erde. Geht heute ohne Tüte einkaufen.* Flynn zündete die Kerzen an. Grüne Rauchspiralen stiegen zum Blechdach auf und machten die Fledermäuse unruhig. An den Wänden verhießen spanische Graffiti die Vernichtung der Yanqui.

Strelski und Flynn setzten sich auf die Bank. Burr balancierte eine Hinterbacke auf einem kaputten Stuhl. Auto, dachte er. Diese Reifenspuren stammen von einem Auto. Vier Räder, die geradeaus fuhren. Flynn legte sich die Maschinenpistole über die Knie, krümmte einen Zeigefinger um den Abzug und schloß die Augen, um dem Gesang der Zikaden zu lauschen. Die Landebahn war in den sechziger Jahren von Marihuanaschmugglern gebaut worden, hatte Strelski gesagt, war aber für die heutigen Transportmengen zu klein. Die Drogenschieber von heute flogen 747er mit zivilen Kennzeichen, versteckten den Stoff in deklarierter Fracht und benutzten Flughäfen mit modernster Ausstattung. Und für den Rückflug beluden sie ihre Maschinen mit Nerzmänteln für ihre Nutten und Splittergranaten für ihre Freunde. Drogenhändler seien wie alle anderen Tranportunternehmer, sagte er: Sie haßten es, ohne Ladung zurückzukehren.

Eine halbe Stunde verging. Burr war es übel von den Moskitokerzen. Tropischer Schweiß lief ihm wie aus einer Dusche übers Gesicht, sein Hemd war klatschnaß. Strelski reichte ihm eine Plastikflasche mit warmem Wasser, Burr trank ein wenig und fuhr sich mit seinem triefenden Taschentuch über die Stirn. Der Schnüffler schnüffelt nach, dachte Burr: und wir sind erledigt. Strelski machte es sich im Schritt bequemer und nahm die Beine auseinander. Er hielt seine 45er Automatik im Schoß und trug einen Revolver in einem Aluwadenhalfter.

»Wir haben ihm erzählt, Sie seien Arzt«, hatte Strelski gesagt.

»Ich wollte ihm erzählen, Sie seien ein Herzog, aber Pat war dagegen.«
Flynn zündete die nächste Moskitokerze an, dann richtete er seine Maschinenpistole auf die Tür, während er sich vorsichtig mit geräuschlosen Schritten zur Seite bewegte. Daß Strelski sich bewegte, bekam Burr überhaupt nicht mit, doch als er sich umdrehte, stand er flach an die hintere Wand gedrückt und zielte mit seiner Automatik nach dem Dach. Burr blieb, wo er war. Ein guter Beifahrer rührt sich nicht und hält den Mund.
Die Tür ging auf, rotes Sonnenlicht durchflutete den Schuppen. Der längliche, vom Rasieren zerkratzte Kopf eines jungen Mannes spähte hinein. Ohren wie Tischtennisschläger, bestätigte Burr. Die verängstigten Augen wanderten prüfend über sie hin, am längsten verweilten sie auf Burr. Der Kopf verschwand, die Tür blieb halb offen. Sie hörten einen gedämpften Ruf. »Wo?« oder »Hier«, dann als Antwort ein beschwichtigendes Murmeln. Die Tür wurde weit aufgestoßen, und hinein stelzte die indignierte Gestalt von Dr. Paul Apostoll alias Apo alias Appetito alias Bruder Michael, nicht so sehr ein reuiger Sünder, sondern eher ein zu klein geratener General, der sein Pferd verloren hat. Burrs Verärgerung war wie weggeblasen, die Szene schlug ihn in ihren Bann. Das also ist Apostoll, dachte er, der zur Rechten der Kartelle sitzt. Das also ist Apostoll, der uns den ersten Hinweis auf den Plan Ropers gegeben hat, der mit ihm Komplotte schmiedet, der bei ihm ein- und ausgeht, der auf seiner Jacht in sämtlichen Exzessen schwelgt und ihn in seiner Freizeit in die Pfanne haut.
»Darf ich Ihnen den Doktor aus England vorstellen?« sagte Flynn feierlich und zeigte auf Burr.
»Doktor, sehr erfreut, Sir«, erwiderte Apostoll im Ton verletzter Würde. »Ein wenig Klasse ist eine angenehme Abwechslung. Ich bewundere Ihr großartiges Land sehr. Viele meiner Vorfahren stammen aus britischem Adel.«
»Ich dachte, es wären griechische Gauner gewesen«, sagte Strelski, der bei Apostolls Erscheinen augenblicklich eine feindselige Haltung eingenommen hatte.

»Auf der Seite meiner Mutter«, sagte Apostoll. »Meine Mutter war mit dem Herzog von Devonshire verwandt.«
»Was Sie nicht sagen«, gab Strelski zurück.
Apostoll hörte ihn nicht. Er sprach mit Burr.
»Ich bin ein Mann mit Prinzipien, Doktor. Ich glaube, ein Brite wie Sie wird das zu würdigen wissen. Ich bin auch ein Kind der Jungfrau Maria und habe das Privileg, die geistliche Führung ihrer Legionäre zu genießen. Mein Tun ist nicht verwerflich. Ich erteile Rat den Tatsachen entsprechend, die mir unterbreitet werden. Ich gebe, gestützt auf meine juristischen Kenntnisse, hypothetische Empfehlungen. Dann verlasse ich den Raum.«

Die Hitze, der Gestank, der Lärm der Zikaden: das alles war vergessen. Jetzt galt es zu arbeiten. Ein Routinefall. Ein ganz normaler Agentenführer, der sich irgendwo in einem sicheren Haus von seinem Joe Bericht erstatten ließ: Flynn mit dem schlichten Akzent des irischen Polizisten, Apostoll mit der streitsüchtigen Präzision des Anwalts vor Gericht. Er hat abgenommen, dachte Burr, der sich an die Fotos erinnerte und feststellte, daß das Kinn spitzer, die Augen tiefer eingesunken waren.
Strelski hatte die Maschinenpistole übernommen und wandte Apostoll demonstrativ den Rücken zu, während er den offenen Eingang und die Landebahn sicherte. Lucan saß nervös neben seinem Beichtkind, den Kopf schräg, die Augenbrauen hochgezogen. Lucan trug Bluejeans, während Apostoll sich wie fürs Erschießungskommando gekleidet hatte: ein weißes Hemd mit langen Ärmeln, schwarze Baumwollhosen und um den Hals eine Goldkette mit einer Marienfigur, die die Arme ausstreckte. Das gewellte, kunstvoll schief aufgesetzte schwarze Toupet war ein paar Nummern zu groß. Auf Burr wirkte es, als habe er versehentlich das falsche genommen.
Flynn machte die Hausarbeit des Agentenführers: Welche Tarnung benutzen Sie für dieses Treffen, hat irgend jemand gesehen, daß Sie aus der Stadt gefahren sind? Wieviel Zeit haben Sie, bis Sie wieder zurück sein müssen, wann und wo soll un-

ser nächstes Treffen stattfinden? Was haben Sie wegen Annette aus Ihrem Büro unternommen, die Sie angeblich mit ihrem Wagen verfolgt hat?
An dieser Stelle sah Apostoll zu Pater Lucan hinüber, der aber weiter ins Leere starrte.
»Ich erinnere mich an die von Ihnen erwähnte Angelegenheit. Sie ist erledigt«, sagte Apostoll.
»Wie?« fragte Flynn.
»Die betreffende Frau hatte eine romantische Neigung zu mir gefaßt. Ich hatte sie nur überreden wollen, sich unserer Gebetsarmee anzuschließen, und sie hat meine Absichten falsch verstanden. Sie hat sich entschuldigt, und ich habe ihre Entschuldigung akzeptiert.«
Aber das konnte Pater Lucan nicht durchgehen lassen. »Michael, diese Darstellung entspricht nicht ganz der Wahrheit«, sagte er streng; dann nahm er die lange Hand von der Wange und fuhrt fort: »Michael hat sie betrogen, Patrick. Erst vögelt er Annette, dann vögelt er ihre Zimmergenossin. Annette wird mißtrauisch und versucht ihm nachzuspionieren. Also?«
»Bitte die nächste Frage«, fauchte Apostoll.
Flynn legte zwei Taschenrekorder auf den Tisch und schaltete sie ein.
»Sind die Blackhawks noch immer gefragt, Michael?« wollte er wissen.
»Ich habe diese Frage nicht gehört, Patrick«, antwortete Apostoll
»Ich aber«, gab Strelski zurück. »Sind die Kartelle noch immer scharf auf Kampfhubschrauber? Ja oder nein? Herrgott!«
Burr hatte schon öfter erlebt, wie jemand Guter-Bulle-böser-Bulle spielte, aber Strelskis Ekel wirkte beunruhigend echt.
»Ich achte darauf, nicht im Raum zu sein, wenn derartige Angelegenheiten besprochen werden«, erwiderte Apostoll. »Um Mr. Ropers treffenden Ausdruck zu gebrauchen, seine Kunst besteht darin, den Schuh an den Fuß anzupassen. Sollte Mr. Roper also Blackhawks für notwendig halten, werden sie mit einbezogen.«

Strelski kritzelte etwas Wütendes auf einen Notizblock. »Steht schon ein Termin für den Abschluß dieser Sache fest?« fragte er barsch. »Oder sollen wir Washington sagen, Scheiße, ihr müßt noch mal ein Jahr warten?«

Apostoll stieß ein verächtliches Lachen aus. »Ihr Freund muß seine patriotische Gier nach sofortiger Befriedigung im Zaum halten, Patrick«, sagte er. »Mr. Roper legt Wert darauf, sich nicht unter Druck setzen zu lassen, und meine Klienten stimmen darin vollständig mit ihm überein. ›Nur was langsam wächst, wächst gut‹, sagt ein bewährtes altes spanisches Sprichwort. Meine Klienten sind Latinos und verfügen daher über ein sehr ausgereiftes Zeitgefühl.« Er sah zu Burr hinüber. »Die Verehrer der Jungfrau Maria sind Stoiker«, erklärte er. »Maria hat viele Gegner, deren Verachtung ihre Demut heiligt.«

Das Hin und Her ging weiter. Mitwirkende und Orte... bestellte und eingetroffene Lieferungen ... Ein- und Ausgang von Geldern in karibischen Geldwäschereien... das neueste Bauvorhaben des Kartells in Downtown-Miami ...

Schließlich wandte sich Flynn mit einem einladenden Lächeln an Burr: »Nun, Doktor, haben Sie vielleicht noch irgend etwas, was für Sie von Interesse sein könnte, das Sie mit unserem Bruder Michael diskutieren möchten?«

»Ja, Patrick, danke, ich habe da etwas«, sagte Burr höflich. »Da ich Bruder Michael noch nicht so gut kenne – und natürlich sehr beeindruckt bin von seiner großartigen Unterstützung in dieser Angelegenheit –, möchte ich ihm zunächst einmal ein paar allgemeine Hintergrundfragen stellen. Wenn ich darf. Mir geht es, sagen wir mal, eher um Strukturen als um Inhalte.«

»Sir, bitte fragen Sie«, unterbrach Apostoll freundlich, ehe Flynn antworten konnte. »Es ist mir immer ein Vergnügen, mit einem britischen Gentleman geistig die Klingen zu kreuzen.«

Breit anfangen, dann langsam einkreisen, hatte Strelski ihm geraten. *Packen Sie es in Ihre britische Watte.*

»Nun, bei all dem ist mir etwas schleierhaft, Patrick, wenn ich mal als Mr. Ropers Landsmann sprechen darf«, sagte Burr zu Flynn. »Was ist Ropers Geheimnis? Was hat er, das alle anderen nicht haben? Die Israelis, die Franzosen, die Kubaner, sie alle haben angeboten, den Kartellen effektivere Waffen zu liefern, und sie alle haben nicht ins Geschäft kommen können. Wieso hatte Mr. Richard Onslow Roper Erfolg, wo alle anderen es nicht geschafft haben, Bruder Michaels Klienten zu überreden, sich eine anständige Armee zuzulegen?«

Zu Burrs Überraschung erhellte ein unvermutet warmes Strahlen Apostolls knochige Züge. Ein schwärmerisches Beben kam in seine Stimme.

»Doktor, Ihr Landsmann Mr. Roper ist kein gewöhnlicher Geschäftsmann. Er ist ein Zauberer, Sir. Ein Mann mit Weitblick und Mut, jemand, der die Menschen für sich einnehmen kann. Mr. Roper ist so bemerkenswert, weil er außerhalb der Norm steht.«

Strelski brummte einen ordinären Fluch, aber jetzt war Apostoll nicht mehr zu stoppen.

»Es ist ein Privileg, mit Mr. Onslow Roper zusammenzusein, ein Fest. Viele Leute, die zu meinen Klienten kommen, verachten sie. Sie katzbuckeln, sie bringen Geschenke, sie schmeicheln, nur aufrichtig sind sie nicht. Es sind Spekulanten, die einen schnellen Dollar machen wollen. Aber Mr. Roper hat meine Klienten als ebenbürtig behandelt. Er ist ein Gentleman, aber kein Snob. Mr. Roper hat ihnen zu ihrem Reichtum gratuliert. Daß sie ihre Talente nutzen. Zu ihrem Geschick, ihrem Mut. Die Welt ist ein Dschungel, hat er gesagt. Nicht alle können überleben. Es ist richtig, daß die Schwachen an die Wand gestellt werden. Bleibt nur die Frage: Wer sind die Starken? Dann hat er ihnen einen Film gezeigt. Es war eine sehr professionelle, sehr kompetent zusammengestellte Vorführung. Nicht zu lang. Nicht zu technisch. Genau richtig.«

Und du bist im Raum geblieben, dachte Burr und beobachtete, wie Apostoll mit seiner Geschichte immer größer wurde. Irgendwo auf einer Ranch, irgendwo in einer Wohnung, umgeben von Nutten und irgendwelchen Typen in Jeans, die sich mit ihren Uzis zwischen Leopardenfellsofas und riesigen Fernsehgeräten und Cocktailshakern aus massivem Gold herumlümmeln. Und mittendrin deine Klienten. Fasziniert von dem aristokratischen englischen Schlangenbeschwörer mit seiner Filmvorführung.

»Er zeigte uns die britische Sondereinsatztruppe beim Sturm auf die iranische Botschaft in London. Er zeigte uns amerikanische Elitesoldaten beim Dschungeltraining, die amerikanische Delta Force und Werbefilme für einige der neuesten und raffiniertesten Waffen der Welt. Dann fragte er uns noch einmal, wer die Starken seien und was geschehen würde, falls die Amerikaner es irgendwann einmal satt haben sollten, die bolivianischen Felder mit Herbiziden zu besprühen und fünfzig Kilo in Detroit zu beschlagnahmen, und statt dessen beschließen würden, meine Klienten aus den Betten zu holen und in Ketten nach Miami zu fliegen und der Demütigung eines öffentlichen Prozesses nach dem Recht der Vereinigten Staaten zu unterwerfen, so wie sie es mit General Noriega gemacht hätten. Er fragte, ob es richtig oder natürlich sei, daß so reiche Männer sich nicht schützen könnten. ›Sie fahren keine alten Autos. Sie tragen keine alten Kleider. Sie schlafen nicht mit alten Frauen. Warum verzichten Sie dann auf den Schutz der neuesten Waffen? Sie haben tapfere Leute hier, prächtige und treue Männer, das sehe ich ihren Gesichtern an. Aber ich glaube kaum, daß auch nur fünf Prozent von ihnen für die Kampftruppe geeignet wären, die ich für Sie aufstellen möchte.‹ Anschließend beschrieb Mr. Roper ihnen seine großartige Firma Ironbrand. Er wies auf ihren guten Ruf und ihre Vielseitigkeit hin, ihren bekanntermaßen florierenden Handel mit Mineralien, Bauholz und Landwirtschaftsmaschinen. Ihre Erfahrung mit inoffiziellen Transporten gewisser Stoffe. Ihre Beziehungen zu gefälligen Beamten in den großen Häfen der Welt. Ihre Vertrautheit im kreativen Einsatz von Tochtergesellschaften im Ausland. Ein solcher Mann könnte Marias Botschaft noch in der dunkelsten Höhle zum Leuchten bringen.«

Apostoll machte eine Pause, aber nur, um einen Schluck Wasser aus dem Glas zu nehmen, das Pater Lucan ihm aus einer Plastikflasche eingeschenkt hatte.

Die Zeiten der Koffer voller Hundert-Dollar-Scheine sind vorbei, fuhr Roper fort. Niemand verschluckt mehr mit Olivenöl eingeriebene Kondome und wird zum Röntgen abgeführt. Vorbei auch die Zeiten der kleinen Flugzeuge, die den Spießrutenlauf durch die Verbotszonen des Golfs von Mexiko absolvieren müssen. Mr. Roper und seine Kollegen hätten ihnen etwas anderes anzubieten: eine problemlose Haus-zu-Haus-Lieferung ihres Produkts zu den aufstrebenden Märkten von Mittel- und Osteuropa.

»Drogen«, explodierte Strelski, der Apostolls Weitschweifigkeiten nicht mehr ertragen konnte. »Das Produkt Ihrer Klienten sind *Drogen*, Michael! Roper tauscht Waffen gegen geläutertes, veredeltes 999er *Kokain*, verdammt noch mal, und zwar zu einem verdammt günstigen Kurs! Berge von diesem Scheißzeug! Er wird es nach Europa verschiffen und zu Schleuderpreisen verkaufen, er wird Kinder vergiften und Leben zerstören und sich dumm und dämlich verdienen! Richtig?«

Dieser Ausbruch berührte Apostoll nicht. »Mr. Roper erwartete von meinen Klienten keinerlei Vorauszahlungen, Doktor. Er wollte seinen Teil der Transaktion aus eigenen Mitteln finanzieren. Er hielt nicht die Hand auf. Das Vertrauen, das er ihnen entgegenbrachte, ging weit über das normale Maß hinaus. Wenn sie falsches Spiel mit ihm trieben, versicherte er ihnen, könnten sie seinen guten Ruf ruinieren, seine Firma bankrott machen und seine Investoren für immer verjagen. Er hatte jedoch Vertrauen zu meinen Klienten. Er wußte, daß er sich auf die verlassen konnte. Das Beste, sagte er – die beste Garantie gegen Einmischung von außen – sei es, das ganze Unternehmen bis zum Tag der Abrechnung *im voraus* aus der eigenen Tasche zu finanzieren. Und genau das hatte er vor. Er legte sein Schicksal in ihre Hände. Mr. Roper ging sogar noch weiter. Er betonte, daß er nicht die Absicht habe, den anderen europäischen Geschäftsfreunden meiner Klienten Konkurrenz zu machen. Er werde sich bei seinen Aktionen ganz nach den Wünschen meiner Klienten richten. Sobald er die Ware bei demjenigen, den meine Klienten als Empfänger bestimmt hatten, abgeliefert habe, werde er seine Aufgabe als erledigt betrachten. Falls meine Klienten die Namen dieser Personen nicht preisgeben wollten, sei Mr. Roper selbstverständlich auch mit einer anonymen Übergabe einverstanden.«

Apostoll zog ein großes seidenes Taschentuch hervor und wischte den Schweiß ab, der sich unter seinem Toupet gebildet hatte.

Jetzt, dachte Burr in der Pause. *Los.*

»War eigentlich Major Corkoran bei diesem Treffen anwesend, Michael?« fragte Burr unschuldig.

Sofort trat ein finsterer, mißbilligender Ausdruck auf Apostolls zuckendes Gesicht. Seine Stimme wurde gereizt und vorwursvoll. »Major Corkoran ist, ebenso wie Lord Langbourne, sehr wohl in Erscheinung getreten. Major Corkoran war ein geschätzter Gast. Er bediente den Projektor und machte die Honneurs, er unterhielt sich mit den Damen, er mixte Drinks und war auch sonst sehr liebenswürdig. Als meine Klienten halb im Scherz den Vorschlag machten, Major Corkoran solle bis zum Abschluß der Verhandlungen als Geisel bei den Damen bleiben, stimmten diese begeistert zu. Als ich und Lord Langbourne die wichtigsten Vertragspunkte ausgearbeitet hatten, hielt Major Corkoran eine launige Rede und unterzeichnete mit großer Gebärde im Namen von Mr. Roper. Meine Klienten mögen harmlose Späße, die ihnen die Last des Alltags erleichtern.« Er holte entrüstet Luft, und als er die kleine Faust öffnete, wurde ein Rosenkranz sichtbar. »Patrick und sein ungehobelter Freund hier haben mich leider dazu gezwungen, Doktor, Major Corkoran bei meinen Kienten soweit anzuschwärzen, daß ihre Begeisterung für ihn merklich nachgelassen hat. So etwas ist unchristlich, Sir. Man soll kein falsches Zeugnis ablegen, und ich mißbillige das. Pater Lucan auch.«

»Es ist einfach *beschissen*«, klagte Lucan. »Ich finde, es ist nicht einmal *moralisch*. Oder?«

»Würden Sie mir bitte genau berichten, Michael, was Ihren Klienten bis jetzt zum Nachteil von Major Corkoran erzählt worden ist?«

Apostoll streckte den Kopf vor wie ein aufgebrachtes Huhn. Die Sehnen an seinem Hals waren straff gespannt.

»Sir, ich bin nicht verantwortlich für das, was meine Klienten womöglich aus anderen Quellen erfahren haben. Was ich selbst ihnen erzählt habe, nun, ich habe ihnen genau das gesagt, was meine –« Offenbar fiel ihm keine Bezeichnung für seine Betreuer ein. »Ich habe meine Klienten in meiner Eigenschaft als ihr Anwalt von gewissen angeblichen Tatsachen aus Major Corkorans Vergangenheit unterrichtet, die, falls sie stimmen, ihn langfristig als Bevollmächtigten ungeeignet machen.«

»Zum Beispiel?«

»Man hat mich genötigt, ihnen mitzuteilen, daß er ein ungeregeltes Leben führt und exzessiven Gebrauch von Alkohol und Drogen macht. Zu meiner Schande habe ich ihnen auch erzählt, daß er nicht verschwiegen sei, was meinen Erfahrungen mit dem Major nicht im geringsten entspricht. Selbst im betrunkenen Zustand ist er geradezu der Inbegriff der Verschwiegenheit.« Er nickte Flynn entrüstet zu. »Man hat mir zu verstehen gegeben, Zweck dieses widerwärtigen Manövers sei es, den Strohmann Corkoran aus dem Weg zu räumen und auf diese Weise Mr. Roper selbst in die Schußlinie zu bekommen. Ich muß Ihnen sagen, daß ich den Optimismus dieser Herren in diesem Punkt keineswegs teile, und selbst wenn ich ihn teilte, wüßte ich diese Maßnahmen nicht mit den Idealen eines echten Legionärs in Einklang zu bringen. Sollte Major Corkoran sich als untragbar erweisen, wird Mr. Roper sich einfach um einen neuen Unterzeichner bemühen.«

»Hat Mr. Roper, soweit Sie das beurteilen können, Kenntnis

von den Vorbehalten Ihrer Klienten gegenüber Major Corkoran?« fragte Burr.
»Sir, ich bin weder Mr. Ropers Vormund noch der meiner Klienten. Sie teilen mir ihre Gedanken nicht mit. Ich respektiere das.«
Burr fuhr mit einer Hand in die Tiefen seiner schweißnassen Jacke und zog einen zerdrückten Umschlag hervor; er riß ihn auf, und Flynn referierte in seinem breitesten Irisch den Inhalt:
»Michael, was der Doktor hier mitgebracht hat, ist eine umfassende Liste von Major Corkorans Verfehlungen aus der Zeit, bevor er von Mr. Roper eingestellt wurde. Die meisten Vorfälle haben mit Unzucht zu tun. Wir haben aber auch ein paar Fälle von Randalieren in der Öffentlichkeit, Trunkenheit am Steuer, Drogenmißbrauch, tagelanges Fernbleiben von der Arbeit und Veruntreuung von Armeegeldern. Als Wahrer der Interessen Ihrer Klienten haben die Gerüchte, die Ihnen über diese arme Seele zu Ohren gekommen sind, Sie dermaßen beunruhigt, daß Sie es auf sich genommen haben, in England diskret Nachforschungen anstellen zu lassen, und das hier haben Sie dabei herausgefunden.«
Apostoll protestierte bereits. »Sir, ich bin angesehenes Mitglied der Anwaltskammer von Florida und Louisiana und ehemaliger Präsident des Anwaltsverbandes von Dade County. Major Corkoran treibt kein falsches Spiel. Ich gebe mich nicht dazu her, einen Unschuldigen fertigzumachen.«
»Bleiben Sie sitzen, verdammt«, sagte Strelski. »Und das mit dem Anwaltsverband ist doch Scheiße.«
»So was erfindet er einfach«, erklärte Lucan Burr verzweifelt. »Man kann ihm nichts glauben. Jedesmal, wenn er etwas sagt, weist er auf das Gegenteil hin. Etwa wenn er ein Beispiel für die Wahrheit anführt, stellt es sich als Lüge heraus. Ich weiß nicht, wie ich ihm das abgewöhnen soll.«
Burr machte einen schlichten Vorschlag. »Wir sollten jetzt auf das Timing zu sprechen kommen, Patrick«, meinte er.

Sie gingen zur Cessna zurück. Flynn lief wieder voran, das Gewehr vor der Brust.

»Meinen Sie, es hat geklappt?« fragte Burr. »Glauben Sie wirklich, daß er nichts gemerkt hat?«

»Wir sind zu dumm«, sagte Strelski. »Einfach dämliche Bullen.«

»Wir sind Arschlöcher«, stimmte Flynn heiter zu.

II

Der erste Schlag schien Jonathan im Schlaf zu treffen. Er hörte seine Kieferknochen krachen und sah die schwarzen Blitze eines Knockouts und dann ein langes flackerndes Wetterleuchten. Er sah Latulipes verzerrtes Gesicht, das ihn anstarrte, und Latulipes rechten Arm, der zu einem zweiten Schlag erhoben war. Das kam ihm reichlich dumm vor: die rechte Faust zu gebrauchen wie einen Hammer, mit dem man einen Nagel einschlägt, und sich so der Gefahr eines Gegenschlags auszusetzen. Er hörte Latulipes Frage und stellte fest, daß er sie bereits zum zweitenmal hörte.
»*Salaud!* Wer sind Sie?«
Dann sah er die Leergutkisten, die er am Nachmittag mit den Ukrainern im Hof gestapelt hatte, hörte die Striptease-Musik aus dem Notausgang der Disco erklingen. Über Latulipes Kopf hing eine Mondsichel wie ein krummer Heiligenschein. Er erinnerte sich, daß Latulipe ihn gebeten hatte, kurz mit ihm nach draußen zu gehen. Und er nahm an, er sollte zurückschlagen oder wenigstens den zweiten Schlag abwehren, hielt sich aber aus Gleichgültigkeit oder Ritterlichkeit zurück, so daß der zweite Schlag ihn fast an derselben Stelle traf wie der erste, und einen Augenblick lang fühlte er sich ins Waisenhaus zurückversetzt und glaubte im Dunkeln gegen einen Hydranten gelaufen zu sein. Aber entweder war sein Kopf inzwischen gefühllos, oder es war kein richtiger Hydrant, denn der

zweite Schlag war nur halb so wirkungsvoll wie der erste, außer daß Jonathan die Haut am Mundwinkel aufplatzte und ein Strom warmen Bluts über sein Kinn sickerte.

»Wo haben Sie Ihren Schweizer Paß? Sind Sie Schweizer oder nicht? Reden Sie! Wer sind sie? Sie versauen das Leben meiner Tochter, Sie lügen mich an, Sie machen meine Frau verrückt, Sie essen an meinem Tisch, wer sind Sie? Warum lügen Sie?«

Und als Latulipe diesmal die Faust hob, trat Jonathan ihm die Füße weg und legte ihn flach, wobei er darauf achtete, daß Latulipe nicht zu hart fiel, denn hier gab es nicht wie am Lanyon hübsche windzerzauste Grasbüschel, die den Sturz hätten dämpfen können: Der Hof war mit gutem kanadischem Asphalt gepflastert. Aber Latulipe war unbeeindruckt, tapfer rappelte er sich wieder hoch, packte Jonathan am Arm und zerrte ihn in die schmutzige Gasse, die an der Rückseite des Hotels vorbeiführte und von der männlichen Bevölkerung der Stadt seit Jahren ungeniert als Pissoir benutzt wurde. Am hinteren Ende stand Latulipes Cherokee-Jeep. Als sie darauf zuschlurften, hörte Jonathan den laufenden Motor.

»Einsteigen«, befahl Latulipe. Er riß die Beifahrertür auf und wollte Jonathan auf den Sitz stoßen, doch mangelte es ihm an der nötigen Geschicklichkeit. Also stieg Jonathan freiwillig ein, wobei ihm bewußt war, daß er Latulipe jederzeit mit dem Fuß hätte umtreten, ja ihn wahrscheinlich mit einem Tritt an den Kopf hätte töten können, denn für Jonathan befand sich Latulipes breite slawische Stirn genau in der richtigen Höhe, um ihm die Schläfe zu zertrümmern. Im Licht der Innenbeleuchtung sah Jonathan seine Dritte-Welt-Reisetasche auf dem Rücksitz liegen.

»Anschnallen. *Los!*« brüllte Latulipe, als ob ein angelegter Sicherheitsgurt seinen Gefangenen zum Gehorsam zwingen könnte.

Aber Jonathan gehorchte auch so. Latulipe fuhr los, hinter ihnen verschwanden die letzten Lichter von Espérance. Sie kamen ins Dunkel der kanadischen Nacht und fuhren erst einmal zwanzig Minuten, ehe Latulipe ein Päckchen Zigaretten hervorzog und in Jonathans Richtung schob. Jonathan nahm sich eine und steckte sie mit dem elektrischen Anzünder an. Dann steckte er Latulipe eine an. Der Nachthimmel, den er durch die Windschutzscheibe sah, war eine Unendlichkeit voll schwankender Sterne.

»Also?« fragte Latulipe, noch immer bemüht, seine Aggressivität aufrechtzuerhalten.

»Ich bin Engländer«, sagte Jonathan. »Ich hatte Streit mit einem Mann. Er hat mich beraubt. Ich mußte fliehen. Zufällig bin ich hier gelandet. Hätte auch überall sonst sein können.«

Ein Auto überholte sie, aber es war kein babyblauer Pontiac.

»Haben Sie ihn umgebracht?«

»Angeblich ja.«

»Wie?«

Ins Gesicht geschossen, dachte er. Mit einer halbautomatischen Schrotflinte, dachte er. Ihn verraten. Seinen Hund vom Kopf bis zum Schwanz aufgeschlitzt.

»Angeblich hat er sich das Genick gebrochen«, antwortete er in dem gleichen ausweichenden Ton wie zuvor, da ihn ein absurder Widerwille überkam, noch eine Lüge zu erzählen.

»Warum konnten Sie sie nicht in Ruhe lassen?« fragte Latulipe in tragischer Verzweiflung. »Thomas ist ein guter Mensch. Sie hat ihre ganze Zukunft noch vor sich. Herrgott noch mal!«

»Wo ist sie?«

Antstatt zu antworten, konnte Latulipe nur grimmig schlukken. Sie fuhren nach Norden. Ab und zu sah Jonathan Scheinwerfer im Rückspiegel. Es waren immer dieselben: Ein Wagen verfolgte sie.

»Ihre Mutter ist zur Polizei gegangen«, sagte Latulipe.

»Wann?« fragte Jonathan. Er hätte wohl eher »warum« fragen sollen. Der andere Wagen kam näher. Bleib zurück, dachte er.

»Sie hat sich bei der Schweizer Botschaft nach Ihnen erkundigt. Die hatten noch nie von Ihnen gehört. Würden Sie es noch einmal tun?«

»Was?«
»Ihm das Genick brechen. Diesem Mann, der Sie beraubt hat.«
»Er ist mit einem Messer auf mich losgegangen.«
»Ich wurde vorgeladen«, sagte Latulipe, als wäre auch dies eine Beleidigung. »Von der Polizei. Sie wollten wissen, was für einer Sie sind. Ob Sie mit Drogen handeln, ob Sie viele Ferngespräche führen, wen Sie kennen? Die halten Sie für Al Capone. Hier oben passiert ja nicht viel. Sie haben ein Foto aus Ottawa, sieht Ihnen ein bißchen ähnlich. Ich hab ihnen gesagt, sie sollen bis zum frühen Morgen warten, wenn die Gäste schlafen.«
Sie hatten eine Kreuzung erreicht. Latulipe fuhr von der Straße herunter. Er sprach atemlos wie ein Bote, der weit gelaufen war. »Wer hier auf der Flucht ist, geht nach Norden oder Süden«, sagte er. »Also gehen Sie lieber nach Westen, nach Ontario. Und kommen Sie nie zurück, verstanden? Wenn Sie zurückkommen, werde ich –« er holte ein paarmal Luft – »dann könnte ich vielleicht jemanden umbringen.«
Jonathan nahm seine Tasche und stieg in die dunkle Nacht. Regen lag in der Luft und der Harzgeruch der Kiefern. Der andere Wagen fuhr an ihnen vorbei, und eine gefährliche Sekunde lang erkannte Jonathan das Kennzeichen am Heck ihres Pontiac. Aber Latulipe hatte nur Augen für Jonathan.
»Hier ist Ihr Lohn«, sagte er und schob ihm ein Bündel Dollarscheine zu.

Sie war auf der Gegenfahrbahn zurückgekommen, holperte jetzt über den Mittelstreifen und wendete. Dann saßen sie bei eingeschaltetem Licht in ihrem Wagen. Der braune Umschlag lag ungeöffnet auf ihrem Schoß. In eine Ecke war der Absender gedruckt: *Bureau des passeports, Ministère des Affaires extérieures Ottawa.* Adressiert an Thomas Lamont, c/o Yvonne Latulipe, La Château Babette. Thomas, der sagt, in Kanada gebe es alles.
»Warum hast du nicht zurückgeschlagen?« fragte sie.
Eine Seite ihres Gesichts war geschwollen, das Auge geschlos-

sen. Damit verdiene ich meinen Lebensunterhalt, dachte er: Ich lösche Gesichter aus.
»Er war doch bloß wütend«, sagte er.
»Soll ich dich irgendwo hinbringen? Dich fahren und irgendwo absetzen?«
»Ich komm von hier aus weiter.«
»Kann ich irgendwas für dich tun?«
Er schüttelte den Kopf. Dann noch einmal, bis er wußte, daß sie es gesehen hatte.
Sie reichte ihm den Umschlag. »Was war besser?« fragte sie schroff. »Der Fick oder der Paß?«
»Beides war großartig. Danke.«
»Sag schon! Ich muß es wissen! Was war besser?«
Er öffnete die Tür, stieg aus und sah im Licht der Innenbeleuchtung, daß sie strahlend lächelte.
»Fast hättest du mich reingelegt, weißt du das? Warst verdammt nah dran, mein ganzes Leben durcheinanderzubringen. Für einen Nachmittag warst du phantastisch, Jonathan. Aber für längere Zeit ist mir Thomas wesentlich lieber.«
»Freut mich, daß ich dir helfen konnte«, sagte er.
»Also, was hat es dir bedeutet?« fragte sie, und das strahlende Lächeln war noch immer da. »Sag schon. Gib mir eine Note. Von eins bis neun. Fünf? Sechs? Null? Ich meine, Herrgott, du wirst doch wohl *Buch* führen?«
»Danke«, sagte er noch einmal.
Er schlug die Wagentür zu und sah im Schein des Himmels, wie ihr Kopf nach vorn sank und dann wieder hochkam, als sie die Schultern straffte und den Zündschlüssel drehte. Sie wartete noch kurz mit laufendem Motor und blickte geradeaus. Er konnte sich nicht bewegen. Er konnte nicht sprechen. Sie fuhr auf dem Highway, und während der ersten paarhundert Meter vergaß sie die Scheinwerfer anzumachen oder kümmerte sich nicht darum. Sie schien nach Kompaß durch die Dunkelheit zu fahren.
Sie töten disse Frau? Nein. Aber ich habe sie geheiratet, um an ihren Paß zu kommen.

Ein Lastwagen hielt an, und er fuhr fünf Stunden mit einem Schwarzen namens Ed, der Probleme mit seiner Hypothek hatte und unbedingt darüber reden mußte. Irgendwo zwischen Nirgendwo und Nirgendwo rief Jonathan die Nummer in Toronto an und lauschte dem fröhlichen Geplauder der Telefonistinnen, während sie seinen Auftrag über die endlosen Wälder von Ostkanada weitergaben.

»Mein Name ist Jeremy, ich bin ein Freund von Philip«, sagte er, wie er es jede Woche von einer anderen Telefonzelle aus gesagt hatte, wann immer er sich meldete. Manchmal konnte er hören, daß das Gespräch weitergeschaltet wurde. Manchmal fragte er sich, ob es überhaupt nach Toronto ging.

»Guten *Morgen*, Jeremy! Oder ist es Abend? Wie geht's denn so, mein Lieber?«

Bis jetzt hatte Jonathan sich jemand vorgestellt, der ihm Mut machen sollte. Diesmal schien er mit einem zweiten Ogilvey zu sprechen, der falsch und überkandidelt war.

»Sagen Sie ihm, ich habe meinen Schatten bekommen und bin unterwegs.«

»Dann erlauben Sie mir, Ihnen die Glückwünsche des Hauses zu übermitteln«, sagte Ogilveys Vertrauter.

In dieser Nacht träumte Jonathan vom Lanyon und von den Kiebitzen, die sich auf dem Kliff sammelten, zu Hunderten mit gemessenen Flügelschlägen aufstiegen und in gewundenem Sturzflug niedergingen, bis ein jäher Ostwind sie unvermutet aus der Bahn warf. Fünfzig von ihnen sah er tot aufs Meer hinaustreiben. Und er träumte, er habe sie dort hingelockt und dann sterben lassen, um sich auf die Suche nach dem schlimmsten Mann der Welt zu machen.

So sollten sichere Häuser sein, dachte Burr. Keine Blechschuppen mehr voller Fledermäuse in den Sümpfen von Louisiana. Schluß mit möblierten Zimmern in Bloomsbury, in denen es nach saurer Milch und den Zigaretten des Vormieters stinkt. Von jetzt an werden wir unsere Joes hier in Connecticut treffen, in weißen Schindelhäusern wie diesem hier, mit vier Hektar Wald und mit ledertapezierten Kabinetten voller Bücher über die Tugend, Geld wie Heu zu haben. Draußen gab es einen Basketballkorb, einen Elektrozaun, um das Wild fernzuhalten, und eine elektrische Insektenfalle, die jetzt am Abend mit ihrem kränklich violetten Leuchten die Insekten anlockte, um sie geräuschvoll einzuäschern. Burr hatte darauf bestanden, den Grill zu bedienen, und Fleisch eingekauft, das für mehrere loyale Regimenter reichte. Er hatte Schlips und Jackett abgelegt und begoß drei riesige Steaks mit grellroter Sauce. Jonathan faulenzte in der Badehose neben dem Pool. Rooke, der tags zuvor aus London gekommen war, saß pfeiferauchend in einem Liegestuhl.

»Wird sie reden?« fragte Burr. Keine Antwort. »Ich habe gesagt, wird sie reden?«

»Worüber?« fragte Jonathan.

»Über den Paß? Was meinen Sie?«

Jonathan ließ sich wieder ins Wasser fallen und schwamm ein paar Bahnen. Burr wartete, bis er herausgeklettert war, und stellte die Frage zum drittenmal.

»Glaub ich nicht«, sagte Jonathan, während er sich energisch die Haare rubbelte.

»Warum nicht?« fragte Rooke durch den Rauch seiner Pfeife. »Meistens tun sie es.«

»Weshalb sollte sie? Sie hat doch Thomas«, sagte Jonathan.

Sie hatten sich seine Schweigsamkeit den ganzen Tag gefallen lassen. Fast den ganzen Vormittag war er allein im Wald spazierengegangen. Als sie zum Einkaufen fuhren, war er im Wagen sitzen geblieben, während Burr den Supermarkt plünderte und Rooke bei Family Britches einen Stetson für seinen Sohn erstand.

»Immer ruhig Blut, ja?« sagte Burr. »Trinken Sie einen Scotch oder so was. Ich bin's, Burr. Ich versuche bloß, das Risiko abzuschätzen.«

Jonathan füllte Burrs Gin Tonic nach und goß sich selbst einen ein. »Wie sieht's in London aus?« fragte er.

»Die übliche Kloake«, sagte Burr. Von den Steaks stiegen

Rauchschwaden auf. Er drehte das Fleisch um und bepinselte die verbrannten Stellen mit roter Sauce.
»Was ist mit dem alten Priester?« rief Rooke von der anderen Seite des Pools. »Kriegt der nicht einen schönen Schreck, wenn er sieht, wessen Fotos er nicht unterschrieben hat?«
»Sie sagt, sie wird sich um ihn kümmern«, antwortete Jonathan.
»Muß ein tolles Mädchen sein«, sagte Rooke.
»Allerdings«, sagte Jonathan, sprang wieder ins Wasser und zog seine Bahnen wie jemand, der nie mehr sauber werden konnte.

Beim entnervenden Rhythmus der Exekutionen der Insektenfalle aßen sie zu Abend. Das Steak, fand Burr, war eigentlich gar nicht so übel. Offenbar konnte man gutes Fleisch eben nicht ganz ruinieren. Ab und zu warf er über die Kerze einen verstohlenen Blick auf Jonathan, der mit Rooke über Motorradfahren in Kanada plauderte. Du öffnest dich, stellte er erleichtert fest. Du kommst zur Ruhe. Du hast bloß ein Weilchen mit uns reden müssen.
Sie hockten im Kabinett zusammen. Rooke war in seinem Element. Er hatte den Holzofen angemacht und Empfehlungsschreiben für einen gewissen Thomas Lamont auf dem Tisch ausgebreitet, daneben lag eine Mappe mit illustrierten Maklerprospekten von privaten Motorjachten.
»Die hier heißt *Salamander*«, sagte er, während Jonathan ihm über die Schulter sah und Burr sie von der anderen Seite des Zimmers beobachtete. »Vierzig Meter, der Besitzer ist irgendein Bandit von der Wall Street. Bis jetzt kein Koch vorhanden. Die hier heißt *Persephone*, aber da niemand, der so reich ist, das richtig aussprechen kann, wird der neue Besitzer sie auf den Namen *Lolita* umtaufen ... Sechzig Meter lang, zehn Mann Besatzung plus sechs Leibwächter, zwei Köche und ein Majordomus. Ein Majordomus wird noch gesucht, und wir finden, Sie sind genau der richtige.« Das Foto eines agilen, lächelnden Mannes in Tenniskleidung. »Dieser Mann heißt Billy Bourne,

betreibt eine Charter- und Heueragentur in Newport, Rhode Island. Beide Besitzer sind seine Klienten. Sagen sie ihm, daß Sie kochen und segeln können, und geben Sie ihm Ihre Referenzen. Er wird sie nicht nachprüfen, im übrigen befinden sich die Leute, von denen sie angeblich stammen, auf der anderen Seite der Erde. Billy interessiert nur, ob Sie die Arbeit versehen können, ob Sie das sind, was er unter kultiviert versteht, und ob Sie vorbestraft sind. Können Sie, sind Sie, sind Sie nicht. Das heißt: Thomas ist es nicht.«
»Ist Roper auch ein Klient von Billy?« fragte Jonathan, der ihnen bereits voraus war.
»Kümmern Sie sich um Ihre Angelegenheiten«, sagte Burr aus seiner Ecke, und sie lachten alle. Doch hinter dem fröhlichen Gelächter war eine Wahrheit, deren sie sich alle bewußt waren: Je weniger Jonathan von Roper und seinen Aktivitäten wußte, desto geringer war die Wahrscheinlichkeit, daß er sich verraten konnte.
»Billy Bourne ist ihre Trumpfkarte, Jonathan«, sagte Rooke. »Kümmern Sie sich um ihn. Denken Sie daran, ihm seine Provision zu schicken, sobald Sie Ihren Lohn haben. Wenn Sie einen neuen Job antreten, vergessen Sie nicht, Billy anzurufen und ihm zu sagen, wie es läuft. Solange Sie Billy gegenüber ehrlich sind, wird er Ihnen jede Tür öffnen. Billy mag jeden, der ihn mag.«
»Das ist Ihr letztes Qualifikationsspiel«, sagte Burr. »Danach kommt das Finale.«
»Am nächsten Morgen, nachdem Jonathan im Pool schwimmen gewesen war und alle frisch und ausgeruht waren, stellte Rooke seinen Zauberkasten vor: das geheime Funktelefon mit wechselnden Frequenzen.
»Immer noch scharf darauf, anzufangen?« fragte Burr.
Sie machten sich an die Arbeit. Als erstes gingen sie in den Wald und spielten Verstecken; jeder mußte das Ding einmal verstecken, und die anderen mußten es finden. Dann wurde Jonathan von Rooke in den Gebrauch des Geräts eingewiesen und mußte zwischendurch immer wieder mit London

telefonieren, bis er mit dem System vertraut war. Rooke zeigte ihm, wie die Batterien ausgewechselt und aufgeladen wurden und wie man Strom vom Netz abzweigen konnte. Und nach dem Funktelefon holte er sein zweites Prunkstück hervor: eine als Feuerzeug getarnte Miniaturkamera, die nicht nur idiotensicher sei, wie er sagte, sondern mit der man auch tatsächlich Fotos machen könne. Insgesamt verbrachten sie drei Tage in Connecticut, länger als Burr beabsichtigt hatte.

»Es ist unsere letzte Chance, das durchzusprechen«, erklärte er Rooke immer wieder, um die Verzögerung zu rechtfertigen. *Was* zu besprechen? *Durch* bis wohin? Tief innerlich wartete Burr, wie er später selbst zugab, auf die obligatorische Szene. Aber wie so oft bei Jonathan hatte er keine Ahnung, wie es dazu kommen sollte.

»Die Reiterin sitzt noch immer im Sattel, falls Sie das tröstet«, sagte er, um Jonathan aufzuheitern. »Ist noch nicht vom Pferd gefallen.«

Aber die Erinnerung an Yvonne lastete anscheinend noch zu schwer auf ihm, denn er brachte nur mit Mühe ein Lächeln zustande.

»Er hatte ein Techtelmechtel mit dieser Sophie in Kairo, oder ich freß einen Besen«, meinte Burr zu Rooke auf dem Heimflug.

Rooke zog mißbilligend die Stirn in Falten. Er hielt nichts von Burrs gelegentlichen Eingebungen, und erst recht widerstrebte es ihm, den Namen einer Toten zu beschmutzen.

»Darling Katie ist fuchsteufelswild«, verkündete Harry Palfrey stolz vor seinem Whisky in Goodhews Empfangszimmer in Kentish Town. Er war grauhaarig, zerfurcht und fünfzig, hatte dicke Trinkerlippen und einen gehetzten Blick. Er trug eine schwarze Anwaltsweste. Er war direkt von der Arbeit auf die andere Seite des Flusses geeilt. »Sie kommt mit der Concorde aus Washington. Marjoram ist auf dem Weg nach Heathrow, um sie abzuholen. Auf dem Kriegspfad.«

»Warum fährt Darker nicht selbst?«

»Er geht lieber auf Nummer Sicher. Selbst wenn sie seine Stellvertreter sind, wie Marjoram, kann er immer noch sagen, er sei nicht dabeigewesen.

Goodhew wollte etwas anderes fragen, hielt es aber für besser, wenn Palfrey schon mal sein Herz ausschüttete, ihn nicht zu unterbrechen.

»Katie sagt, den Vettern wird allmählich klar, was man ihnen aufgehalst hat. Sie sind zu dem Schluß gekommen, Strelski habe sie in Miami bis zum Schwachsinn eingelullt und Sie und Burr hätten ihn dabei unterstützt. Sie sagt, sie kann am Ufer des Potomac stehen und den Rauch vom Capitol aufsteigen sehen. Sie sagt, alle redeten von neuen Parametern und Machtvakuen bei ihnen zu Hause. Besetzt oder erzeugt, kann ich selbst noch nicht sagen.«

»*Gott,* wie ich Parameter hasse«, meinte Goodhew und versuchte Zeit zu gewinnen, indem er Palfreys Whiskyglas nachfüllte. »Heute morgen mußte ich mir das Wort *formelhaft* anhören. Hat mir den ganzen Tag ruiniert. Und bei meinem Chef *eskaliert* es. Bei ihm steigt nichts, nichts nimmt zu oder wächst oder macht Fortschritte oder kommt voran oder vermehrt sich oder wird reif. Es *eskaliert.* Prost«, sagte er und setzte sich wieder.

Aber als Goodhew das sagte, überlief ihn ein kalter Schauer, und die Haare sträubten sich ihm auf dem Rücken, und er mußte mehrmals rasch hintereinander niesen.

»Was *wollen* sie, Harry?« fragte er.

Palfrey verzog das Gesicht, als hätte er Seife in den Augen, und drückte den Mund an sein Glas.

»Die Klette«, sagte er.

12

Genau um sechs Uhr, den Bug wie zum Angriff nach vorn gerichtet, erschien Mr. Richard Ropers Motorjacht *The Iron Pasha* vor der Ostspitze von Hunter's Island; sie hob sich von dem wolkenlosen Abendhimmel ab und wurde merklich größer, als sie über das flache Wasser auf Deep Bay zuhielt. Falls irgend jemand daran zweifelte, daß es sich wirklich um die *Pasha* handelte, hatte die Mannschaft bereits über Satellitenfunk den großen Liegeplatz im äußeren Hafen und für halb neun den runden Tisch auf der Terrasse für sechzehn Personen und anschließend die erste Reihe bei den Krabbenrennen reservieren lassen. Sogar das Menü war schon besprochen worden. Meeresfrüchte für die Erwachsenen, Grillhähnchen und Pommes frites für die Kinder. Und der Chef dreht durch, wenn es nicht genug Eis gibt.
Es war Zwischensaison, die Jahreszeit, in der man, abgesehen von den kommerziellen Kreuzfahrtschiffen aus Nassau und Miami, nicht allzu viele große Jachten in der Karibik sieht. Hätte aber eines von denen versucht, Hunter's Island anzulaufen, wäre es von Mama Low, der reiche Jachtbesitzer liebte und die breite Masse verabscheute, alles andere als freundlich empfangen worden.

Jonathan hatte die ganze Woche auf die *Pasha* gewartet. Dennoch kam er sich, nachdem er sie gesichtet hatte, für ein paar

Sekunden wie in einer Falle vor und spielte mit der Vorstellung, zur einzigen Stadt im Landesinneren zu fliehen oder Mama Lows altes Bumboot *Hi-lo* zu kapern, das keine zwanzig Meter von der Stelle, von wo aus er die Ankunft der *Pasha* beobachtete, mit installiertem Außenbordmotor vor Anker lag. Zwei 2000-PS-Dieselmotoren, zählte er auf; erweitertes Achterdeck für einen Hubschrauber, übergroße Vosper-Stabilisatoren, Startrampe für ein Wasserflugzeug am Heck. Die *Pasha* ist eine stattliche Erscheinung.
Aber dieses Wissen machte seine Sorgen nicht kleiner. Bis zu diesem Augenblick hatte er sich vorgestellt, er mache sich an Roper heran, und nun machte Roper sich an ihn heran. Erst empfand er Schwäche, dann Hunger. Dann hörte er, daß Mama Low ihn anschrie, er solle seinen weißen kanadischen Arsch in Bewegung setzen, aber ein bißchen dalli, und er fühlte sich gleich besser. Er trottete auf dem hölzernen Landesteg zurück und ging über den Sandpfad zur Hütte. Die Wochen auf See hatten sich positiv auf seine Erscheinung ausgewirkt. Sein Gang war seemännisch gelassen, sein Blick war freundlicher geworden, er hatte eine gesündere Gesichtsfarbe bekommen. Als er die Böschung hochstieg, sah er vor sich die Abendsonne, die sich, bevor sie unterging, auszudehnen begann und mit einem kupferfarbenen Ring umgab. Zwei von Mama Lows Söhnen rollten die berühmte runde Tischplatte über den gepflasterten Weg zur Terrasse. Sie hießen Wellington und Nelson, wurden aber von Mama Low nur Swats und Wet Eye genannt. Swats war ein sechzehnjähriger Fettkloß. Eigentlich sollte er in Nassau studieren, aber er wollte nicht. Wet Eye war gertenschlank, rauchte Haschisch und konnte Weiße nicht ausstehen. Die beiden arbeiteten seit einer halben Stunde an dem Tisch, hatten aber außer einem albernen Grinsen nichts zustande gebracht.
»Die Bahamas machen einen stumpfsinnig, Mann«, erklärte Swats, als Jonathan an ihnen vorbeikam.
»Das hast du gesagt, Swats, nicht ich.«
Wet Eye beobachtete ihn: kein Lächeln. Jonathan grüßte ihn

träge, mit einer wegwerfenden Handbewegung, und als er dann weiter den Weg hinaufging, spürte er Wet Eyes scharfen Blick im Rücken. Falls ich jemals tot aufwachen sollte, hat Wet Eye mir mit seinem Dolch die Kehle durchgeschnitten, dachte er. Dann fiel ihm ein, daß er nicht damit rechnete, noch allzu oft, tot oder sonstwie, auf Hunter's Island aufzuwachen. Noch einmal berechnete er im Kopf die Position der *Pasha.* Sie hatte mit dem Wendemanöver begonnen. Dazu brauchte sie eine Menge Wasser.

»Mass' Lamont, du faule kanadische Sau, hörste mich? Du bist die faulste weiße Sau, die je für 'n armen Nigger gearbeitet hat, Gott steh mir bei. Du bist nicht mehr krank, Mass' Lamont. Das sag ich Billy Bourne, du bist einfach bloß stinkefaul.«

Mama Low saß auf der Veranda, neben ihm eine große und sehr schöne junge Schwarze mit Plastiklockenwicklern; sie wurde von allen Miss Amelia genannt. Er trank Dosenbier und brüllte dabei herum. Er war »drei Zentner groß«, wie er selbst gern sagte. »Gut ein Meter breit und kahl wie eine Glühbirne«. Mama Low hatte zu einem Vizepräsidenten der Vereinigten Staaten gesagt, er solle sich ins Knie ficken; Mama Low hatte sogar noch in Trinidad und Tobago Kinder gezeugt: Mama Low besaß anständige Grundstücke in Florida. Um den gewaltigen Hals trug er jede Menge goldener Totenköpfe, und gleich nach Sonnenuntergegang würde er seinen Sonntagshut aufsetzen, einen Strohhut mit Papierrosen, auf den in dunkelroten Buchstaben »Mama« gestickt war.

»Machste heut abend deine gefüllten Muscheln, Mass' Lamont?« schrie er so laut, als sei Jonathan noch immer unten am Wasser. »Oder willste nur rumliegen und furzen und an deinem kleinen Pimmel rumfummeln?«

»Sie haben Muscheln bestellt, Mama, Sie werden Muscheln bekommen«, antwortete Jonathan fröhlich, während Miss Amelia mit ihren langen Händen behutsam die Konturen ihres Haars tätschelte.

»Und wo willst du die Muscheln *her*kriegen? Schon mal darüber nachgedacht? Haste nicht. Du hast doch nix als weiße Scheiße im Kopf.«

»Sie haben heut morgen von Mr. Gums einen schönen Korb Muscheln gekauft, Mama. Und fünfzehn Langusten, extra für die *Pasha.*«

»Von Mr. Gums, diesem Perversling? Ich? Ah zum Teufel, kann sein. Also dann mach mal und füll sie, verstanden? Wir kriegen hohen Besuch, englische Lords und Ladies und reiche kleine weißen Prinzen und Prinzessinnen, und wir spielen schöne Niggermusik für die, die sollen mal echt sehen, wie *Nigger so leben, ja baas.*« Er nahm einen Schluck aus seiner Bierdose. »Swats, kriegt ihr den Scheißtisch noch mal die Treppe rauf, oder sterbt ihr vorher an Altersschwäche?«

So etwa sprach Mama Low jeden Abend mit seinen Truppen, wenn eine halbe Flasche Rum und die Aufmerksamkeiten Miss Amelias seine gute Laune nach den Strapazen eines weiteren Tags im Paradies wiederhergestellt hatten.

Jonathan ging in den Waschraum hinter der Küche und zog seine weiße Arbeitskleidung an, und wie jedesmal, wenn er das tat, mußte er an Yvonne denken. Yvonne hatte Sophie als Gegenstand seiner Selbstverachtung zeitweilig verdrängt. Das nervöse Brodeln in seinem Magen schien mit sexueller Gier vermischt. Seine Fingerspitzen kribbelten auch noch, als er Speck und Knoblauch hackte. Unter dem Druck der Erwartung lief ihm ein Prickeln über den Rücken. Die Küche mit den Arbeitsflächen aus rostfreiem Stahl und der Hobart-Geschirrspülmaschine war makellos sauber und aufgeräumt wie eine Schiffskombüse. Jonathan, der beim Arbeiten aus dem vergitterten Fenster sah, registrierte das Nahen der *Iron Pasha* in Einzelbildern: den Radarmast und die Kuppel des Satellitenfunks, dann die Carlisle & Finch-Scheinwerfer. Er machte die britische Handelsflagge am Heck aus und die goldenen Vorhänge an den Kabinenfenstern.

»Alle Ihre Lieben sind an Bord«, hatte Burr ihm erzählt, als er Jonathan in der dritten öffentlichen Telefonzelle links, wenn man auf dem Deep Bay-Pier zum Meer hinausgeht, angerufen hatte.

Melanie Rose sang die Begleitung zu einem Gospel im Radio und putzte an der Spüle Süßkartoffeln. Sie machte Bibelunterricht und hatte Zwillingstöchter von einem Kerl namens Cecil, der vor drei Monaten eine Rückfahrkarte nach Eleuthera gekauft hatte, ohne bis jetzt von dem zweiten Teil Gebrauch zu machen. Vielleicht kam Cecil eines Tages zurück, und Melanie Rose lebte in der heiteren Hoffnung, daß es so wäre. Unterdessen hatte Jonathan Cecils Stelle als zweiter Koch bei Mama Low übernommen, während Melanie Rose sich samstags nachts von O'Toole trösten ließ, der jetzt am Fischtisch stand und Barsche ausnahm. Heute war Freitag, und so begannen sie, nett zueinander zu sein.

»Gehst du morgen tanzen, Melanie Rose?« erkundigte sich O'Toole.

»Hat keinen Sinn, allein zu tanzen, O'Toole«, sagte Melanie Rose mit einem herausfordernden Naserümpfen.

Mama Low watschelte herein, setzte sich auf seinen Klappstuhl und schüttelte lächelnd den Kopf, als erinnere er sich an irgendeine verdammte Melodie, die ihm einfach nicht aus dem Kopf gehen wollte. Ein reizender Perser hatte ihm kürzlich eine Schnur Gebetsperlen geschenkt, die er jetzt um seine enormen Finger kreisen ließ. Die Sonne war fast untergegangen. Draußen auf See tutete grüßend die *Pasha.*

»O Mann, du bist eine verdammt große Nummer«, murmelte Mama Low bewundernd und drehte sich um, damit er das Schiff durch den offenen Eingang beobachten konnte. »Teufel auch, was biste für ein großer weißer Scheißmillionärskönig, Lord Richard Onslow Roper, Sir, Scheißkerl. Mass' Lamont, heut abend wird anständig gekocht, ist das klar. Sonst reißt dir dieser Mr. Lord Pasha von Roper den *Arsch* auf. Und wir armen Nigger fressen auf, was von deinem Arsch noch über ist. Nigger fressen immer, was die Reichen überlassen.«

»Womit verdient er eigentlich sein Geld?« fragte Jonathan, während er weiterschuftete.

»Roper?« erwiderte Mama Low ungläubig. »Heißt das etwa, das *weißte* nich?«

»Das heißt, ich *weiß* es nicht.«
»Hol mich der Teufel, Mass' Lamont, *ich* weiß es auch nich. Und ich werd ihn bestimmt nicht danach *fragen.* Er hat eine große Firma in Nassau, die grad Miese macht. Ein Typ, der in der Rezession so reich ist, der muß schon ein verdammt großer Gauner sein.«
Bald würde Mama Low damit anfangen, seine scharfe Chilisauce für die Langusten zu komponieren. Dann würde es in der Küche gefährlich still werden. Der zweite Koch war noch nicht geboren, der anzudeuten wagte, für die Jachtbesitzer gäbe es noch irgendeinen anderen Grund, Hunter's Island anzulaufen, als Mamas Chilisauce.

Die *Pasha* hat angelegt, bald wird die Gesellschaft von sechzehn eintreffen; Kampfstimmung erfaßt die Küche, als die ersten Gäste ihre Plätze an den weniger guten Tischen einnehmen. Schluß mit dem mutigen Gerede, mit dem Auftragen von Tarnfarbe und dem nervösen Überprüfen der Waffen. Die Einheit ist ein schweigsames Team geworden, das sich nur noch mit Blicken und Gesten verständigt und einander umschwebt wie stumme Tänzer. Sogar Swats und Wet Eye sind vor Spannung verstummt, als der Vorhang vor einer weiteren sagenhaften Nacht bei Mama Low hochgeht. Miss Amelia, die mit ihren Plastiklockenwicklern am Kassentisch thront, ist für die erste Rechnung gerüstet. Mama Low mit seinem berühmten Hut ist überall, mal sammelt er seine Truppen mit einem Schwall gedämpfter Obszönitäten, mal schwänzelt er draußen heuchlerisch um den verhaßten Feind herum, mal taucht er in der Küche auf und knirscht Befehle, die, gerade weil er seine mächtige Stimme senken muß, noch eindrucksvoller sind.
»Feine weiße Lady an Tisch acht, so was wiene Raupe. Will nix essen, außer Scheißsalat. Zweimal Mamas Salat, O'Toole! Der kleine Affe an Tisch sechs frißt nix wie Hamburger. Einen Minihamburger, und spuck drauf! Was ist denn *los* mit der Welt, O'Toole? Haben diese Arschlöcher keine Zähne mehr? Essen die keinen Fisch? Wet Eye, fünf SevenUp und zweimal Ma-

mas Punsch für Tisch eins. Dalli. Mass' Lamont, du hältst dich weiter mit den Muscheln ran, sechs Dutzend sind nicht zuviel, kapiert, paß bloß auf, daß sechzehn Portionen für die *Pasha* bleiben. Muscheln sind gut für die Eier, Mass' Lamont. Gibt 'ne irre Fickerei heut nacht, alles wegen deinen Muscheln. O'Toole, wo sind die Dressings, hast du sie ausgesoffen? Melanie Rose, Schatz, du mußt die Kartoffeln wenden, oder solln sie dir vor der Nase verkohlen?«

All das unter dem schützenden Gedudel der sechsköpfigen Steelband, die auf dem breiten Dach der Terrasse hockt; die verschwitzten Gesichter der Spieler glänzen im Schein der bunten Lämpchen, ihre bunten Hemden leuchten im Licht der Stroboskope. Ein Junge namens Henry singt Calypsos. Henry hat wegen Kokainhandels fünf Jahre im Gefängnis von Nassau gesessen, sah bei seiner Rückkehr nach Hause wie ein alter Mann aus. Melanie Rose hat Jonathan erzählt, Henry tauge nicht mehr für die Liebe, nach soviel Prügel sei es damit vorbei. »Einige Leute hier sagen, daher hat er seine hohe Stimme«, sagt sie mit einem traurigen Lächeln.

Es ist viel los an diesem Abend bei Mama Low, so viel wie seit Wochen nicht mehr, und das erklärt die besondere Aufregung. Achtundfünfzig Essen müssen serviert werden, und sechzehn kommen noch: Mama Low hat sie durch sein sein Fernrohr erspäht, und dabei ist noch Vorsaison. Eine spannungsgeladene Stunde vergeht, ehe Jonathan endlich tun kann, was er in einer Pause immer gerne tut: Er läßt sich kaltes Wasser über den Kopf laufen und beobachtet seine Kunden durch den Spion in der Pendeltür.

Der Blick des Beobachters. Gemessen, sachlich, eingehend. Ein gründliches, heimliches Studium der Zielperson, lange vor der Kontaktaufnahme. Jonathan kann sich dem tagelang hingeben, hat es in Gräben und Hecken und Scheunen getan, Gesicht und Hände mit Tarnfarbe beschmiert, echtes Laubwerk an den Kampfanzug geheftet. Jetzt tut er es wieder: Ich werde zu ihm kommen, wenn ich zu ihm komme, und nicht vorher. Erst der Hafen unten mit seinem Hufeisen aus weißen Lichtern und den kleinen Jachten, jede ein Lagerfeuer für sich auf dem Glas des geschützten Wassers. Den Blick ein wenig anheben, und da ist sie: die *Iron Pasha* selbst, herausgeputzt wie zum Karneval, golden erleuchtet vom Bug bis zum Heck. Jonathan kann die Gestalten der Wachposten erkennen, einer vorn, einer hinten, ein dritter lauert im Schatten der Brücke. Frisky und Tabby sind nicht dabei. Heute abend sind sie an Land beschäftigt. Sein Blick bewegte sich in taktischen Sprüngen den Sandweg hinauf und durch den Torbogen aus Treibholz hindurch, der Mama Lows heiliges Reich ankündigte. Sein Blick überprüfte die leuchtenden Hibiskussträucher und die zerfetzten Fahnen der Bahamas, die auf halbem Weg zu beiden Seite der Totenkopfflagge hingen. Er verweilte auf der Tanzfläche, wo sich ein uraltes Ehepaar umschlungen hielt, das sich gegenseitig ungläubig mit den Fingerspitzen das Gesicht betastete. Jonathan hielt sie für Emigranten, die sich noch immer darüber wunderten, daß sie überlebt hatten. Jüngere Tänzer preßten sich in gleichbleibender Ekstase aneinander. An einem Tisch ganz vorne entdeckte er zwei Muskelmänner, um die vierzig. Bermudashorts, Catcherfiguren. Aggressiver Gebrauch der Unterarme. Seid ihr es? fragte er sie stumm – oder seid ihr auch nur zwei von Ropers Spürhunden?

»Wahrscheinlich nehmen sie eine Cigarette«, hatte Rooke gesagt. »Superschnell, sehr flach, kein Tiefgang.«

Die beiden waren kurz vor Anbruch der Dämmerung in einem neuen weißen Motorboot gekommen, ob es eine Cigarette war oder nicht, war ihm unbekannt. Aber sie strahlten die Ruhe von Profis aus.

Sie standen auf, strichen sich die Hosen glatt und hängten sich die Tasche über die Schulter. Einer von ihnen winkte Mama Low mit einer großtuerischen Handbewegung zu.

»Sir? War großartig. Ah, gutes Essen. Ausgezeichnet.«

Mit abgespreizten Ellbogen watschelten sie den Sandweg zu ihrem Boot hinunter.

Die gehörten zu niemandem, meinte Jonathan. Sie gehörten einander. Vielleicht. Vielleicht auch nicht.
Als nächstes ein Tisch mit drei Franzosen und ihren Mädchen. Zu betrunken, stellte er fest. Sie hatten zusammen bereits zwölfmal Mamas Punsch bestellt, und keiner hatte seinen Drink in die Blumenvase gekippt. Er konzentrierte sich auf die Bar an der mittleren Terrasse. Vor einem Hintergrund von Jachtwimpeln, Marlinköpfen und abgeschnittenen Krawatten saßen zwei schwarze Mädchen in bunten Baumwollkleidern auf Barhockern und plauderten mit zwei schwarzen Männern, die um die zwanzig waren. Vielleicht seid ihr es, dachte er. Vielleicht sind es die Mädchen. Vielleicht seid ihr es alle vier.
Aus dem Augenwinkel sah er ein flaches weißes Motorboot aus der Deep Bay in See stechen. Zwei Kandidaten gestrichen. Vielleicht.
Er ließ seinen Blick allmählich von der Terrasse wandern, wo der schlimmste Mann der Welt, umgeben von seinen Gefolgsleuten, Hofnarren, Leibwächtern und Kindern, sich in seiner privaten Artusrunde amüsierte. So wie sein Schiff jetzt den Hafen beherrschte, beherrschte auch Mr. Richard Onslow Roper persönlich den runden Tisch, die Terrasse und das Restaurant. Im Gegensatz zu seinem Schiff war er nicht auffällig herausgeputzt, sondern sah aus wie jemand, der sich ein paar bequeme Sachen übergeworfen hat, um einem Freund die Tür aufzumachen. Ein marineblauer Pullover hing ihm lässig um die Schultern.
Nichtsdestoweniger führte er das Kommando. Durch die ruhige Haltung seines Patrizierhaupts. Durch sein behendes Lächeln und seine intelligente Miene. Durch die Aufmerksamkeit, mit der sein Publikum ihn überschüttete, ob er nun sprach oder nur zuhörte. Durch die Art, wie alles um den Tisch, von den Tellern und Flaschen und den Kerzen in den grünen Schalen bis zu den Gesichtern der Kinder, auf ihn zu oder von ihm weg gerichtet schien. Selbst der Beobachter spürte den Sog: »Roper«, dachte er. »Ich bin's, Pine, der Typ, der dir vom Kauf der italienischen Statue abgeraten hat.«

Als er das dachte, erscholl von der Terrasse allgemeines Gelächter, bei dem Roper den Ton angab und das offenbar auch von ihm hervorgerufen worden war, denn sein gebräunter rechter Arm war ausgestreckt, um die Pointe zu unterstreichen, und er hatte den Kopf in Richtung der Frau erhoben, die ihm am Tisch gegenübersaß. Ihr wildes kastanienbraunes Haar und ihr nackter Rücken waren bisher alles, was Jonathan von ihr sehen konnte, doch er erinnerte sich sofort an ihre Haut in Herrn Meisters Morgenmantel, die endlosen Beine und den vielen Schmuck an Hals und Handgelenken. Und wieder durchfuhr es ihn wie beim erstenmal, als er sie gesehen hatte, wieder spürte er diesen Stich der Empörung darüber, daß eine Frau, die so jung und so schön war, freiwillig in der Gefangenschaft eines Ropers lebte. Sie lächelte, und es war ihr Komödiantenlächeln, verschmitzt, schief und frech.

Er verdrängte sie aus seinen Gedanken und ließ den Blick über die Kinderseite des Tisches wandern. *Die Langbournes haben drei. MacArthur und Danby je eins,* hatte Burr gesagt. *Der Roper kommandiert sie ab, um seinen Daniel zu unterhalten.*

Als letzter dann Daniel selbst: acht Jahre alt, ein zerzauster, blasser Knabe mit entschlossenem Kinn. Jonathans Blick verharrte schuldbewußt auf dem Jungen.

»Können wir nicht jemand anderen nehmen?« hatte er Rooke gefragt. Aber damit war er gegen eine Stahlwand gelaufen.

Daniel ist Ropers ein und alles, hatte Rooke geantwortet, während Burr aus dem Fenster starrte: Warum sich mit dem zweitbesten abgeben?

Es geht doch bloß um fünf Minuten, Jonathan, hatte Burr gesagt. Was sind schon fünf Minuten für einen Achtjährigen?

Ein Leben, dachte Jonathan, der sich an ein paar Minuten erinnerte, die er selbst erlebt hatte.

Unterdessen führt Daniel ein ernstes Gespräch mit Jed, deren wirres kastanienbraunes Haar in zwei ungefähr gleichen Teilen auseinanderfällt, als sie sich vorbeugt, um mit ihm zu reden. Die Kerzenflamme umrahmt ihre Gesichter mit Gold. Daniel zieht an ihrem Arm. Sie steht auf, sieht nach der Band über sich und ruft jemandem, den sie zu kennen scheint, etwas zu. Sie rafft ihre hauchdünnen Röcke hoch, schwingt erst ein Bein, dann das andere über die Steinbank wie ein Teenager, der über ein Gartentor springt. Jed und Daniel hüpfen Hand in Hand die Steintreppe hinunter. *Geisha aus der Oberschicht*, hatte Burr gesagt, *unbeschriebenes Blatt.* Hängt davon ab, was man beschreibt, dachte Jonathan, während er beobachtete, wie sie Daniel in die Arme nahm.

Die Zeit bleibt stehen. Die Band spielt einen langsamen Samba. Daniel umklammert Jeds Hüften, als wolle er in sie eindringen. Die Anmut ihrer Bewegungen ist geradezu kriminell. Plötzliche Aufregung reißt Jonathan aus seiner Träumerei. Irgend etwas Schreckliches ist mit Daniels Hose passiert. Jed hält sie am Bund zusammen und überspielt seine Verlegenheit mit einem Lachen. Der oberste Knopf ist abgesprungen, aber Jed beweist großes Improvisationstalent, leiht sich eine handlange Sicherheitsnadel aus Melanie Roses Schürze und flickt ihn wieder zusammen. Roper steht an der Brüstung und sieht auf die beiden hinunter wie ein stolzer Admiral, der seine Flotte inspiziert. Als Daniel seinen Blick bemerkt, läßt er Jed kurz los und winkt ihm kindlich zu, fuchtelt wild mit den Armen hin und her. Roper dreht beifällig einen Daumen hoch. Jed wirft Roper eine Kußhand zu, dann faßt sie Daniel an den Händen, lehnt sich nach hinten und zählt für ihn den Takt. Der Samba wird schneller. Daniel entspannt sich, er bekommt den Dreh heraus. Jeds fließender Hüftschwung wird zum Verstoß gegen die öffentliche Ordnung. Dem schlimmsten Mann der Welt geht es einfach viel zu gut.

Jonathan wendet sich wieder der Terrasse zu, um den Rest der Roper-Leute einer flüchtigen Musterung zu unterziehen. Frisky und Tabby sitzen sich an dem Tisch gegenüber, denn Frisky zieht lieber von links, und Tabby hat die Gäste und die Tanzfläche im Auge. Beide Männer wirken größer, als Jonathan sie in Erinnerung hat. Lord Longbourne, die blonden Haare noch immer zu einem Pferdeschwanz gebunden, spricht mit einem hübschen englischen Mädchen, während seine trübsinnige Frau finster die Tänzer anstarrt. Ihnen gegenüber sitzt Major Corkoran, neuerdings Mitglied der *Life Guards*, er trägt einen ramponierten Panamahut mit einem Hutband von Eton. Er macht tapfer Konversation mit einem linkischen Mädchen in hochgeschlossenem Kleid. Sie runzelt die Stirn, kichert dann errötend, um sich zur Strafe gleich darauf streng eine Portion Eis in den Mund zu schieben.

Von der Spitze des Turms schmettert Henry, der impotente Sänger, einen Calypso über ein-sehr-müdes-Mädchen-das-nicht-einschlafen-kann. Auf der Tanzfläche drückt sich Daniel mit der Brust an Jeds Schoß, seine Hände halten noch immer ihre Hüften umklammert. Jed läßt ihn sich ruhig wiegen.

»Die Titten von der Kleinen an Tisch sechs hüpfen wie junge Hunde«, verkündete O'Toole und stieß Jonathan ein Tablett mit Mamas Punsch ins Kreuz.

Jonathan bedachte Roper mit einem letzten langen Blick. Er hatte sein Gesicht dem Meer zugewandt, auf dem ein Streifen Mondlichts von seiner märchenhaft erhellten Jacht zum Horizont lief.

»Mass' Lamont, sing dein Halleluja, Sir!« rief Mama Low und schob O'Toole majestätisch beiseite. Er trug jetzt eine alte Reithose und einen Tropenhelm und war mit seinem berühmten schwarzen Korb und einer Reitpeitsche bewaffnet. Jonathan, in der Arbeitskleidung und Mütze seines Chefs weiß wie eine Zielscheibe, folgte Mama Low auf den Balkon und schlug die Alarmglocke. Das Echo hallte noch übers Meer, als die Kinder der Roper-Gesellschaft schon den Weg von der Terrasse herunterstürmten; ihnen folgten in geziemenderem Tempo die Erwachsenen, angeführt von Langbourne und zwei schmächtigen jungen Männern aus Polospieler-Kreisen. Von der Band kam ein Trommelwirbel, die das Gelände begrenzenden Fackeln wurden gelöscht, bunte Spotlichter ließen die Tanzfläche glitzern wie eine Eisbahn. Als Mama Low auf die Bühne trat und mit seiner Peitsche knallte, nahmen

Roper und sein Gefolge die reservierten Plätze in der ersten Reihe ein. Jonathan sah aufs Meer hinaus. Das weiße Motorboot, das eine Cigarette hätte sein können, war verschwunden. Muß um die Landzunge nach Süden gefahren sein, dachte er.

»Genau *hier*, wo ich steh, ist die Startmaschine! Und jede Niggerkrabbe, die vorm Startschuß losrennt, kriegt zehn Hiebe übergebraten!«
Den Tropenhelm auf den Hinterkopf geschoben, gibt Mama Low seine berühmte Darstellung eines britischen Kolonialbeamten.
»Dieser historische Kreis *hier* –« er zeigt auf einen runden roten Fleck zu seinen Füßen – »ist der Zielpfosten. Jede Krabbe in diesem Korb *hier* hat eine *Nummer*. Jede Krabbe in diesem Korb *hier* rennt wie der Teufel, und ich weiß auch schon, *warum*. Alle, die es nicht bis zum Zielpfosten *hier* schaffen, wandern direkt in den *Suppentopf*.«
Wieder ein Peitschenknall. Das Gelächter verhallt. Am Rand der Tanzfläche verteilen Swats und Wet Eye Gratispunsch aus einem altersschwachen Kinderwagen, in dem einst der kleine Low selbst gesessen hat. Die älteren Kinder hocken im Schneidersitz, die beiden Jungen haben die Arme verschränkt, die Mädchen halten ihre Knie umschlungen. Daniel lehnt daumenlutschend an Jed. Neben ihr steht Roper. Lord Langbournes Kamera blitzt auf, was Major Corkoran nervös macht: »Sandy, mein Lieber, um Himmels willen, reicht nicht ausnahmsweise mal die *Erinnerung*?« brummt er, daß es im ganzen Amphitheater zu hören ist. Der Mond hängt über dem Meer wie eine rote Papierlaterne. Die Hafenlichter schwanken und funkeln in einem unruhigen Bogen. Auf dem Balkon, wo Jonathan steht, legt O'Toole besitzergreifend eine Hand auf Melanie Roses Hintern, sie schiebt sich entgegenkommend hinein. Nur Miss Amelia mit den Lockenwicklern nimmt keine Notiz von den Vorgängen. Umrahmt von dem hellen Küchenfenster hinter ihnen, zählt sie konzentriert das Geld.

Wieder ein Trommelwirbel. Mama Low bückt sich nach dem schwarzen Weidenkorb, packt den Deckel und hebt ihn hoch. Die Krabben müssen sofort an den Start. Swats und Wet Eye lassen den Kinderwagen stehen und stürzen mit ihren Losheften ins Publikum.

»Drei Krabben am Start, gleiche Chance für alle!« hört Jonathan Swats brüllen.

Mama Low sucht unter den Zuschauern nach einem Freiwilligen.

»Ich *brauch* ...! Ich brauch ...!« kreischt er mit der gewaltigen Stimme eines gepeinigten Schwarzen. »Ich brauch ein schönes reines weißes Christenkind, das weiß, was seine Pflicht und Schuldigkeit bei diesen dummen Krabben ist, und keine Mätzchen zuläßt oder Widerworte. *Du*, Sir! Ich setz meine ergebenen Hoffnungen auf *dich*.«

Seine Peitsche zeigt auf Daniel, der einen halbkomischen Schrei ausstößt, sein Gesicht in Jeds Rücken verbirgt und dann mit einem Satz hinterm Publikum verschwindet. Aber schon hüpft eins der Mädchen nach vorn. Jonathan hört, wie die Polo-Knaben ihr mit lautem Hurra applaudieren.

»Gut, Sally. Zeig's ihnen, Sals! Spitze!«

Jonathan steht noch immer in günstiger Position auf dem Balkon und wirft einen Seitenblick zur Bar, an der zwei Männer und ihre Mädchen eng beieinander in ein ernstes Gespräch vertieft sind, offenbar entschlossen, die Tanzfläche nicht zu beachten. Sein Blick gleitet über das Publikum, die Band, dann über die gefährlichen dunklen Stellen dazwischen.

Sie werden hinter der Terrasse auftauchen, entscheidet er. Sie werden die Deckung der Büsche neben der Treppe ausnutzen. *Passen Sie nur auf, daß Sie auf dem Küchenbalkon bleiben,* hatte Rooke gesagt.

Sally oder Sals verzieht das Gesicht und späht in den schwarzen Korb. Wieder wird die Trommel gerührt. Sally greift kühn mit einem Arm in den Korb, dann mit dem anderen. Unter kreischendem Gelächter und dem Surren und Blitzen von Langbournes Kamera steckt sie den Kopf ganz hinein, taucht

mit einer Krabbe in jeder Hand wieder auf und setzt sie nebeneinander in die Startmaschine. Sie holt die dritte Krabbe heraus, setzt auch sie vor die Startlinie und springt unter dem Hurrageschrei der Polo-Leute zu ihrem Platz zurück. Der Trompeter auf dem Turm schmettert ein Jagdsignal. Noch während das Echo über den Hafen tönt, reißt ein Schuß die Nacht in Stücke. Frisky, der auf so was nicht gefaßt war, geht in die Hocke, gleichzeitig stößt Tabby, um sich freies Schußfeld zu verschaffen, die Zuschauer weg, ohne zu wissen, auf wen er schießen soll.
Selbst Jonathan sucht sekundenlang nach dem Schützen, bis er Mama Low entdeckt, der, unter seinem Helm schwitzend, eine rauchende Startpistole in den Nachthimmel hält.
Die Krabben sind gestartet.

Und dann, eher beiläufig, geschah es.
Keine Formalitäten, kein Spuk, keine Unruhe, kein Geschrei – kaum ein Ton außer Ropers knapper Anweisung an Frisky und Tabby: »Stillhalten und *nichts* tun.«
Wenn überhaupt etwas bemerkenswert war, dann nicht der Lärm, sondern die Stille. Mama Lows Redeschwall brach ab, die Fanfaren der Band und die Jubelrufe der Polospieler verstummten.
Und diese Stille entwickelte sich langsam, etwa so wie ein großes Orchester bei der Probe verklingt, wenn die entschlossensten oder auch die verträumtesten Spieler noch ein paar Takte weitermachen, ehe auch sie allmählich aufhören. Dann nahm Jonathan für eine Weile nur noch das wahr, was man auf Hunter's Island hört, wenn die Leute plötzlich ihren Lärm unterbrechen: Vogelrufe, Zikaden, das Brodeln des Wassers über dem Korallenriff vor Penguin Point, den Schrei eines wilden Ponys auf dem Friedhof, die scheppernden Hammerschläge eines Mannes, der noch spätabends unten in Deep Bay seinen Außenbordmotor bearbeitet. Dann hörte Jonathan gar nichts mehr, die Stille wurde unermeßlich und furchtbar, und er erkannte von seinem Tribünenplatz auf dem Balkon die beiden

breitschultrigen Profis, die früher am Abend das Restaurant verlassen hatten und mit ihrer neuen weißen Cigarette weggefahren waren, jetzt aber wie Mitglieder des Kirchenrats an den Zuschauerreihen entlangschritten und die Kollekte einsammelten: Brieftaschen, Geldbeutel, Portemonnaies, Armbanduhren und kleine Banknotenbündel, die manche in den Hosentaschen hatten.

Und Schmuck, besonders den von Jed. Jonathan sah eben noch, wie sie die bloßen Arme erst an ihr linkes, dann ihr rechtes Ohr hob, die Haare beiseite schob und leicht den Kopf neigte. Dann ein Griff zum Hals, um die Kette abzunehmen, gerade so, als sei sie dabei, zu jemandem ins Bett zu steigen. Heute ist niemand mehr so verrückt, auf den Bahamas Schmuck zu tragen, hatte Burr gesagt: es sei denn, man ist zufällig Dicky Ropers Freundin.

Und immer noch keine Aufregung. Alle halten sich an die Spielregeln. Keine Proteste, kein Widerstand, nichts Unangenehmes – und das hatte seinen guten Grund: Denn während einer der Diebe mit einer offenen Plastikaktentasche herumging, um die Spenden der Gemeinde einzusammeln, schob sein Komplice den klapprigen Kinderwagen mit den Rum- und Whiskyflaschen darauf und den Bierdosen im Eiskübel. Und zwischen Bier und Flaschen saß der achtjährige Daniel Roper wie ein Buddha auf dem Weg zur Opferung; eine Selbstladepistole am Kopf, durchlebte er die erste der fünf Minuten, von denen Burr gesagt hatte, sie würden einem Jungen seines Alters nichts ausmachen – und vielleicht hatte Burr damit recht gehabt, denn Daniel lächelte, freute sich mit den anderen über den schönen Spaß; er war dankbar für den Abbruch des unheimlichen Krabbenrennens.

Doch Jonathan konnte sich nicht mit Daniel freuen. Statt dessen sah er irgendwo in seinen eigenen Augen etwas wie einen roten Spritzer Wut aufflackern. Und er hörte einen Schlachtruf, der eindringlicher war als alles, was er seit jener Nacht gehört hatte, in der er seine Heckler auf den unbewaffneten grünen Iren leergeschossen hatte, er hörte es so laut, daß er nicht mehr denken, sondern nur noch handeln konnte. Tage und Nächte lang hatte er sich – bewußt oder unbewußt – für diesen Augenblick gewappnet, hatte ihn durchgekostet, gefürchtet und geplant: Wenn sie das machen, ist die logische Reaktion dies: Wenn sie hier sind, muß ich dort sein. Aber er hatte nicht mit seinen Gefühlen gerechnet. Bis jetzt. Und das war zweifellos der Grund, warum seine erste Reaktion nicht so war, wie er es geplant hatte.

Nachdem er sich, soweit der Balkon es zuließ, in den Schatten zurückgezogen hatte, streifte er seine weiße Jacke und die Kochmütze ab und lief dann in Shorts zur Küche, wo Miss Amelia am Kassentisch saß und ihre Fingernägel feilte. Er schnappte sich ihr Telefon, nahm den Hörer ans Ohr und hämmerte so lange auf die Gabel, bis ihm deutlich klar war, was er längst gewußt hatte: Die Leitung war tot. Er griff nach einem Geschirrtuch, sprang auf den Tisch in der Mitte des Raums und nahm die leuchtende Neonröhre von der Decke. Dabei befahl er Miss Amelia, den Kassentisch genau so zu lassen, wie er war, und sich oben zu verstecken, und zwar sofort, kein Gemecker und ja nicht das Geld mitnehmen, sonst kämen sie ihr nach. Dann hastete er im Licht der Bogenlampe draußen zur Arbeitsfläche, wo der Messerblock stand; er wählte sein stabilstes Tranchiermesser und rannte los, aber nicht auf den Balkon zurück, sondern durch die Spülküche zur Diensbotentür an der Südseite.

Wozu das Messer? fragte er sich beim Laufen. Wozu das Messer? Wen will ich denn mit dem Messer aufschlitzen? Aber er warf es nicht weg. Er war froh, das Messer zu haben, denn ein Mann mit einer Waffe, irgendeiner Waffe, ist doppelt soviel wert wie einer ohne – so steht es im Handbuch.

Im Freien lief er dann geduckt in südlicher Richtung weiter, zwischen Agaven und Seetraubenbäumen hindurch, bis er den Klippenvorsprung über Goose Neck erreichte. Keuchend und schwitzend sah er dort, was er erwartet hatte: das weiße Motorboot, an der Ostseite der Bucht vertäut und bereit, die fliehenden Männer aufzunehmen. Aber er blieb nicht stehen,

um die Aussicht zu genießen. Das Messer in der Hand, rannte er zur dunklen Küche zurück. Die ganze Geschichte hatte nicht länger als eine Minute gedauert, aber Miss Amelia hatte Zeit genug gehabt, sich nach oben zu verdrücken.
Durch das unbeleuchtete Küchenfenster an der Nordseite hatte Jonathan einen guten Überblick, wie weit die Diebe waren, und nun schaffte er es zum Glück, seiner anfänglichen mörderischen Wut Herr zu werden: Sein Blick wurde schärfer, sein Atem ruhiger, und seine Selbstdisziplin gewann mehr oder weniger die Oberhand. Aber woher kam diese Wut? Aus irgendeiner dunklen Tiefe in ihm. Die Wut stieg auf und überschwemmte ihn, doch ihre Quelle blieb ein Rätsel. Und das Messer ließ er auch nicht los. *Daumen oben, Johnny, wie beim Brotschmieren . . . die Klinge hin und her schwenken und seine Augen beobachten . . . nicht zu tief, und ihn mit der anderen Hand ein bißchen irritieren . . .*
Major Corkoran in seinem Panamahut saß jetzt rittlings auf einem Stuhl; die Arme um die Lehne geschlungen und das Kinn auf die Arme gelegt, sah er den Dieben zu, als sei das Ganze eine Modenschau. Lord Langbourne hatte ihnen seine Kamera gegeben, aber kaum hatte der Mann mit der Aktentasche sie genommen, warf er sie auch schon gereizt als unbrauchbar beiseite. Jonathan hörte ein gedehntes »So ein Arschloch«. Frisky und Tabby standen wie gebannt keine fünf Meter von ihren Opfern entfernt in erstarrter Alarmbereitschaft. Doch Ropers ausgestreckter rechter Arm hielt sie noch immer zurück, während sein Blick weiter auf Daniel und die Diebe gerichtet blieb.
Und Jed? Ohne ihren Schmuck stand sie allein am Rand der Tanzfläche, den Körper gekrümmt vor Anspannung, die Hände gespreizt auf den Oberschenkeln, wie um sich abzuhalten, zu Daniel zu laufen.
»Wenn Sie Geld wollen, können Sie's haben«, hörte Jonathan Roper sagen, so gelassen, als rede er mit einem unartigen Kind. »Hunderttausend Dollar? Hab ich in bar draußen auf dem Boot, nur lassen Sie mir den Jungen. Ich jag Ihnen nicht die

Polizei nach. Laß Sie völlig in Ruhe. Solang ich den Jungen bekomme. Verstehen Sie mich überhaupt? Sprechen Sie Englisch? Corky, versuch's mal mit Spanisch, bitte.«
Dann Corkorans Stimme, gehorsam wiederholt er die Botschaft in passablem Spanisch.
Jonathan sah auf den Kassentisch. Miss Amelias Kasse war noch offen. Daneben lagen halb durchgezählte Geldstapel. Er starrte auf den Zickzackweg, der von der Tanzfläche zum Küchenhaus führte. Steil und grob gepflastert. Nur ein Irrer würde versuchen, dort einen vollbeladenen Kinderwagen hochzuschieben. Außerdem war der Weg in grelles Licht getaucht, und folglich würde jemand, der von dort in die dunkle Küche kam, nichts sehen können. Jonathan schob das Tranchiermesser in den Gürtel und wischte sich die verschwitzte Hand hinten an seiner kurzen Hose ab.
Die Kidnapper kamen den Weg herauf. Für Jonathan war von entscheidender Bedeutung, wie die Geisel festgehalten wurde, denn davon hing sein weiteres Vorgehen ab; das, was Burr das Machbare genannt hatte. *Sie müssen hören wie ein Blinder, Johnny, und sehen wie ein Tauber.* Aber niemand, soweit er sich erinnern konnte, hatte daran gedacht, ihm zu erklären, wie ein einzelner Mann mit einem Tranchiermesser zwei mit Pistolen bewaffneten Männern eine achtjährige Geisel abnimmt und dabei am Leben bleibt.
Sie hatten den ersten Abschnitt des Wegs hinter sich. Reglos, die Gesichter von den Bogenlampen angestrahlt, sah die Menge ihnen von unten nach; niemand rührte sich. Jed stand noch immer abseits, ihr Haar glänzte wie Kupfer. Wieder kannte er sich selbst nicht mehr. Schlimme Bilder aus seiner Kindheit trübten ihm die Sicht. Erwiderte Beleidigungen, unerwiderte Gebete.
Als erster kam der mit der Tasche, dann zwanzig Meter hinter ihm sein Komplice, der Daniel am Arm den Weg hinaufzerrte. Das Lachen war Daniel inzwischen vergangen. Der Vordermann schritt zielbewußt aus, die vollgestopfte Aktentasche hing an seiner Seite. Im Gegensatz dazu bewegte sich Daniels

Entführer mit unbeholfenen, schwankenden Schritten, weil er sich ständig umwandte, um abwechselnd die Menge und dann wieder Daniel mit der Pistole zu bedrohen. Rechtshänder, registrierte Jonathan, bloße Arme. Achtunddreißiger Colt. Gesichert.

»Wollen Sie nicht mit mir verhandeln?« schrie Roper von der Tanzfläche zu ihnen hoch. »Ich bin sein Vater. Warum reden Sie nicht mit mir? Lassen Sie uns verhandeln.«

Jeds Stimme, ebenso ängstlich wie trotzig, mit dem Befehlston der Reiterin. »Warum nehmen Sie keinen Erwachsenen? Ihr brutalen Schweine. Nehmt einen von uns. Nehmt mich, wenn ihr wollt.« Und dann, aus Angst und Zorn zugleich, noch viel lauter: »Bringt ihn zurück, ihr Arschlöcher!«

Jeds Protest veranlaßte Daniels Kidnapper, den Jungen herumzureißen und in ihre Richtung zu drehen, während er ihm die Pistole an die Schläfe hielt und mit dem schnarrenden Akzent der Bronx Drohungen ausstieß.

»Wenn uns einer nachläuft, wenn einer den Weg betritt, wenn uns einer in die Quere kommt, knall ich den Jungen ab, okay? Und dann alle anderen. Ist mir scheißegal. Ich knall euch alle ab. Also bleibt, wo ihr seid, und haltet die Schnauze.«

Das Blut pulsierte in Jonathans Händen; er hatte sie jetzt nach vorne ausgestreckt, jede Fingerspitze pochte. Manchmal wollten seine Hände sich selbständig machen und ihn hinter sich herziehen. Hektische Schritte polterten über die Holzdecke des Balkons. Die Küchentür flog auf, eine Männerfaust tastete nach dem Lichtschalter und knipste ihn an, vergeblich. Eine heisere Stimme keuchte: »*Scheiße,* Herrgott, wo zum Teufel? *Scheiße!*« Eine massige Gestalt stolperte auf den Kassentisch zu und blieb auf halbem Weg stehen.

»Ist hier jemand? Ist hier wer? Wo ist der verdammte Lichtschalter, verdammt? So eine *Scheiße!*«

Bronx, dachte Jonathan noch einmal, flach an die Wand hinter der Balkontür gedrückt. Der Akzent ist echt, sogar wenn er außer Hörweite ist. Der Mann ging weiter, wobei er mit einer Hand die Tasche vor sich hielt und mit der anderen herumtastete.

»Wenn hier einer ist, raus, verstanden? Das ist eine Warnung. Wir haben das Kind. Wenn einer Ärger macht, ist das Kind erledigt. Also kein Theater.«

Aber inzwischen hatte er die Geldbündel entdeckt und fegte sie in seine Aktentasche. Dann ging er zum Eingang zurück und rief, nur durch die offene Tür von Jonathan getrennt, zu seinem Komplicen hinunter.

»Ich verschwinde jetzt, Mike! Ich mach das Boot fertig, alles klar? *Gott Scheiße*«, schimpfte er, als ob ihm das alles zuviel sei. Er lief durch die Küche zur Spülküchentür, trat sie auf, bevor er den Weg zum Goose Neck hinunterrannte. Im selben Augenblick hörte Jonathan den Mann, der Mike genannt wurde, mit seiner Geisel näher kommen. Noch einmal wischte Jonathan sich die Hände an der Hose ab, zog dann das Messer aus dem Hosenbund und nahm es in die linke Hand, die Schneide nach oben, als wollte er einen Bauch von unten her aufschlitzen. Dabei hörte er, wie Daniel schluchzte. Ein ersticktes, gedämpftes Schluchzen, so kurz, daß der Junge es gleich wieder unterdrückt haben mußte. Ein kleines Schluchzen, aus Erschöpfung, Ungeduld, Langeweile oder Enttäuschung, ein Schluchzen, wie man es von jedem Kind, sei es bettelarm oder stinkreich, hören kann, wenn es ein bißchen Ohrenschmerzen hat oder einfach nicht ins Bett gehen will, bevor man ihm versprochen hat, mitzukommen und es zuzudecken.

Aber für Jonathan war dies ein Schrei aus seiner Kindheit, der in allen schmutzigen Korridoren und Kasernen und Waisenhäusern und in den Hinterzimmern irgendwelcher Tanten widerhallte. Er hielt sich noch einen Augenblick zurück, denn er wußte, daß Angriffe durch diese leichte Verzögerung wirkungsvoller werden. Er spürte, daß sein Herzschlag langsamer wurde. Roter Nebel bildete sich vor seinen Augen. Jonathan wurde schwerelos und unverwundbar. Er sah Sophie, sie lächelte mit unversehrtem Gesicht. Er hörte die schweren Schritte eines Erwachsenen, dann das widerstrebende Schlurfen kleinerer Füße; der Entführer kam die zwei Stufen vom

Holzbalkon auf den gefliesten Küchenboden hinunter und schleifte Daniel hinter sich her. Als der Fuß des Mannes die Fliesen berührte, trat Jonathan hinter der Tür hervor, packte mit beiden Händen den Arm, der die Pistole hielt, und drehte ihn mit einem heftigen Ruck um, daß er brach. Gleichzeitig stieß Jonathan einen Schrei aus: einen langgezogenen Schrei, mit dem er sich abreagierte, Hilfe herbeirief, Schrecken verbreitete und der viel zu lange geübten Geduld ein Ende machte. Die Pistole fiel klappernd auf die Fliesen, er trat sie außer Reichweite. Dann wuchtete er den Mann und seinen kaputten Arm zum Eingang, packte die Tür, warf sein ganzes Gewicht dagegen und preßte den Arm zwischen Tür und Pfosten. Der Mann, der Mike hieß, schrie ebenfalls, hörte aber auf, als Jonathan ihm die Messerklinge an den verschwitzten Hals legte.

»Scheiße, Mann!« flüsterte Mike irgendwo zwischen Schmerz und Schock. »Was soll dieser Scheiß? Verdammt. Verrückt geworden oder was? Herrgott!«

»Lauf runter zu deiner Mutter«, befahl Jonathan Daniel. »Na los. Mach schnell.«

Und trotz allem, was in ihm wütete, wählte er diese Worte sorgfältig und bedacht, da er wußte, daß er später vielleicht mit ihnen würde leben müssen. Denn woher hätte ein Koch wissen sollen, daß Daniel mit Vornamen Daniel hieß, daß Jed nicht seine Mutter war, daß Daniels richtige Mutter ein paar tausend Meilen entfernt in Dorset lebte? Aber schon als er diese Worte sagte, merkte er, daß Daniel ihm ohnehin nicht mehr zuhörte, sondern an ihm vorbei nach der anderen Tür blickte. Und daß der Mann mit der Tasche das Geschrei gehört hatte und zur Unterstützung zurückgekommen war.

»Die Sau hat mir den Arm gebrochen!« kreischte der Mann, der Mike hieß. »Laß meinen Arm los, du verdammtes Arschloch! Er hat ein Messer, Gerry. Also mach keinen Scheiß. Mein Arm ist gebrochen. Hat ihn zweimal gebrochen, der versteht keinen Spaß. Das ist ein Irrer!«

Aber Jonathan ließ den Arm, der wahrscheinlich gebrochen

war, nicht los und preßte das Messer weiter an den dicken Hals des Mannes. Dessen Kopf lag mit offenem Mund nach hinten geknickt an Jonathans Schulter wie beim Zahnarzt, das verschwitzte Haar streifte Jonathans Gesicht. Und mit dem roten Nebel vor den Augen hätte Jonathan ohne Skrupel alles getan, was er für notwendig hielt.

»Geh die Treppe hinunter«, sagte er mit ruhiger Stimme zu Daniel, um ihn nicht noch mehr zu verängstigen. »Aber vorsichtig. Los jetzt. Geh.«

Worauf Daniel endlich bereit war, zu gehen. Er machte auf dem Absatz kehrt und stolperte schwankend die Treppe hinunter in Richtung der Bogenlampen und der erstarrten Menge, wobei er wie zum Dank mit einer Hand über dem Kopf herumwedelte. Und dieses tröstende Bild behielt Jonathan im Gedächtnis, als der Mann, der Gerry hieß, ihm mit dem Pistolenknauf eins überzog; dann schlug er ihm noch einmal auf die rechte Wange und aufs Auge und ein drittesmal, als Jonathan in Nebeln von Sophies Blut zu Boden sank. Er krümmte sich in Seitenlage auf dem Boden, und Gerry verpaßte ihm zusätzlich noch ein paar Tritte in die Leistengegend, bevor er seinen Komplicen Mike am gesunden Arm packte und ihn – unter erneuten Schreien und Verwünschungen – durch die Küche zur Tür gegenüber zerrte. Und Jonathan stellte erfreut fest, daß die vollgestopfte Aktentasche nicht weit von ihm lag, denn Gerry wurde eindeutig nicht gleichzeitig mit einem verletzten Mike und der Beute fertig.

Dann näherten sich von neuem Schritte und Stimmen, und eine Schrecksekunde lang glaubte Jonathan, sie hätten beschlossen zurückzukommen und ihn sich noch einmal vorzunehmen, doch hatte er in seiner Verwirrung nur die Geräusche falsch zugeordnet, denn es waren nicht seine Feinde, die sich jetzt um ihn scharten und auf ihn hinabstarrten, sondern seine Freunde, all die Leute, für die er gekämpft und für die er sein Leben gewagt hatte: Tabby und Frisky, Langbourne und die Polospieler, das alte Ehepaar, das einander beim Tanzen das Gesicht gestreichelt hatte, die vier jungen Schwarzen aus der Bar, dann Swats und Wet Eye, dann Roper und Jed, die den kleinen Daniel zwischen sich festhielten. Und Miss Amelia, die so haltlos heulte, als hätte Jonathan auch ihr den Arm gebrochen. Und Mama Low, der Miss Amelia anbrüllte, sie solle endlich die Schnauze halten, und Miss Amelia, die »der arme Lamont« schrie. Und das war Roper störend aufgefallen.

»Warum zum Teufel nennt sie ihn Lamont?« fragte er unwillig, während er den Kopf hin und her bewegte, um Jonathans blutüberströmtes Gesicht besser erkennen zu können. »Das ist Pine aus dem Meister. Der Nachtmensch von der Rezeption. Engländer. Erkennst du ihn auch, Tabby?«

»Ja, das ist er, Chef«, bestätigte Tabby, der neben Jonathan kniete und ihm den Puls fühlte.

Irgendwo am Rand seines Blickfelds sah Jonathan, wie Frisky die zurückgelassene Aktentasche aufhob und hineinguckte.

»Es ist alles da, Chef«, sagte er beruhigend. »Kein Schaden, aber sie haben ihm schwer die Fresse poliert.«

Aber Roper beugte sich noch immer über Jonathan, und was auch immer er da sah, schien ihn mehr zu beeindrucken als der Schmuck, denn er rümpfte die Nase, als wäre der Wein korkig. Jed fand, daß Daniel genug gesehen hatte, und führte ihn mit sanftem Nachdruck die Treppe hinunter.

»Können Sie mich hören, Pine?« fragte Roper.

»Ja«, sagte Jonathan.

»Spüren Sie meine Hand?«

»Ja.«

»Hier auch?«

»Ja.«

»Und hier?«

»Ja.«

»Wie ist sein Puls, Tabby?«

»Ganz gut soweit, Chef.«

»Hören Sie mich immer noch, Pine?«

»Ja.«

»Sie werden wieder gesund. Hilfe ist schon unterwegs. Wir sor-

gen dafür, daß Sie nur die beste kriegen. Hast du Verbindung zu dem Boot, Corky?«
»Ja, Chef.«
Im Hinterkopf hatte Jonathan die Vorstellung von Major Corkoran, der sich ein schnurloses Telefon ans Ohr hielt; Corkoran hatte eine Hand in die Seite gestemmt und, um noch gebieterischer zu wirken, den Ellbogen hochgezogen.
»Wir bringen ihn mit dem Hubschrauber nach Nassau, und zwar *sofort*«, sagte Roper mit dem für Corkoran reservierten barschen Tonfall. »Sag dem Piloten Bescheid, dann ruf das Krankenhaus an. Nicht diese Arme-Leute-Klinik. Die andere. Unsere.«
»Doctors Hospital, Collins Avenue«, sagte Corkoran.
»Da meldest du ihn an. Wie heißt noch mal dieser aufgeblasene Schweizer Arzt, der ein Haus auf Windermere Cay hat und dauernd versucht, sein Geld in unsere Firma zu stecken?«
»Marti«, sagte Corkoran.
»Ruf Marti an, er soll hinkommen.«
»Mach ich.«
»Dann rufst du die Küstenwache an, die Polizei und den ganzen üblichen Idiotenverein. Mach denen die Hölle heiß. Haben Sie eine Tragbahre, Low? Holen Sie sie. Sind Sie verheiratet oder so was, Pine? Haben Sie eine Frau oder irgendwen?«
»Danke, nein, Sir.«
Und typisch, das letzte Wort mußte die Reiterin haben. Offenbar hatte sie in der Klosterschule Erste Hilfe gelernt. »Bewegen Sie ihn so wenig wie möglich«, sagte sie zu irgendwem, und ihre Stimme schien in seinen Schlaf zu schweben.

13

Jonathan war von ihren Bildschirmen verschwunden; verschollen, womöglich von den eigenen Leuten getötet. Ihre gesamte Planung, ihre Abhör- und Beobachtungsmaßnahmen, ihre angeblich perfekte Beherrschung des Spiels lag wie ein zertrümmertes Auto am Straßenrand. Sie waren taub und blind und hatten sich lächerlich gemacht. Das fensterlose Hauptquartier in Miami war ein Geisterhaus, und Burr ging wie von bösen Geistern geplagt durch die trostlosen Flure.

Ropers Jacht, seine Flugzeuge, Häuser, Hubschrauber und Autos wurden ständig überwacht, ebenso die stilvolle Kolonialvilla in Nassau, in der die prestigeträchtige Hauptgeschäftsstelle der Ironbrand Land, Ore & Precious Metals Company untergebracht war. Ebenso die Telefon- und Fax-Anschlüsse von Ropers Verbindungsleuten rund um den Globus: von Lord Langbourne in Tortola über gewisse Schweizer Bankiers in Zug bis hin zu halb anonymen Mitarbeitern in Warschau; von einem mysteriösen »Rafi« in Rio de Janeiro über »Misha« in Prag und eine Kanzlei niederländischer Notare in Curaçao bis hin zu einem noch nicht identifizierten Regierungsbeamten in Panama, der auch dann, wenn er von seinem Schreibtisch im Präsidentenpalast aus sprach, immer nur wie im Drogenrausch murmelte und den Decknamen Charlie benutzte.

Aber Jonathan Pine alias Lamont, zuletzt auf der Intensivsta-

tion des Doctors Hospital in Nassau geortet, wurde von keinem von ihnen auch nur mit einem Wort erwähnt.
»Er ist desertiert«, sagte Burr zu Strelski und spreizte die Hände vor dem Mund. »Erst dreht er durch, dann flieht er aus dem Krankenhaus. In einer Woche können wir seine Geschichte in den Sonntagszeitungen lesen.«
Dabei war alles so perfekt geplant gewesen. Vom Ablegen der *Pasha* in Nassau bis zu dem Abend der vorgetäuschten Entführung bei Mama Low war nichts dem Zufall überlassen worden. Die Ankunft der Kreuzfahrtgäste und ihrer Kinder: zwölf Jahre alte, wahrlich englische Mädchen, die träge Gesichter hatten, ständig Chips aßen und blasiert von Sportfesten sprachen; selbstbewußte Söhne mit schlanken Körpern und dem Nuscheln aus dem Mundwinkel, das der ganzen Welt zu verstehen gibt, sie könne zum Teufel gehen; die Familie Langbourne samt schwermütiger Gattin und dem allzu hübschen Kindermädchen – sie alle waren von Amatos Leuten heimlich begrüßt, beschattet, untergebracht und gehaßt und schließlich an Bord der *Pasha* geleitet worden, und nichts hatte man dem Zufall überlassen.
»Wissen Sie was? Diese reichen Knirpse sind mit dem Rolls vor Joe's Easy vorgefahren, bloß um sich dort mit Gras einzudecken!« teilte Amato, seit kurzem stolzer Vater, Strelski empört per Funk mit. Die Anekdote bekam ihren gebührenden Platz in den Annalen der Operation.
Wie auch die Geschichte von den Seemuscheln. Am Abend vor der Abreise der *Pasha* war einer der smarten jungen Ironbrand-Männer – MacArthur, der sein Debüt mit einer stummen Rolle im Hotel Meister gegeben hatte – beim Telefonieren mit einem dubiosen Bankmenschen am anderen Ende der Stadt abgehört worden. »Jeremy, du mußt mir helfen, wo in Gottes Namen kann man jetzt noch Seemuscheln kaufen? Ich brauche tausend Stück von den verdammten Dingern, möglichst bis gestern. Jeremy, ich meine es ernst.«
Die Lauscher wurden ungewöhnlich gesprächig. *Seemuscheln?* War das *wörtlich* gemeint? Oder Muschel gleich Geschoß?

Vielleicht See-Luft-Raketen? Der Ausdruck Seemuscheln war bisher noch nie im Vokabular von Ropers Waffen aufgetaucht. Im weiteren Verlauf des Tages wurden sie von ihrer Qual erlöst, als MacArthur dem Geschäftsführer eines Luxusladens in Nassau sein Problem auseinandersetzte: »Lord Langbournes Zwillingstöchter feiern am zweiten Tag der Kreuzfahrt Geburtstag ... der Chef will auf einer der unbewohnten Inseln eine Muschelsuche veranstalten und für die besten Sammlungen Preise verteilen ... aber letztes Jahr hat niemand Muscheln gefunden, also will der Chef diesmal kein Risiko eingehen. Seine Sicherheitsleute sollen in der Nacht davor tausend von den Dingern im Sand vergraben. Also bitte, Mr. Manzini, wo kriege ich jetzt einen solchen Haufen Muscheln her?«
Das Team lachte sich halb tot über die Geschichte. Frisky und Tabby, mit Matchbeuteln voller Muscheln bewaffnet, fallen bei Nacht über einen verlassenen Badestrand her? Es war zu komisch.
Was die Entführung betraf, so wurde sie Schritt für Schritt einstudiert. Zunächst hatten Flynn und Amato, als Jachtbesitzer getarnt, Hunter's Island ausgekundschaftet. Nach Florida zurückgekehrt, bauten sie das Terrain auf einem eigens zur Verfügung gestellten Dünengelände im Ausbildungslager von Fort Lauderdale nach. Tische wurden gedeckt, Bänder markierten die Wege. Eine eigens gebaute Hütte war das Küchenhaus. Eine Gruppe von Gästen wurde zusammengestellt. Gerry und Mike, die beiden schweren Jungs, waren knallharte Profis aus New York und bekamen genaue Anweisung, den Einsatz nach Befehl auszuführen, dann zu verschwinden und den Mund zu halten. Mike, der Entführer, war ein ungelenker Typ. Gerry, der Mann mit der Tasche, war finster, aber behende. Hollywood hätte es auch nicht besser machen können.
»Sind die Herren jetzt mit ihrem Einsatzbefehl vollkommen vertraut?« fragte der Ire Pat Flynn und musterte die Messingringe, die Gerry an jedem Finger der rechten Hand trug. »Es geht also bloß um ein paar freundschaftliche Schläge, Gerry. Wir verlangen nicht mehr als eine eher kosmetische Verände-

rung des Äußeren. Danach sollen Sie sich mit Ehren zurückziehen. Habe ich mich verständlich ausgedrückt, Gerry?«
»Alles klar, Pat.«
Dann wurden die üblichen Bedenken und Wenns und Abers diskutiert. Nichts wurde ausgelassen. *Was, wenn* die *Pasha* in letzter Minute doch nicht Hunter's Island anläuft? *Was, wenn* sie dort zwar vor Anker geht, die Passagiere aber an Bord zu Abend essen? *Was, wenn* die Erwachsenen zum Essen an Land gehen, die Kinder aber – etwa als Strafe für irgendeinen Streich – an Bord bleiben müssen?«
»Beten«, sagte Burr.
»Beten«, stimmte Strelski zu.
Aber im Grunde verließen sie sich nicht auf die göttliche Vorsehung. Sie wußten, daß die *Pasha* bisher noch nie an Hunter's Island vorbeigefahren war, auch wenn sie sich im klaren darüber waren, daß es irgendwann ein erstes Mal geben würde. Und das wär's dann wohl. Sie wußten, daß an Lows Schiffsanlegestelle in Deep Bay Vorräte für die *Pasha* bereitstanden und daß der Kapitän mit Sicherheit sowohl die Vorräte abholen als auch ein Essen bei Low zu sich nehmen würde, denn das tat er immer. Sie hatten großes Vertrauen in Daniels Einfluß auf seinen Vater. Daniel hatte in den vergangenen Wochen mehrere traurige Telefonate mit Roper darüber geführt, wie schrecklich schwer es war, sich an die Trennung der Eltern zu gewöhnen; der Zwischenstopp auf Hunter's Island sollte für ihn der Höhepunkt seines bevorstehenden Besuchs sein.
»Dieses Jahr hole ich die Krabben aber *wirklich* aus dem Korb, Dad«, hatte Daniel nur zehn Tage zuvor seinem Vater aus England mitgeteilt. »Ich träume auch nicht mehr von ihnen. Mums ist sehr zufrieden mit mir.«
Burr und Strelski kannten solche beunruhigenden Gespräche aus eigener Erfahrung, sie hatten selbst Kinder; und sie gingen davon aus, daß Roper, wenn er auch nicht gerade zu den Engländern zählte, denen Kinder besonders wichtig sind, eher durchs Feuer gehen würde, als Daniel zu enttäuschen.
Und sie behielten recht, vollkommen recht. Und als Major

Corkoran über Satellitenfunk bei Miss Amelia den Tisch auf der Terrasse reservierte, hätten Burr und Strelski einander umarmen können – was sie, wie es im Team hieß, ohnehin andauernd taten.

Zum erstenmal unruhig wurden sie erst um halb zwölf am Abend des betreffenden Tages. Die Operation war für 23:03 angesetzt, unmittelbar nach Beginn des Krabbenrennens. Bei den Proben hatte der Überfall, der Aufstieg zum Küchenhaus und der Abstieg zum Goose Neck nie länger als zwölf Minuten gedauert. Warum nur hatten Mike und Gerry nicht längst »Auftrag ausgeführt« durchgegeben?
Dann blinkten die roten Alarmlichter auf. Burr und Strelski standen mit verschränkten Armen in der Mitte der Funkzentrale und hörten sich Corkorans Stimme auf Tonband an, wie er schnell hintereinander mit dem Kapitän der Jacht, dem Hubschrauberpiloten der Jacht, dem Doctors Hospital in Nassau und schließlich mit Dr. Rudolf Marti in seinem Haus auf Windermere Cay sprach. Schon Corkorans Stimme war alarmierend. Sie war kühl und beherrscht mitten im Kampfgetümmel: »Es ist dem Chef durchaus bewußt, daß Sie kein Notarzt sind, Dr. Marti. Aber es geht um schwere Frakturen am Schädel und im Gesicht, die wiederhergestellt werden müssen, meint der Chef. Und die Klinik braucht einen Arzt, der den Patienten an sie überweist. Der Chef möchte, daß Sie ihn bei seiner Ankunft in der Klinik erwarten, und Sie können mit einer großzügigen Entschädigung für Ihre Mühen rechnen. Darf ich ihm sagen, daß Sie da sein werden?«
Frakturen am Schädel und im Gesicht? *Wiederhergestellt?* Was zum Teufel hatten Mike und Gerry gemacht? Das Verhältnis zwischen Burr und Strelski war bereits gespannt, als ein Anruf aus dem Jackson Hospital sie veranlaßte, mit Blaulicht dorthin zu rasen, wobei Flynn neben dem Fahrer saß. Als sie eintrafen, befand Mike sich noch im Operationssaal. Gerry hockte grau vor Wut in seiner Marine-Rettungsweste im Wartezimmer und rauchte eine nach der anderen.

»Diese verdammte Bestie hat Mike in der Tür massakriert«, sagte Gerry.
»Und was hat er mit *Ihnen* gemacht?« fragte Flynn.
»Mit mir? Nichts.«
»Was habt *ihr* mit *ihm* gemacht?«
»Sein verdammtes Maul geküßt. Was haben Sie denn gedacht, Klugscheißer?«
Und Flynn hob Gerry wie ein ungezogenes Kind vom Stuhl und verpaßte ihm eine harte Ohrfeige; dann setzte er ihn wieder in die gleiche träge Haltung hin.
»Ihr habt ihn zusammengeschlagen, Gerry?« erkundigte sich Flynn freundlich.
»Der Scheißkerl ist durchgedreht. Hat plötzlich ernst gemacht. Hat Mike ein Tranchiermesser an den Hals gehalten und ihm den Arm in der Scheißtür zu Brei gequetscht.«
Sie kamen rechtzeitig in die Operationszentrale zurück, um Daniel über den Satellitenfunk der *Pasha* mit seiner Mutter in England reden zu hören.
»Mums, ich bin's. Es geht mir gut. Wirklich.«
Langes Schweigen, während sie wach wird.
»Daniel? Kind, du bist nicht wieder in England, oder?«
»Ich bin auf der *Pasha,* Mums.«
»Daniel, also *wirklich.* Weißt du, wie *spät* es ist? Wo ist dein Vater?«
»Ich habe die Krabben nicht aus dem Korb geholt, Mums. Hab Schiß bekommen. War mir zu eklig. Es geht mir gut, Mums. Ehrlich.«
»Danny?«
»Ja?«
»Danny, was soll das eigentlich?«
»Paß auf, wir waren auf Hunter's Island, Mums. Und dann kam da so ein Mann, der hat nach Knoblauch gestunken, und der hat mich gefangengenommen, und ein anderer Mann hat Jed die Halskette geklaut. Aber der Koch hat mich befreit, und da haben sie mich gehen lassen.«
»Daniel, ist dein Vater in der Nähe?«

»Paula. Hallo. Entschuldige. Er wollte dir unbedingt sagen, daß ihm nichts passiert ist. Wir sind bei Mama Low in einen bewaffneten Überfall geraten. Die beiden Gangster haben Daniel für zehn Minuten als Geisel genommen, aber er ist völlig unverletzt.«
»Moment mal«, sagte Paula. Wie vor ihm sein Sohn wartete Roper, bis sie sich gefangen hatte. »Daniel ist als Geisel genommen und wieder freigelassen worden. Aber es geht ihm gut. Und jetzt weiter.«
»Sie haben ihn zum Küchenhaus hochgebracht. Du erinnerst dich an die Küche, an diesen Weg den Hügel rauf?«
»Bist du sicher, daß das alles wirklich passiert ist? Wir alle kennen Daniels Geschichten.«
»Ja, natürlich bin ich mir sicher. War ja selbst dabei.«
»*Bewaffnet?* Die haben ihn mit vorgehaltener *Waffe* den Hügel hochgebracht? Einen Achtjährigen?«
»Sie wollten an das Geld im Küchenhaus. Aber der Koch war zufällig da oben, ein Weißer, der ist auf sie losgegangen. Einen hat er fertiggemacht, aber der andere ist zurückgekommen und hat ihn zusammengeschlagen. Daniel konnte inzwischen fliehen. Weiß Gott, was passiert wäre, wenn sie Dans mitgenommen hätten. Haben sie aber nicht. Alles vorbei. Wir haben sogar die Beute zurück. Dem Koch sei Dank. Nun komm, Dans, erzähl ihr, daß du für deine Tapferkeit das Victoria Cross bekommst. Da ist er wieder.«

Fünf Uhr morgens. Burr saß reglos wie ein Buddha an seinem grauen Schreibtisch in der Operationszentrale. Rooke plagte sich pfeiferauchend mit dem Kreuzworträtsel im *Miami Herald* ab. Burr ließ das Telefon mehrmals klingeln, ehe er in der Lage war, es abzunehmen.
»Leonard?« sagte Goodhews Stimme.
»Hallo, Rex.«
»Ist was schiefgegangen? Ich dachte, Sie wollten mich anrufen. Ihre Stimme hört sich an, als würden Sie unter Schock stehen. Also, haben sie den Köder geschluckt? Leonard?«

»Tja, geschluckt haben sie ihn.«
»Aber was haben Sie denn? Sie klingen nicht nach einem Sieg, sondern wie auf einer Beerdigung. Was ist passiert?«
»Ich versuche gerade herauszufinden, ob wir noch die Kontrolle haben.«
Mr. Lamont befindet sich auf der Intensivstation, sagte das Krankenhaus. *Mr. Lamonts Zustand ist stabil.*
Aber nicht lange. Vierundzwanzig Stunden später war er verschwunden.

Hat er sich selbst entlassen? Dem Krankenhaus zufolge ja. Hat Dr. Marti ihn in seine Klinik verlegt? Offensichtlich, aber nur kurz, und die Klinik erteilt keine Auskunft über den Verbleib entlassener Patienten. Und als Amato dort anruft und sich als Zeitungsreporter ausgibt, antwortet Dr. Marti persönlich, Mr. Lamont sei abgereist, ohne seine Adresse zu hinterlassen. Plötzlich machen exotische Theorien die Runde in der Operationszentrale. Jonathan hat alles gestanden! Roper hat ihn durchschaut und ins Meer geworfen! Auf Anordnung Strelskis wird die Überwachung des Flughafens von Nassau eingestellt. Er befürchtet, daß Amatos Team langsam auffällt.
»Wir arbeiten mit Menschen, Leonard«, sagt Strelski tröstend, um die Last von Burrs Seele zu nehmen. »Das kann nicht jedesmal gutgehen.«
»Danke.«

Es wird Abend. Burr und Strelski sitzen, ihre Funktelefone auf dem Schoß, in einem Steakhouse, essen Rippchen mit Cajun-Reis und beobachten das Kommen und Gehen des wohlgenährten Amerika. Eine Meldung der Telefonüberwachung läßt sie mit vollem Mund zur Kommandostelle zurückrasen.
Corkoran mit einem leitenden Redakteur der führenden Tageszeitung der Bahamas:
»Altes Haus! Ich bin's, Corky. Wie geht's uns denn so? Was machen die Tänzerinnen?«

Austausch rauher Herzlichkeiten. Dann kommt's: »Süßer, hör zu, der Chef will, daß ihr eine Story kippt ... dringende Gründe, warum der Held der Stunde jetzt nicht ins Rampenlicht soll ... der kleine Daniel, sehr sensibler Junge ... man wird dir sehr, sehr dankbar sein, du kannst die Pläne für deinen Lebensabend enorm aufstocken. Wie wär's mit ›ein kleiner Streich, der schiefgegangen ist‹? Läßt sich das machen, Alter?«

Der sensationelle Raubüberfall auf Hunter's Island wird auf dem großen Friedhof der Berichte, die von Höherer Instanz abgelehnt wurden, zur ewigen Ruhe gebettet.

Corkoran mit einem höheren Nassauer Polizeibeamten, der für sein Verständnis für die Kavaliersdelikte der Reichen bekannt ist:

»Wie geht's uns, Alter? Hör zu, in Sachen Bruder Lamont, zuletzt von einem deiner lahmarschigeren Brüder im Doctors Hospital gesichtet ... was dagegen, wenn wir den einfach von der Speisekarte streichen? Der Chef würde die Sache sehr gern etwas tiefer hängen, er meint, das sei besser für Daniels Gesundheit ... möchte auch nicht, daß Anklage erhoben wird, selbst wenn ihr die Täter schnappen solltet, kann das Theater nicht ausstehen ... na prima ... ah, übrigens, glaub bloß nicht den ganzen Scheiß in den Zeitungen, von wegen, daß die Ironbrand-Aktien in den Keller gehen ... der Chef wird zu Weihnachten eine hübsche kleine Dividende ausspucken, da können wir uns alle was Schönes gönnen ...«

Der starke Arm des Gesetzes erklärt sich einverstanden, die Krallen einzuziehen. Und Burr fragt sich, ob er da Jonathans Nachruf hört. Und der Rest der Welt bleibt stumm.

Sollte Burr nach London zurückkehren? Oder Rooke? Logisch betrachtet, war es gleichgültig, ob sie in Miami oder in London an einem Faden hingen. Unlogisch betrachtet, wollte Burr in der Nähe des Ortes bleiben, an dem sein Agent zuletzt gesehen worden war. Schließlich schickte er Rooke nach London und zog am gleichen Tag aus seinem Stahl-und-Glas-Ho-

tel in eine bescheidenere Unterkunft in einem heruntergekommenen Teil der Stadt.
»Leonard kasteit sich, während er das Ende dieser Sache abwartet«, meinte Strelski zu Flynn.
»Stark«, sagte Flynn, der noch immer versuchte, sich damit abzufinden, daß sein Agent von Burrs Augapfel geopfert worden war.
Burrs Zelle war ein pastellfarbener Art-deco-Kasten am Strand; als Nachttischlampe diente ein verchromter Atlas mit geschultertem Globus, die stahlgerahmten Fenster dröhnten bei jedem vorbeifahrenden Auto, ein drogensüchtiger kubanischer Wächter lungerte mit Sonnenbrille und Elefantenbüchse im Foyer herum. Burr schlief dort unruhig, das Funktelefon auf dem freien Kopfkissen neben sich.
Einmal, als er nicht schlafen konnte, nahm er frühmorgens sein Funktelefon und ging auf einem der Boulevards spazieren. Aus dem dunstigen Meer tauchte ein Komplex von Kokainbanken vor ihm auf. Doch als er darauf zuging, befand er sich plötzlich auf einer Baustelle, die Gerüste wimmelten von kreischenden bunten Vögeln, und neben den geparkten Bulldozern schliefen Latinos wie Kriegstote.

Jonathan war nicht der einzige, der verschwunden war. Auch Roper war in ein schwarzes Loch gefallen. Ob nun absichtlich oder nicht, jedenfalls war er Amatos Leuten entwischt. Die abgehörten Telefonate der Ironbrand-Zentrale in Nassau ergaben lediglich, daß der Chef unterwegs war, um Farmen zu verkaufen – was in Ropers Jargon bedeutete: Kümmert euch um euren eigenen Scheiß.
Der Oberschnüffler Apostoll, den Flynn dringend konsultierte, wußte auch keinen Rat. Er habe vage mitbekommen, daß seine Klienten zu einer Geschäftsbesprechung auf der Insel Aruba gefahren sein könnten, sei aber selbst nicht eingeladen worden. Nein, er habe keine Ahnung, wo Mr. Roper sich aufhalte. Er sei Anwalt, kein Reiseveranstalter. Er sei ein Soldat der Jungfrau Maria.

Dann beschlossen Strelski und Flynn eines Abends, Burr ein wenig abzulenken. Sie holten ihn an seinem Hotel ab und überredeten ihn, die Funktelefone in der Hand, zu einem Bummel durch die Menschenmenge auf der Strandpromenade. Sie setzten sich mit ihm in ein Straßencafé, bestellten ihm Margheritas und zwangen ihn, sich für die vorbeikommenden Passanten zu interessieren. Vergeblich. Sie beobachteten die muskulösen Schwarzen in grellbunten Hemden und goldenen Ringen, die mit der Majestät von Lebemännern einherstolzierten, solange das Leben und ihre Männlichkeit währen mochte; ihre Mädchen, die in hautengen Miniröcken und hohen Stiefeln zwischen ihnen hertrippelten; ihre kahlköpfigen Leibwächter in mullah-grauen Umhängen, unter denen sie ihre Automatikwaffen verbargen. Eine Horde Strandjungen raste auf Skateboards vorbei, und die klügeren Damen brachten ihre Handtaschen in Sicherheit. Zwei alte Lesben mit schlaffen Strohhüten wollten sich nicht einschüchtern lassen und marschierten mit ihren Pudeln direkt auf sie zu, so daß sie ausweichen mußten. Nach den Strandjungen kam ein Schwarm langhalsiger Mannequins auf Rollschuhen, eine schöner als die andere. Bei ihrem Anblick wurde Burr, der Frauen liebte, einen Augenblick lebendig – nur um gleich darauf wieder in seine Melancholie zu versinken.
»He, Leonard«, machte Strelski einen letzten tapferen Versuch. »Sehen wir uns mal an, wo Roper am Wochenende einkaufen geht.«
In einem großen Hotel, in einem von Männern mit wattierten Schultern bewachten Konferenzraum, mischten Burr und Strelski sich unter die Käufer aus aller Herren Länder und lauschten den Verkaufsgesprächen gesund aussehender junger Männer mit Namensschildchen an den Rockaufschlägen. Hinter den Männern saßen Mädchen mit Auftragsbüchern. Und hinter den Mädchen, hinter einer Absperrung aus blutroten Seilen, waren in Vitrinen ihre Waren ausgestellt, jedes Stück poliert wie ein geliebter Besitz, und jedes machte garantiert einen Mann aus dem, der es besaß: von der rentabelsten Streubombe

über die unentdeckbare Vollkunststoff-Glock-Automatikpistole bis hin zu den allerneuesten tragbaren Raketenwerfern, Granaten und Tretminen. Und für den Bücherfreund gab es Standardwerke, wie man raketengetriebene Geschütze selber baut oder wie man aus einer röhrenförmigen Büchse für Tennisbälle einen Einmal-Schalldämpfer basteln kann. »So ziemlich das einzige, was fehlt, ist eine Mieze im Bikini, die mit dem Arsch vor dem Rohr einer Sechzehn-Zoll-Kanone herumwackelt«, sagte Strelski, als sie zur Kommandostelle zurückfuhren.
Der Witz kam nicht an.

Ein tropisches Gewitter senkt sich über die Stadt, verdunkelt den Himmel und schlägt den Wolkenkratzern die Köpfe ab. Ein Blitz, und schon heulen die Alarmanlagen geparkter Autos. Das Hotel kracht in allen Fugen, der letzte Rest Tageslicht schwindet, als sei die Hauptsicherung durchgebrannt. Regen strömt über die Fensterscheiben von Burrs Zimmer, schwarzes Treibgut schwimmt auf dem jagenden weißen Nebel. Sturmböen peitschen die Palmen kahl, schleudern Stühle und Blumentöpfe von den Balkonen.
Doch Burrs Funktelefon hat die Attacke wie durch ein Wunder überstanden und schrillt ihm jetzt ins Ohr.
»Leonard«, sagt Strelski; seine Stimme bebt vor unterdrückter Erregung, »bewegen Sie Ihren Arsch hierher, aber schnell. Wir haben Stimmen aus den Trümmern gehört.«
Die Lichter der Stadt gehen wieder an und strahlen fröhlich nach der Gratiswäsche.

Corkoran mit Sir Anthony Joyston Bradshaw, seit kurzem der skrupellose Vorsitzende einer Gruppe heruntergewirtschafteter britischer Handelsgesellshaften, der gelegentlich die Beschaffungsstellen Ihrer Majestät mit geheimen Rüstungslieferungen versorgt.
Corkoran telefoniert unter der falschen Voraussetzung, daß die Leitung abhörsicher ist, aus der Nassauer Wohnung eines smarten jungen Ironbrand-Mitarbeiters.
»Sir Tony? Corkoran. Dicky Ropers Laufbursche.«

»Scheiße. Was wollen Sie?« Die Stimme klingt belegt und angetrunken und hallt wie in einem Badezimmer.
»Die Sache ist leider dringend, Sir Tony. Der Chef braucht Ihre guten Dienste. Was zum Schreiben da?«
Burr und Strelski lauschen gebannt, wie Corkoran sich um Präzision bemüht:
»Nein, Sir Tony, *Pine.* P wie Peter, I wie Idiot, N wie Null, E wie Esel. Genau. Vorname Jonathan. Wie Jonathan.« Dann ein paar harmlose Details, Jonathans Geburtsort, Geburtdatum, britische Paßnummer. »Der Chef braucht eine gründliche Überprüfung, Sir Tony, bitte, am besten bis gestern. Und Mund halten. Absolutes Stillschweigen.«
»Wer ist Joyston Bradshaw?« fragt Strelski, als das Gespräch zu Ende ist.
Burr, der aus einem tiefen Traum zu erwachen scheint, erlaubt sich ein vorsichtiges Lächeln. »Sir Anthony Joyston Bradshaw, Joe, ist ein führendes englisches Arschloch. Seine finanzielle Klemme ist eine der wenigen Annehmlichkeiten der gegenwärtigen Rezession.« Sein Lächeln wird breiter. »Wenig überraschend, daß er auch ein alter Komplice von Mr. Richard Onslow Roper ist.« Er kommt in Fahrt. »Genaugenommen, Joe, wenn Sie und ich eine Mannschaft der größten Arschlöcher Englands aufstellen sollten, dürften wir Sir Anthony Joyston Bradshaw auf keinen Fall übergehen. Außerdem genießt er den Schutz einiger anderer hochgestellter englischer Arschlöcher, von denen etliche nicht allzuweit von der Themse entfernt ihrer Arbeit nachgehen.« Burrs angespanntes Gesicht strahlte vor Erleichterung, und er lachte laut auf: »Er lebt, Joe! Eine Leiche läßt man doch nicht überprüfen, nicht so dringend! Gründliche Überprüfung, sagt er. Na, wir haben ihm ja alles zurechtgelegt, und niemand ist besser geeignet, es ihm zu liefern, als dieser dämliche Tony Joyston Bradshaw! Sie wollen ihn, Joe! Er hat die Nase in ihr Zelt gesteckt! Kennen Sie es – dieses Sprichwort der Beduinen? Laß nie die Nase eines Kamels in dein Zelt, denn sonst kommt das ganze Kamel hinterher?«

Aber während Burr noch jubelte, dachte Strelski schon an den nächsten Schritt.
»Also kann Pat jetzt loslegen?« fragte er. »Pats Leute können den Zauberkasten vergraben?«
Sofort wurde Burr nüchtern. »Wenn Sie und Pat nichts dagegen haben, hab ich auch nichts dagegen«, sagte er.
Sie verständigten sich gleich auf die nächste Nacht.

Da Burr und Strelski ohnehin nicht schlafen konnten, fuhren sie zu Murgatroyd, einem rund um die Uhr geöffneten Hamburgerladen an der U.S. 1. Auf einem Schild hieß es: OHNE SCHUHE KEINE BEDIENUNG. Vor den Rauchglasfenstern hockten unbeschuhte Pelikane im Mondschein, jeder auf einem Pfosten entlang des hölzernen Landestegs, wie gefiederte alte Kampfbomber, die nie mehr eine Bombe abwerfen würden. Auf dem silbernen Strand starrten weiße Reiher unglücklich ihre Spiegelbilder an.
Um vier Uhr morgens piepte Strelskis Funktelefon. Er hielt es ans Ohr, sagte »ja« und lauschte. Er sagte: »Dann schlafen Sie erst mal was.« Er beendete das Gespräch, das zwanzig Sekunden gedauert hatte.
»Kein Problem«, teilte er Burr mit und nahm einen Schluck Cola.
Burr brauchte ein paar Sekunden, ehe er seinen Ohren traute. »Sie meinen, die haben's geschafft? Es ist erledigt? Sie haben das Ding versteckt?«
»Sie haben eine Strandlandung gemacht, den Schuppen gefunden, den Kasten vergraben, alles sehr leise, sehr professionell, dann sind sie nichts wie weg. Jetzt muß unser Junge nur noch reden.«

14

Jonathan lag wieder, nachdem man ihm die Mandeln herausgenommen hatte, auf seinem Eisenbett in der Militärschule – nur war das Bett riesig und weiß und hatte weiche Daunenkissen mit bestickten Rändern wie im Hotel Meister und ein kleines duftendes Kräuterkissen.

Er lag im Zimmer des Motels, eine Lkw-Fahrt außerhalb von Espérance, und kurierte bei zugezogenen Vorhängen seinen lädierten Kiefer und schwitzte im Fieber, nachdem er einer namenlosen Stimme am Telefon gesagt hatte, er habe seinen Schatten gefunden – nur war sein Kopf bandagiert, und er trug einen frischen Baumwollpyjama, auf dessen Brusttasche etwas gestickt war, das er wie Blindenschrift zu lesen versuchte. Nicht M wie Meister, nicht P wie Pine oder B wie Beauregard oder L wie Linden und Lamont. Eher so was wie ein Davidsstern mit zu vielen Zacken.

Er lag in Yvonnes Mansarde und lauschte im Dämmerlicht auf die Schritte von Madame Latulipe. Yvonne war nicht da, aber das Mansardenzimmer – nur war es viel größer als das von Yvonne und auch größer als das in Camden Town, in dem Isabelle gemalt hatte. Und es gab hier rosa Blumen in einer alten Delfter Vase und einen Wandteppich, auf dem Frauen und Männer bei der Beizjagd dargestellt waren. An einem Dachbalken hing ein Ventilator mit gemessen kreisendem Propeller.

Er lag in der Wohnung im Chicago House in Luxor neben Sophie, die von Mut redete – aber der Duft, der ihm in die Nase stieg, stammte von Potpourri und nicht von Vanille.
Er hat gesagt, mir müßte eine Lektion erteilt werden, sagte sie. *Aber nicht mir muß eine Lektion erteilt werden. Sondern Freddie Hamid und seinem schrecklichen Dicky Roper.*
Er sah geschlossene Jalousien, die das Sonnenlicht in Streifen schnitten, und davor mehrere Schichten feiner weißer Musselinvorhänge. Er drehte den Kopf auf die andere Seite und entdeckte Meisters silbernes Room-Service-Tablett mit einer Karaffe Orangensaft und einem Kristallglas; das Tablett war mit einer Spitzenserviette zugedeckt. Mit verschwimmendem Blick sah er über einen dicken Teppich zu einer Tür, hinter der er vage ein großes Badezimmer erkannte, in dem Handtücher wie die Orgelpfeifen über einem Halter hingen.
Aber jetzt tränten ihm die Augen, und sein Körper zuckte wie damals, als er sich als Zehnjähriger die Finger in einer Autotür geklemmt hatte; er merkte, daß er auf seinem Verband lag, und der Verband bedeckte die Seite seines Kopfs, die sie ihm eingeschlagen hatten und die Dr. Marti wiederhergestellt hatte. Also drehte er den Kopf dorthin zurück, wo er gewesen war, bevor er mit der Rekognoszierung begonnen hatte, und sah dem rotierenden Ventilator zu, bis das Geflacker der Schmerzen erloschen und das Gyroskop des Undercoversoldaten in ihm wieder zur Ruhe gekommen war.
An dieser Stelle kommen Sie über die Brücke, hatte Burr gesagt.
Die werden die Ware erst mal prüfen, hatte Rooke gesagt. *Sie können nicht einfach mit dem Jungen im Arm vor die hintreten und rauschenden Beifall erwarten.*
Fraktur des Schädels und des Backenknochens, hatte Marti gesagt. Gehirnerschütterung, acht auf der Richterskala, zehn Jahre Einzelhaft in einem abgedunkelten Zimmer.
Drei Rippen gebrochen, könnten auch dreißig sein.
Gravierende Hodenquetschung infolge versuchter Kastration mit der Spitze eines schweren Trainingsstiefels.
Denn offenbar hatte der Mann, nachdem Jonathan unter den

Schlägen mit der Pistole zu Boden gegangen war, ihn mehrmals in den Unterleib getreten und dabei unter anderem, zur rauhen Belustigung der Krankenschwestern, auf der Innenseite seines Oberschenkels den perfekten Abdruck eines Stiefels Größe 12 hinterlassen.

Eine schwarzweiße Gestalt huschte durch sein Blickfeld. Weißer Kittel. Schwarzes Gesicht. Schwarze Beine, weiße Strümpfe. Weiße Schuhe mit Gummisohlen und Klettverschlüssen. Anfangs hatte er sie für eine einzige Person gehalten, jetzt wußte er, daß es mehrere waren. Sie besuchten ihn wie stumme Geister, putzten und wischten Staub, erneuerten Blumen und Trinkwasser. Eine hieß Phoebe und hatte etwas von einer Krankenschwester.

»Hallo, Mist' Thomas. Wie *geht's* denn heute? Ich bin Phoebe. Miranda, hol noch mal die Bürste, und diesmal machst du auch *unter* Mist' Thomas' Bett sauber. Ja, *Madam.*«

Ich bin also Thomas, dachte er. Nicht Pine. Thomas. Oder vielleicht Thomas Pine?

Er döste wieder ein, und als er aufwachte, stand Sophies Geist über ihm, sie trug ihre weiße Hose und schüttelte Pillen in einen Pappbecher. Dann dachte er, sie sei eine neue Krankenschwester. Dann sah er den breiten Gürtel mit der Silberschnalle, die aufreizende Linie ihrer Hüften, das zerzauste kastanienbraune Haar. Und hörte die Jagdherrinnenstimme, schneidend klar und respektlos.

»Aber *Thomas*«, protestierte Jed. »*Irgend jemand muß* Sie doch lieben. Haben Sie keine Mütter, Freundinnen, Väter, Freunde? Wirklich niemand?«

»Wirklich niemand«, beteuerte er.

»Und wer ist Yvonne?« fragte sie, als sie den Kopf ganz dicht über seinen beugte und ihm eine Hand auf den Rücken und die andere auf die Brust legte, um ihn aufzurichten. »Eine *hinreißende* Frau?«

»Bloß eine ehemalige Freundin«, sagte er und roch das Shampoo in ihrem Haar.

»Nun, sollten wir Yvonne nicht Bescheid sagen?«

»Nein, das sollten wir nicht«, erwiderte er zu heftig.
Sie reichte ihm die Pillen und ein Glas Wasser. »Dr. Marti sagt, Sie brauchen *unendlich* viel Schlaf. Also denken Sie an *nichts* anderes, nur daß sie nur ganz langsam gesund werden. Und was wollen Sie zur Unterhaltung – Bücher, ein Radio oder was anderes? – nicht jetzt *sofort,* aber in ein paar Tagen. Wir wissen *gar nichts* über Sie, außer daß Roper behauptet, Sie heißen Thomas, also müssen Sie uns schon sagen, was Sie brauchen. Drüben im Hauptgebäude gibt's eine *riesige* Bibliothek, mit Unmengen von *schrecklich* gelehrten Sachen. Corky wird es Ihnen genauer erzählen, und wir können Ihnen alles, was Sie haben wollen, aus Nassau rüberfliegen lassen. Sie brauchen nur zu rufen.« Und ihre Augen, groß genug, um darin zu ertrinken.
»Danke, mach ich.«
Sie legte ihm eine Hand ans Gesicht, um seine Temperatur zu fühlen. »Wir werden Ihnen *nie* genug danken können«, sagte sie, ohne die Hand wegzunehmen. »Roper wird das alles noch *viel* besser sagen können, wenn er zurück ist, aber wirklich, was für ein Held. *So* was von tapfer«, sagte sie in der Tür. »*Scheiße*«, fügte die Klosterschülerin hinzu, als sie mit der Hosentasche an der Klinke hängenblieb.

Dann wurde ihm klar, daß dies nicht ihre erste Begegnung seit seinem Eintreffen hier gewesen war, sondern die dritte, und daß er die ersten beiden auch nicht geträumt hatte.
Beim erstenmal hast du mich nur angelächelt, das war schön: Du hast geschwiegen, ich konnte denken, und es war etwas zwischen uns. Du hattest das Haar hinter die Ohren geschoben, du hattest Reithosen und ein Jeanshemd an. Ich habe gefragt: »Wo bin ich?« Du hast gesagt: »Auf Crystal, Ropers Insel. Zu Hause.«
Beim zweitenmal war ich benommen und hielt dich für meine Exfrau Isabelle, die darauf wartete, zum Essen ausgeführt zu werden, das lag an diesem absolut lächerlichen Hosenanzug mit dem goldenen Schnurbesatz, den du anhattest.

»Gleich neben dem Wasserkrug ist eine Klingel, falls Sie etwas brauchen«, hast du gesagt. Und ich: »Ich werde Sie bestimmt rufen.« Aber gedacht habe ich: Warum zum Teufel mußt du dich verkleiden, als ob du einen Jungen spielst.
Ihr Vater hat sich ruiniert, weil er mit den Nachbarn mithalten wollte, hatte Burr verächtlich gesagt. *Hat erlesene Clarets serviert, obwohl er nicht mal die Stromrechnung bezahlen konnte. Wollte seine Tochter nicht auf die Sekretärinnenschule schicken, weil er das nicht für standesgemäß hielt.*

Jonathan lag auf der gesunden Seite und betrachtete den Wandteppich: Er sah eine Dame mit breitrandigem Hut und erkannte in ihr wie selbstverständlich seine singende Tante Annie Ball.
Annie war eine tapfere Frau, die schöne Lieder sang, doch ihr Mann, ein Farmer, war Trinker und haßte jeden. Also setzte Annie eines Tages ihren Hut auf, stellte Jonathans Koffer in den Lieferwagen, stieg mit ihm ein und erklärte, sie würden jetzt in Urlaub fahren. Sie fuhren Lieder singend bis zum späten Abend und hielten schließlich vor einem Haus, über dessen Tür in Granit das Wort JUNGEN eingemeißelt war. Dann brach Annie Ball in Tränen aus, gab Jonathan ihren Hut, zum Zeichen, daß sie bald zurückkommen und ihn holen werde; Jonathan stieg eine Treppe hoch und kam in einen Schlafsaal voller Jungen und hängte den Hut über seinen Bettpfosten, damit Annie wußte, wo er zu finden war, wenn sie zurückkam. Aber sie kam nicht zurück, und als er am Morgen aufwachte, setzten sich die anderen Jungen reihum den Hut auf. Er kämpfte darum, eroberte ihn zurück, wickelte ihn in eine Zeitung und steckte ihn, ohne Adresse, in einen roten Briefkasten. Am liebsten hätte er ihn verbrannt, aber er hatte kein Feuer.
Hier bin ich auch bei Nacht angekommen, dachte er. Weiße, zweimotorige Beechcraft, blaue Innenausstattung. Frisky und Tabby, nicht der Waisenhausaufseher, haben mein Gepäck nach verbotenen Süßigkeiten durchsucht.

Ihn habe ihn wegen Daniel verletzt, stellte er fest.
Ich habe ihn verletzt, um über die Brücke zu kommen.
Ich habe ihn verletzt, weil ich das Warten auf die Schauspielerei satt hatte.

Jed war wieder im Zimmer. Der Beobachter zweifelte nicht daran. Es war nicht ihr Parfüm, denn sie benutzte keins, und auch nicht irgendein Geräusch, denn sie machte keins. Und da er sie lange Zeit nicht sehen konnte, war es auch nicht ihr Anblick. Also mußte es der sechste Sinn des professionellen Beobachters gewesen sein: Man weiß, daß ein Feind in der Nähe ist, weiß aber noch nicht, woher man es weiß.
»Thomas?«
Er stellte sich schlafend und hörte, wie sie auf Zehenspitzen auf ihn zukam. Undeutlich erkannte er helle Kleider, die Tänzerinnenfigur, offen hängendes Haar. Er hörte etwas rascheln, als sie das Haar zurückschob und ihr Ohr dicht über seinen Mund beugte, um ihn atmen zu hören. Er spürte die Wärme ihrer Wange. Sie richtete sich wieder auf, er hörte leise Schritte über den Flur entschwinden und dann draußen die gleichen Schritte auf dem Stallhof.
Als sie nach London kam, soll sie ziemlich verstört gewesen sein, hatte Burr gesagt. *Ist an einen Haufen Hallodris geraten und hat sich durch die Gegend gevögelt. Dann ab nach Paris zur Erholung. Dort Roper kennengelernt.*

Er lauschte den Möwen Cornwalls und dem langgezogenen Echo draußen vor den Jalousien. Er roch den braunen Salzgeruch von Seetang und wußte, daß es Ebbe war. Eine Zeitlang überließ er sich dem Glauben, Jed habe ihn zum Lanyon zurückgebracht und stehe barfuß auf den Dielen vorm Spiegel, wo sie tat, was Frauen eben so tun, bevor sie zu Bett gehen. Dann hörte er das Tocken von Tennisbällen und die müßigen Stimmen von Engländern, die sich irgend etwas zuriefen; eine davon gehörte Jed. Er hörte einen Rasenmäher und das wilde Geschrei sich zankender englischer Kinder, vermutlich waren es die Sprößlinge der Langbournes. Er hörte das Surren eines Elektromotors und entschied sich für einen Skimmer, mit dem der Swimmingpool gereinigt wurde. Er schlief ein und roch Holzkohle und erkannte am rosa Leuchten der Decke, daß es Abend war, und als er den Kopf zu heben wagte, erblickte er vorm Fenster die Silhouette von Jed, die durch die Jalousie in den schwindenden Tag hinausspähte; das Abendlicht zeigte ihm ihren Körper unter dem Tenniskleid.

»Na, Thomas, wie wär's, wenn Sie zur Abwechslung mal ein bißchen *essen* würden?« schlug sie mit der Stimme einer Internatsleiterin vor. Sie mußte gehört haben, wie er den Kopf bewegte. »Esmeralda hat Ihnen Rinderbrühe und ein Butterbrot gemacht. Dr. Marti empfiehlt zwar Toast, aber der wird so weich bei der Luftfeuchtigkeit hier. Sie können auch Hähnchenbrust oder Apfelkuchen haben. *Im Prinzip,* Thomas, es ist so ziemlich alles da, was Sie wollen«, fügte sie mit dem verwunderten Tonfall hinzu, an den er sich allmählich gewöhnte. »Sie brauchen nur zu pfeifen.«

»Danke. Mach ich.«

»Thomas, es ist wirklich *seltsam,* daß Sie auf der ganzen Welt niemand haben, der sich Sorgen um Sie macht. Ich weiß auch nicht, warum, aber ich bekomme richtig Schuldgefühle dadurch. Können Sie nicht mal einen Bruder haben? *Jeder* hat einen *Bruder*«, sagte sie.

»Leider nein.«

»Nun, ich habe einen *phantastischen* Bruder und einen absolut ekelhaften. Das hebt sich also irgendwie auf. Außer daß es mir so aber lieber ist, als wenn ich sie nicht hätte. Das gilt sogar für den ekelhaften.«

Sie kam durch das Zimmer auf ihn zu. Sie lächelt ununterbrochen, dachte er beunruhigt. Sie lächelt wie eine Fernsehreklame. Sie hat Angst, daß wir sie abschalten, wenn sie aufhört zu lächeln. Sie ist eine Schauspielerin auf der Suche nach einem Regisseur. Kleine Narbe am Kinn, ansonsten keine besonderen Kennzeichen. Vielleicht ist auch sie mal geschlagen wor-

den. Von einem Pferd. Er hielt die Luft an. Sie stand jetzt an seinem Bett. Sie beugte sich über ihn und drückte ihm etwas auf die Stirn, das sich wie ein kaltes Heftpflaster anfühlte.
»Muß eine Weile draufbleiben«, sagte sie und lächelte noch breiter. Dann setzte sie sich aufs Bett und wartete; ihr Tennisröckchen klaffte auseinander, unbekümmert schlug sie die nackten Beine übereinander, der eine Wadenmuskel schmiegte sich sacht an das Schienbein darunter. Und ihre Haut wie hellbrauner Samt.
»Man nennt das einen Fiebertester«, erklärte sie mit einer theatralischen Stewardessenstimme. »Aus irgendeinem *merkwürdigen* Grund gibt es hier im *ganzen* Haus kein richtiges Thermometer. Sie sind ein *rätselhafter* Mensch, Thomas. Waren das *alle* Ihre Sachen? Bloß die eine kleine Tasche?«
»Ja.«
»Ihre ganze Habe?«
»Ja, leider.« Runter von meinem Bett! Komm rein! Bedeck dich! Für wen hältst du mich eigentlich?
»*Gott,* Sie haben's gut!« sagte sie; diesmal sprach sie wie eine Prinzessin von Geblüt. »Warum können *wir* nicht auch so leben? Wenn wir bloß mal für *ein Wochenende* mit der Beechcraft nach Miami fliegen, reicht der Laderaum *kaum* für unsere Sachen aus.«
Du Ärmste, dachte er.
Sie sagt einen Text auf, stellte er in seinem Elend fest. Keine Worte, sondern einen Text. Sie spricht wie jemand, der sie gern sein möchte.
»Vielleicht sollten Sie dann lieber dieses große Schiff nehmen«, schlug er scherzend vor.
Doch zu seiner Verärgerung hatte sie offenbar keine Erfahrung damit, daß man sich über sie lustig machte. Vielleicht hatten das schöne Frauen nie.
»Die *Pasha?* Ah, damit dauert es doch *viel* zu lange«, erklärte sie herablassend. Sie griff mit einer Hand nach seiner Stirn, zog den Plastikstreifen ab und ging an die Jalousie, um ihn abzulesen. »Roper ist leider unterwegs, um Farmen zu verkaufen.

Hat beschlossen, etwas kürzer zu treten, was ich für eine *furchtbar* gute Idee halte.«

»Was macht er denn eigentlich?«

»Geschäfte. Er hat eine Firma. Wer hat das nicht, heutzutage? Na, immerhin *gehört* sie ihm«, fügte sie hinzu, wie um zu rechtfertigen, daß ihr Liebhaber Geschäftsmann war. »Er hat sie gegründet. Aber vor *allem* ist er einfach ein lieber, reizender Mann.« Sie hielt den Streifen schräg und sah ihn stirnrunzelnd an. »Außerdem besitzt er *Unmengen* von Farmen, das macht schon mehr Spaß, obwohl ich noch nie eine davon gesehen habe. Überall in Panama und Venezuela und anderen Ländern, wo man nur mit einer bewaffneten Leibwache zum Picknick gehen kann. *Ich* stelle mir unter Landwirtschaft was anderes vor, aber immerhin ist es *Land.*« Sie runzelte die Stirn noch mehr. »Normale Temperatur. Hier steht, bei Verschmutzung mit Alkohol reinigen. Das könnte dann Corky machen. *Ohne* Schwierigkeiten.« Sie kicherte, und er sah auch diese Seite von ihr: das Mädchen auf der Party, das als erstes die Schuhe wegschleudert und lostanzt, wenn die Sache in Schwung kommt.

»Ich muß mich bald wieder auf den Weg machen«, sagte er. »Sie sind furchtbar nett gewesen. Danke.«

Immer den Unnahbaren spielen, hatte Burr ihm geraten. *Sonst werden die sich nach einer Woche mit Ihnen langweilen.*

»So?« rief sie und bildete mit den Lippen ein perfektes O, das eine Weile blieb. »Was sagen Sie da? Sie sind kaum in der Lage, *irgendwo* hinzugehen, bevor Roper zurückkommt, und Dr. Marti hat mir *ausdrücklich* gesagt, daß Sie mehrere *Wochen* brauchen, um sich zu erholen. Das *wenigste,* was wir für Sie tun können, ist, Sie wieder gesund zu machen. Im übrigen brennen wir alle darauf zu erfahren, was in aller Welt Sie zu Mama Low verschlagen hat, um uns allen das Leben zu retten, wo Sie doch im Meister ein ganz *anderer* gewesen sind.«

»Ich glaube nicht, daß ich ein anderer bin. Ich hatte bloß das Gefühl, in eine Sackgasse zu geraten. Wurde Zeit, die gestreifte Hose wegzuwerfen und sich eine Weile treiben zu lassen.«

»Was für ein *Glück* für uns, daß Sie in unsere Richtung getrie-

ben sind, kann *ich* da nur sagen«, sagte die Reiterin, und ihre Stimme war so tief, als ob sie gerade den Sattelgurt ihres Pferdes festzurrte.
»Und was ist mit Ihnen?« fragte er.
»Ach, ich wohne hier nur.«
»Ständig?«
»Wenn wir nicht auf dem Schiff sind. Oder auf Reisen. Ja. Hier lebe ich.«
Doch ihre Antwort schien sie zu verwirren. Seinem Blick ausweichend, legte sie ihn wieder hin.
»Roper möchte, daß ich für ein paar Tage nach Miami komme«, sagte sie, als sie ging. »Aber Corky ist wieder da, und alle hier *brennen* nur darauf, Sie *ungeheuer* zu verwöhnen. Im übrigen haben wir einen *heißen* Draht zu Dr. Marti, *direkt* sterben werden Sie uns also wohl kaum.«
»Na, denken Sie dran, diesmal weniger einzupacken«, sagte er.
»Tu ich ja. Aber Roper will immer unbedingt einkaufen, so daß wir jedesmal mit Unmengen beladen zurückkommen.«
Sie ging, zu seiner großen Erleichterung. Aber nicht seine eigene Vorstellung hatte ihn erschöpft, erkannte er, sondern ihre.

Er wachte davon auf, daß jemand eine Seite umblätterte, und sah Daniel im Bademantel auf dem Boden knien; den Hintern in die Luft gereckt, las er in einem großen Buch, auf das gerade ein Sonnenstrahl fiel. Es war also Morgen, und deshalb standen auch neben seinem Bett Brioches und Croissants, Biskuitkuchen, selbstgemachte Marmelade und eine silberne Teekanne.
»Es gibt Riesenkraken, die zwanzig Meter lang sind«, sagte Daniel. »Was essen die eigentlich?«
»Vermutlich andere Kraken.«
»Ich kann dir was über sie vorlesen, wenn du willst.« Er blätterte um. »Hast du Jed eigentlich *gern*?«
»Natürlich.«
»Ich nicht. Nicht *richtig*.«

»Warum denn nicht?«
»Einfach so. Sie ist affig. Die sind alle ungeheuer beeindruckt, daß du mich gerettet hast. Sandy Langbourne will für dich sammeln.«
»Wer ist diese Frau?«
»Das ist ein Mann. Eigentlich ein Lord. Nur daß ein Fragezeichen über dir hängt, sagt er. Also will er lieber noch warten, bis es irgendwie entfernt ist. Deswegen hat Miss Molloy auch gesagt, ich soll nicht zu lange mit dir zusammensein.«
»Wer ist Miss Molloy?«
»Meine Lehrerin.«
»In der Schule?«
»Ich geh nicht zur Schule.«
»Wieso?«
»Das verletzt meine Gefühle. Roper läßt andere Kinder für mich kommen, aber die kann ich nicht leiden. Er hat sich für Nassau einen neuen Rolls Royce gekauft, aber Jed gefällt der Volvo besser.«
»Gefällt denn dir der Rolls?«
»Bäh.«
»Was *gefällt* dir denn?«
»Drachen.«
»Wann kommen sie zurück?«
»Die *Drachen?*«
»Jed und Roper.«
»Du mußt ihn eigentlich Chef nennen.«
»In Ordnung. Jed und der Chef.«
»Wie heißt *du* eigentlich?«
»Thomas.«
»Ist das dein Nachname oder dein Vorname?«
»Such dir was aus.«
»Es ist weder Vor- noch Nachname, meint Roper. Sondern erfunden.«
»Hat er dir das erzählt?«
»Hab's zufällig mitbekommen. Wahrscheinlich Donnerstag. Hängt davon ab, ob sie noch zu Apos Saufparty gehen.«

»Wer ist Apo?«
»Ein Blödmann. Hat ein Penthouse in Coconut Grove, wo er seine Nutten vögelt. Das ist in Miami.«
Und Daniel las Jonathan etwas über Kraken vor, dann las er ihm über Flugsaurier vor, und als Jonathan einnickte, klopfte Daniel ihm auf die Schulter und fragte, ob er ein bißchen von dem Biskuitkuchen essen dürfe und ob Jonathan auch was haben wolle? Um Daniel eine Freude zu machen, aß Jonathan ein Stück, und als Daniel ihm zitternd eine Tasse lauwarmen Tee einschenkte, trank er auch davon einen Schluck.
»Geht schon besser, wie, Tommy? Die haben Sie ordentlich zugerichtet, muß ich schon sagen. Sehr professionell.«
Das war Frisky, er saß in T-Shirt und weißen Segeltuchhosen, aber ohne Walther Automatik, auf einem Stuhl direkt an der Tür und las die *Financial Times.*

Während der Patient sich ausruhte, gebrauchte der Beobachter seinen Verstand.
Crystal. Mr. Onslow Ropers Insel in den Exumas, eine Flugstunde von Nassau entfernt, wie Jonathan auf Friskys Uhr, die dieser am rechten Arm trug, hatte sehen können, als man ihn erst in das Fugzeug hinein- und später wieder hinaustrug. Zusammengesackt auf dem Rücksitz, im Kopf heimlich-hellwach, hatte er bei weißem Mondlicht beobachtet, wie sie über Riffe flogen, die wie die Ränder von Puzzleteilen geformt waren. Dann erhob sich vor ihnen eine einzelne Insel mit einem kegelförmigen Hügel in der Mitte. Jonathan erkannte eine auf dem Gipfel angelegte Landebahn, gepflegt und von Scheinwerfern beleuchtet; daneben ein Hubschrauberlandeplatz, ein niedriger grüner Hangar und ein orangefarbener Fernmeldemast. In seiner eigenartigen Wachsamkeit suchte er zwischen den Bäumen nach der Gruppe verfallener Sklavenhäuser, die Rooke zufolge die Stelle kennzeichneten, sah aber nichts davon. Nach der Landung wurden sie von einem Toyota-Jeep mit aufklappbarem Verdeck in Empfang genommen; der Fahrer war ein riesenhafter Schwarzer, er trug Netz-

handschuhe, die die Knöchel freiließen, damit er besser zuschlagen konnte.

»Kann er sitzen, oder soll ich den Rücksitz kippen?«

»Setz ihn nur vorsichtig und langsam hin«, hatte Frisky gesagt. Sie fuhren einen verwahrlosten, sich windenden Pfad hinunter, auf Blaukiefern folgten Bäume mit üppig grünen, herzförmigen Blättern, die so groß wie Eßteller waren. Als der Weg gerade wurde, sah Jonathan im Licht der Jeepscheinwerfer ein kaputtes Schild: PINDARS SCHILDKRÖTENFABRIK und dahinter den Sklavenbetrieb selbst, ein Backsteingebäude mit eingestürztem Dach und kaputten Fenstern. In den Büschen am Straßenrand hingen Baumwollfetzen wie alte Bandagen. Und Jonathan prägte sich alles der Reihe nach ein, um es, falls er je hier herauskäme und auf der Flucht wäre, rückwärts abhaken zu können: Ananasfeld, Bananenhain, Tomatenfeld, Fabrik. Im grellen Licht des Mondes sah er Äcker mit Baumstümpfen, die wie unfertige Kreuze aussahen, dann eine Kreuzwegkapelle, dann eine mit Schindeln verkleidete Highway Church of God. An der Highway Church nach links, dachte er, als sie rechts abbogen. Das alles waren Informationen, das alles waren Strohhalme, an denen er sich festhalten konnte, während er darum kämpfte, nicht unterzugehen.

Inselbewohner hockten im Kreis auf dem Weg und tranken aus braunen Flaschen. Der Fahrer manövrierte respektvoll um sie herum, die behandschuhte Hand zu einem ruhigen Gruß erhoben. Der Toyota holperte über eine Bohlenbrücke, und Jonathan sah den Mond auf der rechten Seite hängen und genau darüber den Polarstern. Er sah Ixora-Sträucher und Hibiskus, und mit der Klarheit, die ihn erfüllte, erinnerte er sich, gelesen zu haben, daß der Kolibri nicht in der Mitte, sondern an der Rückseite der Hibiskusblüte trank. Er wußte aber nicht mehr, ob dies nun den Vogel oder die Pflanze bemerkenswert machte.

Sie fuhren zwischen zwei Torpfosten hindurch, die ihn an italienische Villen am Comer See erinnerten. Neben dem Tor stand ein von Sicherheitsscheinwerfern umgebener weißer

Bungalow mit vergitterten Fenstern: eine Art Pförtnerhaus, wie Jonathan vermutete, denn als das Tor in Sicht kam, war der Jeep im Schneckentempo darauf zugefahren; zwei schwarze Wachtposten unterzogen die Insassen gemächlich einer Kontrolle.

»Ist das der, den der Major angekündigt hat?«

»Wer denn sonst?« fragte Frisky. »Oder sieht er aus wie ein Araberhengst?«

»Frag ja bloß, Mann. Kein Grund zur Aufregung. Was ist denn mit seinem Gesicht passiert?«

»Aufpoliert worden«, sagte Frisky.

Vom Tor zum Hauptgebäude waren es nach Friskys Uhr vier Minuten, Fahrtgeschwindigkeit wegen der Rüttelschwellen höchstens fünfzehn Stundenkilometer, und der Toyota bewegte sich offenbar in einem Linksbogen, neben dem sich links ein süßlich riechendes Gewässer befand. Jonathan tippte auf eine geschwungene, etwa anderthalb Kilometer lange Zufahrt am Rand eines künstlich angelegten Sees oder einer Lagune. Während der Fahrt sah er in der Ferne immer wieder Lichter zwischen den Bäumen, vermutlich ein Grenzzaun mit Halogenlampen wie in Irland. Einmal hörte er neben ihnen im Dunkeln das Getrappel von Pferdehufen.

Nach der nächsten Kurve erblickte er die angestrahlte Fassade eines palladianischen Palasts mit Zentralkuppel und dreieckigem Ziergiebel, der von vier mächtigen Säulen getragen wurde. Die Kuppel hatte runde, von innen beleuchtete Dachfenster, die wie Bullaugen aussahen, und einen kleinen Turm, der im Mondlicht glänzte wie ein weißer Schrein. Auf der Spitze des Turms stand eine Wetterfahne mit zwei Jagdhunden, die einem angestrahlten goldenen Pfeil nachhetzten. Das Haus hat zwölf Millionen Pfund gekostet, und es kommt noch mehr dazu, hatte Burr gesagt. Die Inneneinrichtung ist für weitere sieben Millionen versichert, nur gegen Feuer. Der Roper rechnet nicht damit, beraubt zu werden.

Der Palast stand auf einem Grashügel, der eigens dafür angelegt worden sein mußte. Davor befand sich ein Kiesplatz mit

einem Seerosenteich und einem marmornen Springbrunnen; vom Vorplatz führte eine geschwungene Marmortreppe mit einer Balustrade zu dem hohen, von eisernen Laternen flankierten Eingangsportal. Die Laternen brannten, der Springbrunnen tanzte; die Flügeltüren des Portals waren aus Glas. Dahinter erspähte Jonathan einen Diener in weißer Jacke, der unter einem Kronleuchter in der Eingangshalle stand. Der Jeep fuhr, ohne anzuhalten, über den Kies, dann durch einen gepflasterten Stallhof, auf dem es warm nach Pferden roch, vorbei an einem Dickicht aus Eukalyptusbäumen und einem hell erleuchteten Swimmingpool mit Kinderbecken und Rutsche, vorbei an zwei hell erleuchteten Sandtennisplätzen, einem Croquetrasen und einem Putting green und schießlich durch zwei weitere Torpfosten, die weniger imposant, aber hübscher waren als die ersten; sie hielten vor einer offenen Rotholztür.
Und dort mußte Jonathan die Augen schließen, denn ihm platzte der Kopf, und die Schmerzen in der Leistengegend brachten ihn fast um den Verstand. Außerdem wurde es Zeit, sich wieder tot zu stellen.
Crystal, wiederholte er bei sich, als sie ihn die Teakholztreppe hinauftrugen. Crystal. Ein Kristall so groß wie das Ritz.

Und jetzt, in seinem Luxusgefängnis, arbeitete der niemals schlafende Teil von Jonathan noch immer, notierte und registrierte jede Einzelheit für die Zeit danach. Er lauschte dem ununterbrochenen Redefluß schwarzer Männerstimmen draußen vor den Jalousien, und bald konnte er Gums, der den hölzernen Landesteg reparierte, erkennen, Earl, der Felsblökke für einen Steingarten zurechtschlug und ein begeisterter Anhänger der Footballmannschaft von St. Kitts war, und Talbot, den Bootsführer und Calypsosänger. Jonathan hörte Landfahrzeuge, deren Motoren keine Vergaser hatten, so daß er auf Elektrobuggys tippte. Er hörte die Beechcraft zu unregelmäßigen Zeiten am Himmel hin- und herfliegen, und dann stellte er sich jedesmal vor, wie Roper mit seiner halben Lesebrille und dem Sotheby-Katalog nach Hause zu seiner Insel flog, neben ihm Jed, die Zeitschriften las. Er hörte das ferne Wiehern von Pferden und das Scharren von Hufen auf dem Stallhof. Gelegentlich hörte er das Knurren eines Wachhundes und das Kläffen vieler kleinerer Hunde, bei denen es sich um eine Meute Beagles handeln mochte. Und er fand nach und nach heraus, daß das Emblem auf seiner Pyjamatasche einen Kristall darstellte, worauf er eigentlich gleich hätte kommen können, dachte er.

Er merkte, daß sein Zimmer, so elegant es auch war, dem aggressiven Klima der Tropen nicht minder ausgesetzt war als alles andere. Als er anfing, das Bad zu benutzen, stellte er fest, daß die Handtuchstange, obwohl die Hausmädchen sie täglich polierten, jeden Morgen von salzigen Ablagerungen bedeckt war. Und daß die Halterungen der Glasborde ebenso oxidierten wie die Nieten, mit denen die Halterungen an der gekachelten Wand befestigt waren. In manchen Stunden war die Luft so schwer, daß sie dem Ventilator trotzte und wie ein nasses Handtuch auf Jonathan lag.

Eines Abends kam Dr. Marti mit einem Lufttaxi auf die Insel. Er fragte Jonathan, ob er Französisch spreche, und Jonathan sagte ja. Während Marti dann Jonathans Kopf und Unterleib untersuchte, ihn mit einem kleinen Gummihammer auf Knie und Arme schlug und ihm mit einem Ophthalmoskop in die Augen spähte, beantwortete Jonathan eine Reihe nicht sehr zufälliger Fragen auf französisch und merkte gleich, daß es hier um etwas anderes ging als eine Untersuchung seines Gesundheitszustandes.

»Aber Sie sprechen Französisch wie ein Europäer, Monsieur Lamont!«

»So hat man es uns auf der Schule beigebracht.«

»In Europa?«

»Toronto.«

»Aber welche Schule war denn das? Mein Gott, das müssen Genies gewesen sein!«

Und mehr dieser Art.
Dr. Marti verordnete ihm Ruhe. Ruhe und Warten. Auf was? Bis ihr mich überführt habt?
»Na, fühlen wir uns schon was besser, Thomas?« fragte Tabby besorgt von seinem Stuhl neben der Tür.
»Ein bißchen.«
»Dann ist's ja gut«, sagte Tabby.
Je mehr Jonathan zu Kräften kam, desto wachsamer wurden seine Wächter.

Doch über das Haus, in dem sie ihn festhielten, fand Jonathan nichts heraus, so sehr er auch seine Sinne anstrengte: keine Türklingeln, Telefone, Faxgeräte, Kochgerüche, Gesprächsfetzen. Er roch Möbelpolitur mit Honigaroma, Insektizide, frische Blumen, Potpourri und, wenn der Wind aus der richtigen Richtung kam, Pferde. Er roch Jasmin, gemähtes Gras und das Chlor vom Swimmingpool.
Dennoch spürte der Waisenjunge, Soldat und Hotelier bald etwas Vertrautes aus seiner heimatlosen Vergangenheit: den Rhythmus einer Institution, die auch dann funktionierte, wenn der Befehlshaber nicht anwesend war. Die Gärtner begannen ihre Arbeit um halb acht, Jonathan hätte seine Uhr danach stellen können. Ein einziger Schlag einer Sturmglocke läutete die Elf-Uhr-Pause ein, und zwanzig Minuten lang regte sich gar nichts, kein Rasenmäher, kein Buschmesser; alles döste. Um ein Uhr schlug die Sturmglocke zweimal, und wenn Jonathan die Ohren spitzte, konnte er das Gemurmel der Eingeborenen in der Kantine hören.
Es klopfte an die Tür. Frisky schob sie auf und grinste hinein. *Corkoran ist pervers wie Caligula,* hatte Burr ihn gewarnt, *und schlau wie ein Käfig voll Affen.*

»*Mein Lieber*«, hauchte eine heisere englische Oberschichtstimme durch die Dunstschwaden des Alkohols vom letzten Abend und der stinkenden französischen Zigaretten dieses Morgens. »Wie *geht's* uns denn heute? Kein Mangel an Abwechslung, muß ich sagen, mein Bester. Zuerst tragen wir Garibaldi-Rot, dann Affenarschblau und heute eine Livree, gelb wie abgestandene Eselspisse. Darf man hoffen, daß es aufwärts mit uns geht?«

Die Taschen von Major Corkorans Buschhemd waren mit Kulis und Männerkram vollgestopft. Riesige Schweißflecken erstreckten sich von den Achselhöhlen bis zum Bauch.

»Ich möchte eigentlich bald hier weg«, sagte Jonathan.

»Geht klar, Schätzchen, wann immer Sie wollen. Sprechen Sie mit dem Chef. Sobald sie zurück sind. Alles zu seiner Zeit. Und wir essen auch schön und so weiter, ja? Schlaf ist die beste Medizin. Bis morgen. Tschüs.«

Und am nächsten Morgen blickte Corkoran wieder auf ihn hinunter und paffte an seiner Zigarette.

»Frisky, altes Haus, verpiß dich, wenn ich bitten darf.«

»Mach ich, Major«, sagte Frisky grinsend und glitt gehorsam aus dem Zimmer, während Corkoran durch das Zwielicht zum Schaukelstuhl watschelte und sich mit dankbarem Grunzen hineinsinken ließ. Dann zog er eine Weile an seiner Zigarette, ohne etwas zu sagen.

»Die Kippe stört uns doch nicht, mein Lieber? Ohne eine Kippe zwischen den Fingern kann ich nicht reden. Also vom Saugen und Blasen bin ich nicht abhängig. Es geht mir nur darum, den kleinen Racker in der Hand zu halten.«

Für sein Regiment war er untragbar, also hat er fünf Jahre im militärischen Nachrichtendienst abgeleistet, sagte Burr: *Kaum zu glauben, aber bei denen ist Corky voll eingeschlagen. Der Roper liebt ihn nicht nur wegen seines Aussehens.*

»Wir rauchen doch auch, stimmt's? Wenn die Zeiten besser sind?«

»Ein bißchen.«

»Was für Zeiten sind das, mein Lieber?«

»Beim Kochen.«

»Das hab ich nicht mitgekriegt.«

»Beim Kochen. Wenn ich mit der Hotelarbeit pausiere.«

Major Corkoran wurde ganz begeistert. »Ich muß sagen, kein Wort gelogen, *verdammt* guter Fraß, den Sie uns an diesem Abend bei Mama aufgetischt haben, vor Ihrem Auftritt als Retter. Waren diese Muscheln in Soße ganz allein Ihr Werk?«

»Ja.«

»Absolut phantastisch. Und der Karottenkuchen? Das war ein Volltreffer, kann ich Ihnen sagen. Die Lieblingsspeise des Chefs. Den haben Sie eingeflogen, oder?«

»Ich habe ihn selbst gebacken.«

»Wie bitte, Alter?«

»Ich habe ihn selbst gebacken.«

Corkoran war sprachlos. »Sie meinen, Sie haben den Karottenkuchen *selbst* gebacken? Mit Ihren kleinen Händchen? Mein *Lieber, Goldschatz*!« Er zog an seiner Zigarette und strahlte Jonathan durch den Rauch bewundernd an. »Das Rezept haben Sie zweifellos dem alten Meister geklaut.« Er schüttelte den Kopf. »Absolut genial.« Noch ein gewaltiger Zug an der Zigarette. »Haben wir Meister vielleicht *sonst* noch was geklaut, mein Lieber, wo wir schon mal bei dem Thema sind?«

Jonathan, der reglos auf seinem Daunenkissen lag, stellte sich auch geistig reglos. Hol mir Dr. Marti. Hol mir Burr. Laß mich raus.

»Hat mich offen gesagt ein bißchen in Verlegenheit gebracht, alter Junge, als ich im Krankenhaus die Formulare ausgefüllt habe. Das ist mein Job in diesem Laden. Solange ich einen habe. Offizieller Formularausfüller. Zu was anderem sind wir Militärmenschen ja auch kaum zu gebrauchen, stimmt's? ›Aha‹, hab ich mir gedacht, ›hoho. Komisch Geschichte. Ist er nun Pine oder Lamont? Daß er ein Held ist, wissen wir, aber man kann doch nicht *Held* eintragen, wenn der Name verlangt wird.‹ Also hab ich Lamont geschrieben. Thomas Alexander – das ist uns doch hoffentlich recht so, mein Lieber? – Geboren, wie war das noch, in Toronto? Weiter Seite 32, nächste Verwandte, falls vorhanden? Fall abgeschlossen, dachte ich. Wenn er Lamont ist, will er Pine heißen, oder Lamont, wenn er Pine ist. Das ist sein gutes Recht, falls man mich fragt.«

Er wartete, daß Jonathan etwas sagte. Und wartete. Und zog wieder an seiner Zigarette. Und wartete weiter, denn Corkoran war im Vorteil des Vernehmenden; er hatte alle Zeit der Welt totzuschlagen.
»Aber verstehen Sie, der Chef«, fuhr er endlich fort, »ist aus einem anderen Holz geschnitzt, könnte man sagen. Der Chef hat viele Fähigkeiten, und er ist ein Kleinigkeitskrämer. Schon immer gewesen. Hängt sich an die Strippe und redet mit Meister in Zürich. Von einer Telefonzelle aus. Unten in Deep Bay. Braucht nicht immer Publikum. ›Wie geht's denn so Ihrem netten Pine?‹ fragt der Chef. Dem alten Meister rutschen die Socken runter. ›Pine, Pine? Gott im Himmel! Das Schwein hat mich heimlich bestohlen! Sechzigtausendvierhundertundzwei Franken, neunzehn Centimes und zwei Westenknöpfe hat er aus meinem Nachtsafe geklaut.‹ Von dem Karottenkuchen wußte er zum Glück noch nichts, sonst hätte er Ihnen auch noch Industriespionage angehängt. Sind Sie noch da, mein Lieber? Ich langweile Sie doch nicht etwa?«
Warte, redete Jonathan sich zu. Augen zu. Körper flach. Du hast Kopfschmerzen, du wirst dich übergeben. Das rhythmische Schaukeln von Corkorans Stuhl wurde schneller, dann hörte es auf. Jonathan roch den Zigarettenrauch jetzt ganz in der Nähe und sah, wie sich Corkorans Körper über ihn beugte.
»Mein Lieber? Sind Sie auf Empfang? Ich glaube, um es mal deutlich zu sagen, uns geht's nicht ganz so schlecht, wie es den Anschein hat. Der Knochenflicker sagt, wir haben uns erstaunlich erholt.«
»Ich habe nicht darum gebeten, hierhergebracht zu werden. Sie sind nicht die Gestapo. Ich habe Ihnen einen Gefallen getan. Bringen Sie mich zu Low zurück.«
»Aber, Schätzchen, Sie haben uns einen *enormen* Gefallen getan! Der Chef ist völlig auf Ihrer Seite! Ich auch. Wir *schulden* Ihnen etwas. Schulden Ihnen eine ganze *Menge*. Der Chef ist nicht der Typ, der sich vor Schulden drückt. Ist Ihnen sehr zugetan, wie solche weitblickenden Männer es sind, wenn sie

Dankbarkeit empfinden. Er *haßt* es, Schulden zu haben. Zieht es immer vor, daß andere Schulden bei *ihm* haben. Das liegt in seiner Natur. So sind große Männer nun mal. Also will er mit Ihnen quitt werden.« Die Hände in den Taschen, schlenderte Corkoran durchs Zimmer und dachte die Sache zu Ende. »Aber er ist auch nicht auf den Kopf gefallen. Daraus können Sie ihm ja wohl kaum einen Vorwurf machen, oder?«

»Gehen Sie. Lassen Sie mich in Ruhe.«

»Anscheinend hat der alte Meister ihm so eine Geschichte aufgetischt, daß Sie sich nach dem Einbruch in seinen Safe nach England absetzt und jemand kaltgemacht hätten. Quatsch, sagt der Chef, das muß ein anderer Linden sein, meiner ist ein Held. Aber dann streckt der Chef doch lieber selbst die Fühler aus, das ist so seine Art. Und es stellt sich raus, der alte Meister hat voll ins Schwarze getroffen.« Noch ein lebensrettender Zug an der Zigarette, während Jonathan sich noch immer totstellte. »Der Chef hat natürlich keinem was davon gesagt, außer meiner Wenigkeit. Viele Leuten legen sich mal einen anderen Namen zu, manche tun das unablässig. Aber jemand kaltmachen, na, das ist doch eher eine Privatangelegenheit. Also behält der Chef es für sich. Aber natürlich will er keine Schlange an seinem Busen nähren. Ist schließlich Familienvater. Andererseits gibt es solche und solche Schlangen, falls Sie mir folgen können. Vielleicht gehören Sie zu einer nicht giftigen Sorte. Und deshalb hat er mich beauftragt, Sie unter die Lupe zu nehmen, solange er und Jed irgendwie unterwegs sind. Jed ist sozusagen seine bessere Hälfte«, erklärte er zu Jonathans Information. »Ein Naturkind. Sie haben sie schon gesehen. Großes Mädchen. Ätherisch.« Er rüttelte Jonathan an der Schulter. »Wachen Sie endlich auf, mein Lieber. Ich bin auf Ihrer Seite. Der Chef auch. Wir sind hier nicht in England. Männer von Welt und so weiter. Aufwachen, Mr. Pine.«

Seine barsche Aufforderung stieß auf taube Ohren. Jonathan hatte sich in den tiefen Schlaf des Waisenhauses geflüchtet.

15

Goodhew hatte es nur seiner Frau erzählt.
Er hatte sonst niemanden. Andererseits erforderte eine derart ungeheure Geschichte ein ungeheures Publikum, und leider war seine liebe Hester nach allgemeiner Auffassung alles andere als ein Ungeheuer.
»Liebling, du bist also ganz sicher, daß du richtig gehört hast?« fragte sie ihn zweifelnd. »Du kennst dich doch. Viele Dinge hörst du *vollkommen* deutlich, aber beim Fernsehen *müssen* die Kinder dir manches erklären. Da war doch sicher *schrecklich* viel Verkehr, freitags während der Rush-hour.«
»Hester. Er hat genau das gesagt, was ich dir erzählt habe. Seine Stimme war lauter als der Verkehr, und er hat es mir direkt ins Gesicht gesagt. Ich habe jedes Wort verstanden. Ich habe gesehen, wie er die Lippen beim Sprechen bewegte.«
»Dann solltest du zur Polizei gehen. Wenn du *sicher* bist. Natürlich bist du sicher. Nur denke ich, du solltest mal mit Dr. Prendergast *reden,* auch wenn du sonst *nichts* unternimmst.«
Mit einer seltenen Wut auf seine Lebensgefährtin machte Goodhew, um einen klaren Kopf zu bekommen, einen strammen Spaziergang auf den Parliament Hill. Aber sein Kopf wurde nicht klar. Goodhew erzählte sich die Geschichte nur noch einmal, wie schon hundertmal zuvor.

Der Freitag hatte begonnen wie jeder andere. Goodhew war früh mit dem Fahrrad zur Arbeit gefahren, weil sein Chef gern einen Strich unter die Woche machte, ehe er aufs Land fuhr. Um neun Uhr teilte ihm die Privatsekretärin seines Chefs telefonisch mit, die für zehn Uhr geplante Sitzung müsse ausfallen, da der Minister dringend in die US-Botschaft beordert worden sei. Goodhew wunderte sich schon lange nicht mehr darüber, daß er von den Beratungen seines Chefs ausgeschlossen war, und nutzte den Vormittag, um alles mögliche aufzuarbeiten; das Mittagessen, ein Sandwich, nahm er an seinem Schreibtisch ein.

Um halb vier fragte die Privatsekretärin an, ob er mal eben für ein paar Minuten heraufkommen könne. Goodhew kam der Aufforderung nach. Im Büro seines Chefs, erschöpft vom Essen, umgeben von Kaffeetassen und Zigarrenduft, saßen die Überlebenden einer Lunchparty, zu der Goodhew nicht eingeladen worden war.

»Rex. Phantastisch«, sagte sein Chef überschwenglich. »Nehmen Sie Platz. Wen kennen Sie nicht? Niemand. Na Prima.«

Sein Chef war zwanzig Jahre jünger als er, ein reicher Raufbold mit einem sicheren Sitz im Parlament, ehemaliger Rugbyspieler der Uni-Mannschaft, was, soweit Goodhew feststellen konnte, so ziemlich alles war, was er im Studium geleistet hatte. Er sah nicht klar, aber diesen Mangel an Weitblick glich er durch Ehrgeiz wieder aus. Neben ihm saß Barbara Vandon von der Amerikanischen Botschaft, auf der anderen Seite Neal Marjoram von der Projektgruppe Beschaffung, der Goodhew immer recht sympathisch gewesen war, vielleicht wegen seines guten Rufs bei der Navy, seiner vertrauenswürdigen Augen und der ruhigen Ausstrahlung. Tatsächlich war es Goodhew immer ein Rätsel gewesen, wie so ein Mann, dem die Ehrlichkeit ins Gesicht geschrieben stand, es fertigbrachte, als Geoffrey Darkers Stellvertreter zu überleben. Neben Marjoram saß Galt, ein weiterer Apparatschik aus Darkers Abteilung und schon eher dessen Ebenbild: zu gut gekleidet, zu sehr der erfolgreiche Grundstücksmakler. Das dritte Mitglied der River-House-Delegation war eine energische Schönheit namens Hazel Bundy, die Gerüchten zufolge nicht nur die Arbeit, sondern auch das Bett mit Darker teilte. Aber auf solche Gerüchte gab Goodhew grundsätzlich nichts.

Als sein Chef ihm den Anlaß ihres Treffens erklärte, schwang bereits viel zu viel Heiterkeit in seiner Stimme mit: »Ein paar von uns haben mal die UK-US-Zusammenarbeit durchforstet, Rex«, sagte er und schwenkte seine Zigarre in einem vagen Bogen. »Um die Wahrheit zu sagen, kamen wir dabei zu einigen unangenehmen Schlußfolgerungen, die wir jetzt an Ihnen testen wollen. Inoffiziell. Kein Protokoll, kein Strafexerzieren. Gundsatzdiskussion. Argumente austauschen. Was dagegen?«

»Wie sollte ich?«

»Barbara, bitte.«

Barbara Vandon war die Stationsleiterin der Amerikaner in London. Sie hatte in Vassar studiert, verbrachte die Winter in Aspen und die Sommer auf Vineyard. Doch ihre Stimme glich einem schrillen Hilferuf.

»Rex, diese Aktion Klette ist doch reichlich kurios«, brüllte sie. »Wir haben nichts dabei zu bestellen. Absolut nichts. Die Sache spielt sich da *oben* ab, auf einer *Umlaufbahn*, und zwar jetzt.«

Die Verwirrung war Goodhew offenbar sofort anzumerken. »Barbara meint, wir handeln nicht im Einvernehmen mit Langley, Rex«, flüsterte ihm Marjoram erklärend zu.

»Wer ist *wir?*«

»Nun, wir eben. Das River House.«

Goodhew fuhr zu seinem Chef herum. »Sie haben mir gesagt, es ginge um eine Grundsatzdiskussion.«

»Moment, Moment!« Sein Chef fuchtelte mit der Zigarre in Richtung Barbara Vandon. »Sie hat ja eben erst angefangen. Seien Sie nicht so ungeduldig. Gott.«

Aber Goodhew ließ sich nicht beirren. »Das River House handelt bei der Operation Klette *nicht im Einvernehmen* mit Langley?« fragte er Marjoram ungläubig. »Das River House ist an der Operation Klette überhaupt nicht *beteiligt*, außer mit unterstützenden Maßnahmen. Die Operation ist eine Sache der Enforcement.«

»Nun ja, genau darüber sollten wir nach Barbaras Meinung sprechen«, erklärte Marjoram möglichst distanziert, um anzudeuten, daß er selbst nicht unbedingt dieser Meinung sei.

Barbara Vandon stürmte gleich wieder in die Bresche: »Rex, wir müssen ein großes Großreinemachen durchführen, nicht nur in Langley, sondern auch hier in England«, begann sie von neuem, und es hörte sich zunehmend nach einer vorbereiteten Rede an. »Wir müssen die Aktion Klette zurückfahren und noch mal ganz von vorn anfangen. Rex, Langley wurde abgehängt. Oder nicht abgehängt, sondern aufs Abstellgleis geschoben.« Diesmal bot Marjoram nicht seine Dienste als Dolmetscher an. »Rex, unsere Politiker werden das nicht hinnehmen. Die können jederzeit auf Konfrontationskurs gehen. Rex, wir haben es hier mit einer Sache zu tun, die sehr langsam und sorgfältig von fünfundfünfzig Seiten betrachtet werden muß, und was finden wir? Ein gemeinsames Einsatzabkommen zwischen – *erstens* – einer sehr peripheren, sehr neuen britischen Dienststelle, verzeihen Sie, schön und gut und engagiert, aber doch peripher. Und *zweitens* – einer Gruppe von Enforcement-Cowboys aus Miami, die keine Ahnung von Geopolitik haben. Es ist wie mit dem Schwanz und dem Hund, Rex. Der Hund ist da oben –« ihre Hand war schon über dem Kopf – »und der Schwanz ist *das* hier. Und im Augenblick führt der Schwanz Regie.«

Eine Woge von Selbstvorwürfen brach über Goodhew herein. Palfrey hat mich gewarnt, aber ich habe ihn nicht ernst genommen: *Darker inszeniert einen Putsch, um seine verlorenen Gebiete zurückzuerobern, Rex,* hatte Palfrey gesagt. *Er hat vor, sich hinter der amerikanischen Flagge einzureihen.*

»*Rex*«, schrie Barbara Vandon so schneidend, daß Goodhew sich an seinen Stuhl klammerte, »es geht hier um eine bedeutende geopolitische Machtverschiebung unmittelbar vor unserer Haustür, und diese Sache ist in den Händen von Amateuren, die nicht fürs Spiel in dieser Liga qualifiziert sind, die mit dem Ball vorpreschen, wenn sie ihn abspielen sollen, die von den entscheidenden Tatsachen keine Kenntnis haben. Die Kartelle handeln mit Drogen, das ist die eine Seite. Es ist ein Drogenproblem, und es sind Leute da draußen, deren Job es ist, sich mit diesem Problem zu befassen. Damit leben wir, Rex. Und wir bezahlen einen hohen Preis dafür.«

»Ah ja. Spitzenpreise, Barbara, nach allem, was man so hört«, stimmte Goodhew feierlich zu. Aber vier Jahre London hatten Barbara Vandon für jede Art von Ironie taub gemacht. Sie ratterte unbeirrt weiter.

»Die Kartelle schließen *Abkommen* miteinander, Rex, sie *tun* sich nichts, sie kaufen sich erstklassiges Material, bilden ihre Leute aus, schließen sich zusammen – Rex – wir sind hier in einem *anderen* Stadion. Es geht hier nicht um diese Gruppe von Leuten in Südamerika, die diese Dinge tun. Wenn man sich in Südamerika zusammenschließt, bedeutet das *Macht.* So einfach ist das. Das ist keine Aufgabe für die Ermittler von der Enforcement. Da wird nicht Räuber und Gendarm gespielt oder sich selbst in den Fuß geschossen. Das ist *Geopolitik,* Rex. Und für uns gibt es hier nur eins: Wir müssen aufs Kapitol gehen und denen da oben sagen können: ›Leute, wir akzeptieren die Notwendigkeiten bei dieser Sache. Wir haben mit der Enforcement gesprochen, und die hat sich taktvoll zurückgezogen und wird zur gegebenen Zeit eigene Maßnahmen ergreifen, das ist ihr gutes Recht und ihre gute Pflicht als Polizei. Vorerst aber ist das eine geopolitische Angelegenheit, sehr komplex und *äußerst* vielschichtig, und fällt daher *anerkanntermaßen* in die Zuständigkeit der Nachrichtenauswertung, die in geopolitischem Auftrag handeln wird.‹«

Offenbar war sie fertig, denn wie eine Schauspielerin mit ihrer Darbietung zufrieden ist, sah sie jetzt Marjoram an, als wollte sie fragen: »Wie war ich?« Aber Marjoram ging mit heuchlerischer Milde über ihre kämpferische Rede hinweg.

»Nun, ich finde, was Barbara sagt, hat einiges für sich«, bemerkte er mit seinem anständigen ehrlichen Lächeln. »Selbstverständlich werden *wir* uns einer Neuverteilung der Verantwortlichkeiten zwischen den Diensten nicht in den Weg stellen. Andererseits liegt die Entscheidung freilich kaum bei uns.«

Goodhews Gesicht war versteinert. Seine Hände lagen leblos vor ihm, sie weigerten sich mitzumachen.

»So ist es«, stimmte er zu. »Die Entscheidung liegt ganz und *gar* nicht bei Ihnen. Sondern beim Gemeinsamen Lenkungsausschuß, und bei niemand sonst.«

»Von dem Ihr Chef hier der Vorsitzende ist; und Sie, Rex, sind der Schriftführer, Gründer und oberster Wohltäter«, erinnerte ihn Marjoram mit kollegialem Lächeln. »Und, wenn ich so sagen darf, der moralische Schiedsrichter.«

Aber Goodhew ließ sich nicht besänftigen, nicht einmal von einem Mann, der so offenkundig vermitteln wollte wie Neal Marjoram. »Eine Neuverteilung der Verantwortlichkeiten, wie Sie das nennen, kann von rivalisierenden Diensten unter keinen Umständen vorgenommen werden, Neal«, sagte er streng. »Selbst wenn wir annehmen, daß die Enforcement bereit *wäre*, freiwillig das Feld zu räumen, was ich ernstlich bezweifle, sind die Dienste nicht befugt, ohne Rücksprache mit dem Lenkungsausschuß ihre Verantwortlichkeiten untereinander neu aufzuteilen. Keine Nebenabsprachen. Genau dafür wurde der Lenkungsausschuß ja eingerichtet. Fragen Sie den Vorsitzenden –« er wies mit dem Kopf in Richtung seines Chefs.

Einen Augenblick lang fragte niemand etwas, bis Goodhews Chef ein undeutliches Ächzen ausstieß, mit dem er gleichzeitig Zweifel, Gereiztheit und leichte Magenschmerzen zum Ausdruck betrachte.

»Nun, *selbstverständlich*, Rex«, sagte er mit jenem für die vorderen Bänke der Konservativen so typischen nasalen Wiehern, »wenn die amerikanischen Vettern tatsächlich die Operation Klette auf *ihre* Seite des Teichs ziehen wollen, werden wir uns auf *dieser* Seite – wohl oder übel – mit aller Nüchternheit überlegen müssen, ob wir uns damit einverstanden erklären. Hab ich recht? Ich sage *wenn*, weil unser Gespräch hier rein informell ist. Von offizieller Seite ist bisher noch nichts verlautbart worden. Oder?«

»Falls ja, ist es nicht bei mir angekommen«, sagte Goodhew eisig.

»Bei dem Tempo, mit dem diese verdammten Ausschüsse arbeiten, kriegen wir vor Weihnachten sowieso keine Antwort. Also los, Rex, wir sind doch beschlußfähig. Sie, ich und Neal? Ich denke, wir sollten die Sache selbst in die Hand nehmen.«

»Jetzt sind Sie gefragt, Rex«, sagte Marjoram liebenswürdig. »Sie sind der Gesetzgeber. Wenn *Sie* nicht daran drehen können, wer dann? Von Ihnen stammt die Idee, daß alle unter sich bleiben sollen: Polizisten spielen mit Polizisten, Spione mit Spionen, keine gegenseitige Beeinflussung. Die *Lex Goodhew* haben wir das genannt, und durchaus mit Recht. Sie haben es Washington verkauft, Gehör im Kabinett gefunden, es durchgeboxt. ›Geheimdienste in der Neuen Ära‹: War dies nicht der Titel Ihres Papiers? Wir beugen uns nur dem Unvermeidlichen, Rex. Sie haben Barbara gehört. Wenn ich die Wahl zwischen einem anmutigen Tänzchen und einem Frontalzusammenstoß habe, entscheide ich mich jedesmal für den Tanz. Ich will nicht, daß Sie in die eigene Falle tappen oder so was.«

Goodhew war inzwischen zweckmäßig wütend. Doch er war zu gewieft, sich durch seinen Zorn zu irgend etwas hinreißen zu lassen. Er sprach kalkuliert und kühl in Neal Marjorams ehrliches Gesicht am anderen Ende des Tischs. Er sagte, die Empfehlungen des Gemeinsamen Lenkungsausschusses an dessen Vorsitzenden – wieder ein Nicken in Richtung seines Chefs – seien in Anwesenheit aller Beteiligten formuliert worden, nicht von irgendeiner beschlußfähigen Versammlung. Er sagte, es sei die schriftlich fixierte Ansicht des Gemeinsamen Lenkungsausschusses, daß das River House überlastet sei und eher einige seiner Verantwortlichkeiten abzutreten versuchen solle, als ältere zurückzuerobern, und daß der Minister als Vorsitzender dem bisher zugestimmt habe – »es sei denn, Sie haben Ihre Meinung beim Lunch geändert«, wandte er sich an seinen Chef, der finster durch den Rauch seiner Zigarre blickte. Er sagte, wenn es nach ihm ginge, müßte die Enforcement noch weiter ausgebaut werden, damit sie den Herausforderungen auch wirklich gewachsen sei; und er schloß, da dies ja ein informelles Gespräch sei, mit der persönlichen Bemerkung, für ihn seien die Aktivitäten der Projektgruppe Beschaffung der neuen Ära nicht angemessen und der Autorität des Parlaments abträglich, und er habe vor, bei der nächsten Sitzung des Lenkungsausschusses offiziell eine Untersuchung dieser Aktivitäten zu beantragen.

Dann faltete er fromm die Hände, als wollte er sagen: »Ich habe gesprochen«, und wartete auf die Explosion.

Es gab keine.

Goodhews Chef studierte eingehend die Vorderseite von Hazel Bundys Kleid und puhlte ein Stück Zahnstocher von der Unterlippe. »*In Ord-nung. Okay*«, sagte er schleppend und mit gesenktem Blick. »Interessant. Danke. Notiert.«

»Stoff zum Nachdenken, *in der Tat*«, pflichtete Galt strahlend bei. Und lächelte Hazel Bundy an, die aber nicht zurücklächelte.

Neal Marjoram hingegen erschien wie die Milde selbst. Ein vergeistigter Friede hatte sich auf seine feinen Züge gelegt und spiegelte die echte moralische Integrität dieses Mannes.

»Haben Sie etwas Zeit für mich, Rex?« sagte er ruhig, als sie gingen.

Und Goodhew, Gott stehe ihm bei, fühlte sich geschmeichelt von der Vorstellung, daß Marjoram sich nach diesem kleinen gesunden Meinungsaustausch die Mühe machte, noch zu bleiben und klarzustellen, daß auf beiden Seiten keinerlei Verstimmung herrschte.

Goodhew bot Marjoram großzügig sein Büro an, aber dafür war Marjoram zu besonnen. Rex, Sie brauchen frische Luft, Sie müssen sich beruhigen. Machen wir einen Spaziergang.

Es war ein sonniger Nachmittag im Herbst. Das Laub der Platanen leuchtete rosa und golden, Touristen bummelten zufrieden über die Bürgersteige von Whitehall, und Marjoram bedachte sie mit einem väterlichen Lächeln. Und ja, Hester hatte recht, der Rush-hour-Verkehr freitags war tatsächlich enorm. Doch Goodhews Hörvermögen war davon nicht beeinträchtigt.
»Die alte Barbara ist ein bißchen sauer«, sagte Marjoram.
»Ich frage mich, auf wen«, sagte Goodhew.
»Wir haben ihr gesagt, das würde auf Sie keinen Eindruck machen, aber sie wollte es wenigstens versuchen.«
»Unsinn. Sie haben sie aufgehetzt.«
»Nun, was hätten wir denn tun sollen? Mit dem Hut in der Hand vor Sie hintreten und sagen: Rex, geben Sie uns die Klette? Es ist doch bloß ein Fall, Herrgott.« Sie hatten jetzt das Themse-Embankment erreicht, anscheinend waren sie am Ziel ihres Bummels. »Es geht auf Biegen und Brechen, Rex. Sie führen sich auf wie ein Heiliger. Bloß weil das Motto ›Alle bleiben unter sich‹ von Ihnen stammt. Verbrechen ist Verbrechen, Spion ist Spion, und nie werden die zwei zusammenkommen. Ihr Problem ist, daß Sie alles viel zu schwarzweiß sehen.«
»Nein, Neal. Das finde ich nicht. Nicht schwarzweiß genug, fürchte ich. Falls ich je meine Autobiographie schreibe, wird sie *Halbe Sachen* heißen. Wir alle sollten nicht flexibler sein, sondern entschiedener.«
Der Ton auf beiden Seiten war noch immer vollkommen kameradschaftlich: zwei Berufskollegen, die sich am Themse-Ufer Klarheit über ihre Differenzen verschafften.
»Sie haben den Zeitpunkt gut gewählt, das muß man Ihnen lassen«, sagte Marjoram beifällig. »Das ganze Gerede von der *neuen Ära* hat Ihnen eine Menge Pluspunkte in Whitehall eingebracht. Goodhew ist ein Freund der offenen Gesellschaft. Goodhew teilt die Zuständigkeiten auf. Da kann einem übel werden. Trotzdem muß man zugeben, Sie haben sich damit ein hübsches Revier abgesteckt. Verständlich, daß Sie das nicht kampflos hergeben wollen. Also, was ist es Ihnen wert?«

Sie standen Schulter an Schulter und blickten auf die Themse. Goodhews Hände lagen auf dem Geländer: Absurderweise trug er seine Fahrradhandschuhe, da er in letzter Zeit Probleme mit der Durchblutung hatte. Da er nicht verstand, worauf Marjoram mit seiner Frage hinauswollte, drehte er sich fragend zu ihm herum. Aber er sah nur sein frommes Profil, das segnend auf ein vorbeifahrendes Vergnügungsboot hinabblickte. Dann drehte sich auch Marjoram herum, und sie sahen sich, keine zwanzig Zentimeter voneinander entfernt, in die Augen: Falls der Verkehrslärm wirklich störte, bekam Goodhew jetzt jedenfalls nichts mehr davon mit.
»Nachricht von Darker«, sagte Marjoram durch sein Lächeln. »Rex Goodhew ist völlig überfordert. Interessensphären, von denen er nichts wissen kann und nichts zu wissen braucht, hochpolitische Angelegenheiten, Beteiligung von Spitzenleuten, der übliche Scheiß. Sie wohnen doch in Kentish Town, richtig? Verwohntes kleines Reihenhaus mit Tüllgardinen?«
»Wieso?«
»Sie haben seit neuestem einen entfernten Onkel in der Schweiz. Er hat Ihre Integrität schon immer bewundert. Sobald wir die Klette übernommen haben, stirbt Ihr Onkel eines frühen Todes und hinterläßt Ihnen eine Dreiviertelmillion Pfund, nicht Franken. Steuerfrei. Eine Erbschaft. Wissen Sie, was die Leute in Kolumbien sagen? ›Du hast die Wahl. Entweder machen wir dich reich, oder wir machen dich tot.‹ Darker sagt dasselbe.«
»Verzeihung. Ich bin heute ein wenig schwer von Begriff«, sagte Goodhew. »War das eine Drohung? Wollen Sie mich töten? Wollen Sie mich bestechen?«
»Zunächst einmal Ihre Karriere zerstören. Das dürfte kein Problem sein. Falls doch, werden wir uns etwas anderes einfallen lassen. Antworten Sie jetzt nicht, wenn es Ihnen unangenehm ist. Antworten Sie überhaupt nicht. Tun Sie es einfach. Erst handeln, dann reden: die Lex Goodhew.« Er lächelte teilnehmend. »Das glaubt Ihnen kein Mensch, stimmt's? Nicht in Ihren Kreisen. Der alte Rex hat sie nicht mehr alle … das geht

nun schon lange so ... hat nie etwas sagen wollen. Eine Gesprächsnotiz bekommen Sie nicht von mir, wenn's recht ist. Ich habe nie etwas gesagt. Bloß ein netter Spaziergang am Fluß nach einer langweiligen Sitzung. Schönes Wochenende wünsch ich Ihnen.«

Ihre Prämisse ist absurd, hatte Goodhew sechs Monate zuvor bei einem ihrer kleinen Abendessen zu Burr gesagt. *Sie ist destruktiv, sie ist hinterhältig, und ich weigere mich, so etwas zu unterstützen, und ich verbitte mir, daß Sie jemals wieder davon anfangen. Wir sind hier in England, nicht auf dem Balkan oder in Sizilien. Ihren Geheimdienst können Sie behalten, Leonard, aber geben Sie endlich und endgültig Ihr Hirngespinst auf, die Projektgruppe Beschaffung sei eine Millionengaunerei zugunsten von Geoffrey Darker und einer Versammlung korrupter Bankiers, Makler und Mittelsmänner und korrupter Geheimdienstoffiziere auf beiden Seiten des Atlantiks.*

Das ist Wahnsinn, hatte er Burr gewarnt.

Und so war es.

Nachdem er mit seiner Frau geredet hatte, behielt Goodhew sein Geheimnis eine Woche lang für sich. Ein Mann, der sich selbst nicht traut, traut niemandem. Als Burr aus Miami anrief und ihm von der Auferstehung der Klette berichtete, teilte Goodhew seine Euphorie, so gut er konnte. Rooke übernahm die Leitung von Burrs Büro in der Victoria Street. Goodhew lud ihn zum Lunch im Athenaeum ein, zog ihn aber nicht ins Vertrauen.

Dann kam eines Abends Palfrey mit der konfusen Geschichte vorbei, daß Darker mit britischen Waffenlieferanten Sondierungsgespräche über die Verfügbarkeit gewisser High-tech-Geräte führe, die für »ein Klima wie in Südamerika« tauglich sein müßten: der Endabnehmer werde später genannt.

»*Britische* Geräte, Harry? Das ist nicht Roper. Der kauft im Ausland.«

Palfrey saugte unruhig an seiner Zigarette und brauchte noch einen Whisky. »Nun, es *könnte* durchaus der Roper sein, Rex. Ich meine, wenn er Rückendeckung braucht. Ich meine, wenn es *britische* Spielzeuge sind – da kennt unsere Toleranz keine Grenzen, falls Sie verstehen, was ich meine. Beide Augen zu und den Kopf in den Sand. Solange es um britische Spielzeuge geht. Aber immer. Die würden das Zeug auch an Jack the Ripper verkaufen, solange es britisch ist.« Er kicherte.

Es war ein schöner Abend. Palfrey brauchte Bewegung. Also gingen sie bis zum Highgate-Friedhof und suchten sich in der Nähe des Eingangs eine ruhige Bank.

»Marjoram hat versucht, mich zu kaufen«, sagte Goodhew plötzlich geradeheraus. »Eine Dreiviertelmillion Pfund.«

»Ah, selbstverständlich«, meinte Palfrey unbeeindruckt. »So macht man das im Ausland. So macht man es bei uns zu Hause.«

»Außer dem Zuckerbrot hat er mir auch die Peitsche angeboten.«

»O ja, sicher, das ist so üblich«, sagte Palfrey und suchte nach einer neuen Zigarette.

»Was steckt dahinter, Harry?«

Palfrey rümpfte die Nase, blinzelte ein paarmal und wirkte seltsam verlegen.

»Bloß ein Schlaumeier. Mit guten Beziehungen. Sie wissen schon.«

»Ich weiß überhaupt nichts.«

»Gute Offiziere. Kalte Köpfe, vom Kalten Krieg übriggeblieben. Fürchten um ihren Arbeitsplatz. Sie wissen doch, Rex.«

Goodhew hatte den Eindruck, Palfrey beschreibe sein eigenes Dilemma und tue dies nur ungern.

»Natürlich in Doppelstrategien geübt«, äußerte Palfrey unaufgefordert seine Meinung, wie üblich in einer Reihe abgerissener, beschädigter Sätze. »Marktwirtschaftstypen. Beste Zeit in den Achtzigern. Nimm, solange du kannst, alle andern tun es auch: Wo der nächste Krieg herkommt, kann man nie wissen. Marschbereit, doch ohne Ziel … Sie wissen schon. Natürlich haben sie noch *Macht*. Die hat ihnen niemand weggenommen. Die Frage ist nur, wohin damit.«

Da Goodhew nichts sagte, fuhr Palfrey bereitwillig fort. »Keine schlechten Leute, Rex. Seien Sie nicht allzu kritisch. Fühlen Sie sich nur ein bißchen alleingelassen. Thatcher ist weg. Der russische Bär ist weg, sogar die Roten zu Hause unterm Bett sind weg. Hatten sich die Welt so schön untereinander aufgeteilt, Zweibeiner gut, Vierbeiner schlecht. Und dann stehen sie eines Morgens auf, und plötzlich sind sie – irgendwie – Sie wissen schon –« Er beendete den Satz mit einem Achselzucken. »Nun, wer mag schon ein Vakuum ertragen? Nicht einmal Sie. Oder? Seien Sie ehrlich, Sie mögen es *nicht.*«
»Unter Vakuum verstehen Sie Frieden?« fragte Goodhew, ohne daß er dies im geringsten als Tadel verstanden haben wollte.
»Eher Langeweile. Banalität. Hat noch keinem gutgetan, wie?« Wieder Kichern, und wieder ein langer Zug an der Zigarette. »Vor ein paar Jahren waren das erstklassige Kalte Krieger. Die besten Sitze im Club und so weiter. Schwierig, einfach stehenzubleiben, wenn man erst einmal so in Gang gesetzt worden ist. Man geht weiter. Ist doch natürlich.«
»Und was sind sie jetzt?«
Palfrey fuhr sich mit dem Handrücken über die Nase, als ob es ihn dort juckte. »Ich bin eigentlich bloß eine Fliege an der Wand.«
»Das weiß ich. Was sind *sie?*«
Palfrey sprach unbestimmt, vielleicht, um sich von seinen eigenen Einschätzungen zu distanzieren. »Atlantikmenschen. Kein Vertrauen zu Europa. Europa ist für die ein Babel, das von *Krauts* beherrscht wird. Amerika noch immer das einzig Wahre. Washington ist immer noch ihr Rom, auch wenn Caesar eine ziemliche Niete ist.« Er rutschte verlegen hin und her. »Die globale Heilsarmee. Retter der Welt. Kämpfen für die Weltordnung, versuchen sich an der Geschichte und legen ein paar Dollar auf die Seite, warum nicht?« Wieder rutschte er hin und her. »Sie sind ein bißchen korrupt geworden, das ist alles. Kann man ihnen nicht vorwerfen. Whitehall weiß nicht, wie man sie loswerden kann. Jeder meint, irgendwem werden

sie schon nützlich sein. Niemand kennt das vollständige Bild, und deshalb weiß niemand, daß es gar keins gibt.« Er rieb sich wieder die Nase. »Solange sie die Vettern zufriedenstellen, nicht zuviel Geld ausgeben und nicht in der Öffentlichkeit gegeneinander kämpfen, können sie machen, was sie wollen.«
»*Womit* stellen sie die Vettern zufrieden?« fragte Goodhew beharrlich; er hielt den Kopf in den Händen, als hätte er furchtbare Kopfschmerzen. »Können Sie mir das bitte erklären?«
Palfrey sprach wie zu einem störrischen Kind – nachsichtig, aber mit einer Spur Ungeduld. »Die Vettern haben *Gesetze,* lieber Freund. Denen sitzen Wachhunde im Nacken. Sie halten Femeprozesse ab, stecken verdiente Spione in den Knast und stellen hohe Beamte vor Gericht. Bei den Briten gibt es solchen Unsinn nicht. Höchstens den Gemeinsamen Lenkungsausschuß. Aber offen gesagt, sind die meisten von euch ein bißchen zimperlich.«
Goodhew hob den Kopf, vergrub ihn dann wieder in den Händen. »Weiter, Harry.«
»Wo war ich denn? Hab's vergessen.«
»Womit Darker die Vettern zufriedenstellt, wenn sie Ärger mit ihren Wachhunden haben.«
Auf einmal wirkte Palfrey zugeknöpft.
»Na. Ist doch eigentlich klar. Irgendein hohes Tier in Washington DC. steht auf und erklärt den Vettern: ›Sie dürfen die Wozza-Wozzas nicht bewaffnen. So steht es im Gesetz.‹ Okay?«
»Soweit, ja.«
»›Alles klar‹, sagen die Vettern. ›Kapiert. Wir werden die Wozza-Wozzas nicht bewaffnen.‹ Eine Stunde später hängen sie bei Bruder Darker an der Strippe. ›Geoffrey, altes Haus, tu uns einen Gefallen, ja? Die Wozza-Wozzas brauchen was zum Spielen.‹ Natürlich ist über die Wozza-Wozzas ein Embargo verhängt, aber wen hat so was je einen Deut gekümmert, vorausgesetzt, für den Fiskus springen auch ein paar Kröten dabei raus? Darker hängt sich an die Strippe und spricht mit einem seiner Spezis – Tony Bradshaw, Spikey Lorimer oder wer gerade der Liebling des Monats ist – : ›Gute Neuigkeiten, Tony.

Grünes Licht für die Wozza-Wozzas. Du mußt aber die Hintertür nehmen, wir sorgen schon dafür, daß sie nicht verschlossen ist.‹ Und dann kommt das PS.«
»Das PS?«
Von Goodhews Naivität bezaubert, lächelte Palfrey strahlend. »Das *Postskriptum,* lieber Freund. Das Zückerchen. ›Wo wir schon mal dabei sind, Tony, altes Haus, die momentane Vermittlungsgebühr beträgt fünf Prozent, zahlbar an den Witwen- und Waisen-Fonds der Projektgruppe Beschaffung bei der Bank für Vetternwirtschaft AG in Liechtenstein.‹ Das reinste Kinderspiel, solange man nicht zur Rechenschaft gezogen werden kann. Haben *Sie* jemals von einem Mitarbeiter der britischen Nachrichtendienste gehört, den man mit der Hand in der Ladenkasse erwischt hat? Von einem britischen *Minister,* der vor den Kadi geschleppt wurde, weil er seine eigenen Anordnungen umgangen hat? Toller Witz! Die sind feuerfest.«
»Was will die Zentrale Nachrichtenauswertung mit der Klette?«
Palfrey versuchte zu lächeln, es gelang ihm aber nicht. Stattdessen zog er an seiner Zigarette und kratzte sich am Kopf.
»Warum wollen sie die Klette, Harry?«
Palfreys Blick huschte über die dunkelnden Bäume hin, als suchte er dort Hilfe oder Lauscher.
»Das müssen Sie selbst herausfinden, Rex. Ist eine Nummer zu groß für mich. Für Sie eigentlich auch. Tut mir leid.«
Er stand bereits auf, als Goodhew ihn anschrie:
»Harry!«
Palfrey verzog erschreckt den Mund, so daß die häßlichen Zähne zu sehen waren. »Rex, um Himmels willen, Sie können einfach nicht mit Leuten umgehen. Ich bin ein *Feigling.* Wenn Sie mich drängen, halte ich den Mund oder erfinde einfach was. Gehen Sie nach Hause. Schlafen Sie sich aus. Sie sind zu *gut,* Rex. Das wird Sie noch ins Grab bringen.« Er blickte sich nervös um und schien für einen Augenblick nachzugeben. »Kaufen Sie britisch, mein Lieber. Das ist der Schlüssel. Ist Ihnen denn *alles* Schlechte fremd?«

Rooke saß an Burrs Schreibtisch in der Victoria Street. Burr saß in der Operationszentrale in Miami. Beide klammerten sich an abhörsichere Telefone.

»Ja, Rob«, sagte Burr fröhlich. »Bestätigt und abgesegnet. Tu es.«

»Wir müssen das absolut klarstellen, ja?« sagte Rooke mit dem eigentümlichen Tonfall eines Soldaten, der sich Anweisungen von Zivilpersonen erläutern läßt. »Also noch einmal der Reihe nach, bitte.«

»Du sollst seinen Namen in Umlauf bringen, Rob. Rundfunk und Plakate. Alle seine Namen. Überall. Lamont. Pine alias Linden alias Beauregard alias Lamont, zuletzt gesehen in Kanada am Soundsovielten. Mord, mehrfacher Diebstahl, Drogenschmuggel, Beschaffung und Benutzung falscher Ausweispapiere, illegeale Einreise in Kanada, illegale Ausreise, falls es so was gibt, und überhaupt alles, was ihn irgendwie interessant machen könnte.«

»Also die große Nummer?« sagte Rooke, der sich von Burrs Fröhlichkeit nicht anstecken lassen wollte.

»Ja, Rob, die große Nummer. Oder was verstehst du unter *überall?* Internationaler Haftbefehl für Mr. Thomas Lamont, Verbrecher. Soll ich es dir in dreifacher Ausfertigung schicken?«

Und wenn er über die Brücke ist, verbrennen wir sie, hatte Burr gesagt. Rooke legte auf, nahm wieder ab und wählte eine Nummer bei Scotland Yard. Seine Hand war seltsam steif, als er auf die Ziffern drückte – so wie früher, wenn er mit Blindgängern spielte.

16

»*Mein Lieber*«, sagte Corkoran, der sich die erste stinkende Zigarette dieses Tages ansteckte und auf dem Schoß statt eines Aschenbechers ein Porzellantintenfaß balancierte. »Was dagegen, wenn wir die Fliegenscheiße aus dem Pfeffer holen?«

»Ich will Sie nicht in meiner Nähe haben«, sagte Jonathan; er hatte sich auf diese Rede vorbereitet. »Ich habe nichts zu erklären und brauche mich für nichts zu rechtfertigen. Lassen Sie mich in Ruhe.«

Corkoran lehnte sich dankbar in den Sessel zurück. Sie waren allein im Zimmer. Frisky war wieder einmal nach draußen geschickt worden.

»Sie heißen Jonathan Pine, früher in den Hotels Meister, Nefertiti und anderen Palästen beschäftigt. Aber jetzt sind Sie mit einem echten kanadischen Paß als ein gewisser Thomas Lamont unterwegs. Nur daß Sie zufällig gar nicht Thomas Lamont sind. Protest? Kein Protest?«

»Ich habe den Jungen befreit, Sie haben mich zusammengeflickt. Geben Sie mir meinen Paß, und lassen Sie mich gehen.«

»Und *nachdem* Sie J. Pine bei Meister und *bevor* Sie T. Lamont aus Kanada waren, ganz zu schweigen von J. Beauregard, waren Sie Jack Linden im hintersten Cornwall. In dieser Rolle haben Sie einen Ihrer Freunde kaltgemacht, nämlich einen gewissen Alfred alias Jumbo Harlow, einen australischen Bootshändler mit diversen Vorstrafen wegen Drogenschmuggels da unten. Und dann sind Sie verduftet, bevor der Arm des Gesetzes Sie erreichen konnte.«

»Die Polizei in Plymouth sucht mich, um mir ein paar Fragen zu stellen. Weiter habe ich es nie gebracht.«

»Und Harlow war Ihr Geschäftspartner«, sagte Corkoran, während er etwas notierte.

»Wenn Sie meinen.«

»Drogenschmuggel, Schätzchen?« fragte Corkoran und blickte auf.

»Es war ein normales Geschäft.«

»Die Zeitungen stellen das nicht so dar. Unsere kleinen Vögelchen pfeifen auch etwas anderes von den Dächern. Jack Linden alias J. Pine alias Sie hat für Harlow eine Ladung Stoff von den Kanalinseln nach Falmouth gebracht, und zwar allein mit einem Segelboot, wie die Reporter beeindruckt berichten. Und unser Partner, Bruder Harlow, hat das Zeug in London verscherbelt und uns um unseren Anteil geprellt. Was uns verstimmt hat. Verständlich. Also haben Sie getan, was jeder von uns tun würde, wenn er über seinen Partner verstimmt ist: Sie haben ihn kaltgemacht. Angesichts Ihrer erprobten Talente auf diesem Gebiet ist der unvermeidliche Eingriff nicht ganz so sauber verlaufen, wie man hätte erwarten können, denn Harlow, dieser Flegel, hat Widerstand geleistet. Es kam zu einem Kampf. Aber Sie haben gewonnen. Und dann haben Sie ihn kaltgemacht. Wie schön für uns.«

Immer ausweichen, hatte Burr gesagt. *Sie sind nicht dagewesen, das waren zwei andere, er hat zuerst geschlagen, es war mit seinem Einverständnis. Dann ungeschickt nachgeben, um sie zu überzeugen, sie hätten Ihr wirkliches Ich erwischt.*

»Die haben keine Beweise«, erwiderte Jonathan. »Sie haben nur etwas Blut gefunden, aber keine Leiche. Und jetzt gehen Sie endlich.«

Corkoran schien das ganze Thema vergessen zu haben. Er grinste nostalgisch ins Leere, dachte an nichts Böses mehr. »Kennen Sie den von dem Mann, der sich beim Außenministerium um einen Job bewirbt? ›Hören Sie, Carruthers‹, sagt man ihm, ›Sie haben ein einnehmendes Äußeres, aber wir können nicht über die Tatsache hinwegsehen, daß Sie eine Zeitlang wegen Analverkehr, Brandstiftung und Vergewaltigung im Gefängnis gesessen haben –‹ kennen Sie den *wirklich* nicht?«

Jonathan stöhnte.

»›Das läßt sich ganz einfach erklären‹, sagt Carruthers. ›War verliebt, aber die Kleine wollte sich nicht von mir vögeln lassen. Also hab ich ihr eins über den Schädel gezogen, sie vergewaltigt, mir dann den alten Herrn vorgenommen und das Haus in Brand gesteckt.‹ Den *müssen* Sie doch kennen.«

Jonathan hatte die Augen geschlossen.

»›Okay, Carruthers‹, sagen die in der Personalabteilung. ›Wir wußten, daß es eine vernünftige Erklärung geben würde. Machen wir eine Vereinbarung. Sie halten sich von den Sekretärinnen fern, spielen nicht mit Streichhölzern, geben uns einen Kuß und kriegen den Job.‹«

Corkoran lachte tatsächlich. Die rosa Fettwülste an seinem Hals schwabbelten, Lachtränen liefen ihm über die Wangen. »Ich find's irgendwie beschissen, daß Sie im Bett liegen«, erklärte er. »*Und* außerdem der Held des Tages sind. Wär soviel einfacher, wenn ich Sie unter einer hellen Lampe vor mir hätte, dann könnte ich mit Ihnen James Cagney spielen und Sie mit einem Dildo zusammenschlagen.« Er nahm den hochfahrenden Ton eines Gerichtspolizisten an: »›Der Gesuchte, Mylord, soll eine verräterische Narbe an der rechten Hand haben!‹ Zeigen«, befahl er mit völlig veränderter Stimme.

Jonathan machte die Augen auf. Corkoran stand wieder neben dem Bett, schwang die Zigarette wie einen schmutzigen gelben Zauberstab, nahm Jonathans rechten Unterarm in seine feuchte Hand und untersuchte die breite Narbe, die sich über den Handrücken schlängelte.

»Oha«, sagte Corkoran. »Beim *Rasieren* ist Ihnen das nicht passiert – in Ordnung. Ganz ruhig.«

Jonathan hatte die Hand zurückgerissen. »Er ist mit dem Messer auf mich losgegangen«, sagte er. »Ich wußte nicht, daß er eins hatte. Hat es am Unterschenkel getragen. Ich hatte ihn gefragt, was in dem Boot war. Inzwischen wußte ich es. Hatt's erraten. Er war ziemlich groß. Hab mich nicht getraut, ihn zu Boden zu werfen, also bin ich ihm an die Gurgel gegangen.«

»Der gute alte Adamsapfel, wie? Sie sind ein echter Raufbold, was? Schön zu wissen, daß manche nicht ganz umsonst in Irland gewesen sind. Sind Sie sicher, daß es nicht doch *Ihr* Messer war, Lieber? Wie man so hört, scheinen Sie eine ausgewachsene Schwäche für Messer zu haben.«

»Es war *sein* Messer, hab ich gesagt.«

»Irgendeine Ahnung, an wen Harlow den Stoff verkauft hat?«

»Keine blasse Ahnung. Ich hab nur das Boot gesegelt. Gehen Sie endlich. Quälen Sie jemand anderen.«

»Maultier. Bei uns nennt man das so. Maultier.«

Aber Jonathan griff weiter an. »Aha! Jetzt verstehe ich! Sie und Roper! Sie sind Drogenschmuggler! Phantastisch. Fühl mich schon wie zu Hause.«

Er sank auf seine Kissen zurück und wartete auf Corkorans Reaktion. Die kam unerwartet heftig. Mit bemerkenswerter Behendigkeit war Corkoran zu ihm ans Bett gesprungen und hatte sich ein dickes Büschel von Jonathans Haaren geschnappt, um kräftig daran zu ziehen.

»Aber, *aber*« murmelte er vorwurfsvoll. »Mein *Lieber.* Kleine Scheißer in Ihrer Lage sollten besser ihre Zunge hüten. *Wir* sind die Ironbrand Gas, Light & Coke Company in Nassau, Bahamas, vorgeschlagen für den Nobelpreis für Honorigkeit. Die Frage ist, wer zum Teufel sind *Sie?*«

Die Hand gab Jonathans Haare frei. Er lag reglos da, sein Herz hämmerte. »Harlow hat gesagt, es ginge um eine Rücküberführung«, sagte er heiser. »Er hatte das Boot an jemand in Australien verkauft, der wollte aber nicht zahlen. Er sagte, er habe das Boot mit Hilfe von Freunden bis zu den Kanalinseln verfolgt. Wenn ich es nach Plymouth bringen könnte, könnten wir es verkaufen und uns gesundstoßen. Die Sache kam mir damals ganz koscher vor. Idiotisch von mir, ihm zu trauen.«

»Und was haben Sie mit der Leiche gemacht, mein Lieber?« fragte Corkoran, der wieder in seinem Sessel saß, plump vertraulich. »In die sprichwörtliche Zinngrube geworfen? Die gute alte Tour?«

Wechsel den Rhythmus, laß ihn warten. Die Stimme grau vor Verzweiflung. »Warum holen Sie nicht einfach die Polizei, liefern mich aus und kassieren die Belohnung?« schlug Jonathan vor.

Corkoran nahm den provisorischen Aschenbecher vom Schoß und langte nach einer militärisch aussehenden Ledermappe, die offenbar nichts anderes als Faxe enthielt.

»Und Bruder Meister?« fragte er. »Was hat *der* Ihnen getan?«

»Er hat mich bestohlen.«

»Ach Sie Ärmster! Wie das Leben Ihnen mitspielt! – Und wie?«

»Allen anderen in der Belegschaft wurde ein Anteil am Servicegeld ausgezahlt. Das war genau festgelegt, je nach Rang und Dienstalter bekam man soundsoviel. Da ist jeden Monat einiges rausgesprungen, sogar für einen Neuling. Meister sagte mir, Ausländern brauche er es nicht zu zahlen. Und dann bin ich dahintergekommen, daß er es anderen Ausländern doch gezahlt hat, nur mir nicht.«

»Und da haben Sie sich selbst bedient. Aus dem Safe. Da hat er aber *Glück* gehabt, daß Sie ihn nicht auch kaltgemacht haben. Oder ihm sein Dingsbums mit dem Taschenmesser aufgeschlitzt haben.«

»Ich habe Überstunden für ihn gemacht. Tagsüber. Und an meinem freien Tag die Inventur im Weinkeller. Nichts. Nicht mal, wenn ich mit Gästen auf dem See segeln gegangen bin. Er hat ihnen ein Vermögen dafür berechnet und mir keinen Pfennig gezahlt.«

»Aus Kairo sind wir auch ziemlich überstürzt abgereist, fällt mir auf. Warum, weiß anscheinend niemand so genau. Keinerlei Hinweise auf irgendwas Kriminelles, wohlgemerkt. Kein Flecken auf der weißen Weste. Queen Nefertiti zufolge. Oder aber die sind uns nicht auf die Schliche gekommen.«

Auf die Geschichte war Jonathan vorbereitet. Er hatte sie mit Burr zusammen ausgedacht. »Ich hatte was mit einem Mädchen. Sie war verheiratet.«
»Hatte sie einen Namen?«
Verteidigen Sie Ihre Ecke, hatte Burr gesagt. »Nicht für Sie. Nein.«
»Fifi? Lulu? Mrs. Tut-ench-amon? Nein? Na ja, sie kann ja immer einen von Ihren benutzen, wie?« Corkoran blätterte träge in seinen Faxen. »Und was ist mit dem Arzt? Hatte *der* einen Namen?«
»Marti.«
»Doch nicht *der,* Idiot.«
»Wer dann? Welcher Arzt? Was soll das, Corkoran? Stehe ich vor Gericht, weil ich Daniel gerettet habe? Wo soll das hinführen?«
Diesmal wartete Corkoran geduldig, bis der Sturm vorüber war. »Der Arzt, der Ihnen auf der Unfallstation in Truro die Hand genäht hat«, erklärte er.
»Ich weiß nicht, wer das war. Irgendein Assistenzarzt.«
»Ein Weißer?«
»Braun. Inder oder Pakistani.«
»Und wie sind wir dort hingekommen? Zum Krankenhaus? Mit unserer armen blutenden Hand?«
»Ich hab sie in ein paar Geschirrtücher gewickelt und Harlows Jeep genommen.«
»Mit der linken Hand?«
»Ja.«
»Zweifellos dasselbe Auto, mit dem wir die Leiche wegtransportiert haben? Die Polizei hat Blutspuren in dem Wagen gefunden. Aber nicht nur von uns, sondern wohl eher von einem Cocktail. Von Jumbo war auch was dabei.«
Während er auf eine Antwort wartete, machte Corkoran sich geschäftig kleine Notizen.
»Bringen Sie mich nach Hause«, sagte Jonathan. »Ich habe keinem von Ihnen was getan. Ich verlange nichts. Wenn ich mich bei Low nicht so idiotisch aufgeführt hätte, hätten Sie nie von mir erfahren. Ich will nichts von Ihnen, ich bitte Sie um

nichts, ich will kein Geld, ich will keinen Dank, ich will keinen Beifall. Lassen Sie mich gehen.«
Corkoran rauchte nachdenklich seine Zigarette und blätterte in den Papieren auf seinem Schoß. »Wie wär's zur Abwechslung mal mit *Irland?*« schlug er vor, als sei Irland ein Gesellschaftsspiel für verregnete Nachmittage. »Zwei alte Soldaten plaudern über bessere Zeiten. Was kann es Schöneres geben?«
Wenn Sie auf die wahren Begebenheiten zu sprechen kommen, werden Sie nicht zu sicher, hatte Burr gesagt. *Verhaspeln Sie sich, vergessen Sie ein bißchen, korrigieren Sie sich. Die sollen denken, gerade dort könnten sie Sie bei einer Lüge ertappen.*

»Was haben Sie eigentlich mit diesem Typ *angestellt?*« fragte Frisky mit kollegialer Neugier.
Es war mitten in der Nacht. Er lag auf einem Futon vor der Tür, neben sich eine abgedeckte Leselampe und einen Stapel Pornomagazine.
»Von wem reden Sie?« fragte Jonathan.
»Von dem Typ, der sich den kleinen Daniel für einen Abend ausgeliehen hat. Der hat ja da oben im Küchenhaus geschrien wie ne angestochene Sau, das hätte man noch in Miami hören können.«
»Ich muß ihm den Arm gebrochen haben.«
»Gebrochen? Ich denke eher, Sie haben ihm den Arm ganz langsam rausgeschraubt. Treiben Sie vielleicht so eine japanische Kampfsportart, sind Sie einer von diesen Harisuchi-Spezialisten?«
»Ich hab einfach zugepackt und gezogen«, sagte Jonathan.
»Ist Ihnen in den Händen zerbrochen«, sagte Frisky verständnisvoll. »Kann den besten von uns passieren.«
Die gefährlichsten Augenblicke sind die, wenn Sie einen Freund brauchen, hatte Burr gesagt.

Und nach Irland erkundeten sie, was Corkoran »unsere Tage als Lakai auf dem Weg nach oben« nannte, also Jonathans Ausbildung an der Hotelfachschule, dann seine Zeit als Sous chef, als Chefkoch und schließlich als Manager in der Hotelbranche.

Danach wiederum wollte Corkoran etwas über seine Abenteuer im Château Babette erfahren; als er davon erzählte, achtete Jonathan peinlich darauf, Yvonnes Anonymität zu wahren, mußte aber feststellen, daß Corkoran auch diese Geschichte kannte.

»Und wie in Gottes Namen kommen wir dazu, uns bei Mama Low einzunisten, mein Lieber?« fragte Corkoran und steckte sich die nächste Zigarette an. »Mamas Laden ist seit Urzeiten die Lieblingstränke des Chefs.«

»Wollte einfach irgendwo für ein paar Wochen vor Anker gehen.«

»Sie meinen untertauchen?«

»Ich hatte einen Job auf einer Jacht oben in Maine.«

»Chefkoch und Mädchen für alles?«

»Majordomus.«

Pause, während Corkoran in seinen Faxen wühlte.

»Und?«

»Ich hatte mir was gefangen und mußte an Land gebracht werden. Habe mich in einem Hotel in Boston ins Bett gelegt und dann Billy Bourne in Newport angerufen. Billy vermittelt mir die Jobs. Er sagte, warum arbeiten Sie nicht ein paar Monate bei Low, nur Essen zubereiten, ein bißchen ausspannen?«

Corkoran befeuchtete einen Finger, zog heraus, was auch immer er gesucht haben mochte, und hielt es ins Licht.

»Um Himmels willen«, murmelte Jonathan; es klang, als bete er um Schlaf.

»Jetzt zu dem Boot, auf dem wir krank geworden sind, mein Lieber. Müßte die *Lolita* gewesen sein, früher die *Persephone*, gebaut in Holland; Eigentümer Niklas Asserkalian, das berühmte Showtalent, toller Hecht und Gauner, sechzig Meter schlechter Geschmack. Nicht Nikos, der ist ein Zwerg.«

»Den hab ich nie kennengelernt. Wir wurden gechartert.«

»Von wem?«

»Von vier kalifornischen Zahnärzten und ihren Frauen.« Jonathan rückte freiwillig ein paar Namen heraus, die Corkoran in sein schmuddliges billiges Notizbuch schrieb, nachdem er es auf seinem breiten Oberschenkel flachgedrückt hattc.

»Lustiger Haufen, ja? Viel gelacht?«

»Haben mir nichts getan.«

»Und Sie *ihnen* auch nichts?« fragte Corkoran freundlich. »Ihren Safe geplündert, einem den Hals gebrochen oder mit dem Messerchen zugesetzt oder so was?«

»Jetzt reicht's, hauen Sie ab«, sagte Jonathan.

Corkoran dachte darüber nach und schien die Idee gut zu finden. Er packte seine Papiere zusammen und leerte den Aschenbecher in den Papierkorb, was eine furchtbare Schweinerei machte. Er besah sich im Spiegel, schnitt Grimassen und versuchte vergeblich, sich mit den Fingern die Haare glattzuzupfen.

»Das Ganze ist einfach zu gut, Mann«, erklärte er.

»Was?«

»Ihre Geschichte. Weiß auch nicht, warum. Weiß nicht, wie. Weiß nicht, wo. Muß an Ihnen liegen. Kommt mir vor, als wäre ich Ihnen unterlegen.« Er riß sich noch einmal heftig an den Haaren. »Aber ich *bin* Ihnen unterlegen. Ich bin doch bloß eine böse, kleine Tunte in der Welt der Erwachsenen. Während Sie – Sie *spielen* nur den Unterlegenen.« Er ging ins Bad und pinkelte. »Tabby hat Ihnen übrigens ein paar Klamotten besorgt«, rief er durch die offene Tür. »Nichts Weltbewegendes, aber sie werden Ihre Blöße bedecken, bis die Armanis hier eintreffen.« Er spülte und kam ins Zimmer zurück. »Wenn es nach mir ginge, würde ich Sie in den Schwitzkasten nehmen«, sagte er, während er den Reißverschluß hochzog. »Ich würde Ihnen alles wegnehmen, Ihnen die Augen verbinden und Sie so lange an Ihren verdammten Füßen aufhängen, bis die Wahrheit durch die Schwerkraft aus Ihnen herausfällt. Aber man kann im Leben nicht alles haben, stimmt's? Tschüssi.«

Der nächste Tag. Daniel war zu dem Schluß gekommen, daß Jonathan ein wenig Unterhaltung brauchte.
»Was ist eine Lasterhöhle?«
»Ein Spielkasino. Ein Freudenhaus.«
»Eine große Garage. Was geht einer Schildkröte durch den Kopf, wenn sie mit einem Mercedes zusammenstößt?«
»Langsame Musik?«
»Ihr Panzer. Corky redet mit Roper im Arbeitszimmer. Er sagt, er ist so weit gegangen, wie er konnte. Entweder bist du persilweiß, oder du bist der größte Betrüger der Christenheit.«
»Wann sind sie zurückgekommen?«
»Im Morgengrauen. Roper fliegt immer im Morgengrauen. Sie reden über dein Fragezeichen.«
»Mit Jed?«
»Jed reitet Sarah aus. Sie reitet Sarah immer aus, wenn sie zurückkommt. Sarah hört sie und kriegt einen Anfall, wenn sie nicht gleich kommt. Roper sagt, die beiden sind Lesben. Was sind Lesben?«
»Frauen, die Frauen lieben.«
»Roper hat mit Sandy Langbourne über dich gesprochen, als er in Curaçao war. Niemand darf am Telefon über dich reden. Was Thomas betrifft, bis auf weiteres Funkstille, Befehl vom Chef.«
»Vielleicht solltest du nicht so oft andere Leute belauschen. Du wirst dich noch überanstrengen.«
Daniel macht einen Buckel, warf den Kopf hoch und schrie den Ventilator an: »Ich lausche nicht! Das ist nicht fair! Ich hab's nicht mal versucht! Ich kann nichts dafür, wenn ich was höre! Corky sagt, du bist ein gefährliches Rätsel, das ist alles! Bist du nicht! Ich weiß, das bist du nicht! Ich mag dich! Roper wird dir selbst auf den Zahn fühlen und dich ansehen!«

Kurz vor der Morgendämmerung.
»Kennen Sie die beste Methode, einen zum Reden zu bringen, Tommy?« fragte Tabby von seinem Futon, um gleich mit seinem Tip herauszurücken. »Unfehlbar? Hundert Prozent? Hat

noch niemals versagt? Die Kribbelwasserbehandlung. Man verstopft ihm den Mund, daß er nur noch durch die Nase atmen kann. Oder ihr. Dann nimmt man einen Trichter, falls einer vorhanden ist, und schüttet ihm den Sprudel in die Nase. Haut voll in die Schaltzentrale, als ob einem das Hirn überkocht. Ganz schön teuflisch.«

Zehn Uhr morgens.
Jonathan ging unsicher an Corkorans Arm über den Kiesvorplatz von Crystal, und plötzlich erinnerte er sich genau an den Tag, als er am Arm seiner deutschen Tante Monika über den Haupthof des Buckingham Palastes gegangen war, um den Orden seines toten Vaters abzuholen. Was haben solche Auszeichnungen für einen Sinn, wenn man tot ist, hatte er sich gefragt. Und die Schule, wenn man lebendig ist?
Ein stämmiger schwarzer Diener ließ sie ein. Er trug eine grüne Weste und schwarze Hosen. Ein ehrwürdiger schwarzer Butler in gestreifter Baumwollweste trat vor und nahm sie in Empfang.
»Zum Chef, bitte, Isaac«, sagte Corkoran. »Dr. Jekyll und Mr. Hyde. Wir werden erwartet.«
In der riesigen Eingangshalle hallten ihre Schritte wie in einer Kirche. Eine geschwungene Marmortreppe mit vergoldetem Geländer führte über drei Absätze in den blaugemalten Himmel der Kuppel. Sie schritten über rosa Marmor, auf dem in rosiger Frische das Sonnenlicht schwebte. Zwei lebensgroße ägyptische Krieger bewachten einen steinernen Türbogen. Sie gingen hindurch und gelangten in eine Galerie, deren Mittelpunkt das goldene Haupt des Sonnengottes war. Griechische Torsos, marmorne Köpfe und Hände. Vasen und Steintafeln mit Hieroglyphen waren stehend und liegend in kunstvoller Unordnung angeordnet. In Messing gefaßte Glasvitrinen an den Wänden waren mit Statuetten angefüllt. Handgeschriebene Schildchen gaben die Herkunft an: westafrikanisch, peruanisch, präkolumbisch, kambodschanisch, minoisch, russisch, römisch und einmal schlicht »Nil«.

Er plündert, hatte Burr gesagt.

Freddie verkauft ihm gestohlene Kunstgegenstände, hatte Sophie gesagt.

Roper wird dir selbst auf den Zahn fühlen, hatte Daniel gesagt.

Sie betraten die Bibliothek. In Leder gebundene Bücher vom Boden bis zur Decke. Eine fahrbare Wendeltreppe stand unbenutzt im Raum.

Sie kamen in einen Gefängnisflur zwischen gewölbten Verliesen. Aus Einzelzellen schimmerten antike Waffen in jähem Dämmerlicht: Schwerter und Piken und Keulen, Rüstungen auf hölzernen Pferden; Musketen, Hellebarden, Kanonenkugeln und grüne Kanonen, an denen noch die Muscheln vom Meer hafteten.

Sie gingen durch ein Billardzimmer und gelangten ins zweite Zentrum des Hauses. Ein Tonnendach ruhte auf Marmorsäulen, die sich in einem gekachelten blauen Schwimmbecken spiegelten. An den Marmorwänden des angrenzenden Saals hingen impressionistische Gemälde: Stilleben, Bauernhöfe und nackte Frauen – ist das wirklich ein Gauguin? Auf einer Marmorsitzbank besprachen zwei junge Männer in Hemdsärmeln und weiten Zwanziger-Jahre-Hosen über offenen Aktenkoffern ihre Geschäfte.

»Corky, hallo, wie steht's?« schnarrte der eine.

»Ihr Lieben«, sagte Corkoran.

Sie näherten sich einem Portal aus polierter Bronze. Daneben saß Frisky in einem Pförtnerstuhl. Eine Frau, einen Stenoblock in der Hand, kam heraus. Frisky schob ihr einen Fuß in den Weg, als wollte er ihr ein Bein stellen.

»Ah, Sie *alberner* Junge«, sagte die Frau glücklich.

Das Portal schloß sich wieder.

»Ach, der *Major*!« feixte Frisky, als hätte er ihr Kommen eben erst bemerkt. »Wie geht's *uns* denn heute, Sir? Hallo, Tommy. Na also.«

»Blöde Sau«, sagte Corkoran.

Frisky nahm ein Haustelefon von der Wand und gab eine Nummer ein. Das Portal öffnete sich auf einen Raum, der so

groß, so kunstvoll eingerichtet, so in Sonnenlicht gebadet und so in Schatten getaucht war, daß Jonathan nicht einzutreten, sondern aufwärts zu schweben glaubte. Hinter einer Wand aus getöntem Glas lag eine Terrasse mit seltsam geformten weißen Tischen, jeder wurde von einem weißen Schirm beschattet. Dahinter die smaragdgrüne Lagune, begrenzt von einer schmalen Sandbank und schwarzen Riffen. Jenseits der Riffe war die offene See, in vielen Blautönen schimmernd.
Die Pracht dieses Raumes war zunächst alles, was Jonathan wahrnehmen konnte. Seine Bewohner, falls es welche gab, verloren sich in den Kontrasten aus hell und dunkel. Als Corkoran Jonathan dann weiterführte, erkannte er einen mit Schildpatt und Messing reichverzierten Schreibtisch und dahinter einen verschnörkelten Thron, dessen prächtiger Gobelinbezug vom Alter verschlissen war. Und neben dem Schreibtisch, auf einem Bambussessel mit breiten Armlehnen und einer Fußbank, saß der schlimmste Mann der Welt: Er trug weiße Segelhosen, *espadrilles* und ein kurzärmeliges marineblaues Hemd mit seinem Monogramm auf der Brusttasche. Die Beine übereinandergeschlagen und die Lesebrille auf der Nase, las er in einer Ledermappe, auf der dasselbe Monogramm wie auf seinem Hemd zu sehen war: Er lächelte, denn er lächelte ziemlich viel. Hinter ihm stand eine Sekretärin, die eine Zwillingsschwester der ersten hätte sein können.
»Keine Störung, Frisky«, befahl eine alarmierend vertraute Stimme; die Ledermappe wurde zugeklappt und der Sekretärin hingehalten. »Niemand auf der Terrasse. Welcher Idiot läßt in meiner Bucht einen Außenbordmotor laufen?«
»Talbot, er repariert ihn, Chef«, sagte Isaac aus dem Hintergrund.
»Dann sag ihm, er soll es seinlassen. Corks, Schampus. Mensch, Pine. Kommen Sie. Gut gemacht. Wirklich gut gemacht.«
Er rappelte sich hoch, die Brille saß ihm komisch auf der Nasenspitze. Er packte Jonathans Hand und zog ihn zu sich heran, bis sie, wie damals bei Meister, einander allzu nah gegen-

überstanden. Und betrachtete ihn stirnrunzelnd durch seine Brille. Und hob dabei langsam die Handflächen an Jonathans Wangen, als wollte er ihm von beiden Seiten einen Schlag versetzen. Und ließ die Hände erhoben, so nah, daß Jonathan ihre Wärme spüren konnte, während Roper den Kopf hin und her drehte und Jonathan aus wenigen Zentimetern Entfernung so lange musterte, bis er zufrieden war.

»Absolut phantastisch«, erklärte er schließlich. »Gut gemacht, Pine; gut gemacht, Marti; gut gemacht, Geld. Dafür ist es ja da. Entschuldigen Sie, daß ich bei Ihrer Ankunft nicht hier war. Mußte ein paar Farmen abstoßen. Wann war's am schlimmsten?« Verwirrenderweise hatte er sich an Corkoran gewandt, der jetzt mit einem Tablett, auf dem drei bereifte Silberpokale Dom Pérignon standen, über den Marmorboden auf sie zuschritt. »Da kommt er ja endlich. Dachte schon, auf diesem Dampfer gibt es nichts zu trinken. Nun?«

»Nach der Operation, denke ich«, sagte Jonathan. »Als ich zu mir kam. Wie beim Zahnarzt, nur zehnmal schlimmer.«

»Ruhig mal. Jetzt kommt die beste Stelle.«

Verwirrt von Ropers sprunghafter Redeweise hatte Jonathan die Musik bisher noch gar nicht wahrgenommen. Doch als Roper nun Ruhe gebietend die Hand ausstreckte, hörte Jonathan Pavarotti die letzten Töne von »La donna è mobile« singen.

»*Gott*, er ist hinreißend. Spiele das immer sonntags. Vergeß ich nie, stimmt's, Corks? Auf Ihr besonderes Wohl. Danke.«

»Auf Ihr Wohl«, sagte Jonathan und trank auch. In diesem Augenblick brach das ferne Geräusch des Außenbordmotors ab und hinterließ eine tiefe Stille. Ropers Blick fiel auf die Narbe an Jonathans rechtem Handgelenk.

»Wie viele kommen zum Essen, Corks?«

»Achtzehn, vielleicht zwanzig, Chef.«

»Die Vincettis auch? Habe ihr Flugzeug noch nicht gehört. Diese zweimotorige tschechische Maschine.«

»Nach dem letzten Stand wollten sie kommen, Chef.«

»Tischkarten, sag Jed Bescheid. Und anständige Servietten.

Nicht dieses rote Klopapier. Und klär das mit den Vincettis ab, ja oder nein. Hat Pauli sich schon wegen der 130er gemeldet?«
»Wartet noch ab, Chef.«
»Na, soll lieber mal schnell machen, sonst wird nichts draus. Aber bitte, Pine. Nehmen Sie Platz. Nicht da. Hier, wo ich Sie sehen kann. Und sag Isaac wegen dem Sancerre Bescheid. Ausnahmsweise mal kalt. Hat Apo den verbesserten Entwurf durchgefaxt?«
»Liegt bei Ihren Eingängen.«
»Phantastischer Bursche«, bemerkte Roper, als Corkoran ging.
»Zweifellos«, stimmte Jonathan höflich zu.
»Der geborene Diener«, sagte Roper und zwinkerte ihm zu – Heterosexuelle unter sich.

Roper ließ den Champagner in seinem Pokal kreisen und sah lächelnd zu, wie er schäumte. »Würden Sie mir wohl sagen, was Sie wollen?« fragte er.
»Nun, wenn's geht, möchte ich zu Low zurück. Wirklich, sobald es Ihnen paßt. Ich brauche nur einen Flug nach Nassau. Von dort komme ich allein weiter.«
»So habe ich das nicht gemeint. Die Frage war viel umfassender. Im Leben. Was wollen Sie im Leben? Wie sehen Ihre Pläne aus?«
»Ich habe keine Pläne. Jedenfalls nicht im Augenblick. Nur treiben lassen. Pause machen.«
»Unsinn. Nehme ich Ihnen nicht ab. Wie ich das sehe, haben Sie in Ihrem Leben niemals ausgespannt. Ich vermutlich auch nicht. Versuch's aber. Spiele Golf, segele, mache dies und das, schwimme, vögele. Aber mein Motor läuft immer auf Hochtouren. Ihrer auch. Gefällt mir an Ihnen. Kein Leerlauf.«
Er lächelte immer noch. Jonathan auch, obwohl er sich fragte, auf welche Beweise Roper seine Beurteilung stützen mochte.
»Wenn Sie meinen«, sagte er.

»Kochen. Bergsteigen. Segeln. Malen. Soldat spielen. Heiraten. Sprachen lernen. Sich scheiden lassen. Ein Mädchen in Kairo, eins in Cornwall, eins in Kanada. Einen australischen Drogenhändler töten. Ich glaub das nicht, wenn mir jemand erzählt, er sei hinter nichts her. Warum haben Sie das getan?«

»Was?«

Jonathan hatte sich nie gestattet, sich an Ropers Charme zu erinnern. Von Mann zu Mann ließ Roper einen wissen, daß man ihm alles erzählen konnte und er am Ende immer noch lächeln würde.

»Für Daniel Ihr Leben zu riskieren. Erst brechen Sie einem Mann den Hals, dann retten Sie meinem Jungen das Leben. Sie haben Meister bestohlen, warum bestehlen Sie mich nicht? Warum verlangen Sie kein Geld?« Er klang fast verzweifelt. »Ich würde es Ihnen geben. Es ist mir egal, was Sie getan haben; Sie haben meinen Sohn gerettet. Wenn es um den Jungen geht, kennt meine Großzügigkeit keine Grenzen.«

»Ich habe es nicht für Geld getan. Sie haben mich zusammengeflickt. Für mich gesorgt. Sie sind gut zu mir gewesen. Und jetzt will ich einfach weg.«

»Welche Sprachen sprechen Sie eigentlich?« fragte Roper; er griff nach einem Blatt Papier, überflog es und warf es beiseite.

»Französisch. Deutsch. Spanisch.«

»Die meisten Sprachkundigen sind Idioten. Finden es beschissen, alles in einer Sprache zu sagen, also lernen Sie eine andere und fluchen in dieser. Arabisch?«

»Nein.«

»Warum nicht? Sind doch lange genug dagewesen.«

»Na ja, ein paar Brocken. Das Allernotwendigste.«

»Hätten sich eine Araberin nehmen sollen. Oder haben Sie das vielleicht? Haben Sie den alten Freddie Hamid kennengelernt, als Sie dort waren? Alter Freund von mir. Ziemlich wilder Bursche? Bestimmt. Seiner Familie gehört der Laden, in dem Sie gearbeitet haben. Besitzt ein paar Pferde.«

»Er gehörte zur Geschäftsführung.«

»Sie sind der reinste Mönch, behauptet Freddie. Habe ihn gefragt. Muster an Verschwiegenheit. Warum sind Sie dort hingegangen?«
»Zufall. Am Tag meines Examens wurde der Job am schwarzen Brett der Hotelfachschule angeboten. Und da ich schon immer mal in den mittleren Osten wollte, habe ich mich beworben.«
»Freddie hatte eine Freundin. Ältere Frau. Intelligent. Eigentlich zu gut für ihn. Großes Herz. Ständig in seiner Nähe, auf dem Rennplatz, im Jachtclub. Sophie? Haben Sie sie kennengelernt?«
»Sie wurde umgebracht«, sagte Jonathan.
»Allerdings. Kurz vor Ihrem Weggang. Haben Sie sie kennengelernt?«
»Sie hatte eine Wohnung oben im Hotel. Jeder kannte sie. Sie gehörte Hamid.«
»Ihnen nicht?«
Von seinen klaren, intelligenten Augen ging keine Drohung aus. Sie taxierten ihn. Sie boten Kameradschaft und Verständnis an.
»Selbstverständlich nicht.«
»Wieso selbstverständlich?«
»Weil es Wahnsinn gewesen wäre. Selbst wenn sie es gewollt hätte.«
»Warum sollte sie nicht? Heißblütige Araberin, höchstens vierzig, geht gern ins Heu. Sympathischer junger Bursche. Freddie ist weiß Gott kein Ölgemälde. Wer hat sie umgebracht?«
»Die Untersuchung war noch nicht abgeschlossen, als ich ging. Hab nie erfahren, ob irgend jemand verhaftet worden ist. Ein Einbrecher, hat man vermutet. Sie hat ihn überrascht, also hat er sie erstochen.«
»Das waren nicht zufällig Sie?« Die klaren, intelligenten Augen forderten ihn auf, über den Witz mitzulachen. Er lächelte wie ein Delphin.
»Nein.«

»Sicher?«
»Es gab ein Gerücht, daß Freddie es getan hätte.«
»Ach, tatsächlich? Warum sollte er so etwas tun?«
»Oder daß er es veranlaßt hätte. Angeblich hat sie ihn irgendwie betrogen.«
Roper war belustigt. »Doch nicht mit Ihnen?«
»Leider nein.«
Noch immer dieses Lächeln. Auch bei Jonathan.
»Corky wird nicht schlau aus Ihnen. Er ist ein mißtrauischer Bursche, dieser Corks. Sie machen ihn fix und fertig. In den Akten erscheinen Sie *so,* in Wirklichkeit *anders,* sagt er. Was haben Sie sonst noch getrieben? Noch ein paar Leichen im Keller? Irgendwelche krummen Dinger gedreht, von denen wir nichts wissen? Die Polizei auch nicht? Noch andere Leute kaltgemacht?«
»Ich drehe keine krummen Dinger. Ich reagiere nur, wenn mir etwas zustößt. Das ist immer so gewesen.«
»*Reagieren,* das kann man wohl sagen. Wie ich gehört habe, mußten Sie Sophies Leiche identifizieren, mit den Bullen zusammen. Stimmt das?«
»Ja.«
»Ziemlich üble Sache, wie?«
»Irgendwer mußte es ja tun.«
»Freddie war erleichtert. Hat gesagt, wenn ich Sie mal sehe, soll ich Ihnen danken. Inoffiziell natürlich. Er hatte etwas Angst, das selbst machen zu müssen. Hätte heikel werden können.«
War dies nun endlich Jonathans Gelegenheit, Haßgefühle zu entwickeln? In Ropers Gesicht hatte sich nichts verändert. Das halbe Lächeln blieb immer gleich. Jonathan nahm undeutlich wahr, daß Corkoran in den Raum zurückgeschlichen kam und sich auf ein Sofa sinken ließ. Ropers Tonfall wurde undefinierbar, er begann für ein Publikum zu spielen.
»Dieses Schiff, mit dem Sie nach Kanada gekommen sind«, begann er leutselig von neuem. »Hatte das einen Namen?«
»*Stern von Bethlehem.*«

»Eingetragen wo?«
»In South Shields.«
»Wie sind Sie an die Passage gekommen? Gar nicht so einfach, oder? Auf einem schmutzigen, kleinen Schiff eine Koje zu ergattern?«
»Als Koch.«
Corkoran auf seinem Kulissenplatz konnte sich nicht mehr zurückhalten. »Mit einer Hand?« fragte er.
»Ich habe Gummihandschuhe getragen.«
»Wie sind Sie an die Passage gekommen?« wiederholte Roper.
»Ich habe den Schiffskoch bestochen, der Kapitän hat mich als Hilfskraft eingestellt.«
»Name?«
»Greville.«
»Dieser Agent, Billy Bourne, Stellenvermittler in Newport, Rhode Island«, fuhr Roper fort. »Wie sind Sie auf Bourne gestoßen?«
»Den kennt doch jeder. Da können Sie jeden von uns fragen.«
»Von uns?«
»Segler. Leute aus der Gastronomie.«
»Zeigst du mir mal das Fax von Billy, Corks? Er mag ihn, oder? Lobt ihn sehr, wenn ich nicht irre?«
»Ah, Billy Bourne *betet* ihn *an*«, bestätigte Corkoran mürrisch. »Lamont macht nie was falsch. Kann kochen, ist höflich, läßt weder Silber mitgehen, noch beklaut er die Gäste, ist immer da, wenn man ihn braucht, verzieht sich, wenn man ihn nicht mehr braucht, die Sonne scheint ihm aus dem Hintern.«
»Aber haben wir nicht auch die anderen Referenzen überprüft? Die waren nicht ganz so geschickt, wie?«
»Ein bißchen kurios, Chef«, gab Corkoran zu. »Eigentlich nur Geschwafel.«
»Gefälscht, Pine?«
»Ja.«
»Dieser Kerl, dem Sie den Arm zertrümmert haben. Früher schon mal gesehen?«
»Nein.«

»Der hat nicht schon mal vorher bei Low gegessen?«
»Nein.«
»Nie ein Boot für ihn gesegelt? Für ihn gekocht? Drogen für ihn geschmuggelt?«
Diese Fragen hatten offensichtlich nichts Drohendes, das Tempo wurde nicht angezogen. Ropers freundliches Lächeln blieb ungetrübt, nur Corkoran machte ein finsteres Gesicht und zupfte sich am Ohr.
»Nein«, sagte Jonathan.
»Für ihn getötet, mit ihm gestohlen?«
»Nein.«
»Oder mit seinem Kumpel?«
»Nein.«
»Wir hatten den Eindruck, Sie könnten das mit denen ausgeheckt und sich dann mittendrin entschlossen haben, die Seiten zu wechseln. Das würde erklären, warum Sie den Mann so zugerichtet haben. Um zu beweisen, daß Sie heiliger sind als der Papst. Verstehen Sie, was ich meine?«
»Schwachsinn«, sagte Jonathan scharf. Er wurde energisch. »Das ist eine verdammte Beleidigung.« Dann etwas beherrschter: »Ich finde, Sie sollten das zurücknehmen. Warum muß ich mir so etwas gefallen lassen?«
Sie müssen den tapferen Verlierer spielen, hatte Burr gesagt. *Nie zu Kreuze kriechen. Das kann er nicht ausstehen.*
Aber Roper schien Jonathans Protest gar nicht wahrzunehmen. »In Ihrer Lage – auf der Flucht, falscher Name – konnte Ihnen nichts daran liegen, schon wieder mit der Polizei aneinanderzugeraten. Besser, sich bei dem reichen Briten beliebt zu machen, anstatt seinen Sohn zu entführen. Sie verstehen?«
»Ich hatte mit keinem von ihnen etwas zu tun. Wie gesagt. Ich hatte sie vor diesem Abend nie gesehen oder je von ihnen gehört. Ich habe Ihren Sohn da rausgeholt. Ich *verlange* nicht mal eine Belohnung. Ich will nur hier weg. Sonst nichts. Lassen Sie mich gehen.«
»Woher wußten Sie, daß die beiden zum Küchenhaus wollten? Hätten doch überall hin gehen können.«

»Die kannten das Gelände. Wußten, wo das Geld aufbewahrt wurde. Hatten offensichtlich alles ausgekundschaftet. Herrgott nochmal.«
»Mit Ihrer Hilfe?«
»Nein!«
»Sie hätten sich verstecken können. Warum haben Sie das nicht getan? Sich da rausgehalten. Die meisten in Ihrer Lage hätten so gehandelt, oder? Bin selbst allerdings nie auf der Flucht gewesen.«
Jonathan schwieg lange, er seufzte und schien sich mit dem Wahnsinn seiner Gastgeber abzufinden. »Langsam wünsche ich mir, ich hätte es getan«, sagte er und ließ sich frustriert zusammensinken.
»Corks, was ist mit der Flasche? Du hast sie doch nicht ausgetrunken?«
»Hier, Chef.«
Wieder zu Jonathan: »Ich möchte, daß Sie hierbleiben und sich amüsieren. Sie können sich nützlich machen, schwimmen gehen, wieder zu Kräften kommen, abwarten, was wir mit Ihnen vorhaben. Vielleicht finden wir sogar einen Job für Sie, etwas ganz Besonderes. Kommt drauf an.« Das Lächeln wurde breiter. »Karottenkuchen backen. Was haben Sie?«
»Ich fürchte, das werde ich nicht tun«, sagte Jonathan. »Ich will das nicht.«
»Quatsch. Natürlich wollen Sie das.«
»Wo könnten Sie denn sonst noch hin?« fragte Corkoran. »Das Carlyle in New York? Das Ritz Carlton in Boston?«
»Ich will einfach machen, was ich will«, sagte Jonathan höflich, aber bestimmt.
Er hatte genug. Schein und Sein waren eins für ihn geworden. Er wußte den Unterschied nicht mehr. Ich brauche Bewegungsfreiheit, muß selbst bestimmen können, sagte er sich. Ich habe es satt, für andere den Handlanger zu spielen. Er wollte gehen.
»Was zum Teufel reden Sie da?« beschwerte sich Roper verblüfft. »Ich werde Sie bezahlen. Und nicht schlecht. Sie be-

kommen eine Topgage. Hübsches kleines Haus auf der anderen Seite der Insel. Er kann Woodys Haus haben, Corky. Reiten. Schwimmen. Ein Boot leihen. Was wollen Sie mehr? Übrigens, welchen Paß wollen Sie eigentlich benutzen?«
»Meinen«, sagte Jonathan. »Lamont. Thomas Lamont.« Er wandte sich an Corkoran. »Er war bei meinen Sachen.«
Eine Wolke schob sich vor die Sonne und ließ es vorübergehend Abend werden.
»Corky, verklicker ihm die schlechte Neuigkeit«, befahl Roper und streckte einen Arm aus, als hätte Pavarotti wieder zu singen begonnen.
Corkoran zuckte die Achseln und grinste bedauernd, als wollte er sagen, ihm sei nichts vorzuwerfen. »Tja, nun, also Ihr kanadischer Paß, mein Lieber«, sagte er, »der war einmal, tut mir leid. Hab ihn in den Reißwolf gesteckt. Schien mir das Richtige zu sein.«
»Wovon reden Sie eigentlich?«
Corkoran rieb mit dem Daumen der einen Hand in der Handfläche der anderen herum, als hätte er dort eine unangenehme Schwellung entdeckt.
»Nur keine Aufregung, Mann. Habe Ihnen einen Gefallen getan. Ihre Tarnung ist aufgeflogen. Seit ein paar Tagen steht T. Lamont auf sämtlichen Fahndungslisten der westlichen Welt. Interpol, Heilsarmee, alle sind dabei. Wenn Sie wollen, können Sie Beweise sehen. Lupenrein. Tut mir leid. Tatsache.«
»Das war *mein Paß*!«
Der gleiche Zorn hatte ihn in der Küche bei Mama Low gepackt: ein ungeheuchelter, hemmungsloser, blinder Zorn – fast jedenfalls. Das war *mein* Name, *meine* Frau, *mein* Verrat, *mein* Schatten! Ich habe für diesen Paß gelogen! Ich habe dafür betrogen! Ich habe dafür gekocht und geschuftet und Dreck gefressen und meinen Weg mit lebenden Leichen gepflastert!
»Wir besorgen Ihnen einen neuen, einen sauberen«, sagte Roper. »Das Mindeste, was wir für Sie tun können. Corky, hol deine Polaroid und lichte ihn ab. Muß heutzutage in Farbe sein.

Und laß die Schrammen wegretuschieren. Niemand erfährt davon, kapiert? Bullen, Gärtner, Hausmädchen, Stallburschen, niemand.« Eine bedächtige Pause. »Jed auch nicht. Jed hält sich aus all dem raus.« Er sagte nicht, aus was allem. »Was haben Sie mit Ihrem Motorrad gemacht – das Sie in Cornwall hatten?«

»Außerhalb von Bristol stehenlassen«, sagte Jonathan.

»Und warum haben Sie's nicht verkauft?« fragte Corkoran rachsüchtig. »*Oder* es mit nach Frankreich genommen? Wäre doch möglich gewesen?«

»Viel zu auffällig. Jeder wußte, daß ich ein Motorrad hatte.«

»Eins noch.« Roper stand mit dem Rücken zur Terrasse, sein Pistolenfinger zielte auf Jonathans Schädel. »Ich führe hier ein strenges Kommando. Wir stehlen gelegentlich, aber untereinander gibt's keine krummen Touren. Sie haben meinen Jungen gerettet. Aber wenn Sie aus der Reihe tanzen, werden Sie bereuen, geboren zu sein.«

Roper hörte Schritte auf der Terrasse und fuhr herum; schon wollte er wütend werden, daß man seinen Befehl mißachtet hatte, erkannte dann aber Jed, die Tischkarten in silbernen Haltern auf die über die Terrasse verteilten Tische stellte. Das kastanienbraune Haar fiel ihr über die Schultern. Ihr Körper war heute sittsam in einen Morgenrock gehüllt.

»Jeds! Komm doch mal eben her! Habe eine schöne Neuigkeit für dich. Heißt Thomas. Gehört jetzt gewissermaßen zur Familie. Sag Daniel Bescheid, er wird vor Freude in die Luft springen.«

Sie hörte kurz auf. Hob den Kopf und drehte ihn um, gewährte den Kameras ihr schönstes Lächeln.

»Ah *Thomas.* Super.« Die Augenbrauen hoch, zeigt vage Freude. »Das ist ja echt *irre.* Sollten wir das nicht irgendwie *feiern,* Roper?«

Es war am nächsten Morgen kurz nach sieben in Miami, aber im Hauptquartier hätte es auch Mitternacht sein können. Dieselben Neonröhren strahlten an denselben grüngestrichenen

Backsteinmauern. Burr hatte genug von seinem Art-deco-Hotel gehabt und den Bunker zu seinem einsamen Quartier gemacht.

»Ja, ich bin's«, antwortete er leise in den roten Hörer. »Und Sie sind Sie, der Stimme nach. Wie ist es gelaufen?«

Während er sprach, hob er die freie Hand langsam über den Kopf, bis der ganze Arm in den ausgesperrten Himmel zeigte. Alles war verziehen. Gott wohnte im Himmel. Jonathan hatte seinen Zauberkasten angeworfen und sprach mit seinem Führungsoffizier.

»Die wollen mich nicht«, teilte Palfrey Goodhew zufrieden mit, als sie mit einem Taxi durch Battersea fuhren. Goodhew hatte ihn an der Festival Hall abgeholt. Wir werden uns beeilen müssen, hatte Palfrey gesagt.

»Wer will Sie nicht?«

»Darkers neuer Ausschuß. Haben sich einen Kodenamen zugelegt: Flaggschiff. Wer nicht auf ihrer Liste steht, hat auf dem Flaggschiff keinen Zutritt.«

»Und wer steht auf der Liste?«

»Unbekannt. Es gibt einen Farbkode.«

»Das heißt?«

»Sie werden durch einen Magnetstreifen auf ihren Dienstausweisen identifiziert. Das Flaggschiff hat einen Leseraum. Dorthin gehen sie, schieben den Ausweis in einen Schlitz, und die Tür geht auf. Sie treten ein, die Tür geht zu. Sie setzen sich, lesen, halten eine Versammlung ab. Die Tür geht auf, und sie kommen wieder raus.«

»*Was* lesen sie?«

»Die neuesten Entwicklungen. Den Spielplan.«

»Wo befindet sich dieser Leseraum?«

»Außerhalb des Gebäudes. Fern von neugierigen Blicken. Gemietet. Wird bar bezahlt. Keine Quittungen. Wahrscheinlich das Obergeschoß einer Bank. Darker liebt Banken.« Er redete weiter, wollte es loswerden, um gehen zu können. »Wer Zutritt zum Flaggschiff hat, ist ein Matrose. Der ganze Kode ist aus der Seemannssprache entwickelt. Ist etwas zu naß für die Allgemeinheit, bedeutet das, es soll Flaggschiff klassifiziert werden. Oder etwas ist zu nautisch für die Landratten. Oder jemand ist ein Landsportler, kein Wassersportler. Haben einen äußeren Schutzwall von Kodenamen errichtet, um den inneren Burghof zu schützen.«

»Sind alle Matrosen Mitarbeiter vom River House?«

»Nachrichtenauswerter, Banker, Beamte, ein paar Abgeordnete, ein paar Hersteller.«

»Hersteller?«

»Produzenten, Waffenhersteller, Herrgott noch mal, Rex!«

»Sind die Hersteller Briten?«

»In etwa.«

»Sind es Amerikaner? Gibt es amerikanische Matrosen, Harry? Gibt es ein amerikanisches Flaggschiff? Haben die da drüben auch so was?«

»Passe.«

»Können Sie mir *einen* Namen nennen, Harry? Bloß einen Tip, wie ich da reinkomme?«

Aber Palfrey war zu beschäftigt, zu gehetzt, zu spät dran. Er sprang auf den Bordstein, beugte sich noch einmal ins Taxi, um seinen Schirm zu holen.

»Fragen Sie Ihren Chef«, flüsterte er. Aber so leise, daß Goodhew, betäubt wie er war, nicht wußte, ob er richtig gehört hatte.

17

Die eine Seite der Insel hieß Crystalside, die andere Townside; und obwohl der Fregattvogel nur einen knappen Kilometer von der einen zur anderen Seite flog, hätten es zwei verschiedene Inseln sein können, denn zwischen ihnen erhob sich ein Hügel, der den stolzen Namen Miss Mabel Mountain trug und der höchste Punkt sämtlicher Inseln in weitem Umkreis war, was aber nicht viel besagt; um Miss Mabels Hüfte wand sich eine Schürze aus feinem Nebel, zu ihren Füßen standen die verfallenen Sklavenhäuser, und durch das Laub ihrer Wälder fielen Sonnenstrahlen wie durch ein löchriges Dach.

Crystalside war eine typisch englische Wiesenlandschaft mit Gruppen von Schirmbäumen, die von weitem wie Eichen aussahen, mit englischen Weidezäunen und englischen Grenzgräben, und immer wieder gab es zwischen den sanften, von Ropers Traktoren kunstvoll bearbeiteten Hügeln Ausblicke aufs Meer.

Townside dagegen war schroff und windig wie Schottland bei Licht, mit zerklüfteten Ziegenweiden an den Hängen und Wellblechhütten und einem Cricketplatz – verwehter roter Staub und ein Wellblechpavillon; ein fast immer wehender Ostwind peitschte das Wasser in der Carnation Bay.

An dieser Bucht, in einem Halbkreis pastellfarbener Hütten, jede mit einem Vorgarten und einer zum Strand führenden Treppe ausgestattet, hatte Roper seine weißen Angestellten untergebracht. Woodys Haus war zweifellos die reizvollste dieser Hütten, denn sie hatte einen mit stilvollen Schnitzereien verzierten Balkon und eine freie Aussicht auf Miss Mabel Island in der Mitte der Bucht.

Wer Miss Mabel war, wußte Gott allein; dabei hatte sie vielem ihren Namen gegeben: einem überheblichen Hügel, der unbewohnten Insel, einer verlassenen Imkerei, einer bankrotten Baumwollmanufaktur und einer speziellen Art von Spitzendeckchen, bei denen niemand mehr wußte, wie sie gemacht wurden. »Irgendeine vornehme alte Dame aus den Zeiten der Sklaverei«, sagten die Inselbewohner zurückhaltend, als der Beobachter sie danach fragte. »Man soll die Erinnerung an sie nicht wecken.«

Aber wer Woody war, wußte jeder. Mr. Woodman aus England, ein Vorgänger von Major Corkoran, er war vor langer Zeit, als Mr. Roper die Insel gekauft hatte, mit der ersten Welle hier angekommen, ein charmanter, den Inselbewohnern freundlich gesinnter Mann, bis der Chef ihn eines Tages in seinem Haus einsperren ließ, während die Wachmannschaft ihm gewisse Fragen stellte und Wirtschaftsprüfer aus Nassau die Bücher nach Woodys Gaunereien durchforsteten. Die ganze Insel hielt damals den Atem an, denn auf die eine oder andere Weise hatte die ganze Insel an Woodys Geschäften teilgehabt. Man wartete eine Woche; schließlich beförderten zwei Leute von der Wachmannschaft Woody zur Flugpiste auf Miss Mabel Mountain, und Woody brauchte sie beide, denn er konnte sich kaum auf den Füßen halten. Um es genau zu sagen, man hätte es seiner eigenen Mutter verzeihen können, wenn sie auf dem Bürgersteig über ihn hinweggestiegen wäre, ohne ihren kleinen Jungen aus England wiederzuerkennen. Seit dieser Zeit hatte Woodys Haus mit dem verzierten Balkon und der schönen Aussicht auf die Bucht immer leergestanden – eine Warnung für alle Bewohner der Insel, daß der Chef zwar ein großzügiger Arbeitgeber und Vermieter war, ein guter Christ gegenüber allen Tugendhaften und nicht zuletzt der Mäzen und auf Lebenszeit gewählte Vorsitzende des Cricketclubs, des Townside-Boys' Club und der Townside-Steelband, man sich aber auch darauf verlassen konnte, daß er jedem, der ihn betrog, die Knochen im Leib zusammenschlug.

Es war nicht einfach, die vielseitige Rolle als Retter, Mörder auf der Flucht, genesender Hausgast, Sophies Rächer und Burrs Spion sicher zu meistern, aber Jonathan mit seiner grenzenlosen Anpassungsfähigkeit spielte sie mit scheinbarer Gelassenheit.

Du wirkst wie einer, der jemanden sucht, hatte Sophie gesagt. *Aber ich glaube, der Vermißte bist du selbst.*

Jeden Morgen ging er zeitig joggen und schwimmen, zog dann ein T-Shirt, Turnschuhe und lange Hosen an und machte sich auf den Weg nach Crystal, wo er um zehn Uhr erwartet wurde. Für den Spaziergang von Townside nach Crystalside brauchte er keine zehn Minuten, aber jedesmal war es so, daß er als Jonathan aufbrach und als Thomas ankam. Er ging über einen Saumpfad, der in Miss Mabels untere Hänge gehauen war und der zu dem halben Dutzend Wegen gehörte, die Roper in den Wäldern freihielt. Doch wegen der überhängenden Bäume war der Weg fast das ganze Jahr über ein Tunnel. Ein einziger Regenschauer verwandelte den Weg für Tage in einen triefenden Matschpfad.

Und manchmal, wenn Jonathans Instinkt ihn richtig geleitet hatte, begegnete er Jed auf ihrer Araberstute Sarah, wenn sie in Begleitung von Daniel und Claud, dem polnischen Stallmeister, und vielleicht ein paar Hausgästen vom morgendlichen Ausritt zurückkehrte. Als erstes hörte er Hufgetrappel und Stimmen oben am Hang. Dann hielt er die Luft an, während die Gesellschaft den Zickzackweg heruntergeritten kam, bis sie am Eingang des Tunnels erschien; die Pferde witterten den Stall und fielen in Trab, Jed ritt voran. Claud bildete die Nachhut. Jeds wehendes Haar, das phantastisch zu Sarahs blonder Mähne paßte, leuchtete rotgolden in dem gesprenkelten Licht.

»He, Thomas, ist das nicht absolut *phantastisch*?« – Jonathan

stimmte ihr zu – »Ah, Thomas – Dans nervt uns schon den ganzen Tag, ob Sie heute mit ihm segeln gehen – er ist ja so verzogen – ja, wollen Sie das *wirklich*?« – ihre Stimme klingt fast verzweifelt – »– aber gestern haben Sie ihm den *ganzen* Nachmittag *Malunterricht* gegeben! Sie sind ein Schatz. Soll ich ihm sagen: drei Uhr?«
Nicht so dick auftragen, wollte er ihr als Freund raten. Du hast die Rolle doch, also hör auf zu übertreiben und benimm dich natürlich. Trotzdem, Sophie würde sagen: Sie hatte ihn mit den Augen berührt.

Und manchmal, wenn er frühmorgens am Strand joggte, begegnete er Roper, der barfuß und in Shorts durch den nassen Sand am Rand der Brandung stapfte; ganz gleich, ob er joggte oder spazierenging oder mit dem Gesicht zur Sonne stand und ein bißchen Gymnastik machte, es geschah mit jenem herrischen Gebaren, das er allem entgegenbrachte: Das ist mein Wasser, meine Insel, mein Sand, mein Tempo.
»Morgen! Wunderbarer Tag!« rief er, falls er guter Laune war. »Laufen? Schwimmen? Kommen Sie. Wird Ihnen guttun.«
Und dann liefen sie oder schwammen eine Weile nebeneinander her und sprachen wenig, bis Roper plötzlich an Land watete, sein Handtuch nahm und wortlos, und ohne sich einmal umzusehen, in Richtung Crystal davonschritt.

»Von allen Bäumen dürfen Sie essen«, sagte Corkoran zu Jonathan, als sie bei Sonnenuntergang im Garten von Woodys Haus saßen und zusahen, wie Miss Mabel Island immer dunkler wurde. »Sämtliche Dienstmägde, Hausmädchen, Köchinnen, Sekretärinnen, Masseusen, die Frau, die dem Papagei die Krallen schneidet, und von mir aus auch die Gäste: alle dürfen Sie, natürlich diskret, pflücken. Aber sollten Sie je versuchen, auch nur Ihren Siewissenschon in Richtung unserer Lieben Frau von Crystal zu strecken, bringt er Sie um. Und ich auch. Nur damit Sie Bescheid wissen, mein Lieber. Ist nicht bös gemeint.«

»Danke, Corky«, sagte Jonathan und machte einen Scherz daraus. »Recht herzlichen Dank. Daß Sie und Roper nach meinem Blut schreien, würde mir gerade noch zu meinem Glück fehlen. Wo hat er sie eigentlich aufgegabelt?« fragte er und nahm sich noch ein Bier.

»Nach der Legende bei einer Pferdeauktion in Frankreich.«

So geht das also, dachte Jonathan. Man fährt nach Frankreich, kauft ein Pferd und bekommt eine Klosterschülerin namens Jed als Dreingabe. Ganz einfach.

»Und wen hatte er davor?« fragte er.

Doch Corkorans Blick war auf den bleichen Horizont gerichtet. »*Wußten* Sie schon«, klagte er im Ton frustrierten Staunens, »daß wir den Kapitän der *Stern von Bethlehem* aufgespürt und selbst *er* nicht bestätigen kann, daß Sie das Blaue vom Himmel lügen?«

Corkorans Warnung ist vergeblich. Der Beobachter kann sich ihr nicht entziehen. Er sieht sie mit geschlossenen Augen. Er sieht sie in der von Kerzen erhellten Wölbung eines Löffels von Bulgari in Rom; in den silbernen Kerzenhaltern von Paul de Lamarie, die stets auf Ropers Eßtisch zu stehen haben, wenn er vom Farmenverkaufen nach Hause kommt; in den vergoldeten Spiegeln seiner Phantasie. Voller Selbstverachtung sucht er Tag und Nacht nach Beweisen für ihre Abscheulichkeit. Sie stößt ihn ab und zieht ihn eben dadurch an. Er bestraft sie für die Macht, die sie über ihn hat – und bestraft sich selbst, weil er ihr nachgibt. *Du bist eine Hotelmieze!* schreit er sie an. *Man kauft sich Raum bei dir, bezahlt dich und reist wieder ab!* Gleichzeitig aber frißt sie ihn auf. Schon ihr Schatten verhöhnt ihn, wenn sie auf dem Weg zum Schwimmen oder Sonnenbaden halbnackt über die errötenden Marmorböden von Crystal schlendert, sich hingegebungsvoll mit Öl einreibt, sich auf die eine Hüfte legt, dann auf die andere, dann auf den Bauch, und dabei mit ihrer Freundin Caroline Langbourne plaudert, die auf Besuch ist, oder ihre Unterhaltungsbibeln verschlingt: *Vogue, Tatler, Marie Claire* oder einen drei Tage alten *Daily Express.* Drei Meter von ihr entfernt sitzt ihr Hofnarr Corkoran in Panamahut und aufgekrempelter Hose und trinkt Pimms.

»Warum nimmt Roper dich nicht mehr mit, Corks?« fragt sie über ihren Zeitschriften träge mit einer von dem Dutzend Stimmen, die Jonathan sich zur dauerhaften Zerstörung notiert hat. »Hat er doch sonst *immer* getan.« Sie blättert um. »Caro, kannst du dir etwas Schrecklicheres *vorstellen,* als die *Mätresse* eines Tory-Ministers zu sein?«

»Es wird doch wohl immer noch einen Labour-Minister geben«, vermutete Caroline, eine unscheinbare Frau, die zu intelligent zum Müßiggang ist.

Und Jeds Lachen: das erstickte, wilde Lachen, das aus dem tiefsten Innern kommt, bei dem sich ihre Augen schließen und ihr Gesicht vor schelmischem Vergnügen aufstrahlt, auch wenn alles andere an ihr sich verdammt große Mühe gibt, damenhaft zu sein.

Auch Sophie war eine Hure, dachte er düster. Nur mit dem Unterschied, daß sie es wußte.

Er sah ihr zu, wie sie sich die Füße unter dem elektronisch geregelten Wasserhahn abspülte: zurücktrat, einen lackierten Zeh hob und den Strahl anstellte, dann den anderen Fuß und die perfekte Hinterbacke hob. Dann ohne irgend jemanden zu beachten zum Rand des Beckens schritt und mit einem Kopfsprung hineinsprang. Er beobachtete sie beim Springen, immer und immer wieder. Im Schlaf sah er dieses schwerelose Schweben von neuem, wie ihr Körper sich bewegungslos erhob und harmonisch, mit einem Plätschern, das nicht lauter war als ein Seufzen, ins Wasser glitt.

»Ach, *komm* doch rein, Caro. Es ist *göttlich.*«

Er beobachtete sie in allen ihren Stimmungen und Rollen: Jed der Clown, wie sie schlaksig und mit gespreizten Beinen, fluchend und lachend ihre Runde auf dem Crocketrasen machte: Jed die Schloßherrin von Crystal, wie sie strahlend an ihrem Eßtisch thronte und mit ihrem betäubend oberflächlichen Shropshire-Geplauder, bei dem kein einziges Klischee ausgelassen wurde, ein Trio stiernackiger Banker aus London bezauberte.

»Aber ich meine, bricht es einem nicht einfach das *Herz,* in Hongkong zu leben und zu wissen, daß absolut *alles,* was man für diese Leute tut, alle diesen tollen Gebäude und Läden und Flughäfen und so weiter, eines Tages von diesen *gräßlichen* Chinesen einfach *geschluckt* wird? Und was ist mit den Pferderennen? Was soll daraus werden? *Und* aus den Pferden? Also *ehrlich*!«

Oder Jed, das kleine Mädchen, wie sie einen warnenden Blick von Roper auffängt, sich die Hand auf den Mund legt und sagt: »Kusch!« Oder Jed am Ende der Party, wenn der letzte Banker ins Bett gewatschelt ist: wie sie, den Kopf an Ropers Schulter und eine Hand auf seinem Hintern, die große Treppe hinaufsteigt.

»Waren wir nicht absolut *phantastisch*?« sagt sie.

»Wunderbarer Abend, Jeds. Selten so gelacht.«

»Und was für Langweiler«, sagt sie und gähnt gewaltig. »*Gott,* wie ich die Schule manchmal vermisse. Ich habe es so *satt,* erwachsen zu sein. Gute Nacht, Thomas.«

»Gute Nacht, Jed. Gute Nacht, Chef.«

Ein geruhsamer Familienabend auf Crystal. Roper mag ein Feuerchen im Kamin. Genau wie die sechs King-Charles-Spaniels, die in einem schlappen Knäuel davorliegen. Danby und MacArthur sind aus Nassau eingeflogen, sie wollen über Geschäfte reden, gut essen und morgen früh wieder aufbrechen. Jed sitzt, bewaffnet mit Bleistift und Papier, auf einem Hocker zu Ropers Füßen; sie trägt die runde Goldbrille, die sie, Jonathan könnte es schwören, nicht braucht.

»Schatz, *muß* dieser schleimige Grieche mit seiner Itaker-Maus unbedingt wieder dabeisein?« protestiert sie gegen die Teilnahme von Dr. Paul Apostoll und seiner *inamorata* an der Winterkreuzfahrt der *Iron Pasha.*

»Apostoll? El *Appetito*?« erwidert Roper verblüfft. »Aber natürlich. Apo ist ein wichtiger Geschäftspartner.«

»Die beiden sind nicht mal Griechen, wußten Sie das, Thomas? Von wegen Griechen. Das sind türkische und arabische Emporkömmlinge oder so was. Alle *anständigen* Griechen sind schon seit Ewigkeiten ausgerottet. Na ja, von mir aus sollen sie die Pfirsich-Suite haben und sich mit einer Dusche zufriedengeben.«

Roper ist anderer Meinung. »Nein, sollen sie nicht. Sie bekommen die Blaue Suite und den Whirlpool, sonst ist Apo sauer. Er seift sie gern ein.«

»Das kann er auch in der Dusche«, sagt Jed, als wolle sie mit ihm streiten.

»Nein, kann er nicht. Dazu ist er nicht groß genug«, sagt Roper, und alles bricht in schallendes Gelächter aus, weil der Chef einen Witz gemacht hat.

»Hat der alte Apo nicht den Schleier genommen oder was?« fragt Corkoran und blickt von seinem gewaltigen Scotch auf. »Ich dachte, er hätte das Vögeln aufgegeben, nachdem seine Tochter sich umgebracht hat.«

»Das war nur eine vorübergehende Fastenzeit«, sagt Jed.

Ihre Scherze und Zoten haben etwas Hypnotisierendes. Alle, auch sie selbst, finden es unwiderstehlich komisch, wenn sie mit ihrer englischen Klosterschülerinnenstimme wie ein Bauarbeiter redet.

»Schatz, was haben wir eigentlich mit den Donahues am Hut? Jenny war kaum an Bord, da war sie schon *sturzbesoffen,* und Archie hat sich benommen wie der allerletzte *Wichser.*«

Jonathan sah ihr lange und betont gleichgültig in die Augen. Jed hob die Brauen und erwiderte seinen Blick, als wollte sie sagen: Wer zum Teufel bist du? Jonathan gab die Frage mit doppeltem Nachdruck zurück: Für wen hältst *du* dich heute abend? Ich bin Thomas. Aber wer zum Teufel bist *du*?

Er sah sie in Bruchstücken, die ihm aufgedrängt wurden. Zu der nackten Brust, die sie ihm in Zürich unbekümmert dargeboten hatte, kam zufällig ein Blick auf ihren Oberkörper im Schlafzimmerspiegel, als sie sich nach dem Reiten umzog.

Die Arme erhoben und die Hände im Nacken verschränkt, machte sie ein paar Lockerungsübungen, die sie in einer ihrer Zeitschriften gefunden haben mußte. Jonathan hatte absolut alles getan, um nicht in diese Richtung zu blicken. Aber sie machte das jeden Nachmittag, und ein Beobachter kann sich nicht immer zum Wegsehen zwingen.

Er kannte die Ebenmäßigkeit ihrer langen Beine, die seidigen Ebenen ihres Rückens und ihre knabenhaften, erstaunlich spitzen athletischen Schultern. Er kannte die weißen Stellen unter ihren Armen und das Wogen ihrer Hüften, wenn sie ritt.

Und es gab eine Episode, an die Jonathan kaum zu denken wagte; da hatte sie ihm, ihn für Roper haltend, zugerufen: »Gib mir mal das verdammte Badetuch, *schnell*«. Und da er gerade, nachdem er Daniel aus Kiplings *Genau So Geschichten* vorgelesen hatte, an ihrem Schlafzimmer vorbeikam und da die Schlafzimmertür halb offen stand, und da sie Roper nicht mit Namen angeredet hatte und er aufrichtig, oder doch fast, glaubte, daß sie *ihn* rief, und da Ropers Privatbüro an der anderen Seite des Schlafzimmers das ständige Objekt der professionellen Neugierde des Beobachters darstellte, berührte er sachte die Tür und wollte schon eintreten, machte dann aber anderthalb Meter vor der unvergleichlichen Rückenansicht ihres nackten Körpers halt, während sie sich fluchend einen Waschlappen aufs Auge drückte und die Seife herauszureiben versuchte. Mit klopfendem Herzen ergriff Jonathan die Flucht, und als er am nächsten Morgen seinen Zauberkasten aus dem Versteck geholt hatte, sprach er zunächst einmal zehn aufgeregte Minuten lang mit Burr, ohne sie ein einzigesmal zu erwähnen:

»Da ist das Schlafzimmer der beiden, sein Ankleidezimmer und dort auf der anderen Seite des Ankleidezimmers ein kleines Büro. Dort bewahrt er seine Privatpapiere auf, da bin ich mir sicher.«

Burr bekam es gleich mit der Angst zu tun. Vielleicht ahnte er schon in diesem frühen Stadium eine Katastrophe: »Halten

Sie sich davon fern. Viel zu gefährlich. Erst Anschluß finden, dann spionieren. Das ist ein Befehl.«

»Sie fühlen sich wohl?« fragte Roper, als sie in Begleitung mehrerer Spaniels am Strand joggten. »Kommen wieder auf die Beine? Keine Kakerlaken? – weg da, Trudy, du Mistvieh! – Wie ich höre, ist der kleine Dans gestern anständig gesegelt.«
»Ja, er hat sich wirklich angestrengt.«
»Sie sind doch nicht etwa ein Linker? Corky meint, Sie könnten rötlich angehaucht sein.«
»Großer Gott, nein. Ist mir nie in den Sinn gekommen.«
Roper schien nicht hinzuhören. »Angst regiert die Welt. Luftschlösser verkaufen, mit Nächstenliebe herrschen, das bringt nichts. Nicht in der realen Welt. Einverstanden?« Aber er wartete Jonathans Antwort nicht ab. »Versprechen Sie einem Mann, ihm ein Haus zu bauen, glaubt er Ihnen nicht. Drohen Sie ihm aber, sein Haus niederzubrennen, tut er, was Sie von ihm verlangen. Tatsache.« Er schwieg deutlich lange. »Wenn ein paar Leute Krieg führen wollen, werden sie nicht auf einen Haufen grünschnäbliger Abolitionisten hören. Und wenn nicht, spielt es keine Rolle, ob sie über Armbrüste oder Bordkanonen verfügen. Tatsache. Tut mir leid, wenn Sie das belastet.«
»Tut es nicht. Warum sollte es?«
»Habe Corky gesagt, er soll sich nicht ins Hemd machen. Ewig ist er beleidigt, das ist sein Problem. Gehen Sie vorsichtig mit ihm um. Gibt nichts Schlimmeres als eine Schwuchtel, die sich dauernd angegriffen fühlt.«
»Aber ich gehe doch vorsichtig mit ihm um. Immer.«
»Hm. Ja. Da ist wohl nichts zu machen. Teufel, was soll's auch?«

Zwei Tage später kam Roper auf das Thema zurück. Nicht auf Corkoran, sondern auf Jonathans angebliche Zimperlichkeit, was gewisse Geschäfte betraf. Jonathan war in Daniels Zimmer gewesen, um ihn zum Schwimmen abzuholen, hatte ihn aber

nicht getroffen. Roper, der gerade aus der Königssuite kam, ging zusammen mit ihm wieder nach unten.
»Waffen gehen dorthin, wo die Macht ist«, verkündete er ohne Vorgeplänkel. »Bewaffnete Macht garantiert Frieden. Unbewaffnete Macht hält sich keine fünf Minuten. Erste Regel der Stabilität. Weiß nicht, warum ich Ihnen Predigten halte. Alles eine Familie, wir von der Armee. Trotzdem hat es keinen Sinn, Sie in was reinzuziehen, was Ihnen widerstrebt.«
»Ich habe keine Ahnung, in was Sie mich reinziehen wollen.«
Sie durchquerten auf dem Weg zum Innenhof die große Eingangshalle.
»Niemals Spielzeug verkauft? Waffen? Sprengstoff? Technologie?«
»Nein.«
»Je damit zu tun gehabt? – in Irland oder sonstwo? – mit diesem Gewerbe?«
»Leider nein.«
Roper senkte die Stimme. »Wir reden ein andermal weiter.«
Er hatte Jed und Daniel an einem Tisch im Innenhof entdeckt, wo sie *L'Attaque* spielten. Er spricht also nicht mit ihr darüber, dachte Jonathan erleichtert. Auch sie ist ein Kind für ihn: nicht vor den Kindern.

Jonathan joggt.
Er sagt guten Morgen zu dem Friseur- und Schönheitssalon, der nicht größer als ein Gartenschuppen ist. Er sagt guten Morgen zu Spokesman's Dock, wo früher einmal ein schwacher Aufstand niedergeschlagen wurde; jetzt lebt hier der blinde Rastafari Amos auf seinem vertäuten Katamaran, auf dem eine kleine Windmühle die Batterie auflädt. Sein Collie Bones schläft friedlich auf dem Deck. Guten Morgen, Bones.
Als nächstes kommt der Hof mit dem Wellblechzaun, Jam City Recorded & Vocal Music, voller Hühner und Yukkabäume und zerbeulter Kinderwagen. Guten Morgen, Hühner.
Er blickt zurück auf die Kuppel von Crystal über den Baumwipfeln. Guten Morgen, Jed.

Weiter oben erreicht er die alten Sklavenhäuser, wo niemand mehr hingeht. Und er wird auch nicht langsamer, als er das letzte Haus erreicht, sondern joggt geradewegs durch die zertrümmerte Tür zu einem rostigen Ölkanister, der dort in einem Winkel auf dem Boden liegt.

Dann bleibt er stehen. Und horcht und wartet, daß sein Atem ruhiger wird, und schüttelt die Hände aus, um seine Schultern zu lockern. Aus dem Dreck und den alten Lappen im Kanister zieht er einen Stahlspaten und beginnt zu graben. Das Funkgerät befindet sich in einem Metallkasten, den Flynn und seine Spezialisten hier eines Nachts nach Rookes genauer Anweisung versteckt haben. Als Jonathan erst auf den weißen, dann auf den schwarzen Knopf drückt und dem elektronischen Gezwitscher des Raumfahrtzeitalters lauscht, hoppelt eine fette braune Ratte über den Boden und kriecht, wie eine kleine alte Frau auf dem Weg zur Kirche, in das Haus nebenan.

»Wie geht's?« sagt Burr.

Gute Frage, denkt Jonathan. Wie geht es mir? Ich habe Angst. Ich bin verrückt nach einer Reiterin mit einem IQ von 55, wenn die Sonne scheint, ich halte mich vierundzwanzig Stunden am Tag mit den Fingernägeln am Leben fest – es ist so, wie Sie es mir versprochen haben, wenn ich mich recht erinnere.

Er gibt seine Neuigkeiten durch. Am Samstag ist ein gewichtiger Italiener namens Rinaldo mit einem Learjet gekommen und drei Stunden später wieder abgeflogen. Alter fünfundvierzig, Größe einsfünfundachtzig, zwei Leibwächter und eine Blondine.

»Haben Sie das Hoheitszeichen an seinem Flieger gesehen?«

Der Beobachter hat es nicht schriftlich notiert, sondern auswendig gelernt.

Rinaldo hat einen Palast an der Bucht von Neapel, sagt er. Die Blondine heißt Jutta und lebt in Mailand. Jutta, Rinaldo und Roper haben im Sommerhaus Salat gegessen und miteinander gesprochen, während die Leibwächter außer Hörweite in der Sonne gelegen und Bier getrunken haben.

Burrs zusätzliche Fragen zum Besuch der Londoner Banker am Freitag zuvor, die nur mit Vornamen genannt werden. War Tom fett und kahl und wichtigtuerisch? Hat Angus Pfeife geraucht? Hatte Wally einen schottischen Akzent?

Dreimal ja.

Und hatte Jonathan den Eindruck, daß sie geschäftlich in Nassau waren und anschließend nach Crystal kamen? Oder sind sie bloß von London nach Nassau geflogen und dann mit Ropers Jet von Nassau nach Crystal?

»Sie waren erst geschäftlich in Nassau. In Nassau werden die seriösen Geschäfte getätigt. In Crystal wird's dann inoffiziell«, antwortet Jonathan.

Erst als Jonathan mit seinem Bericht über die Besucher auf Crystal fertig ist, kommt Burr darauf zu sprechen, wie es Jonathan geht.

»Corkoran schnüffelt die ganze Zeit hinter mir her«, sagt Jonathan. »Anscheinend kann er mich nicht in Ruhe lassen.«

»Er ist abgemeldet, und er ist eifersüchtig. Fordern Sie bloß nicht Ihr Glück heraus. In keiner Richtung. Verstanden?« Eine Anspielung auf das Büro hinter Ropers Schlafzimmer. Denn sein sicherer Instinkt sagt Burr, daß Jonathan noch immer da hineinwill.

Jonathan legt das Funkgerät in den Kasten zurück und den Kasten in sein Grab. Er tritt den Boden fest, kratzt Erde darüber, schiebt mit den Füßen Laub, Kiefernsamen und vertrocknete Beeren über die Erde. Dann joggt er den Hügel hinunter zum Carnation Beach.

»Hallo! Mistah Thomas der Große, wie geht's denn heute der Seele so, Sir?«

Das ist Amos Rastafari mit seinem Samsonite-Aktenkoffer. Niemand kauft Amos etwas ab, aber das stört ihn nicht. Kaum jemand kommt an seinen Strand. Er sitzt den ganzen Tag im Sand, raucht Ganja und starrt auf den Horizont. Manchmal packt er seinen Samsonite aus und zeigt, was er anzubieten hat: Muschel-Halsketten, fluoreszierende Schals und kleine Stückchen Ganja, die in orangefarbenes Seidenpapier gewikkelt sind. Manchmal tanzt er zum Jaulen seines Hundes Bones, dreht den Kopf hin und her und grinst in den Himmel. Amos ist von Geburt an blind.

»Sie waren heut schon laufen da oben, *hoch* oben auf Miss Mabel Mountain, Mistah Thomas? Sie haben mit den *Vodoo-Geistern* gesprochen, Mistah Thomas, als Sie da oben rumgelaufen sind? Sie haben den *Vodoo-Geistern* Botschaften geschickt, Mistah Thomas, da *oben* auf Miss Mabel Mountain?« – Dabei ist Miss Mabel Mountain höchstens zwanzig Meter hoch.

Jonathan lächelt – aber was hat es für einen Sinn, einen Blinden anzulächeln?

»Ja, sicher. Hoch oben wie ein Drachen.«

»Ja, sicher! O Mann!« Amos vollführt einen kunstvollen Sprung. »Ich werde niemandem was erzählen, Mistah Thomas. Ein blinder Bettler, der *sieht* nichts Böses und der *hört* nichts Böses, Mistah Thomas. Und er *singt* nichts Böses, nein, Sir. Verkauft Schals an Gentlemen für fünfundzwanzig Dollarchen und geht seiner Wege. Sie kaufen doch einen schönen handgemachten Seidenschal. Mistah Thomas, für Ihre Frau Liebste, Sir, *sehr* geschmackvoll?«

»Amos«, sagt Jonathan und legt ihm freundlich eine Hand auf den Arm, »wenn ich so viel Ganja rauchen würde wie du, würd ich dem Weihnachtsmann Botschaften schicken.«

Doch am Cricketplatz angekommen, macht er kehrt, läuft noch einmal den Hügel hinauf und sucht zwischen den verlassenen Bienenstöcken nach einem neuen Versteck für seinen Zauberkasten; erst dann biegt er in den Tunnel nach Crystal ein.

Auf die Gäste konzentrieren, hatte Burr gesagt.

Wir brauchen die Gäste, hatte Rooke gesagt. *Wir brauchen Namen und Nummer von jedem, der seinen Fuß auf die Insel setzt.*

Roper kennt die schlimmsten Leute der Welt, hatte Sophie gesagt.

Sie erschienen in allen Varianten: Wochenendgäste, Lunchgäste, Gäste, die abends zum Essen kamen, über Nacht blieben und am nächsten Morgen abreisten, Gäste, die nicht einmal ein Glas Wasser tranken, sondern, diskret von ihren Leibwächtern beschattet, mit Roper am Strand entlangschlenderten und dann schnell wieder abflogen, als hätten sie viel zu tun. Gäste mit Flugzeugen, Gäste mit Jachten; Gäste, die weder das eine noch das andere hatten und von Ropers Jet oder, wenn sie auf der Nachbarinsel wohnten, von Ropers Hubschrauber mit dem Crystal-Emblem und in den Ironbrand-Farben Blau und Grau abgeholt werden mußten. Roper lud sie ein, Jed begrüßte sie und erfüllte ihre Pflicht, auch wenn sie sich etwas darauf einzubilden schien, von ihren Geschäften nicht das geringste zu wissen.

»Ich meine, warum *sollte* ich das, Thomas?« verwahrte sie sich mit gepreßter Bühnenstimme nach der Abreise von zwei besonders abscheulichen Deutschen. »Es reicht vollständig, wenn *einer* in der Familie sich Sorgen machen muß. Ich wäre *viel* lieber wie Ropers Investoren. Dann könnte ich sagen: ›Hier haben Sie mein Geld und mein Leben: daß Sie mir *bloß* keine Dummheiten damit machen!‹ Ich meine, sagen Sie doch selbst, ist das nicht die *einzige* Möglichkeit, Corks? Ich könnte sonst nicht mehr schlafen – finden Sie nicht?«

»Absolut korrekt, meine Liebe. Mit dem Strom schwimmen, empfehle ich immer«, sagte Corkoran.

Du dämliche kleine Reiterin! fuhr Jonathan sie an, während er brav ihren Äußerungen zustimmte. *Erst setzt du dir riesige Scheuklappen auf, und jetzt soll ich dir noch Beifall klatschen!*

Um sich die Gäste besser merken zu können, ordnete er sie nach Kategorien und gab jeder Kategorie eine von Ropers speziellen Bezeichnungen.

Als erstes kamen die eifrigen jungen Danbys und MacArthurs, alias die MacDanbies, die in den Nassauer Büros von Ironbrand arbeiteten, alle zum selben Schneider gingen, dieselbe klassenlos schleppende Ausdrucksweise hatten, auf einen Wink von Roper antanzten und sich unter die Gäste mischten, wenn Roper es verlangte, und dann in aller Eile verschwanden, weil sie es sonst nicht geschafft hätten, am nächsten Tag wieder pünktlich an ihrem Schreibtisch zu sitzen. Roper hatte keine Geduld mit ihnen; Jonathan auch nicht. Die MacDanbies waren weder Ropers Verbündete noch seine Freunde. Sie waren seine Tarnung, schnatterten unablässig von Grundstücksgeschäften in Florida und Preisverschiebungen an der Tokyoter Börse und lieferten Roper die langweilige Fassade seiner Ehrbarkeit.

Nach den MacDanbies kamen Ropers Vielflieger; ohne ein paar von diesen Vielfliegern war keine Party auf Crystal vollständig: dazu gehörte etwa der ewige Lord Langbourne, dessen glücklose Frau sich um die Kinder kümmerte, während er engumschlungen mit dem Kindermädchen tanzte; oder der liebenswürdige junge adlige Polospieler – von seinen Freunden Angus genannt – und seine entzückende Frau Julia, deren gemeinsamer Lebenszweck – abgesehen vom Crocket bei Sally und Tennis bei John und Brian und der Lektüre von Groschenromanen am Pool – darin bestand, ihre Zeit in Nassau abzusitzen, bis sie auf das Haus in Pelham Crescent und das Schloß in der Toskana und das Zweitausend-Hektar-Anwesen in Wiltshire mit seiner sagenhaften Kunstsammlung und die Insel vor der Küste von Queensland gefahrlos Anspruch erheben konnten, denn gegenwärtig war all dies, zusammen mit ein paar hundert Millionen, um die Räder zu schmieren, im Besitz irgendeiner Steueroase und damit im Niemandsland.

Und Vielflieger sind moralisch verpflichtet, ihre Hausgäste mitzubringen:

»Jeds! Sieh mal! Erinnerst *du* dich an Arno und Georgina, Freunde von Julia, haben in Rom mit uns gegessen, im Februar? Der Fischladen hinter dem Byron? Na *sag* schon, Jeds!«

Jed runzelte allerliebst die Stirn. In ungläubigem Erkennen öffnet sie erst die Augen, dann den Mund, hält aber noch kurz an sich, bevor sie es fertigbringt, ihre freudige Überraschung zu bezwingen: »Mensch, *Arno*! Aber Sie haben ja *abgenom-*

men! Georgina, *Schätzchen*, wie *geht* es Ihnen? Super! Mensch, *hallo!*«

Dann die obligatorische Umarmung, der sie ein nachdenkliches *Mmn* folgen läßt, als genieße sie ein wenig mehr, als sie sollte. Und Jonathan äfft dieses *Mmn* in seiner Wut tatsächlich leise nach und schwört sich, wenn er sie das nächstemal bei einer solchen Schauspielerei erwischt, wird er aufspringen und schreien: »Schnitt! – noch einmal, bitte, Jed, Schätzchen, aber diesmal richtig!«

Und nach den Vielfliegern kamen die Greise & Fürsten: englische Debütantinnen in Begleitung hirntoter Abkömmlinge von königlichen Soldaten und Polizisten; arabische Lächler in hellen Anzügen und schneeweißen Hemden und glänzenden Schuhen; unbedeutende britische Politiker und Exdiplomaten, unheilbar deformiert von ihrer Aufgeblasenheit; malaiische Krösusse, die ihre eigenen Köche mitgebracht haben; irakische Juden mit griechischen Palästen und Firmen in Taiwan; Deutsche mit Eurobäuchen, die über die Ossis stöhnen; tölpelhafte Anwälte aus Wyoming, die für ihre Klienten und sich selbst nur das Beste wollen; im Ruhestand lebende, ungeheuer reiche Investoren, die in ihren Ferienranches und Zwanzig-Millionen-Dollar-Bungalows eingesammelt worden sind – abgewrackte alte Texaner auf dünnen Krampfaderbeinen, in papageienbunten Hemden und mit albernen Sonnenhüten, aus kleinen Inhalatoren Sauerstoff schnüffelnd; ihre Frauen mit scharfgeschnittenen Gesichtern, die sie in ihrer Jugend nicht hatten, und eingezogenen Bäuchen und Hintern und wegoperierten Tränensäcken und einem künstlichen Strahlen in den Augen. Aber keine Chirurgie der Welt bewahrte sie vor der tattrigen Langsamkeit des Alters, mit der sie in das Kinderbecken des Roperschen Swimmingpools stiegen und sich an die Leiter klammerten, damit sie nicht auseinanderfielen und wieder zu dem wurden, was zu werden sie fürchteten, ehe sie den Sprung in Dr. Martis Klinik gewagt hatten.

»Meine *Güte*, Thomas«, flüstert Jed Jonathan erstickt zu, als

eine blauhaarige österreichische Komtesse sich atemlos paddelnd in Sicherheit bringt. »Was *schätzen* Sie, wie *alt* die ist?«
»Kommt drauf an, welchen Teil Sie meinen«, sagt Jonathan. »Im Durchschnitt so etwa siebzehn.« Und Jeds wunderbares Lachen – das echte – ihr munteres, freies Lachen, während sie ihn wieder einmal mit den Augen berührt.
Und nach den Greisen & Fürsten kamen die Leute, die Burr auf den Tod nicht ausstehen konnte und Roper wahrscheinlich auch nicht, denn er nannte sie die Notwendigen Übel. Das waren die Vertreter der Londoner Handelsbanken mit glattrasierten Wangen und gestreiften blauen Achtziger-Jahre-Hemden und weißen Kragen, mit Doppelnamen und Doppelkinn und zweireihigen Anzügen und einer entsetzlich affektierten Ausdrucksweise; und in ihrem Schlepptau diese Rabauken von Wirtschaftsprüfern – die Erbsenzähler, wie Roper sie nannte –, die aussahen, als wären sie gekommen, um ein freiwilliges Geständnis zu erzwingen; sie rochen nach Schnellimbiß und feuchten Achselhöhlen und hatten Stimmen wie Polizisten, die einen belehrten, daß von jetzt an alles, was man sagt, aufgezeichnet und gefälscht und gegen einen verwendet werden wird.
Und nach ihnen kamen dann noch ihre nichtbritischen Kollegen: Mulder, der kleine, dicke Notar aus Curaçao mit seinem zwinkernden Lächeln und dem wissenden Watschelgang; Schreiber aus Stuttgart, der sich ständig für sein auffällig gutes Englisch entschuldigte; Thierry aus Marseilles mit seinen verkniffenen Lippen und dem schmalhüftigen Sekretär; die Wertpapierhändler von der Wall Street, die immer mindestens zu viert auftauchten, als ob die Menge wirklich Sicherheit böte; und Apostoll, der eifrige kleine Grieche-in-Amerika mit seinem Toupet, das wie die Tatze eines schwarzen Bären aussieht, mit seinen goldenen Kettchen und Kreuzen und seiner unglücklichen venezolanischen Geliebten, die, als sie hungrig dem Buffet zustreben, auf ihren Tausend-Dollar-Schuhen verlegen hinter ihm herwackelt. Als er Apostolls Blick bemerkt, dreht Jonathan sich weg, aber zu spät.

»Sir? Wir kennen uns, Sir. Ich vergesse nie ein Gesicht«, behauptet Apostoll, reißt sich die Sonnenbrille von der Nase und hält alles hinter sich auf. »Mein Name ist Apostoll. Ich bin ein Legionär Gottes, Sir.«
»Natürlich kennst du ihn, Apo!« fährt Roper gewandt dazwischen. »Wir *alle* kennen ihn. *Thomas.* Du erinnerst dich doch an Thomas, Apo! War der Nachtportier bei Meister. Nach Westen gekommen, um das Glück zu suchen. Uralter Freund von uns. Isaac, gib dem Doc noch was Schampus.«
»Es ist mir eine Ehre, Sir. Verzeihen Sie mir. Sie sind Engländer? Ich habe viele Verbindungen nach England, Sir. Meine Großmutter war mit dem Herzog von Westminster verwandt, und mein Onkel mütterlicherseits hat die Albert Hall entworfen.«
»Du liebe Zeit. Das ist ja wunderbar«, sagt Jonathan höflich.
Sie schütteln sich die Hände. Die von Apostoll ist kühl wie eine Schlangenhaut. Ihre Blicke begegnen sich. Apostolls Augen wirken gehetzt und ein wenig wahnsinnig – aber wer ist nicht ein wenig wahnsinnig in einer vollkommen sternklaren Nacht auf Crystal, wo Dom und Musik in Strömen fließen?
»Sie sind bei Mr. Roper angestellt, Sir? Sie sind in eins seiner großen Unternehmen eingestiegen? Mr. Roper verfügt über einzigartige Macht.«
»Ich genieße die Gastfreundschaft des Hauses«, erwidert Jonathan.
»Eine vortreffliche Wahl, Sir. Sind Sie vielleicht ein Freund von Major Corkoran? Ich glaube, ich habe Sie beide vor wenigen Minuten scherzen sehen.«
»Corky und ich sind alte Freunde.«
Doch als die Gruppe weiter vorrückt, zieht Roper Apostoll unauffällig beiseite, und Jonathan hört die vorsichtig ausgesprochenen Worte »bei Mama Low«.

»Im wesentlichen, Jed«, sagt ein Übel namens Wilfred, als sie unter einem grellen Mond an weißen Tischen herumhängen, »bieten wir von Harvill Maverich Dicky den gleichen Service wie die Gauner, nur ohne die Gaunereien.«

»Aber Wilfred, das ist ja *entsetzlich* langweilig. Wo springt denn da für den armen Roper das Vergnügen raus?«
Und wieder begegnet sie Jonathans Blick, was einer schweren Körperverletzung gleichkommt. Wie geht das zu? Wer fängt mit diesen Blicken an? Denn daran ist nichts Affektiertes. Das ist mehr als ein Spielchen mit einem Gleichaltrigen. Die Blikke sind echt. Das Wegblicken auch. Und wieder hinblicken. Roper, wo bist du nur, wenn wir dich brauchen?

Nächte in Gesellschaft von Übeln sind endlos. Manchmal werden die Gespräche als Bridge oder Backgammon im Arbeitszimmer getarnt. Getränke holt man sich selbst, die Bedienung wird zum Teufel geschickt, die Tür des Arbeitszimmers wird von Leibwächtern bewacht, die Dienstboten halten sich fern von diesem Teil des Hauses. Nur Corkoran hat Zutritt – aber heutzutage auch nicht immer.
»Corky ist ein bißchen in Ungnade gefallen«, vertraut Jed Jonathan an, beißt sich auf die Lippe und sagt nichts mehr. Denn auch Jed ist loyal. Sie wechselt nicht leicht die Seiten, und Jonathan ist entsprechend auf der Hut.

»Die Leute kommen zu mir, wie Sie sehen«, erklärt Roper. Die beiden Männer machen wieder einmal einen Spaziergang. Diesmal ist es Abend. Sie haben verbissen Tennis gespielt, aber keiner hat gewonnen. Roper kämpft nur dann um Punkte, wenn es um Geld geht, und Jonathan hat keins. Vielleicht ist dies auch der Grund, warum sie so ungezwungen miteinander reden können. Roper geht dicht neben ihm, achtlos wie damals bei Meister streift er Jonathan mit der Schulter. Gleichgültige Berührungen eines Sportlers. Tabby und Gus folgen mit Abstand. Gus ist der neue Leibwächter, der kürzlich zu seiner Truppe gekommen ist. Roper hat eine besondere Stimme für Leute, die zu ihm kommen:
»›*Müsterr Ropaire,* lieferen Sie uns Spielezeug nach neuestem Stand von Techniek.‹« Er macht eine gnädige Pause, damit Jonathan über seine Schauspielerei lachen kann. »Dann frage

ich: ›Stand *welcher* Technik, Mann? Verglichen *womit?*‹ Keine Antwort. In manchen Teilen der Welt sind sie schon die Größten, wenn man ihnen eine Kanone aus dem Burenkrieg besorgt.« Eine ungeduldige Handbewegung illustriert ihre Größe, und Jonathan spürt Ropers Ellbogen in den Rippen. »Andere Länder, Geld wie Heu, sind *verrückt* nach High-Tech, geben sich mit nichts anderem zufrieden, müssen unbedingt dasselbe haben wie ihre Nachbarn. Nicht *dasselbe.* Besseres. *Viel* Besseres. Verlangen eine intelligente Bombe, die in den Lift steigt, auf die dritte Etage fährt, links abbiegt, sich räuspert und den Hausherrn in die Luft jagt, ohne den Fernseher kaputtzumachen.« Derselbe Ellbogen stößt Jonathan an den Oberarm. »Aber das kapieren sie nie: Wer clever handeln will, braucht clevere Hilfsmittel. *Und* Leute, die damit umgehen können. Sinnlos, sich den modernsten Kühlschrank zu kaufen und in die Lehmhütte zu stellen, wenn man keine Steckdose hat, um ihn anzuschließen, stimmt's? Hab ich recht, oder was?«

»Selbstverständlich«, sagt Jonathan.

Roper vergräbt die Hände in den Taschen seiner Tennisshorts und zeigt ein müdes Lächeln.

»Als ich in Ihrem Alter war, hat es mir *Spaß* gemacht, Guerillas zu beliefern. Ideale über Geld ... Für die Freiheit kämpfen. Hat Gott sei Dank nicht lange gedauert. Die Guerillas von heute sind die Bonzen von morgen. Von mir aus. Die wahren Feinde sind die Regierungen der Großmächte. Wohin man auch blickt, die Supermächte sind schon vor einem da, verkaufen alles an jeden, verstoßen gegen ihre eigenen Gesetze, schneiden sich gegenseitig die Kehle durch, unterstützen die falsche Seite und dann zum Ausgleich die richtige. Chaos. Wir Unabhängigen werden jedesmal in die Ecke gedrängt. Also bleibt uns nichts anderes übrig, als schneller zu sein und ihnen zuvorzukommen. Weitblick und Dreistigkeit, nur darauf können wir uns noch verlassen. Immer mit Geldbündeln wedeln. Kein Wunder, daß manche da ihre Vorbehalte aufgegeben haben. Nur da kann man Geschäfte machen. War Daniel heute segeln?«

»Rund um Mabel Island. Ich habe nicht ein einziges Mal ins Ruder gegriffen.«
»Sehr gut. Gibt's bald mal wieder Karottenkuchen?«
»Wann immer Sie wünschen.«
Als sie die Stufen zum Garten hochsteigen, sieht der Beobachter Sandy Langbourne ins Gästehaus gehen und kurz darauf das Kindermädchen der Langbournes. Im Grunde ein sittsames kleines Geschöpf von etwa neunzehn Jahren, doch in diesem Augenblick wirkt sie auffällig unauffällig, als sei sie im Begriff, eine Bank auszurauben.

Es gibt Tage, an denen Roper zu Hause ist, und es gibt Tage, an denen Roper auf Reisen ist, um Farmen zu verkaufen.
Roper kündigt seine Abreise nicht an, aber Jonathan braucht nur zum Vordereingang zu kommen, um zu wissen, was los ist. Lungert Isaac in seinen weißen Handschuhen unter der großen Kuppel herum? Gehen die MacDanbies im Marmorvorzimmer auf und ab, streichen ihre Brideshead-Frisuren glatt und kontrollieren ihre Reißverschlüsse und Krawatten? Ja. Sitzt der Leibwächter in dem Sessel neben dem großen Bronzeportal? Ja. Wenn Jonathan auf dem Weg zur Rückseite des Hauses an den offenen Fenstern vorbeigleitet, hört er, wie der große Mann diktiert: »Nein, verdammt, Kate! Streichen Sie den letzten Absatz, und schreiben Sie, er kriegt den Vertrag. Jackie, einen Brief an Pedro. ›Lieber Pedro, wir haben vor einigen Wochen miteinander gesprochen‹, blabla. Dann geben Sie ihm einen Tritt. Zu wenig, zu spät, zu viele Bienen um den Honigtopf, die übliche Nummer, okay? Und noch was, Kate – setzen Sie noch *folgendes* hinzu.«
Doch anstatt *folgendes* hinzuzufügen, unterbricht sich Roper und telefoniert mit dem Kapitän der *Iron Pasha* in Fort Lauderdale wegen des neuen Schiffsanstrichs. Oder mit dem Stallmeister Claud wegen der Futterrechnungen. Oder mit dem Bootsmeister Talbot wegen des katastrophalen Zustands des Landestegs in Carnation Bay. Oder mit seinem Antiquitätenhändler in London, um über die beiden ganz passabel ausse-

henden chinesischen Hunde zu reden, die nächste Woche bei Bonham unter den Hammer kommen: Könnten genau das Richtige sein für die beiden Ecken des neuen Wintergartens auf der Seeseite des Hauses, vorausgesetzt, sie sind nicht gar zu giftgrün.

»Ah, Thomas, *super*! Wie *geht* es Ihnen, keine Kopfschmerzen oder sonstwas Schreckliches? Ah, *gut*!« Jed sitzt an einem hübschen Sheraton-Schreibtisch im Anrichtezimmer und spricht mit Miss Sue, der Wirtschafterin, und Esmeralda, der Köchin, über Menus, wobei sie für den imaginären Fotografen von House & Garden posiert. Sobald sie Jonathan hereinkommen sieht, kann sie nicht mehr auf ihn verzichten: »Also, Thomas. Mal *ehrlich*, was meinen Sie? Hören Sie, Langustinen, Salat, Lamm – oder Salat, Langustinen, Lamm?... Ach, ich bin ja *so* froh, genau das hatten wir uns *auch* gedacht, stimmt's, Esmeralda?... Und, Thomas, dürfen wir Sie noch mit der Frage belästigen, ob man Sauternes zu Foie gras reichen kann? Der Chef *schwärmt* dafür, ich mag es überhaupt nicht, und Esmeralda sagt *sehr* vernünftig, warum machen sie nicht einfach mit Champagner weiter?... Ach, Thomas –« sie senkt die Stimme, um sich vorzumachen, daß die Dienstboten sie nicht hören können – »Caro Langbourne ist *völlig* außer sich. Sandy führt sich mal wieder auf wie ein richtiges *Schwein*. Ich frage mich, ob eine Segeltour sie nicht aufheitern könnte, falls Sie *wirklich* noch die Kraft dazu haben. Wenn sie Ihnen auf die Pelle rückt, keine Bange, hören Sie einfach nicht hin... und, Thomas, wo wir schon mal dabei sind, *könnten* Sie wohl Isaac fragen, wo zum *Teufel* er die Zeichentische versteckt hat?... und, Thomas, Daniel ist fest entschlossen, zu Miss Molloys Geburtstag am Achtzehnten eine *Überraschungsparty* zu veranstalten, können Sie das glauben ... wenn Ihnen dazu *irgend* etwas einfällt, liebe ich Sie in alle Ewigkeit ...«

Aber wenn Roper nicht zu Hause ist, sind die Menus vergessen, die Arbeiter singen und lachen – genau wie Jonathan in seinem Innersten –, und überall herrscht plötzlich munteres Geplauder. Das Surren der Bandsägen wetteifert mit dem Ge-

brüll der Bulldozer der Landschaftsgärtner, das Kreischen der Bohrmaschinen mit dem Gehämmer der Bauarbeiter; denn jeder versucht rechtzeitig zur Rückkehr des Chefs fertig zu werden. Und Jed hält sich von all dem sorgfältig fern; sie geht nachdenklich mit Caroline Langbourne durch den italienischen Garten, sitzt stundenlang bei ihr im Schlafzimmer im Gästehaus und verspricht Jonathan nicht einmal, ihn einen Nachmittag zu lieben, geschweige denn in alle Ewigkeit.
Denn bei den Langbournes braut sich Häßliches zusammen.

Die *Ibis*, ein schlankes Segel-Dinghi, das den Gästen auf Crystal zur Verfügung steht, ist in eine Flaute geraten. Caroline Langbourne sitzt im Bug und starrt aufs Land, als käme sie nie mehr zurück. Jonathan hat die Ruderpinne fahrenlassen und liegt mit geschlossenen Augen im Heck.
»Wir können rudern, oder wir können pfeifen«, informiert er sie gleichmütig. »Oder wir können schwimmen. Ich bin fürs Pfeifen.«
Er pfeift. Sie nicht. Die Fische springen, doch Wind kommt nicht auf. Caroline Langbournes Selbstgespräch ist an den schimmernden Horizont gerichtet.
»Es ist *sehr* seltsam, eines Morgens aufzuwachen und zu *erkennen*«, sagt sie – Lady Langbourne hat wie Lady Thatcher die Angewohnheit, die unwahrscheinlichsten Wörter zur Bestrafung hervorzuheben – »daß man sein Leben verschlafen und seine *Jahre*, ganz zu schweigen von seinem Privatvermögen, praktisch verschwendet hat, und das für jemand, der sich nicht nur nichts aus einem *macht*, sondern der abgesehen von *all* seinem dummen Getue und seiner Heuchelei auch noch ein ausgemachter *Gangster* ist. Wenn ich irgendwem *erzählen* würde, was ich weiß, und ich habe Jed nur ein *bißchen* erzählt, weil sie noch so jung ist – *nun* –, man würde mir nicht die Hälfte davon glauben. Nicht ein *Zehntel.* Ausgeschlossen. Jedenfalls, wenn es anständige Leute wären.«
Der Beobachter hält die Augen fest geschlossen – und die Ohren weit offen, während Caroline Langbourne hastig weiterre-

det. *Und manchmal,* hatte Burr gesagt, *wenn Sie vielleicht gerade denken, Gott hat sich von Ihnen abgewandt, dreht er sich noch einmal um und gewährt Ihnen eine Zulage, die so groß ist, daß Sie Ihr Glück nicht fassen können.*

Später, in Woodys Haus, fällt Jonathan in leichten Schlaf, ist aber sofort hellwach, als er vor der Haustür schlurfende Schritte hört. Er wickelt sich einen Sarong um die Lenden und schleicht nach unten, nichts kann ihn abhalten, einen Mord zu begehen. Durch die Glasscheibe spähen Langbourne und das Kindermädchen.
»Was dagegen, uns für die Nacht ein Bett zu überlassen?« schnarrt Langbourne. »Im Palast herrscht ein kleiner Aufruhr. Caro ist völlig durchgedreht, und jetzt hat Jed sich mit dem Chef angelegt.«
Jonathan schläft unruhig auf dem Sofa, während Langbourne und sein Liebchen in der oberen Etage geräuschvoll ihr Bestes geben.

Jonathan und Daniel liegen auf Miss Mabel Mountain am Ufer eines Bachs nebeneinander auf dem Bauch. Jonathan bringt Daniel bei, wie man Forellen mit bloßen Händen fängt.
»Warum ist Roper so wütend auf Jed?« flüstert Daniel, um die Forellen nicht zu erschrecken.
»Halt die Augen flußaufwärts«, murmelt Jonathan zurück.
»Er sagt, sie soll nicht auf das blöde Gerede einer betrogenen Frau hören«, sagt Daniel. »Was ist eine betrogene Frau?«
»Wollen wir jetzt Fische fangen, oder nicht?«
»Jeder weiß, daß Sandy die ganze Welt und seine Schwester vögelt, was soll also das Theater?« fragt Daniel; seine Nachahmung von Ropers Stimme ist nahezu perfekt.
Endlich erlöst ihn eine fette blaue Forelle, die verträumt am Ufer entlangschwimmt. Jonathan und Daniel kehren auf die Erde zurück und bringen wie Helden ihre Trophäe mit. Aber auf Crystalside lastet ein vielsagendes Schweigen: zu viele Ge-

heimnisse und zuviel Unbehagen. Roper und Langbourne sind nach Nassau geflogen, das Kindermädchen haben sie mitgenommen.

»Thomas, das ist absolut unfair!« protestiert Jed übertrieben heiter, nachdem Daniel sie mit lautem Gebrüll herbeigerufen hat, damit sie seinen Fang bewundert. Die Anspannung steht ihr ins Gesicht geschrieben: nervöse Falten liegen auf ihrer Stirn. Ihm ist bis jetzt noch nie in den Sinn gekommen, daß sie dazu fähig sein könnte, sich über irgend etwas ernstlich Sorgen zu machen.

»Mit *bloßen* Händen? Wie haben Sie ihn denn *dazu* gebracht? Daniel kann ja nicht mal stillsitzen, wenn ihm die Haare geschnitten werden, hab ich recht, Dans? Außerdem kann er schleimiges Kriechzeug *absolut* nicht ausstehen. Echt super, Dans. Bravo. Irre.«

Doch ihre zwanghaft gute Laune stellt Daniel nicht zufrieden. Traurig legt er die Forelle auf die Platte zurück. »Forellen sind kein Kriechzeug«, sagt er. »Wo ist Roper?«

»Farmen verkaufen, Junge. Hat er dir doch gesagt.«

»Ich hab es satt, daß er dauernd Farmen verkauft. Warum kauft er nicht mal welche? Was macht er, wenn er keine mehr übrig hat?« Er schlägt sein Buch über Monstren auf. »Am besten gefällt es mir, wenn Thomas und ich allein sind. Das ist normaler.«

»Dans, du *treuloser* Junge«, sagt Jed und macht sich, Jonathans Blick sorgfältig ausweichend, hastig auf den Weg, um Caroline weiteren Trost zu spenden.

»Jeds! Party! Thomas! Bringen wir was Schwung in diese lahme Bude!«

Roper ist seit der Morgendämmerung wieder zurück. Der Chef fliegt immer im Morgengrauen. Den ganzen Tag haben die Küchenangestellten geschuftet, Flugzeuge sind gelandet, das Gästehaus hat sich mit MacDanbies, Vielfliegern und Notwendigen Übeln gefüllt. Swimmingpool und Kiesvorplatz sind angestrahlt und frisch gepflegt. Die Fackeln auf dem Gelände sind angezündet, und aus der Hifi-Anlage im Innenhof dröhnen nostalgische Melodien aus Ropers berühmter Sammlung von Achtundsiebzigern. Mädchen in dünnen Fummeln, Corkoran mit seinem Panamahut, Langbourne in weißer Smokingjacke und Jeans tanzen in Achtergruppen, wechseln johlend und kreischend die Partner. Der Grill knistert, der Dom fließt, Dienstboten huschen lächelnd umher, Crystal ist wieder zum Leben erwacht. Sogar Caroline Langbourne schließt sich dem Vergnügen an. Nur Jed scheint nicht in der Lage, ihren Sorgen den Abschiedskuß zu geben.

»Betrachten Sie es einmal so«, sagt Roper – nie betrunken, aber das tut seiner Gastfreundschaft keinen Abbruch – zu einer blaugetönten englischen Erbin, die in Vegas ihr gesamtes Vermögen verspielt hat, mein Lieber, das war ein Spaß, aber Gott sei Dank waren die Häuser noch in treuhänderischer Verwahrung, und auch dem lieben Dicky sei Dank. »Wenn die Welt ein Misthaufen ist und Sie schaffen sich dort irgendwo ein paradiesisches Fleckchen und setzen ein Mädchen wie dieses hinein« – Roper schlingt Jed einen Arm um die Schultern – »haben Sie für meinen Geschmack der Welt etwas Gutes getan.«

»Ja, aber Dicky, mein Bester, Sie haben uns *allen* etwas Gutes getan. Sie haben *Licht* in unser Leben gebracht. Hab ich nicht *recht*, liebste Jed? Ihr Mann ist phänomenal, und Sie können sich glücklich preisen, vergessen Sie das nicht.«

»Dans, komm her!«

Ropers Stimme bringt alles zum Schweigen. Sogar die amerikanischen Wertpapierhändler hören auf zu reden. Daniel trabt gehorsam an und stellt sich neben seinen Vater. Roper läßt Jed los, legt seinem Sohn beide Hände auf die Schultern und hält ihn dem Publikum zur Besichtigung hin. Er spricht aus einer Eingebung heraus. Er spricht, wie Jonathan sofort erkennt, zu Jed. Er will irgendeinen zwischen ihnen schwelenden Streit zur Entscheidung bringen, der ohne Unterstützung eines wohlwollenden Publikums nicht beigelegt werden kann.

»Die Stämme von Bonga-Bonga-Land verhungern?« fragte Roper in die lächelnden Gesichter. »Die Ernte bleibt aus, die Flüsse sind ausgetrocknet, es fehlt an Medikamenten? Getreideberge in Europa und Amerika? Milchseen, die wir nicht brauchen, und niemand macht sich was draus? Wer sind denn die Mörder? Doch nicht die Waffenproduzenten! Sondern die Leute, die einfach nicht die Tür zur Speisekammer aufmachen wollen!« Applaus. Und als man merkt, daß ihm daran liegt, schwillt der Beifall noch an. »Gepeinigte Seelen in Waffen? Farbbeilagen jammern der gleichgültigen Welt die Ohren voll? Daß ich nicht lache! Denn wenn ein Stamm nicht den Mumm hat, sich selbst zu helfen, dann soll er auch bald vom Erdboden verschwinden!« Er schüttelt Daniel freundlich an den Schultern. »Seht euch diesen Jungen an. Gutes Menschenmaterial. Wißt ihr, warum? – halt still, Dans – er stammt aus einer alten Familie von Überlebenskünstlern. Über Hunderte von Jahren haben die kräftigsten Kinder überlebt, die Schwächlinge sind untergegangen. Familien mit zwölf Kindern? Die Überlebenskünstler haben sich mit Überlebenskünstlern zusammengetan und *ihn* hervorgebracht. Fragen Sie die Juden, hab ich recht, Kitty? Kitty nickt. Wir sind Überlebenskünstler, nichts anderes. Immer die besten des Rudels.« Er dreht Daniel zum Haus herum. »Ab ins Bett, Junge. Thomas kommt gleich und liest dir was vor.«
Einen Moment lang fühlt Jed sich genauso erhoben wie die anderen. Zwar klatscht sie nicht mit, doch ihr Lächeln und die Art, wie sie Roper die Hand drückt, lassen deutlich erkennen, daß seine kämpferische Rede ihre Schuldgefühle, ihre Zweifel, ihre Ratlosigkeit oder was auch immer in diesen Tagen ihr gewohntes Vergnügen an einer vollkommenen Welt getrübt haben mag, gelindert hat.
Doch nach wenigen Minuten verzieht sie sich still nach oben. Und kommt nicht wieder.

Corkoran und Jonathan saßen im Garten von Woodys Haus und tranken kaltes Bier. Über Miss Mable Island bildete sich ein roter Dämmerschein. Die Wolke schäumte ein letztes Mal auf und ließ den Tag vor seinem Ende noch einmal aufleben.

»Dieser Sammy«, sagt Corkoran träumerisch. »So hat er geheißen. Sammy.«

»Was ist mit ihm?«

»Das Boot vor der *Pasha*. Die *Paula*. Gott steh uns bei. Sammy gehörte zur Mannschaft.«

Jonathan fragte sich, ob Corkoran ihm jetzt über eine verlorene Liebe beichten würde.

»Sammy aus Kentucky. Matrose. Immer den Mast rauf und runter wie einer von der *Schatzinsel*. Warum macht er das? hab ich mich gefragt. Aus Angeberei? Um Eindruck auf die Mädchen zu machen? Auf die Jungen? Auf mich? Komisch. Der Chef hat damals mit Rohstoffen gehandelt. Zink, Kakao, Kautschuk, Tee, Uran, alles mögliche. Ist manchmal nächtelang aufgeblieben, Deportgeschäfte, Termingeschäfte, langfristig kaufen, kurzfristig verkaufen, auf Hausse und Baisse spekulieren. Natürlich nur mit Insidern, warum ein Risiko eingehen? Und Sammy, dieses kleine Arschloch, immer den Mast rauf und runter. Und dann hab ich plötzlich kapiert. ›Aha‹, denk ich mir. ›Jetzt weiß ich, was du im Schilde führst, Sammivel, mein Sohn. Du machst dasselbe wie ich. Du bist ein Spion.‹ Also wart ich, bis wir wie üblich am Abend vor Anker gegangen sind und die Mannschaft an Land geschickt haben. Dann hol ich mir die Leiter und kraxle selbst mal auf den Mast. Hat mich fast umgebracht, aber ich hab's gleich gefunden, versteckt in einem Winkel neben der Antenne. War von unten nicht zu sehen. Eine Wanze. Sammy hatte den Satellitenfunk des Chefs angezapft und seine Geschäftsgespräche mitgehört. Er und seine Kumpane an Land. Hatten ihre Ersparnisse zusammengetan. Als wir ihn erwischten, hatten sie aus siebenhundert Dollar bereits zwanzig Riesen gemacht.«

»Und was haben Sie mit ihm gemacht?«

Corkoran schüttelte den Kopf, als sei das alles ein bißchen traurig. »Ich hab folgendes Problem, mein Lieber«, gestand er, als sei es etwas, das Jonathan für ihn lösen könnte. »Jedesmal, wenn ich in Ihre Pan-Augen blicke, gehen bei mir sämtliche Alarmsirenen los und sagen mir, da ist mal wieder so ein Sammy, der mit seinem hübschen Arsch den Dings raufklettert.«

Neun Uhr am nächsten Morgen. Frisky ist nach Townside zurückgekommen; er sitzt im Toyota und drückt zur Steigerung der Dramatik auf die Hupe.

»Schwanz loslassen und Socken fassen, Tommy, auf zum Morgenappell! Der Chef will ein ruhiges Tät-a-Tät. Also los, zackzack, und ziehen Sie den Finger raus!«

Pavarotti klagte in den höchsten Tönen. Roper stand, die Halbbrille auf der Nase, vor dem großen Kamin und las ein juristisches Dokument. Langbourne räkelte sich auf dem Sofa, eine Hand übers Knie drapiert. Das Bronzeportal ging zu. Die Musik hörte auf.

»Geschenk für Sie«, sagte Roper, ohne die Lektüre zu unterbrechen.

Auf dem Schildpattschreibtisch lag ein brauner, an Mr. Derek S. Thomas adressierter Umschlag. Jonathan wog ihn in der Hand und fühlte sich zu seiner Beunruhigung an Yvonne erinnert, wie sie am Rand des Highway bleich in ihrem Pontiac saß.

»Nehmen Sie das hier«, sagte Roper und unterbrach sich, um ihm einen silbernen Brieföffner zuzuschieben. »Nicht aufreißen. Viel zu teuer.«

Aber Roper las nicht weiter. Sondern beobachtete Jonathan über den Rand seiner Halbbrille. Auch Langbourne beobachtete ihn. Unter den Blicken der beiden schlitzte Jonathan den Umschlag auf und entnahm ihm einen neuseeländischen Paß, der sein Foto und seine Personalien enthielt. Derek Stephen Thomas, Manager, geboren in Marlborough, South Island, Gültigkeitsdauer drei Jahre.

Er betrachtete den Paß in seiner Hand und war absurderweise gerührt. Sein Blick verschwamm, er hatte einen Kloß im Hals. Roper sorgt für mich. Roper ist mein Freund.

»Hab ihnen gesagt, sie sollen ein paar Visa reinstempeln«, erklärte Roper stolz, »und das Ding auf alt trimmen.« Er warf das Dokument beiseite. »Neuen Pässen kann man nicht trauen, so sehe ich das. Alte sind mir lieber. Genau wie bei Taxifahrern in der Dritten Welt. Muß schon seinen Grund haben, warum sie überlebt haben.«

»Danke«, sagte Jonathan. »Besten Dank. Er ist wunderbar.«

»Sie sind jetzt drin«, sagte Roper, voll und ganz mit seiner Großzügigkeit zufrieden. »Die Visa sind echt. Der Paß auch. Fordern Sie Ihr Glück nicht heraus. Wenn Sie ihn verlängern lassen wollen, nehmen Sie ein Konsulat im Ausland.«

Langbournes Schnarren war ein bewußter Gegensatz zu Ropers Behagen. »Unterschreiben Sie das Scheißding lieber«, sagte er. »Probieren Sie erst mal ein paar Unterschriften aus.«

Die beiden Männer beobachteten Jonathan, als er Derek S. Thomas, Derek S. Thomas so lange auf ein Blatt Papier malte, bis sie zufrieden waren. Dann unterschrieb er den Paß, Langbourne nahm ihn, klappte ihn zu und reichte ihn Roper zurück.

»Stimmt was nicht?« fragte Langbourne.

»Ich dachte, er gehört mir«, sagte Jonathan.

»Wie zum Teufel kommen Sie denn darauf?« meinte Langbourne.

Ropers Stimme klang freundlicher. »Ich habe einen Job für Sie, wissen Sie noch? Erledigen Sie die Sache, und Sie können gehen.«

»Was ist das für ein Job? Sie haben mir nie was gesagt.«

Langbourne öffnete einen Aktenkoffer. »Wir brauchen einen Zeugen«, sagte er zu Roper. »Jemand, der nicht lesen kann.«

Roper nahm den Hörer auf und drückte ein paar Ziffern. »Miss Molloy? Der Chef. Kommen Sie mal kurz ins Arbeitszimmer runter?«

»Was soll ich unterschreiben?« fragte Jonathan.

»Herrgott, *Scheiße*, Pine«, zischte Langbourne ihn an. »Ich muß schon sagen, für einen Mörder auf der Flucht sind Sie ganz schön pingelig.«

»Sie werden Manager einer eigenen Firma«, sagte Roper. »Ein bißchen reisen. Ein bißchen Aufregung. Jede Menge Mund halten. Am Ende gibt's einen dicken Batzen Kleingeld. Alle Schulden beglichen. Mit Zinsen.«
Das Bronzeportal schwang auf. Miss Molloy war groß, gepudert und vierzig. Sie hatte ihren eigenen Füller aus marmoriertem Kunststoff mitgebracht, der ihr an einer Messingkette um den Hals hing.
Bei dem ersten Dokument schien es sich um eine Erklärung zu handeln, mit der Jonathan auf seine Rechtsansprüche auf die Profite, Erlöse, Erträge oder Gewinne einer in Curaçao eingetragenen Gesellschaft namens Tradepaths Limited verzichtete. Er unterschrieb.
Das zweite war ein Einstellungsvertrag mit dieser Gesellschaft, in dem Jonathan sich zur Übernahme sämtlicher Kosten, Schulden, Defizite und Verbindlichkeiten verpflichtete, die ihm in seiner Eigenschaft als Generaldirektor entstehen würden. Er unterschrieb.
Das dritte trug die Unterschrift von Major Lance Montague Corkoran, Jonathans Vorgänger auf diesem Posten. Jonathan sollte die einzelnen Absätze paraphieren und das Ganze am Ende unterschreiben.
»Ja, Schatz?« sagte Roper.
Jed war ins Zimmer getreten. Sie mußte Gus überredet haben, sie durchzulassen.
»Ich habe die Del Oros am Apparat«, sagte sie. »Sind jetzt zum Essen und Mah-Jongg-Spielen auf Abaco. Habe versucht, dich zu erreichen, aber die Zentrale sagt, du nimmst keine Anrufe entgegen.«
»Schatz, das weißt du doch.«
Jeds kühler Blick erfaßte die Gruppe und stoppte bei Miss Molloy. »*Anthea*«, sagte sie. »Was *haben* die mit Ihnen vor? Die wollen Sie doch nicht etwa mit Thomas verheiraten?«
Miss Molloy lief dunkelrot an. Roper runzelte verwirrt die Stirn. Jonathan hatte noch nie erlebt, daß er nicht mehr weiter wußte.

»Thomas kommt an Bord, Jeds. Hab dir davon erzählt. Wird mit etwas Kapital ausgestattet. Bekommt eine Chance. Denke, das sind wir ihm schuldig. Was er alles für Dans getan hat und so weiter. Wir haben darüber gesprochen, weißt du nicht mehr? Was zum Teufel soll das, Jeds? Hier geht's um Geschäftliches.«

»Ah, das ist ja *super*. Gratuliere, Thomas.« Endlich sah sie ihn an. Ihr Lächeln war spröde und distanziert, nicht mehr so theatralisch. »Sie müssen nur schrecklich aufpassen, daß Sie nichts tun, was Sie nicht wollen. Roper ist ein *phantastischer* Überredungskünstler. Schatz, kann ich ihm zusagen? Maria ist *total* in dich verliebt, es bricht ihr bestimmt das Herz, wenn sie nicht kommen darf.«

»Sonst noch was?« fragte Burr, nachdem er sich Jonathans Bericht über die Ereignisse so gut wie schweigend angehört hatte.

Jonathan tat, als dächte er angestrengt nach. »Die Langbournes haben Ehekrach, aber das scheint mir normal.«

»Dergleichen ist auch in unserer Gegend nicht unbekannt«, sagte Burr. Aber er schien noch immer auf mehr zu warten.

»Und Daniel fährt über Weihnachten nach England«, sagte Jonathan.

»Also dann, Wassertreten und sich ganz natürlich verhalten«, sagte Burr widerwillig. »Und faseln Sie nichts mehr davon, in sein Allerheiligstes eindringen zu wollen, verstanden?«

»Verstanden.«

Und noch eine Pause, bevor sie beide auflegten.

Ich lebe mein Leben, redete Jonathan sich sehr bewußt zu, als er den Hügel hinunterjoggte. Ich bin keine Marionette, ich bin keine Maschine. Ich diene niemand.

18

Den verbotenen Angriff auf die Prunkgemächer hatte Jonathan in dem Moment ins Auge gefaßt, als er hörte, daß Roper wieder einmal Farmen verkaufte und Langbourne ihn begleitete, während Corkoran sich in Nassau um Ironbrand kümmerte.

Jonathan wurde in seinem Entschluß bestätigt, als er von Stallmeister Claud erfuhr, daß Jed und Caroline planten, am Morgen nach der Abreise der Männer mit den Kindern einen Ponytreck um die Insel zu unternehmen; sie wollten um sechs Uhr aufbrechen, rechtzeitig zum Brunch in Crystal zurück sein und noch vor der Mittagshitze schwimmen gehen.

Von diesem Augenblick an ging er taktisch vor. Am Tag vor dem Angriff nahm er Daniel auf dessen erste schwierige Klettertour an der Nordwand von Miss Mabel Mountain mit – genauer gesagt, an der Vorderseite eines kleinen Steinbruchs, der in den steilsten Teil des Hügels gehauen war –, sie schlugen drei Haken ein und querten angeseilt die Wand, bevor sie triumphierend die Ostseite der Landebahn erreichten. Auf dem Gipfel pflückte er einen Strauß duftender gelber Freesien, die von den Inselbewohnern Schifferblumen genannt wurden.

»Für wen sind die?« fragte Daniel, während er seine Schokolade mampfte, doch Jonathan gelang es, der Frage auszuweichen.

Am nächsten Tag stand er wie gewöhnlich früh auf und joggte

ein Stück weit den Küstenpfad entlang, um sich zu vergewissern, daß die Trecker tatsächlich wie geplant aufgebrochen waren. An einer windigen Kurve kamen ihm Jed und Caroline entgegen, gefolgt von Claud und den Kindern.
»Ah, Thomas, kommen Sie rein *zufällig* nachher noch in Crystal vorbei?« fragte Jed; sie beugte sich vor und tätschelte ihrem Araber den Hals, als spielte sie die Hauptrolle in einer Zigarettenreklame. »*Großartig.* Würden Sie dann so *furchtbar* lieb sein und Esmeralda ausrichten, daß Caro wegen ihrer Diät *nichts* mit Milchfett essen kann?«
Esmeralda wußte sehr wohl, daß Caro kein Milchfett essen konnte, denn Jed hatte es ihr schon einmal in Jonathans Gegenwart gesagt. Aber Jonathan lernte in diesen Tagen, von Jed das Unerwartete zu erwarten. Ihr Lächeln wirkte zerstreut, ihr Verhalten war gekünstelter denn je, und sie brachte kaum einen unbefangenen Satz zustande.
Jonathan joggte bis zu seinem Versteck weiter. Da heute nur sein Wille galt, holte er das Funkgerät nicht heraus, sondern nur die als Feuerzeug getarnte Miniaturkamera und einen Bund ungetarnter Dietriche. Er nahm sie in die Faust, damit sie beim Laufen nicht klimperten, kehrte zu Woodys Haus zurück, zog sich um und ging dann durch den Tunnel nach Crystal. Seine Schultern prickelten im Vorgefühl der Schlacht.
»Was zum Geier ha'm Sie mit den Schifferblumen vor, Mist' Thomas?« fragte ihn der Posten am Tor gutgelaunt. »Ha'm Sie die arme Miss Mabel beraubt? Ach, *Scheiße.* He, Dover, komm mal her und steck deine dumme Visage in diese Schifferblumen. Schon mal so was Schönes gerochen? Den Teufel hast du! Du hast ja noch nie was gerochen außer dem Pflaumenkuchen von deiner Kleinen.«
Als er am Hauptgebäude ankam, hatte Jonathan das schwindelerregende Gefühl, wieder im Hotel Meister zu sein. Nicht Isaac, sondern Herr Kaspar empfing ihn am Eingang. Nicht Parker stand oben auf der Aluminiumleiter und wechselte Glühbirnen aus, sondern Bobbi, das Faktotum. Und nicht Isaacs Tochter, sondern Herrn Kaspars frühreife Nichte sprüh-

te mit trägen Bewegungen Insektizide in das Potpourri. Das Trugbild schwand, und er war wieder in Crystal. In der Küche hielt Esmeralda zusammen mit Talbot, dem Bootsführer, und Queeny von der Wäscherei ein Seminar über weltpolitische Angelegenheiten ab.

»Esmeralda, würden Sie mir bitte eine Vase für diese Blumen besorgen? Ein Überraschungsgeschenk für Dan. Ach, und Miss Jed läßt ausrichten, daß Lady Langbourne *absolut keine* Milchprodukte essen kann.«

Diese betont schalkhaft vorgetragene Bemerkung ließ sein Publikum in schallendes Gelächter ausbrechen, das Jonathan noch auf der Marmortreppe hörte, als er, mit der Vase in der Hand, in die erste Etage stieg und scheinbar Daniels Zimmer ansteuerte. Vor der Tür zu den Prunkgemächern machte er halt. Unten ging das muntere Geplauder weiter. Die Tür war angelehnt. Er schob sie auf und trat in einen verspiegelten Flur. Die Tür am anderen Ende war geschlossen. Als er auf die Klinke drückte, mußte er an Irland und Sprengfallen denken. Er trat ein, nichts explodierte. Er schloß die Tür, sah sich um und schämte sich seiner Heiterkeit.

Das Sonnenlicht, gefiltert von Tüllgardinen, lag wie Bodennebel auf dem weißen Teppich. Ropers Seite des riesigen Betts war unbenutzt. Die Kopfkissen waren noch aufgeschüttelt. Auf seinem Nachttisch lagen aktuelle Ausgaben von *Fortune*, *Forbes*, *The Economist* und ältere Kataloge von Auktionshäusern rund um den Globus. Notizblocks, Bleistifte, ein Taschenrecorder. Auf der anderen Seite des Betts erkannte Jonathan den Abdruck ihres Körpers; die Kopfkissen waren zerknautscht, als hätte sie eine unruhige Nacht gehabt. Ihr Nachthemd, ein zartes Gebilde aus schwarzer Seide; ihre utopischen Zeitschriften, illustrierte Bücher über Möbel, große Häuser, Gärten, berühmte Pferde, noch mehr Pferde; Bücher über arabische Vollblutpferde und englische Rezepte und Italienisch in acht Tagen. Es roch nach kleinen Kindern – Babypuder, Schaumbad. Eine üppige Spur der gestern getragenen Kleider war über die Chaiselongue verstreut; und durch die offene Badezimmertür sah er die Dreiecke des gestrigen Badezeugs an der Duschstange hängen.

Mit immer schnellerem Blick las er nun die ganze Seite auf einmal: ihre Frisierkommode, übersät mit Andenken an Nachtclubs, Leute, Restaurants und Pferde; Fotos von lachenden Menschen Arm in Arm, von Roper in Bikinishorts, die seine Männlichkeit deutlich hervortreten ließen, Roper am Steuer eines Ferrari, eines Rennboots, Roper in weißer Schirmmütze und Segeltuchhose auf der Brücke der *Iron Pasha;* die *Pasha* selbst in voller Beflaggung an ihrem Ankerplatz im Hafen von New York, dahinter die gewaltige Skyline von Manhattan; Streichholzbriefchen; eine offene Schublade, aus der handschriftliche Briefe von Freundinnen quellen; ein Kinder-Adreßbuch mit einem Foto von schmachtend dreinblikkenden Bluthunden auf dem Umschlag; Notizen auf gelben Zetteln, die sie in die Ränder ihres Spiegels gesteckt hatte: »Tauchuhr für Dan zum Geburtstag?« »Marie wg. Sarahs Bein anrufen!« »S. J. Philipps wg. Rs *Manschettenknöpfen!*«

Es kam ihm stickig in dem Zimmer vor. Ich bin ein Grabräuber, aber sie lebt noch. Ich bin in Meisters Keller, aber das Licht ist an. Schnell weg, bevor sie mich einmauern. Aber er war nicht hier, um zu fliehen. Sondern um sich heranzumachen. Und zwar an sie beide. Er wollte hinter Ropers Geheimnisse kommen, aber ihre interessierten ihn mehr. Er wollte das Rätsel lösen, was sie mit Roper verband, falls es so etwas gab; warum sie so lächerlich affektiert tat; und warum du mich mit deinen Augen berührst. Er stellte die Blumenvase auf einen Sofatisch, nahm eins ihrer Kopfkissen, hielt es sich ans Gesicht und roch den Holzrauch aus dem Herd seiner singenden Tante Annie. Natürlich. Das hast du letzte Nacht gemacht. Du hast, während die Kinder schliefen, mit Caroline am Kamin gesessen und geredet. Soviel Gerede. Soviel Zuhören. Was sagst du? Was hörst du? Und der Schatten auf deinem Gesicht. Du bist wieder ein Kind, du siehst alles zum ersten Mal. Nichts ist dir mehr vertraut, auf nichts kannst du dich mehr verlassen.

Er schob die Spiegeltür zu Ropers Ankleidezimmer auf und betrat nicht ihre, sondern seine eigene Kindheit. Hatte mein Vater auch so eine Armeekiste mit Messinggriffen, um sie durch die Olivenhaine in Zypern zu schleppen? So einen mit Tinte und nächtlichen Getränken vollgekleckerten Klapptisch? So ein Paar gekreuzter Krummsäbel, die in den Scheiden an der Wand hingen? Oder solche Hausschuhe mit Monogrammen, die militärischen Rangabzeichen glichen? Selbst die Reihe Maßanzüge und Smokings, von Weinrot über Schwarz zu Weiß, die maßgefertigten Schuhe auf hölzernen Spannern, weiße Wildlederschuhe, schwarze Lackleder-Abendschuhe, all das hat die unverwechselbare Ausstrahlung von Uniformen, die auf das Signal zum Vorrücken warten. Wieder zum Soldaten geworden, suchte Jonathan nach Spuren des Feindes: verdächtige Drähte, Anschlüsse, Sensoren, irgendeine verlockende Falle, in der er bis zum Ende aller Tage festsitzen würde. Nichts. Bloß die gerahmten Klassenfotos von vor dreißig Jahren, Schnappschüsse von Daniel, ein Haufen Kleingeld in einem halben Dutzend Währungen, eine Weinliste von Berry Bros. & Rudd, der Jahresbericht seines Londoner Clubs.

Kommt Mr. Roper häufig nach England? hatte Jonathan Jed im Hotel Meister gefragt, als sie darauf warteten, daß das Gepäck in die Limousine verladen wurde.

Großer Gott, nein, erwiderte Jed. *Roper sagt, wir seien ja furchtbar nett, aber von hier an aufwärts komplett aus Holz. Außerdem kann er sowieso nicht.*

Warum nicht? fragte Jonathan.

Ah, keine Ahnung, sagte Jed allzu gleichmütig. *Wegen der Steuer oder so was. Warum fragen Sie ihn nicht selbst?*

Vor ihm war die Tür zum inneren Büro. Das Allerheiligste, dachte er. Das letzte Geheimnis bist du selbst – aber welches Selbst, seins oder meins oder ihres? Die Tür war aus massivem Zypressenholz und in einen Stahlrahmen gefaßt. Er horchte. Fernes Geplauder, Staubsauger, Bohnermaschinen.

Laß dir Zeit, mahnte sich der Beobachter. Zeit ist Sorgfalt. Zeit ist Unschuld. Niemand kommt nach oben und entdeckt dich. In Crystal werden die Betten um die Mittagszeit gemacht, damit die sauberen Laken in der Sonne trocknen können: Anweisung des Chefs, gewissenhaft von Jed befolgt. Jed und ich, wir sind gehorsame Leute. Wir sind nicht umsonst in Klöstern und Klosterschulen gewesen. Er bewegte die Klinke. Abgeschlossen. Nur ein konventionelles Schloß. Der beste Schutz des Zimmers ist seine Abgelegenheit. Jeder, der in der Nähe angetroffen wird, wird ohne Vorwarnung erschossen. Als er nach seinen Dietrichen griff, hörte er Rookes Stimme. *Knacken Sie niemals ein Schloß, wenn Sie den Schlüssel finden können: erste Einbrecherregel.* Er drehte sich von der Tür weg und streifte mit der Hand über ein paar Regale. Er hob einen Läufer an, dann einen Blumentopf; er klopfte die Taschen der vordersten Anzüge ab, dann die Taschen eines Morgenmantels. Er nahm ein paar Schuhe und drehte sie um. Nichts. Zum Teufel damit.

Er schüttelte die Dietriche fächerförmig auseinander und wählte einen aus, der ihm am ehesten zu passen schien. Zu dick. Er wählte einen zweiten, und als er ihn gerade ins Schloß stecken wollte, überkam ihn kindliche Panik, das polierte Messing um das Schlüsselloch zu zerkratzen. *Vandale! Wer hat dich denn erzogen?* Er ließ die Hände sinken, atmete, um seine Einsatzruhe wiederzuerlangen, ein paarmal langsam durch und fing wieder von vorne an. Sachte hinein ... Pause ... sachte ein winziges Stück zurück ... und wieder hinein. Nimm sie mit Geduld, nicht mit Gewalt, wie wir in der Armee sagen. Du mußt ihr zuhören, ihre Bewegungen spüren, die Luft anhalten. Drehen. Sachte ... noch ein kleines Stück zurück ... jetzt kräftiger drehen ... und noch ein bißchen fester ... *Gleich bricht der Dietrich ab und bleibt im Schloß stecken! Jetzt!*

Das Schloß gab nach. Nichts brach ab. Niemand schoß ihm mit seiner Heckler ins Gesicht. Er zog den Dietrich unversehrt heraus, steckte ihn in das Mäppchen und das Mäppchen in die Tasche seiner Jeans und hörte im selben Augenblick, wie der Toyota mit quietschenden Bremsen auf dem Stallhof zum

Stehen kam. Ruhig jetzt. *Jetzt.* Der Beobachter stahl sich ans Fenster. Mr. Onslow Roper ist unerwartet aus Nassau zurückgekommen. Untergrundkämpfer sind über die Grenze gekommen, um ihre Waffen zu holen. Es war aber nur das Brot, das täglich frisch aus Townside gebracht wurde.
Aber nicht schlecht gehört, sagte er sich. Ruhig, konzentriert, panikfrei zugehört. Gut gemacht. Ganz der Sohn deines Vaters.
Er war in Ropers Höhle.
Und wenn Sie aus der Reihe tanzen, werden Sie wünschen, nie auf die Welt gekommen zu sein, sagt Roper.
Nein, sagt Burr. *Und Rob sagt ebenfalls nein. Sein Allerheiligstes ist Sperrgebiet. Das ist ein Befehl.*

Schlicht. Die Schlichtheit eines Soldaten. Die anständige Bescheidenheit des Jedermann. Kein bestickter Thron, kein Schildpattschreibtisch, keine drei Meter langen Bambussofas mit Kissen, auf denen man unverzüglich einschläft, keine Silberpokale, keine Sotheby-Kataloge. Bloß ein schlichtes, langweiliges, kleines Büro, in dem Geld und Geschäfte gemacht werden. Ein schlichter grauer Büroschreibtisch mit Ablagekörben auf einem ausziehbaren Gestell: Zieh dran, und sie klappen nach vorn, Jonathan zog, und sie klappten nach vorn. Ein Stahlrohrsessel. Ein rundes Gaubenfenster, das wie ein totes Auge in ein leeres Stück Himmel starrte. Zwei Schwalbenschwänze. Wie zum Teufel sind diese Schmetterlinge hier reingekommen? Eine Schmeißfliege, sehr geräuschvoll. Ein Brief, der auf einem Stapel anderer Briefe lag. Adressiert an Hampden Hall, Newbury. Unterschrift: Tony. Thema: die beschränkten Verhältnisse des Verfassers. Tonfall: bittend und drohend. Nicht lesen, fotografieren. Er zog ruhig die übrigen Papiere aus dem Korb, breitete sie wie Spielkarten offen vor sich auf dem Tisch aus, entfernte den unteren Teil des Feuerzeugs, machte die Kamera darin startklar und spähte durch das winzige Okular. *Die richtige Entfernung bekommen Sie, wenn Sie die Finger beider Hände spreizen und eine lange Nase ma-*

chen, hatte Rooke gesagt. Jonathan machte eine lange Nase. Die Kamera hatte ein Fischaugenobjektiv. Alle Papiere lagen in Schußweite. Nach oben zielen, nach unten zielen. Und Schuß. Die Papiere austauschen. Keinen Schweiß auf den Schreibtisch tropfen lassen. Noch einmal eine lange Nase machen, um die Entfernung zu kontrollieren. Ruhig. Immer mit der Ruhe, *eiskalt*. Er stand wie erstarrt am Fenster. Beobachten, aber nicht aus allzu großer Nähe. Der Toyota fährt weg. Gus am Steuer. Zurück an die Arbeit. Langsam.

Als er mit dem ersten Korb fertig war, legte er die Papiere zurück und machte sich an den zweiten. Sechs eng beschriebene Seiten in Ropers sauberer Schrift. Die Kronjuwelen? Ein langer Brief an seine Exfrau über Daniel? Er breitete sie von links nach rechts vor sich aus. Nein, kein Brief an Paula. Namen und Zahlen, jede Menge, mit Kugelschreiber auf Millimeterpapier geschrieben, die Namen links, daneben die Zahlen, jede Ziffer sorgfältig in eins der Quadrate gesetzt. Spielschulden? Haushaltsabrechnungen? Geburtstagsliste? Nicht denken. Erst spionieren, später denken. Er trat einen Schritt zurück, wischte sich den Schweiß vom Gesicht und atmete aus. Und dabei sah er es.

Ein Haar. Ein langes, weiches, glattes, schönes kastanienbraunes Haar, das in ein Amulett oder einen Liebesbrief gehörte oder auf einem Kopfkissen liegen und nach Holzrauch riechen sollte. Einen Augenblick lang empfand er Wut, eine Wut, wie Forscher sie empfinden, wenn sie am Ziel eines höllischen Marschs den Kochtopf des verhaßten Rivalen finden, der ihnen zuvorgekommen ist. Du hast mich angelogen! Du weißt *genau*, was er treibt. Er macht das schmutzigste Geschäft seiner Karriere, und du steckst mit ihm unter einer Decke! Gleich darauf gefiel ihm die Vorstellung, daß Jed dieselbe Reise wie er selbst gemacht hatte, ohne daß Rooke oder Burr oder der Mord an Sophie sie dazu getrieben hatte.

Und dann bekam er Angst. Nicht um sich, sondern um sie. Um ihre Zerbrechlichkeit. Um ihre Unbedachtsamkeit. Um ihr Leben. Wie kannst du nur so dämlich sein, sagte er ihr, di-

rekt am Tatort deine Unterschrift zu hinterlassen! Hast du noch nie eine schöne Frau gesehen, der man das Gesicht zu Brei geschlagen hat? Einen kleinen Hund, den man von hinten nach vorn aufgeschlitzt hat?
Jonathan wickelte das verräterische Haar um die Spitze seines kleinen Fingers, steckte es in die schweißnasse Tasche seines Hemdes, legte die zweite Akte in ihren Korb zurück und breitete gerade den Inhalt des dritten aus, als er plötzlich vom Stallhof her das Geräusch von Pferdehufen hörte, begleitet von laut protestierenden und schimpfenden Kinderstimmen.
Sorgfältig legte er die Papiere an ihren rechtmäßigen Platz zurück und trat ans Fenster. Dabei hörte er aus dem Inneren des Hauses irgendwen mit schnellen Schritten laufen, dann heulte Daniel nach seiner Mutter und stürmte durch die Küche zur Eingangshalle. Dann schrie Jed hinter ihm her. Und im Stallhof sah er Caroline Langbourne und ihre drei Kinder; und Stallmeister Claud, der Jeds Araberstute am Zügel hielt; daneben stand der Stallbursche Donegal und hielt Daniels Pony Smoky fest, das unwillig den Kopf senkte, als fände es das ganze Theater widerlich.

Kampfbereit.
Klar zum Gefecht.
Der Sohn seines Vaters. Begrabt ihn in Uniform.
Jonathan schob die Kamera in die Hosentasche und kontrollierte, ob er auf dem Schreibtisch leichtsinnige Spuren hinterlassen hatte. Er wischte die Schreibtischplatte und dann die Ränder der Ablagekörbe mit seinem Taschentuch ab. Daniel schrie lauter als Jed, aber Jonathan konnte weder ihn noch sie verstehen. Eins der Langbourne-Kinder auf dem Stallhof hatte beschlossen, sich dem Gebrüll anzuschließen. Esmeralda war aus der Küche gekommen und sagte zu Daniel, er solle sich nicht so dumm anstellen, was würde wohl sein Papa dazu sagen? Jonathan trat ins Ankleidezimmer, machte die stahlgerahmte Tür der Höhle zu und verschloß sie wieder mit dem

Dietrich; wegen seiner Angst, das Messingschild nicht zu verkratzen, dauerte es ein wenig länger als nötig. Als er endlich im Schlafzimmer war, hörte er Jed in Reitstiefeln bereits die Treppe hochstapfen und laut vor sich hinschimpfen, *niemals* im Leben werde sie mit Daniel noch einmal auch nur *einen* Ausritt machen.
Er überlegte, ob er sich ins Bad verziehen oder in Ropers Ankleidezimmer zurückgehen sollte, aber sich zu verstecken schien auch keine Lösung zu sein. Genüßliche Trägheit überkam ihn, der Wunsch, wie in der Liebe, die Sache noch weiter hinauszuzögern. Als Jed dann in ihren Reitsachen, ohne Peitsche und Sturzhelm, dafür mit vor Hitze und Wut gerötetem Gesicht in der Tür erschien, stand Jonathan am Sofatisch und arrangierte die Schifferblumen, die auf dem Weg nach oben ein wenig von ihrer Makellosigkeit eingebüßt hatten.
Zunächst war sie zu wütend auf Daniel, als daß sie irgend etwas überraschen konnte. Und es beeindruckte ihn, daß sie wenigstens in ihrer Wut echt wirkte.
»Thomas, also *wirklich,* falls Sie *tatsächlich* irgendwie *Einfluß* auf Daniel haben, dann bringen Sie ihm doch bitte bei, sich nicht so absolut *idiotisch* aufzuführen, wenn er sich mal weh tut. Ein lächerlicher kleiner Sturz, *nichts* verletzt außer seinem Stolz, und er stellt sich an – ach übrigens, Thomas, was zum *Teufel* machen Sie hier eigentlich?«
»Ich habe Ihnen Schifferblumen gebracht. Von unserer Klettertour gestern.«
»Warum haben Sie die Blumen nicht Miss Sue gegeben?«
»Ich wollte sie selbst arrangieren.«
»Sie hätten sie arrangieren und dann Miss Sue unten geben können.«
Sie starrte auf das ungemachte Bett. Ihre Kleider von gestern auf der Chaiselongue. Die offene Badezimmertür. Daniel heulte noch immer *»Halt's Maul, Daniel!«* Ihr Blick kehrte zu Jonathan zurück. »Thomas, also *wirklich,* Blumen hin, Blumen her, ich finde das *verdammt* dreist von Ihnen.«
Immer noch dieselbe Wut. Du hast sie einfach von Daniel auf

mich umgeschaltet, dachte er, während er weiter zerstreut an den Blumen herumfummelte. Plötzlich empfand er das starke Bedürfnis, sie zu beschützen. Die Dietriche drückten tonnenschwer auf seinen Oberschenkel, die Feuerzeug-Kamera fiel ihm praktisch aus der Hemdtasche, die Geschichte mit den Schifferblumen, nur für Esmeralda zurechtgebastelt, wurde immer fadenscheiniger. Dennoch dachte er nur an Jeds erschreckende Verwundbarkeit, nicht an seine eigene. Daniel hatte sein Geheul eingestellt und wartete jetzt auf die Wirkung.

»Warum rufen Sie denn nicht Ihre Schlägertypen?« Jonathan machte diesen Vorschlag weniger ihr als den Blumen. »Der Alarmknopf ist gleich neben Ihnen an der Wand. Oder, wenn Ihnen das lieber ist, nehmen Sie das Haustelefon. Wählen Sie die Neun, und ich werde für meine verdammte Dreistigkeit auf bewährte Weise bezahlen. Daniel macht keine Szene, weil er sich weh getan hat. Er will bloß nicht nach London zurück, und es gefällt ihm nicht, daß er Sie mit Caroline und ihren Kindern teilen muß. Er will Sie ganz für sich allein haben.«

»Verschwinden Sie«, sagte sie.

Aber nun war er wieder ruhig, nun sorgte er sich nur noch um sie, und das machte ihn überlegen. Das Training mit Übungsmunition war vorbei. Jetzt wurde scharf geschossen.

»Schließen Sie die Tür«, befahl er mit gedämpfter Stimme. »Kein guter Zeitpunkt zum Reden, aber ich muß Ihnen etwas sagen, und ich möchte nicht, daß Daniel es hört. Er bekommt ohnehin schon genug durch Ihre Schlafzimmerwand mit.«

Sie starrte ihn an, und er sah die Unsicherheit in ihrem Gesicht. Sie schloß die Tür.

»Sie gehen mir nicht mehr aus dem Kopf. Ich denke Tag und Nacht an Sie. Das heißt nicht, daß ich verliebt in Sie bin. Ich schlafe mit Ihnen, ich wache mit Ihnen auf, ich kann mir nicht mal die Zähne putzen, ohne Ihre mitzuputzen, und die meiste Zeit streite ich mit Ihnen. Das ist weder logisch, noch macht es mir Spaß. Ich habe noch kein vernünftiges Wort von Ihnen gehört, und meistens reden Sie bloß affektiertes Zeug.

Aber jedesmal, wenn ich an etwas Komisches denke, möchte ich, daß *Sie* darüber lachen, und wenn es mir schlechtgeht, will ich nur von *Ihnen* aufgeheitert werden. Ich weiß nicht, wer Sie sind, ob Sie überhaupt jemand sind. Oder ob Sie bloß zum Spaß hier sind, oder ob Sie total in Roper verliebt sind. Und ich bin sicher, Sie wissen es selber nicht. Ich halte Sie für völlig verkorkst. Aber das stößt mich nicht ab. Nicht im geringsten. Es macht mich ärgerlich, es macht mich zum Narren, am liebsten würde ich Ihnen den Hals umdrehen. Aber das ist nur die eine Seite.«

Das alles waren seine eigenen Worte. Er sprach für sich selbst und niemand anderen. Trotzdem konnte sich das rücksichtslose Waisenkind in ihm nicht enthalten, Jed wenigstens einen Teil der Schuld zuzuschieben. »Vielleicht hätten Sie mich nicht so freundlich pflegen, mir Mut machen, auf meinem Bett sitzen sollen. Sagen wir, es war Daniels Fehler, sich kidnappen zu lassen. Nein, sagen wir, es war meiner, mich zusammenschlagen zu lassen. Und Ihrer, mich so treuherzig anzusehen.«

Sie schloß ihre aufreizenden Augen und schien kurz zu schlafen. Dann machte sie die Augen wieder auf und hob eine Hand vors Gesicht. Hoffentlich hatte er sie nicht zu hart angegriffen und den sensiblen Bereich verletzt, den sie beide voreinander hüteten.

»Das ist die unverschämteste Sauerei, die ich *jemals* von *irgendwem* gehört habe«, sagte sie nach einer beträchtlichen Pause mit unsicherer Stimme.

Er ließ sie hängen.

»Thomas!« sagte sie, als flehe sie ihn um Unterstützung an.

Aber er kam ihr noch immer nicht zu Hilfe.

»*Herrgott,* Thomas ... ach *Scheiße.* Thomas, das hier ist *Ropers* Haus!«

»Es ist Ropers Haus, und Sie sind Ropers Mädchen, solange Sie das aushalten können. Mein Gefühl sagt mir, daß Sie es nicht mehr lange aushalten können. Roper ist ein Gangster, wie Caroline Langbourne Ihnen zweifellos berichtet hat. Er ist kein Freibeuter, kein Spieler, kein romantischer Abenteurer, er gehört in keine der Kategorien, in die Sie ihn eingeordnet haben, als Sie sich kennengelernt haben. Er ist ein Waffenschieber, und er hat auch etwas von einem Mörder.« Dann wagte er etwas Unerhörtes. Mit einem einzigen Satz brach er alle von Burr und Rooke aufgestellten Regeln: »Das ist der Grund, warum Leute wie Sie und ich ihm letztlich nachspionieren«, sagte er. »Überall in seinem Büro die fettesten Spuren hinterlassen. ›Jed war hier.‹ ›Jed Marshall, ihr Zeichen, ihr Haar zwischen seinen Papieren.‹ Er könnte Sie dafür umbringen. Ja. Schließlich ist er ein Mörder. Denken Sie daran.« Er verstummte, um die Wirkung seines indirekten Geständnisses abzuwarten, aber sie rührte sich nicht. »Ich sollte jetzt mit Daniel reden«, sagte er. »Wo hat er sich denn angeblich weh getan?«

»Weiß der Himmel«, sagte sie.

Als er ging, tat sie etwas Seltsames. Sie stand noch an der Tür und trat einen Schritt zurück, als er auf sie zukam, um ihn vorbeizulassen. Aber dann streckte sie aus einem Impuls heraus, für den sie wahrscheinlich selbst keine Erklärung gehabt hätte, die Hand aus, drückte die Klinke herunter und gab der Tür einen Stoß, als hätte Jonathan beide Hände voll und brauchte Hilfe.

Daniel lag auf dem Bett und las in seinem Buch über Monster.

»Jed ist einfach durchgedreht«, erklärte er. »Ich hatte bloß einen Wutanfall. Aber Jed hat sich aufgeführt wie ein *Berserker.*«

19

Am Abend desselben Tages: Jonathan lebte noch immer, der Himmel war noch an seinem Platz. Keine Schlägertypen stürzten aus den Bäumen über ihn her, als er durch den Tunnel zu Woodys Haus ging. Die Zikaden sangen und schluchzten im selben Rhythmus wie immer, die Sonne verschwand hinter Miss Mabel Mountain, die Dämmerung senkte sich herab. Er hatte mit Daniel und den Langbourne-Kindern Tennis gespielt, er war mit ihnen schwimmen und segeln gegangen, er hatte sich angehört, was Isaac über die Tottenham Hotspurs, Esmeralda über böse Geister und Caroline Langbourne über Männer, die Ehe und ihren Mann zu sagen hatten:

»Die *Treulosigkeit* stört mich nicht, Thomas. Nur die Lügen. Ich weiß nicht, warum ich Ihnen das erzähle, vielleicht, weil Sie so *ehrlich* sind. Es ist mir egal, *was* er über Sie sagt, wir *alle* haben unsere Probleme, aber ich erkenne, wenn jemand *ehrlich* ist. Wenn er doch einfach sagen würde: ›Ich habe eine Affäre mit Annabelle‹ – oder mit wem auch *immer* er gerade eine Affäre hat –, ›und ich habe *keineswegs* die Absicht, damit aufzuhören‹ – na, dann würde *ich* sagen: ›Bitte sehr. Wenn das *so* ist, dann soll es eben so sein. Erwarte aber nicht von *mir*, daß ich dir treu bin, solange *du* es nicht bist.‹ Ich kann damit *leben*, Thomas. Wir Frauen müssen das können. *Wütend* macht mich nur, daß ich ihm mein *ganzes* Geld gebe und ihn seit Jahren praktisch aushalte *und* daß ich Daddy für die Ausbildung der

Kinder zahlen lasse, *bloß* um dann zu erleben, wie er das alles mit irgendeiner dahergelaufenen kleinen Schlampe verplempert und *uns*, nun ja, nicht ohne einen Pfennig, aber doch ziemlich knapp bei Kasse im Regen stehen läßt.«

Im weiteren Verlauf des Tages hatte er Jed noch zweimal gesehen: einmal im Sommerhaus, da trug sie einen gelben Kaftan und schrieb einen Brief; und einmal, als sie mit Daniel in der Brandung spazierenging, den Jungen an der einen Hand, den hochgerafften Rock in der anderen. Und als Jonathan das Haus verließ und bewußt unter ihrem Schlafzimmerbalkon entlangging, hörte er sie mit Roper telefonieren: »Nein, Schatz, er hat sich kein bißchen weh getan, alles nur Theater; er ist auch bald darüber weggekommen und hat mir ein absolut phantastisches Bild von Sarah gemalt, wie sie auf dem Dach des Stalls herumtrabt, du wirst wirklich begeistert sein ... «

Und er dachte: Jetzt sagst du es ihm: *Das war die gute Nachricht, Schatz. Aber rate mal, wen ich in unserem Schlafzimmer getroffen habe, als ich raufkam ...*

Erst als er Woodys Haus erreicht hatte, wollte die Zeit nicht mehr vergehen. Er war vorsichtig, weil er vermutete, daß die Wachen, falls sie alarmiert worden wären, ihm höchstwahrscheinlich zum Haus vorausgegangen waren. Also ging er durch die Hintertür hinein und kontrollierte erst einmal beide Türen, ehe er sich imstande fühlte, die winzige stählerne Filmkassette aus der Kamera zu nehmen und mit einem scharfen Küchenmesser ein Loch in seine Taschenbuchausgabe von *Tess von d'Urbervilles* zu schneiden, um sie dort hineinzulegen.

Anschließend nahm alles seinen geregelten Lauf.

Er badete und dachte: Jetzt ungefähr stehst du unter der Dusche, und niemand ist da, um dir ein Handtuch zu reichen. Er machte sich aus Resten, die Esmeralda ihm gegeben hatte, eine Hühnersuppe und dachte: Jetzt ungefähr sitzt du mit Caroline im Innenhof und ißt Esmeraldas Barsch mit Zitronensauce; du hörst dir ein weiteres Kapitel aus Carolines Leben

an. Ihre Kinder stopfen Chips und Cola und Eis in sich rein und sehen in Daniels Spielzimmer *Frankenstein Junior*, während Daniel bei geschlossener Tür in seinem Schlafzimmer liegt und die ganze Bande zum Teufel wünscht.
Danach ging er zu Bett, denn das schien ihm ein guter Ort, über sie nachzudenken. Und blieb im Bett, bis um halb eins der nackte Beobachter geräuschlos auf den Boden glitt und, da er vor seiner Haustür verstohlene Schritte vernommen hatte, den stählernen Schürhaken unterm Bett hervorholte. Jetzt bin ich dran, dachte er. Sie hat Roper alarmiert, und jetzt bekomme ich dieselbe Abreibung wie Woody.
Aber eine zweite Stimme in ihm sagte etwas anderes, und das war die Stimme, auf die er hörte, seit Jed ihn in ihrem Schlafzimmer erwischt hatte. So daß er, als sie leise an seine Vordertür klopfte, den Schürhaken bereits weggelegt und sich einen Sarong umgewickelt hatte.
Auch sie war für ihre Rolle gekleidet: langer dunkler Rock und dunkles Cape, und es hätte ihn nicht überrascht, wenn sie noch die Weihnachtsmannkapuze übergezogen hätte; hatte sie aber nicht, die lag kleidsam auf ihrem Rücken. Sie trug eine Taschenlampe, und während er die Kette wieder vorlegte, legte sie die Lampe hin und zog den Umhang fester um sich. Dann stand sie ihm gegenüber, die Hände dramatisch vorm Hals gekreuzt.
»Sie hätten nicht kommen sollen«, sagte er und zog rasch die Vorhänge zu. »Wer hat Sie gesehen? Caroline? Daniel? Das Wachpersonal?«
»Niemand.«
»Das denken Sie so. Was ist mit den Leuten im Pförtnerhaus?«
»Ich bin auf Zehenspitzen gegangen. Niemand hat mich gehört.«
Er starrte sie ungläubig an. Nicht weil er sie einer Lüge verdächtigte, sondern wegen der absoluten Tollkühnheit ihres Unterfangens. »Und was kann ich Ihnen anbieten?« fragte er in einem Ton, der sagen sollte: wenn Sie schon mal hier sind.

»Kaffee. Kaffee, bitte. Aber nicht extra für mich.«
Kaffee, bitte, ägyptischen, erinnerte er sich.
»Sie saßen vorm Fernseher«, sagte sie. »Die Leute im Pförtnerhaus. Ich habe sie durchs Fenster sehen können.«
»Sicher.«
Er setzte einen Kessel auf, zündete die Kiefernscheite im Kamin an, und eine Zeitlang saß sie fröstelnd davor und starrte finster in die zischenden Scheite. Dann blickte sie sich im Zimmer um, machte sich gewissermaßen ein Bild vom Ort und seinem Bewohner, von den Büchern, die er hatte zusammentragen können, und dem adretten Zustand der ganzen Einrichtung – die Blumen, das Aquarell der Carnation Bay auf dem Kaminsims neben Daniels Bild von einem Flugsaurier.
»Dans hat für mich ein Bild von Sarah gemalt«, sagte sie. »Als Wiedergutmachung.«
»Ich weiß. Ich bin an Ihrem Zimmer vorbeigekommen, als Sie Roper davon erzählt haben. Was haben Sie ihm sonst noch erzählt?«
»Nichts.«
»Sind Sie sicher?«
Sie brauste auf. »Was erwarten Sie denn, was ich ihm erzählen soll? Thomas hält mich für ein billiges, kleines Flittchen ohne einen Gedanken im Kopf?«
»Das habe ich nicht gesagt.«
»Sie haben Schlimmeres gesagt. Ich sei völlig verkorkst, und er ein Mörder.«
Er reichte ihr einen Becher Kaffee. Schwarz. Ohne Zucker. Sie trank etwas, beide Hände um den Becher. »Wie zum Teufel bin ich da reingeraten?« fragte sie. »Nicht bei Ihnen. Bei ihm. Hierher. Crystal. Die ganze Scheiße.«
»Corky sagt, er habe Sie bei einer Pferdeauktion erstanden.«
»Ich habe in Paris nicht allein gelebt.«
»Was haben Sie in Paris gemacht?«
»Mit zwei Männern gevögelt. Die Geschichte meines Lebens. Ich bumse immer mit den falschen Leuten und verpasse die richtigen.« Noch ein Schluck Kaffee. »Sie hatten eine Woh-

nung in der Rue de Rivoli. Haben mich in Angst und Schrekken versetzt. Drogen, Männer, Alkohol, Mädchen, ich, alles auf einmal. Eines Morgens wach ich auf, und die ganze Wohnung ist voller lebloser Körper. Alle bewußtlos.« Sie nickte sich selbst zu, als wollte sie sagen, ja, so war das, das war der Knackpunkt. »Okay, Jemima, laß die zweihundert Pfund sausen, hau einfach ab. Ich hab nicht mal gepackt. Bin über die Leute gestiegen und zu dieser Vollblüter-Auktion in Maison Lafitte gegangen, von der ich in der *Trib* gelesen hatte. Wollte Pferde sehen. War noch immer halb stoned und konnte nur an Pferde denken. Wir hatten immer damit zu tun, bis mein Vater alles verkaufen mußte. Reiten und beten. Wir sind Shropshire-Katholiken«, erklärte sie düster, als sei dies der Flucht der Familie. »Anscheinend habe ich gelächelt. Denn irgendso ein schnieker mittelalterlicher Typ sagt zu mir: ›Welches hätten Sie denn gern?‹ ›Das Große da im Fenster‹, sage ich. Ich kam mir ganz leicht vor. Frei. Wie in einem Film. Dieses Gefühl. Sollte ein Scherz von mir sein. Aber er hat sie gekauft. Sarah. Die Gebote kamen so schnell, daß ich gar nicht richtig folgen konnte, und er hatte einen Pakistani bei sich, und die beiden haben irgendwie zusammen geboten. Dann dreht er sich einfach zu mir um und sagt: ›Sie gehört Ihnen. Wohin sollen wir sie schicken?‹ Ich war zu Tode erschrocken, fühlte mich aber herausgefordert und nahm mir daher vor, die Sache durchzustehen. Er ging mit mir in ein Geschäft an den Champs Elysées, wo wir die einzigen Leute waren. Er hatte den Pöbel vor unserer Ankunft entfernen lassen. Wir waren die einzigen Kunden. Hat mir für zehntausend Pfund Klunker gekauft und mich in die Oper ausgeführt. Er hat mich zum Essen eingeladen und mir von einer Insel namens Crystal erzählt. Dann hat er mich in sein Hotel mitgenommen und mich gefickt. Und ich dachte: ›Mit einem Satz springt sie über den Graben.‹ Er ist kein *schlechter* Mann, Thomas. Er handelt bloß schlecht. Genau wie Archie der Fahrer.«

»Wer ist Archie der Fahrer?«

Sie vergaß ihn für eine Weile, um in den Kamin zu starren und an ihrem Kaffee zu nippen. Sie fröstelte jetzt nicht mehr. Einmal zuckte sie zusammen und zog die Schultern hoch, aber das lag nicht an der Kälte, sondern an ihrer Erinnerung. »*Herrgott*«, flüsterte sie. »Thomas, was *mache* ich nur?«

»Wer ist Archie?« wiederholte er.

»Einer aus unserem Dorf. Hat den Krankenwagen für unsere Klinik gefahren. Alle hatten Archie gern. Kam zu jeder Geländejagd und kümmerte sich um die Verletzten. Sammelte bei den Reitwettbewerben die Kinder ein und all so was. Der nette Archie. Dann gab es einen Krankenhausstreik, und Archie stellte sich als Streikposten vor die Klinik und ließ keinen einzigen Notfall rein, behauptete, die Fahrer seien allesamt Streikbrecher. Mrs. Luxome, die bei den Priors putzen ging, mußte sterben, nur weil er sie nicht reinließ.« Wieder überlief sie ein Schauder. »Haben Sie immer Feuer im Kamin? Kommt mir komisch vor, ein Kamin in den Tropen.«

»In Crystal haben Sie das doch auch.«

»Er mag Sie wirklich. Wissen Sie das?«

»Ja.«

»Sie sind sein Sohn oder so was. Ich habe ihm immer wieder gesagt, er soll Sie wegschicken. Habe gespürt, daß Sie mir immer näherkamen und ich Sie nicht aufhalten konnte. Wie Sie sich einschmeicheln. Er scheint das nicht zu merken. Vielleicht will er es nicht merken. Liegt vermutlich an Dan. Sie haben Dan gerettet. Trotzdem, das kann doch nicht ewig vorhalten, oder?« Sie trank. »Und dann denkt man: Okay, Scheiß drauf. Wenn er nicht sehen *will*, was vor seiner Nase geschieht, ist das sein Pech. Corky hat ihn gewarnt. Sandy auch. Er hört nicht auf sie.«

»Warum haben Sie seine Papiere durchsucht?«

»Caro hat mir eine ganze Menge über ihn erzählt. Entsetzliche Sachen. Fair war das nicht. Manches davon wußte ich schon. Ich wollte es nicht wissen, kam aber nicht dagegen an. Was Leute so auf Partys sagen. Was Daniel so aufschnappt. Diese furchtbaren Banker, diese Angeber. Ich kann Leute nicht *verurteilen*. *Ich* nicht. Ich denke immer, *ich* sitze auf dem elektrischen Stuhl, nicht sie. Das Dumme ist, daß wir so verdammt ehrlich sind. Mein Vater ist so. Würde eher verhungern, als das Finanzamt betrügen. Hat jede Rechnung prompt bezahlt. Deshalb hat er auch pleite gemacht. Andere Leute haben *ihn* natürlich nicht bezahlt, aber das ist ihm nie aufgefallen.« Sie sah ihn von der Seite an. Dann ganz offen. »*Herrgott*«, flüsterte sie noch einmal.

»Haben Sie etwas entdeckt?«

Sie schüttelte den Kopf. »Wie hätte ich das tun können? Wußte ja nicht, wonach ich suchen sollte. Also dachte ich, Scheiß drauf, und habe ihn gefragt.«

»*Wie* bitte?«

»Ich habe ihn zur Rede gestellt. Einmal abends nach dem Essen. ›Stimmt es, daß du ein Gangster bist? Sag es mir. Ein Mädchen hat das Recht, so was zu wissen.‹«

Jonathan holte tief Luft. »Nun ja, das war zumindest ehrlich«, sagte er vorsichtig lächelnd. »Wie hat Roper es aufgenommen? Hat er ein volles Geständnis abgelegt, geschworen, nie mehr im Leben Unrecht zu tun, alles auf seine grausame Kindheit geschoben?«

»Er hat ein undurchdringliches Gesicht gemacht.«

»Und gesagt?«

»Ich soll mich um meine eigenen verdammten Angelegenheiten kümmern.«

Erinnerungen an Sophies Bericht von ihrem Gespräch mit Freddie Hamid auf dem Friedhof von Kairo störten Jonathans Konzentration.

»Und haben Sie gesagt, es *sei* Ihre Angelegenheit?« fragte er.

»Er meinte, ich würde das nicht verstehen, auch wenn er es mir erzählte. Ich solle den Mund halten und nicht von Dingen reden, von denen ich keine Ahnung hätte. Dann sagte er, das ist kein Verbrechen, das ist Politik. Und ich habe gefragt, *was* ist kein Verbrechen? *Was* ist Politik? Sag mir das Schlimmste. Nenn mir das Prinzip, damit ich weiß, woran ich beteiligt bin.«

»Und Roper?« fragte Jonathan.

»Er sagt, es gibt kein Prinzip. Leute wie mein Vater stellen sich das zwar so vor, aber eben deswegen sind Leute wie mein Vater auch solche Trottel. Er sagt, er liebt mich, und das muß reichen. Worauf ich wütend erwidere, so was mag ja Eva Braun gereicht haben, aber mir reicht es nicht. Ich dachte, er würde mir eine reinhauen. Aber er nahm das bloß zur Kenntnis. Ihn überrascht nie etwas. Wissen Sie das? Es gibt nur Tatsachen. Eine Tatsache mehr, eine Tatsache weniger. Am Ende tut man dann das Logische.«
Und das hat er auch mit Sophie getan, dachte Jonathan. »Und wie sehen Sie das?« fragte er.
»Wie ich das sehe?« Sie wollte einen Brandy. Er hatte keinen, also gab er ihr einen Scotch. »Es ist eine Lüge«, sagte sie.
»Was?«
»Mein Leben. Irgendwer sagt mir, wer ich bin, und ich glaube es und bin damit einverstanden. So mache ich das. Ich glaube den Leuten. Ich kann nicht anders. Und jetzt kommen Sie und erzählen mir, ich sei verkorkst, aber er erzählt mir was ganz anderes. Er sagt, ich bin seine Tugend. Er macht das alles nur für mich und Daniel. Das hat er mir eines Abends rundheraus gesagt, vor Corky.« Sie nahm einen großen Schluck Scotch. »Caro behauptet, er verschiebt Drogen. Wußten Sie das? Eine riesige Ladung, dafür bekommt er Waffen und weiß Gott was. Sie sagt, es geht hier nicht um irgendwelche Geschäfte am Rande der Legalität, nicht darum, ein paar Umwege zu vermeiden oder auf einer Party einen geruhsamen Joint zu rauchen. Es geht«, sagte sie, »um ausgewachsene, organisierte Schwerstkriminalität. Nennt mich eine Gangsterbraut – auch mit dieser Rolle versuche ich irgendwie klarzukommen. Heutzutage ich selber zu sein, das heißt, ständig unter Hochspannung zu stehen.«
Wieder ruht ihr Blick auf ihm, offen und unverwandt. »Ich sitze voll in der Scheiße«, sagte sie. »Ich bin mit völlig blinden Augen da hineingelaufen. Ich habe alles verdient, was ich bekomme. Bloß sagen Sie nicht, daß ich verkorkst bin. Predigten kann ich mir selbst halten. Und überhaupt, was

zum Teufel haben Sie eigentlich *vor?* Sie sind auch kein Musterknabe.«
»Was habe ich denn nach Ropers Meinung vor?«
»Sie haben irgendwelche ernsthaften Schwierigkeiten. Aber Sie sind ein guter Bursche. Er will Sie aufbauen. Er hat es satt, daß Corky dauernd an Ihnen herummeckert. Aber schließlich hat er Sie nicht beim Schnüffeln in unserem Schlafzimmer ertappt, wie?« sagte sie auffahrend. »Jetzt sind Sie an der Reihe.«
Er ließ sich mit der Antwort lange Zeit. Erst dachte er an Burr, dann dachte er an sich und an sämtliche Regeln, die ihm zu sprechen verboten. »Ich bin ein Freiwilliger«, sagte er.
Sie zog ein saures Gesicht. »Polizei?«
»So ähnlich.«
»Wieviel von Ihnen sind Sie selbst?«
»Ich warte, um es herauszufinden.«
»Was werden Sie mit ihm machen?«
»Ihn festsetzen. Vor Gericht bringen. Einsperren.«
»Wie können Sie sich für so einen Job *freiwillig* melden? Herrgott.«
In keinem Trainingsprogramm war diese Situation vorgesehen. Er ließ sich Zeit zum Nachdenken, und die Stille schien sie ebenso wie der räumliche Abstand zwischen ihnen eher zu verbinden als zu trennen.
»Angefangen hat es mit einem Mädchen«, sagte er. Er korrigierte sich. »Mit einer Frau. Roper und ein anderer Mann haben sie umbringen lassen. Ich fühlte mich verantwortlich.«
Die Schultern eingezogen, das Cape noch immer am Hals zusammenhaltend, blickte sie im Zimmer umher, dann sah sie ihn wieder an.
»Haben Sie sie geliebt? Das Mädchen? Die Frau?«
»Ja.« Er lächelte. »Sie war meine Tugend.«
Sie nahm das auf, war aber nicht sicher, ob sie es gutheißen sollte. »Als Sie Daniel gerettet haben, bei Mama, war das auch alles eine Lüge?«
»Mehr oder weniger.«
Er sah alles, was ihr durch den Kopf ging: der Abscheu, das

Ringen um Verständnis, die konfusen Moralvorstellungen ihrer Erziehung.
»Dr. Marti hat gesagt, die beiden hätten Sie beinahe umgebracht«, sagte sie.
»Ich habe *sie* beinahe umgebracht. Habe die Beherrschung verloren. Das Spiel ist schiefgegangen.«
»Wie hat sie geheißen?«
»Sophie.«
»Ich möchte, daß Sie mir von ihr erzählen.«
Sie meinte: hier, in diesem Haus, jetzt.

Er ging mit ihr nach oben ins Schlafzimmer, legte sich neben sie, ohne sie zu berühren, und erzählte ihr von Sophie; schließlich schlief sie ein, und er hielt Wache. Einmal wachte sie auf und bat um Sodawasser, und er holte ihr etwas aus dem Kühlschrank. Um fünf Uhr, noch bevor es hell wurde, zog er seine Joggingsachen an und brachte sie durch den Tunnel zum Pförtnerhaus zurück; ihre Taschenlampe durfte sie nicht benutzen, sondern mußte sich wie ein unerfahrener Rekrut, den er in die Schlacht führte, einen Schritt links hinter ihm halten. Und am Pförtnerhaus schob er Kopf und Schultern ins Fenster und verwickelte Marlow, den Nachtwächter, in ein Gespräch, damit Jed, hoffentlich unbemerkt, an ihm vorbeihuschen konnte.
Seine Sorgen wurden nicht kleiner, als er bei der Rückkehr den Rastafari Amos auf seiner Schwelle sitzen sah: Er wollte eine Tasse Kaffee.
»Sie haben dies Nacht ein schöne erbauliche Erfahrung mit Ihre Seele gemacht, Mist' Thomas, *Sir*?« erkundigte er sich, während er vier gehäufte Löffel Zucker in seine Tasse schaufelte.
»Es war ein Abend wie jeder andere, Amos. Und bei Ihnen?«
»Mist' Thomas, Sir, ich hab kein frisch Kaminrauch um ein Uhr nachts in Townside mehr gerochen, seit damals, wo Mr. Woodman seine Freundinnen mit schöne Musik und Liebe unterhalten hat.«

»Nach dem, was man so hört, hätte Mr. Woodman wesentlich besser daran getan, ein gutes Buch zu lesen.«
Amos brach in heftiges Gekicher aus: »Auf dieser Insel gibt's außer Ihnen nur einen, der *Bücher* liest, Mr. Thomas. Und der ist von Ganja benebelt und stockblind.«

Am Abend tauchte sie zu seinem Entsetzen wieder bei ihm auf.
Diesmal trug sie nicht ihr Cape, sondern Reitsachen, von denen sie sich offenbar eine Art Immunität versprach. Er war entsetzt, aber nicht sonderlich überrascht, denn inzwischen hatte er an ihr die gleiche Entschlossenheit wie bei Sophie ausgemacht, und er wußte, daß er sie ebensowenig fortschicken konnte, wie er Sophie davon hatte abhalten können, nach Kairo zurückzugehen und Hamid zur Rede zu stellen. Das machte ihn ruhig, und diese Ruhe übertrug sich auch auf sie. Sie nahm ihn bei der Hand, führte ihn nach oben und bekundete besorgtes Interesse an seinen Hemden und Wäschestücken. Irgend etwas war schlecht gefaltet, und sie faltete es besser. Irgendein Teil fehlte, und sie suchte danach. Sie zog ihn an sich und küßte ihn akkurat, als hätte sie im voraus festgelegt, wieviel oder wie wenig von sich sie ihm geben konnte. Nachdem sie sich geküßt hatten, ging sie wieder nach unten und stellte ihn unter die Deckenlampe, berührte sein Gesicht mit den Fingerspitzen, vergewisserte sich seiner, fotografierte ihn mit den Augen, machte Bilder von ihm, die sie mitnehmen konnte. Und so unpassend es jetzt auch war, er erinnerte sich an das alte Emigrantenpaar, das am Abend der Entführung bei Mama Low getanzt hatte, wie sie einander ungläubig das Gesicht berührt hatten.
Sie bat um ein Glas Wein, dann saßen sie trinkend auf dem Sofa und genossen die Stille, das Beste, was sie miteinander teilen konnten. Sie zog ihn hoch und küßte ihn noch einmal, schmiegte sich mit ihrem ganzen Körper an ihn und sah ihm sehr lange in die Augen, als prüfe sie seine Aufrichtigkeit. Dann ging sie, denn wie sie es ausdrückte, war dies das Äußer-

ste, was sie wagen konnte, bis Gott ihr den nächsten Streich spielte.
Als sie gegangen war, stieg Jonathan nach oben und sah ihr durchs Fenster nach. Dann steckte er sein Exemplar von *Tess* in einen braunen Umschlag und adressierte ihn mit ungelenken Großbuchstaben an den SEXSHOP in Nassau, Postfach, eine Anschrift, die Rooke ihm in den Tagen seiner Jugend gegeben hatte. Er warf den Umschlag in den Briefkasten an der Seeseite des Orts, von wo ihn Ropers Jet am nächsten Tag nach Nassau bringen würde.

»Na, mein Lieber, haben wir die Einsamkeit genossen?« erkundigte sich Corkoran.
Er saß wieder bei Jonathan im Garten und trank kaltes Dosenbier.
»Ja, sehr, danke«, sagte Jonathan höflich.
»So hört man. Frisky sagt, Sie haben sich gut unterhalten. Tabby sagt das gleiche. Die meisten Leute in Townside haben anscheinend auch diesen Eindruck.
»Schön.«
Corkoran trank. Er trug seinen Panamahut aus Eton und seinen scheußlichen Anzug aus Nassau, und er sprach in Richtung Meer.
»Und die Langbourne-Brut hat uns nicht an der Entfaltung gehindert?«
»Wir haben ein paar Ausflüge gemacht. Caroline ist ein bißchen niedergeschlagen, da waren die Kinder ganz froh, mal von ihr wegzukommen.«
»Was für ein *netter* Mensch wir sind«, sagte Corkoran nachdenklich. »Was für ein *feiner Kerl*. Was für ein *Schatz*. Genau wie Sammy. Und ich hatte nicht mal was mit dem kleinen Racker.« Er zog die Hutkrempe herunter und sang mit schmalziger Stimme *Nice work if you can get it*, als wäre er eine traurige Ella Fitzgerald. »Nachricht vom Chef für Sie, Mr. Pine. Stunde X steht kurz bevor. Machen Sie sich bereit, Crystal und allen anderen den Abschiedskuß zu geben. Er-

schießungskommando tritt in der Dämmerung zusammen.«
»Wo soll ich hin?«
Corkoran sprang auf die Füße und stapfte die Gartentreppe zum Strand hinunter, als könne er Jonathans Gesellschaft nicht mehr ertragen. Er hob einen Stein auf und ließ ihn trotz seiner Schwerfälligkeit geschickt über das dunkel werdende Wasser springen.
»Wohin? *Scheiße, an meine Stelle,* da sollen Sie hin!« brüllte er. »Dank der wirklich erstklassigen Beinarbeit irgendwelcher beschissener kleiner Schwuchteln, die uns die Tour vermasseln wollen! Von denen ich schwer annehme, daß Sie von denen abhängig sind!«
»Corky, reden Sie mit dem Arsch?«
Corkoran dachte über die Frage nach. »Weiß nicht, mein Lieber. Ich tät's gern. Anales Zeug, schon möglich. Oder ein Volltreffer.« Noch ein Stein. »Bin ein Rufer in der Wüste. Der Chef, natürlich würd er das nie zugeben, ist ein absolut unverbesserlicher Romantiker. Roper glaubt an das Licht am Ende des Piers. Bloß tut die dumme Motte das auch.« Und wieder ein Stein, begleitet von einem angestrengt wütenden Knurren. »Während unser Corky hier ein eingefleischter Skeptiker ist. Und meine private und professionelle Ansicht von Ihnen ist die: Sie sind Gift.« Noch ein Stein. Und noch einer. »Ich sage ihm, daß Sie Gift sind, aber er will mir nicht glauben. Er hat Sie erfunden. Sie haben sein Baby aus den Flammen gerettet. Während unser Corky hier, dank irgendwelcher namenlosen Figuren – vermutlich Freunden von Ihnen – ausgemustert ist.« Er trank seine Bierdose leer und schmiß sie auf den Sand; dann suchte er nach einem weiteren Kieselstein, den Jonathan ihm zuvorkommend hinhielt. »Na, sehen wir den Tatsachen ins Auge, Süßer, man wird ein *bißchen* auf den Hund kommen.«
»Ich finde, man wird ein *bißchen* geisteskrank, Corky«, sagte Jonathan.
Corkoran rieb sich den Sand von den Händen. »*Herrgott,* das Leben als Krimineller nimmt einen ganz schön mit«, jammer-

te er. »Diese Leute, dieser Lärm. Dieser *Dreck.* Diese Orte, an denen man gar nicht sein möchte. Finden Sie nicht auch? Natürlich nicht. Sie stehen darüber. Das sag ich dem Chef immer wieder. Aber er hört nicht auf mich. Der Mann ist mein Khyber-Paß.«

»Ich kann Ihnen nicht helfen, Corky.«

»Ah, keine Sorge. Damit komm ich schon klar.« Er zündete sich eine Zigarette an und atmete dankbar aus. »Und jetzt *folgendes*«, sagte er und zeigte mit der Hand auf Woodys Haus hinter ihnen. »Zwei Nächte hintereinander, höre ich von meinen Spionen. Würde ich natürlich gern dem Chef verklickern, könnte mir nichts Schöneres vorstellen. Aber das kann ich unserer lieben Frau von Crystal nicht antun. Für die anderen kann ich nicht garantieren. Irgendwer wird schon quatschen. Naturgesetz.« Miss Mabel Island wurde zu einer schwarzen Schablone vor dem Mond. »Der Abend war noch nie meine Zeit. Kann ich nicht ausstehen. Den Morgen genausowenig. Nichts als Totenglocken. Einer wie Corky hat einen guten Tag erwischt, wenn zehn Minuten lang nichts schiefgeht. Noch eins auf die Queen?«

»Nein, danke.«

Der Abschied wurde ihnen nicht leichtgemacht. Sie trafen sich im ersten Morgengrauen auf Miss Mabels Startbahn wie eine Schar Flüchtlinge; Jed, die eine Sonnenbrille trug, wollte niemanden sehen. Im Flugzeug saß sie, noch immer mit Sonnenbrille, zusammengekrümmt auf der Rückbank, neben ihr Corkoran und auf der anderen Seite Daniel, und Jonathan vorne zwischen Frisky und Tabby. Nach der Landung in Nassau wurden sie an der Sperre von MacArthur in Empfang genommen. Corkoran gab ihm die Pässe, einschließlich den Jonathans, und alle wurden durchgewinkt. Kein Problem.

»Jed wird sich übergeben«, erklärte Daniel, als sie in den neuen Rolls stiegen. Corkoran sagte, er solle den Mund halten. Ropers Villa, ein überrankter Stuckbau im Tudorstil, wirkte unerwartet vernachlässigt.

Am Nachmittag nahm Corkoran Jonathan auf einen großen Einkaufsbummel nach Freetown mit. Corkoran machte einen unausgeglichenen Eindruck. Mehrmals trat er in schmierige, kleine Bars, um sich zu stärken; Jonathan trank nur Cola. Jeder schien Corkoran zu kennen, manche ein wenig zu gut. Frisky ging in einigem Abstand hinter ihnen her. Sie kauften drei sehr kostspielige italienische Straßenanzüge – die Hosen bitte schnellstmöglich fertig machen, Clive, sonst dreht der Chef *durch* –, dann ein halbes Dutzend Cityhemden, dazu passende Socken und Krawatten, Schuhe und Gürtel, einen leichten dunkelblauen Regenmantel, Unterwäsche, Leinen-Taschentücher, Pyjamas, ein schönes Ledernecessaire mit Elektrorasierer und zwei edlen Haarbürsten mit silbernen Ts. »Das T muß sein, sonst nimmt mein Freund die Dinger nicht, stimmt's, Lieber!« Und als sie wieder in Ropers Villa waren, vollendete Corkoran sein Werk und präsentierte Jonathan eine schweinslederne Brieftasche voller Kreditkarten auf den Namen Thomas, einen schwarzledernen Aktenkoffer, eine goldene Piaget-Armbanduhr und ein Paar goldener Manschettenknöpfe mit den eingravierten Initialen DST.
Als man sich schließlich – Jed und Roper entspannt und heiter – im Salon zusammengefunden hatte, um *Dom* zu trinken, bot Jonathan das mustergültige Bild eines modernen jungen Managers.
»Was halten wir von ihm, Leute?« fragte Corkoran mit dem Stolz des Schöpfers.
»Verdammt gelungen«, sagte Roper eher gleichgültig.
»Super«, sagte Jed.
Nach dem *Dom* ging's zu Enzos Restaurant auf Paradise Island, wo Jed Hummersalat bestellte.

Und das war alles. Ein Hummersalat. Jed hatte den Arm um Ropers Nacken gelegt, als sie das bestellte. Und ließ ihn dort auch liegen, als Roper ihre Bestellung an den Inhaber weitergab. Sie saßen nebeneinander, weil es ihr letzter gemeinsamer Abend war und sie, wie jeder wußte, ungeheuer verliebt waren.

»Ihr Lieben«, sagte Corkoran und hob ihnen sein Weinglas entgegen. »Ein perfektes Paar. Unglaublich schön. Das soll der Mensch nicht scheiden.« Er kippte das Glas in einem Zug herunter, während der italienische Inhaber unterwürfig sein Bedauern darüber ausdrückte, daß es keinen Hummersalat mehr gebe.

»Kalbfleisch, Jeds?« schlug Roper vor. »*Penne* ist gut. *Pollo?* Nimm ein *Pollo.* Oder besser nicht. Zuviel Knoblauch. Mag den Geruch nicht. Fisch. Bringen Sie ihr Fisch. Willst du Fisch, Jeds? Seezunge? Was haben Sie an Fisch anzubieten?«

»*Jeder* Fisch«, sagte Corkoran, »sollte das Opfer zu würdigen wissen.«

Jed nahm Fisch anstelle des Hummers.

Auch Jonathan aß Fisch und erklärte, daß er vorzüglich sei. Jed fand ihren phantastisch. Dasselbe sagten auch die MacDanbies, die von Roper abkommandiert worden waren, um die Runde zu vervollständigen.

»Für mich sieht er nicht phantastisch aus«, sagte Corkoran.

»Aber Corks, er ist *viel* besser als Hummer. Mein absolutes Lieblingsessen.«

»Hummer auf der Speisekarte, Hummer in rauhen Mengen auf der ganzen Insel, warum zum Geier gibt's dann hier keinen?« beharrte Corkoran.

»Haben's eben verbummelt, Corks. Wir können nicht alle solche Genies sein wie du.«

Roper war mit den Gedanken woanders. Nicht abweisend. Er hatte nur irgendwas im Kopf, und seine Hand in Jeds Schoß. Aber Daniel, der bald nach England zurück sollte, glaubte seinen Vater aus der Reserve locken zu müssen.

»Roper hat ein Riesending in petto«, verkündete er in ein unheilvolles Schweigen. »Wenn er diesen ungeheuren Mega-Deal über die Bühne gebracht hat, ist er für immer außer Reichweite.«

»Dans, halt den Rand«, sagte Jed hastig.

»Was ist braun und klebrig?« fragte Daniel. Niemand wußte es.

»Ein Joint«, sagte er.

»Dans, Junge, sei still«, sagte Roper.
Aber Corkoran war an diesem Abend ihr Schicksal; er stürzte sich in eine Geschichte über einen Freund von ihm, einen Anlageberater namens Shortwar Wilkins, der seinen Klienten bei Ausbruch des Iran-Irak-Kriegs mitgeteilt hatte, die Sache wäre in sechs Wochen vorbei.
»Und was ist aus ihm geworden?« fragte Daniel.
»Ein Müßiggänger, fürchte ich, Dan. Fix und fertig. Schnorrt Geld von seinen Freunden. Ähnlich wie ich in ein paar Jahren. Denken Sie an mich, Thomas, wenn Sie in Ihrem Rolls durch die Gegend schaukeln und zufällig einen Straßenkehrer sehen, der Ihnen bekannt vorkommt. Dann werfen Sie uns doch eine Münze zu, ja, um der alten Zeiten willen? Auf Ihr Wohl, Thomas. Langes Leben, Sir. Mögen Sie *alle* ein langes Leben haben. Prost.«
»Auf Ihr Wohl, Corky«, sagte Jonathan.
Ein MacDanby versuchte *seine* Geschichte von irgendwem loszuwerden, aber wieder sprach Daniel dazwischen:
»Wie kann man die Welt retten?«
»Verrat es mir, Junge«, sagte Corkoran. »Ich will's unbedingt wissen.«
»Man muß die Menschheit ausrotten.«
»Dans, *halt die Klappe*«, sagte Jed. »Du bist abscheulich.«
»Ich habe nur gesagt: *Man muß die Menschheit ausrotten!* Das ist ein *Witz!* Kannst du nicht mal einen *Witz* verstehen?« Er hob beide Arme und schoß mit einem imaginären Maschinengewehr alle Anwesenden von den Stühlen. »Ba-ba-ba-ba-ba – *na also!* Die Welt ist gerettet! Keiner mehr da.«
»Thomas, gehen Sie mit Dans spazieren«, befahl Roper über den Tisch hinweg. »Bringen Sie ihn erst zurück, wenn er sich wieder benehmen kann.«
Doch als Roper das sagte – nicht allzu überzeugend, weil Daniel an diesem letzten Abend vor seiner Abreise Nachsicht verdiente –, wurde ein Hummersalat vorbeigetragen. Corkoran bemerkte es. Und Corkoran packte den schwarzen Kellner, der ihn trug, am Handgelenk und riß ihn zur Seite.

»He, *Mann*«, schrie der verschreckte Kellner und blickte mit einfältigem Grinsen im Saal herum, in der Hoffnung, ihm werde bloß ein Streich gespielt.
Schon kam der Inhaber angerannt. Frisky und Tabby, die als Bodyguards am Tisch in der Ecke saßen, erhoben sich und knöpften ihre Blazer auf. Alles erstarrte.
Corkoran war aufgestanden, und bearbeitete mit erstauntlicher Kraft den Arm des Kellners, so daß der Ärmste sich ganz gegen seine Natur verbog und sein Tablett in alarmierende Schieflage geriet. Corkorans Gesicht war puterrot, als er mit hochgerecktem Kinn den Inhaber anschrie.
»Sprechen Sie Englisch, Sir?« fragte er so laut, daß das ganze Restaurant mithören konnte. »*Ich* schon. Diese *Dame* hier hat Hummer bestellt, Sir. Sie haben gesagt, es gibt keinen Hummer mehr. Sie sind ein Lügner, Sir. Und Sie haben diese Dame und ihren Gemahl beleidigt, Sir. Es *ist* noch Hummer da!«
»War vorbestellt!« beteuerte der Inhaber mutiger, als Jonathan ihm zugetraut hätte. »Eine Sonderbestellung. Heute morgen um zehn Uhr. Sie wollen auf jeden Fall Hummer? Dann bestellen Sie rechtzeitig. Lassen Sie diesen Mann los!«
Niemand am Tisch hatte sich bewegt. Die Große Oper hat ihre eigenen Gesetze. Selbst Roper schien fürs erste unschlüssig, ob er sich einmischen sollte.
»Wie heißen Sie?« fragte Corkoran den Inhaber.
»Enzo Fabrizzi.«
»Laß das, Corks«, befahl Roper. »Allmählich wird's langweilig. Also Schluß damit.«
»Corks, *hör auf*«, sagte Jed.
»Wenn die Dame ein bestimmtes Gericht haben will, Mr. Fabrizzi, sei es Hummer oder Leber oder Fisch oder etwas ganz Ordinäres wie ein Steak oder ein Stück Kalbfleisch – dann haben Sie es der Dame zu geben. Denn wenn Sie's nicht tun, Mr. Fabrizzi, werde ich dieses Lokal kaufen. Ich bin stinkreich, Sir. Und Sie werden die Straße fegen, Sir, während unser Mr. Thomas hier in seinem Rolls Royce an Ihnen vorüberschnurrt.«
Jonathan, prachtvoll in seinem neuen Anzug am hinteren En-

de des Tisches, hatte sich erhoben und sein Meister-Hotel-Lächeln aufgesetzt.
»Zeit, die Party zu beenden, meinen Sie nicht, Chef?« sagt er ungeheuer liebenswürdig, während er auf Roper am anderen Ende des Tisches zuschlendert. »Wir sind alle ein wenig müde von der Reise. Mr. Fabrizzi, ich wüßte nicht, wann ich einmal besser gegessen hätte. Jetzt brauchen wir *nur* noch die Rechnung, falls Ihre Leute so freundlich sind, uns eine auszustellen.«
Jed erhebt sich mit leerem Blick. Roper legt ihr die Stola um die Schultern Jonathan zieht ihren Stuhl zurück, sie dankt mit abwesendem Lächeln. Ein MacDanby bezahlt. Ein gedämpfter Schrei ertönt, als Corkoran ernstlich auf Fabrizzi losgehen will – aber Frisky und Tabby halten ihn glücklicherweise zurück, denn inzwischen sind bereits mehrere andere Kellner wild entschlossen, ihren Kollegen zu rächen. Irgendwie schaffen es alle, den Bürgersteig zu erreichen, dann fährt der Rolls vor.
Ich gehe nirgendwo hin, hatte sie heftig gesagt, als sie Jonathans Gesicht hielt und ihm in die einsamen Augen starrte. *Ich habe mich einmal verstellt. Ich kann mich auch noch mal verstellen. Ich kann mich so lange verstellen, wie die Sache dauert ...*
Er wird dich umbringen, hatte Jonathan gesagt. *Er wird dahinterkommen. Unausweichlich. Alle reden schon hinter seinem Rücken über uns.*
Aber wie Sophie schien sie sich für unsterblich zu halten.

20

Stiller Herbstregen fällt auf die Straßen von Whitehall, als Rex Goodhew in den Krieg zieht. Abgeklärt. Im Herbst seiner Karriere. Gereift, von seiner Sache überzeugt. Undramatisch, ohne Fanfaren oder großartige Ankündigungen. Ein stiller Feldzug seines kämpferischen Ichs. Ein privater, aber auch ein altruistischer Krieg gegen das, was er jetzt nur noch als Darkers finstere Mächte bezeichnen kann.
Ein Krieg bis zum Untergang erklärt er seiner Frau, ohne Alarmsirenen. Mein Kopf oder ihrer. Eine Whitehall-Messerstecherei, bleiben wir in der Nähe. Wenn du sicher bist, Liebling, sagt sie. Er hat jeden Schritt sorgfältig erwogen. Keine Hast, keine unausgegorenen oder heimlichen Aktionen. Er sendet seinen verborgenen Feinden von der Zentralen Nachrichtenauswertung deutliche Signale. Sollen Sie mich hören, sollen sie mich sehen, sagt er. Sollen sie zittern. Goodhew spielt mit offenen Karten. Mehr oder weniger.
Nicht nur Neal Marjorams skandalöser Vorschlag hat Goodhew zum Handeln getrieben. Als er vor einer Woche mit dem Fahrrad zur Arbeit fuhr, wurde er um ein Haar zu Tode gequetscht. Er befand sich auf seiner üblichen Route – erst auf den ausgeschilderten Radwegen in westlicher Richtung durch Hampstead Heath, dann über St. John's Wood und Regent's Park nach Whitehall –, als er plötzlich zwischen zwei hohen Lastwagen eingekeilt war, einer schmutzig weiß mit abblät-

ternden Buchstaben, die er nicht entziffern konnte, der andere grün und ohne Aufschrift. Wenn er bremste, bremsten sie auch. Wenn er schneller in die Pedale trat, gaben sie Gas. Seine Bestürzung wurde zu Wut. Warum beobachteten ihn die Fahrer so kalt in ihren Seitenspiegeln, und dann wieder einander, während sie immer näher zusammenrückten und ihn einklemmten? Was machte der dritte Lastwagen hinter ihm: Versperrte er ihm den Fluchtweg?
Er schrie: »Aufpassen! Zur Seite!« aber sie ignorierten ihn. Der dritte Lastwagen fuhr dicht an der hinteren Stoßstange der beiden anderen. Durch die schmutzige Windschutzscheibe war das Gesicht des Fahrers nicht zu erkennen. Die zwei anderen fuhren jetzt so nah nebeneinander her, daß die kleinste Bewegung der Lenkstange zur Kollision geführt hätte.
Goodhew stemmte sich aus dem Sattel, schlug mit der behandschuhten Faust an die Verkleidung des Wagens links von ihm und stieß sich wieder ab, um das Gleichgewicht wiederzuerlangen. Die kalten Augen im Seitenspiegel musterten ihn ohne Neugier. Auf die gleiche Weise attackierte er den Wagen zur Rechten, der daraufhin noch ein Stück näher rückte.
Nur eine rote Ampel bewahrte ihn davor, zerquetscht zu werden. Die Lastwagen hielten an, während Goodhew zum erstenmal in seinem Leben bei Rot über eine Kreuzung fuhr und um Haaresbreite dem Tod entging, als er über die polierte Schnauze eines Mercedes rutschte.

Noch am selben Nachmittag schreibt Rex Goodhew sein Testament um. Am nächsten Tag umgeht er mit Hilfe seiner internen Tricks die schwerfällige Maschinerie seines Imperiums – und des Privatbüros seines Chefs – und beschlagnahmt einen Teil der oberen Etage, eine verschachtelte Flucht musealer Dachkammern, vollgestopft mit elektronischen Reserve-Geräten, die für den ewig drohenden Tag installiert sind, da Großbritannien vom Bolschewismus überrannt werden wird. Was inzwischen unwahrscheinlich ist, aber den grauen Männern von Goodhews Verwaltung erst noch gesagt werden muß, und als Goodhew die Etage für geheime Zwecke haben will, erweisen sie sich als überaus hilfsbereit. Über Nacht werden veraltete Geräte im Wert von etlichen Millionen Pfund zum endgültigen Verrotten in ein Arsenal in Aldershot gebracht.

Am nächsten Tag bezieht Burrs kleine Mannschaft zwölf muffige Mansardenzimmer, zu denen zwei schlecht funktionierende, tennisplatzgroße Toiletten gehören, ein leergeräumter Fernmelderaum, eine private Treppe mit Marmorgeländer und Löchern im Linoleum und eine Chubb-Stahltür mit Spion. Am Tag darauf läßt Goodhew das Ganze elektronisch absichern und entfernt sämtliche Telefonleitungen, an denen das River House sich zu schaffen machen könnte.

Was die Beschaffung öffentlicher Gelder von seinem Ministerium angeht, hat Goodhew nicht umsonst ein Vierteljahrhundert in der Bürokratie Dienst getan. Er schwingt sich zum Robin Hood von Whitehall auf und frisiert die Rechenschaftsberichte der Regierung, um ihre widerspenstigen Diener zu umgarnen.

Braucht Burr noch drei Leute, und weiß er, wo er sie finden kann? Stell sie ein, Leonard, stell sie ein.

Ein Informant hat etwas zu erzählen, will aber ein paar tausend im voraus? Gib sie ihm, Leonard, gib ihm alles, was er will.

Rob Rooke möchte zwei Beobachter mit nach Curaçao nehmen? Sind zwei genug, Rob? Wären vier nicht besser?

Verhallt, als hätte es sie nie gegeben, sind Goodhews nörgelnde Einwände, seine Sticheleien und Seitenhiebe. Kaum schreitet er durch die Stahltür in Burrs neuen Horst, schon fällt die Spottlust von ihm ab wie der Schutzschild, der sie immer gewesen war. Jeden Abend, wenn das offizielle Spiel abgepfiffen wird, tritt er zu dem an, was er bescheiden seine Nachtarbeit nennt, und Burr sieht sich genötigt, mit der gleichen Energie zur Sache zu gehen wie er. Auf Goodhews Drängen hat man ihm den schäbigsten Raum zur Verfügung gestellt. Er liegt am Ende eines verlassenen Korridors. Seine Fenster gehen auf eine von Tauben bewohnte Brüstung. Ihr Turteln und Gurren hätte einen weniger bedeutenden Mann zum Wahnsinn treiben können, doch Goodhew hört sie kaum. Entschlossen, nicht in Burrs Revier einzudringen, kommt er nur hervor, um sich eine weitere Handvoll Berichte zu holen oder sich eine Tasse Hagebuttentee zu machen und mit der Nachtbelegschaft freundliche Worte auszutauschen. Dann zurück an den Schreibtisch, um die neuesten Dispositionen des Feindes zu studieren.

»Ich habe vor, die Operation Flaggschiff mit Mann und Maus zu versenken, Leonard«, erklärt er Burr mit einem nervösen Kopfzucken, wie dieser es noch nie an ihm bemerkt hat. »Darker wird keinen Matrosen mehr übrighaben, wenn ich mit ihm fertig bin. Und dieser verfluchte Dicky Roper wird hinter Gittern sitzen, denken Sie an meine Worte.«

Burr denkt daran, ist aber durchaus nicht überzeugt, daß sie wahr sind. Nicht daß er an Goodhews Entschlossenheit zweifelt. Noch macht es ihm Schwierigkeiten, zu glauben, daß Darkers Leute ihren Widersacher bewußt schikanieren, erschrecken oder gar ins Krankenhaus bringen wollen. Auch Burr achtet seit Monaten auf jeden Schritt. Wann immer möglich, hat er seine Kinder morgens zur Schule gefahren und stets dafür gesorgt, daß sie abends abgeholt wurden. Burr macht sich Sorgen, daß Goodhew selbst jetzt noch nichts von der Größe der Krake ahnt. Allein in der letzten Woche ist Burr dreimal der Zugang zu Papieren verwehrt worden, von denen er weiß, daß sie in Umlauf sind. Dreimal hat er vergeblich protestiert. Beim letztenmal ist er persönlich in der Höhle des Registrators im Außenministerium vorstellig geworden.

»Ich fürchte, Sie sind falsch informiert, Mr. Burr«, sagte der Registrator. Er trug die schwarze Krawatte eines Bestattungsunternehmers und schwarze Ärmelschoner über der schwarzen Jacke. »Die fragliche Akte ist bereits vor Monaten zur Vernichtung freigegeben worden.«

»Sie meinen, Flaggschiff hat sie für geheim erklärt. Warum sagen Sie es nicht?«

»*Wie* bitte, Sir? Ich glaube, ich kann Ihnen nicht folgen. Könnten Sie sich ein wenig deutlicher erklären?«
»Die Klette ist *mein* Fall, Mr. Atkins. Ich persönlich habe die Akte angelegt, die ich jetzt verlange. Sie gehört zu einem halben Dutzend Akten über die Operation Klette, die von meiner Abteilung angelegt und mit Querverweisen versehen worden sind: zwei zum Thema, zwei zur Organisation, zwei zum Personal. Nicht eine einzige davon ist älter als achtzehn Monate. Seit wann ist ein Registrator befugt, achtzehn Monate nach Eröffnung einer Akte deren Vernichtung anzuordnen?«
»Entschuldigen Sie, Mr. Burr. Die Klette mag durchaus Ihr Fall sein. Ich habe keinen Grund, Ihnen nicht zu glauben, Sir. Aber wie sagen wir hier in der Registratur? Nur weil Sie einen Fall bearbeiten, bearbeiten Sie noch lange nicht die Akte.«

Dessen ungeachtet fließen die Informationen in beeindruckendem Umfang weiter. Sowohl Burr als auch Strelski haben ihre Quellen.
Die Sache ist angelaufen ... die Panama-Connection steht ... sechs von Ironbrand in Nassau gecharterte, in Panama registrierte Containerschiffe nehmen Kurs über den Südatlantik auf Curaçao, voraussichtliches Eintreffen in vier bis acht Tagen. Gesamtladung knapp fünfhundert Container in Richtung Panamakanal ... Frachtdeklaration uneinheitlich, von Traktorteilen über landwirtschaftliche Maschinen und Bergwerksgerät bis hin zu diversen Luxusgütern ...
Handverlesene Militärausbilder, darunter vier französische Fallschirmspringer, zwei israelische Ex-Oberste einer Spezialtruppe und sechs ehemals sowjetische Spetsnaz, haben sich vorige Woche in Amsterdam getroffen und im besten indonesischen Restaurant der Stadt mit einer üppigen *rijstaffel* Abschied gefeiert. Anschließend wurden sie nach Panama geflogen ...
In den Waffenbasaren kursieren seit Monaten Gerüchte über riesige Materialbestellungen von Ropers Beauftragten, doch

gibt es hierzu neue Erkenntnisse, so daß Palfreys Prophezeiung einer Umstellung von Ropers Einkaufsliste von unabhängiger Seite bestätigt wird. Strelskis Bruder Michael alias Apostoll hat mit einem seiner Kollegen, einem Kartellanwalt namens Moranti, gesprochen. Besagter Moranti operiert von Caracas aus und gilt als Hauptstütze der wackligen Allianz zwischen den Kartellen.

»Ihr Mr. Roper spielt den Patrioten«, erfährt Burr von Strelski über die abhörsichere Leitung. »Er kauft in Amerika.«

Burr sinkt der Mut, aber er gibt sich unbeteiligt: »Von wegen Patriot, Joe! Ein Brite sollte in Großbritannien kaufen.«

»Er verkauft den Kartellen eine neue Botschaft«, sagt Strelski unbeeindruckt. »Wenn sie Uncle Sam als ihren Feind betrachten, fahren sie am besten, wenn sie Uncle Sams Spielzeug benutzen. Auf diese Weise haben sie direkten Zugang zu Ersatzteilen, sie können die vom Feind erbeuteten Waffen ohne weiteres verwenden, sie sind mit der technischen Ausrüstung des Feindes vertraut. Tragbare britische Starstreak HVMs, britische Splittergranaten, britische Elektronik, das ist Teil des Pakets. Aber ihre wichtigen Spielzeuge müssen denen des Feindes entsprechen. Ein paar britische, der Rest amerikanische Produkte.«

»Und was sagen die Kartelle dazu?« fragt Burr.

»Sie finden es prima. Sind ganz verliebt in amerikanische Technologie. In britische auch. Sie lieben Roper. Sie wollen nur das Beste.«

»Hat irgend jemand eine Erklärung für diesen Sinneswandel?« Burr hört aus Strelskis Stimme eine Besorgnis heraus, die der seinen verwandt ist.

»Nein, Leonard. Niemand hat irgendeine Erklärung. Nicht für die Enforcement. Nicht in Miami. Vielleicht auch nicht in London.«

Die Sache wurde einen Tag später von einem Burr bekannten Händler in Belgrad bestätigt. Sir Anthony Joyston Bradshaw, wohlbekannt als Ropers Unterzeichner auf den graueren Märkten, hatte tags zuvor eine Drei-Millionen-Dollar-Probebestellung tschechischer Kalaschnikows in eine entsprechende Bestellung amerikanischer Armalites umgewandelt; theoretischer Bestimmungsort Tunesien. Die Gewehre sollten unterwegs verlorengehen und als landwirtschaftliches Gerät nach Danzig umdirigiert werden, wo die Übernahme der Ladung und ihr Weitertransport nach Panama auf einem Containerschiff bereits arrangiert war. Des weiteren hatte Joyston Bradshaw sein Interesse an britischen Boden-Luft-Raketen bekundet, dabei aber angeblich eine übermäßige Provision verlangt.

Doch während Burr diese Entwicklung grimmig zur Kentnnis nahm, schien Goodhew nicht in der Lage, ihre Auswirkungen zu begreifen:

»Es ist mir egal, ob sie amerikanische Gewehre oder chinesische Erbsenpistolen kaufen, Leonard. Es ist mir egal, ob sie die britischen Hersteller bis aufs Hemd ausziehen. Wie auch immer Sie es betrachten, hier geht's um Drogen für Waffen, und kein Gericht der Welt wird das unbestraft lassen.«

Burr stellte fest, daß Goodhew rot wurde, als er das sagte und offenbar Schwierigkeiten hatte, nicht die Beherrschung zu verlieren.

Aber die Flut der Informationen reißt nicht ab:

Auf einen Ort zum Austausch der Waren hat man sich noch nicht geeignet. Nur die zwei Hauptbeteiligten werden die endgültigen Einzelheiten im voraus wissen ...

Die Kartelle haben Buenaventura an der Westküste Kolumbiens als Ausgangshafen ihrer Lieferung festgelegt, und frühere Erfahrungen lassen darauf schließen, daß man denselben Hafen auch zur Auslieferung des Materials benutzen wird ...

Gutbewaffnete, wenn auch unqualifizierte Einheiten der kolumbianischen Armee im Sold der Kartelle sind in das Gebiet von Buenaventura beordert worden, um die Transaktion abzusichern ...

Hundert leere Militärlastwagen stehen in den Lagerhäusern am Hafen bereit – doch als Strelski die Satellitenfotos sehen will, die diese Information bestätigen oder dementieren könnten, läuft er, wie er Burr erzählt, gegen eine Wand. Die Schreibtischspione von Langley hätten entschieden, daß er nicht im Besitz der notwendigen Genehmigung sei.

»Leonard, sagen Sie mir bitte eins. Was zum Teufel ist hier alles als Flaggschiff eingestuft?«

Burr dreht sich alles. Soweit er es verstanden hat, unterliegt der Kode Flaggschiff in Whitehall doppelter Geheimhaltung. Er ist nicht nur auf die Flagschiff-Befugten begrenzt, sondern zusätzlich unter *Vorsicht* eingestuft, von Amerikanern fernhalten. Was also treibt Strelski, ein Amerikaner, daß die Barone der Nachrichtenauswertung in Langley, Virgina, ihm den Zugang zum Flaggschiff verweigern?

»Flaggschiff ist bloß ein Zaun, der uns draußen halten soll«, faucht Burr Minuten später Goodhew an. »Wenn Langley darüber informiert ist, warum dann nicht wir? Flaggschiff ist nichts anderes als Darker und seine Freunde auf der anderen Seite des Teichs.«

Goodhew scheint taub für Burrs Entrüstung. Er brütet über Seekarten, zeichnet mit Buntstiften Transportwege, macht sich über Kompaßpeilung kundig, Aufenthaltszeiten und Hafenformalitäten. Er vergräbt sich in Werke über Seerecht und befragt einen prominenten Rechtsspezialisten, mit dem er auf die Schule gegangen ist: »Also, Brian, kannst du mir vielleicht«, hört Burr ihn durch den kahlen Korridor rufen, »was über Sperrgebiete auf See erzählen? *Natürlich* zahle ich deine lächerlichen Gebühren nicht! Ich lade dich zu einem *sehr* schlechten Essen in meinen Club ein, und ich stehle dir im Interesse deines Landes zwei Stunden deiner *maßlos* übertriebenen Arbeitszeit. Wie kommt deine Frau mit dir zurecht, seit du ein Lord bist? Na, richte ihr mein Beileid aus. Wir treffen uns am Donnerstag. Punkt ein Uhr.«

Du trägst zu dick auf, Rex, denkt Burr. Immer mit der Ruhe. Wir haben noch einen weiten Weg vor uns.

Namen, hatte Rooke gesagt: Namen und Zahlen. Jonathan liefert sie in Massen. Uneingeweihte hätten seine Mitteilungen auf den ersten Blick für banal halten können: Zufällig aufgeschnappte Spitznamen, auf Tischkarten beim Essen, bei flüchtigen, halb mitgehörten Gesprächen, von einem Brief auf Ropers Schreibtisch, aus Ropers Notizen über das Wer und Wieviel, das Wie und Wann. Für sich allein genommen wirkten diese Schnipsel ziemlich mager, neben Pat Flynns heimlichen Aufnahmen von ehemaligen Spetsnaz, die als Söldner auf dem Flughafen von Bogotá eintrafen; oder neben Amatos haarsträubenden Berichten über Corkorans heimliche Exzesse im Nassauer Nachtleben; oder neben abgefangenen Bankwechseln von angesehenen Häusern, die erkennen ließen, daß bei Ropers Offshore-Unternehmen in Curaçao aus allen Richtungen achtstellige Dollarbeträge eingingen.

Aber richtig zusammengestellt, waren Jonathans Mitteilungen echte Offenbarungen, nicht weniger sensationell als die tollsten Bravourstücke. Nachdem er die erste Nacht darüber gebrütet hatte, erklärte Burr, er sei seekrank. Nach der zweiten Nacht bemerkte Goodhew, es würde ihn jetzt nicht mehr überraschen, wenn auch noch der Direktor seiner eigenen Hausbank mit einem Koffer voller Kundengelder in Crystal auftauchen würde.

Was sie daran so entsetzte, waren weniger die Tentakel der Krake als deren Fähigkeit, selbst in die heiligsten Hallen einzudringen. Es war die Verstrickung von Institutionen, die sogar Burr bis dahin für unverdorben gehalten hatte, von Namen, die über jeden Tadel erhaben waren.

Für Goodhew schien die ganze hehre englische Welt zusammenzubrechen. Wenn er sich in den frühen Morgenstunden nach Hause schleppte, blieb er gelegentlich stehen, um fieberhaft ein geparktes Polizeiauto anzustarren und sich zu fragen, ob die täglichen Artikel über Korruption und Gewalttätigkeiten der Polizei vielleicht doch der Wahrheit entsprachen und nicht bloß Erfindungen von Journalisten und ewigen Nörglern waren. Wenn er in seinen Club kam und irgendeinen prominenten Handelsbankier oder Börsenmakler aus seiner Bekanntschaft erblickte, hob er nicht mehr, wie er es noch vor

drei Monaten getan haben würde, munter die Hand zum Gruß, sondern musterte sie unter gesenkten Lidern und stellte ihnen durch den Speisesaal die stumme Frage: Gehörst du auch dazu? Und *du?* Und *du?*
»Ich werde einen diplomatischen Schritt unternehmen«, erklärte er plötzlich bei einer ihrer nächtlichen Dreierrunden. »Ich bin entschlossen, den Gemeinsamen Lenkungsausschuß einzuberufen. Als erstes werde ich das Außenministerium mobilisieren, die sind immer für einen Kampf gegen die Darkeristen zu haben. Merridew wird Farbe bekennen, da bin ich mir sicher.«
»Warum sollte er?« sagte Burr.
»Warum sollte er nicht?«
»Merridews Bruder ist einer der Topleute bei Jason Warhole, wenn ich mich recht erinnere. Jason hat vorige Woche bei der Gesellschaft in Curaçao fünfhundert Inhaberobligationen im Wert von einer halben Million geordert.«

»Tut mir schrecklich leid, alter Freund«, flüsterte Palfrey aus den Schatten, die ihn immer zu umgeben schienen.
»Was denn, Harry?« fragte Goodhew freundlich.
Palfrey sah gehetzt an ihm vorbei zur Tür. Er saß in einem von ihm ausgewählten Pub im Norden Londons, nicht weit von Goodhews Haus in Kentish Town. »Daß ich in Panik geraten bin. Ihr Büro angerufen habe. Notalarm. Wie sind Sie so schnell hierhergekommen?«
»Mit dem Fahrrad natürlich. Was ist denn los, Henry? Sie sehen aus, als hätten Sie ein Gespenst gesehen. Oder hat man *Ihnen* etwa auch nach dem Leben getrachtet?«
»Fahrrad«, wiederholte Palfrey; er nahm einen Schluck Scotch und fuhr sich mit einem Taschentuch über den Mund, als müßte er die verräterischen Spuren sofort beseitigen. »So ziemlich das Beste, was man machen kann, Fahrradfahren. Beschatter zu Fuß kommen nicht mit. Die im Auto müssen dauernd um den Block fahren. Was dagegen, wenn wir nach nebenan gehen? Da ist es lauter.«

Sie setzten sich ins Spielzimmer; dort gab es eine Musikbox, die ihr Gespräch übertönte. Zwei muskulöse Kerle mit Bürstenschnitt spielten Billard. Palfrey und Goodhew saßen nebeneinander auf einer Holzbank.

Palfrey machte eine Streichholz an und hatte Schwierigkeiten, die Flamme an seine Zigarette zu bringen. »Langsam wird's mulmig«, murmelte er. »Burr ist mir etwas zu hitzig. Ich habe sie gewarnt, aber sie wollten nichts davon wissen. Zeit, die Handschuhe auszuziehen.«

»Sie haben sie *gewarnt,* Harry?« fragte Goodhew – die Komplexität von Palfreys Verratssystemen verwirrte ihn jedesmal aufs neue – »Wen gewarnt? Doch nicht *Darker?* Sie haben doch nicht etwa Darker gewarnt?«

»Ich muß auf beiden Seiten des Netzes spielen, alter Junge«, sagte Palfrey; er rümpfte die Nase und ließ den Blick nervös durch die Bar schweifen. »Einzige Möglichkeit, zu überleben. Man muß seine Glaubwürdigkeit bewahren. Auf beiden Seiten.« Ein verzweifeltes Lächeln. »Mein Telefon wird angezapft«, erklärte er und deutete auf sein Ohr.

»Von wem?«

»Geoffrey. Von Geoffreys Leuten. Matrosen. Flaggschiff-Besatzung.«

»Wie kann man das wissen?«

»Ach, das weiß man nicht. Das ist heutzutage nicht mehr festzustellen. Außer wenn mit Dritte-Welt-Methoden vorgegangen wird. Oder wenn die Polizei mitpfuscht. Sonst ausgeschlossen.« Er trank und schüttelte den Kopf. »Kampf gegen Windmühlen, Rex. Ziemlich heiße Nummer.« Mehrere schnelle Schlucke. Er murmelte Prost, wußte nicht mehr, daß er schon einmal Prost gesagt hatte. »Man hat mir einen Hinweis gegeben. Sekretärinnen. Alte Freunde von der Rechtsabteilung. Wohlgemerkt, die *sagen* nichts. Das brauchen sie gar nicht. ›Entschuldige, Harry, mein Boß hat Ihr Telefon angezapft‹, so was gibt's nicht. Bloß Andeutungen.« Zwei Männer in lederner Motorradkluft hatten eine Partie Shuffleboard begonnen. »Sagen Sie, sollten wir nicht woanders hingehen?«

Dem Kino gegenüber gab es eine leere Trattoria. Es war halb sieben. Der italienische Kellner ignorierte sie.
»Meine Wohnung haben sie auch auf den Kopf gestellt«, sagte Palfrey kichernd, als ob er einen schmutzigen Witz erzählte. »Haben aber nichts mitgehen lassen. Mein Vermieter hat es mir gesagt. Zwei Freunde von mir. Denen ich angeblich den Schlüssel gegeben hatte.«
»Und hatten Sie das?«
»Nein.«
»Haben Sie jemand anderem einen Schlüssel gegeben?«
»Na ja, Mädchen und so. Die meisten geben ihn zurück.«
»Also *hat* man Ihnen gedroht, ich hatte recht.« Goodhew bestellte zwei Portionen Spaghetti und eine Flasche Chianti. Der Kellner zog ein saures Gesicht und schrie etwas durch die Küchentür. Palfrey war die Angst deutlich anzusehen. Sie zerrte wie Zugluft an seinen Knien, nahm ihm den Atem, bevor er sprach.
»Schwer, sein Herz auszuschütten, Rex«, erklärte Palfrey kleinmütig. »Lebenslange Gewohnheiten, nehme ich an. Man kriegt die Zahnpasta nicht mehr in die Tube zurück, wenn man sich mal draufgesetzt hat. Das ist das Problem.« Er senkte hastig den Mund über sein Glas, um den Wein aufzufangen, bevor er überlief. »Ich brauche gewissermaßen Hilfe. Tut mir leid.«
Wie so oft hatte Palfrey bei Goodhew das Gefühl, einer gestörten Rundfunksendung zu lauschen, deren Inhalt nur in konfusen Salven an sein Ohr drang. »Ich kann Ihnen nichts versprechen, Harry. Das wissen Sie. Im Leben gibt's keine Gratisgeschenke. Alles muß verdient werden. Daran glaube ich. Sie vermutlich auch.«
»Ja, aber Sie haben den Mut«, wandte Palfrey ein.
»Und Sie haben das Wissen«, sagte Goodhew.
Palfrey riß verblüfft die Augen auf. »Das hat *Darker* gesagt! Haargenau dasselbe! Zuviel Wissen. Gefährliches Wissen. Mein Pech! Sie sind erstaunlich, Rex. Der reinste Hellseher.«
»Sie haben also mit Geoffrey Darker geredet. Worüber?«

»Na ja, eher er mit mir. Ich habe bloß zugehört.«
»Wann?«
»Gestern. Nein. Freitag. War bei mir im Zimmer. Zehn vor eins. Wollte gerade meinen Mantel anziehen. ›Zum Lunch schon was vor?‹ Dachte, er wollte mich einladen. ›Bloß eine lockere Verabredung in meinem Club‹, sage ich, ›nichts, das ich nicht absagen könnte.‹ Und er: ›Dann sagen Sie ab.‹ Also sage ich ab. Und dann reden wir. In der Mittagspause. In meinem Büro. Sonst keiner da. Nicht mal ein Glas Perrier oder ein trockener Keks. Saubere Arbeit. Das muß man Geoffrey lassen.« Er grinste wieder.
»Und was hat er gesagt?« soufflierte Goodhew.
»Er hat gesagt« – Palfrey holte gewaltig Luft, wie jemand, der eine weite Strecke tauchen will – »er hat gesagt, es sei an der Zeit, daß der Abteilung ein paar gute Leute zu Hilfe kommen. Daß die Vettern freien Zugriff auf die Operation Klette haben wollen. Um ihre eigenen Ermittler könnten sie sich schon selber kümmern, aber sie erwarten, daß wir uns um unsere kümmern. Wollte sichergehen, daß ich an Bord bin.«
»Und? Was haben Sie gesagt?«
»Daß ich an Bord bin. Hundertprozentig. Nun, bin ich ja auch. Oder wie?« Er fuhr auf: »Oder meinen Sie etwa, ich hätte ihm sagen sollen, er kann mich mal? Herrgott!«
»Selbstverständlich nicht, Harry. Sie müssen tun, was für Sie am besten ist. Ich verstehe das. Sie haben also erklärt, daß Sie an Bord sind. Was hat er gesagt?«
Palfrey verfiel wieder in seine mürrische Aggressivität. »Er hat verlangt, daß ich bis nächsten Mittwoch siebzehn Uhr eine juristische Interpretation des Abgrenzungsvertrags zwischen River House und Burrs Dienststelle abliefere. Geht um den Vertrag, den ich für Sie entworfen habe. Ich habe zugesagt.«
»Und?«
»Das ist alles. Mittwoch siebzehn Uhr ist mein Abgabetermin. Am nächsten Vormittag trifft sich die Flaggschiff-Truppe. Er braucht Zeit, um erst mal meinen Bericht zu studieren. Ich habe gesagt, kein Problem.«

Daß er mit so schrillem Ton abbrach und gleichzeitig die Augenbrauen hochzog, stimmte Goodhew nachdenklich. Wenn sein Sohn Alastair das gleiche machte, bedeutete es, daß er etwas verheimlichte. Bei Palfrey hegte Goodhew einen ähnlichen Verdacht.

»Ist das alles?«

»Warum nicht?«

»War Darker mit Ihnen zufrieden?«

»Sehr, um die Wahrheit zu sagen.«

»Warum? Sie waren doch bloß einverstanden, einen Befehl zu befolgen, Harry. Warum sollte er da so zufrieden mit Ihnen gewesen sein? Haben Sie sich bereit erklärt, noch mehr für ihn zu tun?« Goodhew hatte das seltsame Gefühl, Palfrey dränge ihn, ihm kräftiger zuzusetzen. »Haben Sie vielleicht etwas erzählt?« fragte er lächelnd, um ihm das Geständnis leichter zu machen.

Palfrey grinste gequält.

»Aber Harry – was könnten Sie Darker denn erzählt haben, das er noch nicht wußte?«

Palfrey bemühte sich wirklich. Es war, als nehme er mehrmals Anlauf vor derselben Hürde, entschlossen, sie früher oder später zu überspringen.

»Haben Sie ihm von *mir* erzählt?« fragte Goodhew. »Doch wohl kaum. Das wäre glatter Selbstmord gewesen. Oder?«

Palfrey schüttelte den Kopf. »Niemals«, flüsterte er. »Ehrensache, Rex. Käme mir nie in den Sinn.«

»Also was?«

»Nur eine Theorie, Rex. Eine Vermutung, mehr nicht. Eine Hypothese. Gesetz der Wahrscheinlichkeit. Keine Geheimnisse, nichts Schlechtes. Bloß Theorien. Müßige Theorien. Geplauder. Die Zeit totschlagen. Da steht einer in meinem Zimmer. Mittagspause. Starrt mich an. *Mußte* ihm irgend etwas sagen.«

»Theorien, die sich auf was gründen?«

»Auf die Vorlage, die ich Ihnen unterbreitet habe. Über das Material gegen Roper, das nach englischem Recht für einen

Prozeß reichen würde. Ich habe in Ihrem Büro daran gearbeitet. Sie erinnern sich.«
»Natürlich erinnere ich mich. Und was ist Ihre Theorie?«
»Auslöser war dieser geheime Nachtrag, den die amerikanischen Ermittler in Miami erstellt haben. Die Zusammenfassung des bisher vorliegenden Beweismaterials. Strelski, so heißt er doch? Ropers ursprüngliches Angebot an die Kartelle, die Grundzüge des Geschäfts, alles sehr kaschiert, sehr streng geheim. Nur für Ihre und Burrs Augen bestimmt.«
»Und für Ihre, natürlich«, bemerkte Goodhew und wich in einem Vorgefühl von Ekel vor ihm zurück.
»Ich habe ein Spiel gespielt. Wenn man einen Bericht wie diesen liest, kommt man gar nicht daran vorbei. Wir spielen doch alle, oder? Können nicht anders. Natürliche Neugier. *Können* die Gedanken nicht abschalten ... den Verräter entlarven. Diese langen Kapitel mit nur drei Leuten im Zimmer. Manchmal nur zwei. Aber wo sie auch waren, jedesmal wurden sie von dieser verläßlichen Quelle verpfiffen. Ja, ich weiß, die moderne Technik ist schon nicht übel, aber das war geradezu lächerlich.«
»Sie haben also den Verräter entlarvt.«
Palfrey sah richtig stolz aus, wie jemand, der endlich den Mut zusammengenommen und für heute seine Pflicht getan hat.
»Und Sie haben Darker erzählt, wen Sie entlarvt haben«, meinte Goodhew.
»Es war dieser Grieche. Arbeitet mit den Kartellen zusammen, und kaum drehen sie ihm den Rücken zu, verpfeift er sie bei den Ermittlern. Apostoll. Anwalt, wie ich.«

Nachdem Goodhew ihn noch am selben Abend von Palfreys Indiskretion unterrichtet hatte, stand Burr vor dem Dilemma, das jeder Agentenführer am meisten fürchtet.
Typischerweise war seine erste Reaktion rein gefühlsmäßig. Er setzte ein dringende persönliche Nachricht an Strelski in Miami auf und teilte ihm mit, er habe Grund zu der Annahme,

daß »uns nicht freundlich gesinnte Zentralisten von der Identität unseres Bruders Michael Wind bekommen haben«. Aus Rücksicht auf die hochtrabende Sprache der amerikanischen Schreibtischspione änderte er den Ausdruck »Wind bekommen« in »Kenntnis erhalten« um und schickte die Nachricht ab. Daß das Leck auf britischer Seite zu suchen sei, verschwieg er: Strelski würde von selbst darauf kommen. Nachdem er Strelski gegenüber seine Pflicht getan hatte, saß der Nachfahre von Webern aus Yorkshire stoisch in seiner Dachstube und starrte durch das Fenster in den orangefarbenen Himmel von Whitehall. Burr wartete längst nicht mehr ungeduldig auf ein Zeichen, irgendein Zeichen seines Agenten. Er hatte nur noch die Pflicht zu entscheiden, ob er seinen Agenten abziehen oder das Risiko eingehen und weitermachen sollte. Noch immer grübelnd, schlenderte er durch den langen Flur und hockte sich, die Hände in der Tasche, auf die Heizung in Goodhews Büro; draußen auf der Brüstung zankten sich die Tauben.

»Sollen wir die schlimmste Möglichkeit durchspielen?« schlug Goodhew vor.

»Die schlimmste Möglichkeit ist, daß sie Apo in die Zange nehmen und er ihnen erzählt, er habe Anweisung von uns, Corkoran als Unterzeichner zu diskreditieren«, sagte Burr. »Damit steht mein Mann als der neue Unterzeichner fest.«

»Wer ist *sie* in diesem Szenario, Leonard?«

Burr zuckte die Schultern. »Apos Klienten. Oder die Nachrichtenauswerter.«

»Du liebe Zeit, Leonard, die Zentrale Nachrichtenauswertung ist doch auf unserer Seite. Natürlich haben wir unsere Differenzen, aber sie würden doch nicht *unsere* Quelle in Gefahr bringen, bloß wegen Kompetenzstreitigkeiten zwischen –«

»Und ob sie das würden, Rex«, sagte Burr freundlich. »So sind sie eben. Genau das machen sie.«

Und wieder saß Burr in seinem Zimmer und dachte allein über seine Alternativen nach. Die grüne Schreibtischlampe eines

Spielers. Das Dachfenster eines Webers, mit Blick in die Sterne. Roper. Noch zwei Wochen, und dann kriege ich dich. Dann weiß ich, welches Schiff, kenne ich die Namen und Zahlen und Orte. Ich werde Beweismaterial gegen dich in der Hand haben, von dem dich nichts und niemand mehr reinwaschen kann, weder deine Privilegien noch deine schlauen Insider-Freunde, noch irgendwelche juristischen Spitzfindigkeiten.
Jonathan. Der beste Joe, den ich je hatte; der einzige, dessen Kode ich nie geknackt habe. Erst habe ich dich als unergründliches Gesicht gekannt. Jetzt kenne ich dich als unergründliche Stimme: *Ja, gut, danke, Leonard – sicher, Corkoran traut mir nicht, aber der arme Kerl kommt einfach nicht dahinter, weshalb ... Jed? Steht noch in seiner Gunst, soweit man das beurteilen kann, aber sie und Roper sind wie Chamäleons, ziemlich schwer zu sagen, was sich unter der Oberfläche abspielt ...*
Chamäleon, dachte Burr grimmig. Mein Gott, wenn *du* kein Chamäleon bist, wer dann? Wie war das mit deinem kleinen Temperamentsausbruch bei Mama Low?
Die Vettern werden stillhalten, beschloß er in einer Anwandlung von Optimismus. Ein identifizierter Agent ist ein zusätzlicher Agent. Selbst wenn es ihnen gelingt, Jonathan zu identifizieren, werden sie gar nichts tun und abwarten, was er herausfindet.
Die Vettern werden handeln, sagte er sich, als das Pendel in die andere Richtung schwang. Auf Apostoll können sie verzichten. Wenn sie sich bei den Kartellen einschmeicheln wollen, werden sie ihnen Apostoll zum Geschenk machen. Wenn sie meinen, daß wir zu nahe dran sind, werden sie Apostoll auffliegen lassen und uns die Quelle zuschütten ...
Das Kinn auf eine Hand gestützt, starrte Burr aus dem Fenster: zwischen zerfetzten Wolkenbänken dämmerte der Herbstmorgen herauf.
Abbrechen, beschloß er. Jonathan in Sicherheit bringen, sein Gesicht verändern, ihm noch einen anderen Namen geben, den Laden dichtmachen und nach Hause gehen.
Und dich für den Rest deiner Tage fragen, auf welchem der

sechs zur Zeit von Ironbrand gecharterten Schiffe der größte Waffenfang deines Lebens durch die Gegend geschippert ist? Und wo der Austausch der Waren stattgefunden hat?
Und wie Inhaberobligationen im Wert von Hunderten, vielleicht Tausenden Millionen Pfund spurlos in den maßgeschneiderten Taschen ihrer anonymen Träger verschwinden konnten?
Und wie Dutzende von Tonnen erstklassigen Kokains zu Billigstpreisen irgendwo zwischen der Westküste Kolumbiens und der Freihandelszone von Colón programmgemäß verschwinden konnten, um in vernünftig gestückelten Mengen, nie zuviel auf einmal, auf den freudlosen Straßen Mitteleuropas wiederaufzutauchen?
Und was ist mit Joe Strelski, Pat Flynn, Amato und ihrer Mannschaft? Mit all ihrer Plackerei? Umsonst? Der Nachrichtenauswertung auf dem silbernen Tablett überreicht? Oder nicht einmal denen, sondern irgendeiner finsteren Bruderschaft aus ihren Reihen?
Das abhörsichere Telefon läutete. Burr ergriff dankbar den Hörer. Es war Rooke, der sich mit seinem Funktelefon aus Curaçao meldete.
»Der Jet des Mannes ist hier vor einer Stunde gelandet«, berichtete er mit seiner angeborenen Abneigung, Namen zu nennen. »Unser Freund war auch dabei.«
»Wie sah er aus?« fragte Burr gespannt.
»Prächtig. Keine Narben, soweit ich gesehen habe. Guter Anzug. Schicke Schuhe. Aufpasser links und rechts, aber das schien ihn nicht zu stören. Prima in Form, wenn du mich fragst. Du hast mich gebeten, dich anzurufen, Leonard.«
Burr sah sich um und starrte die Land- und Seekarten an. Die Luftaufnahmen von Dschungelgebieten, die mit roten Kreisen markiert waren. Die Aktenstapel auf dem alten Holzschreibtisch. Er dachte an all die Monate harter Arbeit, die jetzt an einem dünnen Faden hingen.
»Die Operation läuft weiter«, sagte er.
Am nächsten Tag flog er nach Miami.

21

Daß sich während der Wochen in Crystal zwischen ihm und Roper eine Freundschaft entwickelt hatte, erwies sich für Jonathan in dem Moment, da Ropers Jet vom Nassauer Flughafen abhob. Man hätte denken können, die beiden Männer waren übereingekommen, erst diesen gemeinsamen Augenblick der Erleichterung abzuwarten, ehe sie einander ihre Sympathie offenbarten.

»Herrgott«, brüllte Roper und löste fröhlich den Sicherheitsgurt. »Weiber! Fragen! Kinder! Thomas, schön, Sie an Bord zu haben. Megs, bring uns eine Kanne Kaffee, Schätzchen. Zu früh für Schampus. Kaffee, Thomas?«

»Ja, gerne«, sagte der Hotelier. Und fügte gewinnend hinzu: »Nach Corkys Vorstellung gestern abend könnte ich eine Menge davon brauchen.«

»Was sollte eigentlich dieser Blödsinn mit Ihrem Rolls?«

»Keine Ahnung. Er hat sich wohl in den Kopf gesetzt, ich wollte Ihren stehlen.«

»Esel. Setzen Sie sich hier rüber. Brauchen den Gang nicht zwischen uns. Croissants, Megs? Rotes Gelee?«

Meg war die Stewardeß; sie stammte aus Tennessee.

»Mr. Roper, wann habe ich jemals die Croissants vergessen?«

»Kaffee, warme Croissants, Brötchen, Gelee, alles da. Haben Sie auch manchmal dieses Gefühl, Thomas? *Frei* zu sein? Keine Kinder, Tiere, Dienstboten, Investoren, Fragen, neugierige

Weiber? Man ist wieder in seiner Welt? Hat Bewegungsfreiheit? Frauen sind eine Belastung, wenn man sie läßt. Gut drauf heute, Megs?«

»Aber sicher, Mr. Roper.«

»Wo ist der Saft? Den Saft vergessen. Typisch. Gefeuert, Megs. Entlassen. Geh auf der Stelle. Spring.«

Unbeeindruckt stellte Meg die beiden Frühstückstabletts ab und brachte dann frischen Orangensaft, Kaffee, warme Croissants und rotes Gelee. Sie war um die vierzig, hatte eine leichte Hasenscharte und wirkte auf eine lädierte, aber tapfere Art sexy.

»Wissen Sie was, Thomas?« fragte sie. »Das macht er *immer* mit mir. Als ob er sich erst aufputschen müßte, bevor er die nächste Million verdient. Ich sitze zu Hause und koche Gelee für ihn. Ich mache nichts anderes, wenn wir nicht fliegen. Mr. Roper ißt nur mein Gelee.«

Roper gab ein heiseres Lachen von sich. »Die nächste *Million*? Was zum Geier redest du da, Frau? Eine Million reicht nicht mal für die Seife in diesem Flugzeug. Das beste rote Gelee der Welt. Der einzige Grund, warum sie noch hier ist.« Er zerquetschte mit allen fünf Fingern ein Brötchen in der Faust. »Gut zu leben ist eine Pflicht. Das ist der Sinn der ganzen Übung. Luxus ist die beste Rache. Wer hat das gesagt?«

»Wer auch immer es war, er hat absolut recht«, sagte Jonathan ergeben.

»Hohe Maßstäbe setzen, die Leute danach streben lassen. Die einzige Möglichkeit. Wer Geld ausgibt, hält die Welt in Gang. Sie haben in vornehmen Hotels gearbeitet. Sie kennen sich aus. Das Gelee ist schlecht, Meg. Schaumig. Stimmt's Thomas?«

»Im Gegenteil, es ist umwerfend«, erwiderte Jonathan ruhig und zwinkerte Meg zu.

Rundum Gelächter. Der Chef bester Laune. Jonathan auch. Plötzlich scheinen sie alles gemeinsam zu haben, einschließlich Jed. Goldene Spitzen säumen die Wolkenbänke, Sonnenlicht durchflutet das Flugzeug. Sie könnten auf dem Weg in den siebten Himmel sein. Tabby sitzt im Heck. Frisky hat sich vorne an der Trennwand plaziert und bewacht die Tür zum Cockpit. Zwei MacDanbies sitzen in der Mitte des Flugzeugs und klappern auf ihren Laptops herum.

»Frauen stellen zu viele Fragen, stimmt's, Megs?«

»Ich nicht, Mr. Roper. Niemals.«

»Erinnern Sie sich noch an diese Nutte, Megs? Ich sechzehn, sie dreißig. Wissen Sie noch?«

»Aber natürlich, Mr. Roper. Sie hat Ihnen Ihre erste Lektion im Leben erteilt.«

»War nervös, verstehen schon. Jungfrau.« Sie aßen Seite an Seite, konnten Geständnisse machen, ohne sich in die Augen sehen zu müssen. »Nicht sie. Ich.« Wieder eine Lachsalve. »Kannte mich nicht aus, also hab ich den ernsten Student gespielt. Meinte, sie müsse ein Problem haben – ›Sie Ärmste, was ist denn schiefgelaufen?‹ – dachte, jetzt erzählt sie mir was in der Richtung, ihr alter Vater hätte Krebs gehabt und ihre Mutter sei mit dem Klempner durchgebrannt, als sie zwölf war. Sieht mich an. Durchaus kein freundlicher Blick. ›Wie heißt du?‹ sagt sie. Kleiner Staffordshire-Terrier. Breiter Arsch. Höchstens eins fünfzig. ›Dicky‹, sage ich. ›Jetzt hör mir gut zu, Dicky‹, sagt sie. ›Du kannst meinen Körper ficken, das kostet dich einen Fünfer. Aber meinen Kopf kannst du nicht ficken, der ist nämlich privat.‹ Hab ich nie vergessen, was, Megs? Wunderbare Frau. Hätte sie heiraten sollen. Nicht Megs. Die Hure.« Wieder stieß seine Schulter an Jonathans. »Wollen Sie wissen, wie es funktioniert?«

»Wenn's kein Staatsgeheimnis ist.«

»Operation Feigenblatt. Sie sind das Feigenblatt. Der Strohmann. Der Witz ist bloß, Sie sind nicht mal Stroh. Sie existieren gar nicht. Um so besser. Derek Thomas, Spekulant, Spitzenmann, schlagfertig, sympathisch, tüchtig. Anständiger Ruf in der Branche, keine Leichen im Keller, gute Kritiken. Dicky und Derek. Vielleicht haben wir schon mal Geschäfte gemacht. Geht niemand was an. Ich sage diesen Clowns – den Maklern, den Spekulanten, den flexiblen Banken: ›Habe hier

einen ausgekochten Burschen. Brillanter Plan, schnelle Profite. Braucht Geldgeber, aber kein Wort nach draußen. Geht um Traktoren, Turbinen, Maschinenteile, Erze, Grundstücke und weiß der Teufel was. Wenn ihr mitmacht, stell ich ihn euch später vor. Er ist jung, er hat Beziehungen, fragt mich nicht, wo, sehr raffiniert, politisch auf der Höhe, umgänglich, wenn's die richtigen Leute sind, einmalige Gelegenheit. Wollte euch da nicht ausschließen. Könnt in maximal vier Monaten euer Geld verdoppeln. Ihr kauft Papier. Wenn ihr kein Papier haben wollt, verschwendet nicht meine Zeit. Geht um Inhaberobligationen, keine Namen, kein Strafexerzieren, keine Verbindung zu irgendeiner anderen Firma, einschließlich meiner. Es ist mal wieder ein Geschäft, bei dem ihr Dicky vertrauen müßt. Ich bin beteiligt, aber nicht dabei. Sitz der Gesellschaft in einem Gebiet, wo man keine Geschäftsbücher führen muß, keine Verbindung nach England, keine unserer Kolonien, nicht unser Bier. Wenn das Ding gelaufen ist, wird die Firma aufgelöst, der Stecker rausgezogen, die Konten geschlossen, und dann bis später mal. Sehr enger Kreis, so wenig Beteiligte wie möglich, keine dummen Fragen, macht mit oder laßt es, ihr seid die Auserwählten.‹ Soweit alles klar?«
»Glauben diese Leute Ihnen?«
Roper lachte. »Falsche Frage. Ist die Geschichte überzeugend? Können sie sie ihren Börsenspekulanten unterjubeln? Gefällt ihnen Ihre Visage? Machen Sie auf dem Prospekt ein nettes Gesicht? Wenn Sie die richtigen Karten ausspielen, lautet die Antwort jedesmal ja.«
»Sie meinen, es gibt einen *Prospekt*?«
Wieder lachte Roper laut auf. »Schlimmer als eine blöde Frau, dieser Kerl!« bemerkte er zufrieden zu Meg, die gerade Kaffee nachschenkte. »Warum, warum, warum? Wie, wann, wo?«
»So etwas tu ich nie, Mr. Roper«, sagte Meg streng.
»Das stimmt, Megs. Du bist ein feines Mädchen.«
»Mr. Roper, Sie tätscheln mir schon wieder den Hintern.«
»Entschuldige, Megs. Muß gedacht haben, ich bin zu Hause.«
Wieder zu Jonathan. »Nein, es gibt keinen Prospekt. Redewen-

dung. Mit etwas Glück ist die Firma schon aufgelöst, bis wir den Prospekt gedruckt haben.«

Roper erklärte ihm weitere Details, Jonathan hörte zu und antwortete aus dem Kokon seiner Überlegungen. Er dachte an Jed und sah sie so lebendig vor sich, daß es ein Wunder war, daß Roper, der nur wenige Zentimeter von ihm entfernt saß, keine telepathischen Eindrücke davon empfing. Jonathan spürte ihre Hände auf dem Gesicht, während sie ihn musterte, und er fragte sich, was sie dort sehen mochte. Er dachte an Burr und Rooke in dem Londoner Ausbildungszentrum, und als er hörte, wie Roper den energischen jungen Manager Thomas schilderte, wurde ihm klar, daß er wieder einmal willig seinen Charakter manipulieren ließ. Er hörte Roper sagen, Langbourne sei vorausgefahren, um den Weg zu ebnen, und fragte sich, ob dies vielleicht der Augenblick sei, ihn darauf hinzuweisen, daß Caroline die Sache hinter seinem Rücken ausplauderte, und so einen weiteren Pluspunkt bei Roper zu verbuchen. Er kam aber zu dem Schluß, daß Roper dies ohnehin wußte: Wie sonst hätte Jed ihn wegen seiner Sünden zur Rede stellen können? Er dachte, wie er es unablässig tat, über das hartnäckige Geheimnis von Ropers Ansichten über Recht und Unrecht nach, und erinnerte sich daran, daß Sophie den schlimmsten Mann der Welt für einen Moralisten gehalten hatte, der in seinen Augen um so mehr Format hatte, je mehr er seine eigenen Einsichten mißachtete. *Er zerstört, er macht ein großes Vermögen, also hält er sich für göttlich*, erklärte sie in zorniger Verwirrung.
»Apo wird Sie natürlich erkennen«, sagte Roper gerade. »Hat den Typ in Crystal gesehen – früher bei Meister – Freund von Dicky. Sehe da kein Problem. Apo ist sowieso auf der anderen Seite.«
Jonathan fuhr zu ihm herum, als hätte Roper ihn an etwas erinnert.
»Das wollte ich schon längst fragen: Wer *ist* die andere Seite? Ich meine, es ist ja prima, was zu verkaufen, aber wer ist der Käufer?«

Roper gab einen künstlichen Schmerzensschrei von sich. »Hör dir das an, Megs! Traut mir nicht! Muß überall seine Nase reinstecken!«

»Ich kann ihm das nicht übelnehmen, Mr. Roper. Sie können sehr gemein sein, wenn Ihnen danach ist. Ich hab's selbst erlebt, das wissen Sie. Gemein und hinterlistig, und sehr, *sehr* charmant.«

Roper döste, also döste Jonathan auch und lauschte dem Gezirpe der Laptops der MacDanbies über dem Dröhnen der Motoren. Als er aufwachte, kam Meg mit Schampus und Räucherlachs-Canapés; wieder wurde geredet, gelacht, gedöst. Als er das nächstemal aufwachte, kreiste das Flugzeug über einer in der Hitze flimmernden holländischen Spielzeugstadt. Durch den Dunst erkannte er träge Stöße von Artilleriefeuer, es waren die Schornsteine der Ölraffinerie von Willemstad, die Gas abfackelte.

»Ich behalte Ihren Paß, falls Sie nichts dagegen haben, Tommy«, sagte Frisky ruhig, als sie über die flirrende Rollbahn gingen. »Bloß vorübergehend, okay? Wie sieht's eigentlich mit Bargeld aus?«

»Ich habe keins«, sagte Jonathan.

»Ah, geht schon in Ordnung. Keine Sorge. Bloß, diese Kreditkarten, die der alte Corky Ihnen gegeben hat, die sind mehr was fürs Auge, wissen Sie, Tommy. Sie hätten nicht viel Freude dran, sie nicht zu *gebrauchen*, alles klar?«

Roper war bereits durch den Zoll und schüttelte den Leuten die Hand, die ihn respektierten. Rooke, mit einer Hornbrille, die er nur für größere Entfernungen brauchte, saß auf einer orangefarbenen Bank und las die Innenseiten der *Financial Times*. Eine Reisegruppe junger Missionarinnen sang, dirigiert von einem Einbeinigen, mit piepsigen Stimmen Jesus, Freude aller Menschen. Ropers Anblick brachte Jonathan halbwegs auf die Erde zurück.

Das Hotel war ein Hufeisen aus Häusern mit roten Dächern am Rand der Stadt; es hatte zwei Strände und ein Gartenrestaurant mit Blick auf ein unruhiges, windgepeitschtes Meer. Die Roper-Gesellschaft nahm Quartier im mittleren und stattlichsten Gebäude, in einer Flucht großer Zimmer auf der obersten Etage; Roper bezog die eine Ecksuite, Derek S. Thomas, der Manager, die andere. Jonathans Empfangszimmer hatte einen Balkon mit einem Tisch und Stühlen; das Bett im Schlafzimmer bot Platz genug für vier, die Kopfkissen rochen nicht nach Holzrauch. Eine Flasche von Herrn Meisters Gratis-Champagner stand bereit, daneben eine Schale mit weißen Weintrauben, die Frisky verschlang, während Jonathan sich einrichtete. Und er hatte ein Telefon, das nicht einen halben Meter tief im Boden vergraben war und bereits klingelte, als Jonathan noch auspackte. Frisky beobachtete, wie er den Hörer abnahm.

Rooke verlangte Thomas zu sprechen.

»Thomas am Apparat«, sagte Jonathan mit seiner besten Managerstimme.

»Nachricht von Mandy, sie ist unterwegs zu Ihnen.«

»Ich kenne keine Mandy. Wer spricht da?«

Pause, während Rooke am anderen Ende der Leitung den Verdutzten spielt. »Mr. *Peter* Thomas?« »Nein. Derek. Sie haben den falschen Thomas erwischt.«

»Entschuldigen Sie. Muß der in 22 sein.«

Jonathan legte auf und brummte »Idiot«. Er duschte, zog sich an und kam ins Empfangszimmer zurück, wo Frisky in einem Sessel hing und die Hauszeitschriften nach erotischen Stimulanzien durchforstete. Er wählte Zimmer 22 an und hörte *Rooke* hallo sagen.

»Hier spricht Mr. Thomas in 319. Schicken Sie bitte jemand vorbei, der meine Wäsche abholt. Ich lege sie vor die Tür.«

»Kommt sofort«, sagte Rooke.

Jonathan ging ins Bad, nahm ein Päckchen handschriftlicher Notizen, die er hinter dem Spülkasten versteckt hatte, wickelte sie in ein schmutziges Hemd, stopfte das Hemd in den Wäschesack aus Plastik, fügte Socken, Taschentuch und Unterhose dazu, kritzelte eine Wäscheliste, legte die Liste in den Sack und hängte den Sack an die Außenklinke seiner Suite. Beim Schließen der Tür sah er Millie von Rookes Londoner Ausbildungsteam durch den Flur stapfen; sie trug ein strenges Baumwollkleid, an das ein schlichtes Schildchen mit dem Namen »Mildred« gesteckt war.

Der Chef sagt, bis weitere Anweisungen kommen, sollen wir die Zeit totschlagen, sagte Frisky.

Und so schlugen sie zu Jonathans Freude die Zeit tot – Frisky bewaffnet mit einem Funktelefon, und um der Zeit gar keine Chance zu lassen, zockelte auch noch Tabby mürrisch hinterher. Aber Jonathan war trotz aller Befürchtungen leichter ums Herz als je, seit er vom Lanyon zu seiner Odyssee aufgebrochen war. Die alten Gebäude waren so unwahrscheinlich hübsch, daß ihn freudiges Heimweh erfüllte. Der Markt auf dem Wasser und die Schiffsbrücke übten den beabsichtigten Zauber auf ihn aus; staunend und hingerissen wie jemand, den man gerade aus dem Gefängnis entlassen hatte, betrachtete er die lärmenden Scharen von Touristen und lauschte dem Papiamento der Einwohner, das mit dem aufgeregten Tonfall der Niederländer vermischt war. Er befand sich wieder unter echten Menschen. Menschen, die lachten und gafften und einkauften und drängelten und auf der Straße süße Brötchen aßen. Und nichts, absolut nichts von seiner Tätigkeit wußten.

Einmal sah er Rooke und Millie in einem Straßenrestaurant Kaffee trinken und hätte ihnen im neuen Gefühl seiner Verantwortungslosigkeit um ein Haar zugezwinkert. Einmal erkannte er einen Mann namens Jack, der ihm im Ausbildungszentrum in Lisson Grove beigebracht hatte, wie man imprägnierte Kohle für Geheimschrift verwenden konnte. Jack, wie geht's dir? Als er sich umblickte, bewegte sich in seiner Phantasie nicht Friskys oder Tabbys Kopf neben ihm her, sondern der von Jed: Ihr kastanienbraunes Haar flatterte im Wind.

Ich kapier das nicht, Thomas. Liebt man jemanden für das, womit er sein Geld verdient? Mir ist das egal.

Und wenn er Banken ausraubt?
Jeder raubt Banken aus. Die Banken rauben jeden aus.
Und wenn er deine Schwester umgebracht hat?
Thomas, um Gottes willen.
Wenn du doch Jonathan zu mir sagen könntest, sagte er.
Wieso?
Weil ich so heiße, antwortete er. *Jonathan Pine.*
Jonathan, sagte sie. *Jonathan. Ach Scheiße! Das ist, als ob man bei einem Pferderennen zurückgepfiffen wird und noch einmal neu starten soll. Jonathan ... Gefällt mir noch nicht mal ... Jonathan ... Jonathan ...*
Vielleicht gewöhnst du dich noch dran, meinte er.
Als sie ins Hotel zurückkamen, trafen sie Langbourne im Foyer, umringt von einer Gruppe Geldmenschen in dunklen Anzügen. Er sah wütend aus, etwa so, als habe sein Wagen sich verspätet oder irgendwer sich geweigert, mit ihm zu schlafen. Jonathans gute Laune steigerte seine Gereiztheit noch.
»Habt ihr Apostoll hier irgendwo herumlungern sehen?« kläffte er, ohne sich mit einer Begrüßung aufzuhalten. »Der blöde Zwerg hat sich in Luft aufgelöst.«
»Keine Menschenseele«, sagte Frisky.
Aus Jonathans Empfangszimmer waren die Möbel entfernt worden. Einige Flaschen *Dom Pérignon* standen in einem geräumigen Eiskübel auf einer Art Tapeziertisch. Zwei sehr langsame Kellner entluden Tabletts mit Canapés von einem Servierwagen.
»Sie werden Hände schütteln«, hatte Roper gesagt. »Streicheleinheiten verteilen, einen guten Eindruck machen.«
»Und wenn sie mit mir übers Geschäft reden wollen?«
»Die Clowns werden genug damit zu tun haben, das Geld zu zählen, bevor sie es bekommen haben.«
»Könnten Sie wohl ein paar Aschenbecher bringen«, bat Jonathan einen der Kellner. »Und die Fenster aufmachen, wenn's recht ist. Wer hat die Verantwortung hier?«
»Ich, Sir«, sagte der Kellner mit dem Namensschildchen ›Arthur‹.

»Frisky, geben Sie Arthur zwanzig Dollar, bitte.«
Widerwillig reichte Frisky ihm das Geld.

Es war Crystal, nur ohne die Amateure. Crystal, nur daß nirgends Jeds Blick aufzufangen war. Crystal, nur daß die Öffentlichkeit zugelassen war, alles überschwemmt von dynamischen Notwendigen Übeln – nur daß der Star dieses Abends Derek Thomas hieß. Unter Ropers gütigem Blick nahm der geschniegelte ehemalige Nacht-Manager seine Aufgaben wahr: schüttelte Hände, lächelte strahlend, erinnerte sich an Namen, plauderte geistreich.
»*Hallo,* Mr. Gupta, was macht das Tennis? Ach, Sir *Hector,* welch eine Freude, Sie wiederzusehen! Mrs. *Del Oro,* wie *geht* es Ihnen, wie kommt Ihr glänzender Sohn in Yale voran?«
Ein schmieriger englischer Banker aus Rickmansworth nahm Jonathan beiseite und hielt ihm einen Vortrag über den Nutzen des Handels für die aufstrebenden Länder. Zwei bimssteingesichtige Wertpapierhändler aus New York hörten teilnahmslos zu.
»Ich sag es Ihnen ganz offen, ich schäme mich nicht dafür, ich habe es diesen Herren bereits gesagt, und ich sage es jetzt noch einmal. Für die Dritte Welt zählt heutzutage nur eins, nämlich, wie sie das Zeug *investieren,* nicht, wie sie es *machen.* Reinvestieren. Das ist die einzige Spielregel. Infrastruktur verbessern, Lebensstandard anheben. Und danach ist alles erlaubt. Ich meine das ernst. Brad hier sieht das genauso. Sol auch.«
Brad hielt die Lippen beim Sprechen so fest zusammen, daß Jonathan zunächst gar nicht mitbekam, daß er überhaupt sprach. »Sie, äh, sind mit der Sache vertraut, Derek? Sie, äh, sind Ingenieur, Sir? Experte? So was in der, äh, Richtung?«
»Mit Booten kenne ich mich am besten aus«, sagte Jonathan fröhlich. »Nicht solche Schiffe, wie Dicky sie fährt. Segelboote. Zwanzig Meter, länger brauchen sie für mich nicht zu sein.«
»Boote, ja? Phantastisch. Er, äh, mag Boote.«

»Ich auch«, sagte Sol.
Eine zweite Händeschüttel-Orgie beendete die Party. Derek, das war sehr anregend. Alles Gute, Derek. Und ob, Derek, Sie können jederzeit in Philly einen Job haben ... Derek, wenn Sie das nächste Mal nach Detroit kommen ... Und ob... Entzückt von seiner Vorstellung, stand Jonathan auf dem Balkon, lächelte die Sterne an und roch das Öl im dunklen Seewind. Was tust du jetzt? Abendessen mit Corkoran und dem Clan aus Nassau – mit Cynthia, die Sealyhamterrier züchtet, mit Stephanie, die aus der Hand liest? Wieder einmal werden Menus für die Winterkreuzfahrt diskutiert, mit Delia, der begehrten und fast nicht bezahlbaren Köchin der *Iron Pasha?* Oder liegst du mit dem Kopf auf dem weißen Seidenkissen deiner Arme und flüsterst: *Jonathan, um Himmels willen, was soll ein Mädchen denn machen?*
»Zeit für den Futtersack, Tommy, können das Volk nicht warten lassen.«
»Ich habe keinen Hunger, Frisky.«
»Hat wohl keiner von uns, Tommy. Das ist wie in die Kirche gehen. Kommen Sie.«

Das Essen findet in einem alten Fort auf einem Hügel über dem Hafen statt. Bei Nacht wirkt Willemstad von dort oben so groß wie San Francisco, und selbst die blaugrauen Zylinder der Raffinerie haben etwas magisch Imposantes. Die MacDanbies haben einen Tisch für zwanzig Personen bestellt, doch nur vierzehn lassen sich auftreiben. Jonathan macht sich unbekümmert über die Cocktailparty lustig, Meg und der englische Banker samt Gattin lachen sich krank. Aber Roper ist mit seinen Gedanken woanders. Er starrt auf den Hafen hinunter, wo sich ein großes, mit bunten Lämpchen geschmücktes Kreuzfahrtschiff zwischen vor Anker liegenden Lastkähnen hindurch auf eine ferne Brücke zubewegt. Möchte Roper es haben? Will er die *Pasha* verkaufen, um sich etwas von anständiger Größe anzuschaffen?
»Der Ersatzanwalt ist unterwegs, verdammte Bande«, verkün-

det Langbourne, als er wieder einmal vom Telefon zurückkommt. »Schwört, daß er rechtzeitig zur Besprechung hier sein wird.«
»Wen schicken sie?« sagt Roper.
»Moranti aus Caracas.«
»Dieser Gangster. Was zum Teufel ist mit Apo?«
»Man hat mir gesagt, ich soll Jesus fragen. Sollte wohl ein Witz sein.«
»Sonst noch jemand, der nicht kommen will?« fragt Roper, ohne den Blick von dem Kreuzfahrtschiff abzuwenden.
»Alle anderen stehen auf der Matte«, erwidert Langbourne knapp.
Jonathan hört ihre Unterhaltung ebenso wie Rooke, der mit Millie und Amato am Tisch gleich neben den Leibwächtern sitzt. Die drei brüten über einem Reiseführer durch die Insel und scheinen unschlüssig, wohin es morgen gehen soll.

Jed trieb dahin wie immer, wenn ihr Leben aus dem Takt geriet: Sie trieb dahin und ließ sich treiben, bis der nächste Mann, die nächste verrückte Party oder das nächste Unglück in der Familie ihr die Gelegenheit zu einem Richtungswechsel bot, was sie dann sich selbst gegenüber je nach Umständen als Schicksal, in Deckung gehen, Erwachsenwerden, Amüsement oder – in letzter Zeit nicht mehr so angenehm – als Selbstverwirklichung bezeichnete. Zu diesem Treibenlassen gehörte es auch, alles auf einmal zu tun, wie der Whippet, den sie als Kind besessen hatte: Dieser Rennhund hatte geglaubt, er müsse nur schnell genug um eine Ecke stürmen, dann werde man schon auf etwas stoßen, das man jagen konnte. Andererseits hatte sich der Whippet damit zufriedengegeben, daß das Leben eine Abfolge zusammenhangloser Ereignisse war, während Jed sich schon viel zu lange fragte, wohin die Ereignisse ihres Lebens sie führen würden.
Daher machte sich Jed, sobald Roper und Jonathan abgereist waren, in Nassau daran, alles auf einmal zu tun. Sie ging zum Friseur und zum Schneider, sie lud schlichtweg jeden ins Haus

ein, sie meldete sich beim Damenturnier des Windermere-Cay-Tennisclubs an, sie nahm jede Einladung an, sie kaufte Aktenordner, in die sie den ganzen Papierkram für die Haushaltsplanung der Winterkreuzfahrt heftete, sie telefonierte mit der Köchin und der Wirtschafterin der *Pasha* und arbeitete Menus und Tischordnungen aus, obwohl sie genau wußte, daß Roper, weil er letztlich doch alles gern allein machte, ihre Anweisungen widerrufen würde.

Aber die Zeit wollte kaum vergehen.

Sie bereitete Daniel auf seine Rückkehr nach England vor, sie ging mit ihm einkaufen und lud gleichaltrige Freunde ein, auch wenn Daniel sie nicht ausstehen konnte und dies auch sagte; sie organisierte eine Grillparty für sie am Strand, wobei sie ständig so tat, als sei Corky genauso unterhaltsam wie Jonathan – also *ehrlich*, Dans, ist er nicht zum *Schreien*? –, und sich die größte Mühe gab, die Tatsache zu ignorieren, daß Corkoran seit ihrer Abreise aus Crystal nur noch geschmollt und gestöhnt und sie mit finsteren Blicken bedacht hatte, *genau* wie ihr älterer Bruder William, der auch *jedes* Mädchen, einschließlich aller ihrer Freundinnen, vögelte, aber meinte, daß seine kleine Schwester als Jungfrau in die Grube fahren sollte.

Aber Corkoran war sogar *noch* schlimmer als William. Er hatte sich zu ihrem Aufseher, Wachhund und Gefängniswärter ernannt. Er schielte nach ihren Briefen, noch bevor sie sie geöffnet hatte; er belauschte ihre Telefonate und versuchte sich in jeden verdammten Winkel ihres Tages zu drängen.

»Corky, Lieber, du gehst mir *wirklich* auf die Nerven. Bei dir komme ich mir vor wie Maria Stuart. Ich weiß, Roper will, daß du auf mich aufpaßt, aber könntest du nicht *ab und zu* mal ein bißchen mit dir allein spielen?«

Aber Corkoran blieb hartnäckig an ihrer Seite; er saß mit seinem Panamahut im Empfangszimmer und las die Zeitung, während sie telefonierte; er trieb sich in der Küche herum, wenn sie mit Daniel herumalberte; er schrieb die Adressen auf Daniels Gepäck für England.

Bis Jed sich schließlich, wie Jonathan, ganz in sich selbst zurückzog. Sie plauderte nicht mehr, gab sich keine Mühe mehr – es sei denn, sie war mit Daniel allein –, stets allem gewachsen zu erscheinen, zählte nicht mehr die Stunden. Statt dessen unternahm sie lange Streifzüge durch ihr Inneres. Sie dachte über ihren Vater nach und das, was sie immer für sein sinnloses und altmodisches Ehrgefühl gehalten hatte, und kam zu dem Schluß, daß ihr das in Wirklichkeit mehr bedeutet hatte als all die schlimmen Dinge, die sich daraus ergeben hatten: etwa der Verkauf des überschuldeten Familienwohnsitzes und der Pferde, der Umzug ihrer Eltern in den scheußlichen, kleinen Bungalow auf dem alten Grundstück und der nie mehr zu besänftigende Zorn Onkel Henrys und all der anderen Treuhänder.

Sie dachte an Jonathan und versuchte zu ergründen, was es ihr bedeutete, daß er an Ropers Untergang arbeitete. Ganz wie ihr Vater es getan hätte, wägte sie mühsam Recht und Unrecht ihres Dilemmas ab, gelangte aber eigentlich nur zu dem Ergebnis, daß Roper für eine verhängnisvoll falsche Wende in ihrem Leben stand und daß Jonathan so etwas wie einen brüderlichen Anspruch auf sie hatte, etwas, das ihr bisher vollkommen fremd gewesen war, und daß sie es sogar als freundschaftlich empfand, wenn er sie durchschaute, vorausgesetzt, er war sich auch ihrer guten Seiten bewußt, denn gerade diese Seiten wollte sie hervorholen, entstauben und wieder in Betrieb nehmen. Zum Beispiel wollte sie ihren Vater zurückhaben. Und sie wollte ihren Katholizismus zurückhaben, auch wenn jeder Gedanke daran sie zur Verzweiflung brachte. Sie wollte festen Boden unter den Füßen haben, aber diesmal war sie bereit, dafür zu arbeiten. Sogar ihrer blöden Mutter würde sie brav zuhören.

Schließlich kam der Tag von Daniels Abreise, und es kam ihr vor, als hätte sie ihr Leben lang darauf gewartet. So fuhren Jed und Corkoran mit Daniel und seinem Gepäck im Rolls zum Flughafen, und kaum waren sie angekommen, mußte Daniel schon unbedingt allein am Zeitungsstand herumtrödeln, um sich mit Süßigkeiten und Lesestoff einzudecken und all das zu tun, was kleine Jungen eben machen, wenn sie zu ihren blöden Müttern zurückgeschickt werden. Jed und Corkoran warteten auf ihn in der Abflughalle, und die Aussicht auf seine Abreise machte sie beide plötzlich traurig, und dies um so mehr, als Daniel selbst kaum noch die Tränen zurückhalten konnte. Und dann hörte sie überrascht, wie Corkoran ihr verschwörerisch etwas zuflüsterte:

»Hast du deinen Paß dabei?«

»Corky, *Daniel* reist ab, nicht *ich*. Hast du das vergessen?«

»Hast du ihn oder nicht? Schnell!«

»Ich hab ihn immer dabei.«

»Dann flieg mit dem Jungen«, bat er und wischte sich umständlich mit dem Taschentuch an der Nase herum, damit man nicht sah, daß er redete. »Ergreif die Gelegenheit. Corks hat nie ein Wort gesagt. Alles dein Werk. Massenhaft Platz. Ich hab mich erkundigt.«

Aber Jed packte die Gelegenheit nicht beim Schopf. So etwas wäre ihr nie in den Sinn gekommen, und sie war deshalb sehr zufrieden mit sich. Früher hatte sie meist zuerst gepackt und später Fragen gestellt. Aber an diesem Vormittag erkannte sie, daß sie die Fragen bereits beantwortet hatte: Sie würde nirgendwo hingehen, wenn das bedeutete, sich noch weiter von Jonathan zu entfernen.

Jonathan träumte, als das Telefon klingelte, und träumte noch immer, als er den Hörer abnahm. Dennoch reagierte der Beobachter prompt: Er erstickte schon das erste Läuten, machte Licht und nahm Block und Bleistift, um Rookes Anweisungen zu notieren.

»*Jonathan*«, sagte sie stolz.

Er kniff die Augen zu. Er preßte den Hörer ans Ohr, damit ihre Stimme nicht ins Zimmer drang. Alle Instinkte rieten ihm »Jonathan, wer? – verwählt« zu sagen und aufzulegen. *Du dumme kleine Gans!* wollte er sie anschreien. *Ich habe dir gesagt: Ruf nicht an, versuch niemals Kontakt aufzunehmen, warte einfach ab.*

Und du? Rufst an, nimmst Kontakt auf und brabbelst den Lauschern meinen richtigen Vornamen ins Ohr.

»Um Himmels willen«, flüsterte er. »Leg auf. Schlaf.«

Aber seine Stimme klang wenig überzeugend, und jetzt war es zu spät, »verwählt« zu sagen. Also ließ er sich mit dem Telefon am Ohr zurücksinken und hörte zu, wie sie immer wieder seinen Namen sagte, *Jonathan, Jonathan:* Sie übte ihn, erfaßte ihn in allen Nuancen, damit niemand sie mehr an den Start zurückschicken und von vorn beginnen lassen konnte.

Jetzt holen sie mich.

Es war eine Stunde später. Jonathan hörte vorsichtige, leise Schritte vor seiner Tür. Er richtete sich auf. Er hörte einen Schritt von einem feuchten, nackten Fuß auf den Keramikfliesen. Er hörte einen zweiten Schritt, diesmal auf dem Teppich in der Mitte des Flurs. Er sah in seinem Schlüsselloch die Flurbeleuchtung an- und ausgehen, als jemand vorbeischlich, von links nach rechts, wie er meinte. Nahm Fisky Anlauf, um bei ihm hereinzuplatzen? Hatte er Tabby als Verstärkung dabei? Brachte Millie die Wäsche zurück? Sammelte ein barfüßiger Page Schuhe zum Putzen ein? In diesem Hotel werden keine Schuhe geputzt. Er hörte auf der anderen Seite des Flurs ein Türschloß klicken und wußte, es war eine barfüßige Meg, die aus Ropers Suite kam.

Er empfand nichts. Er verurteilte nicht, sein Gewissen war auch nicht leichter. *Ich bumse gern,* hatte Roper gesagt. Also bumste er. Und Jed führte das Rudel an.

Er sah den Himmel vor seinem Fenster hell werden und stellte sich vor, wie sie zärtlich ihren Kopf an sein Ohr schmiegte. Er wählte Zimmer 22, ließ es viermal klingeln und wählte noch einmal, sagte aber nichts.

»Sie sind voll auf Kurs«, sagte Rooke leise. »Und jetzt hören Sie zu.«

Jonathan, dachte er, während er Rookes Anweisungen lauschte. *Jonathan, Jonathan, Jonathan* ... wann fliegt dir das alles ins Gesicht?

22

Das Büro von Notar Mulder war mit Rosenholzmöbeln eingerichtet, es gab Plastikblumen und graue Jalousien. Die vielen glücklichen Gesichter der niederländischen Königsfamilie strahlten von den vertäfelten Wänden, und Notar Mulder strahlte mit ihnen. Langbourne und der stellvertretende Anwalt Moranti saßen an einem Tisch – Langbourne blätterte, mürrisch wie immer, in einer Akte, während Moranti, aufmerksam wie ein alter Vorstehhund, mit seinen braunen Augen jede Bewegung Jonathans verfolgte. Er war schon über sechzig, ein braungebrannter Latino mit breitem, narbigem Gesicht und weißen Haaren. Selbst wenn er sich nicht bewegte, brachte er Unruhe in den Raum: Man dachte unwillkürlich an Volksjustiz, an Bauern, die ums Überleben kämpften. Einmal grunzte er wütend auf und schlug mit seiner Pranke auf den Tisch. Aber nur, um ein Papier über den Tisch zu ziehen; er prüfte es und schob es wieder zurück. Einmal kippte er den Kopf nach hinten und starrte Jonathan in die Augen, als suchte er darin nach kolonialistischen Neigungen.
»Sie sind Engländer, Mr. Thomas?«
»Neuseeländer.«
»Willkommen in Curaçao.«
Mulder hingegen erschien wie ein rundlicher, gutmütiger Mann in einer lachhaften Welt. Wenn er strahlte, glänzten seine Wagen wie rote Äpfel, und wenn er aufhörte zu strahlen,

hatte man das Bedürfnis, sich besorgt bei ihm zu erkundigen, was man denn falsch gemacht habe.
Aber seine Hand zitterte.
Warum sie zitterte, wer oder was für dieses Zittern verantwortlich war – Ausschweifungen, Gebrechen, Trunksucht oder Angst –, konnte Jonathan nur vermuten. Aber sie zitterte, als gehörte sie jemand anderem. Sie zitterte, als sie von Langbourne Jonathans Paß entgegennahm und als sie die falschen Personalien sorgfältig auf ein Formular übertrug. Sie zitterte, als sie Jonathan und nicht Langbourne den Paß zurückgab. Sie zitterte, als sie die Papiere auf den Tisch legte. Sogar der dicke Zeigefinger zitterte, mit dem Mulder Jonathan die Stelle zeigte, wo er mit einer Unterschrift auf sein Leben verzichten sollte, und dann die Stelle, wo seine Initialen ausreichten.
Und nachdem Mulder ihn alle Arten von Dokumenten, von denen Jonathan je, und viele, von denen er noch nie gehört hatte, hatte unterschreiben lassen, legte die zitternde Hand die Inhaberobligationen auf den Tisch: ein lebendes Bündel gewichtig aussehender blauer Urkunden, ausgegeben von Jonathans eigener Firma Tradepaths Limited, durchnumeriert, mit einem herzoglichen Prägestempel versehen, in Kupfer gestochen, wie Banknoten, was sie theoretisch waren, da sie den Zweck hatten, den Inhaber reich zu machen, ohne seine Identität preiszugeben. Und Jonathan wußte sofort – er brauchte von niemandem eine Bestätigung –, daß Roper die Obligationen selbst entworfen hatte: aus Spaß, wie er sagen würde; um den Preis hochzutreiben; um die Clowns zu beeindrucken.
Mulder nickte engelhaft, und Jonathan setzte als einziger Zeichnungsberechtiger des Bankkontos seiner Firma auch auf die Obligationen seine Unterschrift. Anschließend unterschrieb er einen kurzen getippten Liebesbrief an Notar Mulder, worin er ihm nochmals bestätigte, daß er, entsprechend den örtlichen Gesetzen, zu dem in Curaçao residierenden Manager von Tradepaths Limited ernannt worden war.
Und plötzlich waren sie fertig, es blieb nichts mehr zu tun, als die Hand zu schütteln, die so harte Arbeit geleistet hatte. Das

taten sie gebührend – selbst Langbourne schüttelte sie –, und Mulder, der rosige Schuljunge von fünfzig, winkte sie mit vertikalen Bewegungen seiner fetten Hand die Treppe hinunter, während er ihnen praktisch versprach, jede Woche zu schreiben.

»Wenn ich jetzt noch den Paß wiederhaben könnte, Tommy«, sagte Tabby zwinkernd.

»Aber Derek und ich sind uns schon mal begegnet, meine ich, Dicky!« sagte der holländische Banker jubelnd zu Roper, der dort stand, wo der Marmorkamin gewesen wäre, wenn es in den Banken von Curaçao Kamine geben würde. »Nicht erst gestern abend, meine ich! Wir sind alte Freunde aus Crystal, würde ich sagen! Nettie, bringen Sie Mr. Thomas Tee, bitte!«

Einen Augenblick lang löste er bei dem Beobachter keinen Wiedererkennungseffekt aus. Dann fiel ihm ein Abend in Crystal ein – Jed saß an ihrem Ende des Tischs, sie trug ein ausgeschnittenes blaues Satinkleid und Perlen auf der Haut, und genau dieser einfältige holländische Banker, der jetzt vor ihm stand, langweilte die ganze Gesellschaft mit seinen Beziehungen zu irgendwelchen großen Staatsmännern.

»Aber natürlich! Schön, Sie wiederzusehen, Piet«, rief der aalglatte Hotelier ein wenig zu spät und reichte ihm seine Unterzeichnerhand. Und dann ertappte Jonathan sich dabei, wie er Mulder und Moranti, als hätte er sie nie zuvor gesehen, zum zweitenmal innerhalb von zwanzig Minuten die Hände schüttelte. Aber Jonathan machte sich ebenso wenig daraus wie sie, denn allmählich kam er dahinter, daß ein Schauspieler in diesem Theater an einem einzigen Arbeitstag viele Rollen spielen konnte.

Sie nahmen an den vier Seiten des Tisches Platz; Moranti beobachtete und hörte zu wie ein Schiedsrichter, während der Banker am Kopfende das Reden übernahm; offenbar betrachtete er es als seine erste Pflicht, Jonathan mit einer Unmenge überflüssiger Informationen bekanntzumachen.

Das Stammkapital einer in Curaçao ansässigen Offshore-Gesellschaft könne in jeder beliebigen Währung eingezahlt werden, sagte der holländische Banker. Es gebe kein Limit für ausländische Anteilseigner.

»Großartig«, sagte Jonathan.

Langbourne richtete seinen trägen Blick auf ihn. Moranti zuckte nicht mit der Wimper. Roper, der mit nach hinten gelegtem Kopf die alten holländischen Deckenornamente studierte, grinste in sich hinein.

Die Gesellschaft sei befreit von Kapitalzuwachs-, Kapitalertrags-, Schenkungs- und Nachlaßsteuer, sagte der Banker. Anteilsübertragungen seien unbeschränkt möglich. Kapitalverkehrssteuer und Wertzoll gebe es nicht.

»Na, da bin ich aber erleichtert«, sagte Jonathan mit derselben Begeisterung wie zuvor.

Mr. Derek Thomas habe keine gesetzliche Verpflichtung, außerbetriebliche Revisoren zu bestellen, sagte der Banker feierlich, als verleihe ihm dies noch höhere Weihen. Es stehe Mr. Thomas jederzeit frei, den Sitz der Gesellschaft in ein anderes Hoheitsgebiet zu verlegen, vorausgesetzt, das Land seiner Wahl verfüge über eine entsprechende Rechtsprechung.

»Ich werde es mir merken«, sagte Jonathan, und zu seiner Überraschung verzog der teilnahmslose Moranti diesmal sein Gesicht zu einem sonnigen Lächeln und sagte: »Neuseeland«, als sei er zu dem Schluß gekommen, der Name dieses Landes habe am Ende doch einen guten Klang.

Als eingezahltes Stammkapital sei ein Minimum von sechstausend US-Dollar erforderlich, fuhr der Banker fort, aber diesem Erfordernis sei im vorliegenden Fall bereits entsprochen. »Unser guter Freund Derek hier« brauche jetzt nur noch seinen Namen auf gewisse Proforma-Dokumente zu setzen. Mit einem Lächeln, das sich dehnte wie ein Gummiband, zeigte der Banker auf einen schwarzen Füllfederhalter, der mit der Spitze nach unten in einem Teakholzständer steckte.

»Entschuldigen Sie, Piet«, sagte Jonathan – verwirrt, aber immer noch lächelnd – »ich habe nicht ganz mitbekommen, was

Sie da eben gesagt haben. *Welchem* Erfordernis ist entsprochen worden?«
»Ihre Gesellschaft befindet sich zum Glück in einem ausgezeichneten Liquiditätszustand, Derek«, sagte der holländische Banker so ungezwungen, wie es ihm möglich war.
»Ah, prima. Das habe ich nicht gewußt. Dann erlauben Sie mir vielleicht, einen Blick in die Bücher zu werfen.«
Die Augen des Bankers blieben auf Jonathan gerichtet. Mit einer kaum wahrnehmbaren Kopfbewegung leitete er die Frage an Roper weiter, der endlich seinen Blick von der Decke abwandte.
»Natürlich kann er die Bücher sehen, Piet. Meine Güte, die Gesellschaft gehört ihm schließlich, Derek hat unterschrieben, Derek führt die Geschäfte. Zeigen Sie ihm die Bücher, wenn er will. Warum nicht?«
Der Banker nahm aus einer Schublade seines Schreibtischs einen schlanken, nicht verschlossenen orangefarbenen Umschlag und reichte ihn über den Tisch. Jonathan zog eine monatliche Aufstellung heraus, der zufolge der aktuelle Kontostand von Tradepaths Limited Curaçao einhundert Millionen US-Dollar betrug.
»Sonst noch jemand, der das sehen will?« fragte Roper.
Moranti streckte eine Hand aus. Jonathan reichte ihm die Aufstellung. Moranti betrachtete sie prüfend und gab sie an Langbourne weiter, der eine gelangweilte Miene zog und das Papier ungelesen dem Banker zurückgab.
»Gib ihm den verdammten Scheck, damit wir das endlich hinter uns kriegen«, sagte Langbourne, wobei er, ohne sich zu ihm umzudrehen, seinen blonden Kopf kurz in Jonathans Richtung neigte.
Ein Mädchen, das sich bisher mit einer Mappe unterm Arm im Hintergrund gehalten hatte, schritt jetzt feierlich um den Tisch herum auf Jonathan zu. In der Ledermappe, von örtlichen Handwerkern unsauber geprägt, lag ein Scheck, der auf die Bank ausgestellt war und das Konto von Tradepaths mit einem Betrag von fünfundzwanzig Millionen US-Dollar belastete.

»Nur zu, Derek, unterschreiben Sie«, sagte Roper, den Jonathans Zögern amüsierte. »Der platzt nicht. Ist doch nur ein bißchen Trinkgeld, stimmt's, Piet?«
Alles lachte, nur Langbourne nicht.
Jonathan unterschrieb den Scheck. Das Mädchen legte ihn in die Mappe zurück und klappte sie, der Form genügend, zu. Sie war ein Mischling, ein sehr schönes Mädchen mit großen verwunderten Augen und züchtig frommer Miene.

Während der holländische Banker und die drei Anwälte sich mit ihren Geschäften befaßten, saßen Roper und Jonathan auf einem Sofa in der Fensternische.
»Hotel in Ordnung?« fragte Roper.
»Ja, danke. Ziemlich gut geführt. Es ist gräßlich, in Hotels zu wohnen, wenn man sich in dem Gewerbe auskennt.«
»Meg ist eine tolle Frau.«
»Meg ist phantastisch.«
»Klar wie Kloßbrühe, dieses juristische Zeug, nehme ich an?«
»Ja, leider.«
»Jed läßt Sie grüßen. Dans hat gestern bei der Kinderregatta einen Pokal gewonnen. Ist stolz wie Oskar. Hat seiner Mutter die Kopie mitgebracht. Er wollte, daß Sie das erfahren.«
»Wunderbar.«
»Dachte mir, daß Sie das freut.«
»Und wie. Es ist ein Triumph.«
»Na, sparen Sie Ihr Pulver. Großer Abend heute.«
»Noch eine Party?«
»Könnte man so nennen.«
Es gab noch eine letzte Formalität, für die ein Kassettenrekorder und ein Text gebraucht wurde. Das Mädchen bediente den Rekorder, der holländische Banker wies Jonathan in seine Rolle ein.
»Mit normaler Stimme, bitte, Derek. So wie Sie heute gesprochen habe, denke ich. Für unsere Unterlagen. Wenn Sie so freundlich wären?«
Jonathan las die zwei Schreibmaschinenzeilen erst leise für

sich, dann laut: »*Hier spricht Ihr Freund George. Danke, daß Sie heute abend aufgeblieben sind.*«

»Und noch einmal, bitte, Derek. Vielleicht sind Sie ein bißchen nervös. Ganz entspannt, bitte.«

Er las es noch einmal.

»Und noch einmal, Derek. Sie sind ein wenig verkrampft, finde ich. Vielleicht haben diese großen Beträge Sie durcheinandergebracht.«

Jonathan setzte sein leutseligstes Lächeln auf. Er war der Star, und von Stars erwartet man, daß sie ein wenig Temperament zeigen. »Also wirklich, Piet, es reicht, ich denke, besser kann ich es nicht mehr machen.«

Roper stimmte zu. »Piet, Sie benehmen sich wie ein altes Weib. Stellen Sie das blöde Ding aus. Kommen Sie, Signor Moranti. Zeit für ein anständiges Essen.«

Und wieder Hände schütteln: der Reihe nach jeder mit jedem, wie gute Freunde zum Jahreswechsel.

»Also, wie sieht's aus?« fragte Roper; er lag ausgestreckt auf einem Plastikstuhl auf dem Balkon von Jonathans Suite und lächelte wie ein Delphin. »Blicken Sie jetzt durch? Oder ist es Ihnen immer noch zu hoch?«

Es war die Zeit der Nervosität. Die Zeit, in der man mit geschwärztem Gesicht im Lastwagen sitzt und sich beiläufig Vertraulichkeiten erzählt, um das Adrenalin in Schach zu halten. Roper hatte die Füße aufs Geländer gelegt. Jonathan saß über sein Glas gebeugt und starrte auf das dunkler werdende Meer. Kein Mond am Himmel. Ein stetiger Wind trieb die Wellen vor sich her. Zwischen den blauschwarzen Wolken erschienen die ersten Sterne. Im hellen Empfangszimmer hinter ihnen sprachen Frisky, Gus und Tabby leise miteinander. Nur Langbourne, der hingegossen auf einem Sofa lag und *Private Eye* las, schien von der Spannung nichts zu merken.

»Es gibt eine in Curaçao ansässige Gesellschaft; sie heißt Tradepaths und besitzt einhundert Millionen US-Dollar minus fünfundzwanzig Millionen«, sagte Jonathan.

»Außer«, soufflierte Roper mit breiterem Lächeln.
»Außer, daß sie eigentlich überhaupt nichts besitzt, weil Tradepaths eine hundertprozentige Tochtergesellschaft von Ironbrand ist.«
»Nein, ist sie nicht.«
»Offiziell ist Tradepaths eine unabhängige Gesellschaft, ohne Verbindung zu irgendeiner anderen Firma. In Wirklichkeit ist sie Ihr Geschöpf und kann ohne Sie keinen Finger bewegen. Ausgeschlossen, daß Ironbrand in Tradepaths investiert. Also leiht Ironbrand das Geld der Investoren einer zuverlässigen Bank, die dann rein zufällig dieses Geld in Tradepaths investiert. Die Bank dient als Filter. Wenn das Geschäft abgewikkelt ist, zahlt Tradepaths den Investoren eine großzügige Dividende, alle gehen glücklich nach Hause, und Sie behalten den Rest.«
»Wer kommt zu Schaden?«
»Ich. Wenn es schiefgeht.«
»Wird es nicht. Sonst noch jemand?«
Jonathan hatte den Eindruck, Roper wolle sich von ihm Absolution erteilen lassen.
»Irgend jemand bestimmt.«
»Ich will's mal so sagen. Wird jemand geschädigt, der nicht sowieso geschädigt würde?«
»Wir verkaufen doch Waffen, oder?«
»Ach ja?«
»Nun, man kann davon ausgehen, daß sie dann auch benutzt werden. Und da es sich um ein getarntes Geschäft handelt, darf man ohne weiteres annehmen, daß die Waffen an Leute verkauft werden, die sie eigentlich nicht bekommen sollten.«
Roper zuckte die Achseln. »Wer sagt das? Wer bestimmt, wer wen auf der Welt erschießen darf? Wer macht die verdammten Gesetze? Die Supermächte? Herrgott!« Er zeigte mit einer ungewöhnlich lebhaften Handbewegung auf die fast dunkle See hinaus. »Man kann die Farbe des Himmels nicht ändern. Hab ich Jed gesagt. Wollte nicht zuhören. Kann ihr keinen Vorwurf machen.

Sie ist jung, wie Sie. In zehn Jahren wird sie's eingesehen haben.« Mutiger geworden, ging Jonathan zum Angriff über. »Also, wer ist der Käufer?« wiederholte Jonathan die Frage, die er Roper schon im Flugzeug gestellt hatte.

»Moranti.«

»Nein, ist er nicht. Er hat Ihnen keinen Pfennig gezahlt. Sie haben hundert Millionen eingebracht – beziehungsweise die Investoren. Was bringt Moranti ein? Sie verkaufen ihm Waffen. Er kauft sie. Aber wo ist sein Geld? Oder gibt er Ihnen etwas Besseres als Geld? Etwas, das Sie für sehr viel mehr als hundert Millionen weiterverkaufen können?«

Das sanfte Lächeln auf Ropers Gesicht, das in der Dunkelheit wie aus Marmor gemeißelt schien, blieb.

»Damit kennen Sie sich aus, wie? Sie und der Australier, den Sie umgebracht haben. Ja, ja, bestreiten Sie's nur. Habe Ihre Schwierigkeiten nicht ernst genug genommen. Ernst nehmen oder völlig ignorieren, so seh ich das eben. Trotzdem, auf den Kopf gefallen sind Sie nicht. Schade, daß wir uns nicht schon früher begegnet sind. Hätte Sie gut gebrauchen können.«

Im Zimmer hinter ihnen klingelte ein Telefon. Roper fuhr herum, und als Jonathan seinem Blick folgte, sah er, wie Langbourne mit dem Hörer am Ohr redete und dabei auf seine Armbanduhr blickte. Er legte auf, sah Roper an und schüttelte den Kopf, um sich dann wieder dem Sofa und der Lektüre von *Private Eye* zuzuwenden. Roper lehnte sich wieder in seinem Plastikstuhl zurück.

»Erinnern Sie sich an den alten Chinahandel?« fragte er wehmütig.

»Muß um 1830 gewesen sein.«

»Aber gelesen haben Sie davon? Soweit ich sehe, haben Sie so ziemlich alles gelesen.«

»Ja.«

»Wissen Sie noch, was die Hongkong-Briten den Fluß hinauf nach Kanton befördert haben? Wie sie den chinesischen Zoll ausgetrickst haben, um das Empire mit Geld zu versorgen und selbst riesige Vermögen zu machen?«

»Opium.«
»Für Tee. Opium für Tee. Tauschhandel. Und zurück nach England als große Industriekapitäne. Auszeichnungen, Orden, der ganze Plunder. Wo zum Teufel ist der Unterschied? Zugreifen! – alles andere zählt nicht. Die Amerikaner wissen das. Warum wir nicht? Verklemmte Pfaffen, die jeden Sonntag von der Kanzel blöken; alte Schachteln, die bei Tee und Kümmelkuchen über den Heimgang der armen Mrs. Soundso schnattern? Scheiße. Schlimmer als Gefängnis. Wissen Sie, was Jed mich gefragt hat?«
»Nein.«
»›Wie schlecht bist du? Sag mir das Schlimmste!‹ Herrgott!«
»Was haben Sie geantwortet?«
»›Noch längst nicht schlecht genug!‹ habe ich gesagt. ›Hier bin ich, und da ist der Dschungel‹, habe ich gesagt. ›Keine Polizisten an der Ecke. Keine Urteile, die von gesetzeskundigen Perückenträgern verkündet werden. *Nichts.* Ich dachte, das gefällt dir.‹ Hat sie ein bißchen erschüttert. Geschieht ihr recht.«
Langbourne klopfte an die Scheibe.
»Und warum sind Sie bei jeder Besprechung dabei?« fragte Jonathan. Sie standen auf. »Wozu sich einen Hund halten und dann selbst bellen?«
Roper lachte laut auf und schlug Jonathan auf die Schulter. »Weil ich dem Hund nicht traue, deshalb, Alter. Keinem meiner Hunde. Sie, Corky, Sandy – nicht mal in einem leeren Hühnerstall würde ich einem von euch trauen. Nicht persönlich gemeint. So bin ich nun mal.«

Zwischen den angestrahlten Hibiskussträuchern auf dem Vorplatz des Hotels warteten zwei Autos. Das erste war ein Volvo, am Steuer saß Gus. Langbourne stieg vorne ein, Roper und Jonathan hinten. Tabby und Frisky folgten in einem Toyota. Langbourne hatte einen Aktenkoffer dabei.
Sie überquerten eine hohe Brücke. Unter sich sahen sie die Lichter der Stadt und die schwarzen holländischen Wasser-

straßen dazwischen. Dann ging es eine steile Rampe hinunter. Die alten Häuser machten Hütten Platz. Plötzlich wirkte die Dunkelheit gefährlich. Sie fuhren jetzt auf einer ebenen Straße. Zur Rechten Wasser, zur Linken, hell angestrahlt, zu vieren gestapelte Container mit Aufschriften wie Sea Land, Ned Lloyd und Tiphook. Sie bogen nach links, und Jonathan erblickte ein weißes Flachdach und blaue Pfosten, vermutlich eine Zollstation. Der Straßenbelag wechselte und ließ die Reifen dröhnen.

»Vor dem Tor anhalten und die Scheinwerfer ausmachen«, befahl Langbourne. »Alle.«

Gus hielt vor dem Tor und schaltete die Scheinwerfer aus. Frisky in dem Toyota dicht hinter ihnen tat dasselbe. Vor ihnen war ein weißes Gittertor mit Warnschildern in Holländisch und Englisch. Dann gingen die Lichter um das Tor ebenfalls aus, und mit der Dunkelheit trat Stille ein. Weit hinten, im indirekten Licht der Bogenlampen, sah Jonathan eine unwirkliche Landschaft aus Hebekränen und Gabelstaplern und den schwachen Umrissen großer Schiffe.

»Die wollen eure Hände sehen. Keiner bewegt sich«, befahl Langbourne.

Seine Stimme klang gebieterisch. Das hier war seine Show, was auch immer es für eine Show sein mochte. Er machte seine Tür einen Spaltbreit auf und wackelte damit hin und her, so daß die Innenbeleuchtung zweimal an- und ausging. Dann zog er die Tür zu, und sie saßen wieder im Dunkeln. Er kurbelte sein Fenster runter. Jonathan sah eine ausgestreckte Hand, die hineingriff. Eine Männerhand, weiß und kräftig. Sie gehörte zu einem nackten Unterarm und einem kurzen weißen Hemdsärmel.

»Eine Stunde«, sagte Langbourne nach oben in die Finsternis.

»Zu lang«, widersprach eine barsche Stimme mit fremdem Akzent.

»Eine Stunde war abgemacht. Eine Stunde oder gar nichts.«

»Okay, okay.«

Erst dann schob Langbourne einen Umschlag durch das offene Fenster. Eine Stabtaschenlampe ging an, der Inhalt wurde rasch durchgezählt. Das weiße Tor schwang auf. Sie fuhren los, noch immer ohne Licht, dicht gefolgt von dem Toyota. Es ging an einem alten einbetonierten Anker vorbei und dann in eine Gasse zwischen vielfarbigen Containern, die jeweils mit einer Buchstabenkombination und sieben Ziffern gekennzeichnet waren.

»Links rein«, sagte Langbourne. Sie bogen nach links, der Toyota folgte ihnen. Jonathan zog den Kopf ein, als der Arm eines orangefarbenen Krans auf sie niederstieß.

»Jetzt rechts. *Hier*«, sagte Langbourne.

Sie bogen nach rechts, und vor ihnen erhob sich der schwarze Rumpf eines Tankers aus dem Meer. Wieder nach rechts, und sie fuhren an einem halben Dutzend vertäuter Schiffe entlang. Zwei davon sehr majestätisch und frisch gestrichen. Die übrigen waren verdreckte Zubringerschiffe. Von jedem führte eine beleuchtete Gangway auf den Kai.

»Halt«, befahl Langbourne.

Noch immer im Dunkeln, den Toyota an der Stoßstange, hielten sie an. Diesmal warteten sie nur wenige Sekunden, ehe eine weitere Taschenlampe vor der Windschutzscheibe anging: erst rot, dann weiß, dann wieder rot.

»Alle Fenster öffnen«, befahl Langbourne Gus. Wieder war er um ihre Hände besorgt. »Aufs Armaturenbrett, wo die sie sehen können. Chef, halt sie offen auf dem Sitz vor dich hin. Sie auch, Thomas.«

Ganz gegen seine Art gehorchte Roper. Die Luft war kühl. Der Ölgestank mischte sich mit den Gerüchen von See und Metall. Jonathan war in Irland. Er war an Bord des schmutzigen Frachters im Hafen von Pugwash und wartete auf die Dunkelheit, um sich an Land zu schleichen. Zwei grelle Taschenlampen tauchten zu beiden Seiten des Wagens auf. Ihre Strahlen tasteten Hände und Gesichter ab, dann den Boden des Autos.

»Mr. Thomas und Mitarbeiter«, sagte Langbourne. »Traktoren inspizieren, die zweite Hälfte bezahlen.«

»Wer ist Thomas?« fragte ein Mann.
»Ich.«
Pause.
»Okay.«
»Alles langsam aussteigen«, befahl Langbourne. »Thomas, hinter mir bleiben. Gänsemarsch.«
Ihr Führer war groß und hager und wirkte zu jung für die Heckler, die er an der rechten Seite trug. Die Gangway war kurz. Als sie an Deck kamen, sah Jonathan jenseits des schwarzen Wassers wieder die Lichter der Stadt und die lodernden Fackelrohre der Raffinerie.
Das Schiff war alt und klein. Höchstens vierzigtausend Tonnen, schätzte Jonathan, es hatte auch schon bessere Zeiten erlebt. Die Holztür einer Luke stand offen. Drinnen glomm eine Schottleuchte über einer stählernen Wendeltreppe. Wieder ging der Führer voran. Das Echo ihrer Schritte klang, als gingen sie in Ketten. In dem schwachen Licht konnte Jonathan den Mann besser erkennen, der ihnen vorausging. Er trug Jeans und Turnschuhe. Er hatte eine blonde Stirnlocke, die er, wenn sie ihm in die Augen fiel, mit der linken Hand zurückwarf. Seine Rechte hielt noch immer die Heckler, den Zeigefinger eng um den Abzug gekrümmt. Auch das Schiff begann deutlicher Gestalt anzunehmen. Es war für die Aufnahme von Stückgut umgerüstet. Fassungsvermögen etwa sechzig Container. Ein alter Kasten, ein Roll-on-roll-off-Arbeitspferd, das beinahe ausgedient hatte. Wenn etwas schiefging, konnte man es wegwerfen.
Sie waren stehengeblieben. Drei Männer standen ihnen gegenüber, alle weiß, blond und jung. Hinter ihnen eine geschlossene Stahltür. Jonathan hielt sie unwillkürlich für Schweden. Auch sie waren mit Hecklers bewaffnet. Jetzt wurde deutlich, daß ihr Führer das Kommando innehatte. Es zeigte sich an seiner lockeren Art, an der Haltung, die er einnahm, als er zu ihnen trat. An seinem knappen, gefährlichen Lächeln.
»Was macht der Adel heutzutage, Sandy?« rief er. Noch immer konnte Jonathan seinen Akzent nicht einordnen.

»Hallo, Pepe«, sagte Langbourne. »Alles bestens, danke. Und du?«
»Seid ihr alle Studenten der Landwirtschaft? Interesse an Traktoren? Maschinenteilen? Wollt Getreide anbauen, die arme Menschheit füttern?«
»Los, bringen wir die Scheißarbeit hinter uns«, sagte Langbourne. »Wo ist Moranti?«
Pepe packte die Stahltür und zog sie auf; im gleichen Augenblick trat Moranti aus dem Schatten.
Mylord Langbourne ist ein Waffennarr, hatte Burr gesagt ... *hat in einem halben Dutzend schmutziger Kriege den Gentleman-Soldaten gespielt ... bildet sich was auf sein Geschick beim Töten ein ... in seiner Freizeit betätigt er sich als Sammler, genau wie der Roper ... die fühlen sich besser, wenn sie meinen, daß auch sie Geschichte schreiben.*

Der Laderaum nahm fast den ganzen Bauch des Schiffes ein. Pepe spielte den Gastgeber, neben ihm gingen Langbourne und Moranti, dahinter Jonathan und Roper und schließlich die Nachhut: Frisky, Tabby und die drei Leute vom Schiff mit ihren Hecklers. Zwanzig Container waren mit Ketten an Deck festgemacht. An den Haltetauen las Jonathan die Namen von verschiedenen Umschlagplätzen: Lissabon, die Azoren, Antwerpen, Gdansk.
»Das Ding wir nennen die Saudi-Kiste«, erklärte Pepe stolz. »Es läßt sich an der Seite öffnen, damit der arabische Zoll reingehen und nach Alkohol schnüffeln kann.«
Die Zollplomben bestanden aus ineinandergesteckten Stahlstiften. Pepes Leute brachen sie mit Bolzenschneidern auf.
»Keine Sorge, genug Ersatz da«, vertraute Pepe Jonathan an. »Morgen früh nichts mehr zu sehen. Dem Zoll ist das scheißegal.«
Die Seitenwand des Containers wurde langsam herabgelassen. Waffen haben ihr eigenes Schweigen. Das Schweigen des künftigen Todes.
»Vulcans«, sagte Langbourne zur Erbauung Morantis. »High-

Tech-Version der Gatling. Sechs Zwanzig-Millimeter-Rohre, feuern dreitausend Schuß in der Minute. Das Allerneueste. Und die Munition dazu, Nachschub folgt. Jedes Geschoß so groß wie Ihr Finger. Eine Salve hört sich an wie ein Schwarm Killerbienen. Helikopter und Kleinflugzeuge haben keine Chance. Brandneu. Zehn Stück. Okay?«

Moranti sagte kein Wort. Nur ein kaum wahrnehmbares Nikken verriet seine Zufriedenheit. Sie gingen zum nächsten Container. Die Ladeöffnung befand sich an der Schmalseite, so daß sie den Inhalt nur von vorne in Augenschein nehmen konnten. Aber auch so sahen sie genug.

»Fünfziger Quads«, erklärte Langbourne. »Vier koaxial montierte MGs Kaliber fünfzig zum gleichzeitigen Beschuß eines Ziels. Zerfetzen jedes beliebige Flugzeug mit einem einzigen Feuerstoß. Lastwagen, Truppentransporter, leichte Panzer, die Quad schaltet alles aus. Auf ein Zweieinhalb-Tonnen-Chassis montiert, sind sie mobil und verteufelt gefährlich. Ebenfalls brandneu.«

Nun führte Pepe sie auf die Steuerbordseite des Schiffs, wo zwei seiner Helfer behutsam ein zigarrenförmiges Geschoß aus einem Fiberglaszylinder zogen. Diesmal konnte Jonathan auf Langbournes Expertise verzichten. Er kannte die Demonstrationsfilme. Er kannte die Geschichten. *Wenn die Iren diese Dinger je in die Finger kriegen, seid ihr tot,* hatte der waffenbesessene Sergeant Major sie gewarnt. *Und sie werden sie bekommen,* hatte er fröhlich hinzugefügt. *Sie werden sie aus den Munitionsdepots der Amis in Deutschland klauen, sie werden sie für ein Schweinegeld von den Afghanen, den Israelis oder Palästinensern kaufen oder von sonst irgendwelchen Leuten, von denen die Amis meinen, sie müßten sie damit beliefern. Sie haben Überschallgeschwindigkeit und können von einem Mann getragen werden; drei Stück pro Karton; wir nennen sie Wespen, und so benehmen sie sich auch ...*

Die Besichtigung ging weiter. Leichte Panzerabwehrgeschütze. Funkgeräte. Medizinische Ausrüstung. Uniformen. Munition. Fertigmahlzeiten. Britische Starstreaks. Kisten, in Birmingham hergestellt. Stahlkanister, in Manchester hergestellt. Nicht alles konnte untersucht werden. Zu viel Material, zu wenig Zeit.

»Und?« fragte Roper Jonathan leise.

Ihre Gesichter waren sehr nah beieinander. Ropers Miene war gespannt und seltsam triumphierend, als hätte er irgend etwas bewiesen.

»Gutes Material«, sagte Jonathan, der nicht wußte, was er sonst dazu sagen sollte.

»Ein wenig von allem in jeder Lieferung. Das ist der Trick. Kommt das Schiff nicht an, geht nur ein wenig von allem verloren, nicht alles von einem. Vernünftig.«

»Das will ich meinen.«

Roper hörte nicht zu. Er schwelgte im Gefühl seiner Leistung. Er war im siebten Himmel.

»Thomas?« rief Langbourne am anderen Ende des Laderaums. »Hierher. Zeit zum Unterschreiben.«

Roper ging mit ihm. Langbourne hatte auf einem Militärklemmbrett eine getippte Empfangsbestätigung für Turbinen, Traktorteile und schwere Maschinen laut beigefügter Aufstellung, besichtigt und in gutem Zustand befunden von Derek S. Thomas, Hauptgeschäftsführer von Tradepaths Limited. Jonathan unterschrieb die Quittung und setzte seine Initialen unter die Aufstellung. Er reichte das Klemmbrett an Roper weiter, der es Moranti zeigte; der gab es Langbourne und der schließlich Pepe. Auf einem Regal neben der Tür lag ein schnurloses Telefon. Pepe nahm es und wählte eine Nummer von einem Stück Papier, das Roper ihm hinhielt. Moranti stand ein wenig abseits, die Hände in die Hüften gestemmt, die Brust herausgestreckt wie ein Russe vor einem Kriegerdenkmal. Pepe gab das Telefon an Roper weiter. Sie hörten den Banker hallo sagen.

»Piet?« sagte Roper. »Ein Freund von mir hat eine wichtige Nachricht für Sie.«

Roper gab Jonathan das Telefon und ein zweites Stück Papier, das er aus seiner Tasche geholt hatte.

Jonathan warf einen Blick auf den Zettel und las dann laut ab. »Hier spricht Ihr Freund George«, sagte er. »Danke, daß Sie heute abend aufgeblieben sind.«
»Holen Sie mir bitte Pepe an den Apparat, Derek«, sagte der Banker. »Ich möchte ihm ein paar schöne Neuigkeiten bestätigen.«
Jonathan gab Pepe den Hörer; er horchte, lachte, legte auf und schlug Jonathan auf die Schulter.
»Sie sind ein großzügiger Mann!«
Das Lachen verstummte, als Langbourne ein getipptes Blatt Papier aus seinem Aktenkoffer holte. »Quittung«, sagte er knapp.
Pepe nahm Jonathans Stift und unterschrieb, von allen beobachtet, eine Quittung für Tradepaths Limited über den Empfang von fünfundzwanzig Millionen US-Dollar, dritte und vorletzte Rate für die vereinbarte Lieferung von Turbinen, Traktorteilen und schweren Maschinen, vertragsgemäß nach Curaçao zum Weitertransport auf der SS *Lombardy* geliefert.

Um vier Uhr morgens rief sie an.
»Morgen fliegen wir zur *Pasha*«, sagte sie. »Ich und Corky.«
Jonathan schwieg.
»Er sagt, ich muß abhauen. Ich soll die Kreuzfahrt vergessen und abhauen, solange es noch geht.«
»Er hat recht«, murmelte Jonathan.
»Abhauen *bringt* nichts, Jonathan. Hat keinen Sinn. Wir beide wissen das. Wenn man ankommt, begegnet man nur wieder sich selbst.«
»Verschwinde erst mal. Irgendwohin. Bitte.«
Dann lagen sie schweigend auf ihren getrennten Betten, Seite an Seite, und hörten sich atmen.
»*Jonathan*«, flüsterte sie. »*Jonathan.*«

23

Operation Klette lief wie geschmiert. Burr sagte das an seinem grimmig grauen Schreibtisch in Miami. Strelski im Zimmer nebenan sagte es auch. Goodhew, der täglich zweimal über die abhörsichere Leitung aus London anrief, zweifelte nicht daran. »Die höheren Mächte kommen zur Vernunft, Leonard. Jetzt brauchen wir nur noch die Entscheidung.«

»Was für Mächte?« fragte Burr mißtrauisch wie immer.

»Zum Beispiel mein Chef.«

»Ihr *Chef*?«

»Er ist auf unserer Seite, Leonard. Er sagt es, und ich muß ihm glauben. Wie kann ich ihn übergehen, wenn er mir seine volle Unterstützung anbietet? Er hat mich gestern an sein Herz gedrückt.«

»Freut mich zu hören, daß er eins hat.«

Aber Goodhew war in diesen Tagen nicht nach Scherzen zumute. »Er sagt, wir sollten enger zusammenrücken. Ich stimme ihm zu. Es sind zu viele Leute daran beteiligt. Er sagt, irgendwas stinkt an der Sache. Ich hätte es nicht besser ausdrücken können. Er möchte als einer von denen in die Geschichte eingehen, die keine Angst hatten, der Sache auf den Grund zu gehen. Dafür werde ich schon sorgen. Er hat Flaggschiff nicht namentlich erwähnt, ich auch nicht. Manche Dinge verschweigt man besser. Aber Ihre Liste hat ihn stark beeindruckt, Leonard. Die Liste hat ihn endgültig überzeugt.

Nackte, eindeutige Tatsachen. Daran konnte er nicht vorbei.«
»*Meine* Liste?«
»Die Liste, Leonard. Die unser Freund fotografiert hat. Die Hintermänner. Die Investoren. Die Läufer und Starter, wie Sie das genannt haben.« Goodhews Stimme hatte einen flehenden Unterton, den Burr sehr gern überhört hätte. »Der hieb- und stichfeste Beweis, Herrgott noch mal. Das, was niemand je finden wird, haben Sie gesagt, nur daß unser Freund es gefunden *hat.* Leonard, spielen Sie doch nicht den Begriffsstutzigen.«
Aber Goodhew hatte Burrs Verwirrung falsch gedeutet. Burr hatte sofort gewußt, welche Liste er meinte. Nur konnte er nicht begreifen, welchen Gebrauch Goodhew davon gemacht hatte.
»Soll das etwa heißen, daß Sie Ihrem Minister die *Liste der Hintermänner* gezeigt haben?«
»Du liebe Zeit, natürlich nicht das Rohmaterial! Nur die Namen und Zahlen. Selbstverständlich in bearbeiteter Form. Hätten aus einem mitgehörten Telefongespräch stammen können, von einer Wanze oder sonstwas. Oder aus einem abgefangenen Brief.«
»Roper hat diese Liste weder diktiert noch am Telefon vorgelesen, Rex. Er hat sie auch nicht in einen Briefkasten geworfen. Er hat sie auf gelbes Schreibpapier notiert, es gibt auf der Welt nur ein Exemplar von der Liste und nur einen Mann, der sie fotografiert hat.«
»Keine Haarspaltereien, Leonard! Mein Chef ist entsetzt, nur darum geht es. Er sieht ein, daß eine Entscheidung bevorsteht, daß Köpfe rollen müssen. Er meint – so sagt er mir, und ich werde ihm glauben, bis man mir das Gegenteil beweist; er hat seinen Stolz, Leonard, genau wie wir alle, wir haben alle unsere Methoden, unangenehmen Wahrheiten so lange aus dem Weg zu gehen, bis wir mit der Nase drauf gestoßen werden – er meint, es sei jetzt Zeit für ihn, Flagge zu zeigen und Partei zu ergreifen.« Er wagte einen bemühten Scherz. »Sie wissen ja, er hat es mit Metaphern. Mich wundert, daß er nicht noch ein

paar neue Besen erwähnt hat, die wie Phönix aus der Asche steigen.«
Falls Goodhew schallendes Gelächter erwartet hatte, wurde er von Burr enttäuscht.
Goodhew ereiferte sich: »Leonard, ich hatte keine andere Wahl. Ich bin ein Diener der Krone. Ich diene einem Minister der Krone. Ich habe die Pflicht, meinen Chef von den Fortschritten bei Ihrem Fall zu unterrichten. Wenn mein Chef mir sagt, er sei zur Einsicht gekommen, steht es mir nicht zu, ihn der Lüge zu bezichtigen. Ich habe Loyalitäten, Leonard. Nicht nur gegenüber meinen Grundsätzen, sondern auch ihm und Ihnen gegenüber. Am Donnerstag, nach seiner Besprechung mit dem Kabinettssekretär, treffen wir uns zum Lunch. Ich erwarte wichtige Neuigkeiten. Ich hatte gehofft, Sie wären erfreut und nicht verärgert.«
»Wer hat die Liste der Hintermänner sonst noch gesehen, Rex?«
»Außer meinem Chef niemand. Ich habe ihn selbstverständlich auf die Vertraulichkeit dieser Liste aufmerksam gemacht. Man kann den Leuten nicht andauernd sagen, sie sollen den Mund halten, man darf nicht allzu oft Alarm schlagen. Natürlich wird der Kabinettssekretär bei ihrem Treffen am Donnerstag das Wesentliche daraus erfahren, aber wir dürfen sicher sein, daß dann auch Schluß ist.«
Er konnte Burrs Schweigen nicht mehr ertragen.
»Leonard, ich fürchte, Sie vergessen die wichtigsten Grundsätze. Alle meine Bemühungen in den letzten Monaten waren darauf gerichtet, in der neuen Ära für mehr Offenheit zu sorgen. Heimlichtuerei ist der Fluch unsres britischen Systems. Ich werde weder meinen Chef noch irgendwelche anderen Minister der Krone dazu ermuntern, sich weiter dahinter zu verstecken. Das tun sie ohnehin. Ich will kein Wort von Ihnen hören, Leonard. Fangen Sie mir bloß nicht wieder mit den alten River-House-Methoden an.«
Burr holte tief Luft. »Ich habe verstanden, Rex. Kapiert. Ich werde von jetzt an die wichtigsten Grundsätze beherzigen.«

»Freut mich zu hören, Leonard.«
Burr legte auf, dann rief er Rooke an. »Rex Goodhew erhält von uns keine ungefilterten Berichte mehr über die Operation Klette, Rob. Mit sofortiger Wirkung. Schriftliche Bestätigung folgt morgen mit der Post.«

Trotzdem, alles andere war gelaufen wie geschmiert, und mochte Burr sich auch weiter über Goodhews Fehler ärgern, so hatten doch weder er noch Strelski das Gefühl einer nahenden Katastrophe. Was Goodhew die Entscheidung genannt hatte, hieß für Burr und Strelski der Schlag, und von diesem Schlag träumten sie jetzt. Es war der Augenblick, in dem sämtliche Drogen und Waffen und Akteure an einem Ort versammelt wären und der Weg des Geldes sichtbar würde, der Augenblick, in dem – vorausgesetzt, ihr gemeinsames Team verfügte über die notwendigen Rechte und Genehmigungen – ihre Krieger von den Bäumen springen und »Hände hoch!« schreien und die bösen Jungs mit bedauerndem Lächeln sagen würden: »Jetzt hat's uns erwischt, Kommissar«, oder, falls es Amerikaner waren: »Das zahl ich dir heim, Strelski, du Arsch.«
So jedenfalls malten sie es sich feixend aus.
»Wir treiben die Sache so weit wie möglich«, sagte Strelski immer wieder – auf Besprechungen, am Telefon, beim Kaffee, bei Spaziergängen am Strand. »Je weiter sie kommen, desto weniger Versteckmöglichkeiten haben sie, und desto näher sind wir unserem Ziel.«
Burr sah das genauso. Ob man Gangster oder Spione fängt, sagte er, das ist sich gleich: Man braucht bloß eine gut beleuchtete Straßenecke, die Kameras in der richtigen Position, einen Mann im Trenchcoat, der die Pläne bringt, einen Mann in Melone, der den Koffer voll gebrauchter Geldscheine bringt. Und wenn man Glück hat, ist alles Beweismaterial zusammen. Operation Klette hatte nur einen Haken: Wessen Straße? Wessen Stadt? Wessen Meer? Wessen Hoheitsgebiet? Denn eins stand bereits fest: Weder Richard Onslow Roper noch seine kolumbianischen Handelspartner hatten die leiseste Absicht,

ihr Geschäft auf amerikanischem Boden zum Abschluß zu bringen.

Unterstützung und Grund zur Zufriedenheit gewährte auch der neue Bundesanwalt, der mit dem Fall betraut worden war. Er hieß Prescott und war eigentlich mehr als nur ein Bundesanwalt: Er war Zweiter Stellvertretender Justizminister, und jeder, mit dem Strelski über ihn gesprochen hatte, sagte, Ed Prescott sei der beste Zweite Stellvertretende Justizminister, den man sich denken könne, einfach der beste, Joe, glauben Sie mir. Die Prescotts waren natürlich alle in Yale gewesen, und einige von ihnen hatten Verbindungen zum Geheimdienst – wie auch nicht? –, und es gab sogar ein Gerücht, das Ed nie ausdrücklich dementiert hatte, dem zufolge er irgendwie mit dem alten Prescott Bush, George Bushs Vater, verwandt war; aber um so etwas kümmerte Ed sich nicht, für ihn zählte nur, daß man einen ernsthaften Washingtoner Akteur in ihm sah, der seine Termine selbst bestimmte und Herkunft Herkunft sein ließ, wenn er die Bürotür zumachte.
»Was ist mit dem Mann passiert, den wir bis letzte Woche hatten?« fragte Burr.
»Schätze, er hatte genug von der Warterei«, erwiderte Strelski. »Solche Typen warten nicht gern.«
Burr fragte nicht weiter, verwirrt wie immer von dem Tempo, mit dem die Amerikaner ihre Leute einstellten und feuerten. Erst als es zu spät war, ging ihm auf, daß er und Strelski dieselben Bedenken hegten, sie aber aus Rücksicht aufeinander nicht zur Sprache brachten. Unterdessen stürzten sich Burr und Strelski wie alle anderen auf die unmögliche Aufgabe, Washington dazu zu überreden, die gesetzlichen Voraussetzungen dafür zu schaffen, daß die SS *Lombardy* – registriert in Panama, von Curaçao aus auf dem Weg in die Freihandelszone von Colón, mit modernsten Waffen, im Ladungsverzeichnis als Turbinen, Traktorteile und landwirtschaftliche Maschinen ausgewiesen, im Wert von fünfzig Millionen Dollar an Bord – auf hoher See abgefangen werden konnte. Auch

hier machte Burr sich später den Vorwurf – so wie er sich so ziemlich für alles Vorwürfe machte –, daß er zu viele Stunden dem legeren Charme und kameradschaftlichen Getue Ed Prescotts in dessen Prunkbüro erlegen war und sich zu wenige Stunden in der Operationszentrale der gemeinsamen Planungsgruppe um seine Pflichten als Führungsoffizier gekümmert hatte.

Aber was sollte er denn sonst tun? Die geheimen Ätherwellen zwischen Miami und Washington waren Tag und Nacht in hektischer Bewegung. Eine wahre Prozession von juristischen und weniger juristischen Experten war aufgeboten worden, und bald tauchten unter ihnen auch vertraute britische Gesichter auf: Darling Katie von der Washingtoner Botschaft, Maderson vom Marineverbindungsstab, Hardacre von der Funkaufklärung und ein junger Anwalt vom River House, der Gerüchten zufolge demnächst Palfreys Stelle als Rechtsberater der Projektgruppe Beschaffung übernehmen sollte.

An manchen Tagen schien ganz Washington nach Miami zu strömen; an anderen war das Büro des Bundesanwalts nur noch mit zwei Sekretärinnen und einer Telefonistin besetzt, während der Zweite Stellvertretende Justizminister Prescott und sein Stab mit der Erstürmung des Kapitols beschäftigt waren. Und Burr, der bewußt nichts von den Feinheiten innenpolitischer Machtkämpfe der Amerikaner wissen wollte, schöpfte Trost aus diesen fieberhaften Aktivitäten, indem er ähnlich wie Jeds Whippet davon ausging, daß es dort, wo soviel Theater und Hektik war, mit Sicherheit auch Fortschritte geben mußte.

Es hatte also wirklich keine bösen Anzeichen gegeben, nur die kleineren Alarmsignale, mit denen man bei heimlichen Operationen immer rechnen muß: zum Beispiel die zermürbenden Hinweise darauf, daß so entscheidende Daten wie abgefangene Funksprüche, Fotos der Luftaufklärung und regionale Geheimdienstberichte aus Langley irgendwo auf dem Weg zu Strelskis Schreibtisch hängenblieben; außerdem hatten Burr und Strelski beide, auch wenn sie einander noch nichts davon sagten, das unheimliche Gefühl, daß die Operation Klette zusammen mit einer weiteren Operation durchgeführt wurde: Sie spürten das, konnten es aber nicht sehen. Ansonsten machte ihnen wie üblich nur Apostoll Kopfschmerzen, der, nicht zum erstenmal in seiner sprunghaften Karriere als Flynns Superschnüffler, spurlos von der Bildfläche verschwunden war. Was um so unangenehmer war, als Flynn eigens nach Curaçao geflogen war, um ihm zur Seite zu stehen, und jetzt in einem teuren Hotel herumsaß und sich vorkam wie das Mädchen, das man beim Ball versetzt hatte.

Aber selbst bei diesem Stand der Dinge sah Burr keinen Grund zur Sorge. Wenn er ehrlich war, mußte er Apo sogar recht geben. Seine Betreuer hatten ihm heftig zugesetzt. Vielleicht zu heftig. Wochenlang hatte Apo seinen Unmut geäußert und gedroht, so lange zu streiken, bis seine Amnestie schriftlich bestätigt und unterschrieben sei. Es war nicht verwunderlich, daß er sich, als es langsam kritisch wurde, lieber aus der Schußlinie entfernte, als Gefahr zu laufen, für seine Mittäterschaft vor und nach einem der größten Drogen- und Waffen-Deals der neueren Geschichte, wie es aussah, ein weiteres Mal zu sechsmal lebenslänglich verurteilt zu werden.

»Pat hat eben mit Pater Lucan telefoniert«, berichtete Strelski Burr. »Lucan hat keinen Ton von ihm gehört. Pat auch nicht. Seine Klienten wußten, daß er nicht nach Curaçao gehen würde. Warum hätten sie sonst wohl Moranti geschickt? Wenn er es seinen Klienten mitteilen kann, warum zum Teufel dann nicht auch Pat?«

»Will ihm wahrscheinlich eine Lektion erteilen«, meinte Burr.

Am gleichen Abend wurde bei der breitgefächerten Überwachung des Telefonverkehrs von Curaçao zufällig ein Gespräch Lord Langbournes mitgeschnitten.

Er sprach mit der Anwaltskanzlei Menez & Garcia in der kolumbianischen Stadt Cali; die beiden waren mit Dr. Apostoll assoziiert und als Strohmänner des Kali-Kartells bekannt. Dr. Juan Menez nimmt den Anruf entgegen.

»Juanito? Sandy. Wo steckt unser Freund, der Doktor? Er hat sich nicht blicken lassen.«

Achtzehn Sekunden Schweigen. »Fragen Sie Jesus.«

»Was zum Teufel soll das heißen?«

»Unser Freund ist ein frommer Mann, Sandy. Vielleicht macht er Exerzitien.«

Angesichts der Nähe von Caracas und Curaçao wird vereinbart, daß Dr. Moranti für Apostoll einspringen soll.

Und wieder einmal verschwiegen Burr und Strelski, wie sie beide hinterher zugaben, ihre wahren Gedanken voreinander.

Andere aufgefangene Gespräche beschrieben die verzweifelten Versuche Sir Anthony Joyston Bradshaws, Roper von einer Reihe öffentlicher Telefonzellen in Berkshire und Umgebung anzurufen. Als erstes versuchte er es mit seiner amerikanischen Telefonkarte, aber eine Automatenstimme informierte ihn, daß die Karte nicht mehr gültig sei. Er verlangte den Aufsichtsbeamten, nannte stolz und offenbar angetrunken seinen Titel und wurde höflich, aber bestimmt abgewiesen. Die Ironbrand-Büros in Nassau waren auch nicht sehr hilfreich. Beim ersten Versuch weigerte sich die Zentrale, sein R-Gespräch anzunehmen; beim zweiten bekam er einen MacDanby zu sprechen, der ihn aber kurz abfertigte. Schließlich erreichte er den Kapitän der *Iron Pasha*, die jetzt in Antigua vor Anker lag:

»Also, wo steckt er denn? Ich habe in Crystal angerufen. In Crystal ist er nicht. Ich habe bei der Ironbrand angerufen, da erzählt mir so ein unverschämter Lümmel, er sei unterwegs, Farmen verkaufen. Jetzt sagen *Sie* mir, er wird ›erwartet‹. Es ist mir scheißegal, ob er erwartet wird! Ich will ihn *jetzt* sprechen! Ich bin *Sir* Anthony Joyston Bradshaw. Das ist ein *Notfall.* Muß ich Ihnen noch erklären, was ein Notfall ist?«

Der Kapitän riet ihm, es mit Corkorans Privatnummer in Nassau zu versuchen. Das hatte Bradshaw bereits getan, vergeblich.

Trotzdem fand Bradshaw irgendwo und irgendwie seinen Mann und sprach mit ihm, ohne daß es den Lauschern auffiel, wie später die Ergebnisse mehr als deutlich machten.

Der Anruf des diensthabenden Beamten kam in der Morgendämmerung. Eiskalt wie die Durchsage der Bodenstation, daß die Rakete jeden Augenblick zu explodieren droht.
»Mr. Burr, Sir? Könnten Sie unverzüglich hierherkommen, Sir? Mr. Strelski ist bereits unterwegs. Wir haben ein Problem.«
Noch nicht.

Strelski machte die Reise allein. Er hätte Flynn gern mitgenommen, aber der saß noch immer zusammen mit Amato in Curaçao und wartete verzweifelt, und so fuhr Strelski für sie beide. Burr hatte angeboten, mitzukommen, aber Strelski hatte gewisse Schwierigkeiten, wenn es um die Beteiligung der Briten an dieser Sache ging. Das bezog sich nicht auf Burr – Leonard war ein Freund. Aber Freundschaft bedeutete nicht alles. Jetzt schon gar nicht.
Jedenfalls ließ er Burr mit den flackernden Bildschirmen und der entsetzten Nachtbelegschaft im Hauptquartier zurück und gab strikte Anweisung, nichts zu unternehmen, in keiner Richtung, und weder Pat Flynn noch den Bundesanwalt, noch *sonst irgendwen* zu unterrichten, bis er, Strelski, die Sache überprüft und telefonisch sein Ja oder Nein durchgegeben habe.
»Verstanden, Leonard? Haben Sie gehört?«
»Ich habe es gehört.«
»Na gut.«
Sein Fahrer erwartete ihn auf dem Parkplatz – Wilbur hieß er; kein unsympathischer Mann, aber kurz vor der Ausmusterung –, und dann fuhren sie mit Blinklicht und heulenden Sirenen durch das leere Stadtzentrum, was Strelski reichlich blöd vorkam: Wozu die Eile, wozu die halbe Stadt aufwekken? Aber er verkniff sich jeden Kommentar, denn tief im Innern wußte er, daß er, wenn er selbst am Steuer gesessen hätte, genauso gefahren wäre. Manchmal tut man so etwas aus Respekt. Manchmal ist es das einzige, was einem noch zu tun bleibt.
Im übrigen *hatte* er es eilig. Wenn wichtigen Zeugen etwas zu-

stößt, kann man schon mit einiger Sicherheit sagen, daß Eile geboten ist. Wenn ein wenig zu lange ein wenig zu viel schiefgegangen ist; wenn man sich immer weiter zum Rand des Geschehens hinbewegt hat, während alle sich die größte Mühe gegeben haben, einen zu überzeugen, daß man mitten im Zentrum der Macht stehe – Herrgott, Joe, wo *wären* wir denn ohne Sie? – wenn man auf den Korridoren ein wenig zu viel merkwürdige politische Theorien mitbekommen hat – etwa, daß *Flaggschiff* nicht nur ein Kodename, sondern eine *Operation* sei, oder wenn es hieß, es müßten *Türpfosten versetzt werden, man müsse bei sich zu Hause mal etwas aufräumen;* wenn man fünf lächelnde Gesichter zu viel gesehen hat und einem fünf Geheimberichte zu viel zugeschoben worden sind und keiner davon wirklich brauchbar ist; wenn sich nichts um einen herum ändert, außer daß die Welt, in der man sich zu bewegen glaubte, still und leise immer weiter von einem wegdriftet, so daß man sich am Ende wie auf einem Floß vorkommt, das mitten auf einem trägen, von Krokodilen wimmelnden Fluß in die falsche Richtung treibt – und Joe, um Gottes willen, Joe, Sie *sind* doch der *beste* Ermittler der Enforcement – nun ja, dann kann man schon mit einiger Sicherheit sagen, daß ein wenig Eile geboten ist, um herauszufinden, wer zum Teufel da eigentlich mit wem etwas anstellt.

Manchmal sieht man sich selbst beim Verlieren zu, dachte Strelski. Er sah gerne Tennis, und am liebsten hatte er die Nahaufnahmen der Spieler im Fernsehen, wenn sie zwischen den Spielen Cola tranken und man beobachten konnte, wie die Miene des Gewinners sich auf den Sieg und die Miene des Verlierers sich auf die Niederlage vorbereitete. Und die Verlierer sahen genau so aus, wie er sich jetzt fühlte. Sie schlugen ihre Bälle und rackerten sich bis zuletzt ab, doch am Ende zählten nur die Punkte, und in der Morgendämmerung dieses neuen Tages sah der Punktestand alles andere als rosig aus. Spiel, Satz und Sieg ging offenbar an die Fürsten der Zentralen Nachrichtenauswertung auf beiden Seiten des Atlantik.

Sie fuhren am Grand Bay Hotel vorbei – Strelskis Lieblingstränke, wenn er die Bestätigung brauchte, daß die Welt elegant und ruhig war –, dann den Hügel hoch, weg von der Uferpromenade, vom Jachthafen und vom Park, durch ein elektronisch gesteuertes schmiedeeisernes Tor zu einem Gebäudekomplex, den Strelski noch nie betreten hatte – Sunglades hieß dieser stinkvornehme Klotz, in dem die reichen Drogenbosse ihre Fäden zogen und Weiber vernaschten und sich austobten –, mit schwarzen Wachtposten und schwarzer Bedienung, einer weißen Rezeption und weißen Aufzügen und einer Atmosphäre, die einem gleich nach Passieren des Tors das Gefühl vermittelt, an einen Ort gekommen zu sein, der noch gefährlicher ist als die Welt, vor der das Tor einen schützen soll. Denn in einer Stadt wie dieser dermaßen reich zu sein, ist so gefährlich, daß man nur staunen kann, warum nicht alle hier längst in ihren Prunkbetten tot aufgewacht sind.

Nur etwas war an diesem Morgen anders: Auf dem Vorplatz wimmelte es von Polizeiautos und Ü-Wagen und Ambulanzen und all den anderen Dingen, die das Chaos regeln und Krisen im Keim ersticken sollen, in Wirklichkeit aber darin schwelgen. Der Lärm und die Lichter steigerten noch das Gefühl der Entfremdung, das Strelski nicht mehr losließ, seit jener heisere Polizist ihm die Nachricht durchgegeben hatte, weil »uns bekannt ist, daß Sie an dem Kerl interessiert sind«. Ich bin gar nicht mehr hier, dachte er. Ich habe diese Szene schon einmal geträumt.

Er sah zwei Bekannte von der Mordkommission. Knappe Begrüßung. Hallo, Glebe. Hallo, Rockham. Schön, Sie zu sehen. Mann, Joe, was hat Sie aufgehalten? Gute Frage, Jeff; vielleicht wollte jemand es so haben. Er sah Leute aus seiner Abteilung. MaryJo, mit der er zur beiderseitigen Überraschung nach einer Büroparty einmal geschlafen hatte, und einen ernsten Jungen namens Metzger, der aussah, als ob er schnell an die frische Luft müßte; aber die gibt es in Miami nicht.

»Wer ist oben, Metzger?«

»Sir, die Polizei ist so ziemlich mit allen Leuten da oben.

Schlimme Sache, Sir. Fünf Tage ohne Aircondition, und das bei der Sonneneinstrahlung – absolut ekelhaft. Warum haben sie die Aircondition abgestellt? Ich meine, das ist doch einfach barbarisch.«

»Wer hat sie hierherbestellt, Metzger?«

»Die Mordkommission, Sir.«

»Wann war das?«

»Sir, vor einer Stunde.«

»Warum haben Sie *mich* nicht verständigt, Metzger?«

»Sir, man hat mir gesagt, Sie würden noch in der Operationszentrale aufgehalten, kämen aber bald.«

Man, dachte Strelski. *Man* hat mal wieder etwas signalisiert. *Joe Strelski: guter Beamter, wird aber allmählich zu alt für den Job. Joe Strelski. Zu langsam, um ihn an Bord des Flaggschiffs zu nehmen.*

Der mittlere Aufzug brachte sie ohne Zwischenstopp ins oberste Stockwerk. Es war der Penthouse-Aufzug. Der Architekt hatte sich das so gedacht: Man kommt in diese von Sternen beleuchtete Glasgalerie, die gleichzeitig als Sicherheitsraum dient, und während man sich fragt, ob man gleich den Pitbulls zum Fraß vorgeworfen wird oder ein Gourmet-Essen und zum Nachspülen eine knackige Nutte serviert bekommt, kann man den Swimmingpool, den Whirlpool, den Dachgarten, das Solarium, das Orgiarium und all die anderen Einrichtungen bewundern, die dem Lebensstil eines kleinen Drogenanwalts entsprechen.

Ein junger Polizist mit weißer Schutzmaske wollte Strelskis Ausweis sehen. Anstatt viele Worte zu verlieren, zeigte Strelski ihn vor. Der junge Polizist gab ihm eine Maske, als sei Strelski nun in den Klub aufgenommen. Danach mußte man sich um Fotolampen und Leute in Overalls herumschlängeln, und es lag ein Gestank in der Luft, der durch die Maske irgendwie noch beißender war. Man grüßte Scranton von der Zentralen Nachrichtenauswertung und Rukowski vom Büro des Bundesanwalts. Man fragte sich, warum zum Teufel die Zentralisten vor einem am Tatort eingetroffen waren. Man grüßte jeden, der so aussah, als könnte er einem den Weg versperren,

bis man sich endlich irgendwie zu dem am hellsten erleuchteten Teil des Auktionssaals durchgekämpft hatte – denn als solchen konnte man, von dem Gestank einmal abgesehen, diesen überfüllten Raum durchaus ansehen: Alles betrachtete die *objets d'art,* machte Notizen und kalkulierte Preise, ohne die anderen Anwesenden sonderlich zu beachten.
Und wenn man sein Ziel erreicht hatte, erblickte man kein Porträt, auch keinen Wachsabdruck, sondern die authentischen Originale von Dr. Paul Apostoll und seiner derzeitigen oder letzten Geliebten, beide unbekleidet; so wie Apo seine Freizeit am liebsten verbrachte – immer auf den Knien vor jemand, wie wir zu sagen pflegten, und meist auch auf dem Bauch –; beide waren beträchtlich verfärbt und knieten einander gegenüber; sie waren an Händen und Füßen gefesselt, und man hatte ihnen die Kehle aufgeschnitten: Durch den Einschnitt war die Zunge gezogen worden; in Fachkreisen bezeichnete man das als kolumbianische Krawatte.

Burr hatte es schon gewußt, als Strelski die Nachricht entgegennahm, lange bevor er die Nachricht selbst erfuhr. Schon die furchtbare Erschlaffung, mit der Strelski auf die Nachricht reagierte, war deutlich genug gewesen, und wie Strelski instinktiv zu Burr hinübersah und dann den Blick wieder abwandte, um irgend etwas anderes anzustarren, während er sich den Rest anhörte. Dieser Blick und das Wegblicken sagten alles. Beides bedeutete Anklage und Abschied zugleich. Es bedeutete: Das hast du, das haben deine Leute mir angetan. Und: Von jetzt an ist es Unfug, daß wir im selben Zimmer sitzen.
Strelski hörte zu und machte sich schnell Notizen, dann fragte er, wer die Identifizierung vorgenommen habe, und schrieb geistesabwesend etwas anderes auf. Dann riß er das Blatt ab und schob es sich in die Tasche; Burr vermutete, es war eine Adresse; als Strelski aufstand, schloß Burr aus seinem versteinerten Gesicht, daß er dort hinfuhr und daß es ein scheußlicher Tod sein mußte. Dann mußte Burr zusehen, wie Strelski sein Schulterhalfter anlegte, und er mußte daran denken, wie

er ihn in den alten Zeiten, als alles noch anders war, gefragt haben würde, warum Strelski zur Besichtigung einer Leiche eine Pistole mitnahm, und wie der zur Begründung irgend etwas scherzhaft Englandfeindliches vorgebracht hätte, und überhaupt, wie gut sie miteinander ausgekommen waren.
Burr behielt diesen Augenblick für immer im Gedächtnis. Zwei Todesnachrichten auf einmal: die von Apostoll und die von ihrer beruflichen Zusammenarbeit.
»In Bruder Michaels Wohnung am Coconut Grove ist ein Toter gefunden worden, sagt die Polizei. Verdächtige Umstände. Ich werde das überprüfen.«
Und dann die Warnung, gerichtet an alle, nur nicht an Burr, aber speziell auf ihn gemünzt:
»Könnte jeder sein. Sein Koch, sein Fahrer, sein Bruder, irgendein Arsch. Niemand unternimmt etwas, bis ich es sage. Verstanden?«
Sie verstanden; aber wie Burr wußten sie alle, daß es nicht der Koch, der Fahrer oder der Bruder war. Und nun hatte Strelski vom Tatort angerufen, und ja, es war Apostoll, und Burr machte alles, worauf er sich für den Fall der Bestätigung gedanklich vorbereitet hatte, in der geplanten Reihenfolge. Als erstes benachrichtigte er Rooke, Operation Klette müsse mit sofortiger Wirkung als gefährdet betrachtet werden und Jonathan folglich das Notsignal für Phase eins des Evakuierungsplans bekommen, was bedeutete, daß Jonathan sich von Roper und seinem Gefolge absetzen und am besten in der nächsten britischen Botschaft untertauchen sollte oder, falls das nicht möglich wäre, eine Polizeistation aufsuchen und sich, um die Voraussetzung für eine zügige Auslieferung zu schaffen, als der gesuchte Kriminelle Pine stellen sollte.
Aber der Anruf kam zu spät. Als es Burr endlich gelungen war, Rooke auf dem Beifahrersitz von Amatos Überwachungswagen aufzuspüren, bewunderten die beiden Männer gerade Ropers Jet, der auf dem Weg nach Panama in Richtung der aufgehenden Sonne startete. Seinem bekannten Verhaltensmuster getreu, flog der Chef im Morgengrauen.

»Welcher Flughafen in Panama, Rob?« fragte Burr scharf, den Bleistift in der Hand.
»Zielangabe an den Tower war Panama, sonst nichts. Frag besser die Luftraumüberwachung.«
Was Burr bereits auf einer anderen Leitung tat. Anschließend rief er die britische Botschaft in Panama an und sprach mit dem Handelsattaché, der zufällig auch Burrs Abteilung vertrat und Beziehungen zur panamaischen Polizei unterhielt. Als letztes telefonierte Burr mit Goodhew und erklärte ihm, der Zustand von Apostolls Leiche lasse darauf schließen, daß man ihn vor seiner Ermordung gefoltert habe; realistisch betrachtet, müsse davon ausgegangen werden, daß Jonathan, was die Operation betreffe, aufgeflogen sei.
»Ah ja, aha, verstehe«, sagte Goodhew zerstreut. War er ungerührt – oder war er schockiert?
»Das heißt nicht, daß Roper uns entwischt ist«, behauptete Burr und war sich bewußt, daß er, indem er Goodhew Hoffnung machte, sich selbst Mut zusprach.
»Einverstanden. Sie dürfen jetzt nicht aufgeben. Zupacken heißt die Devise. Ich weiß, daß Sie das Zeug dazu haben.«
Früher hat er immer *wir* gesagt, dachte Burr.
»Einmal mußte es ja so kommen«, sagte er. »Apo war ein Schnüffler. Seine Uhr war abgelaufen. So sind nun mal die Regeln. Wird man nicht von den Bullen gefressen, dann eben von den Gangstern. Er hat es die ganze Zeit gewußt. Wir haben jetzt die Aufgabe, unseren Mann da rauszuholen. Das ist zu schaffen. Kein Problem. Sie werden sehen. Es passiert bloß ein bißchen viel auf einmal. Rex?«
Mit seinem eigenen inneren Aufruhr beschäftigt, war Burr dennoch von fieberhaftem Mitleid mit Goodhew erfüllt. Rex sollte gar nicht mit so etwas behelligt werden! Er hat kein dikkes Fell, er nimmt es sich zu sehr zu Herzen! Burr erinnerte sich, daß es in London Nachmittag war. Goodhew hatte mit seinem Chef zu Mittag gegessen.
»Wie ist es denn gelaufen? Was hatte er denn Wichtiges mitzuteilen?« fragte Burr, noch immer bemüht, Goodhew ein opti-

mistisches Wort zu entlocken. »Wird der Kabinettssekretär jetzt endlich zu uns überlaufen?«

»Oh, ja, danke, ja, sehr erfreulich«, sagte Goodhew entsetzlich höflich. »Typisches Club-Essen, aber dafür ist man schließlich Mitglied.« Er steht unter Betäubung, dachte Burr. Er ist weggetreten. »Gute Nachricht für Sie: Es wird eine neue Abteilung eingerichtet. Ein Whitehall-Überwachungsausschuß, der erste seiner Art, wurde mir gesagt. Steht für alles, wofür wir gekämpft haben, und ich werde den Vorsitz übernehmen. Wird direkt dem Kabinettssekretär unterstellt sein, großartig, wie? Alle haben ihren Segen gegeben, sogar das River House hat volle Unterstützung zugesagt. Ich soll eine gründliche Untersuchung sämtlicher Aspekte der geheimen Unterwelt durchführen: Rekrutierung, Rationalisierung, Kosteneffizienz, Lastenverteilung, Verantwortlichkeiten. So ziemlich alles, was ich eigentlich längst getan habe, aber ich werde es noch einmal und noch gründlicher tun. Ich soll sofort anfangen. Keine Zeit zu verlieren. Das heißt natürlich, daß ich meine gegenwärtige Arbeit aufgeben muß. Aber er hat deutlich durchblikken lassen, daß am Ende des Regenbogens eine Ritterschaft auf mich wartet. Hester wird sich freuen.«

Auf der anderen Leitung meldete sich wieder die Luftraumüberwachung. Ropers Jet bewege sich beim Anflug auf Panama unterhalb der Radarebene. Wahrscheinlich habe er nach Nordwesten abgedreht, in Richtung Mosquitoküste.

»Also wo zum Teufel ist er jetzt?« schrie Burr verzweifelt.

»Mr. Burr, Sir«, sagte ein Junge namens Hank. »Er ist verschwunden.«

Burr stand allein im Kontrollraum in Miami. Er stand bereits so lange da, daß die Lauscher ihn gar nicht mehr bemerkten. Sie hatten ihm den Rücken zugewandt, bedienten ihre Meßgeräte und mußten sich um hundert andere Dinge kümmern. Außerdem hatte Burr Kopfhörer auf. Und Kopfhörer lassen keine Kompromisse zu, keine Gemeinsamkeit, kein Herunterspielen. Man ist allein mit dem, was man hört. Oder nicht hört.

»Der hier ist für Sie, Mr. Burr«, hatte eine Lauscherin munter zu ihm gesagt und ihm die Schalter an dem Apparat erklärt. »Sieht aus, als hätten Sie ein Problem.«
Weiter ging ihre Anteilnahme nicht. Nicht daß sie ohne Mitgefühl war, weit gefehlt. Aber sie war ein Profi und hatte sich um andere Dinge zu kümmern.
Er spielte das Band einmal ab, war aber so gestreßt und durcheinander, daß er beschloß, es einfach nicht zu begreifen. Sogar die Aufschrift verwirrte ihn. *Marshall in Nassau an Thomas in Curaçao.* Wie zum Teufel heißt Marshall, wenn er zu Hause ist? Und was fällt ihm ein, mitten in der Nacht *meinen* Joe in Curaçao anzurufen, gerade wenn die Operation ins Laufen kommt?
Denn wer wäre schon, mit soviel anderen Dingen im Kopf, auf Anhieb darauf gekommen, daß *Marshall* eine Frau war? Und nicht irgendeine Frau, sondern Jemima alias Jed alias Jeds, die von Ropers Nassauer Wohnsitz aus telefonierte?
Vierzehnmal.
Zwischen Mitternacht und vier Uhr morgens.
Zehn bis achtzehn Minuten zwischen den einzelnen Anrufen.
Die ersten dreizehnmal bittet sie die Hotelzentrale höflich, Mr. Thomas sprechen zu dürfen; man versucht, sie zu verbinden, und teilt ihr jedesmal mit, Mr. Thomas melde sich nicht.
Doch beim vierzehnten Versuch wird ihr Fleiß belohnt. Um drei Minuten vor vier, um es genau zu sagen, wird Marshall in Nassau mit Thomas in Curaçao verbunden.
Siebenundzwanzig Minuten auf Ropers Leitung. Zunächst ist Jonathan wütend. Recht so. Aber dann schon weniger. Und schließlich, falls Burr seinen Ohren trauen darf, ganz und gar nicht mehr. Jedenfalls hört er gegen Ende der siebenundzwanzig Minuten nur noch *Jonathan ... Jonathan ... Jonathan ...* und dann eine Menge Keuchen und Stöhnen, die beiden holen sich einen runter, während sie auf ihre Atemgeräusche lauschen.
Siebenundzwanzig Minuten leeres Liebesgeflüster. Zwischen Jed, Ropers Frau, und Jonathan, meinem Joe.

24

»Fabergé«, sagte Roper, als Jonathan ihn nach dem Ziel ihrer Reise fragte.

»Fabergé«, antwortete Langbourne aus dem Mundwinkel.

»Fabergé, Thomas«, sagte Frisky mit keinem sehr freundlichen Lächeln, während sie sich anschnallten. »Sie haben doch von Fabergé gehört, dem berühmten Juwelier? Tja, da geht's jetzt hin, ein bißchen Urlaub machen.«

So hatte Jonathan sich seinen eigenen Gedanken überlassen. Er wußte schon lange, daß er zu der Sorte Menschen gehörte, deren Fluch es ist, alles auf einmal denken zu müssen und nicht nacheinander. Zum Beispiel verglich er das Grün des Dschungels mit dem Grün von Irland und fand, daß Irland dem Dschungel hoffnungslos unterlegen war. Er erinnerte sich, daß es in den Armeehubschraubern üblich gewesen war, sich auf den Stahlhelm zu setzen, falls die Gegner am Boden auf die Idee kamen, einem die Eier wegzuschießen. Und daß er diesmal keinen Helm hatte – nur Jeans und Turnschuhe und völlig ungeschützte Eier. Und wie ihn damals immer das prickelnde Gefühl des Kampfes überkam, sobald er in einen Helikopter stieg, wenn er Isabelle einen letzten Abschiedsgruß nachgeschickt und das Gewehr an seine Wange gedrückt hatte. Das gleiche Prickeln verspürte er jetzt auch. Und er erinnerte sich, daß Hubschrauber, weil sie ihm angst machten, für ihn immer ein Ort besonders kitschiger, philosophischer Gedanken gewesen waren, zum Beispiel: Ich habe meine Lebensreise angetreten; ich liege hier in einer Wiege, aber die kann schnell zur Bahre werden. Oder: Gott, wenn du mich hier lebendig rausholst, weihe ich dir – nun ja, mein ganzes Leben. Oder: Frieden ist Knechtschaft, Krieg ist Freiheit – ein Gedanke, für den er sich jedesmal schämte, wenn er ihn überkam, und der ihn verzweifelt nach jemand zum Fertigmachen Ausschau halten ließ: wie zum Beispiel Dicky Roper, seinen Versucher. Und er dachte, daß er sich jetzt dem näherte, was auch immer er suchte, und daß er sich Jed nur verdienen konnte und sie nur verdient hatte und daß er Sophie nur Genugtuung verschaffen konnte, wenn er es gefunden hätte, denn er betrieb seine Suche – wie wir alten Unterzeichner sagen – einzig und allein im Namen und im Auftrag dieser beiden.

Er sah verstohlen zu Langbourne hinüber, der hinter Roper saß und ein umfängliches Vertragswerk durchlas; und wie schon in Curaçao beeindruckte ihn die Art, wie Langbourne, sobald er Pulverdampf witterte, zum Leben erwachte. Nicht daß Langbourne ihm deshalb sympathischer wurde, doch freute ihn die Entdeckung, daß es abgesehen von Frauen noch etwas anderes gab, das imstande war, Langbourne aus der Rükkenlage zu holen – und wenn es auch nur die fortschrittlichen Methoden des Abschlachtens von Menschen waren.

»Thomas, passen Sie mir auf, daß Mr. Roper nicht in schlechte Gesellschaft gerät«, hatte Meg von der Treppe ihres Flugzeugs gerufen, als die Männer ihr Gepäck in den Hubschrauber schleppten. »Wissen Sie, was man über Panama sagt? Es ist wie Casablanca, nur ohne die Helden. Stimmt's, Mr. Roper? Also lassen Sie es bleiben, den Helden spielen zu wollen. Niemand wird es Ihnen danken. Schönen Tag noch, Lord Langbourne. Thomas, es war mir ein Vergnügen, Sie an Bord zu haben. Mr. Roper, das war keine schickliche Umarmung.«

Die Maschine stieg. Und mit ihr stieg die Sierra, bis sie in unruhige Wolken gerieten. Der Helikopter hatte etwas gegen Wolken und große Höhen, und der Motor keuchte und knurrte wie ein schlechtgelaunter alter Gaul. Jonathan setzte seine

Plastik-Ohrenschützer auf und wurde mit dem Kreischen eines Zahnarztbohrers belohnt. Die Temperatur in der Kabine wechselte von eiskalt zu unerträglich. Sie schlingerten über einen Hahnenkamm schneebedeckter Gipfel, trudelten abwärts wie ein Ahornsamen und flogen schließlich über eine Reihe kleiner Inseln hinweg, auf denen allen es ein halbes Dutzend Hütten und ein paar Lehmpfade gab. Dann wieder das Meer. Und noch eine Insel, die so schnell aus der Tiefe auf sie zukam, daß Jonathan überzeugt war, die dicht an dicht aufragenden Masten der Fischerboote würden den Hubschrauber entweder in Stücke schlagen oder auf den Rotoren über den Strand katapultieren.

Jetzt schneiden sie die Erde in zwei Hälften, auf einer Seite das Meer, auf der anderen der Dschungel. Über dem Dschungel blaue Hügelkuppen. Über den Hügeln weiße Pulverdampfwolken. Und unter ihnen wälzen sich die geordneten Reihen träger weißer Wogen zwischen strahlend grünen Landzungen. Der Hubschrauber geht scharf in die Kurve, als müßte er feindlichem Beschuß ausweichen. Rechteckige Bananenplantagen, Reisfeldern ähnlich, verschwimmen mit den sumpfigen Mooren von Armagh. Der Pilot folgt einem gelben Sandweg, der zu dem verfallenen Bauernhof führt, bei dem der Beobachter zwei Männern die Gesichter weggeschossen und sich damit zum Star seines Regiments gemacht hatte. Sie tauchen in ein Dschungeltal, grüne Mauern umschließen sie, und Jonathan überkommt ein furchtbares Bedürfnis nach Schlaf. Dann geht es den Hang hinauf, immer höher, über Farmen, Pferde, Dörfer, lebendige Menschen. Umkehren, das ist hoch genug. Von wegen. Es geht weiter, bis sie das Ziel erreicht haben und unter ihnen keinerlei Leben mehr erkennbar ist. Wer hier abstürzt, selbst mit einem großen Flugzeug, über dem schließt sich der Dschungel, noch ehe man am Boden aufschlägt.

»Sie scheinen die Pazifikseite zu bevorzugen«, hatte Rooke acht Stunden und ein ganzes Leben zuvor am Haustelefon von Zimmer 22 aus erklärt. »Die Karibikseite ist mit Radar zu leicht abzudecken. Aber sobald ihr im Dschungel seid, ist das sowieso egal, weil ihr dann nicht mehr existiert. Der Ausbildungsleiter nennt sich Emmanuel.«

»Der Ort ist nicht mal ein Buchstabe auf der Karte«, hatte Rooke gesagt. »Heißt Cerro Fábrega, aber Roper sagt lieber Fabergé.«

Roper hatte die Schlafmaske abgenommen und sah auf seine Armbanduhr, als kontrollierte er die Pünktlichkeit der Fluggesellschaft. Sie befanden sich in freiem Fall über dem Zielpunkt. Die rotweißen Pfosten eines Hubschrauber-Landeplatzes saugten sie in den finsteren Schacht eines dunklen Waldes. Von unten starrten ihnen bewaffnete Männer in Kampfanzügen entgegen.

Wenn die Sie mitnehmen, dann nur, weil sie es nicht wagen, Sie aus den Augen zu lassen, hatte Rooke prophezeit.

Und tatsächlich hatte Roper es so begründet, bevor sie an Bord der *Lombardy* gegangen war. Er würde mir nicht mal in einem leeren Hühnerstall trauen, ehe ich nicht mit meiner Unterschrift mein Leben verwirkt habe.

Der Pilot stellte den Motor ab, und nun war der Lärm der Vögel zu hören. Ein untersetzter Latino in Dschungeluniform kam ihnen zur Begrüßung entgegen. Hinter ihm sah Jonathan sechs gut getarnte Bunker, bewacht von je zwei Männern, die offensichtlich Befehl hatten, nicht aus dem Schatten der Bäume zu treten.

»Hallo, Manny«, brüllte Roper, als er gut gelaunt auf das Rollfeld sprang. »Ich komme um vor Hunger. Kennst du Sandy noch? Was gibt's zum Mittagessen?«

Behutsam schritten sie den Dschungelpfad entlang; Roper ging voran, und der stämmige Oberst schnatterte auf ihn ein, drehte den dicken Körper ganz zu ihm herum und hob die gewölbten Hände, als wollte er Roper schütteln, um seinen Erklärungen Nachdruck zu verleihen. Dahinter kam Langbourne, der geduckt durch den Dschungel trabte; nach ihm die Ausbilder. Jonathan erkannte die beiden schlaksigen Engländer aus dem Hotel Meister wieder, wo sie als Forbes und

Lubbock aufgetreten waren, für Roper hießen sie die Brüsseler. Anschließend zwei sich zum Verwechseln ähnliche Amerikaner mit rotbraunen Haaren, tief ins Gespräch vertieft mit einem flachsblonden Mann namens Olaf. Ihnen folgten Frisky und zwei Franzosen, die Frisky offenbar aus einem anderen Leben kannte. Und hinter Frisky kamen Jonathan und Tabby und ein narbengesichtiger Junge namens Fernández, der an einer Hand nur zwei Finger hatte. Wenn das hier Irland wäre, würde ich vermuten, du gehörst zu einem Sprengkommando, dachte Jonathan. Das Geschrei der Vögel war ohrenbetäubend. Immer wenn der Weg durch die Sonne führte, wurden sie von der Hitze erschlagen.

»Wir hier in steilste Teil von Panama, bitte«, sagte Fernández mit sanfter, begeisterter Stimme. »Niemand hier gehen kann. Dreitausend Meter hoch, sehr steile Berge, nur Dschungel, keine Straße, kein Weg. Terebeño-Farmer kommen, brennen Bäume, pflanzen Bananen einmal, wieder weg. Kein Terror.«

»Großartig«, sagte Jonathan höflich.

Kurzes Rätselraten, und diesmal kam Tabby schneller auf die Lösung als Jonathan. »Boden, Ferdie«, korrigierte er ihn freundlich. »Nicht *terra. Boden.* Der *Boden* ist zu *dünn.*«

»Terebeño-Farmer sehr traurig, Mr. Thomas. Früher kämpfen mit alle. Jetzt müssen heiraten mit Stämme, die sie hassen.«

Jonathan gab seinem Mitgefühl Ausdruck.

»Wir sagen, wir sein Prospektoren, Mr. Thomas, Sir. Wir sagen, wir suchen Öl. Wir sagen, wir suchen Gold. Wir sagen, wir suchen *huaca,* golden Frosch, golden Adler, golden Tiger. Wir friedliche Leute, Mr. Thomas.« Lautes Gelächter, an dem Jonathan sich beflissen beteiligte.

Von jenseits der Dschungelmauer hörte Jonathan eine Maschinengewehrsalve und dann den trockenen Knall einer Granate. Es folgte ein kurzes Schweigen, bevor das Stimmengewirr des Dschungels wieder einsetzte. So war es in Irland auch, erinnerte er sich: Nach einem Knall hielten die gewohnten Geräusche den Atem an, bis die Gefahr vorbei war und man wieder sprechen konnte. Die Vegetation schloß sich über ih-

nen, und er war im Tunnel auf Crystal. Trompetenförmige weiße Blüten, Libellen und gelbe Schmetterlinge streiften seine Haut. Er dachte an einen Morgen, an dem Jed eine gelbe Bluse getragen und ihn mit den Augen berührt hatte.
Ein Trupp Soldaten, die im leichten Laufschritt an ihm vorbei bergab trabten, holte ihn in die Gegenwart zurück; die Männer schwitzten unter der Last von tragbaren Raketenwerfern, Raketen und Macheten. Ihr Anführer war ein Junge mit kalten blauen Augen und Guerillamütze. Aber die Blicke seiner spanisch-indianischen Soldaten waren in wütendem Schmerz auf den Pfad gerichtet, so daß alles, was Jonathan von ihnen wahrnahm, als sie an ihm vorbeirannten, die flehende Erschöpfung auf ihren mit Tarnfarbe beschmierten Gesichtern, die Kreuze um ihren Hals und der Geruch von Schweiß und schlammgetränkten Uniformen war.
Die Luft wurde frisch wie in den Alpen, und Jonathan fühlte sich in die Wälder oberhalb von Mürren zurückversetzt, durch die er einmal eine eintägige Bergtour zum Fuß des Lobhorn unternommen hatte. Ein tiefes Glücksgefühl überkam ihn. Auch der Dschungel ist eine Heimat. Der Pfad führte an brausenden Stromschnellen entlang, der Himmel war bedeckt. Als sie ein ausgetrocknetes Bachbett durchquerten, erspähte der Veteran vieler Nahkampfbahnen Seile, Stolperdrähte, Geschoßhülsen und Tarnnetze, geschwärzte Pampas und Baumstämme mit Sprengnarben. Sie kletterten zwischen Gras und Felsen einen Hang hinauf, erreichten einen Vorsprung und sahen hinunter. Auf den ersten Blick schien das Lager unter ihnen verlassen. Aus dem Kamin des Küchenhauses stieg Rauch auf, von irgendwo kam ein wehklagender spanischer Gesang. Alle tauglichen Männer sind im Dschungel. Nur die Köche, Kader und Kranken haben Erlaubnis zurückzubleiben.
»Unter Noriega hier viel Paramilitär ausgebildet«, erklärte Fernández auf seine methodische Art, als Jonathan sich wieder auf ihn einstellte. »Panama, Nicaragua, Guatemala, Amerikanos, Kolumbien, Spanier, Indios, alle hier sehr gut ausgebil-

det. Gegen Ortega zu kämpfen. Gegen Castro. Gegen viele böse Leute.«
Erst als sie den Hang hinuntergingen und das Lager betraten, wurde Jonathan bewußt, daß Fabergé ein Irrenhaus war.

Ein Podest beherrschte das Lager, hinter dem sich eine dreieckige, mit Slogans beschmierte weiße Wand befand. Unterhalb davon ein Kreis aus Schlackensteinhäusern; wozu sie dienten, zeigten obszöne Pinseleien auf den Türen: eine nackte Köchin für das Küchenhaus; nackte Badende für das Badehaus; blutende Leiber für das Krankenhaus, eine Schule für die technische Unterweisung und politische Aufklärung, ein Tigerhaus, ein Schlangenhaus, ein Affenhaus, ein Vogelhaus und, auf einer kleinen Anhöhe, eine Kapelle, deren Gemäuer eine untersetzte Jungfrau mit Kind zierte, die von Dschungelkämpfern mit Kalaschnikows beschützt wurde. Zwischen den Häusern standen hüfthohe bemalte Puppen, die mit wilden Blicken auf die zementierten Wege starrten: ein dickbäuchiger Kaufmann mit Dreispitz, blauem Frack und Halskrause; eine geschminkte feine Dame aus Madrid in einer *mantilla;* ein indianisches Bauernmädchen mit bloßen Brüsten, das, Mund und Augen aufgerissen, den Kopf voll Angst nach hinten gedreht, verzweifelt an der Pumpe eines magischen Brunnens zerrt. Aus den Fenstern und falschen Schornsteinen der Häuser ragen fleischfarbene Gipsarme, Beine und verzerrte Gesichter, blutbespritzte Gliedmaßen, die aussehen, als wären sie den Opfern bei Fluchtversuchen abgeschnitten worden.
Aber das Wahnsinnigste an Fabergé waren nicht die Wandmalereien oder die Voodoo-Statuen, nicht die magischen Indiowörter zwischen den spanischen Slogans oder der binsengedeckte Crazy Horse Saloon mit Barhockern, Musikbox und den nackten Tänzerinnen an den Wänden. Sondern der Zoo. Der stumpfsinnige Bergtiger neben einem Batzen faulen Fleischs in seinem viel zu engen Käfig. Die angebundenen Rehböcke und die in Kisten gehaltenen Sumpflurche. Die Sittiche, Adler, Kraniche, Falken und Geier, die in ihrem ver-

dreckten Vogelhaus mit den gestutzten Flügeln schlugen und bei Einbruch der Dunkelheit immer unruhiger wurden. Die verzweifelten Affen, die stumm in ihren Käfigen hockten. Die Reihen grüner, mit engem Maschendraht abgedeckter Munitionskisten, von denen jede eine andere Schlangenart enthielt, damit die Dschungelkämpfer den Unterschied zwischen Freund und Feind studieren konnten.
»Oberst Emmanuel hat sehr gern die Tiere«, erklärte Fernández, als er seine Gäste zu ihrer Unterkunft führte. »Zum Kämpfen wir müssen sein Kinder des Dschungels, Mr. Thomas.«
Die Fenster ihrer Hütte waren vergittert.

Kasinoabend in Fabergé, man trägt Orden. Ehrengast ist Mr. Richard Onslow Roper, unser Patron, Regimentschef h. c., unser geliebter Waffenbruder. Alle Blicke sind auf ihn und den jetzt nicht mehr trägen kleinen Lord an seiner Seite gerichtet.
Dreißig Mann, sie essen Huhn mit Reis und trinken Coca Cola. Kerzen, die in Töpfen, nicht in Paul-de-Lamarie-Kerzenhaltern stecken, beleuchten ihre Gesichter um den Tisch. Es ist, als hätte das zwanzigste Jahrhundert seinen Müllwagen übriggebliebener Krieger und obsoleter Angelegenheiten in ein Lager namens Fabergé gekippt: amerikanische Veteranen, die erst den Krieg und dann den Frieden satt hatten; russische Spetsnaz, ausgebildet zum Beschützen eines Landes, das in ihrer Abwesenheit aufgehört hatte zu existieren; Franzosen, die de Gaulle noch immer haßten, weil er Nordafrika aufgegeben hatte; ein junger Israeli, der nichts als Krieg erlebt hatte, und ein junger Schweizer, der nichts als Frieden erlebt hatte; Engländer, die nach militärischer Größe strebten, weil ihre Generation aus irgendeinem Grund den Spaß versäumt hatte (gäbe es doch bloß ein britisches Vietnam!); ein Haufen grüblerischer Deutscher, hin- und hergerissen zwischen der Schuld am Krieg und der Verlockung des Kriegs. Und Oberst Emmanuel, der Tabby zufolge jeden schmutzigen Krieg von Kuba über

Salvador und Guatemala bis Nicaragua und allem, was dazwischenliegt, mitgemacht hatte, um den verhaßten Yankees einen Gefallen zu tun: na, jetzt würde Emmanuel das Konto mal ein bißchen ausgleichen!

Und Roper selbst – der diese gespenstische Legion zum Fest geladen hatte – schwebte über all dem wie ein mächtiger Genius, Kommandant und Impresario, Skeptiker und guter Geist in einer Person.

»Die *Mooj*?« wiederholt Roper in die lachende Runde; er bezieht sich auf eine Bemerkung Langbournes über den Erfolg der amerikanischen Stinger-Geschosse in Afghanistan. »Die *Mudschaheddin*? Mutig wie die Löwen, aber total verrückt!« Wenn Roper vom Krieg spricht, ist seine Stimme so ruhig wie sonst nie, und er benutzt auch wieder Pronomen. »Die sind vor den sowjetischen Panzern aus dem Boden aufgetaucht, haben mit zehn Jahre alten Armalites rumgeballert und mitangesehen, wie ihre Kugeln wie Hagelkörner davon abgeprallt sind. Erbsenpistolen gegen Laserkanonen, *denen* war das egal. Die Amerikaner sehen sich das an und sagten: Die Mooj brauchen Stingers. Also besorgt Washington ihnen Stingers. Und die Mooj drehen voll auf. Zerstören die Panzer der Sowjets, schießen ihre Kampfhubschrauber ab. *Und*, was dann? *Ich* sag es euch! Die Sowjets sind abgezogen, keine mehr da, und die Mooj mit ihren Stingers wollen unbedingt weiterballern. Und weil die Mooj Stingers haben, wollen alle anderen auch welche. Als wir nur Pfeil und Bogen hatten, waren wir Affen mit Pfeil und Bogen. Jetzt sind wir Affen mit Mehrfachsprengköpfen. Weißt du, warum Bush Krieg gegen Saddam geführt hat?«

Die Frage ist an seinen Freund Manny gerichtet, aber die Antwort kommt von einem amerikanischen Veteranen.

»Wegen dem Öl, ist doch klar.«

Roper gibt sich nicht zufrieden. Nun versucht sich ein Franzose.

»Wegen Geld! Die Souveränität des kuwaitischen Goldes!«

»Wegen der *Erfahrung*«, sagt Roper. »Bush hat Erfahrung sammeln wollen.« Er zeigt mit einem Finger auf die Russen. »Ihr hattet achtzigtausend kampferprobte Offiziere in Afghanistan, wo sie die moderne, flexible Kriegsführung erproben konnten. Piloten, die echte Ziele bombardierten. Soldaten, die unter echten Beschuß gerieten. Und was hatte Bush? Abgewrackte Generäle aus Vietnam und junge Helden aus dem triumphalen Feldzug gegen Grenada, Bevölkerung drei Mann und eine Ziege. Also ist Bush in den Krieg gezogen. Hat sich reingekniet. Hat seine Leute an dem Spielzeug ausprobiert, das er Saddam selbst angedreht hatte, als noch die Iraner die Bösen waren. Großer Beifall von der Wählerschaft. Stimmt's, Sandy?«

»Stimmt, Chef.«

»Regierungen? Schlimmer als wir. *Die* machen die Geschäfte, wir kriegen nur die Reste ab. Immer und immer dasselbe.« Er schweigt, vielleicht denkt er, daß er genug gesagt hat. Aber die anderen sehen das nicht so.

»Erzähl ihnen von Uganda, Chef! Da warst du der Größte. Einfach unschlagbar. Idi Amin hat dir aus der Hand gefressen«, ruft Frisky vom anderen Ende des Tischs, wo er unter alten Freunden sitzt.

Roper zögert wie ein Musiker, der nicht weiß, ob er eine Zugabe geben soll; schließlich willigt er ein.

»Tja, Idi war ein wilder Bursche, keine Frage. Aber er hatte jemand nötig, der ihn unterstützte. Jeder andere außer mir hätte ihn angeschmiert, hätte ihm alles angedreht, wovon er je geträumt hat, und noch ein bißchen mehr. So was mache ich nicht. Ich passe den Schuh dem Fuß an. Idi wäre mit Atombomben auf Fasanenjagd gegangen, wenn er gekonnt hätte. Sie waren ja auch dabei, McPherson.«

»Idi war ein Irrer, Chef«, sagt ein wortkarger Schotte an Friskys Seite. »Ohne Sie wären wir erledigt gewesen.«

»Heikle Gegend, Uganda, hab ich recht, Sandy?«

»Das einzige Mal, daß ich gesehen habe, wie jemand unter einem Erhängten ein Sandwich gegessen hat«, bestätigt Lord Langbourne zur allgemeinen Belustigung.

Roper imitiert den Tonfall des schwärzesten Afrikas. »›Kommen Sie, Dicky, wolln Ihren Gewehren mal bei der Arbeit zusehen.‹ Nichts zu machen. Hab mich geweigert. ›Ohne mich, Herr Präsident, verzichte dankend. Tun Sie mit mir, was Sie wollen. Gute Männer wie ich sind selten.‹ Wäre ich einer seiner eigenen Leute gewesen, hätte er mich auf der Stelle umgelegt. Wildes Augenrollen. Schreit mich an. ›Es ist Ihre Pflicht, mich zu begleiten‹, sagt er. ›Nein, ist es nicht‹, sag ich. ›Wenn ich Ihnen Zigaretten statt Spielzeug verkaufe, nehmen Sie mich dann vielleicht auch ins Krankenhaus mit, damit ich Leuten die Hand halte, die an Lungenkrebs sterben?‹ Der gute Idi hat sich kaputtgelacht. Nicht daß ich seinem Lachen getraut hätte. Lachen ist lügen, meistens. Die Wahrheit beugen. Ich hab kein Vertrauen zu jemand, der dauernd Witze macht. Ich lache, aber ich trau ihm nicht. Mickey war so ein Witzbold. Erinnerst du dich noch an Mickey, Sands?«
»Ah, nur zu gut, vielen Dank«, schnarrt Langbourne, was die Runde erneut zum Lachen bringt: Diese englischen Lords, das muß man ihnen lassen, die sind schon was Besonderes!
Roper wartet, bis das Gelächter verklungen ist: »Diese ganzen Kriegswitze, die Mickey draufhatte und über die sich alle krankgelacht haben? Söldner, die Ketten mit den Ohren ihrer erlegten Feinde um den Hals tragen und so was? Weißt du noch?«
»Hat ihm nicht viel genützt, wie?« sagt der Lord zum Entzükken seiner Bewunderer.
Roper wendet sich wieder Oberst Emmanuel zu. »Ich habe ihm gesagt: ›Mickey, treib es nicht zu weit.‹ Zuletzt habe ich ihn in Damaskus gesehen. Die Syrier hatten ihn zu gern. Dachten, er wäre ihr Medizinmann, könnte ihnen alles besorgen, was sie brauchten. Wenn sie Lust bekämen, den Mond abzuknallen, würde Mickey ihnen die nötigen Kanonen beschaffen. Hatten ihm eine tolle Luxuswohnung mitten in der Stadt gegeben, mit dicken Samtvorhängen, kein bißchen Tageslicht, weißt du noch, Sandy?«
»Sah aus wie ein Aufbahrungssalon für marokkanische

Schwule«, sagt Langbourne zu allgemeinem Gelächter. Und wieder wartet Roper, bis es sich gelegt hat.
»Wenn man von der sonnigen Straße in dieses Büro kam, war man blind. Bodyguards im Vorzimmer. So sechs bis acht.« Eine ausladende Handbewegung. »Sahen noch schlimmer aus als manche von euch hier, falls ihr das glauben könnt.«
Emmanuel lacht herzlich. Langbourne, der für sie den Dandy spielt, zieht eine Augenbraue hoch. Roper fährt fort:
»Und Mickey an seinem Schreibtisch, drei Telefone, diktiert einer dümmlichen Sekretärin. ›Mickey, mach dir nichts vor‹, hab ich ihn gewarnt. ›Heute bist du ein Ehrengast. Aber wenn du sie einmal enttäuschst, bist du ein toter Ehrengast.‹ Das war die goldene Regel damals: Nie ein Büro haben. Sobald du ein Büro hast, bist du eine Zielscheibe. Die bauen überall Wanzen ein, lesen deine Papiere, durchsuchen jeden Winkel, und wenn sie dich nicht mehr leiden können, wissen sie, wo du zu finden bist. Hatten die ganze Zeit nie ein Büro, als wir da auf dem Markt waren. Nur in miesen Hotels gewohnt, weißt du noch, Sands? Prag, Beirut, Tripolis, Havanna, Saigon, Taipeh, das Scheißkaff Mogadischu? Weißt du noch, Wally?«
»Aber sicher, Chef«, sagt eine Stimme.
»Die einzige Zeit in meinem Leben, als ich es ertragen konnte, ein Buch zu lesen: wenn ich in diesen Käffern festsaß. Kann Passivität grundsätzlich nicht ausstehen. Zehn Minuten mit einem Buch, dann muß ich los und was tun. Aber da draußen, wenn man in miesen Städten die Zeit totschlägt, während man auf ein Geschäft wartet, bleibt einem bloß die Kultur. Kürzlich hat mich jemand gefragt, wie ich meine erste Million verdient habe. Du warst dabei, Sands. Du weißt, wen ich meine. ›Während ich in Bad Nirgendwo auf meinem Arsch gesessen habe‹, hab ich geantwortet. ›Man wird nicht für das Geschäft bezahlt. Sondern dafür, daß man seine Zeit verschwendet.‹«
»Und was ist aus Mickey geworden?« fragte Jonathan über den Tisch.
Roper sieht an die Decke, als wollte er sagen: ›Da oben.‹
Es bleibt Langbourne überlassen, das Ende der Geschichte zu

erzählen. »So eine Leiche habe ich noch nie gesehen«, sagt er mit gewissermaßen unschuldiger Geheimnistuerei. »Die müssen sich *tagelang* mit ihm beschäftigt haben. Er hatte natürlich alle Seiten gegeneinander ausgespielt. Junge Dame in Tel Aviv, in die er sich ein bißchen zu sehr verknallt hatte. Man könnte sagen, geschieht ihm recht. Trotzdem, *ich* finde, sie sind ein bißchen zu hart mit ihm umgesprungen.«
Roper steht auf und streckt sich. »Das Ganze ist wie eine Hirschjagd«, verkündet er zufrieden. »Man zieht herum, man strengt sich an. Man stolpert, man kommt zu Fall, man stürmt weiter. Und eines Tages bekommt man kurz zu sehen, wohinter man her ist, und wenn man großes Glück hat, kann man einen Schuß abgeben. Der richtige Ort. Die richtige Frau. Die richtige Gesellschaft. Andere Leute lügen, zaudern, betrügen, fälschen ihre Spesen, kriechen rum. Wir *handeln* – also zum Teufel damit. Gute Nacht, Leute. Danke, Koch. Wo ist der Koch? Schon im Bett? Kluger Mann.«

»Soll ich Ihnen was wirklich ganz Komisches erzählen, Tommy?« fragte Tabby, als sie sich schlafen legten. »Etwas, das Ihnen wirklich Spaß machen wird?«
»Nur zu«, sagte Jonathan entgegenkommend.
»Also, Sie wissen doch, die Yanks haben außerhalb von Panama City, auf der Howard Air Base, diese AWACS stationiert, um die Drogenleute zu schnappen. Fliegen in sehr großer Höhe und beobachten die kleinen Flugzeuge, die drüben in Kolumbien zwischen den Koka-Plantagen hin und her brummen. Aber die *Kolumbianer* sind auch nicht auf den Kopf gefallen, die haben nämlich so ein Kerlchen in einer Kneipe gegenüber vom Flugplatz sitzen, der trinkt den ganzen Tag Kaffee, und jedesmal, wenn die Yankees ihre AWACS aufsteigen lassen, sagt er es seinen Leuten in Kolumbien telefonisch durch. So was gefällt mir.«

Sie flogen in einen anderen Teil des Dschungels. Nach der Landung zog das Bodenpersonal den Hubschrauber unter die

Bäume, wo unter Tarnnetzen ein paar alte Transportflugzeuge abgestellt waren. Der Landestreifen war längst eines Flusses angelegt und so schmal, daß Jonathan bis zum letzten Augenblick sicher war, sie würden mit einem Bauchklatscher in die Stromschnellen krachen; aber die geschotterte Rollbahn war so lang, daß auch ein Flugzeug darauf landen konnte. Ein militärischer Mannschaftswagen holte sie ab. Sie passierten einen Kontrollpunkt und eine Warntafel mit der englischen Aufschrift SPRENGUNG, doch wer das jemals lesen oder verstehen sollte, blieb rätselhaft. Die Morgensonne machte aus jedem Blatt ein Juwel. Sie überquerten eine Pionierbrücke und fuhren dann zwischen zwanzig Meter hohen Felsbrocken zu einem natürlichen Amphitheater, in dem die Echos des Dschungels sich mit dem Rauschen eines Wasserfalls mischten. Der Hang eines Hügels bildete die Tribüne. Von dort sah man in ein grasbewachsenes Becken mit vereinzelten Baumgruppen und einem gewundenen Fluß. In der Mitte war eine Filmkulisse aufgebaut, Blockhäuser und Straßen, an deren Rändern scheinbar nagelneue Autos parkten: ein gelber Alfa, ein grüner Mercedes, ein weißer Cadillac. Auf den Flachdächern wehten Fahnen, und als der Wind sie bewegte, erkannte Jonathan, daß es die Flaggen von Nationen waren, die sich offiziell der Bekämpfung der Kokain-Industrie verschrieben hatten: die Stars and Stripes der Amerikaner, der Union Jack der Briten, das Schwarz-Rot-Gold der Deutschen und, ziemlich kurios, das weiße Kreuz der Schweiz. Andere Flaggen hatte man offenbar für diesen Anlaß improvisiert: DELTA stand auf der einen, DEA auf einer anderen und auf einem kleinen, abseits liegenden Turm US ARMY HQ.
Eine halbe Meile vom Zentrum dieser Attrappenstadt befand sich, mitten im Pampasgras und nah am Fluß, der Nachbau eines Militärflughafens mit holprigem Rollfeld, gelbem Windsack und fleckig grünem Tower aus Sperrholz. Auf der Rollbahn lagen die Wracks eingemotteter Flugzeuge. Jonathan erkannte DC-3s, F-85s und F94s. Zum Schutz des Flughafens standen am Flußufer ausgemusterte Panzer und uralte

Mannschaftswagen, die mit olivgrünem Tarnanstrich und dem weißen Stern der Amerikaner versehen waren.
Die Hand über den Augen, spähte Jonathan nach der Hügelkette, die das Hufeisen im Norden begrenzte. Die Einsatzleitung trat bereits zusammen. Gestalten mit weißen Armbinden und Stahlhelmen sprachen in Funkgeräte, spähten durch Feldstecher und studierten Karten. Unter ihnen erkannte Jonathan Langbourne mit seinem Pferdeschwanz, er trug eine kugelsichere Jacke und Jeans.
Ein kleines Flugzeug näherte sich und setzte dicht über der Hügelkette zur Landung an. Keine Hoheitszeichen. Ankunft der hohen Tiere.

Heute ist der Tag der Übergabe, dachte Jonathan.
Abschiedsfeier für die Soldaten, bevor Roper abkassiert.
Ein Preisschießen, Tommy, hatte Frisky gesagt, übertrieben vertraulich, wie es in letzter Zeit seine Art war.
Eine Demonstration der Feuerkraft, hatte Tabby gesagt, um den Kolumbianern vorzuführen, was sie für ihre Siewissenschon kriegen.
Selbst das Händeschütteln hatte etwas Abschließendes. Jonathan, der am einen Ende der Tribüne stand, konnte das Zeremoniell gut verfolgen. Auf einem Tisch waren alkoholfreie Getränke und Eis in Feldflaschen bereitgestellt, und als die VIPS eintrafen, führte Roper persönlich sie dorthin. Dann machten Emmanuel und Roper gemeinsam ihre Ehrengäste mit den Ausbildungsleitern bekannt und geleiteten sie nach weiterem Händeschütteln zu einer Reihe im Schatten stehender Klappstühle, auf denen Gastgeber und Gäste sich im Halbkreis niederließen und selbstbewußt Konversation machten, wie Staatsmänner, die bei einem Fototermin irgendwelche Freundlichkeiten austauschten.
Aber die anderen, die Männer, die abseits des Zentrums im Schatten saßen, interessierten den Beobachter mehr. Ihr Anführer war ein feister Kerl, breitbeinig die Bauernpranken auf die fetten Oberschenkel gestützt. Neben ihm saß ein drahti-

ger alter Stierkämpfer, ebenso dünn wie der andere dick, eine Gesichtshälfte weiß vernarbt, als sei er dort einmal aufgespießt worden. Und in der zweiten Reihe saßen die ausgehungerten Burschen, die einen selbstsicheren Eindruck zu machen versuchten: öltriefendes Haar, moirierte Lederstiefel, Gucci-Bomberjacken, Seidenhemden, zuviel Gold, zuviel unter den Bomberjacken und zuviel Mordgier in den gespannten halbindianischen Gesichtern.
Aber Jonathan bleibt keine Zeit mehr, sie genauer zu betrachten. Über der Hügelkette im Norden ist ein zweimotoriges Transportflugzeug aufgetaucht. Es ist mit einem schwarzen Kreuz markiert, und Jonathan weiß sofort, daß heute schwarze Kreuze für die Guten und weiße Sterne für die Bösen stehen. Die Seitentür öffnet sich, eine Gruppe Fallschirmspringer erblüht am bleichen Himmel, und Jonathan, den dies an sämtliche Armee-Erlebnisse von seiner Kindheit bis heute erinnert, wälzt und dreht sich mit ihnen. Er ist im Fallschirmspringer-Ausbildungslager in Abingdon, macht seinen ersten Sprung vom Ballon und denkt, daß der Tod und die Scheidung von Isabelle vielleicht doch nicht ganz dasselbe sind. Er ist auf seinem ersten Patrouillengang in Armagh, durchquert offenes Gelände, drückt das Gewehr an die kugelsichere Jacke und glaubt, endlich der Sohn seines Vaters zu sein.
Die Fallschirmspringer landen. Eine zweite Gruppe schließt sich an, dann eine dritte. Ein Trupp hastet von einem Schirm zum anderen, birgt Ausrüstung und Vorräte, während der andere Trupp Feuerschutz gibt. Denn es gibt Widerstand. Einer der Panzer am Rand des Flugfeldes hat die Männer unter Beschuß genommen – soll heißen, das Geschützrohr spuckt Feuer, und gleichzeitig explodieren vergrabene Sprengladungen um die Fallschirmspringer, die sich auf der Suche nach Deckung ins Pampasgras stürzen.
Dann feuert der Panzer plötzlich nicht mehr, und er wird auch nie mehr feuern. Die Fallschirmspringer haben ihn ausgeschaltet. Der Geschützturm hängt schief, schwarzer Rauch quillt aus dem Inneren, eine der Ketten ist zersprungen wie

ein Uhrenarmband. In schneller Folge bekommen die restlichen Panzer ebenfalls ihr Teil ab. Und nach den Panzern werden die geparkten Flugzeuge mit Schüssen über das Rollfeld gejagt, bis auch sie, verbeult und kaputt, sich nicht mehr rühren können.
Leichte Panzerabwehrwaffen, denkt Jonathan; effektive Reichweite zwei- bis dreihundert Meter; Lieblingswaffe der Mordkommandos.
Das Tal wird von neuem zerrissen, als Maschinengewehrfeuer aus den Gebäuden zu einem verspäteten Gegenschlag ausholt. Gleichzeitig fährt, ferngesteuert, der gelbe Alfa ruckend an und rast in einem Fluchtversuch die Straße hinunter. Feiglinge! Angsthasen! Mistkerle! Warum bleibt ihr nicht und kämpft? Aber die schwarzen Kreuze haben die Antwort parat. Aus den Pampas feuern die Vulcan-Maschinengewehre in Zehner- und Zwanzigerstößen Ströme von Leuchtspurgeschossen in die feindlichen Stellungen, zerfetzen und durchlöchern die Zementblöcke dermaßen, daß sie am Ende riesigen Käsereiben gleichen. Gleichzeitig heben die Quads mit Fünfzigersalven den Alfa von der Straße und schleudern ihn in ein verdorrtes Gehölz, wo er explodiert und auch noch die Bäume in Brand setzt.
Aber kaum ist diese Gefahr gebannt, droht unsern Helden eine neue! Erst explodiert der Boden, dann spielt der Himmel verrückt. Aber keine Angst, auch darauf sind unsere Leute vorbereitet! Drohnen – ferngesteuerte Flugkörper – sind die Schurken. Die sechs Läufe der Vulcans haben eine maximale Richthöhe von achtzig Grad. Und die erreichen sie jetzt. Der Radar-Entfernungsmesser der Vulcan ist montiert, das Geschütz hat zweitausend Schuß Munition, und die werden nun in Hundertersalven abgefeuert, so laut, daß Jonathan sich mit schmerzverzerrtem Gesicht die Ohren zuhält.
Die Drohnen zerspringen und trudeln still und qualmend, wie brennende Papierschnitzel, in die Tiefen des Dschungels. Auf der Tribüne ist es Zeit für Beluga-Kaviar, der in eisgekühlten Dosen gereicht wird; und dazu gibt es eiskalten Kokossaft,

Reserva-Rum aus Panama und schottischen Single Malt Whisky on the rocks. Aber keinen Schampus – noch nicht. Der Chef hat noch viel vor.

Die Waffenruhe ist vorbei. Die Mittagspause auch. Endlich kann die Stadt eingenommen werden. Ein tapferer Zug, der schießt und beschossen wird, marschiert aus dem Pampasgras geradewegs auf die verhaßten Gebäude der Kolonialisten zu. Woanders aber beginnen im Schutz dieses Aufmarschs weniger auffällige Attacken. Im Schilf kaum sichtbar, kommen Soldaten mit geschwärzten Gesichtern auf aufblasbaren Dingis den Fluß herunter. Andere erklettern in spezieller Kampfausrüstung heimlich die Außenseite des US-Army-Hauptquartiers. Auf ein geheimes Signal hin gehen beide Gruppen plötzlich zum Angriff über, schleudern Granaten durch Fenster, springen ihnen in die Flammen nach und schießen mit ihren automatischen Waffen. Sekunden später sind die restlichen geparkten Wagen ausgeschaltet oder erobert. Auf den Dächern werden die verhaßten Flaggen der Unterdrücker eingeholt und an ihrer Stelle unsere schwarzen Kreuze gehißt. Sieg auf der ganzen Linie, Triumph, unsere Soldaten sind Supermänner!
Doch halt! Was ist das? Die Schlacht ist noch nicht gewonnen.
Angezogen vom Brummen eines Flugzeugs, sieht Jonathan wieder zum Hügel gegenüber, wo die Einsatzleitung nervös über ihren Karten und Funkgeräten sitzt. Ein weißes Flugzeug – Zivilmaschine, fabrikneu, ohne Kennzeichen, zweimotorig, im Cockpit sind deutlich zwei Männer sichtbar – gleitet über den Hügel, kommt im Steilflug herunter und saust im Tiefflug über die Stadt. Was hat es hier zu suchen? Gehört es zur Vorstellung? Sind das echte Drogenfahnder, die sich den Spaß mal ansehen wollen? Jonathan blickt sich nach jemandem um, den er fragen könnte, doch aller Augen hängen wie die seinen an dem Flugzeug, und alle scheinen so verwirrt wie er selbst.

Das Flugzeug verschwindet, reglos liegt die Stadt, aber die Einsatzleitung auf dem Hügel wartet noch immer. Im Pampasgras erspäht Jonathan fünf Männer, darunter die zwei zum Verwechseln ähnlichen amerikanischen Ausbilder; dicht aneinander gedrängt, warten sie gespannt auf eine Gelegenheit zum Schießen.

Das weiße Flugzeug kommt zurück. Es fegt über den Hügel, aber diesmal ignoriert es die Stadt und steigt ziemlich steil nach oben. Plötzlich ertönt aus dem Pampasgras ein wütendes, langgezogenes Zischen, und das Flugzeug ist weg.

Es bricht nicht auseinander, es verliert keine Tragfläche, es stürzt nicht taumelnd in den Dschungel. Man hört das Zischen, man sieht die Explosion, man sieht den Feuerball, der so schnell wieder verschwunden ist, daß Jonathan sich fragt, ob er ihn überhaupt gesehen hat. Und danach sieht man die Verkleidung des Flugzeugs in winzigen glühenden Funken wie goldenen Regen niedersinken und verlöschen. Die Stingers haben ihre Arbeit getan.

Einige entsetzliche Sekunden lang glaubt Jonathan tatsächlich, daß die Show mit einem Menschenopfer beendet wurde. Auf der Tribüne liegen sich Roper und seine vornehmen Gäste in den Armen und gratulieren einander. Roper packt eine Flasche *Dom* und läßt den Korken knallen. Oberst Emmanuel hilft ihm. Jonathan sieht zum Hügel hinüber, wo verzückte Mitglieder der Einsatzleitung, darunter auch Langbourne, einander ebenfalls gratulieren, Hände schütteln, sich gegenseitig die Haare zerzausen und auf die Schultern klopfen. Erst als er den Blick nach oben richtet, sieht er eine halbe Meile weiter hinten in der Fluglinie zwei winzig kleine Fallschirme schweben.

»Und?« fragt Roper ihn ins Ohr.

Roper ging zwischen den Zuschauern hin und her, um Stellungnahmen und Glückwünsche entgegenzunehmen.

»Aber wer war denn das?« wollte Jonathan wissen, noch nicht bereit, sich beschwichtigen zu lassen. »Diese verrückten Piloten? Und was ist mit dem Flugzeug? Das war doch zig Millionen Dollar wert!«

»Zwei clevere Russen. Teufelskerle. Haben auf dem Flugplatz von Cartagena einen Jet geklaut. Haben beim zweiten Anflug auf Autopilot umgestellt und sind ausgestiegen. Hoffe, der bedauernswerte Besitzer will ihn nicht zurückhaben.«
»Das ist ja Wahnsinn!« erklärte Jonathan und lachte, jetzt nicht mehr entrüstet, laut auf. »Das ist das Ungeheuerlichste, was ich je gehört habe!«
Er lachte noch immer, als er die Blicke der beiden amerikanischen Ausbilder auf sich spürte, die eben mit einem Jeep aus dem Tal heraufgekommen waren. Ihre Ähnlichkeit war gespenstisch: dasselbe sommersprossige Lächeln, dasselbe rotblonde Haar, dieselbe Art, die Hände in die Hüften zu stemmen, während sie ihn anstarrten.
»Sind Sie Engländer, Sir?« fragte der eine.
»Nicht direkt«, sagte Jonathan freundlich.
»Sie sind doch Thomas, oder, Sir?« fragte der zweite. »Thomas Soundso oder Soundso Thomas? *Sir.*«
»Etwas in der Richtung«, bestätigte Jonathan noch freundlicher, aber Tabby, der dicht hinter ihm stand, hörte den Unterton in seiner Stimme und legte ihm unauffällig eine Hand auf den Arm, um ihn zurückzuhalten. Das war nicht klug von Tabby, denn damit versetzte er den Beobachter in die Lage, ihn um ein Bündel amerikanischer Dollarnoten zu erleichtern, die in der Seitentasche seiner Buschjacke steckten.
Doch selbst in diesem erfreulichen Augenblick sah Jonathan sich unbehaglich nach den beiden Amerikanern in Ropers Gefolge um. Desillusionierte Veteranen? Mit Uncle Sam eine Rechnung begleichen? Dann schafft euch aber schnell ein paar desillusionierte Gesichter an, riet er ihnen: und hört auf, so auszusehen, als ob ihr erster Klasse reist und der Gesellschaft euren Zeitaufwand in Rechnung stellt.

Abgefangenes handschriftliches Fax an Ropers Jet, als Sehr Dringend bezeichnet, von Sir Anthony Joyston Bradshaw in London, England, an Dicky Roper auf der *SS Iron Pasha*, Antigua, eingegangen um 9 Uhr 20, vom Kapitän der *Iron Pasha* um

9 Uhr 28 an den Jet weitergeleitet, zusammen mit einem Begleitschreiben, in dem er um Verzeihung bittet, falls er nicht richtig gehandelt haben sollte. Sir Anthonys Handschrift ist fast die eines Analphabeten, voller orthographischer Fehler, Unterstreichungen und gelegentlicher Schnörkel wie aus dem achtzehnten Jahrhundert. Telegrammstil.

Lieber Dicky,

beziehe mich auf unser Gespräch vor zwei Tagen, habe Angelegenheit vor einer Stunde mit Londoner Gewährsmann besprochen und bestätigen lassen, das Ihnen vorliegende beschuldigende Information auf unwiederleglichen Tatsachen beruht. Darf auch angenommen werden, das der verstorbene Dr. Law von nicht freundlich gesinnten Elementen dazu benuzt wurde, früheren Unterzeichner zugunsten des gegenwärtigen Amtsinhabers zu verdrängen. London plant Ausweichmanöver, was ich Ihnen auch emfehle.

Hoffe, das Sie angesichts dieser entscheidenden Hilfe zusätzliche Dankpremie an übliche Bank überweisen, auch zur Dekkung weiterer Spesen dieser für Sie dringenden Angelegenheit.

Gruß, Tony.

Dieses abgefangene Fax, das nicht an die Ermittler weitergeleitet wurde, hatte Flynn auf krummen Wegen von einer ihm günstig gesinnten Quelle aus der Zentralen Nachrichtenauswertung bekommen. In seiner Verärgerung nach dem Tod von Apostoll hatte Flynn Schwierigkeiten, sein angeborenes Mißtrauen den Engländern gegenüber zu überwinden. Aber nach einer halben Flasche zehn Jahre alten Bushmills Single Malt fühlte er sich stark genug, das Dokument in die Tasche zu stekken, sich mehr oder weniger von seinem Instinkt zur Operationszentrale fahren zu lassen und Burr das Schreiben offiziell vorzulegen.

Es war Monate her, daß Jed mit einer Linienmaschine geflogen war, und anfangs fühlte sie sich wie befreit, wie wenn man nach all diesen öden Taxifahrten endlich einmal wieder oben in einem Londoner Bus sitzt. Das Leben hat mich wieder, dachte sie; ich bin aus der gläsernen Kutsche gestiegen. Sie sagte dies scherzend zu Corkoran, der auf dem Flug nach Miami neben ihr saß, doch er reagierte bloß mit einer bissigen Bemerkung über ihren gewöhnlichen Geschmack. Was sie ebenso überraschte wie verletzte, denn bis dahin war er ihr gegenüber noch niemals grob geworden.

Auf dem Flughafen von Miami war er genauso unfreundlich, bestand darauf, ihren Paß einzustecken, während er einen Gepäckwagen holte, drehte ihr dann den Rücken zu und sprach mit zwei flachsblonden Männern, die am Abfertigungsschalter für den Weiterflug nach Antigua herumlungerten.

»Corky, was sind denn das für Leute?« fragte sie ihn, als er zurückkam.

»Freunde von Freunden, meine Liebe. Kommen zu uns auf die *Pasha.*«

»Freunde von welchen Freunden?«

»Vom Chef, genaugenommen.«

»Corky, das ist doch ausgeschlossen! Solche Schlägertypen?«

»Als zusätzlicher Schutz angeheuert, falls du's wissen willst. Der Chef hat beschlossen, die Zahl der Leibwächter auf fünf zu erhöhen.«

»Corky, *warum* denn nur? Bis jetzt war er mit drei doch immer *absolut* zufrieden.«

Dann sah sie seine Augen und bekam Angst, weil sie so rachsüchtig und triumphierend funkelten. Und sie erkannte, dies war ein Corkoran, den sie noch nicht kannte: ein kaltgestellter Höfling auf dem Rückweg an die Sonne, und einigen würde er seinen lange unterdrückten Zorn mit Zinsen heimzahlen.

Und im Flugzeug trank er nicht. Die neuen Leibwächter saßen im hinteren Teil, aber Jed und Corkoran flogen erster Klasse, und er hätte sich bis zur Besinnungslosigkeit betrinken können, jedenfalls hatte sie das erwartet. Statt dessen bestellte er sich Mineralwasser mit Eis und Zitrone, und das schlürfte er nun, während er sein Spiegelbild im Fenster bewunderte.

25

Auch Jonathan war ein Gefangener.
Vielleicht war er es immer gewesen, wie Sophie angedeutet hatte. Vielleicht auch war er es erst, seitdem er nach Crystal geraten war. Aber stets hatte man ihm eine Illusion von Freiheit gelassen. Bis jetzt.
Der erste Hinweis kam in Fabergé, als Roper und sein Gefolge abreisen wollten. Die Gäste waren schon weg, Langbourne und Moranti waren mit ihnen geflogen. Oberst Emmanuel und Roper nahmen mit stürmischen Umarmungen Abschied voneinander, als, laut rufend und ein Stück Papier über dem Kopf schwenkend, ein junger Soldat den Weg hochgelaufen kam. Emmanuel nahm den Zettel, warf einen Blick darauf und gab ihn Roper, der seine Brille aufsetzte und einen Schritt beiseite trat, um ungestört lesen zu können. Und als Roper las, sah Jonathan, wie die übliche Trägheit von ihm abfiel und er erstarrte, dann faltete Roper den Zettel sorgfältig zusammen und schob ihn sich in die Tasche.
»Frisky!«
»Sir!«
»Muß dir was sagen.«
Frisky stakste im Paradeschritt über den holprigen Boden zu seinem Herrn und Meister und nahm Habachtstellung ein. Doch als Roper ihn am Arm packte und ihm einen Befehl ins Ohr flüsterte, dürften ihm die Flausen schnell vergangen sein.

Sie stiegen in den Hubschrauber. Frisky ging zielstrebig voraus und bedeutete Jonathan barsch, sich neben ihn zu setzen.
»Ich habe Durchfall, Frisky«, sagte Jonathan. »Montezumas Rache.«
»Du setzt dich genau da hin, wo man's dir sagt«, befahl Tabby hinter ihm.
Und im Flugzeug saß Jonathan zwischen ihnen, und immer wenn er auf die Toilette ging, stand Tabby davor. Roper saß indessen allein an der Trennwand und sprach nur mit Meg, die ihm frischen Orangensaft brachte und auf halber Strecke ein Fax, das, wie Jonathan feststellte, handgeschrieben war. Nachdem Roper es gelesen hatte, schob er es zusammengefaltet in eine Innentasche. Dann setzte er eine Augenmaske auf und schien zu schlafen.
Am Flughafen von Colón, wo Langbourne sie mit zwei Volvos und zwei Fahrern erwartete, wurde Jonathan sein Status unmißverständlich klargemacht.
»Chef. Ich muß dich sofort sprechen. Allein«, schrie Langbourne von der Rollbahn hinauf, fast bevor Meg die Tür aufgemacht hatte.
Alle blieben an Bord, während Roper und Langbourne sich am Fuß der Gangway berieten.
»Den zweiten Wagen«, befahl Roper, als Meg den übrigen Passagieren erlaubte auszusteigen. »Alle.«
»Er hat Durchfall«, warnte Frisky Langbourne leise.
»Scheiß auf seinen Durchfall«, antwortete Langbourne. »Sag ihm, er soll sich zusammenreißen.«
»Reiß dich zusammen«, sagte Tabby.
Es war Nachmittag. Polizeistation und Tower waren nicht besetzt. Auch der Flugplatz war leer, abgesehen von den weißen, in Kolumbien registrierten Privatjets, die in Reihen neben dem weißen Rollfeld parkten. Als Langbourne und Roper in den vorderen Wagen stiegen, bemerkte Jonathan einen vierten Mann, der einen Hut trug und neben dem Fahrer saß. Frisky öffnete die hintere Tür des zweiten Wagens. Jonathan stieg

ein. Frisky folgte ihm. Tabby nahm neben ihm Platz, der Beifahrersitz blieb leer. Niemand sprach.
Auf einer riesigen Reklametafel spreizte ein Mädchen in ausgefransten Shorts die Schenkel um die neueste Zigarettenmarke. Auf einer anderen leckte sie aufreizend an der aufgerichteten Antenne eines Transistorradios. Als sie in die Stadt fuhren, drang der Gestank der Armut in den Wagen. Jonathan dachte an Kairo, als er neben Sophie gesessen und zugesehen hatte, wie die Elenden dieser Erde im Abfall wühlten. In ehemaligen Prachtstraßen, zwischen Bretter- und Wellblechhütten, standen alte, verfallene Holzhäuser. Bunte Wäsche hing auf den morschen Balkonen. Kinder spielten unter den geschwärzten Arkaden und ließen Plastikbecher in der offenen Kanalisation schwimmen. Arbeitslose, zwanzig auf einmal, starrten von den Kolonialveranden ausdruckslos in den Verkehr, hundert reglose Gesichter sahen aus den Fenstern einer Fabrik.
Sie hielten an einer Ampel, und Friskys linke Hand zielte hinter dem Fahrersitz mit einem imaginären Revolver auf vier bewaffnete Polizisten, die vom Bordstein getreten waren und auf den Wagen zukamen. Tabby verstand seine Geste sofort, und Jonathan spürte, wie er sich langsam nach hinten lehnte und die mittleren Knöpfe seiner Buschjacke aufmachte.
Die Polizisten waren riesig. Sie trugen gebügelte leichte Khaki-Uniformen, Trillerpfeifen, Ordensbänder und Walther Automatiks in polierten Lederhalftern. Ropers Wagen hatte hundert Meter weiter vorne angehalten. Die Ampel war auf Grün umgesprungen, aber zwei der Polizisten versperrten dem Auto den Weg, während ein dritter mit dem Fahrer sprach und der vierte finster die Insassen musterte. Einer der Männer kontrollierte die Vorderreifen des Volvos. Der Wagen schaukelte, als ein anderer die Federung testete.
»Ich glaube, die Herren würden sich über ein kleines Geschenk freuen, meinst du nicht, Pedro?« sagte Frisky zu dem Fahrer.
Tabby klopfte die Taschen seiner Buschjacke ab. Die Polizei

verlangte zwanzig Dollar. Frisky gab dem Fahrer zehn. Der Fahrer gab sie einem Polizisten.

»Irgendein Arsch hat mir im Lager mein Geld geklaut«, sagte Tabby, als sie wieder fuhren.

»Willst du zurück und ihn suchen?« fragte Frisky.

»Ich muß aufs Klo«, sagte Jonathan.

»Steck dir 'nen Korken rein, verdammt noch mal«, sagte Tabby.

Direkt hinter Ropers Wagen fahrend, kamen sie in eine nordamerikanische Enklave: Rasen, weiße Kirchen, Bowlingbahnen, Soldatenfrauen mit Lockenwicklern und Kinderwagen. Sie gelangten auf eine Uferpromenade, die von rosa Villen aus den zwanziger Jahren mit riesigen Fernsehantennen, messerscharfen Eisenzäunen und hohen Toren gesäumt war. Der Fremde im vorderen Wagen hielt nach Hausnummern Ausschau. Sie bogen um eine Ecke, suchten weiter und kamen in einen Park mit Rasenflächen. Auf dem Meer warteten Containerschiffe, Kreuzfahrtschiffe und Tanker auf die Einfahrt in den Kanal. Der vordere Wagen war vor einem alten, von Bäumen umstandenen Haus vorgefahren. Der Fahrer drückte auf die Hupe. Die Tür des Hauses ging auf, ein schmalschultriger Mann in weißer Jacke tänzelte den Weg hinunter. Langbourne kurbelte das Fenster runter und rief ihm zu, er solle den hinteren Wagen nehmen. Frisky beugte sich vor und öffnete die Beifahrertür. Im Schein der Innenbeleuchtung sah Jonathan einen arabisch aussehenden, intelligenten jungen Mann mit Brille. Er nahm wortlos Platz, dann ging das Licht wieder aus.

»Wie geht's dem Dünnpfiff?« fragte Frisky.

»Besser«, sagte Jonathan.

»Gut, weiter so«, sagte Tabby.

Sie bogen in eine schnurgerade Straße ein. In so einer Militärschule war Jonathan auch einmal gewesen. Rechts eine oben dreifach mit Stacheldraht gesicherte hohe Mauer, an der Kabel entlangliefen. Jonathan erinnerte sich an Curaçao und die Straße zum Hafen. Links tauchten Reklametafeln auf: Toshi-

ba, Citizen und Toyland. Hier also kauft der Roper sein Spielzeug, dachte Jonathan, absurd. Aber das stimmte nicht. Hier kassierte Roper seine Belohnung für all die harte Arbeit und das viele Geld, das er investiert hatte. Der arabische Student zündete sich eine Zigarette an. Frisky hustete demonstrativ. Der vordere Wagen fuhr durch einen Torbogen und hielt. Sie hielten dahinter. Ein Polizist erschien am Fenster des Fahrers.
»Die Pässe«, sagte der Fahrer.
Frisky hatte den von Jonathan und seinen eigenen. Der arabische Student auf dem Beifahrersitz hob den Kopf weit genug, daß der Polizist ihn erkennen konnte. Der Polizist winkte sie durch. Sie befanden sich jetzt in der Freihandelszone von Colón.
Elegante Schaufenster mit Schmuck und Pelzen, die an das Foyer des Meisters erinnerten. Die Skyline funkelnd von den Namen von Firmen rund um den Globus und dem reinen blauen Glas der Bankgebäude. Die Straßen waren voller glänzender Autos. Gespenstische Containerlastwagen rangierten vor und zurück und hüllten die überfüllten Bürgersteige in dicke Wolken von Auspuffgasen. Das Betreiben von Einzelhandelsgeschäften ist verboten, aber niemand hielt sich daran. Staatsbürgern Panamas ist es verboten, hier einzukaufen, aber die Straßen wimmeln von ihnen: Die meisten kommen mit dem Taxi, weil Taxifahrer die besten Beziehungen zu den Kontrollposten haben.
Wenn die Angestellten am Morgen in die Freihandelszone kommen, hatte Corkoran Jonathan erzählt, tragen sie kein bißchen Schmuck am Leib. Aber am Abend sehen sie aus, als gingen sie zu einer Hochzeit: goldene Armbänder, Halsketten und Ringe. Die Käufer kommen aus ganz Mittelamerika, sagte er; weder Einwanderungsbehörde noch Zoll machen ihnen bei der Ein- und Ausreise Schwierigkeiten; manche geben am Tag eine Million Dollar aus, und gelegentlich deponieren sie Millionen für den nächsten Besuch.
Der vordere Wagen bog in eine dunkle Straße zwischen Lager-

häusern ein, sie folgten Stoßstange an Stoßstange. Regentropfen rollten wie dicke Tränen über die Windschutzscheibe. Der Fremde mit dem Hut im vorderen Wagen studierte Namen und Zahlen:
Kahns Lebensmittel, Maxdonald's Automotoren, Hoi Konserven und Getränke, Tel Aviv Goodwill Container Company, El Akhbars Fantasias, Hellas Landwirtschaftliche Maschinen, Le Baron Paris, Colombia Limitada, Kaffee & Lebensmittel.
Dann hundert Meter schwarze Mauern und ein Schild mit der Aufschrift »Adler«, dort hielten sie an und stiegen aus.
»Gehen wir da rein? Vielleicht haben die eins«, sagte Jonathan. »Ich kann's nicht mehr lange aushalten«, fügte er extra für Tabby hinzu.

Als sie in der unbeleuchteten Seitenstraße stehen, wird die Stimmung plötzlich angespannt. Die schnelle Tropendämmerung senkt sich herab. Der Himmel glüht im Licht der bunten Neonreklamen, aber in diesem Canyon aus Mauern und schmutzigen Gassen ist es bereits richtig dunkel. Aller Augen sind auf den Mann mit dem Hut gerichtet. Frisky und Tabby haben Jonathan in die Mitte genommen, Friskys Hand liegt auf Jonathans Oberarm: nicht daß ich dich festhalte, Tommy, will nur sicherstellen, daß niemand verlorengeht. Der arabische Student ist zu der vorderen Gruppe getreten. Jonathan sieht den Mann mit dem Hut in einem schwarzen Eingang verschwinden. Langbourne, Roper und der Student folgen ihm.
»*Marsch*«, murmelt Frisky leise. Sie gehen los.
»Wenn ich bloß mal aufs Klo könnte«, sagt Jonathan. Frisky packt seinen Arm fester.
Hinter dem Eingang schimmert am Ende des Backsteinkorridors Licht; aber es ist zu dunkel, um die Plakate an den Wänden zu lesen. Sie kommen an eine T-Kreuzung und biegen nach links; das Licht wird heller und führt sie zu einer Glastür, an deren oberen Scheiben Sperrholz befestigt ist, um die Aufschrift zu verdecken. Die Luft steht und ist von einem Geruch

wie bei einem Schiffsausstatter durchzogen: Es riecht nach Tauen und Mehl, nach Teer und Kaffee und Leinöl. Die Tür ist offen. Sie treten in ein luxuriöses Vorzimmer. Ledersessel, Seidenblumen, Aschenbecher, die wie Glasbausteine aussehen. In der Mitte ein Tisch mit Hochglanzprospekten über Kolumbien, Venezuela und Brasilien. Und in einer Ecke eine diskrete grüne Tür, darauf eine Keramikfliese, die eine Schäferin und einen Schäfer beim Spaziergang zeigt.

»Aber schnell«, sagt Frisky und schiebt Jonathan darauf zu. Jonathan läßt seine Aufseher warten; zweieinhalb aufreizende Minuten vergehen nach seiner Uhr, während er auf der Toilette sitzt und auf dem Knie hastig ein Stück Papier vollkritzelt.

Sie betreten das Hauptbüro, einen großen, weißen, fensterlosen Raum mit indirekter Beleuchtung und durchbrochenen Kacheln an der Decke; ein Konferenztisch mit Stühlen; Federhalter, Tintenlöscher und Trinkgläser sind wie Eßbesteck arrangiert. Roper und Langbourne stehen mit ihrem Führer an einem Ende des Tisches. Der Führer ist jetzt endlich zu erkennen: Es ist Moranti, aber irgend etwas ist mit ihm passiert, er wirkt hektisch oder haßerfüllt, sein Gesicht, grimmig und zerfurcht, hat etwas von einer Halloween-Laterne. An einer zweiten Tür auf der anderen Seite des Raumes steht der Farmer, den Jonathan am Vormittag bei der militärischen Vorführung gesehen hat; neben ihm der Stierkämpfer und einer dieser Schnösel mit Bomberjacke aus Leder. Der Kerl macht eine finstere Miene. Und an den Wänden sechs weitere Burschen, alle in Jeans und Turnschuhen, alle gedrillt und fit nach ihrem ausgedehnten Aufenthalt in Fabergé, alle bewaffnet mit der kleineren Version der Uzi-Maschinenpistole, die sie diskret an die Seite gedrückt halten.

Die Tür hinter ihnen schließt sich; die andere geht auf, und sie führt in ein richtiges Lagerhaus: kein stählerner Schlund wie der Laderaum der *Lombardy,* sondern ein mit anspruchsvollem Geschmack eingerichteter Raum. Der Boden ist mit Steinplatten ausgelegt, eiserne Säulen verbreiten sich unter der

Decke zu palmenartigen Fächern, an den Trägern hängen verstaubte Art-deco-Lampen. Auf der an die Straße grenzenden Seite des Lagerhauses sind geschlossene Garagentüren, zehn zählt Jonathan, jede mit einem eigenen Schloß und einer Nummer, jede mit einer eigenen Container-Bucht und einem Ladekran. Und in der Mitte Tausende von Pappkartons, aufgestapelt zu kubistischen braunen Bergen; daneben stehen Gabelstapler, die sie die sechzig Meter zu den Containern auf der Straßenseite befördern sollen. Nur vereinzelt sind Waren zu erkennen: zum Beispiel jede Menge übergroßer Tonurnen, die auf ihre Spezialverpackung warten; eine Pyramide von Videorecordern; oder Flaschen mit schottischem Whisky, die in einem früheren Leben ein weniger berühmtes Etikett getragen haben mochten. Aber die Gabelstapler, wie alles andere hier, sind nicht in Betrieb: kein Wachmann, keine Hunde, keine Leute von der Nachtschicht, die in den Ladebuchten schuften oder den Boden schrubben; nur der freundliche Schiffsgeruch und das Klicken und Quietschen ihrer Schuhe auf den Steinfliesen.

Wie auf der *Lombardy* bestimmte nun das Protokoll die Reihenfolge der Auftretenden. Der Farmer ging mit Moranti voran. Ihm folgte der Stierkämpfer mit seinem Sohn. Dann kamen Roper und Langbourne und der Araber, und schließlich Frisky und Tabby mit Jonathan in der Mitte.
Und da war es.
Ihr Lohn, das Ende des Regenbogens. Der größte dieser kubistischen Berge, bis unter die Decke gestapelt, eingezäunt und zusätzlich bewacht von einem Kreis mit Maschinenpistolen bewaffneter Kämpfer. Jede Kiste numeriert, jede Kiste mit dem gleichen fröhlich-bunten Etikett, auf dem ein lachender kolumbianischer Junge über seinem großen Strohhut Kaffeebohnen jonglierte, das Musterbild eines glücklichen Kindes der Dritten Welt mit perfekten Zähnen und freudestrahlendem Gesicht, drogenfrei und lebensfroh jonglierte es sich seinen Weg in die Zukunft. Jonathan machte rasch eine Schätzung von links nach rechts, von oben nach unten. Zweitau-

send Kisten. Dreitausend. Seine Rechenkünste verließen ihn. Langbourne und Roper traten zusammen vor. Dabei geriet Ropers Gesicht in den scharfen Lichtkreis der Deckenbeleuchtung, und Jonathan sah ihn, wie er ihn das allererste Mal gesehen hatte, als er, groß und auf den ersten Blick stattlich, in den Glanz von Meisters Kronleuchter getreten war, sich den Schnee von den Schultern wischte, Fräulein Eberhardt zuwinkte und von Kopf bis Fuß den Eindruck eines freibeuterischen Geschäftemachers der achtziger Jahre machte, auch wenn es jetzt schon die neunziger waren: *Ich bin Dicky Roper. Meine Leute haben ein paar Zimmer hier gebucht. Das heißt, eine ganze Menge ...*

Was hatte sich geändert? Nach all dieser Zeit und all diesen Meilen: Was hatte sich geändert? Das Haar – eine Spur grauer? Das Delphinlächeln in den Mundwinkeln ein wenig verkrampfter? Jonathan konnte keinerlei Änderung bei ihm erkennen. Sämtliche Signale Ropers, die er zu deuten gelernt hatte – das gelegentliche Wedeln mit der Hand, das Glattstreichen der Büschel über den Ohren, das versonnene Neigen des Kopfs, mit dem der große Mann zu erkennen gab, daß er nachdachte – all das schien Jonathan unverändert.

»Feisal, einen Tisch hierher. Sandy, hol eine Kiste, hol zwanzig, von verschiedenen Stellen. Bei euch da alles in Ordnung, Frisky?«

»*Sir.*«

»Wo zum Teufel steckt Moranti? Da ist er ja. Señor Moranti, bringen wir die Sache hinter uns.«

Die Gastgeber hielten sich abseits. Der arabische Student saß mit dem Rücken zum Publikum und nahm, während er wartete, irgendwelche Dinge aus den Tiefen seiner Jacke und baute sie auf dem Tisch vor sich auf. Vier der Kämpfer hatten die Türen übernommen. Einer hielt sich ein Mobil-Telefon ans Ohr. Die übrigen marschierten schnell auf den kubistischen Berg zu und durchquerten den Kreis der Wächter, die mit dem Rükken dazu stehenblieben wie ein Erschießungskommando, die Maschinenpistole quer vor der Brust.

Langbourne zeigte auf eine Kiste in der Mitte des Haufens. Zwei Burschen zerrten sie für ihn heraus, stellten sie neben dem Studenten auf den Boden und klappten den unversiegelten Deckel auf. Der Student holte nach einigem Wühlen in der Kiste ein rechteckiges Päckchen heraus, das in Sackleinen und Plastik gewickelt und mit dem gleichen glücklichen kolumbianischen Kind geschmückt war. Er legte das Päckchen auf den Tisch, verdeckte es mit dem Körper und beugte sich tief darüber. Die Zeit blieb stehen. Jonathan fühlte sich an einen Priester bei der Heiligen Kommunion erinnert, wie er, mit dem Rücken zur Gemeinde, Brot und Wein zu sich nimmt, ehe er die Kommunikanten daran teilhaben läßt. Der Student beugte sich in einer weiteren Phase tiefer Andacht noch tiefer hinab. Er lehnte sich zurück und nickte in Ropers Richtung. Langbourne wählte die nächste Kiste aus einem anderen Teil des Bergs. Die Burschen zerrten sie heraus. Der Berg rutschte, kam aber wieder zur Ruhe. Das Ritual wurde wiederholt. Und wiederholt. Etwa dreißig Kisten wurden auf diese Weise geprüft. Niemand fuchtelte mit seiner Waffe herum, niemand sprach. Die Männer an der Tür standen regungslos da. Nur das Schleifen der Kisten war zu hören. Der Student sah Roper an und nickte.

»Señor Moranti«, sagte Roper.

Moranti machte einen kleinen Schritt nach vorn, sagte aber nichts. Der Haß in seinen Augen war wie ein Fluch. Aber wem galt dieser Haß? Den weißen Kolonialherren, die so lange seinen Kontinent geplündert hatten? Oder ihm selbst, weil er sich zu diesem Handel hergab?

»Schätze, das reicht. Die Qualität ist kein Problem. Können wir jetzt zum Gewicht kommen?«

Unter Langbournes Aufsicht luden die Kämpfer zwanzig zufällig ausgewählte Kisten auf einen Gabelstapler und fuhren sie zu einer Brückenwaage. Langbourne las das Gewicht von der Leuchtanzeige ab, machte einen Überschlag auf seinem Taschenrechner und zeigte ihn Roper, der offenbar einverstanden war, denn wieder rief er Moranti etwas Bestätigendes zu, worauf dieser auf dem Absatz kehrtmachte und mit dem Farmer an seiner Seite die Prozession in den Konferenzraum zurückführte.

Aber vorher bekam Jonathan noch mit, wie der Gabelstapler seine Ladung zu dem ersten von zwei Containern brachte, die mit offenen Deckeln in den Ladebuchten acht und neun standen.

»Es geht schon wieder los«, sagte er zu Tabby.

»Ich bringe dich gleich um«, sagte Tabby.

»Nein, nicht du. Ich«, sagte Frisky.

Jetzt blieb nur noch der Papierkram zu erledigen, der, wie jeder wußte, die einzige Aufgabe des generalbevollmächtigten Vorsitzenden der Firma Tradepaths Limited Curaçao und seines Rechtsberaters war.

Langbourne neben sich und die Vertragsparteien unter Vorsitz von Moranti auf der anderen Seite des Tischs, unterschrieb Jonathan drei Dokumente; soweit er erkennen konnte, wurde damit erstens der Erhalt von fünfzig Tonnen vorgerösteter kolumbianischer Kaffeebohnen erster Güte bestätigt; zweitens die Richtigkeit von Frachtbriefen, Konnossementen und Zolldeklarierungen für besagte Lieferung bescheinigt, für den Weitertransport in den Containern Nr. 179 und 180 auf der SS *Horatio Enriques*, zur Zeit gechartert von Tradepaths Limited, aus der Freihandelszone Colón nach Gdansk, Polen; und drittens der Kapitän der zur Zeit in Panama City liegenden SS *Lombardy* angewiesen, eine neue kolumbianische Mannschaft aufzunehmen und unverzüglich den Hafen von Buenaventura an der Westküste Kolumbiens anzusteuern.

Als Jonathan das alles an den erforderlichen Stellen mit der erforderlichen Anzahl von Unterschriften versehen hatte, legte er den Federhalter mit einem leisen Knall auf die Tischplatte und sah Roper an, als wollte er sagen: »Das war's.«

Aber Roper, bis vor kurzem so entgegenkommend, schien ihn nicht zu sehen, und als sie zu den Autos zurückgingen, schritt er allein voraus und erweckte deutlich den Eindruck, daß das eigentliche Geschäft noch bevorstand, und das war inzwischen auch Jonathans Ansicht, denn der Beobachter befand sich jetzt in einem Zustand der Geistesgegenwart, die alles übertraf, was er je erlebt hatte. Während er wieder zwischen seinen Wächtern saß und die Lichter vorbeigleiten sah, packte ihn eine verstohlene Zielstrebigkeit, die einem neu entdeckten Talent vergleichbar war. Er hatte Tabbys Geld, immerhin einhundertvierzehn Dollar, und die beiden Umschläge, die er vorbereitet hatte, während er auf der Toilette saß. Er hatte die Nummern der Container im Kopf, ebenso die Nummer des Frachtbriefs und sogar die Nummer des kubistischen Bergs, denn wie eine Ergebnistafel beim Kricket in der Kadettenschule hatte eine kaputte schwarze Tafel darübergebaumelt: Lieferung Nummer 54 in einem Lagerhaus unter dem Zeichen des Adlers.

Sie waren wieder am Hafen. Ihr Wagen hielt an, um den arabischen Studenten aussteigen zu lassen. Er verschwand wortlos in der Dunkelheit.

»Ich fürchte, gleich wird es kritisch«, verkündete Jonathan gelassen. »Noch etwa dreißig Sekunden, und ich kann für die Konsequenzen keine Verantwortung mehr übernehmen.«

»Verdammte Scheiße«, stöhnte Frisky. Das Auto vor ihnen fuhr schneller.

»Jetzt ist es gleich soweit, Frisky. Sie haben die Wahl.«

»Du miese Drecksau«, sagte Tabby.

Frisky schrie »Pedro!« und brachte den Fahrer mit Handzeichen dazu, die Lichthupe zu betätigen, so daß der vorausfahrende Wagen wieder anhielt. Langbourne schob den Kopf aus seinem Fenster und brüllte, was zum Teufel jetzt schon wieder wäre? Auf der anderen Straßenseite blinkten die Lichter einer Tankstelle.

»Tommy muß mal wieder aufs Scheißhaus«, sagte Frisky.

Langbourne zog den Kopf ein, um sich mit Roper im Wagen zu beraten, dann tauchte er wieder auf. »Du gehst mit, Frisky. Laß ihn nicht aus den Augen. Dalli.«

Die Tankstelle war modern, nur die sanitären Einrichtungen

entsprachen nicht dem neuesten Stand. Für beide Geschlechter gab es bloß eine winzige stinkende Kabine ohne Sitz. Während Frisky draußen wartete, strengte Jonathan sich an, gequält zu stöhnen, und schrieb, wieder auf seinem entblößten Knie, seine letzte Nachricht.

Die Wurlitzer-Bar im Riande Continental Hotel von Panama City ist sehr klein und stockfinster; an Sonntagabenden wird sie von einer matronenhaften Frau mit rundem Gesicht geführt, die, als Rooke sie allmählich in der Dunkelheit erkennen konnte, eine seltsame Ähnlichkeit mit seiner Frau hatte. Als sie merkte, daß er nicht zu der redseligen Sorte gehörte, füllte sie eine zweite Untertasse mit Nüssen und ließ ihn in Ruhe sein Perrier schlürfen, um sich wieder ihrem Horoskop zuzuwenden.

Inmitten des farbenprächtigen Nachtlebens von Panama lungerten im Foyer mißmutige amerikanische Soldaten in Drilichanzügen herum. Eine kurze Treppe führte zum Eingang des Hotelkasinos, vor dem ein Schild höflich das Tragen von Waffen verbot. Rooke erkannte schemenhafte Gestalten, die Baccarat spielten und an einarmigen Banditen herumfuhrwerkten. Und in der Bar, keine zwei Meter von seinem Platz entfernt, thronte die prächtige weiße Wurlitzer-Orgel; sie erinnerte ihn an die Kinos seiner Kindheit, an den Organisten, der in seiner leuchtenden Jacke auf einem weißen Traumschiff aus den Verliesen kam und Lieder spielte, die das Publikum mitsummen konnte.

Rooke interessierte sich für all das nicht sonderlich, aber ein Mann, der ohne Hoffnung wartet, braucht irgendeine Ablenkung, wenn er nicht auf allzu gesundheitsschädigende Gedanken kommen soll.

Zuerst hatte er in seinem Zimmer gesessen, dicht neben dem Telefon, da er fürchtete, die Aircondition könnte das Läuten übertönen. Dann schaltete er sie aus und öffnete versuchsweise die Balkontüren, aber der Lärm von der Via España war so entsetzlich, daß er die Tür schleunigst wieder zumachte und

eine Stunde lang ohne Luft, weder vom Balkon noch aus der Klimaanlage, auf dem Bett schmorte und dabei so schläfrig wurde, daß er beinahe eingenickt wäre. Also rief er die Vermittlung an und sagte, er werde in dieser Minute zum Pool gehen, man solle jeden Anruf für ihn festhalten, bis er dort sei. Und am Pool gab er dem Oberkellner zehn Dollar und bat ihn, die Concierge, die Telefonvermittlung und den Portier davon in Kenntnis zu setzen, daß Mr. Robinson von Zimmer 409 sein Abendessen am Pool einnehme, Zimmer sechs, falls jemand nach ihm fragen sollte.
Dann saß er da und starrte in das beleuchtete blaue Wasser des leeren Pools, und auf die leeren Tische, und hinauf zu den Fenstern der Hochhäuser, hinüber zum Haustelefon an der Bar neben dem Swimmingpool, zu den Kellnern am Grill, die sein Steak zubereiteten, zu der Band, die nur für ihn Rumba spielte.
Sein Steak spülte er mit einer Flasche Perrier hinunter, denn obwohl er davon ausging, daß er nicht weniger vertrug als jeder andere, hätte er sich eher auf Posten ein Nickerchen genehmigt, als Alkohol zu trinken, während er auf den Glücksfall eins zu tausend setzte, daß ein hochgegangener Joe es irgendwie durch die Linien schaffte.
Als es gegen zehn Uhr um die Tische lebendig wurde, fürchtete er, die Wirkung seiner zehn Dollar könnte allmählich nachlassen. Also rief er über die Hausleitung noch einmal die Vermittlung an und ging in die Bar. Und dort saß er noch immer, als die Bardame, die seiner Frau so ähnlich sah, den Telefonhörer ablegte und ihn traurig anlächelte.
»Sie Mr. Robinson von 409?«
Allerdings.
»Sie haben Besuch, Mister. Sehr persönlich, sehr dringend. Aber von ein Mann.«

Es war ein Mann, ein Panamaer, ein kleiner Asiate mit seidiger Haut, schweren Lidern und der Miene eines Heiligen. Sein Anzug glänzte militärisch, wie die Anzüge von Kanzleiboten

oder Bestattungsunternehmern. Sein Haar war gewellt, das gekräuselte Hemd fleckenlos; seine Visitenkarte war ein Aufkleber, den man neben dem Telefon anbringen konnte, und stellte ihn in Spanisch und Englisch als Sánchez Jésus-Maria Romarez II vor, Chauffeur Tag und Nacht, spricht Englisch, aber leider nicht so gut, wie es sein sollte, Señor – sein Englisch, sagte er, sei das der kleinen Leute, nicht das der Wissenschaftler – ein bedauerndes Lächeln gen Himmel –, und hauptsächlich von seinen amerikanischen und britischen Kunden erworben, wobei ihm freilich der frühere Besuch einer Schule von Nutzen gewesen sei, auch wenn er leider nicht so oft, wie es wünschenswert gewesen wäre, am Unterricht habe teilnehmen können, denn sein Vater sei kein reicher Mann, Señor, und Sánchez schon gar nicht.
Im Anschluß an dieses betrübliche Geständnis bedachte Sánchez Rooke mit einem schmachtenden Blick und kam zur Sache.
»Señor Robinson. Mein Freund. Bitte, Sir. Verzeihen Sie.« Sánchez schob eine rundliche Hand in die Brusttasche seines schwarzen Anzugs. »Ich komme, um die fünfhundert Dollar abzuholen. Ich danke Ihnen, Sir.«
Inzwischen machte Rooke sich Sorgen, das Ganze sei irgendeine raffinierte Touristenfalle mit dem Ziel, ihm präkolumbianische Kunstgegenstände oder eine Nacht mit der Schwester dieses elenden Mannes anzudrehen. Aber Sánchez überreichte ihm einen dicken Umschlag, auf dessen Klappe so etwas wie ein Diamant und darüber das Wort *Crystal* geprägt waren. Rooke zog einen handschriftlichen Brief daraus hervor, in dem Jonathan dem Finder auf spanisch viel Spaß mit den beiliegenden hundert Dollar wünschte und ihm weitere fünfhundert für den Fall versprach, daß er den beiliegenden Umschlag persönlich bei Señor Robinson im Hotel Riande Continental in Panama City abliefern würde.
Rooke hielt den Atem an.
In seiner heimlichen Hochstimmung beschlich ihn eine neue Sorge – daß nämlich Sánchez sich irgendeinen idiotischen

Plan ausgedacht haben könnte, um ihn zappeln zu lassen und so die Belohnung in die Höhe zu treiben – zum Beispiel konnte er den Brief über Nacht in einem Tresor deponiert haben; oder er hatte ihn unter der Matratze seiner *chicita* versteckt, falls der Gringo versuchen sollte, ihm den Brief gewaltsam zu entreißen.

»Und wo ist der zweite Umschlag?« fragte er.

Der Fahrer legte eine Hand aufs Herz. »Señor, hier in meiner Tasche. Ich bin ein ehrlicher Fahrer, Sir, und als ich den Brief hinten auf dem Boden meines Volvos liegen sah, war mein erster Gedanke, ohne Rücksicht auf die Vorschriften mit Vollgas zum Flugplatz zu fahren und ihn demjenigen von meiner edlen Kundschaft, der ihn so leichtsinnig dort vergessen hatte, zurückzugeben, in der Hoffnung, wenn auch nicht unbedingt im Vertrauen auf eine Belohnung, denn die Kunden in meinem Wagen waren längst nicht so vornehm wie die Kunden meines Kollegen Dominguez in dem Wagen vor mir. Meine Kunden, Sir, wenn ich das so sagen darf, und nichts gegen Ihren guten Freund, waren im ganzen genommen eher minderwertige Typen – einer war sogar so unverschämt, mich mit Pedro anzusprechen –, aber als ich dann die Aufschrift auf dem Umschlag las, Sir, wurde mir klar, daß ich meine Pflicht woanders zu erfüllen hatte ...«

Sánchez Jésus-Maria wartete freundlicherweise mit der Fortsetzung seiner Erzählung, bis Rooke von der Rezeption zurückgekommen war, wo er für fünfhundert Dollar Reiseschecks eingewechselt hatte.

26

In Heathrow war es acht Uhr an einem nassen englischen Wintermorgen, und Burr hatte noch die Sachen von Miami an. Goodhew, der in der Wartehalle herumschlich, trug einen Regenmantel und die flache Mütze, die er zum Radfahren aufsetzte. Seine Miene war entschlossen, aber seine Augen waren allzu unruhig. Das rechte zuckte ein wenig, stellte Burr fest.

»Was Neues?« fragte Burr, kaum daß sie sich die Hände geschüttelt hatten.

»Wovon? Von wem? Man sagt mir nichts mehr.«

»Von dem Jet. Haben sie ihn jetzt aufgespürt?«

»Man sagt mir nichts mehr«, wiederholte Goodhew. »Ich würde es nicht mal erfahren, wenn Ihr Mann sich in voller Rüstung bei der Britischen Botschaft in Washington melden würde. Alles geht über Kanäle. Außenministerium. Verteidigung. River House. Sogar das Kabinett. Jeder hat irgendwo einen Kontaktmann.«

»Damit haben sie das Flugzeug zum zweitenmal innerhalb von zwei Tagen verloren«, sagte Burr. Er verzichtete auf einen Kofferkuli, lud sich den schweren Koffer auf den Arm und steuerte auf die Taxis zu. »Einmal ist Nachlässigkeit, zweimal ist Absicht. Abends um neun Uhr zwanzig ist der Jet in Colón gestartet. Mein Mann war an Bord, ebenso Roper und Langbourne. Die haben AWACS da oben, Radar auf jedem Atoll und was sonst noch alles. Wie können sie da einen Dreizehn-Personen-Flieger verlieren?«

»Ich bin raus, Leonard. Ich bemühe mich, ein Ohr am Boden zu behalten, aber man hat mir den Boden weggenommen. Den ganzen Tag werde ich herumgehetzt. Wissen Sie, wie die mich nennen? Den Rechnungsprüfer. Sehr witzig, wie? Erstaunt mich einigermaßen, daß Darker so was wie Humor besitzt.«

»Im Augenblick wird Strelski fertiggemacht«, sagte Burr. »Verantwortungsloser Umgang mit Informanten. Überschreiten der Befugnisse. Zu freundlich zu den Briten. Praktisch schieben sie ihm den Mord an Apostoll in die Schuhe.«

»Flaggschiff«, murmelte Goodhew; es klang wie eine Regieanweisung.

Andere Gesichtsfarbe, stellte Burr fest. Hochrote Flecken auf den Wangen. Rätselhaftes Weiß um die Augen.

»Wo ist Rooke?« fragte er. »Wo ist Rob? Müßte inzwischen zurück sein.«

»Unterwegs, soweit ich weiß. Alle sind unterwegs. O ja.«

Sie stellten sich in die Taxischlange. Ein schwarzer Wagen fuhr vor, eine Polizistin sagte zu Goodhew, er solle einsteigen. Zwei Libanesen versuchten sich vorzudrängen. Burr versperrte ihnen den Weg und machte die Tür auf. Sobald er saß, fing Goodhew mit seinem Bericht an. Er sprach mit unbeteiligter Stimme. Ebensogut hätte er von dem Verkehrsunfall erzählen können, dem er so knapp entgangen war.

»Delegieren ist ein *alter Hut*, behauptet mein Chef beim Räucheraal. Privatarmeen sind *wildgewordene Bordkanonen*, erklärt er während des Roastbeefs. Die kleinen Abteilungen sollen ihre Autonomie behalten, aber eben darum müßten sie *elterliche Führung* vom River House akzeptieren. Whitehall hat ein neues Konzept. Der Gemeinsame Lenkungsausschuß ist tot. Lang lebe die elterliche Führung. Beim Port sprechen wir über *Rationalisierung*, und er gratuliert mir und sagt, ich solle die Rationalisierung in die Hand nehmen. Ich werde *rationalisieren*, allerdings unter *elterlicher Führung*. Das heißt, ich werde nach Darkers Pfeife tanzen. *Es sei denn –*« Er beugte sich plötzlich vor, dann drehte er den Kopf und starrte Burr voll ins Gesicht. »*Es sei denn*, Leonard, ich bin immer noch Schriftführer des Gemeinsamen Lenkungsausschusses und werde es bleiben, bis mein Chef in seiner Weisheit etwas anderes beschließt oder ich zurücktrete. Wir haben dort zuverlässige Leute. Ich habe das mal durchgezählt. Ein paar faule Äpfel machen nicht gleich die ganze Ernte schlecht. Mein Chef ist für Argumente zugänglich. Wir sind hier immer noch in England. Wir sind gute Leute. Ab und zu ist vielleicht mal etwas nicht in Ordnung, aber früher oder später setzt das Ehrgefühl sich durch, und die richtigen Kräfte gewinnen. Daran glaube ich.«

»Die Waffen auf der *Lombardy* stammen wie vorausgesagt aus Amerika«, sagte Burr. »Sie kaufen das Beste, was der Westen zu bieten hat, und ein paar britische Dinger, sofern sie etwas taugen. *Und* die entsprechende Ausbildung. *Und* in Fabergé die Show für ihre Kunden.«

Goodhew drehte sich steif wieder zum Fenster um. Irgendwie konnte er sich nicht mehr frei bewegen. »Herkunftsländer geben keine Anhaltspunkte«, erwiderte er mit der allzu heftigen Überzeugung eines Mannes, der eine wacklige Theorie verteidigt. »Das Unheil richten die Händler an. Das wissen Sie ganz genau.«

»Nach Jonathans Bericht waren zwei amerikanische Ausbilder in diesem Lager. Er spricht nur von Offizieren, nimmt aber an, daß sie auch amerikanische Unteroffiziere haben. Es waren Spitzenleute, Zwillinge, ungehobelte Kerle, die ihn aushorchen wollten. Strelski sagt, das müssen die Yoch-Brüder aus Langley sein. Haben früher in Miami Leute für die Sandinisten angeworben. Vor drei Monaten hat Amato sie in Aruba gesichtet, da haben sie mit Roper Dom Pérignon getrunken, während er angeblich mal wieder Farmen verkaufte. Genau eine Woche später kauft unser ehrbarer Ritter Sir Anthony Joyston Bradshaw plötzlich mit Ropers Geld bei den Amerikanern, nicht mehr bei Osteuropäern oder Russen. Roper hat

noch niemals amerikanische Ausbilder angeheuert, hatte kein Vertrauen zu ihnen. Warum hat er sie jetzt geholt? Für wen arbeiten sie? Wem sind sie unterstellt? Warum sind die amerikanischen Nachrichtendienste plötzlich so nachlässig? Diese ganzen Lücken in der Radarüberwachung? Warum haben ihre Satelliten nichts von den militärischen Aktivitäten an der Grenze zu Costa Rica gemeldet? Kampfhubschrauber, Truppentransporter, leichte Panzer? Wer spricht mit den Kartellen? Wer hat ihnen von Apostoll erzählt? Wer hat den Kartellen gesagt, sie könnten Spaß mit ihm kriegen und der Enforcement ihren Superschnüffler wegnehmen, wenn sie schon mal dabei sind?«
Goodhew starrte noch immer aus dem Fenster und weigerte sich zuzuhören. »Eine Krise nach der anderen«, rief er mit verkrampfter Stimme. »Leonard, Sie haben eine Schiffsladung Waffen, egal, wo die herkommen, mit Ziel Kolumbien. Sie haben eine Schiffsladung Drogen, mit Ziel Europa. Sie müssen einen Schurken fangen und einen Agenten retten. Nicht die Ziele aus den Augen verlieren. Nicht ablenken lassen. Das war mein Fehler. Darker ... die Liste der Hintermänner ... die Verbindungen nach London ... die großen Banken ... die großen Finanzhäuser ... und wieder Darker ... die Zentralisten ... lassen Sie sich von all dem nicht ablenken – die kriegen Sie nie zu fassen, die lassen Sie nicht an sich ran. Sie werden wahnsinnig. Halten Sie sich an das Mögliche. Die Ereignisse. Die Tatsachen. Eine Krise nach der anderen. Hab ich diesen Wagen nicht schon mal gesehen?«
»Es ist Rush-hour, Rex«, sagte Burr leise. »Die haben Sie alle schon mal gesehen.« Und dann, genauso leise, wie als Trost für einen Geschlagenen: »Mein Mann hat's geschafft, Rex. Er hat die Kronjuwelen geklaut. Namen und Nummern der Schiffe und Container, Standort des Lagerhauses in Colón, die Nummern der Frachtbriefe und sogar der Kisten, in denen der Stoff gelagert ist.« Er klopfte auf seine Brusttasche. »Ich habe nichts davon weitergegeben, keinem was davon erzählt. Nicht mal Strelski. Rooke und ich, Sie und mein Mann, wir sind die ein-

zigen, die davon wissen. Flaggschiff hat nichts damit zu tun, Rex. Das ist immer noch Operation Klette.«
»Die haben meine Akten«, sagte Goodhew, der wieder einmal nicht zuhörte. »Ich hatte sie im Safe, bei mir im Zimmer. Sie sind weg.«
Burr sah auf seine Uhr. Im Büro rasieren, dachte er. Keine Zeit, nach Hause zu fahren.

Burr holt Zusagen ein. Zu Fuß klappert er das goldene Dreieck der geheimen Überwelt von London ab – Whitehall, Westminster, Victoria Street. In einem blauen Regenmantel, den er sich beim Pförtner geliehen hat, und einem papierdünnen beigen Anzug, der aussieht, als ob er darin geschlafen hätte, und das hat er. Debbie Mullen ist eine alte Freundin aus Burrs Zeit im River House. Sie haben dieselbe Grammar School besucht und dieselben Examen bestanden. Ihr Büro liegt eine Treppe tiefer, hinter einer blaugestrichenen Stahltür: ZUTRITT VERBOTEN. Hinter Glaswänden sieht Burr Angestellte beider Geschlechter an Bildschirmen arbeiten und telefonieren.
»Sieh an, wer kommt denn da aus dem Urlaub zurück«, sagt Debbie, seinen Anzug musternd. »Was gibt's, Leonard? Wie man hört, wird deine Stelle gestrichen und du über den Fluß zurückversetzt?«
»Es geht um ein Containerschiff, die *Horatio Enriques,* Debbie, in Panama registriert«, sagt Burr und unterdrückt, um auf ihre Gemeinsamkeiten hinzuweisen, den heimatlichen Yorkshire-Akzent nicht mehr. »Vor achtundvierzig Stunden lag es in der Freihandelszone von Colón, Zielhafen Gdansk in Polen. Ich vermute, es befindet sich bereits in internationalen Gewässern in Richtung Atlantik. Uns liegen Informationen vor, nach denen es verdächtige Fracht geladen hat. Ich möchte, daß es aufgespürt und abgehört wird, aber ich möchte nicht, daß du eine Suchmeldung herausgibst.« Er schenkte ihr sein altes Lächeln. »Es ist wegen meiner Quelle, verstehst du, Deb. Sehr delikat. Streng geheim. Das muß alles inoffiziell laufen. Bist du so gut und tust das für mich?«

Debbie Mullen hat ein hübsches Gesicht und die Angewohnheit, den Knöchel des rechten Zeigefingers an die Zähne zu drücken, wenn sie nachdenkt. Vielleicht tut sie das, um ihre Gefühle zu verbergen, aber ihre Augen kann sie nicht verbergen. Erst gehen sie weit auf, dann blicken sie starr auf den obersten Knopf von Burrs abscheulicher Jacke.
»*Enrico*-was, Leonard?«
»*Horatio Enriques,* Debbie. Wer auch immer das ist. Registriert in Panama.«
»Habe ich also richtig gehört.« Sie wendet den Blick von seiner Jacke, wühlt in einem Korb mit rotgestreiften Mappen herum, bis sie die gesuchte findet, und reicht sie ihm schweigend. Sie enthält nur einen Bogen blauen Papiers, mit pompös eingeprägtem Wappen und von entsprechend ministeriellem Gewicht. Überschrift: *Horatio Enriques;* darunter ein einziger Absatz in übergroßer Schrift:

> Obenerwähntes Schiff, Gegenstand einer streng geheimen Operation, wird Ihnen wahrscheinlich zur Kenntnis gebracht werden, wenn es ohne erkennbaren Grund den Kurs wechselt oder andere unvorhergesehene Manöver auf See oder im Hafen durchführt. Jegliche bei Ihrer Abteilung eingehende Information bezüglich seiner Aktivitäten, ob aus offenen oder geheimen Quellen, ist AUSSCHLIESSLICH UND UNVERZÜGLICH an die H/Projektgruppe Beschaffung im River House weiterzuleiten.

Das Dokument trägt den Stempel TOP SECRET FLAGGSCHIFF.
Mit bedauerndem Lächeln gibt Burr Debbie Mullen die Akte zurück.
»Sieht aus, als ob wir uns ein wenig ins Gehege gekommen wären«, gesteht er. »Aber was soll's, am Ende wandert doch alles in dieselbe Tasche. Wo ich schon mal dabei bin, Debbie, hast du irgendwas über die *Lombardy*? Treibt sich ebenfalls in die-

sen Gewässern rum, höchstwahrscheinlich am anderen Ende des Kanals?«
Ihr Blick ist wieder auf sein Gesicht gerichtet und läßt es nicht los. »Bist du Matrose, Leonard?«
»Was würdest du tun, wenn ich ja sage?«
»Ich müßte Geoff Darker anrufen und klären, ob du mich angeflunkert hast, stimmt's?«
Burr nimmt seinen ganzen Charme zusammen. »Du kennst mich, Debbie. Wahrheit ist mein zweiter Vorname. Wie ist es denn mit einem schwimmenden Gin-Palast, *Iron Pasha,* gehört einem englischen Gentleman, vier Tagesreisen außerhalb von Antigua, Kurs nach Westen? Hat da mal jemand mitgehört? Ich brauche das, Debbie. Ich bin verzweifelt.«
»Das hast du schon einmal zu mir gesagt, Leonard, und weil auch ich verzweifelt war, habe ich es dir gegeben. Damals hat es keinem von uns geschadet, aber jetzt sieht die Sache anders aus. Entweder ich rufe Geoffrey an, oder du gehst. Du hast die Wahl.«
Debbie lächelt noch immer. Burr ebenfalls. Und er schafft es, zu lächeln, bis er die Reihen der Angestellten hinter sich hat und auf die Straße tritt. Dann trifft ihn die feuchte Londoner Luft wie ein wuchtiger Schlag und verwandelt seine Selbstbeherrschung in Wut.
Drei Schiffe. Alle auf einem anderen Kurs, verdammt! Mein Joe, meine Waffen, meine Drogen, mein Fall – und ich bin von allem ausgeschlossen!
Doch als er Denhams stattliches Büro betritt, ist er nach außen hin wieder der alte Querkopf, so wie Denham ihn am liebsten hat.

Denham war Anwalt und Harry Palfreys merkwürdiger Vorgänger als Rechtsberater der Projektgruppe Beschaffung in der Zeit, bevor dort Darker ans Ruder kam. Als Burr seine blutige Schlacht gegen die Illegalen begann, hatte Denham ihn angespornt, ihn aufgehoben, wenn er strauchelte, und ihn ermutigt, es noch einmal zu versuchen. Als Darker seinen erfolgreichen Putsch lancierte und Palfrey hinter ihm her dackelte, nahm Denham seinen Hut und ging in aller Stille über den Fluß zurück. Aber Burrs Fürsprecher war er geblieben. Falls Burr sich überhaupt jemals eines Verbündeten unter den juristischen Bonzen in Whitehall gewiß sein konnte, dann war Denham sein Mann.

»Ah, hallo, Leonard. Schön, daß Sie angerufen haben. Ist Ihnen denn nicht kalt? Leider geben wir keine Decken aus. Manchmal denke ich wirklich, wir sollten das tun.«

Denham spielte den Affen. Er war hager und finster und hatte den ergrauten Haarschopf eines Schuljungen. Er trug breitgestreifte Anzüge und abscheuliche Westen über zweifarbigen Hemden. Aber tief im Innern war er, wie Goodhew, so etwas wie ein Asket. Sein Zimmer hätte prachtvoll sein können, den Rang dazu besaß er. Es war hoch, hatte hübsche Simse und anständige Möbel. Aber es herrschte dort eine Atmosphäre wie in einem Klassenzimmer, und der verzierte Kamin war mit rotem, dick verstaubtem Zellophan vollgestopft. Auf einer elf Monate alten Weihnachtskarte war die verschneite Kathedrale von Norwich zu sehen.

»Wir kennen uns. Guy Eccles«, sagte ein untersetzter Mann mit markanter Kiefernpartie, der am Tisch in der Mitte saß und Telegramme las.

Wir kennen uns, stimmte Burr zu und erwiderte sein Nicken. Du bist Funker Eccles, und ich konnte dich nie leiden. Du spielst Golf und fährst einen Jaguar. Warum zum Teufel drängst du dich in meine Verabredung? Er setzte sich. Niemand hatte ihn direkt dazu aufgefordert. Denham versuchte die vorsintflutliche Heizung aufzudrehen, aber entweder war der Griff verklemmt, oder er drehte in der falschen Richtung.

»Ich muß mir einiges von der Seele reden, Nicky, wenn's Ihnen nichts ausmacht«, sagte Burr und ignorierte Eccles mit Bedacht. »Die Zeit läuft mir davon.«

»Wenn es um die Klette geht«, sagte Denham und würgte ein letztesmal an dem Griff herum, »wär es nicht schlecht, Guy da-

beizuhaben.« Er hockte sich auf eine Sessellehne; es schien ihm zu widerstreben, an seinem Schreibtisch Platz zu nehmen. »Guy fliegt seit Monaten zwischen hier und Panama hin und her«, erklärte er. »Stimmt's, Guy?«
»Wieso?« sagte Burr.
»Nur so, zu Besuch«, sagte Eccles.
»Ich brauche einen Ukas, Nicky. Ich möchte, daß Sie Himmel und Erde in Bewegung setzen. Dafür haben wir uns doch so angestrengt, wissen Sie noch? Ganze Nächte lang haben wir nur über diesen Augenblick geredet.«
»Ja. Allerdings«, stimmte Denham zu, als hätte Burr ein wichtiges Argument vorgebracht.
Eccles lächelte über etwas, das in einem seiner Telegramme stand. Er hatte drei Ablagekörbe. Er nahm die Telegramme aus dem einen und schmiß sie, wenn er sie gelesen hatte, in einen der beiden anderen. Das schien heute sein Job zu sein.
»Es *geht* aber um die Frage, was machbar ist, ja?« sagte Denham. Er saß noch immer auf der Sessellehne, die langen Beine gerade vor sich ausgestreckt, die langen Hände in den Taschen.
»So habe ich das in meinem Papier dargelegt. So steht es in Goodhews Eingabe ans Kabinett, falls sie dort jemals ankommt. Wo ein Wille ist – wissen Sie noch, Nicky? Wir werden uns nicht hinter Argumenten verstecken – wissen Sie noch? Wir werden alle beteiligten Länder an einen Tisch bringen. Ihnen die Stirn bieten. Sie herausfordern, nein zu sagen. Weg mit den Samthandschuhen, wie Sie zu sagen pflegten. Wir beide.«
Denham stakste zur Wand hinter seinem Schreibtisch und zog eine Schnur aus den Falten eines schweren Musselinvorhangs. Eine großformatige, mit transparenter Folie abgedeckte Karte von Mittelamerika kam zum Vorschein.
»Wir haben an Sie *gedacht,* Leonard«, sagte er schelmisch.
»Ich will jetzt Taten sehen, Nicky. Nachgedacht habe ich selbst schon eine Menge.«
Vor den Hafen von Colón war ein rotes Blechboot geheftet,

parallel daneben ein halbes Dutzend graue. Am südlichen Ausgang des Kanals deuteten veschiedenfarbene Linien mögliche Fahrtrouten östlich oder westlich des Golfs von Panama an.

»Wir sind nicht untätig gewesen, während Sie so fleißig waren, das kann ich Ihnen versichern. Also, Schiff ahoi. Die *Lombardy*, bis zum Rand voll mit Waffen. Hoffen wir. Denn wenn dem nicht so ist, stecken wir ganz schön in der Scheiße. Aber das ist eine andere Geschichte.«

»Ist das die letzte Position, die man von dem Schiff kennt?« fragte Burr.

»Ich denke schon«, sagte Denham.

»Auf alle Fälle ist es die letzte, die *uns* bekannt ist«, sagte Eccles und warf ein grünes Telegramm in den mittleren Ablagekorb. Er sprach mit südschottischem Akzent. Burr hatte es vergessen. Jetzt wußte er es wieder. Wenn ihm irgendein regionaler Akzent in den Ohren weh tat wie Fingernägel, die über eine Tafel kratzen, dann war es der des schottischen Tieflands.

Eccles saugte schmatzend an seinen Vorderzähnen. »Die Mühlen der Vettern mahlen außerordentlich langsam heutzutrage«, bemerkte er. »Das liegt an dieser Vandon, Bar-ba-ra. Will alles in dreifacher Ausfertigung haben.« Ein zweites verächtliches Schmatzen.

Um bloß nicht die Beherrschung zu verlieren, sprach Burr weiter nur mit Denham. »Zwei Geschwindigkeiten, Nicky. Die der Operation Klette und die der anderen. Die amerikanischen Ermittler werden von den eigenen Leuten an der Nase herumgeführt.«

Eccles antwortete, ohne von seiner Lektüre aufzublicken. »Mittelamerika ist das Spezialgebiet der Vettern«, sagte er mit seinem südschottischen Akzent. »Die Vettern beobachten und horchen, wir kriegen die Beute. Sinnlos, zwei Hunde auf einen Hasen zu hetzen. Nicht ökonomisch. Ganz und gar nicht. In der heutigen Zeit.« Er warf ein Telegramm in einen Korb. »Blöde Geldverschwendung, genaugenommen.«

Denham sprach schon, bevor Eccles ausgeredet hatte. Er schien bemüht, die Dinge voranzutreiben:

»Also nehmen wir an, das Schiff ist dort, wo es zuletzt gemeldet wurde«, schlug er eifrig vor und tippte mit einem dürren Zeigefinger aufs Heck der *Lombardy.* »Die kolumbianische Mannschaft *ist* an Bord – noch nicht bestätigt, aber gehen wir mal davon aus –, es ist auf dem Weg zum Kanal und weiter nach Buenaventura. Alles *genau* so, wie Ihre wunderbare Quelle berichtet. Er, sie oder es macht das phantastisch. Wenn alles normal läuft, und man muß doch *annehmen,* daß alles so normal wie möglich aussehen soll, kommt das Schiff irgendwann heute in den Kanal. Richtig?«
Niemand wiederholte »richtig«.
»Der Kanal ist eine Einbahnstraße. Vormittags nach *Süden.* Nachmittags nach *Norden.* Oder war es umgekehrt?«
Eine großgewachsene junge Frau mit langem braunem Haar kam grußlos herein und setzte sich, nachdem sie ihren Rock glattgestrichen hatte, vor einen Computerbildschirm, als wollte sie ein Cembalokonzert geben.
»Das wechselt«, sagte Eccles.
»Nichts kann das Schiff aufhalten, nehme ich an, abzuhauen und sich nach Curaçao zu verpissen«, fuhr Denham fort, während sein Finger die *Lombardy* in den Kanal bugsierte. »Entschuldigung, Priscilla. *Oder* es kann sich rauf nach Costa Rica verdrücken oder wohin auch immer. Oder es nimmt *diesen* Weg und läuft Kolumbien von Westen her an, solange die Kartelle einen sicheren Hafen garantieren können. Und garantieren können die praktisch alles. Aber *wir* gehen noch immer davon aus, daß es Buenaventura anläuft, denn so haben Sie uns informiert. Daher die Linien auf meiner hübschen Karte.«
»In Buenaventura steht ein ganzes Geschwader von Militärlastwagen bereit, um sie in Empfang zu nehmen«, sagte Burr.
»Nicht bestätigt«, sagte Eccles.
»Ist es wohl, verdammt«, sagte Burr, ohne im geringsten die Stimme zu heben. »Und zwar durch Strelskis ehemalige Quelle über Moranti; und es gibt eine davon unabhängige Bestätigung durch Satellitenaufnahmen von Lastwagen, die dort auf der Straße fahren.«

»Auf dieser Straße fahren doch ständig Lastwagen hin und her«, sagte Eccles. Und streckte beide Arme über den Kopf, als zehre Burrs Anwesenheit an seinen Kräften. »Im übrigen ist Strelskis ehemaliger Quelle nicht zu trauen. Es gibt eine ernstzunehmende Theorie, nach der er von Anfang an nur Scheiße fabriziert hat. Alle diese Schnüffler fabulieren sich was zusammen. Meinen, das könnte ihnen Straferlaß bringen.«
»Nicky«, sagte Burr zu Denhams Rücken.
Denham schob die *Lombardy* in den Golf von Panama.
»Leonard«, sagte er.
»Entern wir das Schiff? Halten wir es an?«
»Sie meinen, die Amerikaner?«
»Wer auch immer. Ja oder nein?«
Eccles schüttelte den Kopf über Burrs Halsstarrigkeit und warf demonstrativ ein weiteres Telegramm in einen Ablagekorb. Das Mädchen am Computer hatte sich die Haare hinter die Ohren geschoben und drückte auf irgendwelche Tasten. Burr konnte den Bildschirm nicht sehen. Ihre Zungenspitze sah zwischen den Zähnen hervor.
»Tja, das ist ja eben die *Scheiße*, Leonard«, sagte Denham mit neu entflammtem Eifer. »Entschuldigung, Priscilla. Für die Amerikaner – Gott sei Dank –, nicht für uns. Wenn die *Lombardy* sich dicht an die Küste hält –« er bog den gestreiften Arm wie ein Werfer beim Cricket, bis er in etwa der komplizierten Küstenlinie zwischen dem Golf von Panama und Buenaventura folgte – »dann gucken die Amerikaner, soweit *wir* das überblicken können, ganz schön blöd aus der Wäsche. Die *Lombardy* fährt dann aus panamaischen Hoheitsgewässern direkt in kolumbianische Hoheitsgewässer, sehen Sie, so daß die armen Amerikaner überhaupt keinen Blick reinwerfen können.«
»Warum kann man das Schiff nicht in panamaischen Gewässern festhalten? Die Amerikaner haben Panama vollständig in der Hand. Das Land gehört ihnen doch, oder jedenfalls bilden sie sich das ein.«
»Ganz und gar nicht, leider. Wenn sie die *Lombardy* mit Waf-

fengewalt stürmen wollen, müssen sie hinter der panamaischen Marine herfahren. Lachen Sie nicht.«
»Eccles hat gelacht, nicht ich.«
»Und um die Panamaer überhaupt in Gang zu kriegen, müssen sie ihnen beweisen, daß die *Lombardy* gegen panamisches Recht verstoßen hat. Hat sie aber nicht. Befindet sich auf dem Transit von Curaçao nach Kolumbien.«
»Aber sie ist gerammelt voll mit illegalen Waffen, verdammt noch mal!«
»Sagen Sie. Beziehungsweise Ihre Quelle. Und natürlich hofft man sehr, daß Sie recht haben. Beziehungsweise er, sie oder es. Aber die *Lombardy* will den Panamesen nichts Böses und ist zufällig auch noch in Panama registriert. Und wenn sie schon freundlicherweise Schiffe unter ihrer Flagge fahren lassen, wollen sie *bestimmt* nicht die Amerikaner dazu einladen, sie herunterzureißen. Zur Zeit dürfte es in der Tat sehr schwierig sein, die Panamesen zu *überhaupt* irgend etwas zu überreden. *Post-Noriega tristis,* leider. Entschuldigung, Priscilla. Finsterer Haß trifft's wohl genauer. Laborieren an ihrem schwer gekränkten Nationalstolz herum.«
Burr stand nun. Eccles musterte ihn bedrohlich, wie ein Polizist, der etwas Verdächtiges erspäht hat. Denham mußte gehört haben, daß er aufgestanden war, nahm aber Zuflucht zu der Karte. Priscilla drückte jetzt nicht mehr auf die Tasten.
»Also schön, dann eben in kolumbianischen Gewässern!« schrie Burr und stieß einen Finger auf die Küstenlinie nördlich von Buenaventura. »Setzen wir die kolumbianische Regierung unter Druck. Schließlich helfen wir ihnen, ihren Laden auszumisten! Befreien sie vom Fluch der Kokainkartelle! Zerschlagen ihre Drogenlabore!« Seine Stimme überschlug sich ein wenig. Oder vielleicht hatte sie sich stark überschlagen, und er merkte es nur nicht. »Die kolumbianische Regierung wird nicht gerade Freudentänze aufführen, wenn in Buenaventura Massen von Waffen für die neue Armee der Kartelle ausgeladen werden! Ich meine, haben wir denn alles vergessen, worüber wir gesprochen haben, Nicky? Ist das Ge-

stern zu einem streng geheimen Gebiet erklärt worden? Sagen Sie mir, wo hier die Logik steckt!«

»Wenn Sie meinen, Sie könnten die kolumbianische Regierung von den Kartellen trennen, leben Sie hinter dem Mond«, erwiderte Denham mit mehr Härte, als er zu besitzen schien. »Wenn Sie meinen, Sie könnten die Kokainwirtschaft von der lateinamerikanischen Wirtschaft trennen, sind Sie ein Idiot.«

»Ein Wichser«, korrigierte Eccles, ohne sich bei Priscilla zu entschuldigen.

»Für eine Menge Leute da unten ist die Kokapflanze ein *zweifaches* Geschenk Gottes«, fuhr Denham fort und setzte zu einer langwierigen Selbstrechtfertigung an. »Denn Uncle Sam hat nicht nur die *Güte*, sich damit zu vergiften, nein, er macht eben dadurch die unterdrückten Latinos auch noch zu *reichen Leuten*! Was kann es wohl Schöneres geben? *Natürlich* werden die Kolumbianer *äußerst* bereit sein, bei einer solchen Aktion mit Uncle Sam zusammenzuarbeiten. Aber es *könnte* sein, daß sie mit ihren Vorbereitungen nicht rechtzeitig fertig werden, um die Lieferung noch abzufangen. Ich fürchte, da sind *wochenlange* Konsultationen nötig, und *viele* von den Leuten werden in Urlaub sein. Und sie *werden* eine Zusage für die Übernahme der Kosten verlangen, wenn sie das Schiff in den Hafen schleppen sollen. Die Löscharbeiten, die Überstunden, die Nachtschichtzulagen.« Seine flammende Rede brachte alle zum Schweigen. Es ist nicht einfach, gleichzeitig loszudonnern und zuzuhören. »Und sie werden natürlich eine Entschädigung verlangen für den Fall, daß die *Lombardy* sauber ist. Und wenn sie es *nicht* ist, woran ich von Herzen glauben will, wird es eine unschöne Feilscherei darum geben, wem die Waffen nach der Konfiszierung gehören. *Und* wer sie aufbewahren soll, um sie später, wenn alles vorbei ist, an die Kartelle zurückzuverkaufen. *Und* wer dafür ins Gefängnis wandern soll, wo und für wie lange und mit wieviel Nutten, damit ihm die Zeit nicht zu lang wird. *Und* wie viele Gangster er haben darf, die sich um ihn kümmern, und wie viele Telefone, damit er seine Geschäfte weiterführen und seine Mordbefehle durchgeben und mit seinen fünfzig Bankdirektoren sprechen kann. *Und* wer zu bezahlen ist, wenn er nach circa sechs Wochen beschließt, daß er lange genug gesessen hat. *Und* wen man nach seiner Flucht in die Pfanne haut, wen man befördert und wem man einen Tapferkeitsorden verleiht. In der Zwischenzeit sind die Waffen wohlbehalten bei den Leuten angelangt, die für ihren Gebrauch ausgebildet wurden. Willkommen in Kolumbien!«

Burr nahm den letzten Rest seiner Selbstbeherrschung zusammen. Er war in London. In einem Land, das sich einbildete, Macht zu besitzen. Mitten im geheiligten Hauptquartier. Er hatte sich die einleuchtendste Lösung bis zum Schluß aufgespart, vielleicht weil er wußte, daß in der Welt, in der Denham lebte, das Einleuchtende als das am wenigsten Geeignete erschien.

»Also gut.« Er schlug mit dem Handrücken ins Zentrum von Panama. »Schnappen wir die *Lombardy*, wenn sie den Kanal hochfährt. Die Amerikaner *betreiben* den Kanal. Sie haben ihn *gebaut*. Oder gibt's auch da zehn gute Gründe, warum wir auf dem Arsch sitzen bleiben sollten?«

Denham rastete aus vor Begeisterung.

»Ah, mein lieber Mann! Damit würden wir gegen den heiligsten Paragraphen des Kanalvertrags verstoßen. Niemand – weder die Amerikaner, noch nicht einmal die Panamesen – hat das Recht, dort irgendein Schiff zu durchsuchen. Es sei denn, man kann beweisen, daß das betreffende Schiff eine tatsächliche Gefahr für den Kanal darstellt. Das dürfte etwa der Fall sein, wenn es Bomben geladen hat, die jederzeit hochgehen können. *Alte* Bomben allerdings, keine neuen. Wenn man *beweisen* kann, daß sie hochgehen werden. Da muß man sich schon ganz schön sicher sein – wenn sie anständig verpackt sind, ist man bereits angeschmiert; *haben* Sie den Beweis? Außerdem ist das eine interamerikanische Angelegenheit. Wir beobachten nur, Gott sei Dank. Machen ein bißchen Druck, wo es nützlich ist. Ansonsten halten wir uns da raus. Wenn man uns darum bittet, lassen wir den Panamesen *wahrscheinlich* eine *Démarche* zukommen. Natürlich im Einvernehmen mit den Amerikanern. Bloß um ihren Aktivitäten Nachdruck zu verleihen. Und wenn das Außenministerium uns zusetzt, kriegen womöglich auch die Kolumbianer eine. Im Augenblick haben wir nicht viel zu verlieren.«

»Wann?«

»Was wann?«

»Wann versuchen Sie, die Panamaer zu mobilisieren?«

»Morgen vielleicht. Oder übermorgen ...« Er sah auf seine Uhr. »Welchen Tag *haben* wir heute –« Er schien Wert darauf zu legen, es nicht zu wissen. – »Hängt davon ab, wie beschäftigt die Botschafter sind. Priscilla, wann ist Karneval, ich hab's vergessen? Das ist Priscilla. Verzeihung, daß ich sie noch nicht vorgestellt habe.«

Priscilla tippte leicht an ihre Tasten und sagte, das dauere noch *ewig*. Eccles hatte noch mehr Telegramme.

»Aber Sie haben das alles doch *mitgetragen*, Nicky!« beschwor Burr ein letztesmal Denham, den er gekannt zu haben glaubte. »Was hat sich denn geändert? Der Gemeinsame Lenkungsausschuß hat jede Menge taktische Besprechungen gehabt! Ihr habt jede verdammte Möglichkeit dreimal durchgekaut! Wenn Roper das tut, tun wir dies. Oder das. Oder das. Schon vergessen? Ich kenne die Protokolle. Sie und Goodhew haben das alles mit den Amerikanern abgestimmt. Plan A. Plan B. Was ist aus dieser ganzen Arbeit geworden?«

Denham war ungerührt. »Sehr schwierig, über eine *Hypothese* zu verhandeln, Leonard. Besonders mit den Latinos. Sie sollten mal ein paar Wochen an meinem Schreibtisch sitzen. Denen müssen Sie Tatsachen präsentieren. Die rühren sich erst, wenn der Fall eingetreten ist.«

»Das fragt sich noch«, murmelte Eccles.

»Wohlgemerkt«, sagte Denham aufmunternd. »Nach allem, was man so *hört*, reißen die Vettern sich sämtliche Beine aus, um diese Aktion erfolgreich abzuschließen. Das bißchen, was *wir* tun, wird die Fischpreise um keinen Pfennig ändern. Und natürlich wird Darling Katie in Washington alle Hebel in Bewegung setzen.«

»Katie ist phantastisch«, pflichtete Eccles ihm bei.

Burr unternahm einen letzten, entsetzlich törichten Versuch. Er kam aus derselben Schublade wie die anderen übereilten Handlungen, zu denen er sich gelegentlich hinreißen ließ, und wie üblich bereute er es, gleich nachdem er es ausgesprochen hatte.

»Was ist mit der *Horatio Enriques*?« wollte er wissen. »Nur eine Kleinigkeit, Nicky, aber das Schiff ist auf dem Weg nach Polen, mit genug Koks an Bord, um ganz Osteuropa für sechs Wochen high zu machen.«

»Leider nicht zuständig«, sagte Denham energisch. »Versuchen Sie's bei der Abteilung Nord, ein Stockwerk tiefer. Oder beim Zoll.«

»Wer sagt Ihnen, daß dieses Schiff das richtige ist?« fragte Eccles lächelnd.

»Meine Quelle.«

»Es hat zwölfhundert Container an Bord. Wollen Sie in alle reinsehen?«

»Ich kenne die Nummern«, sagte Burr und glaubte sich selbst nicht mehr.

»Sie meinen, Ihre Quelle kennt sie.«

»Ich meine, ich kenne sie.«

»Die Nummern der Container?«

»Ja.«

»Wie schön für Sie.«

Burr haderte noch immer mit der ganzen Schöpfung, als der Pförtner am Haupteingang ihm eine Nachricht überreichte. Sie stammte von einem weiteren alten Freund, diesmal beim Verteidigungsministerium; er bedauerte, das für diesen Mittag verabredete Treffen aufgrund einer unvorhergesehenen Krise absagen zu müssen.

Als Burr an Rookes Tür vorbeikam, roch er Aftershave. Rooke saß mit steifem Rücken an seinem Schreibtisch, frisch umgezogen und gewaschen nach der Reise, ein sauberes Taschentuch im Ärmel, den *Telegraph* vom Tage im Eingangskorb. Als ob er Tonbridge nie verlassen hätte.

»Habe vor fünf Minuten mit Strelski telefoniert. Ropers Jet ist noch immer nicht aufgetaucht«, sagte Rooke, bevor Burr ihn danach fragen konnte. »Die Luftraumüberwachung erzählt irgendeine absurde Geschichte von einem Radar-Blackout. Quatsch, wenn du mich fragst.«
»Alles läuft, wie sie es geplant haben«, sagte Burr. »Die Drogen, die Waffen, das Geld, alles nimmt hübsch Kurs auf Ziel. Das ist die Kunst des Unmöglichen in Vollendung, Rob. Das Richtige ist illegal. Logisch ist nur das Böse. Lang lebe Whitehall.«
Rooke zeichnete ein Papier ab. »Goodhew verlangt ein Resümee der Operation Klette. Bis heute abend. Dreitausend Worte. Keine Adjektive.«
»Wo haben sie ihn hingebracht, Rob? Was machen sie mit ihm, jetzt, in dieser Minute? Während wir hier sitzen und uns mit Adjektiven herumschlagen?«
Rooke hatte den Stift in der Hand und beschäftigte sich weiter mit seinen Papieren. »Dein Bradshaw hat die Bücher frisiert«, bemerkte er im Ton eines Clubmitglieds, das ein anderes kritisiert. »Hat Roper beschissen, während er seine Einkäufe erledigte.«
Burr sah Rooke über die Schulter. Auf dem Schreibtisch lag eine Liste der britischen und amerikanischen Waffen, die Sir Anthony Joyston Bradshaw in seiner Eigenschaft als Ropers Bevollmächtigter auf illegalem Wege beschafft hatte. Und daneben lag der großformatige Abzug eines Fotos; es stammte von Jonathan und zeigte handschriftliche Zahlen aus der Aktenablage in Ropers Prunkgemächern. Die Diskrepanz belief sich auf eine inoffizielle Provision von einigen hunderttausend Dollar zu Bradshaws Gunsten.
»Wer hat das gesehen?« fragte Burr.
»Du und ich.«
»So soll es bleiben.«
Burr rief seine Sekretärin und diktierte in wütender Eile ein brillantes Resümee der Operation Klette. Keine Adjektive. Er gab Anweisung, ihn über jede neue Entwicklung zu unterrich-

ten, und fuhr nach Hause zu seiner Frau; während unten die Kinder zankten, schliefen sie miteinander. Dann machte seine Frau Besorgungen, und er spielte solange mit den Kindern. Er kehrte ins Büro zurück, und nachdem er Rookes Zahlen noch einmal ungestört in seinem Zimmer studiert hatte, ließ er sich eine Serie abgefangener Faxe und abgehörter Telefongespräche zwischen Roper und Sir Anthony Joyston Bradshaw in Newbury, Berkshire, kommen. Dann nahm er sich Bradshaws voluminöse Personalakte vor; sie begann in den sechziger Jahren, als er nur einer von vielen Neulingen im illegalen Waffengeschäft gewesen war, ein Teilzeit-Croupier, Tröster von reichen älteren Frauen und ungeliebter, aber eifriger Informant der britischen Nachrichtendienste.
Den Rest der Nacht verbrachte Burr vor den stummen Telefonen an seinem Schreibtisch. Dreimal rief Goodhew an, ob es etwas Neues gebe. Zweimal sagte Burr: »Nichts.« Aber beim drittenmal drehte er den Spieß um:
»Ihr Palfrey scheint sich ein bißchen rar zu machen, wie, Rex?«
»Leonard, über dieses Thema reden wir nicht.«
Aber Burr hatte diesmal kein Interesse an den Feinheiten des Quellenschutzes.
»Sagen Sie mir eins. Ist Harry Palfrey noch immer für die Unterzeichnung der River-House-Vollmachten zuständig?«
»Vollmachten? Was für Vollmachten? Meinen Sie Vollmachten zum Abhören von Telefonen, Öffnen von Briefen, Anbringen von Mikrofonen? Solche Vollmachten müssen von einem Minister unterzeichnet werden, Leonard. Das wissen Sie ganz genau.«
Burr bezähmte seine Ungeduld. »Ich meine: er ist noch immer der Rechtsverdreher bei denen. Er bereitet ihre Eingaben vor, sorgt dafür, daß sie den Richtlinien entsprechen.«
»Das ist eine seiner Aufgaben.«
»Und gelegentlich *unterzeichnet* er ihre Vollmachten. Zum Beispiel, wenn der Innenminister im Verkehr steckengeblieben ist. Oder wenn die Welt untergeht. In dringenden Fällen ist

Harry befugt, nach eigenem Ermessen zu handeln, und muß es erst später mit dem Minister regeln. Richtig? Oder hat sich da was geändert?«

»Leonard, haben Sie Fieber?«

»Schon möglich.«

»Nichts hat sich geändert«, erwiderte Goodhew; es klang leicht verzweifelt.

»Gut«, sagte Burr. »Das freut mich, Rex. Danke für die Auskunft.«

Dann machte er sich wieder über Joyston Bradshaws umfangreiches Sündenregister her.

27

Die Krisensitzung des Gemeinsamen Lenkungsausschusses war für zehn Uhr dreißig am nächsten Morgen angesetzt, aber Goodhew kam schon früher, um das Konferenzzimmer im Souterrain so herzurichten, wie er es haben wollte; dazu gehörte, daß er die Tagesordnung und das Protokoll der letzten Sitzung auslegte. Das Leben hatte ihn gelehrt, daß man solche Dinge nur auf eigene Gefahr von anderen erledigen ließ.
Wie ein General vor der entscheidenden Schlacht seines Lebens hatte Goodhew nur leicht geschlafen und in der Morgendämmerung sein Ziel klar vor Augen gehabt. Er war überzeugt, über eine starke Truppe zu verfügen. Er hatte seine Leute gezählt, er hatte sie bearbeitet, und um ihre Loyalität zu stärken, hatte er jedem von ihnen eine Kopie seines Originalvortrags vor dem Gemeinsamen Lenkungsausschuß – Titel: »Eine Neue Ära« – zukommen lassen, worin er so geschickt dargelegt hatte, daß Großbritannien mit größerer Heimlichtuerei regiert werde und mehr Gesetze zur Unterdrückung von Informationen und mehr unverantwortliche Methoden zur Verheimlichung von Staatsgeschäften vor den eigenen Bürgern habe als jede andere westliche Demokratie. In einem Begleitschreiben zu Burrs Bericht hatte er sie darauf hingewiesen, daß der Ausschuß vor einer klassischen Machtprobe stehe.
Der erste, der nach Goodhew im Konferenzraum eintraf, war sein sentimentaler Schulfreund Padstow, dem stets daran gele-

gen hatte, mit den unscheinbarsten Mädchen zu tanzen, um ihnen Selbstvertrauen einzuflößen.

»Also wirklich, Rex, erinnern Sie sich an Ihr persönliches, streng vertrauliches Schreiben an mich, mit dem Sie mir den Rücken decken wollten, als Burr seine Streiche in Südwestengland trieb? Nur für meine Unterlagen bestimmt?« Wie üblich redete Padstow so, wie P. G. Wodehouse an einem schlechten Tag geschrieben haben könnte.

»Natürlich erinnere ich mich, Stanley.«

»Sie haben nicht zufällig eine Kopie davon, wie? Ich kann es nämlich nicht mehr finden. Ich hätte absolut schwören können, daß ich es in meinen Safe gelegt habe.«

»Wenn ich nicht irre, war es ein handschriftlicher Brief«, erwiderte Goodhew.

»Aber sie haben nicht zufällig eine Kopie davon gemacht, bevor Sie ihn mir rübergeschickt haben?«

Die Ankunft zweier Staatssekretäre vom Kabinettsbüro unterbrach ihr Gespräch. Der eine lächelte Goodhew beruhigend zu, der andere, Loaming, hatte genug damit zu tun, mit einem Taschentuch seinen Stuhl abzuwischen. *Loaming ist einer von ihnen,* hatte Palfrey gesagt. *Er vertritt die These, daß es auf der Welt eine unterprivilegierte Klasse geben muß. Die Leute denken, er meint das im Scherz.* Danach kamen die Leiter der militärischen Nachrichtendienste, dann jeweils zwei Barone von den Fernmeldern und der Verteidigung. Anschließend Merridew von der Abteilung Nord des Außenministeriums in Begleitung einer ernsten Frau namens Dawn. Die Nachricht von Goodhews neuer Stellung war längst überall durchgesickert. Einige Ankömmlinge schüttelten ihm die Hand. Andere sagten ihm verlegen murmelnd ihre Unterstützung zu. Merridew, der im Rugbyteam von Cambridge den Flügelstürmer gespielt hatte – Goodhew hatte es in Oxford nur zum Flügelhalbstürmer gebracht –, tätschelte ihm sogar den Oberarm, worauf Goodhew übertrieben theatralisch aufschrie, als leide er entsetzliche Schmerzen: »O nein, ich glaube, Sie haben mir den Arm gebrochen, Tony!«

Das gezwungene Lachen erstarb, als Geoffrey Darker und sein ermutigender Stellvertreter Neal Marjoram den Raum betraten.
Diese Leute stehlen, Rex, hatte Palfrey gesagt. *Sie lügen ... sie konspirieren ... England ist ihnen zu klein ... Europa ist ein babylonischer Balkan ... Washington ist ihr einziges Rom ...*
Die Sitzung beginnt.

»Operation Klette, Herr Minister«, erklärt Goodhew so teilnahmslos, wie es ihm möglich ist. Goodhew fungiert wie gewöhnlich als Schriftführer; sein Chef von Amts wegen als Vorsitzender. »Einige dringende Fragen zu entscheiden, fürchte ich. Es muß noch heute gehandelt werden. Die Situation ist in Burrs Resümee dargelegt; soweit wir wissen, hat sich bis vor einer Stunde nichts daran geändert. Des weiteren sind die Kompetenzen der betroffenen Abteilungen zu regeln.«
Sein Chef macht einen mürrischen und verärgerten Eindruck. »Wo zum Teufel stecken die Ermittler?« schimpft er. »Ist doch ziemlich seltsam, oder, ein Fall für die Enforcement, und keiner von denen ist hier?«
»Die sind bedauerlicherweise noch immer nur beigeordnet, Minister, obwohl einige von uns sich sehr bemüht haben, sie höher einstufen zu lassen. Zu den Sitzungen des Lenkungsausschusses sind nur vollberechtigte Mitglieder und Abteilungsleiter zugelassen.«
»Also ich finde, dieser Burr sollte auch dabeisein. Reichlich blöd, wenn er die Sache durchzieht und in- und auswendig kennt, daß er dann nicht hier ist, um davon zu berichten. Stimmt's? Hab ich nicht recht?« – er blickt in die Runde.
Mit einer so einmaligen Gelegenheit hat Goodhew nicht gerechnet. Er weiß, daß Burr keine fünfhundert Meter entfernt an seinem Schreibtisch sitzt. »Wenn das so ist, Herr Minister, gestatten Sie mir, Leonard Burr zu dieser Sitzung rufen zu lassen? Und gestatten Sie mir festzuhalten, daß hiermit ein Präzedenzfall geschaffen wurde, wonach beigeordnete Dienste, die mit für diesen Ausschuß wesentlichen Angelegenheiten

befaßt sind, bereits vor ihrer Erhebung in den vollberechtigten Status als vollberechtigt betrachtet werden können?«

»Einspruch«, bellt Darker. »Mit den Ermittlern fängt es an. Wenn wir Burr reinlassen, haben wir am Ende sämtliche Micky-Maus-Dienste von Whitehall am Hals. Jeder weiß, daß diese kleinen Vereine für jeden zu haben sind. Erst machen sie Ärger, dann fehlt ihnen die Kraft, ihn zu beenden. Wir alle haben Burrs Hintergrundpapier gelesen. Die meisten von uns sehen den Fall anders. Laut Tagesordnung geht es heute um Befehlsbefugnis und Kontrolle. Daß der Anlaß unserer Diskussion hier sitzt und zuhört, ist das letzte, was wir brauchen können.«

»Aber Geoffrey«, sagt Goodhew leichthin, »wenn hier jemand *ständiger* Anlaß unserer Diskussionen ist, dann sind *Sie* es.«

Der Minister murmelt etwas wie »Na schön, lassen wir es fürs erste, wie es ist«, und die erste Runde endet unentschieden, mit leichten Platzwunden auf beiden Seiten.

Ein paar Minuten englische Kammermusik, während die Leiter der geheimen Luft- und See-Aufklärung von ihren jeweiligen Erfolgen bei der Verfolgung der *Horatio Enriques* berichten. Zum Abschluß präsentierten sie stolz ihre großformatigen Fotos.

»Für mich sieht das wie ein ganz gewöhnlicher Tanker aus«, sagt der Minister.

Merridew, der Schreibtischspione nicht ausstehen kann, stimmt ihm zu: »Ist es wahrscheinlich auch.«

Jemand hustet. Ein Stuhl knarrt. Goodhew hört ein nasales Kichern von höherer Stelle, als ihm lieb ist, und identifiziert es als jenes vertraute Geräusch, mit dem ein hochrangiger britischer Politiker sich anschickt, ein Argument vorzutragen.

»Was haben *wir* überhaupt damit zu tun, Rex?« will der Minister wissen. »Das Schiff ist nach Polen unterwegs. Ist in Panama registriert. Gehört einer Gesellschaft in Curaçao. Nicht unser Bier, wie ich das sehe. Sie möchten, daß ich damit in die Downing Street gehe. Ich frage mich, warum wir überhaupt darüber reden.«

»Ironbrand ist eine britische Firma, Herr Minister.«
»Nein, ist es nicht. Eine bahamaische. War's nicht so?« Unruhe, während der Minister mit dem gespreizten Gehabe eines viel älteren Mannes so tut, als überfliege er Burrs Dreitausend-Worte-Resümee. »Ja. Bahamas. Hier steht's.«
»Der Vorstand besteht aus Briten; die Leute, die das Verbrechen begehen, sind Briten; das Beweismaterial gegen sie wurde von einem britischen Nachrichtendienst unter der Ägide Ihres Ministeriums gesammelt.«
»Dann geben Sie unser Beweismaterial den Polen, und wir können alle nach Hause gehen«, sagt der Minister, sehr zufrieden mit sich. »Ausgezeichneter Plan, wenn Sie mich fragen.«
Darker bewundert den Scharfsinn des Ministers mit frostigem Lächeln, zieht es aber vor, impertinent an Goodhews Wortwahl herumzumäkeln. »Bitte, Rex, können wir uns auf *Zeugenaussage* einigen? Anstatt Beweismaterial? Bevor wir alle vor Begeisterung blind werden.«
»Ich bin nicht blind, Geoffrey, und werde es auch nicht, falls Sie mir nicht die Augen ausstechen«, erwidert Goodhew allzu laut, zum Unbehagen seiner Anhänger. »Was die Weitergabe unseres Beweismaterials an die Polen betrifft, wird die Enforcement nach ihrem Ermessen handeln, aber erst nachdem entschieden ist, wie gegen Roper und seine Komplicen vorgegangen werden soll. Die Verantwortung für die Beschlagnahme der Waffenlieferung wurde bereits an die Amerikaner abgetreten. Ich gedenke nicht, den Rest unserer Verantwortung an die Polen abzutreten, es sei denn, ich erhalte vom Minister eine entsprechende Anweisung. Wir haben es mit einem finanzstarken und gut organisierten Verbrechersyndikat in einem sehr armen Land zu tun. Die Täter haben sich für Gdansk entschieden, weil sie meinen, dort ungestört agieren zu können. Wenn sie recht haben, ist es ganz egal, was wir der polnischen Regierung erzählen; die Fracht wird trotzdem an Land gebracht, und wir lassen Burrs Quelle nur zum Spaß hochgehen, um Onslow Roper darauf hinzuweisen, daß wir ihm auf der Spur sind.«

»Womöglich ist Burrs Quelle bereits hochgegangen«, meint Darker.
»Möglich ist alles, Geoffrey. Die Ermittler haben viele Feinde, auch im River House.«
Zum erstenmal ist Jonathans gespenstischer Schatten auf ihren Tisch gefallen. Goodhew kennt Jonathan nicht persönlich, hat aber genug von Burrs mühsamer Arbeit mitbekommen, um sie zu seiner Sache zu machen. Vielleicht wird Goodhews Empörung von diesem Bewußtsein angestachelt, denn als er nun seinen Vortrag fortsetzt, wechselt er wieder einmal alarmierend die Farbe, und seine Stimme klingt ein wenig höher als sonst.
Nach den vereinbarten Regeln des Gemeinsamen Lenkungsausschusses, sagt er, ist jeder noch so kleine Dienst in seinem Bereich souverän.
Und jeder noch so große Dienst ist verpflichtet, jedem anderen Dienst Unterstützung zu gewähren und gleichzeitig dessen Rechte und Freiheiten zu respektieren.
Im Verlauf der Operation Klette, fährt er fort, ist dieser Grundsatz vom River House, das die Kontrolle über diese Operation verlangt, mehrmals torpediert worden, und zwar mit der Begründung, sein Gegenstück in den Vereinigten Staaten habe eine solche Kontrolle verlangt –
Darker fällt ihm ins Wort. Es ist seine Stärke, daß er nur mit Vollgas fahren kann. Sein Schweigen kann vernichtend sein. Wenn er in äußerste Not gerät und eine Schlacht unwiderruflich verloren scheint, ist er fähig, seine Position zu revidieren. Und er kann angreifen, und davon macht er jetzt Gebrauch.
»Was soll das heißen: *sein Gegenstück in den Vereinigten Staaten hat das verlangt?*« fährt er scharf dazwischen. »Die Kontrolle der Klette ist den Vettern *übertragen* worden. Die Operation *gehört* den Vettern. Nicht dem River House. Warum auch nicht? Alle bleiben unter sich. Ihre eigene pedantische Regel, Rex. *Sie* haben sich das ausgedacht. Jetzt müssen Sie damit leben. Wenn die Operation Klette in Langley von den Vettern durchgeführt wird, dann sollte hier das River House dafür zuständig sein.«

Nach dieser Attacke lehnt er sich zurück und wartet auf die Chance zum nächsten Angriff. Marjoram wartet mit ihm. Goodhew tut zwar so, als habe er Darker nicht zugehört, aber der Angriff hat gesessen. Er leckt sich die Lippen. Er sieht seinen alten Kameraden Merridew an und hofft, daß der etwas sagt. Aber Merridew schweigt. Goodhew nimmt den Faden wieder auf, begeht aber einen fatalen Fehler. Das heißt, er weicht von seiner geplanten Marschroute ab und spricht aus dem Stegreif.

»Aber wenn wir die Zentrale Nachrichtenauswertung um eine Erklärung bitten«, fährt Goodhew mit allzu ironischer Betonung fort, »*warum* die Operation Klette denn unbedingt der Enforcement aus der Hand genommen werden muß –« er sieht sich wütend um und erblickt seinen Chef, der demonstrativ gelangweilt die weiße Wand anstarrt – »stellt man uns vor ein Rätsel. Es trägt den Namen *Flaggschiff* und ist so geheim und offenbar so weitverzweigt, daß es praktisch jeden Akt von staatlichem Vandalismus abdeckt. Man nennt das *Geopolitik.* Man nennt das« – anscheinend möchte er gern dem Rhythmus seiner Rhetorik entfliehen, aber nun ist er in Fahrt, und es gibt kein Halten mehr. Wie kann es Darker wagen, ihn so anzustarren? Und wie Marjoram ihn angrinst! Diese Gangster! – »man nennt das *Normalisierung.* Man spricht von *Kettenreaktionen, die so kompliziert sind, daß man sie nicht beschreiben kann, Interessen, die nicht preisgegeben werden dürfen.*« Er hört seine Stimme zittern, kann aber nichts dagegen machen. Er denkt daran, daß er Burr geschworen hat, genau diesen Weg nicht einzuschlagen. Aber er kann einfach nicht anders. »Man erzählt uns etwas von einem *größeren Bild,* das wir nicht überblicken können, weil wir zu *tief unten* stehen. Mit anderen Worten, die Zentrale Nachrichtenauswertung muß die Klette an sich reißen, und basta!« Goodhews Ohren sind voll Wasser, und er hat Wasser in den Augen; er muß erst einen Moment warten, ehe sein Atem sich beruhigt.

»Okay, Rex«, sagt sein Chef. »Schön zu hören, daß Sie in Form sind. Jetzt aber mal im Klartext. Geoffrey, Sie haben mir ein

Protokoll geschickt. Sie behaupten, aus Sicht der Ermittler sei diese ganze Aktion Klette bloß kalter Kaffee. Warum?«
Goodhew fährt unklug dazwischen: »Warum habe ich keine Kopie dieses Protokolls zu sehen bekommen?«
»Flaggschiff«, sagt Marjoram in die Totenstille hinein. »Sie gehören nicht zur Mannschaft, Rex.«
Nicht, um Goodhews Schmerz zu lindern, sondern um ihn noch zu vergrößern, wird Darker noch deutlicher: »*Flaggschiff* ist der Kodename für das Engagement der Amerikaner in dieser Sache, Rex. Als Bedingung für unsere Teilnahme haben sie uns eine sehr restriktive Geheimhaltung vorgeschrieben. Tut mir leid für Sie.«

Darker hat das Wort. Marjoram reicht ihm eine Akte. Darker klappt sie auf, leckt sich affektiert einen Finger und schlägt eine Seite um. Er besitzt ein gutes Gefühl für Timing. Er spürt, wenn die Blicke auf ihn gerichtet sind. Seine Scheinheiligkeit, seine Haltung und das eigenartig herausgestreckte Hinterteil machen ihn zu einem schlechten Wanderprediger: »Was dagegen, wenn ich Ihnen ein paar Fragen stelle, Rex?«
»Ich denke, es gehört zu den Maximen Ihres Hauses, daß nur die Antworten gefährlich sind, Geoffrey«, kontert Goodhew. Aber Lässigkeit ist jetzt nicht seine Stärke. Er klingt verstimmt und töricht.
»Ist die Quelle, die Burr von den Drogen erzählt hat, identisch mit der, die ihm von der Waffenlieferung nach Buenaventura berichtet hat?«
»Ja.«
»Ist diese Quelle auch für die Einfädelung der ganzen Sache verantwortlich? Ironbrand – Drogen für Waffen – diese krummen Geschäfte?«
»Diese Quelle ist tot.«
»Ach ja?« Darker klingt eher interessiert als entsetzt. »Das hat also alles Apostoll gedeichselt, ja? Dieser Drogenanwalt, der alle Seiten gegeneinander ausgespielt hat, um sich von der Justiz freizukaufen?«

»Ich bin nicht bereit, Quellen beim Namen zu nennen und so über sie zu reden!«
»Na, ich halte das für zulässig, wenn sie tot sind. Oder falsch. Oder beides.«
Wieder eine theatralische Pause, während Darker über Marjorams Akte nachsinnt. Die beiden Männer haben eine seltsame Ähnlichkeit.
»Demnach stammt also dieses ganze haarsträubende Zeug über die angebliche Beteiligung gewisser britischer Bankhäuser von Burrs Quelle?« fragt Darker.
»*Eine* Quelle hat diese Informationen beschafft, und darüber hinaus noch viel mehr. Ich halte es für unangebracht, weiter über Burrs Quellen zu sprechen«, sagt Goodhew.
»Quellen oder Quelle?«
»Dazu werde ich mich nicht äußern.«
»Ist diese Quelle noch aktiv?«
»Kein Kommentar. Aktiv, ja.«
»Er oder sie?«
»Passe. Herr Minister, ich erhebe Einspruch.«
»Sie sagen also, diese eine aktive Quelle – er oder sie – hat Burr die ganze Sache zugetragen; hat Burr das mit den Drogen zugetragen, hat Burr das mit den Waffen zugetragen, mit den Schiffen, der Geldwäscherei und der Beteiligung britischer Banken. Ja?«
»Sie übersehen die Tatsache – absichtlich, wie ich vermute –, daß eine große Anzahl technischer Quellen fast jeden dieser Punkte bestätigt und sämtliche von Burrs aktiver Quelle gelieferten Informationen konkretisiert haben. Leider werden uns in letzter Zeit die meisten technisch gewonnenen Erkenntnisse vorenthalten. Ich habe die Absicht, diesen Punkt jetzt gleich formell zur Sprache zu bringen.«
»Mit *uns* meinen Sie die Enforcement?«
»In diesem Fall: ja.«
»Es ist eben immer problematisch, diesen kleinen Diensten, von denen Sie so viel halten, heißes Material zu überlassen: Man weiß nie, ob sie zuverlässig sind.«

»Ich finde eher, gerade weil sie klein sind, sind sie *zuverlässiger* als weit größere Dienste mit fragwürdigen Verbindungen.«
Jetzt ergreift Marjoram das Wort, aber ebensogut hätte noch immer Darker sprechen können, denn er läßt Goodhew nicht aus den Augen, während Marjoram mit demselben anklagenden Tonfall redet, nur etwas sanfter.
»Trotzdem gibt es für manches *keine* zusätzliche Bestätigung«, erklärt Marjoram mit ungeheuer gewinnendem Lächeln in die Runde. »Denn gelegentlich hat die Quelle, so könnte man sagen, allein gesprochen. Hat Ihnen Dinge mitgeteilt, die letzten Endes *nicht* überprüfbar waren. ›Da hast du's‹, sozusagen. ›Friß oder stirb.‹ Und Burr hat es gefressen. Und Sie auch. Stimmt's?«
»Da Sie uns so viel von den neugewonnenen Bestätigungen vorenthalten, haben wir gelernt, ohne sie auszukommen. Herr Minister, liegt es nicht in der Natur *jeder* Quelle, die Informationen aus erster Hand besorgt, daß diese nicht in jeder Einzelheit nachprüfbar sind?«
»Bißchen akademisch, das Ganze«, beklagt sich der Minister. »Können wir nicht endlich zur Sache kommen, Geoffrey? Wenn ich das an höchster Stelle vortragen soll, muß ich mir vor der Fragestunde den Kabinettssekretär vorknöpfen.«
Marjoram lächelt zustimmend, weicht aber keinen Schritt von seiner Marschroute ab. »Muß schon sagen, eine phantastische Quelle, Rex. Was das für Ärger gibt, falls er Sie an der Nase herumführt. Oder sie. Verzeihung. Bin mir nicht sicher, ob *ich* auf ihn setzen würde, wenn *ich* dem PM zu raten hätte. Ohne ein bißchen mehr über ihn oder sie zu wissen. Grenzenloses Vertrauen in den Agenten an der Front ist ja schön und gut. Aber Burr hat das schon damals, als er im River House arbeitete, ein paarmal zu weit getrieben. Wir mußten ihn fest an die Kandare nehmen.«
»Das wenige, was ich über die Quelle weiß, überzeugt mich vollständig«, erwidert Goodhew und gerät damit noch tiefer in den Sumpf. »Die Quelle ist loyal und hat für sein oder ihr Land enorme persönliche Opfer gebracht. Ich lege dringend

nahe, der Quelle Glauben zu schenken und noch heute seinen Informationen entsprechend zu handeln.«
Darker übernimmt wieder. Er blickt erst in Goodhews Gesicht, dann auf dessen Hände, die auf dem Tisch liegen. Und Goodhew hat in seiner zunehmenden Besorgnis den entsetzlichen Eindruck, es würde Darker jetzt Spaß machen, ihm die Fingernägel auszureißen.
»Tja, soviel Unvoreingenommenheit überzeugt natürlich jeden«, sagt Darker mit einem Seitenblick auf den Minister, um sich zu vergewissern, wie der Zeuge sich selbst das Urteil gesprochen hat. »So eine rückhaltlose Erklärung blinder Liebe habe ich nicht mehr gehört seit...« – er wendet sich an Marjoram – »wie hieß dieser Mann noch mal – dieser entflohene Verbrecher? Er hat so viele Namen, daß ich vergessen habe, welcher der richtige ist.«
»Pine«, sagt Marjoram. »Jonathan Pine. Einen zweiten Vornamen hat er nicht, soweit ich weiß. Gegen ihn liegt seit Monaten ein internationaler Haftbefehl vor.«
Und wieder Darker. »Sie wollen mir doch nicht erzählen, daß Burr auf diesen Mr. Pine gehört hat, Rex? Ausgeschlossen. Auf den fällt niemand herein. Genausogut könnten Sie dem Penner an der Ecke glauben, wenn er Ihnen erzählt, er brauche Geld, um nach Hause zu fahren.«
Und zum ersten Mal lächeln Marjoram und Darker gemeinsam – ein wenig ungläubig bei dem Gedanken, daß ein so aufgeweckter Mann wie der gute alte Rex Goodhew so einen Riesenfehler begangen haben könnte.

Goodhew hat das Gefühl, allein in einem großen, leeren Saal zu sein, wo ihn eine langwierige öffentliche Hinrichtung erwartet. Von weit her hört er, wie Darker ihm freundlich zu erklären versucht, daß es in einem Fall, bei dem Aktivitäten auf höchster Ebene zu erwägen sind, für Nachrichtendienste durchaus normal ist, ihre Quellen auf Herz und Nieren zu prüfen.
»Ich meine, betrachten Sie es doch mal aus deren Sicht, Rex.

Würden *Sie* nicht wissen wollen, ob Burr nun die Kronjuwelen gekauft hat oder sich von einem Schwindler bloß einen Haufen alter Knochen hat andrehen lassen? So viele Quellen hat er ja wohl auch nicht, oder? Hat dem Kerl wahrscheinlich seinen ganzen Jahresetat auf einen Schlag ausgezahlt.« Er wendet sich an den Minister. »Dieser Pine ist ein Multitalent, unter anderem fälscht er Pässe. Vor etwa achtzehn Monaten hat er uns eine Story von einer Lieferung High-Tech-Waffen an die Irakis aufgetischt. Wir haben das überprüft, nicht für gut befunden und ihn weggeschickt. Offen gesagt, wir haben ihn für leicht meschugge gehalten. Vor ein paar Monaten ist er als eine Art Faktotum in Dicky Ropers Haushalt in Nassau aufgetaucht. Teilzeit-Erzieher seines schwierigen Söhnchens. In seiner Freizeit versucht er auf den Basaren der Nachrichtendienste Negatives über Roper zu verbreiten.«
Er wirft einen Blick in die offene Akte, um so fair wie möglich zu erscheinen:
»Erstaunliches Strafregister. Mord, mehrfacher Diebstahl, Drogenschmuggel und illegaler Besitz diverser Pässe. Ich hoffe bei Gott, er kommt nicht in den Zeugenstand und behauptet, er hat das alles für den britischen Nachrichtendienst getan.«
Marjorams Zeigefinger tippt hilfreich auf einen Eintrag weiter unten auf der Seite. Darker liest und nickt dann, um zu zeigen, daß er für den Hinweis dankbar ist.
»Ja, das ist auch so eine seltsame kleine Geschichte. Als Pine in Kairo war, hat er anscheinend mit einem Mann namens Fredie Hamid zu tun gehabt, einem der berüchtigten Hamid-Brüder. Pine hat in seinem Hotel gearbeitet. Wahrscheinlich hat er auch Drogen für ihn geschmuggelt. Ogilvey, unser Mann dort, berichtet uns, es deute einiges darauf hin, daß Pine Hamids Geliebte umgebracht hat. Hat sie totgeprügelt, wie es aussieht. Hat sie erst für ein Wochenende nach Luxor mitgenommen, dann in einem Anfall von Eifersucht umgebracht.« Mit einem Schulterzucken klappte Darker die Akte zu. »Der Mann, von dem wir hier reden, ist ein absolut unsicherer Kan-

tonist, Herr Minister. Ich glaube nicht, daß man den PM auffordern sollte, auf der Grundlage von Pines Hirngespinsten drastische Maßnahmen zu veranlassen. Und Sie sollten das auch nicht tun.«

Alle sehen Goodhew an, aber die meisten sehen schnell wieder weg, um ihn nicht in Verlegenheit zu bringen. Besonders Marjoram scheint mit ihm zu fühlen. Der Minister redet, aber Goodhew ist müde. Vielleicht ist es das, was das Böse dir antut, denkt Goodhew; es macht dich müde.

»Rex, jetzt *müssen* Sie Ihre Sache verteidigen«, klagt der Minister. »Hat Burr mit diesem Mann eine Abmachung oder nicht? Ich hoffe doch, er hat nichts mit seinen *Verbrechen* zu tun? Was haben Sie ihm versprochen? Rex, ich bestehe darauf, daß Sie bleiben. Es ist in letzter Zeit viel zu oft vorgekommen, daß britische Nachrichtendienste Kriminelle auf Zeit beschäftigt haben. Ich sage nur, unterstehen Sie sich, ihn in dieses Land zurückzubringen. Hat Burr ihm gesagt, für wen er arbeitet? Hat ihm wahrscheinlich meine Telefonnummer gegeben, wo er schon mal dabei war. Rex, kommen Sie zurück.« Die Tür scheint furchtbar weit weg. »Geoffrey sagt, er war bei irgendeiner Sondereinheit in Irland. Das fehlt uns gerade noch. Die Iren werden *begeistert* sein. Um Gottes willen, Rex, wir haben noch kaum mit der Tagesordnung angefangen. Wichtige Entscheidungen stehen an. Rex, das gehört sich nicht. Macht keinen guten Eindruck. Ich bin doch unparteiisch, Rex. Wiedersehen.«

Auf der Außentreppe ist es herrlich kühl. Goodhew lehnt sich an die Wand. Wahrscheinlich lächelt er.

»Ich nehme an, Sie freuen sich aufs Wochenende, Sir?« sagt der Pförtner respektvoll.

Vom anständigen Gesicht des Mannes gerührt, sucht Goodhew verzweifelt nach einer freundlichen Antwort.

Burr arbeitete. Seine innere Uhr war mitten auf dem Atlantik stehengeblieben, seine Seele war bei Jonathan, in welcher Hölle auch immer er jetzt stecken mochte. Aber sein Verstand, sein Wille und seine Kreativität waren voll auf die Arbeit konzentriert, die vor ihm lag.

»Ihr Mann hat's vermasselt«, bemerkte Merridew, als Burr ihn anrief, um zu erfahren, wie die Sitzung des Lenkungsausschusses gelaufen war. »Geoffrey hat ihn nach Strich und Faden fertiggemacht.«

»Weil Geoffrey Darker verdammte Lügen erzählt«, erklärte Burr sorgfältig, falls Merridew Aufklärung brauchte. Dann wandte er sich wieder seiner Arbeit zu.

Er funktionierte wie damals im River House.

Er war wieder ein Spion, skrupellos und ohne Reue. Die Wahrheit war das, womit man durchkam.

Er schickte seine Sekretärin auf einen Fischzug durch Whitehall: ruhig, aber ein wenig außer Atem kam sie um zwei Uhr mit der Sammlung von Briefbögen zurück, die sie für ihn organisieren sollte.

»Auf geht's«, sagte er; sie holte ihren Stenoblock.

Die meisten Briefe, die er diktierte, waren an ihn selbst adressiert; einige an Goodhew, zwei an Goodhews Chef. Den Stil variierte er: Lieber Burr. Mein lieber Leonard. An den Leiter der Enforcement. Sehr geehrter Herr Minister. Bei der gehobeneren Korrespondenz schrieb er »Sehr geehrter Soundso« per Hand; ebenso die Grußformel am Schluß, wie sie ihm gerade einfiel. Ihr. Herzlich. Immer der Ihre. Mit freundlichen Grüßen.

Er variierte auch seine Handschrift. Neigungswinkel und typische Merkmale waren jedesmal anders. Das gleiche galt für die Tinte und die Schreibwerkzeuge, die er den verschiedenen Korrespondenten zukommen ließ.

Und es galt auch für die Qualität des offiziellen Briefpapiers, das immer steifer wurde, je weiter er auf der Stufenleiter von Whitehall nach oben kam. Für ministerielle Briefe bevorzugte er hellblaues Papier mit dem farbig geprägten Amtswappen im Briefkopf.

»Wie viele Schreibmaschinen haben wir?« fragte er seine Sekretärin.

»Fünf.«
»Nehmen Sie eine für jeden Korrespondenten, eine für uns«, befahl er. »Bringen Sie nichts durcheinander.«
Sie hatte sich bereits eine entsprechende Notiz gemacht.
Wieder allein, telefonierte er mit Harry Palfrey im River House. Sein Tonfall war geheimnisvoll.
»Aber ich brauche eine Begründung«, protestierte Palfrey.
»Die kriegen Sie, wenn Sie aufkreuzen«, gab Burr zurück.
Dann rief er Sir Anthony Joyston Bradshaw in Newbury an.
»Wie komme ich dazu, mir von Ihnen Befehle geben zu lassen, verdammt?« fragte Bradshaw mit einer Arroganz, die ein wenig an Roper erinnerte. »Keine Exekutivgewalt. Ein Haufen Wichser an der Seitenlinie.«
»Halten Sie sich nur zur Verfügung«, riet ihm Burr.
Hester Goodhew rief aus Kentish Town an und teilte ihm mit, ihr Mann werde ein paar Tage zu Hause bleiben: der Winter sei nicht seine beste Zeit, sagte sie. Nach ihr kam Goodhew selbst an den Apparat; er sprach wie eine Geisel, die einen einstudierten Text aufsagt. »Sie haben Ihren Etat noch bis zum Jahresende, Leonard. Den kann Ihnen niemand wegnehmen.« Und dann versagte ihm die Stimme; es klang furchtbar: »Der arme Junge. Was werden sie mit ihm machen? Ich muß immer an ihn denken.«
Burr ging es nicht anders, aber er hatte zu arbeiten.

Das Besprechungszimmer im Verteidigungsministerium ist weiß gestrichen, karg eingerichtet und beleuchtet und geschrubbt wie eine Gefängniszelle. Es ist ein mit Backsteinen ausgekleideter Kasten mit einem verdunkelten Fenster und einer Elektroheizung, die nach verbranntem Staub stinkt, wenn man sie anstellt. Das Fehlen von Graffiti ist beunruhigend. Während man dort wartet, fragt man sich, ob die letzten Botschaften überstrichen werden, nachdem der Insasse hingerichtet worden ist. Burr kam mit Absicht zu spät. Als er eintrat, versuchte Palfrey ihn über den Rand seiner zitternden Zeitung hinweg geringschätzig anzusehen und grinste affektiert.

»Nun, ich *bin* gekommen«, sagte er trotzig. Und stand auf. Und faltete umständlich seine Zeitung zusammen.
Burr machte die Tür zu, schloß sie sorgfältig ab, stellte seine Aktentasche hin, hängte seinen Mantel an den Haken und versetzte Palfrey einen harten Schlag auf die Wange. Aber leidenschaftslos, fast widerwillig. Wie er vielleicht einen Epileptiker geschlagen hätte, um einen Anfall abzuwenden, oder sein Kind, um es in einer Krise zu beruhigen.
Palfrey ließ sich wieder auf die Bank fallen, auf der er eben gesessen hatte. Er hielt eine Hand an die gekränkte Wange.
»Bestie«, flüsterte er.
Und er hatte nicht ganz unrecht, nur daß Burr seine Wildheit eisern unter Kontrolle hatte. Burr befand sich wahrlich in finsterer Stimmung, und weder seine Freunde noch seine Frau hatten ihn je in dieser Stimmung erlebt. Burr selbst hatte sich selten so erlebt. Er setzte sich nicht, sondern hockte sich mit beichtväterlich breitem Arsch neben Palfrey, so daß ihre Köpfe schön nah beieinander bleiben konnten. Und damit Palfrey ihn besser hörte, hielt er beim Sprechen die schnapsbefleckte Krawatte des armen Kerls mit beiden Händen am Knoten gepackt, wodurch eine ziemlich furchterregende Schlinge entstand.
»Ich bin bis jetzt sehr sehr nett zu Ihnen gewesen, Harry Palfrey«, begann er mit einer Floskel, der zugute kam, daß sie nicht vorbereitet war. »Ich habe Ihnen nicht die Tour vermasselt. Ich habe Sie nicht verpfiffen. Ich habe nachsichtig zugesehen, wie Sie dauernd über den Fluß geschlichen sind; wie Sie mit Goodhew ins Bett gestiegen sind, ihn an Darker verkauft und alle Seiten gegeneinander ausgespielt haben, alles ganz genau wie immer. Versprechen Sie noch immer jedem Mädchen, das Sie kennenlernen, sich scheiden zu lassen? Aber sicher doch! Dann schnell nach Hause, der Gattin das Ehegelöbnis erneuern? Aber sicher doch! Harry Palfrey und sein Samstagabend-Gewissen!« Burr zog den Henkersknoten um den Adamsapfel des Ärmsten noch fester zusammen. »›Ah, was ich für England alles tun muß, Mildred!‹ beteuerte

er, in Palfreys Rolle schlüpfend. ›Alles auf Kosten meiner Integrität, Mildred! Wenn du nur ein Zehntel davon wüßtest, würdest du den Rest deines Lebens nicht mehr schlafen können – außer mit mir, natürlich. Ich *brauche* dich, Mildred. Ich brauche deine Wärme, deinen Trost. Mildred, ich liebe dich! ... Aber sag meiner Frau nichts davon, sie würde das nicht verstehen.‹« Ein schmerzhafter Ruck am Knoten. »Verzapfen Sie diese Scheiße noch immer, Harry? Sechsmal täglich über die verdammte Grenze? Hin und her wie eine miese Ratte, bis Sie Ihren kleinen Rattenkopf nicht mehr von Ihrem Arsch unterscheiden können? Aber *sicher* doch!«
Palfrey vermochte auf diese Frage freilich kaum eine vernünftige Antwort zu geben, da Burr die Seidenkrawatte unnachgiebig in seinem beidhändigen Würgegriff behielt. Der Schlips war grau und silbrig glänzend, was die Flecken noch deutlicher hervortreten ließ. Vielleicht hatte Palfrey ihn bei einer seiner vielen Hochzeiten getragen. Er schien unzerreißbar.
Burrs Stimme wurde zutraulich, leises Bedauern schwang darin mit. »Die Zeit der Ratte ist vorbei, Harry. Das Schiff ist gesunken. Noch *eine* krumme Tour, und es ist aus mit Ihnen.« Ohne den Griff um Palfreys Schlips im geringsten zu lockern, hielt er den Mund dicht an Palfreys Ohr. »Wissen Sie, was das ist, Harry?« Er hob das breite Ende der Krawatte hoch. »Das ist Dr. Paul Apostolls Zunge, auf kolumbianische Art durch seine Kehle gezogen, weil Harry Palfrey die Ratte spielen mußte. Sie haben Apostoll an Darker *verkauft*. Wissen Sie noch? Folglich haben Sie auch meinen Agenten Jonathan Pine an Darker *verkauft*.« Bei jedem *verkauft* verstärkte er seinen Würgegriff um Palfreys Kehle. »Sie haben Geoffrey Darker an Goodhew *verkauft* – aber nicht *richtig*, ja? Sie haben *so getan als ob* und sich dann selbst ausgetrickst und Goodhew an Darker *verkauft*. Was erwarten Sie sich davon, Harry? *Überleben*? Darauf würde ich nicht wetten. Wie ich das sehe, bekommen Sie noch hundertzwanzig Silberlinge aus dem Reptilienfonds, und danach bleibt Ihnen nur noch der *Judasbaum*. Denn nach allem, was ich weiß und Sie nicht, was Sie aber gleich erfahren werden, ist

es absolut und endgültig *aus* mit Ihnen.« Er ließ ihn los und erhob sich abrupt. »Können Sie noch lesen? Was machen Sie für Glupschaugen? Ist das Angst oder Reue?« Er drehte sich zur Tür und nahm die schwarze Aktentasche. Sie gehörte Goodhew. Ein Vierteljahrhundert lang hatte Goodhew sie auf dem Gepäckträger seines Fahrrads hin und her befördert, sie war so abgeschabt, daß das Amtswappen kaum noch zu erkennen war. »Oder hat der Suff Sie kurzsichtig gemacht? Setzen! *Hier*! Nein, *da!* Besseres Licht.«
Und mit dem *hier* und *da* schleuderte er Palfrey wie eine Stoffpuppe herum, packte ihn unter den Achseln und ließ ihn jedesmal schwer auf die Bank krachen. »Ich bin ziemlich ruppig heute, Harry«, erklärte er zu seiner Entschuldigung. »Sie müssen mir das nachsehen. Dürfte an der Vorstellung liegen, wie der junge Pine von Dicky Ropers Musterknaben bei lebendigem Leibe verbrannt wird. Werde wohl langsam zu alt für den Job.« Er knallte eine Akte auf den Tisch. Sie trug einen roten Stempel: FLAGGSCHIFF. »Der Inhalt dieser Papiere, die ich Sie jetzt sehr genau zu lesen bitte, ist folgender, Harry: Sie und Ihr ganzer Verein sind im Arsch. Rex Goodhew ist nicht der Clown, für den ihr ihn gehalten habt! Hat mehr unter der Mütze, als wir je geahnt haben. Und jetzt lesen Sie.«
Palfrey las, doch es dürfte ihm nicht leichtgefallen sein; eben das hatte Burr bewirken wollen, als er sich solche Mühe gegeben hatte, ihn aus der Ruhe zu bringen. Und noch ehe Palfrey fertig war, begann er zu weinen, und zwar so heftig, daß seine Tränen die Unterschriften und die »Sehr geehrten Herren Minister« und die »Freundlichen Grüße« oben und unten auf der gefälschten Korrespondenz verschmierten.
Während Palfrey noch weinte, zog Burr eine Vollmacht des Innenministeriums hervor, die noch mit keiner Unterschrift versehen war. Es war keine Generalvollmacht. Sondern bloß eine Vollmacht, die der Abhörabteilung erlaubte, drei Telefonanschlüsse, zwei in London und einen in Suffolk, so zu manipulieren, daß aufgrund eines scheinbar technischen Defekts sämtliche bei diesen drei Anschlüssen eingehenden Anrufe

bei einem vierten Anschluß ankamen, dessen Nummer an der entsprechenden Stelle angegeben war. Palfrey starrte auf die Vollmacht. Palfrey schüttelte den Kopf und versuchte mit erstickter Stimme so etwas wie eine Ablehnung zu signalisieren.
»Das sind Darkers Nummern«, protestierte er. »Land, Stadt, Büro. Das kann ich nicht unterschreiben. Er würde mich umbringen.«
»Aber wenn Sie *nicht* unterschreiben, Harry, bringe *ich* Sie um. Denn wenn Sie den Dienstweg einhalten und diese Vollmacht dem zuständigen Minister vorlegen, wird besagter Minister gleich zu Onkel Geoffrey laufen. Das lassen wir also bleiben, Harry. Sie persönlich werden diese Vollmacht kraft Ihres Amtes unterschreiben, denn dazu sind Sie ja in außerordentlichen Fällen berechtigt. Und ich persönlich werde die Vollmacht über einen sehr zuverlässigen Boten an die Abhörabteilung schicken. Und Sie persönlich werden einen geselligen Abend im Büro meines Freundes Rob Rooke verbringen, damit Sie persönlich nicht in Versuchung geraten, inzwischen aus Gewohnheit die Ratte zu spielen. Und falls Sie irgendwelchen Ärger machen, wird mein guter Freund Rob, der ein rechter Grobian ist, Sie höchstwahrscheinlich so lange an eine Heizung fesseln, bis Sie Ihre vielen Sünden bereut haben. Hier. Nehmen Sie meinen Stift. So ist's gut. In dreifacher Ausfertigung, bitte. Sie kennen ja diese Beamten. Wer ist denn heutzutage Ihr Ansprechpartner in der Abhörabteilung?«
»Niemand. Maisie Watts.«
»Maisie? Wer ist das, Harry? Ich bin nicht mehr auf dem laufenden.«
»Die Nummer eins. Maisie zieht die Fäden.«
»Und wenn Maisie gerade mit Onkel Geoffrey zum Lunch gegangen ist?«
»Gates. Wir nennen ihn Pearly.« Ein schwaches Grinsen. »Pearly tickt andersherum.«
Burr hob Palfrey wieder hoch und setzte ihn unsanft vor ein grünes Telefon.

»Rufen Sie Maisie an. Das tun Sie doch in dringenden Fällen?«
Palfrey keuchte so etwas wie ja.
»Sagen Sie, es sei eine sehr wichtige Vollmacht unterwegs, per Spezialkurier. Sie soll sich selbst darum kümmern. Oder Gates. Keine Sekretärinnen, keine niederen Ränge, keine Rückantwort, keine hochgezogenen Augenbrauen. Sie verlangen sklavischen, stummen Gehorsam. Sagen Sie, Sie hätten das unterschrieben, und die höchste ministerielle Bestätigung, die in diesem Land zu haben ist, käme baldmöglichst nach. Was schütteln Sie den Kopf?« Er schlug ihn. »Ich mag es nicht, wenn Sie den Kopf schütteln. Tun Sie das nie wieder.«
Palfrey hielt sich die Lippen und lächelte weinerlich. »Ich würde witziger sein, Leonard, das ist alles. Besonders, wenn es um so eine heiße Sache geht. Maisie lacht gern. Und Pearly auch. ›He, Maise! Wart mal, bis du das hier gehört hast! Du fällst vom Stuhl!‹ Schlaues Mädchen. Der Job ödet sie an. Kann uns alle nicht ausstehen. Interessiert sich nur dafür, wer als nächstes den Kopf in die Schlinge legen muß.«
»Dann machen Sie's eben so«, sagte Burr und legte Palfrey freundlich eine Hand auf die Schulter. »Bloß keine Tricks, Harry, oder Ihr Kopf ist als nächster dran.«
Eifrig auf Gehorsam bedacht, nahm Palfrey den Hörer des grünen Whitehall-Haustelefons und wählte unter Burrs Augen die fünf Ziffern, die jede Flußratte auf den Knien ihrer Mutter lernt.

28

Der zweite Stellvertretende Justizminister Ed Prescott fühlte sich, wie so viele Yale-Absolventen seiner Generation, am wohlsten unter Männer, und als Joe Strelski, nachdem man ihn eine halbe Stunde im Vorzimmer hatte warten lassen, sein großes weißes Büro in downtown Miami betrat, verkündete Ed ihm die Neuigkeit so, wie es unter Männern sein sollte, ohne großes Gefasel, offen und geradeheraus, wie ein Mann es eben gern hat, ganz gleich, ob er wie Ed aus einer alten Neuengland-Familie kommt oder wie Strelski ein schlichter Hinterwäldler aus Kentucky ist. »Denn um ehrlich zu sein, Joe, mich haben diese Typen auch verarscht: haben mich von Washington hierher beordert, um diesen Job zu machen, mich gezwungen, eine sehr attraktive Arbeit abzulehnen, und das zu einer Zeit, wo jeder, und ich meine jeder, selbst die da oben, diese Arbeit braucht – Joe, ich muß es Ihnen sagen, diese Leute sind nicht fair zu uns gewesen. Ich möchte, daß Ihnen bewußt ist, daß wir zusammen da drinstecken, es ist ein Jahr Ihres Lebens gewesen, aber bis ich mein Haus wieder in Ordnung gebracht habe, wird es auch ein Jahr meines Lebens gewesen sein. Und in meinem Alter, Joe – na, zum Teufel, wie viele Jahre bleiben mir noch?«
»Es tut mir leid für Sie, Ed«, sagte Strelski.
Falls Ed Prescott den Unterton mitbekam, ließ er sich lieber

nichts anmerken; schließlich waren hier zwei Männer zusammen, die ein gemeinsames Problem zu lösen hatten.
»Joe, wieviel genau haben die Briten Ihnen über diesen Undercover-Agenten erzählt, diesen Pine, diesen Burschen, der so viele Namen hatte?«
Das Imperfekt entging Strelski nicht.
»Nicht allzu viel«, sagte Strelski.
»Nun, wieviel?« fragte Prescott von Mann zu Mann.
»Er war kein Profi. Eher so eine Art Freiwilliger.«
»Ein Sponti? Solchen Leuten habe ich nie vertraut, Joe. Früher, als die CIA mir noch die Ehre erwies, mich hin und wieder um Rat zu fragen, in der Zeit des Kalten Kriegs, der mir ein Jahrhundert weit zurückzuliegen scheint, habe ich stets zur Vorsicht gegenüber diesen sowjetischen Möchtegern-Überläufern geraten, die uns mit viel Geschrei ihre Ware aufhalsen wollten. Was haben die Ihnen sonst noch über ihn erzählt, Joe, oder haben sie bloß geheimnisvolle Andeutungen gemacht?«
Strelski stellte sich bewußt dumm. Bei Männern wie Prescott blieb einem nichts anderes übrig: ausweichen, bis man herausgefunden hatte, was er von einem hören wollte, dann es entweder sagen oder sich auf das fünfte Gebot berufen oder ihn auffordern, sich um seinen eigenen Scheiß zu kümmern.
»Man hat mir gesagt, sie hätten ihn irgendwie aufgebaut«, antwortete er. »Hätten ihm einen zusätzlichen Hintergrund verschafft, um ihn für die Zielperson attraktiver zu machen.«
»*Wer* hat Ihnen das gesagt, Joe?«
»Burr.«
»Hat Burr Ihnen irgend etwas über die Art dieses Hintergrunds erzählt, Joe?«
»Nein.«
»Hat Burr angedeutet, wieviel Hintergrund es bereits gab und wieviel sie aus dem Schminkkoffer dazugetan haben?«
»Nein.«
»Das Gedächtnis ist eine Hure, Joe. Denken Sie nach. Hat er

Ihnen gesagt, daß der Mann angeblich einen Mord begangen hat? Womöglich mehr als einen?«

»Nein.«

»Drogen geschmuggelt? In Kairo und in Großbritannien? Vielleicht auch in der Schweiz? Wir überprüfen das gerade.«

»Er hat keine konkreten Einzelheiten genannt. Er sagte, sie hätten den Mann mit diesem Hintergrund ausgestattet, und mit Hilfe dieses Hintergrundes könnten wir Apostoll dazu bringen, einen von Ropers Stellvertretern anzuschwärzen, und uns ausrechnen, daß Roper den neuen Mann als Unterzeichner nehmen würde. Roper läßt unterzeichnen. Also gaben sie ihm jemand, der das macht. Roper hat gern ausgeflippte Leute um sich. Also haben ihm so jemand gegeben.«

»Demnach wußten die Briten von Apostoll. Ich glaube, das ist mir neu.«

»Natürlich. Wir haben uns mit ihm getroffen. Burr, Agent Flynn und ich.«

»War das klug, Joe?«

»Es war Zusammenarbeit«, sagte Strelski mit plötzlich festerer Stimme. »Wir hatten doch Zusammenarbeit vereinbart, erinnern Sie sich? Ist jetzt an den Rändern ein bißchen ausgefranst. Aber damals hatten wir eine gemeinsame Planungsgruppe.«

Die Zeit blieb stehen, während Ed Prescott eine Runde durch sein riesengroßes Büro machte. Die verdunkelten Fenster bestanden aus zolldickem Panzerglas, das den Morgen in Nachmittag verwandelte. Die Doppeltür war aus verstärktem Stahl und zum Schutz gegen Störenfriede verschlossen. Strelski erinnerte sich, daß Miami zur Zeit eine Welle von Hausüberfällen erlebte. Banden maskierter Männer drangen in Häuser ein, hielten die Bewohner in Schach und sackten alles ein, was ihnen in die Finger fiel. Strelski überlegte, ob er am Nachmittag zu Apos Beerdigung gehen sollte. Der Tag ist noch jung. Abwarten, wofür ich mich entscheide. Dann überlegte er, ob er zu seiner Frau zurückkehren sollte. Das fragte er sich immer, wenn die Dinge so beschissen liefen wie im Augenblick.

Wenn er nicht mit ihr zusammen war, kam er sich manchmal vor wie jemand, den man auf Bewährung entlassen hatte. Er war nicht richtig frei, und manchmal fragte er sich ernstlich, ob dies tatsächlich die bessere Alternative sei. Er dachte an Pat Flynn und wünschte, er besäße dessen Gemütsruhe. Pat fand Gefallen am Dasein eines Außenseiters wie andere an einem Leben in Ruhm und Reichtum. Als Pat gesagt wurde, er solle sich nicht mehr im Büro blicken lassen, bis diese Sache in Ordnung gebracht wäre, bedankte er sich, schüttelte allen die Hand, nahm ein Bad und trank eine Flasche Bushmills. An diesem Morgen hatte er, noch immer betrunken, Strelski angerufen und ihn vor einer neuen Form von AIDS gewarnt, die in Miami grassierte und Gehör-Aids heiße. Man bekomme sie, sagte Pat, wenn man zu vielen Arschlöchern aus Washington zuhöre. Als Strelski ihn fragte, ob er zufällig etwas Neues über die *Lombardy* gehört habe – zum Beispiel, ob irgend jemand sie geentert, versenkt oder abgeschleppt habe –, gab Flynn die schönste Imitation eines schwulen Elitestudenten von der Ostküste zum besten, die Strelski je gehört hatte: »Aber aber, Joe, Sie Böser, wollen Sie wohl Ihre Zunge hüten, etwas so Geheimes dürfen Sie in *Ihrer* Position doch gar nicht wissen wollen.« Wo zum Teufel nimmt Pat nur all diese Stimmen her? fragte er sich. Vielleicht könnte ich das auch, wenn ich täglich eine Flasche Irischen trinken würde. Der Zweite Stellvertretende Justizminister Prescott versuchte ihm noch mehr Worte in den Mund zu legen, also war es wohl besser, aufzupassen.

»Burr war über seinen Mr. Pine offensichtlich nicht so mitteilsam wie Sie über Ihren Dr. Apostoll, Joe«, sagte er gerade, und es schwang ein Vorwurf darin mit, der Strelski traf.

»Pine und Apostoll waren als Quellen ganz verschieden. Die konnte man in keiner Weise miteinander vergleichen«, erwiderte Strelski und stellte zufrieden fest, daß er lockerer wurde. Das mußte Flynns Scherz über das Gehör-Aids bewirkt haben.

»Könnten Sie das mal ein wenig erläutern, Joe?«

»Apostoll war ein dekadenter Fiesling. Pine war – Pine war ein rechtschaffener Mann, der für die richtige Seite etwas riskiert hat. Burr war davon sehr angetan. Pine war Agent, er war ein Kollege, er gehörte zur Familie. Apo hat nie zur Familie gehört. Nicht mal für seine Tochter.«

»War dieser Pine derselbe, der Ihren Agenten fast in Stücke gerissen hat, Joe?«

»Er stand unter nervlicher Anspannung. Es war schon eine ziemlich große Inszenierung. Vielleicht hat er übertrieben reagiert, seine Anweisungen ein wenig zu sehr beherzigt.«

»Hat Burr Ihnen das so erklärt?«

»Wir haben versucht, es so zu deuten.«

»Wie großzügig von Ihnen, Joe. Einer Ihrer Agenten bezieht solche Prügel, daß er für zwanzigtausend Dollar behandelt werden muß, drei Monate krankgeschrieben wird und einen Prozeß anstrengt, und Sie erzählen mir, sein Angreifer habe vielleicht ein wenig übertrieben reagiert. Manche dieser in Oxford ausgebildeten Engländer können sehr überzeugend argumentieren. Hatten Sie den Eindruck, Leonard Burr sei ein unehrlicher Mensch?«

Alle reden in der Vergangenheitsform, dachte Strelski. Und ich auch. »Ich weiß nicht, was Sie damit sagen wollen«, log er.

»War er unaufrichtig? Falsch? Moralisch irgendwie nicht ganz einwandfrei?«

»Nein.«

»Bloß nein?«

»Burr macht gute Arbeit, und er ist ein guter Mensch.«

Prescott drehte eine weitere Runde durchs Zimmer. Da er selbst ein guter Mensch war, schien es ihm schwerzufallen, mit den unangenehmeren Tatsachen des Lebens fertig zu werden.

»Joe, wir haben zur Zeit einige Probleme mit den Briten. Ich rede jetzt von der Enforcement. Was Ihr Mr. Burr und seine Ermittler uns versprochen haben, war ein blitzsauberer Zeuge in Gestalt von Mr. Pine, eine ausgeklügelte Operation und ein paar große Köpfe auf einem Tablett. Womit wir durchaus einverstanden waren. Wir hatten auf Mr. Burr und Mr. Pine große Hoffnungen gesetzt. Nun muß ich Ihnen sagen, daß die britischen Ermittler die auf dieser Ebene in sie gesetzten Erwartungen nicht erfüllt haben. Diese Leute haben in ihrem Umgang mit uns eine Doppelzüngigkeit an den Tag gelegt, die manche von uns nicht erwartet haben dürften. Andere, die ein besseres Gedächtnis haben, allerdings vielleicht doch.«

Strelski vermutete, er sollte sich Prescott in einer allgemeinen Verurteilung der Briten anschließen, hatte aber keine Lust dazu. Er mochte Burr. Burr war ein Typ, mit dem man Pferde stehlen konnte. Auch Rooke hatte er schätzengelernt, obwohl der reichlich stur war. Die beiden waren ein anständiges Gespann und hatten eine gute Operation durchgeführt.

»Joe, Ihr Supermann – Verzeihung, Burrs Supermann – dieser rechtschaffene Mensch, dieser Mr. Pine, hat ein ellenlanges Vorstrafenregister. Barbara Vandon in London und Freunde von ihr in Langley haben ziemlich beunruhigendes Hintergrundmaterial über Mr. Pine ausgegraben. Offenbar ist er ein verkappter Psychopath. Leider haben die Briten seinen Gelüsten noch Vorschub geleistet. Es hat da in Irland einen Toten gegeben, ziemlich üble Geschichte, irgendwas mit einer Halbautomatik. Wir sind nicht ganz dahintergekommen, weil die Sache vertuscht wird.« Prescott seufzte. Die Wege der Menschen waren wahrlich krumm. »Mr. Pine ist ein Mörder, Joe. Ein Mörder, Dieb, Drogenschmuggler; und es ist mir ein Rätsel, warum er das Messer, mit dem er Ihren Agenten bedroht hat, nicht auch benutzt hat. Außerdem ist Mr. Pine Koch, Nachteule, Nahkampfexperte und Maler. Joe, das ist das klassische Muster eines psychopathischen Phantasten. Mr. Pine gefällt mir nicht. Ich würde ihm meine Tochter nicht anvertrauen. Mr. Pine hatte in Kairo eine psychopathische Beziehung zu der Nutte eines Drogenhändlers, die er am Ende totgeprügelt hat. Ich hätte kein Vertrauen zu ihm, wenn er vor Gericht als mein Zeuge auftreten würde, und ich habe die schwersten, wirklich die schwersten Bedenken, was die bisher von ihm gelieferten Informationen betrifft. Ich habe alles ge-

sehen, Joe. Ich habe die vielen Punkte untersucht, wo seine Aussage allein und unbestätigt dasteht, aber für die Glaubwürdigkeit unserer Sache unentbehrlich ist. Männer wie Mr. Pine sind die heimlichen Lügner der Gesellschaft. Sie verkaufen ihre eigene Mutter und halten sich dabei noch für Jesus Christus. Ihr Freund Burr mag ein fähiger Mann sein, aber er war ehrgeizig, er hat Himmel und Hölle in Bewegung gesetzt, um seinen eigenen Laden auf die Beine zu stellen, damit er mit den großen Mackern konkurrieren konnte. Solche Männer fallen naturgemäß auf jeden Schwindler rein. Ich glaube nicht, daß Mr. Burr und Mr. Pine ein ideales Paar gebildet haben. Ich will nicht sagen, daß sie bewußt Konspiration betrieben haben, aber Männer in geheimer Isolation können sich gegenseitig so hochputschen, daß ihnen die Wahrheit gleichgültig wird. Würde Dr. Apostoll noch unter uns weilen – nun, er war Anwalt; und selbst wenn er ein bißchen verrückt war, glaube ich doch, daß er im Zeugenstand eine ganz gute Figur gemacht hätte. Geschworene haben in ihrem Herzen immer einen Platz für jemand, der zu Gott zurückgefunden hat. Daraus wird nun freilich nichts. Dr. Apostoll steht als Zeuge nicht mehr zur Verfügung.«
Strelski versuchte Prescott aus der Klemme zu helfen. »Das Ganze ist nie geschehen, richtig, Ed? Sollten wir uns nicht darauf einigen, daß die ganze Sache bloß ein Stück Scheiße gewesen ist? Es gibt weder Drogen noch Waffen. Mr. Onslow Roper hat nie was mit den Kartellen zu tun gehabt, alles eine Verwechslung, und so weiter.«
Prescott lächelte bedauernd, als wollte er sagen, so weit würde er nun doch nicht gehen wollen. »Es geht um das, was beweisbar ist, Joe. So was muß ein Anwalt machen. Der Laie kann sich den Luxus leisten, an die Wahrheit zu glauben. Ein Anwalt muß sich mit dem Beweisbaren zufriedengeben. Sehen Sie es von dieser Seite.«
»Sicher.« Auch Strelski lächelte. »Ed, darf ich etwas sagen?« Strelski beugte sich auf seinem Ledersessel vor und breitete in einer edelmütigen Geste die Hände aus.

»Reden Sie nur, Joe.«
»Ed, entspannen Sie sich, bitte. Nur keinen Streß. Operation Klette ist gestorben. Langley hat sie abgeschossen. Sie sind nur der Leichenbestatter. Ich verstehe das. Operation Flaggschiff ist am Leben, aber ich gehöre nicht zur Mannschaft. Im Gegensatz zu Ihnen, wie ich vermute. Sie wollen mich fertigmachen, Ed? Hören Sie, ich bin schon oft fertiggemacht worden, Sie brauchen mich nicht vorher zum Essen einzuladen. Ich bin schon so oft und auf so viele verschiedene Weisen fertiggemacht worden, daß ich ein alter Hase bin. Diesmal ist es Langley zusammen mit ein paar bösen Briten. Ganz zu schweigen von ein paar Kolumbianern. Das letztemal war es Langley zusammen mit irgendwelchen anderen bösen Typen, vielleicht waren es Brasilianer, nein, verdammt, Kubaner, die uns in den finsteren Zeiten den einen oder anderen Gefallen getan hatten. Und davor war es Langley zusammen mit ein paar stinkreichen Venezolanern, aber ich glaube, es waren auch ein paar Isrealis dabei; um ehrlich zu sein, ich hab's vergessen, und die Akten sind verlorengegangen. Und ich meine, es gab eine Operation Surefire, aber auch da war ich nicht zugelassen.«
Er war wütend, fühlte sich aber ausgesprochen wohl. Prescotts tiefer Ledersessel war ein Traum, er könnte ewig darin liegenbleiben und im Luxus dieses schönen Penthouse-Büros schwelgen; hier konnte ihm niemand ungesehen in die Quere kommen, nicht einmal ein nackt auf einem Bett kniender Schnüffler, dem man die Zunge durch den Hals gezogen hatte.
»Und dann wollten Sie mir noch sagen, Ed: Ich darf aussteigen, aber nicht reden«, fuhr Strelski fort. »Denn wenn ich rede, wird man mich in die Pfanne hauen und meine Pension streichen. Oder falls ich *wirklich* rede, könnte sich jemand schweren Herzens verpflichtet fühlen, mir eine Kugel in den verdammten Kopf zu jagen. Ich verstehe das, Ed. Ich kenne die Regeln. Ed, tun Sie mir einen Gefallen?«
Prescott war es nicht gewohnt, jemandem zuzuhören, ohne

ihn zu unterbrechen, und er tat niemals irgendwem einen Gefallen, wenn er nicht mit einer Gegenleistung rechnen konnte. Aber er konnte erkennen, wenn jemand wütend war, und er wußte, daß sich Wut mit der Zeit bei Mensch und Tier legt, also sah er seine Rolle darauf reduziert, abzuwarten, weiterzulächeln und vernünftig zu antworten, ganz so, als habe er es mit einem tobsüchtigen Irren zu tun. Er wußte auch, daß es wichtig war, nicht alarmiert zu wirken. Notfalls hatte er immer noch den roten Knopf an der Innenseite seines Schreibtischs.

»Wenn ich kann, Joe, für Sie immer«, erwiderte er großzügig.

»Bleiben Sie fest, Ed. Amerika braucht Sie so, wie Sie sind. Trennen Sie sich von keinem Ihrer Freunde in höheren Positionen, behalten Sie Ihre Verbindungen zur CIA, machen Sie weiteren Gebrauch von den lukrativen Aufsichtsratsposten Ihrer Frau in gewissen Unternehmen. Hören Sie nicht auf, die Dinge für uns in Ordnung zu bringen. Der anständige Bürger weiß schon zu viel, Ed. Noch mehr Wissen könnte ernstlich seiner Gesundheit schaden. Denken Sie an das Fernsehen. Fünf Sekunden über ein Thema sind für jeden genug. Die Leute müssen normalisiert, nicht destabilisiert werden, Ed. Und Sie sind der Mann, der das für uns tun kann.«

Vorsichtig fuhr Strelski durch die Wintersonne nach Hause. Seine Wut ließ alles noch deutlicher erscheinen. Hübsche weiße Häuser an der Küstenstraße. Weiße Segeljachten am Ende smaragdgrüner Rasenflächen. Der Postbote machte seine Mittagsrunde. In Strelskis Einfahrt parkte ein roter Ford Mustang; er gehörte Amato, der mit einem schwarzen Begräbnisschlips auf der Veranda saß und Cola aus der Kühlbox trank. Neben ihm lag auf Strelskis Rattansofa ein apathischer Pat Flynn, er trug einen schwarzen Bogside-Anzug mit Weste und schwarzem Bowler und hielt eine leere Flasche zehn Jahre alten Bushmills Single Malt Whiskey an den Busen gedrückt.

»Pat hat sich mal wieder mit seinem früheren Boß getroffen«, erklärte Amato mit einem Seitenblick auf seinen ruhenden

Kameraden. »Die beiden haben so was wie ein frühes Frühstück eingenommen. Leonards Schnüffler ist an Bord der *Iron Pasha.* Zwei Männer haben ihm in Antigua aus Ropers Jet geholfen, zwei andere haben ihn in das Wasserflugzeug begleitet. Pats Freund zitiert aus Berichten, die von der Zentralen Nachrichtenauswertung zusammengestellt wurden, von Leuten, die die Ehre haben, zur Flaggschiff-Mannschaft zu gehören. Pat meint, Sie würden das vielleicht gern an Ihren Freund Lenny Burr weiterleiten. Pat läßt Lenny herzlich grüßen. Es habe ihn gefreut, Mr. Burrs Bekanntschaft gemacht zu haben, trotz der späteren Schwierigkeiten, sollen Sie ihm ausrichten.«

Strelski sah auf die Uhr und ging schnell ins Haus. Es war riskant, von diesem Apparat aus zu telefonieren. Burr nahm sofort ab, als hätte er auf den Anruf gewartet.

»Ihr Mann ist mit seinen reichen Freunden segeln gegangen«, sagte Strelski.

Burr war dankbar für den Wolkenbruch. Zweimal hatte er das Auto auf den Grasstreifen gelenkt, dem Trommeln des Regens auf dem Dach zugehört und gewartet, daß es aufhörte. Der Schauer gewährte ihm zeitweiligen Aufschub und versetzte den Weber in seine Dachstube zurück.

Er war später dran, als er geplant hatte. »Paß auf«, hatte er vage zu Rooke gesagt, als er den elenden Palfrey seiner Obhut übergeben hatte. Paß auf Palfrey auf, dachte er vielleicht. Oder auch: Lieber Gott, paß auf Jonathan auf.

Er ist auf der *Pasha,* mußte er beim Fahren immerzu denken. Er ist am Leben, auch wenn er es womöglich lieber nicht wäre. Eine Zeitlang konnte Burrs Gehirn nicht mehr für ihn tun: Jonathan lebt, Jonathan leidet Qualen, in *diesem* Augenblick setzen sie ihm zu. Erst im Anschluß an diese Phase angemessener Besorgnis, so schien es Burr, war er in der Lage, sein beträchtliches Denkvermögen anzuwenden und Stück für Stück die wenigen Bröckchen Trost abzuzählen, die ihm noch geblieben waren.

Er lebt. Folglich muß Roper daran liegen, daß es so bleibt.

Sonst hätte er Jonathan sofort umbringen lassen, nachdem er das letzte Stück Papier unterschrieben hatte: eine weitere nicht identifizierte Leiche irgendwo an einer Straße in Panama; wen kümmert's?

Er lebt. Ein Gangster vom Schlage Ropers bringt niemanden auf seine Vernügungsjacht, um ihn dort umzubringen. Er nimmt ihn mit, weil er ihm Fragen zu stellen hat, und wenn er ihn hinterher umbringen muß, erledigt er das in schicklicher Entfernung von seinem Schiff und mit gebührender Rücksicht auf die örtliche Hygiene und das Feingefühl seiner Gäste.

Also: Was weiß Roper noch nicht, wozu er Jonathan Fragen stellen muß?

Vielleicht: Wie viele Einzelheiten der Operation hat Jonathan verraten?

Vielleicht: Mit welchem Risiko genau muß Roper jetzt rechnen – Strafverfolgung, Vereitelung seines grandiosen Plans, Entlarvung, Skandal, Protest?

Vielleicht: Wieviel Schutz genieße ich noch bei denen, die mich schützen? Oder werden sie sich alle leise durch die Hintertür davonstehlen, sobald die Alarmsirenen losgehen?

Vielleicht: Für wen hältst du dich eigentlich, dich in meinen Palast einzuschleichen und mir meine Frau unter mir wegzuschnappen?

Ein Dom aus Bäumen wölbte sich über dem Auto, und Burr mußte an das Haus am Lanyon denken, und wie er dort an dem Abend, an dem sie ihn auf den Weg geschickt hatten, mit Jonathan zusammengesessen hatte. Er hält Goodhews Brief ins Licht der Öllampe: *Ich bin sicher, Leonard. Ich, Jonathan. Und ich werde auch morgen früh sicher sein. Wie soll ich unterschreiben?*

Du hast viel zu viel unterschrieben, verdammt, schnauzte Burr ihn in Gedanken an. Und ich habe dich dazu angestachelt.

Beichte, flehte er Jonathan an. *Verrate mich, verrate uns alle. Haben wir dich etwa nicht verraten? Dann zahl es uns heim und rette*

dich. Der Feind ist nicht da draußen. Er ist hier, mitten unter uns. Verrate uns.
Er war nur fünfzehn Kilometer außerhalb von Newbury und sechzig Kilometer außerhalb von London, aber mitten im tiefsten ländlichen England. Er fuhr einen Hügel hinauf und gelangte auf eine von kahlen Buchen gesäumte Allee. Links und rechts frisch gepflügte Äcker. Der Geruch von Silage erinnerte ihn an winterliche Teenachmittage vor dem Ofen in der Küche seiner Mutter in Yorkshire. Wir sind rechtschaffene Leute, dachte er, in Gedanken bei Goodhew. Rechtschaffene Engländer mit Selbstironie und einem Gefühl für Anstand, Leute, die praktisch denken und ein gutes Herz haben. Was zum Teufel ist mit uns schiefgelaufen?
Ein kaputtes Wartehäuschen an einer Bushaltestelle erinnerte ihn an den Blechschuppen in Louisiana, wo er sich mit Apostoll getroffen hatte. Apostoll, von Harry Palfrey an Darker verraten, von Darker an die Vettern, von den Vettern an Gott weiß wen. Strelski hatte eine Pistole dabei, dachte er. Flynn, der uns vorauswatete, trug seine Haubitze im Arm. Wir waren bewaffnet und fühlten uns sicher mit unseren Waffen.
Aber Waffen sind nicht die Antwort, dachte er. Waffen sind ein Bluff. Ich selbst bin ein Bluff. Ich bin nicht zugelassen und nicht geladen, eine leere Drohung. Ich selbst bin alles, was ich habe, womit ich diesem verdammten Sir Anthony Joyston Bradshaw vor der Nase rumfuchteln kann.
Er dachte daran, wie Rooke und Palfrey jetzt schweigend, das Telefon zwischen ihnen, in Rookes Büro zusammensaßen. Zum erstenmal mußte er beinahe lächeln.
Als er einen Wegweiser erblickte und ihm nach links in eine unbefestigte Einfahrt folgte, überkam ihn die falsche Gewißheit, schon einmal hiergewesen zu sein. Bewußtes und Unbewußtes treffen zusammen, hatte er in einer superklugen Zeitschrift gelesen: Aus dieser Begegnung entsteht das Gefühl des *déjà vu.* Er glaubte nicht an diesen Mist. Schon die Sprache machte ihn aggressiv, und der bloße Gedanke daran reizte ihn jetzt bis aufs Blut.

Er hielt den Wagen an.
Er war einfach viel zu aggressiv und wartete, bis das Gefühl sich gelegt hatte. Allmächtiger Gott, was wird aus mir? Ich hätte Palfrey erwürgen können. Er kurbelte das Fenster runter, legte den Kopf zurück und sog die Landluft ein. Er schloß die Augen und wurde Jonathan. Jonathan im Todeskampf, den Kopf nach hinten gelegt, unfähig zu sprechen. Jonathan ans Kreuz geschlagen, halb tot, von Ropers Frau geliebt.
Vor ihm tauchten zwei steinerne Torpfosten auf, aber kein Schild, auf dem Lanyon Rose stand. Burr hielt den Wagen an, nahm das Telefon, wählte Geoffrey Darkers Direktanschluß im River House und hörte Rookes Stimme: »Hallo.«
»Bloß zur Kontrolle«, sagte Burr und wählte die Nummer von Darkers Haus in Chelsea. Wieder Palfreys Stimme; knurrend legte er auf.
Er wählte die Nummer von Darkers Landhaus, wieder mit demselben Ergebnis. Die Vollmacht zum Intervenieren war wirksam.
Burr fuhr durch das Tor und kam in einen verwilderten Park. Über den kaputten Zaun starrten ihn stumpfsinnig Rehe an. Der Weg war mit Unkraut überwuchert. Ein schmutziges Schild: JOYSTON BRADSHAW ASSOCIATES, BIRMINGHAM; das BIRMINGHAM war durchgestrichen. Darunter hatte jemand das Wort AUSKUNFT und einen Pfeil gepinselt. Burr fuhr an einem kleinen Teich vorbei. Auf der anderen Seite zeichneten sich vor dem unruhigen Himmel die Umrisse eines großen Hauses ab. In der Dunkelheit dahinter standen mehrere kaputte Gewächshäuser und verwahrloste Ställe. Einige der Ställe waren früher Büros gewesen. Eiserne Außentreppen und Galerien führten zu Reihen von Türen mit Vorhängeschlössern. Vom Hauptgebäude waren nur das Portal und zwei Parterrefenster beleuchtet. Er stellte den Motor ab und nahm Goodhews schwarze Aktentasche vom Beifahrersitz. Dann schlug er die Wagentür zu und ging die Treppe hinauf. Aus dem Mauerwerk ragte eine Eisenfaust. Er zog, er drückte, aber sie rührte sich nicht. Dann packte er den Türklopfer und häm-

merte an die Tür. Der Widerhall ging im Lärm jaulender Hunde unter, den eine heisere Männerstimme noch übertönte:

»Whisper, sei still! Runter, verdammtes Biest! In Ordnung, Veronica, ich mach schon. Sind Sie das, Burr?«

»Ja.«

»Allein?«

»Ja.«

Rasseln einer Kette, die aus der Halterung gezogen wird. Knarren eines schweren Schlosses.

»Bleiben Sie stehen. Die müssen Sie erst beschnuppern«, befahl die Stimme.

Die Tür ging auf, zwei große Doggen schnüffelten an Burrs Schuhen, besabberten seine Hosenbeine und leckten ihm die Hände. Er trat in eine riesige dunkle Eingangshalle, in der es nach Feuchtigkeit und Holzasche stank. Bleiche Rechtecke kennzeichneten die Stellen, an denen einst Bilder gehangen hatten. Am Kronleuchter brannte eine einzige Glühbirne. In ihrem Schein erkannte Burr die verlebten Züge von Sir Anthony Joyston Bradshaw. Er trug eine verschlissene Smokingjacke und eine kragenloses City-Hemd.

Veronica stand abseits von ihm in einer gewölbten Tür; die Frau war grauhaarig und von unbestimmbarem Alter. Ehefrau? Kindermädchen? Mätresse? Mutter? Burr hatte keine Ahnung. Neben ihr stand ein Mädchen. Die Kleine mochte neun Jahre alt sein und trug einen marineblauen Bademantel mit Goldstickereien am Kragen. Ihre Pantoffeln waren an der Spitze mit goldenen Kaninchen verziert. Mit den langen, nach hinten gebürsteten blonden Haaren sah sie aus wie ein Kind des französischen Adels auf dem Weg zum Schafott.

»Hallo«, sagte Burr zu ihr. »Ich heiße Leonard.«

»Ab ins Bett, Ginny«, sagte Bradshaw. »Veronica, bring sie ins Bett. Habe wichtige Geschäfte zu besprechen, Liebling, will nicht gestört werden. Es geht um Geld. Na komm. Gib uns einen Kuß.«

Wen meinte er mit »Liebling«: Veronica oder das Kind? Wäh-

rend Ginny und ihr Vater sich küßten, stand Veronica in der Tür und sah zu. Burr folgte Bradshaw durch einen langen, schlecht beleuchteten Korridor in ein Empfangszimmer. Er hatte vergessen, wie schwerfällig es in großen Häusern zuging. Für den Weg zum Empfangszimmer brauchte man so lange wie zum Überqueren einer Straße. Zwei Sessel vor einem brennenden Kamin. Feuchte Stellen an den Wänden. Von der Dekke tropfte Wasser in viktorianische Puddingschalen, die auf dem Holzboden standen. Die Doggen gruppierten sich vorsichtig vor dem Feuer. Wie Burr hielten sie ihren Blick auf Bradshaw gerichtet.
»Scotch?« fragte Bradshaw.
»Geoffrey Darker steht unter Arrest«, sagte Burr.

Bradshaw steckte den Schlag ein wie ein alter Boxer. Er fing ihn auf und verzog kaum eine Miene. Unbewegt, die verquollenen Augen halb geschlossen, berechnete er den Schaden. Er sah Burr an, als erwarte er einen weiteren Angriff, aber als der nicht kam, schob er sich einen halben Schritt vor und teilte eine Serie unpräziser Gegenschläge aus.
»Quatsch. Völliger Blödsinn. Scheiße. *Wer* soll Darker verhaftet haben? Sie? Sie könnten nicht mal eine besoffene Nutte verhaften. *Geoffrey*? Das wagen Sie nicht! Ich kenne Sie. Und ich kenne das Gesetz. Eine Schranze wie Sie! Sie haben nicht mal Polizeibefugnisse. Sie können Geoffrey ebensowenig verhaften wie« – ihm wollte kein Vergleich einfallen – »wie eine Fliege«, endete er schwach. Er versuchte zu lachen. »Saublöder Trick«, sagte er, drehte Burr den Rücken zu und widmete sich einem Tablett mit Getränken. »*Herrgott.*« Und schüttelte bekräftigend den Kopf, während er sich aus einer prächtigen Karaffe, die zu verkaufen er offenbar vergessen hatte, einen Scotch einschenkte.
Burr stand noch immer. Die Aktentasche hatte er neben sich auf den Boden gestellt. »Palfrey haben sie noch nicht, aber es wird schon nach ihm gefahndet«, sagte er vollkommen gelassen. »Darker und Marjoram bleiben bis zur Anklageerhebung

in Haft. Höchstwahrscheinlich wird es morgen früh bekanntgegeben, vielleicht auch erst nachmittags, falls wir die Presse hinhalten können. Sofern ich keine gegenteiligen Anweisungen gebe, werden in genau einer Stunde uniformierte Polizeibeamte mit großen, glänzenden Wagen sehr geräuschvoll vor diesem Haus vorfahren und Sie vor den Augen Ihrer Tochter und aller Leute, die sich sonst noch hier aufhalten mögen, in Handschellen zur Polizeiwache in Newbury bringen und dort in Gewahrsam nehmen. Sie bekommen ein getrenntes Verfahren. Wir klagen Sie zusätzlich noch wegen Betrugs an. Doppelte Buchführung, vorsätzliche und systematische Umgehung von Zoll- und Steuervorschriften, ganz zu schweigen von betrügerischer Absprache mit korrupten Regierungsbeamten und einigen anderen Anklagepunkten, die wir uns noch ausdenken werden, während Sie im Gefängnis schmachten und versuchen werden, sich seelisch auf sieben Jahre Haft vorzubereiten, falls Sie so bald begnadigt werden sollten, und die Schuld auf andere abzuwälzen, auf Dicky Roper, Corkoran, Sandy Langbourne, Darker, Palfrey oder wen Sie sonst noch bei uns verpfeifen können. Aber wir sind auf diese Zusammenarbeit nicht angewiesen. Roper haben wir nämlich auch im Sack. In jedem Hafen der westlichen Welt steht zu seinem Empfang ein großer kräftiger Mann am Kai und wartet mit fertig ausgestellten Auslieferungspapieren, und es fragt sich eigentlich nur noch, ob die Amerikaner die *Pasha* schon auf See hochgehen lassen oder ob sie den Passagieren noch einen netten Urlaub gönnen; denn es wird wahrscheinlich für sehr lange Zeit ihr letzter sein.« Er lächelte. Rachsüchtig. Fair. »Sir Anthony, ich fürchte, die Mächte des Lichts haben ausnahmsweise einmal den Sieg davongetragen. Soll heißen, ich und Rex Goodhew und ein paar sehr kluge Amerikaner, falls Sie neugierig sein sollten. Langley hat Bruder Darker hinters Licht geführt. Das Ganze war, wie sagt man, eine Scheinoperation. Ich nehme an, Sie kennen Goodhew nicht. Nun, Sie werden ihn zweifellos im Zeugenstand kennenlernen. Rex ist der geborene Schauspieler, wie sich gezeigt hat. Hätte auf der Bühne ein Vermögen machen können.«

Burr sah zu, wie Bradshaw wählte. Erst hatte er zugesehen, wie er in einem riesigen Intarsienschreibtisch herumwühlte und Rechnungen und Briefe beiseite schleuderte. Dann hatte er zugesehen, wie er ein zerfleddertes Telefonbuch ins trübe Licht einer Stehlampe hielt, den Daumen befeuchtete und die Seiten umschlug, bis er bei D angekommen war.
Dann sah er, wie er sich versteifte, wie er sich wütend aufpumpte und wichtigtuerisch ins Telefon bellte.
»Ich verlange Mr. Darker zu sprechen, bitte. Mr. *Geoffrey* Darker. *Sir* Anthony Joyston Bradshaw möchte in einer dringenden Angelegenheit mit ihm sprechen. Also machen Sie mal ein bißchen fix!«
Burr sah, wie die Wichtigtuerei ihn verließ und sein Mund immer weiter aufging.
»*Wer* spricht da? Inspektor *wie?* Na, was ist? Geben Sie mir Darker, es ist dringend. *Was?*«
Und als Burr dann am anderen Ende der Leitung Rookes sichere, leicht dialektgefärbte Stimme hörte, konnte er die Szene vor sich sehen: Rooke in seinem Büro, am Telefon stehend, wie er es gern tat, den linken Arm gerade an die Seite gepreßt, das Kinn fest nach unten gedrückt – die Exerzierplatz-Haltung zum Telefonieren.
Und neben ihm der kleine Harry Palfrey, wie er käsebleich und furchtbar kooperativ auf seinen Auftritt wartete.
Bradshaw legte auf und gab sich zuversichtlich. »Hatte Einbrecher im Haus«, erklärte er. »Polizei bereits da. Routinesache. Mr. Darker arbeitet noch in seinem Büro. Man hat ihn benachrichtigt. Alles vollkommen normal. Hat man mir gesagt.«
Burr lächelte. »Das sagen sie doch immer, Sir Anthony. Oder erwarten Sie vielleicht, daß man Ihnen sagt, Sie sollten die Koffer packen und abhauen?«
Bradshaw starrte ihn an. »Quatsch«, murmelte er und kehrte zur Lampe und seinem Telefonbuch zurück. »Ist doch alles Scheiße. Irgendein blödes Spiel.«
Diesmal wählte er die Nummer von Darkers Büro, und wie-

der sah Burr die Szene vor sich: Palfrey, wie er in seiner Sternstunde als Rookes loyaler Agent den Hörer abnahm; Rooke, wie er sich über ihn beugte und am Nebenanschluß mithörte, wie er seine große Hand hilfbereits auf Palfreys Arm legte; und der klare, unkomplizierte Blick, mit dem er Palfrey Mut machte, seinen Text aufzusagen.
»Geben Sie mir Darker, Harry«, sagte Bradshaw. »Ich muß sofort mit ihm sprechen. Absolut lebenswichtig. Wo steckt er?... Was soll das heißen, Sie wissen es nicht?... Verdammte Scheiße, Harry, was haben Sie denn?... In sein Haus wurde eingebrochen, die Polizei ist da, sie haben mit ihm gesprochen, wo steckt er?... Lassen Sie den Scheiß von wegen Operation. *Ich* gehöre zur Operation. *Das* ist die Operation. *Finden* Sie ihn!«
Für Burr folgt ein langes Schweigen. Bradshaw hat sich den Hörer fest ans Ohr gepreßt. Er ist vor Entsetzen blaß geworden. Palfrey sagt seinen großartigen Text auf. Flüsternd, wie Burr und Rooke es ihm einstudiert haben. Aus tiefstem Herzen, denn für Palfrey ist es die Wahrheit.
»Tony, gehen Sie aus der Leitung, um Gottes willen!« drängt Palfrey verschwörerisch, während er sich mit den Knöcheln der freien Hand die Nase reibt. »Die Sache ist aufgeflogen. Geoffrey und Neal sind erledigt. Burr und Konsorten wollen uns fertigmachen. Überall Leute in den Fluren. Nicht wieder anrufen. Überhaupt keinen anrufen. Polizei in der Eingangshalle.«
Und dann kommt das beste: Palfrey legt auf – oder Rooke tut es für ihn – und läßt Bradshaw erstarrt stehen, wo er steht, den toten Hörer am Ohr, den Mund offen, um besser hören zu können.
»Ich habe die Papiere mitgebracht, falls Sie sie sehen wollen«, sagte Burr tröstend, als Bradshaw sich zu ihm umwandte. »Ich sollte das eigentlich nicht tun, gebe aber zu, daß es mir ein gewisses Vergnügen bereitet. Als ich vorhin etwas von sieben Jahren sagte, war ich pessimistisch. Wir aus Yorkshire neigen von Haus aus nicht zu Übertreibungen, nehme ich an. Vermutlich werden Sie eher zehn bekommen.«

Seine Stimme war lauter geworden, aber nicht schneller. Während er sprach, zog er schwerfällig, mit den anzüglichen Bewegungen eines Zauberers, ein zerknittertes Bündel nach dem anderen aus der Aktentasche. Manchmal schlug er eine Akte auf und hielt inne, um einen bestimmten Brief zu studieren, ehe er ihn hinlegte. Manchmal schüttelte er lächelnd den Kopf, als wollte er sagen: Kann man das glauben?
»Komisch, wie ein Fall wie dieser sich plötzlich, an einem einzigen Nachmittag, um hundertachtzig Grad drehen kann«, grübelte er, während er weiter auspackte. »Meine Leute und ich, wir rackern uns ab, und kein Mensch interessiert sich dafür. Stoßen andauernd auf Granit. Hieb- und stichfeste Beweise gegen Darker haben wir schon, seit na« – wieder gestattete er sich eine Pause, um zu lächeln – »jedenfalls so lange, wie *ich* zurückdenken kann. Und was Sir Anthony angeht, na ja. *Sie* hatten wir schon im Visier, als ich noch ein kleiner grüner Junge auf der Grammar School war, möchte ich meinen. Verstehen Sie, ich hasse Sie wirklich. Es gibt viele Leute, die ich hinter Gitter bringen will, was mir freilich nie gelingen wird. Aber Sie sind wahrhaftig eine Klasse für sich, schon immer gewesen. Aber das wissen Sie ja selbst, wie?« Eine weitere Akte fiel ihm ins Auge, und er erlaubte sich ein paar Sekunden lang, sie durchzublättern. »Und plötzlich geht das Telefon – wie üblich zur Mittagspause, aber zum Glück mache ich gerade eine Diät –, und da spricht jemand, den ich kaum kenne, jemand von der Staatsanwaltschaft – ›He, Leonard, wollen Sie nicht mal zu Scotland Yard rüberspringen, sich ein paar ehrgeizige Polizeibeamte schnappen und diesen Geoffrey Darker hochnehmen? Wird Zeit, daß wir in Whitehall mal aufräumen, Leonard; müssen endlich alle diese korrupten Beamten und ihre zwielichtigen Kontaktleute draußen loswerden – Männer wie Sir Anthony Joyston Bradshaw, zum Beispiel – und für die Außenwelt ein Exempel statuieren. Die Amerikaner machen das, warum nicht auch wir? Wir müssen endlich beweisen, daß es uns Ernst damit ist, zukünftigen Feinden keine Waffen liefern zu wollen – und diesen ganzen Mist.‹« Er zog die näch-

ste Akte heraus: STRENG GEHEIM, ACHTUNG, VERSCHLUSSACHE, und tätschelte sie zärtlich. »Zur Zeit steht Darker, wie wir das nennen, unter freiwilligem Hausarrest. Zeit für Geständnisse, nur daß wir das nicht so nennen. Wenn wir es mit Leuten aus der eigenen Branche zu tun haben, nehmen wir's nicht so genau mit den Vorschriften. Ab und zu muß man das Gesetz schon beugen, sonst kommt man nie ans Ziel.«

Kein Bluff gleicht dem anderen, aber eins ist für jeden Bluff unerläßlich: die Komplizenschaft zwischen Betrüger und Betrogenem, die mystische Verflechtung gegensätzlicher Bedürfnisse. Bei dem, der auf der falschen Seite des Gesetzes steht, mag der unbewußte Wunsch mitspielen, auf die richtige Seite zurückzukommen; beim einsamen Kriminellen das heimliche Verlangen, wieder ins Rudel aufgenommen zu werden, irgendein Rudel, Hauptsache, er darf wieder dabeisein. Und was einen abgetakelten Playboy und Schurken wie Bradshaw veranlaßte, Burr bereitwillig auf den Leim zu gehen – dies hoffte zumindest der Dachstubenweber, während er zusah, wie sein Gegner las, vorblätterte, zurückblätterte, die nächste Akte nahm und weiterlas –, war das gewohnheitsmäßige Streben nach exklusiver Behandlung um jeden Preis, nach dem endgültigen Geschäft, nach Rache an jenen, deren Leben erfolgreicher verlief als seins.

»Um Gottes willen«, murmelte Bradshaw schließlich und gab die Akten zurück, als ob ihm davon schlecht würde. »Kein Grund für eine Staatsaktion. Es gibt doch sicher einen Mittelweg. Muß es geben. Sie sind doch immer ein vernünftiger Mann gewesen.«

Burr war weniger entgegenkommend. »Ich würde das wohl kaum einen Mittelweg nennen, Sir Anthony«, sagte er mit von neuem aufflammender Wut, als er die Akten nahm und in die Tasche zurückstopfte. »Eher ein Spiel, das bis zum nächstenmal verschoben wird. Sie werden jetzt nämlich für mich die *Iron Pasha* anrufen und mit unserem gemeinsamen Freund ein paar Takte reden.«

»Was soll ich ihm sagen?«
»Folgendes. Sagen Sie ihm, die Kacke ist am Dampfen. Sagen Sie ihm, was ich Ihnen gesagt habe, was Sie gesehen haben, was Sie getan haben, was Sie gehört haben.« Er warf einen Blick aus dem vorhanglosen Fenster. »Kann man von hier aus die Straße sehen?«
»Nein.«
»Schade, inzwischen sind sie nämlich da draußen. Ich dachte, wir könnten auf der anderen Seite des Teichs vielleicht ein paar Blaulichter blinken sehen. Nicht mal von oben?«
»Nein.«
»Sagen Sie ihm, daß wir Sie durchschaut haben, und zwar komplett; Sie sind zu leichtsinnig gewesen; wir sind Ihren windigen Endabnehmern bis zur Quelle nachgegangen und verfolgen die Kurse der *Lombardy* und der *Horatio Enriques* mit Interesse. Es sei denn. Sagen Sie ihm, die Amerikaner heizen in Marion schon eine Zelle für ihn vor. Sie wollen selbst Anklage erheben. Es sei denn. Sagen Sie ihm, seine einflußreichen Freunde bei Gericht sind keine Freunde mehr.« Er gab Bradshaw das Telefon. »Sagen Sie ihm, Sie ängstigen sich zu Tode. Weinen Sie, falls Sie das noch können. Sagen Sie ihm, Sie könnten es nicht ertragen, ins Gefängnis zu gehen. Bringen Sie ihn dazu, Sie für Ihre Schwäche zu hassen. Sagen Sie ihm, daß ich Palfrey beinahe mit bloßen Händen erwürgt hätte, aber das kam nur daher, weil ich ihn kurzfristig mit Roper verwechselt habe.«
Bradshaw leckte sich die Lippen, er wartete. Burr schritt durchs Zimmer und setzte sich auf der anderen Seite in ein dunkles Fenster.
»Es sei denn?« fragte Bradshaw nervös.
»Dann sagen Sie ihm folgendes«, fuhr Burr äußerst widerwillig fort. »Ich lasse alle Anklagepunkte fallen. Gegen Sie und gegen ihn. Dies eine Mal. Seine Schiffe können weiterfahren. Darker, Marjoram, Palfrey – die wandern dorthin, wo sie hingehören. Aber er und Sie und die Schiffsladungen bleiben unbehelligt.« Er hob die Stimme. »Und sagen Sie ihm, ehe ich

mich geschlagen gebe, werde ich ihn und seine schreckliche Sippschaft bis ans Ende der Welt verfolgen. Sagen Sie ihm, bevor ich sterbe, will ich noch einmal reine Luft atmen können.« Er geriet kurz ins Stocken, fing sich aber wieder. »Er hat einen Mann namens Pine an Bord. Sie haben vielleicht von ihm gehört. Corkoran hat Sie aus Nassau angerufen und Ihnen von ihm erzählt. Die Flußratten haben seine Vergangenheit für Sie ausgegraben. Wenn Roper ihn binnen einer Stunde nach Ihrem Anruf freiläßt« – wieder zögerte er – »werde ich den Fall vergessen. Er hat mein Wort.«
Bradshaw starrte ihn an, ebenso verblüfft wie erleichtert. »Donnerwetter, Burr. Dieser Pine muß ja eine große Nummer sein!« Ihm kam ein glücklicher Gedanke. »Mensch, Alter – Sie stecken nicht rein zufällig mit in der Sache?« fragte er. Aber die Hoffnung schwand, als er Burrs Blick bemerkte.
»Und sagen Sie ihm, ich will auch das Mädchen haben«, sagte Burr noch im nachhinein.
»Welches Mädchen?«
»Das geht Sie einen Scheißdreck an. Pine und das Mädchen. Lebendig und unversehrt.«
Burr konnte sich selbst nicht ausstehen, als er ihm die Satcom-Nummer der *Iron Pasha* diktierte.

Spät am selben Abend. Palfrey ging zu Fuß, ohne den Regen wahrzunehmen. Rooke hatte ihn in ein Taxi gesetzt, aber er war bald wieder ausgestiegen. Jetzt befand er sich irgendwo in der Nähe der Baker Street: London war zu einer arabischen Stadt geworden. In den neonhellen Fenstern der kleinen Hotels standen dunkeläugige Männer in zwanglosen Gruppen, sie gestikulierten und ließen ihre Gebetsschnüre durch die Finger laufen, während die Kinder mit ihren neuen Spielzeugeisenbahnen spielten und abseits verschleierte Frauen miteinander sprachen. Zwischen den Hotels standen Privatkliniken, und vor den beleuchteten Eingangsstufen von einem dieser Häuser blieb Palfrey stehen, überlegte vielleicht, ob er hineingehen sollte, entschied sich dagegen und ging weiter.

Er trug weder Hut noch Mantel und hatte auch keinen Schirm dabei. Ein Taxi wurde langsamer, als es an ihm vorbeifuhr, aber seine verzweifelte Miene machte Palfrey unansprechbar. Er glich einem Mann, der irgend etwas Wichtiges nicht mehr wiederfinden konnte, sein Auto vielleicht – in welcher Straße hatte er es abgestellt? –, seine Frau, seine Geliebte – wo hatten sie sich verabredet? Einmal klopfte er die Taschen seiner durchnäßten Jacke ab, nach Schlüsseln, Geld oder Zigaretten. Einmal betrat er einen Pub, der gerade schließen wollte, legte eine Fünf-Pfund-Note auf die Theke, trank einen doppelten Whisky ohne Wasser, vergaß das Wechselgeld und ging, laut den Namen »Apostoll« vor sich hinmurmelnd – obwohl der einzige Zeuge, der später eine Aussage dazu machen konnte, ein Theologiestudent war, der verstanden zu haben glaubte, Palfrey habe sich selbst als Apostaten bezeichnet. Auf der Straße setzte er seine Suche fort, sah sich alles an und verwarf es wieder – nein, hier bin ich falsch, hier nicht, hier nicht. Aus einem Hauseingang sprach ihn gutmütig eine alte blondgefärbte Hure an, aber er schüttelte den Kopf – auch du bist nicht die Richtige. Er betrat einen anderen Pub, gerade als der Wirt die letzte Runde ausrief.
»Pine heißt der Kerl«, sagte Palfrey zu einem Mann und hob sein Glas zu einem verzweifelten Trinkspruch. »Sehr verliebt.« Der Mann trank ihm schweigend zu, denn er meinte, Palfrey mache einen ziemlich beklagenswerten Eindruck. Dem muß jemand seine Freundin weggeschnappt haben, dachte er. Kein Wunder, bei so einem Zwerg.
Palfrey entschied sich für die Verkehrsinsel, ein Dreieck aus erhöhtem Straßenpflaster, von einem Geländer umgeben, bei dem nicht klar ersichtlich war, ob es Passanten ein- oder aussperren sollte. Anscheinend aber war die Insel noch immer nicht das Richtige; vielleicht suchte er eher so etwas wie einen Aussichtspunkt, ein vertrautes Wahrzeichen.
Und er ging nicht hinter das schützende Geländer. Einem Zeugen zufolge machte er das gleiche wie ein Kind auf dem Spielplatz; er stellte sich mit den Absätzen auf den Rand des

Bordsteins und schlang die Arme nach hinten um das Geländer; es war, als stünde er nachdenklich auf der Außenseite eines fahrenden Karussells, das nicht fuhr, und sehe den leeren nächtlichen Doppeldeckerbussen zu, die in ihrer Eile, nach Hause zu kommen, an ihm vorbeirasten.
Schließlich richtete er sich auf wie jemand, der endlich die Orientierung wiedererlangt hat, zog die ziemlich strapazierten Schultern zurück, bis er aussah wie ein alter Soldat am Waffenstillstandstag, wählte einen besonders schnell herankommenden Bus und warf sich darunter. Und auf dieser speziellen Strecke und zu dieser nächtlichen Stunde, auf dieser Straße, die der Dauerregen in eine Rutschbahn verwandelt hatte, konnte der bedauernswerte Fahrer nun wahrlich absolut nichts mehr machen. Und Palfrey wäre der letzte gewesen, der ihm einen Vorwurf daraus gemacht hätte.
In Palfreys Tasche fand man sein Testament, handgeschrieben, aber rechtsgültig aufgesetzt, allerdings ein wenig lädiert. Darin erließ er alle Schulden und bestimmte Goodhew zu seinem Testamentsvollstrecker.

29

Die *Iron Pasha*, eintausendfünfhundert Tonnen, sechsundsiebzig Meter Länge, 1987 von Feadship in Holland nach den Angaben des gegenwärtigen Eigentümers gebaut, Innenausstattung von Lavinci in Rom, von zwei Zweitausend-PS-MWM-Dieselmotoren angetrieben und mit Vosper-Stabilisatoren, Immarisat-Satelliten-Telekommunikationssystem-Radar einschließlich Kollisionsschutz-Radar und Radardetektor ausgerüstet – ganz zu schweigen von Fax und Telex, einem Dutzend Kisten Dom Pérignon und einer Stechpalme im Kübel für die bevorstehenden Weihnachtsfeierlichkeiten –, verließ mit der Morgentide Nelsons Dockyard in English Harbour auf der Antilleninsel Antigua und begab sich auf ihre Winterkreuzfahrt, die sie zu den Windward- und Grenadine-Inseln und von dort weiter über Blanquilla, Orchila und Bonaire schließlich nach Curaçao führen sollte.

Am Hafen hatten sich einige der prominenteren Mitglieder von Antiguas vornehmem St. James Club versammelt, um sie zu verabschieden. Hupen und Schiffssirenen lärmten, man rief »Gute Fahrt« und »Amüsier dich ordentlich, Dicky, du hast es verdient«, während der allseits beliebte internationale Unternehmer Mr. Dicky Onslow Roper und seine elegant gekleideten Gäste winkend am Heck des auslaufenden Schiffes standen. Mr. Ropers persönlicher Wimpel mit dem glitzernden Kristall wehte am Hauptmast. Gesellschaftsbeobachter registrierten mit Genugtuung die bekannten Lieblinge des Jetset wie Lord (Sandy für seine Vertrauten) Langbourne Arm in Arm mit seiner Frau Caroline – womit die Gerüchte über ihre Trennung hinfällig waren –, und die zauberhafte Miss Jemima (Jed für ihre Freunde) Marshall, Mr. Ropers ständige Begleiterin seit über einem Jahr und berühmte Gastgeberin in Ropers Xanadu auf den Exumas.

Die anderen sechzehn Gäste waren eine handverlesene Schar internationaler Macher und Magnaten, darunter gesellschaftliche Schwergewichte wie Petros (Patty) Kaloumenos, der kürzlich versucht hatte, der griechischen Regierung die Insel Spetsai abzukaufen. Bunny Saltlake, die amerikanische Suppen-Erbin, der britische Rennfahrer Gerry Sandown mit seiner französischen Gattin und der amerikanische Filmproduzent Marcel Heist, dessen eigene Jacht *Marceline* sich zur Zeit in Bremerhaven in Bau befand. Kinder waren nicht an Bord. Gäste, die vorher noch nie auf der *Iron Pasha* gefahren waren, kamen während der ersten Tage nicht aus dem Entzücken über die luxuriöse Einrichtung heraus: die acht Kabinen, ausgestattet mit übergroßen Betten, Hifi-Anlage, Telefon, Farbfernseher, Redouté-Drucken und historischer Vertäfelung; der Salon im Stil King Edwards mit seiner sanften Beleuchtung, dem roten Plüsch, einem antiken Spieltisch und gewölbten, aus massivem Walnußholz gefertigten Nischen, in denen Bronzeköpfe aus dem achtzehnten Jahrhundert standen; das in Ahorn gehaltene Speisezimmer mit Waldgemälden nach Watteau; Swimmingpool, Whirlpool, Solarium und das italienische Achterdeck für zwanglose Zwischenmahlzeiten.

Von Mr. Derek Thomas aus Neuseeland schrieben die Klatschreporter freilich kein Wort. Er kam in den Werbeprospekten der Firma Ironbrand nicht vor. Er war nicht an Deck, um den Freunden an Land zum Abschied zu winken. Er kam nicht zum Essen, um die Reisegefährten mit seinen geistreichen Gesprächen zu unterhalten. Er befand sich in einem Raum der *Pasha*, der Herrn Meisters Weinkeller sehr ähnlich war; er lag gefesselt und geknebelt im Dunkeln, in entsetzlicher Einsamkeit, die nur unterbrochen wurde, wenn Major Corkoran und seine Gehilfen ihn besuchen kamen.

Zu den insgesamt zwanzig Mitgliedern von Besatzung und Personal der *Pasha* zählten der Kapitän, der Maat, ein Maschinist, ein Hilfsmaschinist, ein Koch für die Gäste, ein Koch für die Mannschaft, eine Oberstewardeß, eine Wirtschafterin, vier Matrosen und ein Zahlmeister. Ferner ein Pilot für den Hubschrauber und einer für das Wasserflugzeug. Das Sicherheitsteam wurde von den zwei Deutsch-Argentiniern verstärkt, die mit Jed und Corkoran aus Miami eingeflogen waren, und war genauso aufwendig ausgestattet wie das Schiff, das es beschützen sollte, denn die Tradition der Seeräuberei ist in jener Gegend keineswegs untergegangen. Mit seiner Bewaffnung konnte das Schiff einem längeren Feuergefecht auf See standhalten, plündernde Flugzeuge verjagen und feindliche Boote versenken, die sich längsseits wagten. Das Waffenlager war im vorderen Laderaum untergebracht; dort, hinter einer wasserdichten Stahltür, die wiederum von einem Eisengitter gesichert wurde, befanden sich auch die Quartiere des Sicherheitsteams. War dies der Ort, an dem Jonathan gefangengehalten wurde? Nach drei qualvollen Tagen auf See war Jed davon überzeugt. Doch als sie Roper danach fragte, schien er sie nicht zu hören, und als sie Corkoran fragte, streckte er das Kinn vor und zog die Stirn in strenge Falten.
»Stürmische Zeiten, meine Liebe«, zischte Corkoran durch die Zähne. »Laß dich sehen, aber nicht hören, rate ich dir. Kost und Logis und größte Zurückhaltung. Sicherer für alle Beteiligten. Beruf dich nicht auf mich.«
Die Verwandlung, die sie an Corkoran beobachtet hatte, war jetzt abgeschlossen. Seine frühere Faulheit war einer rattenhaftigen Geschäftigkeit gewichen. Er lächelte selten und kommandierte die männlichen Besatzungsmitglieder, ganz gleich, ob sie hübsch oder häßlich waren, mit barschem Ton herum. An seine vergammelte Smokingjacke hatte er sich eine Reihe Ordensbänder geheftet, und wann immer Roper einmal nicht

in der Nähe war und ihm den Mund verbot, hielt er schwülstige Monologe über die Probleme dieser Welt.

Der Tag ihrer Ankunft in Antigua war für Jed der schlimmste ihres Lebens. Bis dahin hatte es schon viele schlimmste Tage gegeben – ihr katholisches Schuldgefühl hatte ihr bereits zu einigen verholfen. Da war zum Beispiel der Tag, an dem die Oberin in den Schlafsaal marschierte und ihr befahl, ihre Sachen zu packen, das Taxi warte bereits vor der Tür. Es war derselbe Tag, an dem ihr Vater sie in ihr Zimmer schickte, während er sich bei einem Priester Rat holte, was mit einer sechzehnjährigen Jungfrau und Hure anzufangen sei, die splitternackt im Geräteschuppen erwischt worden war, zusammen mit einem Dorfjungen, der sich vergeblich abmühte, sie zu deflorieren. Oder der Tag in Hammersmith, als zwei Jungen, mit denen sie nicht hatte schlafen wollen, sich erst betranken und dann gemeinsame Sache machten, einer hielt sie jeweils fest, während der andere sie vergewaltigte. Und schließlich die allzu wilden Tage in Paris, bevor sie über die Schlafenden direkt in Ropers Arme stieg. Aber der Tag, an dem sie in English Harbour auf Antigua an Bord der *Pasha* gegangen war, hatte alle anderen von der Anzeigetafel gewischt.
Im Flugzeug hatte sie sich hinter ihren Zeitschriften vor Corkorans spitzen Bemerkungen verstecken können. Auf dem Flughafen von Antigua hatte er ihr aufdringlich eine Hand unter den Arm geschoben, und als sie ihn abschütteln wollte, hatte er sie mit eisenhartem Griff festgehalten; unterdessen hefteten sich auch noch die beiden Blondschöpfe an ihre Fersen. In der Limousine saß Corkoran vorne, die beiden anderen zwängten sich rechts und links neben sie. Und als sie die Gangway der *Pasha* hochstieg, umringten sie die drei, zweifellos um Roper – falls er sie beobachtete – zu zeigen, daß sie seine Anweisungen befolgten. Dann brachten sie sie im Polizeigriff vor die Tür der Staatsgemächer, und sie mußte warten, während Corkoran anklopfte.
»Wer ist da?« fragte Roper von innen.

»Eine Miss Marshall, Chef. Heil und halbwegs gesund.«
»Bring sie rein, Corks.«
»Mit Gepäck, Chef, oder ohne?«
»Mit.«
Sie trat ein und sah Roper am Schreibtisch. Er wandte ihr den Rücken zu und blieb auch so sitzen, während ein Steward ihr Gepäck im Schlafzimmer abstellte und wieder verschwand. Roper las ein Schriftstück und strich gelegentlich etwas darin an. Ein Vertrag oder so was. Sie wartete, daß er fertig wurde oder unterbrach und sich zu ihr umdrehte. Oder daß er aufstand. Nichts davon. Er kam ans Ende der Seite, kritzelte etwas, vermutlich seine Initialen, schlug die nächste Seite auf und las weiter. Es war ein umfangreiches, getipptes Dokument, blau, mit rotem Bändchen und rot liniiertem Rand. Es waren noch etliche Seiten übrig. Er schreibt sein Testament, dachte sie. *Und meiner ehemaligen Geliebten Jed vermache ich einfach absolut alles . . .*
Er trug seinen marineblauen, maßgeschneiderten seidenen Morgenmantel mit Schalkragen und karmesinrotem Schnurbesatz, und wenn er den anhatte, bedeutete es normalerweise, daß sie entweder gleich miteinander schlafen würden oder es gerade getan hatten. Beim Lesen wechselte er gelegentlich die Haltung der Schultern, als ob er spürte, daß sie sie bewunderte. Auf seine Schultern war er immer stolz gewesen. Sie stand noch immer. Zwei Meter von ihm entfernt. Sie trug Jeans und einen Westenpulli, dazu mehrere goldene Halsketten. Gold sah er gern an ihr. Der Teppich war braunrot und brandneu. Sehr kostspielig, sehr dick. Sie hatten ihn gemeinsam nach Mustern ausgesucht, vor dem Kamin in Crystal. Jonathan hatte sie beraten. Es war das erste Mal, daß sie den Teppich an Ort und Stelle sah.
»Störe ich?« fragte sie; er hatte sich noch immer nicht zu ihr umgedreht.
»Kaum«, erwiderte er, ohne den Kopf von den Papieren zu heben.
Sie saß auf einer Sesselkante und klammerte sich an die Gobe-

lintasche auf ihrem Schoß. Sein Körper wirkte so übermäßig beherrscht und seine Stimme so angespannt, daß sie jeden Augenblick damit rechnete, er werde aufspringen und sie schlagen, wahrscheinlich in einer einzigen Bewegung: ein Sprung und ein mächtiger Rückhandschlag, der sie glatt außer Gefecht setzen würde. Sie hatte einmal einen italienischen Freund gehabt, der sie auf diese Weise für eine geistreiche Bemerkung bestraft hatte. Der Hieb hatte sie quer durchs ganze Zimmer geschickt. Eigentlich hätte sie zu Boden gehen müssen, aber ihr reiterisches Gleichgewicht half ihr, sich von der Wucht des Schlages erst ins Schlafzimmer, wo sie ihre Sachen zusammenraffte, und dann gleich weiter aus dem Haus befördern zu lassen.

»Ich habe Hummer bestellt«, sagte Roper, während er irgend etwas in dem Dokument abzeichnete. »Dachte mir, nach Corkys Schaueinlage bei Enzo bin ich dir einen schuldig. Du bist doch mit Hummer einverstanden?«

Sie antwortete nicht.

»Wie ich höre, hast du's mit Bruder Thomas getrieben. War's schön? Sein richtiger Name ist übrigens Pine. Für dich natürlich Jonathan.«

»Wo ist er?«

»Dachte mir, daß du danach fragst.« Blätterte um. Hob den Arm. Rückte an der Halbbrille herum. »Läuft schon eine ganze Weile, wie? Schäferstündchen im Sommerhaus? Hose runter im Gebüsch? Ihr beide wart ganz schön gut, das muß man euch lassen. Bei dem ganzen Personal überall. Und ich bin ja auch nicht blöd. Habe nichts davon mitbekommen.«

»Falls man dir erzählt, ich hätte mit Jonathan geschlafen: Das ist nicht wahr.«

»Von Schlafen war nicht die Rede.«

»Er ist nicht mein Liebhaber.«

Dasselbe hatte sie zu der Oberin gesagt, erinnerte sie sich, hatte aber keinen sonderlichen Eindruck damit gemacht. Roper unterbrach seine Lektüre, drehte aber noch immer nicht den Kopf um.

»Was denn sonst?« fragte er. »Wenn ihr euch nicht geliebt habt, was dann?«
Wir lieben uns, gab sie benommen zu. Es war vollkommen gleichgültig, ob sie sich körperlich liebten oder irgendwie anders. Ihre Liebe zu Jonathan und ihr Verrat an Roper waren vollendete Tatsachen. Alles andere war, wie damals im Geräteschuppen, bloß eine Frage der Technik.
»Wo ist er?« fragte sie.
Zu beschäftigt mit Lesen. Eine Bewegung der Schultern, während wir mit unserem ellenlangen Mont Blanc etwas berichtigen.
»Ist er auf dem Schiff?«
Eine eisige Stille, das nachdenkliche Schweigen ihres Vaters. Aber ihr Vater hatte Angst, daß die Welt zum Teufel gehen würde, und der Ärmste hatte nicht die leiseste Ahnung gehabt, wie er sie daran hindern konnte. Wohingegen Roper sie noch dabei unterstützte.
»Behauptet, er habe das ganz alleine getan«, sagte Roper. »Stimmt das? Jed ist völlig unbeteiligt. Pine ist der Bösewicht, Pine ist der Täter. Jed ist ein Unschuldslamm. Und viel zu dumm, weiß sowieso nicht, was sie will. Ende der Presseerklärung. Das Ganze allein sein Werk.«
»Wovon redest du?«
Roper schob den Füllfederhalter beiseite und erhob sich, wobei es ihm gelang, sie noch immer nicht anzusehen. Er durchquerte das Zimmer und drückte einen Knopf in der Wandvertäfelung. Die Türen des Getränkefachs glitten auf. Er öffnete den Kühlschrank, nahm eine Flasche *Dom* heraus, entkorkte sie und goß sich ein Glas ein. Und dann machte er, anstatt sie direkt anzusehen, einen Kompromiß und sprach mit ihrem Spiegelbild im Innern des Schranks, das heißt mit dem, was er zwischen einer Reihe von Weinflaschen, den Vermouths und Camparis davon sehen konnte.
»Auch was?« fragte er beinahe zärtlich, wobei er die Flasche hob und sie ihrem Spiegelbild anbot.
»Wovon redest du? Was soll er getan haben?«

»Das sagt er nicht. Habe ihn darum gebeten, aber er schweigt. Was er getan hat, mit wem, warum, seit wann. Wer ihn bezahlt. Nichts. Könnte sich eine Menge Prügel ersparen, wenn er was sagte: Hast eine gute Wahl getroffen. Gratuliere.«
»Warum sollte er irgend etwas *getan* haben? Was machst du mit ihm? Laß ihn gehen.«
Er drehte sich um und ging auf sie zu; endlich sahen seine blassen, verwaschenen Augen sie direkt an, und jetzt war sie sicher, daß er sie schlagen würde, denn sein Lächeln war so unnatürlich entspannt, seine Haltung so betont gleichgültig, daß es in seinem Innern ganz anders aussehen mußte. Er trug noch immer seine Lesebrille, so daß er den Kopf senken mußte, um sie über den Rand hinweg anblicken zu können. Großmütig lächelnd, blieb er dicht vor ihr stehen.
»Dein Kavalier soll ein Unschuldsengel sein? Blütenweiß? Ein Saubermann? Totaler Quatsch, meine Liebe. Und ich habe ihn auch nur hier reingeholt, weil irgendein gekaufter Rüpel meinem Jungen eine Pistole an den Kopf gehalten hat. Du willst mir erzählen, daß er bei dem Ding nicht mitgespielt hat? Ist doch hirnverbrannt, Schätzchen. Zeig mir einen Heiligen, ich bezahl die Kerze. Bis dahin behalt ich mein Geld.« Der Sessel, auf dem sie saß, war gefährlich niedrig. Als Roper sich über sie beugte, waren seine Knie in Höhe ihres Kinns. »Habe über dich nachgedacht, Jeds. Mich gefragt, ob du wirklich so dumm bist, wie ich dachte. Ob ihr beide, du und Pine, nicht gemeinsame Sache macht. Wer hat wen bei der Pferdeauktion aufgegabelt, he? He?« Er zog sie am Ohr, machte einen bösen Scherz daraus. »Frauen sind verdammt raffiniert. *Sehr* raffiniert. Auch wenn sie so tun, als hätten sie nur Stroh im Kopf. Machen dir weis, daß du *selbst* sie aussuchst, dabei suchen in Wirklichkeit *sie* dich aus. Bist du ein Spitzel, Jeds? Siehst *nicht* wie ein Spitzel aus. Eher wie eine verdammt hübsche Frau. Sandy meint, du bist ein Spitzel. Hätt's selbst gern mit dir getrieben. Corks wäre nicht *überrascht,* wenn du ein Spitzel wärst« – er grinste affektiert – »und dein Liebhaber *schweigt* sich aus.« Bei jedem betonten Wort zog er sie am Ohr. Nicht

schmerzhaft. Spielerisch. »Sei ehrlich, Jeds, ja, Schatz? Lach *mit.* Sei *brav.* Du bist ein *Spitzel,* hab ich recht? Ein Spitzel mit einem entzückenden Arsch, ja?«

Er nahm ihr Kinn zwischen Daumen und Zeigefinger und hob ihren Kopf, um sie anzusehen. Sie sah in seinen Augen die Belustigung, die sie so oft mit Freundlichkeit verwechselt hatte; und wieder einmal dachte sie, daß sie bei diesem Mann, den sie einst geliebt hatte, nur die Dinge gesehen hatte, an die sie glauben wollte, während sie das, was ihr nicht paßte, einfach ignoriert hatte.

»Ich weiß nicht, wovon du redest«, sagte sie. »Ich habe mich von dir aufgabeln lassen. Ich hatte Angst. Du warst ein Engel. Du hast mir nie Unrecht zugefügt. Bis jetzt. Ich habe alles für dich getan. Das weißt du genau. Wo ist er?« fragte sie direkt in seine Augen.

Er ließ ihr Kinn los und ging, das Champagnerglas weit von sich haltend, durchs Zimmer.

»Gute Idee, Mädchen«, sagte er anerkennend. »Prima. Befrei ihn. Hol deinen Kavalier da raus. Steck ihm eine Feile ins Baguette. Schieb's ihm am Besuchstag durchs Gitter. Ein Jammer, daß du Sarah nicht mitgenommen hast. Dann könntet ihr zwei in den Sonnenuntergang reiten.« Keine Veränderung des Tonfalls. »Jeds, du kennst nicht rein zufällig eine Type namens Burr? Vorname Leonard? So ein Trampel aus Nordengland? Verschwitzte Achseln? Bibelfest? Schon mal über den Weg gelaufen? Es mit ihm getrieben? Hat sich vermutlich als Smith vorgestellt. Schade. Dachte, du kennst ihn vielleicht.«

»Ich kenne niemand, der so heißt.«

»Komisch. Pine auch nicht.«

Sorgfältig ihre Garderobe auswählend, zogen sie sich zum Essen um, Rücken an Rücken. Der offizielle Wahnsinn ihrer Tage und Nächte an Bord der *Pasha* hatte begonnen.

Die Menus, Diskussion mit dem Steward und den Köchen. Mrs. Sandown ist Französin, deshalb wird ihre Meinung zu allem und jedem von der Küche als Evangelium betrachtet, obwohl sie selbst nur Salat ißt und schwört, von Essen keine Ahnung zu haben.

Wäsche. Wenn die Gäste nicht gerade essen, ziehen sie sich gerade um, baden und kopulieren, was zur Folge hat, daß sie täglich frische Laken, Handtücher, Kleider und Tischdecken brauchen. Ohne Küche und Wäscherei kann eine Jacht nicht fahren. Eine ganze Abteilung des Servicedecks besteht nur aus Waschmaschinen, Trocknern und Dampfbügeleisen, die zwei Stewardessen von morgens bis abends bedienen.

Frisuren. Die Seeluft wirkt sich verheerend auf die Frisuren der Passagiere aus. Jeden Nachmittag um fünf summen auf dem Gästedeck die Haartrockner, die die seltsame Eigenart haben, wenn die Gäste mit ihrer Toilette halb fertig sind, den Geist aufzugeben. Deshalb kann Jed damit rechnen, pünktlich um zehn vor sechs im Gangway auf irgendeine aufgebrachte, halb angezogene Dame mit der Frisur einer Klobürste zu stoßen, die ihr einen defekten Fön entgegenschwingt: »Jed, Schätzchen, wäre es wohl *möglich*?« – weil die Wirtschafterin inzwischen mit dem Überwachen der letzten Arbeiten am Eßtisch beschäftigt ist.

Blumen. Täglich fliegt das Wasserflugzeug die nächstgelegene Insel an, um Blumen, frischen Fisch, Meeresfrüchte, Eier und Zeitungen zu holen und Briefe zur Post zu geben. Wobei Roper den größten Wert auf die Blumen legt; die *Pasha* ist berühmt für ihre Blumen, und der Anblick welker oder nicht angemessen arrangierter Blumen kann unter Deck zu erheblichen Erschütterungen Anlaß geben.

Freizeitgestaltung. Wo sollen wir anlegen, schwimmen, schnorcheln; wen wollen wir besuchen; sollen wir zur Abwechslung einmal auswärts essen; sollen wir X mit dem Hubschrauber oder dem Flugzeug abholen oder Y an Land bringen lassen? Die Gäste der *Pasha* sind nämlich keine feststehende Gruppe. Je nach vereinbarter Aufenthaltsdauer wechseln sie von Insel zu Insel, frisches Blut, neue Banalitäten, ein weiterer Schritt auf Weihnachten zu: Wie *schrecklich,* so mit den Vorbereitungen im Rückstand, Schätzchen, ich habe noch nicht mal über meine Geschenke *nachgedacht,* und wird es nicht Zeit, daß du und Dicky endlich heiratet, ihr seid doch ein absolut *entzükkendes* Paar?«

Und Jed fügt sich diesem wahnsinnigen Trott und wartet auf ihre Chance. Ropers Anspielung, eine Feile im Brot zu verstecken, ist nicht aus der Luft gegriffen. Sie würde, um in Jonathans Nähe zu gelangen, die fünf Wächter und Langbourne und sogar Corkoran vögeln, falls der das mit sich machen ließe.

Während sie wartet, spürt sie den demütigenden Zwang der Rituale ihrer strengen Kindheit und der Klosterschule – immer die Zähne zusammenbeißen und lächeln. Sie unterwirft sich; alles ist unwirklich, es tut sich aber auch nichts. Beides empfindet sie als Wohltat, für die sie dankbar ist, und sie kann weiter auf ihre Chance hoffen. Als Caroline Langbourne ihr einen Vortrag über die Wonnen ihrer Ehe mit Sandy hält, jetzt, wo diese kleine Schlampe von Kindermädchen wieder in London ist, sagt Jed mit verträumtem Lächeln: »Ach Caro, Schatz, das freut mich ja so für euch beide. Und natürlich auch für die Kinder.« Als Caroline hinzufügt, sie habe wahrscheinlich ein paar absolut *dämliche* Sachen über Dickys und Sandys Geschäfte geäußert, inzwischen aber mit Sandy darüber gesprochen und *müsse* nun wirklich zugeben, daß sie manches einfach *zu* schwarz gesehen habe – und mal ehrlich, wie *soll* man denn heutzutage seine Brötchen verdienen, ohne sich die Finger ein *ganz* klein wenig schmutzig zu machen? –, nimmt Jed auch dies erfreut zur Kenntnis und versichert ihr, sie könne sich sowieso nicht erinnern, daß Caro auch nur ein Wort über diese Dinge gesagt habe; Geschäftskram, das gehe bei ihr zu einem Ohr hinein und zum andern heraus, und dafür danke sie Gott ...

Und nachts schläft sie mit Roper und wartet auf ihre Chance.

In seinem Bett.

Nachdem sie sich in seiner Gegenwart an- und ausgezogen hat, seinen Schmuck getragen und seine Gäste bezaubert hat.
Die Begegnung findet meist in der Morgendämmerung statt, wenn ihr Wille, wie bei einem Sterbenden, am schwächsten ist. Er tastet nach ihr, und sofort reagiert Jed mit peinlicher Beflissenheit, denn sie sagt sich, daß sie damit Jonathans Unterdrücker die Zähne zieht, ihn zähmt, ihn besticht, Frieden mit ihm schließt, um Jonathan zu retten. Und auf ihre Chance wartet.
Denn das ist es, was sie während dieser ganzen wahnsinnigen Zeit des Schweigens, die sie seit ihrem ersten Schußwechsel miteinander verbringen, von Roper zu erlangen sucht: eine Chance, ihn zu überrumpeln. Über etwas so Weltbewegendes wie eine schlechte Olive können sie gemeinsam lachen. Aber selbst in der sexuellen Ekstase wird das einzige, das sie noch miteinander verbindet, nicht mehr erwähnt: Jonathan.
Wartet auch Roper auf etwas? Jed nimmt es an, da sie selbst wartet. Warum sonst klopft Corkoran zu den unmöglichsten Zeiten an die Kabinentür, steckt den Kopf herein, schüttelt ihn und verzieht sich wieder? In ihren Alpträumen tritt Corkoran als Jonathans Henker auf.

Sie weiß jetzt, wo er ist. Roper hat es ihr nicht gesagt, sondern sich bloß damit amüsiert zu beobachten, wie Jed die einzelnen Hinweise nach und nach zusammensetzt. Und jetzt weiß sie es.
Als erstes bemerkt sie die ungewöhnliche Ansammlung im vorderen Teil des Schiffs, auf dem Unterdeck hinter den Gästekabinen: ein Knäuel von Männern, als sei dort ein Unfall passiert. Zu schließen ist daraus zunächst noch nichts, und im übrigen hat sie von diesem Teil des Schiffs nie eine klare Vorstellung gehabt. In den Tagen ihrer Unschuld hatte sie einmal gehört, dies sei der Sicherheitsbereich. Ein andermal war es das Lazarett. Auf diesem Teil des Schiffs haben weder die Gäste noch die Mannschaft Zutritt. Und da Jonathan selbst ja

auch weder das eine noch das andere ist, meint Jed, das Lazarett sei der angemessene Ort für seine Unterbringung. Beunruhigt sucht sie immer wieder die Küche auf und sieht Tabletts mit Krankenkost, die sie nicht bestellt hat. Wenn sie weggebracht werden, sind sie voll. Wenn sie zurückkommen, sind sie leer.

Einmal kann sie Frisky abfangen und fragt ihn: »Ist jemand krank?«

Frisky hat jeden Respekt vor ihr verloren, falls er je welchen hatte. »Wieso das denn?« fragt er frech, das Tablett hochhaltend. Mit einer Hand.

»Und wer ißt dann dieses Schlabberzeug? – Joghurt? Hühnerbrühe? – für wen ist das?«

Frisky tut so, als bemerke er gerade zum erstenmal, was sich auf dem Tablett befindet. »Ach das, das ist für Tabby, Miss.« Er hat sie nie zuvor mit »Miss« angeredet. »Tabby hat ein bißchen Zahnschmerzen. Hat sich in Antigua einen Weisheitszahn ziehen lassen. Stark geblutet. Jetzt nimmt er Schmerzmittel. Ja.«

Sie bemüht sich darum herauszufinden, wer ihn besucht und wann. Ein Vorteil der Rituale, die ihr Verhalten bestimmen, besteht darin, daß die kleinsten Unregelmäßigkeiten auf dem Schiff ihr sofort auffallen; sie weiß instinktiv, ob die hübsche philippinische Stewardeß gerade mit dem Kapitän oder dem Bootsmann oder – wie es eines Nachmittags einmal kurz passiert ist, als Caroline auf dem Achterdeck ein Sonnenbad nahm – mit Sandy Langbourne gepennt hat. Sie hat beobachtet, daß Ropers drei Vertraute – Frisky, Tabby und Gus – in der Kabine über der geheimen Treppe schlafen, die in den Raum führt, den sie jetzt für Jonathans Zelle hält. Und daß die Deutsch-Argentinier auf der anderen Seite des Ganges dieses Geheimnis zwar ahnen dürften, aber nicht eingeweiht sind. Und daß Corkoran – der neue, aufgeblasene, aufdringliche Corkoran – mindestens zweimal am Tag dorthin marschiert, sich mit umständlichem Getue auf den Weg macht und dann gereizt wieder zurückkommt.

»Corky«, fleht sie ihn an, auf die alte Freundschaft spekulierend, »Corks, mein Lieber, bitte – um Gottes willen – wie geht es ihm, ist er krank? Weiß er, daß ich hier bin?«
Doch Corkorans Miene ist von der Finsternis, aus der er kommt, überschattet. »Ich habe dich gewarnt, Jed. Ich habe dir jede Chance gegeben«, entgegnet er verschnupft. »Du wolltest nicht auf mich hören. Du mußtest ja deinen Kopf durchsetzen.« Und verzieht sich wie ein beleidigter Büttel.
Auch Sandy Langbourne zählt zu den gelegentlichen Besuchern. Seine Stunde schlägt nach dem Abendessen, wenn er auf der Suche nach amüsanterer Gesellschaft als der seiner Frau an Deck herumschleicht.
»Du bist ein Arschloch, Sandy«, zischt sie ihn an, als er an ihr vorbeischlendert. »Ein absolut mieser dreckiger Scheißkerl.«
Langbourne nimmt diese Attacke unbeeindruckt zur Kenntnis. So etwas macht ihm nichts aus, dazu ist er zu schön und zu blasiert.
Und sie weiß, daß Jonathan noch einen Besucher hat: Roper, denn wenn Roper aus dem vorderen Bereich zurückkommt, ist er ungewöhnlich nachdenklich. Sie hat zwar nicht gesehen, daß er dorthin gegangen ist, merkt es aber an seinem Verhalten, wenn er wieder auftaucht. Wie Langbourne zieht er die Abendstunden vor. Erst ein Bummel an Deck, ein Schwatz mit dem Käpten, ein Telefonat mit einem seiner vielen Börsenmakler, Devisenhändler und Bankdirektoren rund um den Globus: Wie wär's mit einer kleinen Spekulation, Deutschmarks vielleicht, Bill? – Schweizer Fränkli, Jack? – Yen, Pfund, Escudo, malaiischer Kautschuk, russische Diamanten, kanadisches Gold? Über diese und ähnliche Zwischenstationen gerät er, wie unter dem Einfluß eines Magneten, allmählich auf den vorderen Teil des Schiffs. Und verschwindet. Wenn er wieder auftaucht, ist seine Miene umwölkt.
Aber Jed ist nicht so dumm, daß sie bettelt oder weint oder schreit oder sonst einen Skandal veranstaltet. Ein Skandal ist so ziemlich das einzige, was Roper gefährlich macht. Die un-

befugte Verletzung seiner Selbstachtung. Dämliche Weiber, die heulend vor ihm herumkriechen.
Und sie weiß oder glaubt zu wissen, daß Jonathan jetzt dasselbe macht, was er in Irland versucht hat. Er tötet sich mit seinem eigenen Mut.

Es war besser als Herrn Meisters Keller, aber auch weit, weit schlimmer. Er mußte nicht ständig an schwarzen Wänden herumgehen. Und zwar deshalb nicht, weil er an sie gefesselt war. Er wurde nicht vernachlässigt, seine Anwesenheit war einer ganzen Reihe von aufmerksamen Leuten bekannt. Aber dieselben Leute hatten seinen Mund mit einem Ledertuch verstopft und mit Heftpflaster zugeklebt; es gab zwar eine Übereinkunft, nach der sie diese unangenehmen Dinge jedesmal entfernten, wenn er signalisierte, daß er zu sprechen wünschte, aber sie hatten ihm bereits die Konsequenzen klargemacht für den Fall, daß er dies leichtfertig signalisierte. Seitdem hatte er sich darauf verlegt, überhaupt nichts mehr zu sagen, nicht einmal »Guten Morgen« oder »Hallo«, denn er hatte panische Angst davor, daß seine Neigung, sich irgendwelchen Leuten anzuvertrauen – wenn er bisher auch nur in seiner Eigenschaft als Hotelier dieser Neigung gefolgt war –, ihn ins Verderben stürzen würde: ein »Hallo« würde dann rasch zu einem »Ich habe Rooke die Nummern der Container und den Namen des Schiffes durchgegeben« – oder welches Geständnis ihm auch immer in der Qual des Augenblicks in den Sinn kommen mochte.
Aber was für ein Geständnis erwarteten sie von ihm? Gab es denn noch irgend etwas, das sie nicht schon wußten? Sie wußten, daß er ein Spitzel war und daß die meisten Geschichten über ihn erfunden waren. Auch wenn sie nicht wußten, wieviel er verraten hatte, wußten sie doch genug, daß sie ihre Aktionen ändern oder abbrechen konnten, bevor es zu spät war. Warum also drängten sie ihn so? Was frustrierte sie so? Im Lauf der immer heftigeren Sitzungen wurde Jonathan dann allmählich klar, daß sie meinten, sie hätten so etwas wie ein

Recht auf sein Geständnis. Es war *ihr* Spion. Sie hatten ihn entlarvt. Ihr Stolz verlangte, daß Jonathan ein zerknirschtes Geständnis am Galgen ablegte.
Aber sie hatten ihre Rechnung ohne Sophie gemacht. Sie wußten nichts von seiner heimlichen Teilhaberin. Sophie, die das alles schon vor ihm durchgemacht hatte. Und jetzt bei ihm war und ihn über ihrem Kaffee – ägyptischen, bitte – anlächelte. Ihm verzieh. Ihn unterhielt: ihn ein bißchen verführte, ihn drängte, das Tageslicht zu suchen. Wenn sie ihn ins Gesicht schlugen – mit anhaltenden, sorgfältigen, aber verheerenden Schlägen –, verglich er sarkastisch sein Gesicht mit ihrem und erzählte ihr zur Ablenkung die ganze Sache mit dem irischen Jungen und der Heckler. Aber nichts Rührseliges, das konnte sie nicht ausstehen; sie aalten sich weder in Selbstmitleid, noch verloren sie ihren Sinn für Humor. *Sie töten disse Frau?* neckte sie ihn mit ihrem männlichen Lachen und zog die gezupften dunklen Augenbrauen hoch. Nein, er hatte diese Frau nicht getötet. Dieses Thema hatten sie längst hinter sich gebracht. Sie hatte sich seinen Bericht über seine Beziehungen zu Ogilvey angehört; zuweilen lächelnd, zuweilen widerwillig die Stirn runzelnd, hatte sie ihn ausreden lassen. »Ich denke, Sie haben Ihre Pflicht getan, Mr. Pine«, erklärte sie, als er fertig war. »Leider gibt es sehr verschiedene Loyalitäten, denen wir nicht alle gleichzeitig genügen können. Wie mein Mann haben Sie sich für einen Patrioten gehalten. Das nächstemal werden Sie eine bessere Entscheidung treffen. Vielleicht wir beide gemeinsam.« Wenn Tabby und Frisky seinen Körper bearbeiteten – hauptsächlich, indem sie ihn in Stellungen fesselten, die anhaltende und qualvolle Schmerzen bereiteten –, erinnerte Sophie ihn daran, wie man auch ihren Körper vernichtet hatte: in ihrem Fall bis zur Vernichtung geprügelt hatte. Und wenn Jonathan ganz unten und fast eingeschlafen war und sich fragte, wie er aus der Gletscherspalte wieder herauskommen sollte, unterhielt er sie mit Erzählungen von schwierigen Klettertouren, die er im Oberland unternommen hatte – eine Nordwand der Jungfrau, die schlimm danebengegangen war;

ein Biwak bei einem Sturm von hundertsechzig Stundenkilometern. Und falls Sophie sich langweilte, ließ sie sich nie etwas anmerken. Sie hörte ihm zu, ohne ihre großen braunen Augen von ihm abzuwenden, liebevoll und aufmunternd: *Ich bin sicher, so billig werden Sie sich niemals mehr weggeben, Mr. Pine,* hatte sie gesagt. *Manchmal können unsere guten Manieren uns den Blick für unseren Mut verstellen. Haben Sie für den Rückflug nach Kairo etwas zu lesen dabei? Ich glaube, ich werde lesen. Das hilft mir, mich daran zu erinnern, daß ich ich selbst bin.* Und dann war er zu seiner Überraschung wieder in der kleinen Wohnung in Luxor und sah ihr zu, wie sie einen Gegenstand nach dem anderen sehr überlegt in ihre Reisetasche packte, als wählte sie Gefährten für eine viel weitere Reise als nur nach Kairo aus.

Und natürlich war es Sophie, die ihm Mut machte, sein Schweigen zu bewahren. War sie selbst nicht gestorben, ohne ihn zu verraten?

Als sie das Pflaster abzogen und den Lederknebel entfernt hatten, folgte er Sophies Rat und verlangte Roper persönlich zu sprechen.

»Das hört man gern, Tommy«, sagte Tabby außer Atem von den Strapazen. »Du plauderst mit dem Chef. Und anschließend trinken wir alle ein schönes Bier wie in alten Zeiten.«

Und als es Roper dann beliebte, kam er angeschlendert – in Jachtkleidung und in den weißen Wildlederschuhen mit Kreppsohlen, die Jonathan in seinem Ankleidezimmer in Crystal bemerkt hatte – und setzte sich ihm gegenüber auf einen Stuhl. Und Jonathan ging durch den Kopf, daß Roper ihn zum zweitenmal mit zerschlagenem Gesicht erblickte und daß Ropers Miene jetzt denselben Ausdruck zeigte wie beim erstenmal: dasselbe Naserümpfen, dasselbe kritische Taxieren des Schadens und der Überlebenschancen Jonathans. Er fragte sich, wie Roper Sophie angesehen hätte, wenn er dabeigewesen wäre, als man sie zu Tode prügelte.

»Alles in Ordnung, Pine?« fragte er freundlich. »Keine Klagen? Zufrieden mit der Bedienung?«

»Die Betten sind ein wenig durchgelegen.«
Roper lachte gut gelaunt. »Kann nicht alles haben, nehme ich an. Jed vermißt Sie.«
»Dann schicken Sie sie mir.«
»Nicht der richtige Ort für sie, fürchte ich. Klosterschülerin. Mag ein behütetes Leben.«
Also erklärte Jonathan ihm, während seiner Vorgespräche mit Langbourne, Corkoran und den anderen sei immer wieder die Vermutung geäußert worden, daß Jed auf irgendeine Weise in Jonathans Aktivitäten vestrickt sei. Er müsse jedoch mit aller Entschiedenheit feststellen, daß er alles, was auch immer er getan habe, allein getan habe, ohne irgendeine Unterstützung durch Jed. Und daß die wenigen Besuche, die Jed ihm in Woodys Haus abgestattet habe, als Caroline Langbourne sie zu Tode langweilte und er selbst so einsam war, viel zu sehr aufgebauscht worden seien. Abschließend bekundete er sein Bedauern darüber, keine weiteren Aussagen machen zu können.
Roper, sonst so schlagfertig, schien für eine Weile sprachlos.
»Ihre Leute haben meinen Sohn gekidnappt«, sagte er schließlich. »Sie haben sich in mein Haus eingeschlichen und mir die Frau ausgespannt. Sie haben versucht, mein Geschäft auffliegen zu lassen. Ist mir doch scheißegal, ob Sie reden oder nicht. Sie sind tot.«
Also geht es um Strafe, nicht bloß um ein Geständnis, dachte Jonathan, als sie ihn wieder knebelten. Und er fühlte sich Sophie noch stärker verwandt, falls das überhaupt möglich war. Ich habe Jed nicht verraten, erzählte er ihr. Und werde es auch nicht tun, das verspreche ich. Ich werde so standhaft bleiben wie Herr Kaspar mit seiner Perücke.
Herr Kaspar hat eine *Perücke* getragen?
Aber hab ich Ihnen das nicht erzählt? Großer Gott! Herr Kaspar ist ein Schweizer Held! Er hat auf zwanzigtausend steuerfreie Franken im Jahr verzichtet, nur um sich selbst treu zu bleiben!
Sie haben recht, Mr. Pine, stimmte Sophie ihm feierlich zu, nachdem sie sich alles, was er ihr zu sagen hatte, aufmerksam

angehört hatte. Sie dürfen Jed nicht verraten. Sie müssen stark sein wie Herr Kaspar und dürfen auch sich selbst nicht verraten. Und jetzt legen Sie bitte Ihren Kopf an meine Schulter, so wie Sie es mit Jed machen, und dann wollen wir schlafen.

Von da an blieben alle Fragen, ob einzeln oder geballt gestellt, unbeantwortet; gelegentlich sah Jonathan Roper wieder auf demselben Stuhl sitzen, allerdings nicht mehr in den weißen Wildlederschuhen. Und immer stand Sophie hinter ihm, nicht rachsüchtig, sondern nur, um Jonathan daran zu erinnern, daß sie sich in Gegenwart des schlimmsten Mannes der Welt befanden.

»Die werden Sie umbringen, Pine«, warnte Roper ihn einige Male. »Corky wird über die Stränge schlagen, und dann ist es aus. Diese Schwulen sind unberechenbar. Ich rate Ihnen, geben Sie auf, ehe es zu spät ist.« Dann lehnte er sich zurück und zeigte jenen Ausdruck persönlicher Enttäuschung, die wir alle empfinden, wenn wir einem Freund einfach nicht helfen können.

Dann tauchte Corkoran wieder auf und saß ungeduldig nach vorn gebeugt auf demselben Stuhl. Er feuerte seine Fragen wie Befehle ab und zählte, auf eine Antwort wartend, bis drei. Und bei *drei* machten sich Frisky und Tabby wieder an die Arbeit, so lange, bis Corkoran es satt hatte oder zufrieden war:

»Also, wenn Sie mich jetzt entschuldigen wollen, mein Lieber. Ich schlüpfe jetzt in meinen paillettenbesetzten Sari, steck mir einen Rubin in den Nabel und lasse mir ein paar Pfauenzungen schmecken«, sagte er und katzbuckelte grinsend zur Tür. »Schade, daß du nicht mitfeiern kannst. Aber was soll man machen, wenn du nicht für dein Essen singen willst?«

Nach einer Weile hielt es niemand mehr, nicht einmal Corkoran, lange bei ihm aus. Wenn ein Mann nicht reden will und entschlossen an diesem Vorsatz festhält, wird die Sache bald eintönig. Nur Jonathan, der mit Sophie seine Innenwelt durchstreifte, empfand so etwas wie Befriedigung. Er besaß nichts, was er nicht besitzen wollte, sein Leben war in Ordnung, er war frei. Er gratulierte sich dazu, seine alten Schulden beglichen zu haben. Sein Vater, seine Mutter, seine Waisenhäuser, die singende Tante Annie, sein Land, seine Vergangenheit und Burr – er hatte sie alle vollständig und prompt ausgezahlt. Was seine diversen Gläubigerinnen anging, so kamen die mit ihren Vorwürfen nicht mehr an ihn heran.

Und Jed? Nun, es war schon ziemlich wunderbar, im voraus für Sünden zu bezahlen, die erst noch begangen werden mußten. Hintergangen hatte er sie natürlich – bei Mama Low; er hatte sich verstellt, um in die Burg zu gelangen – aber er hatte das Gefühl, daß er auch Jed gerettet hatte. Sophie sah das genauso.

»Und Sie meinen nicht, zu oberflächlich?« fragte er Sophie wie ein junger Mann, der eine kluge Frau wegen seiner Geliebten um Rat fragt.

Sie tat, als sei sie ihm böse. »Mr. Pine, ich denke, Sie spielen ein wenig den Charmeur. Sie sind verliebt. Sie sind kein Archäologe. Ihre Jed hat etwas an sich, das unberührt geblieben ist. Sie ist schön und ist es daher gewohnt, umworben und bewundert und manchmal auch mißhandelt zu werden. Das ist normal.«

»Ich habe sie nicht mißhandelt«, erwiderte Jonathan.

»Aber auch nicht umworben. Sie ist Ihrer nicht gewiß. Sie kommt zu Ihnen, weil sie Ihre Anerkennung braucht. Aber die verweigern Sie. Warum?«

»Aber Madame Sophie, was glauben Sie, was sie mit *mir* macht?«

»Sie beide verbindet ein Zwiespalt, sie ärgern sich darüber. Auch das ist normal. Das ist die andere Seite der Anziehungskraft. Sie beide haben bekommen, was Sie wollten. Jetzt ist es an der Zeit herauszufinden, was Sie damit anfangen wollen.«

»Ich bin einfach nicht bereit für sie. Sie ist so banal.«

»Sie ist nicht banal, Mr. Pine. Und ich bin sicher, daß Sie nie für jemanden bereit sein werden. Aber sie sind nun einmal ver-

liebt, und das wär's. Jetzt wollen wir schlafen. Sie haben zu arbeiten, und wenn wir die Reise vollenden wollen, werden wir alle unsere Kräfte brauchen. War die Brausebehandlung so schlimm, wie Frisky angekündigt hat?«
»Schlimmer.«

Wieder wäre er beinahe gestorben, und als er aufwachte, war Roper da und lächelte interessiert. Aber Roper war kein Bergsteiger und konnte Jonathans unbeirrbare Zielstrebigkeit nicht nachvollziehen: Ich steige doch auf Berge, erklärte er Sophie, um den Gipfel zu erreichen. Andererseits hatte der Hotelier in ihm volles Verständnis für einen Mann, der vor allen Gefühlen davongelaufen war. Jonathan wollte Roper wirklich die Hand reichen und ihn mit einer freundschaftlichen Geste zu sich in den Abgrund ziehen, damit der Chef wirklich einmal eine Vorstellung davon bekam, wie das war: du, der du so stolz darauf bist, an nichts zu glauben, und ich hier unten mit meinem unversehrten Glauben an alles.
Dann nickte er für eine Weile ein, und als er aufwachte, war er am Lanyon; er ging mit Jed auf dem Kliff spazieren und fragte sich nicht mehr, wer hinter der nächsten Ecke auf ihn wartete, sondern war zufrieden mit sich und dem Menschen an seiner Seite.
Aber noch immer weigerte er sich, mit Roper zu sprechen.
Inzwischen war seine Weigerung mehr als ein Gelübde. Es war sein Kapital, sein Trumpf.
Der Akt des Schweigens verlieh ihm neue Kräfte.
Jedes Wort, das er nicht sagte, jede Faust, jeder Fuß, jeder Ellbogen, die ihn brutal in den Schlaf wiegten, jeder neue, jeder einzelne Schmerz – all das versorgte ihn mit frischer Energie, die er für einen künftigen Tag zu horten hatte.
Wenn der Schmerz unerträglich wurde, sah er sich selbst, wie er sich ihm entgegenstreckte, um seine lebensspendende Kraft zu empfangen und zu speichern.
Und das funktionierte. Im Schutz seiner Qualen sammelte der Beobachter in Jonathan die für seinen Einsatz erforderli-

chen Informationen und legte sich einen Plan zurecht, wie er seine geheimen Energien freisetzen konnte.
Niemand trägt eine Waffe, dachte er. *Sie halten sich an die Regeln aller guten Gefängnisse. Wächter tragen keine Waffen.*

30

Etwas Erstaunliches war geschehen.
Etwas Gutes oder Schlechtes. Auf jeden Fall etwas Entscheidendes, etwas Abschließendes. Es war das Ende des Lebens, wie Jed es bisher gekannt hatte.
Der Anruf hatte sie am frühen Abend aufgeschreckt. Persönlich und vertraulich, Chef, hatte der Kapitän vorsichtig gesagt. Es ist Sir Anthony, Chef, ich bin nicht sicher, ob ich das zu Ihnen durchstellen soll. Roper wälzte sich knurrend auf die Seite und nahm das Gespräch entgegen. Er trug wieder seinen Morgenmantel. Sie lagen auf dem Bett, nachdem sie sich geliebt hatten, wenn es auch weiß Gott wenig mit Liebe und sehr viel mit Haß zu tun gehabt hatte. Seine alte Lust auf einen Fick am Nachmittag war seit kurzem wieder erwacht. Bei ihr auch. Es schien, als wüchse ihr Verlangen nach einander in umgekehrtem Verhältnis zu ihrer Zuneigung. Sie fragte sich allmählich, ob Sex überhaupt etwas mit Liebe zu tun habe. »Ficken kann ich gut«, hatte sie hinterher zu ihm gesagt und die Decke angestarrt. »Ja, *allerdings*«, hatte er zugestimmt. »Da kannst du *jeden* fragen.« Dann dieses Telefongespräch, mit dem Rücken zu ihr. Ah, dieser Idiot, ja, stellen Sie's durch. Und wie sich dann sein Rücken versteifte, die Rückenmuskulatur unter der Seide erstarrte, sein Hintern unbehaglich herumrutschte, die Beine sich schützend übereinander legten. »Tony, Sie sind aus der Sache raus. Sind Sie wieder besoffen? …

Wen haben Sie da? Na, geben Sie ihn mir. Warum nicht? ... Na schön, reden Sie, wenn's sein muß. Ich höre. Geht mich zwar nichts an, aber ich kann's mir ja mal anhören ... Bloß keine rührseligen Geschichten, Tony, so was mag ich nicht ...« Doch bald wurden diese barschen Unterbrechungen kürzer und die Abstände dazwischen immer länger, bis Roper vollkommen reglos, den ganzen Körper in Alarmbereitschaft, nur noch schweigend zuhörte.

»Also Moment mal, Tony«, befahl er plötzlich. »Ruhe jetzt.« Er drehte sich zu ihr um, ohne sich die Mühe zu machen, die Hand auf den Hörer zu legen. »Laß ein Bad einlaufen«, sagte er. »Geh ins Badezimmer, mach die Tür zu, dreh die Hähne auf. Sofort.«

Also ging sie ins Badezimmer und drehte die Hähne auf und hielt sich den isolierten Hörer des Nebenanschlusses ans Ohr. Aber natürlich hörte er das Wasser laufen und brüllte sie an, aus der Leitung zu gehen. Darauf drehte sie die Hähne zu, bis sie nur noch tröpfelten, und hielt ihr Ohr ans Schlüsselloch, doch plötzlich explodierte ihr die Tür ins Gesicht und schleuderte sie über die glasierten Fliesen, die sie beide erst kürzlich ausgesucht hatten. Dann hörte sie Roper rufen: »Reden Sie weiter, Tony. Kleine häusliche Schwierigkeiten.«

Danach lauschte sie, wie er lauschte, hörte aber nichts mehr. Sie stieg in die Wanne und dachte daran, wie er früher oft und gern zu ihr hineingestiegen war; er schob ihr einen Fuß zwischen die Beine und las die *Financial Times*, während sie mit den Zehen an ihm herumspielte und eine Erektion herbeizuführen versuchte. Und manchmal zerrte er sie dann gleich zu einer weiteren Nummer ins Bett, so daß die Laken vom Badewasser naß wurden.

Aber diesmal stand er bloß in der Tür.

In seinem Morgenmantel. Starrte sie an. Überlegte, was zum Teufel er mit ihr anfangen sollte. Mit Jonathan. Mit sich selbst. Sein Gesicht trug diesen versteinerten Komm-mir-nicht-zu-nahe-Ausdruck, den er nur sehr selten und nie vor Daniel auf-

setzte, ein Ausdruck, wenn es zu bedenken galt, was alles zu seiner Rettung erforderlich war.
»Du solltest dich anziehen«, sagte er. »In zwei Minuten taucht Corkoran hier auf.«
»Wozu?«
»Zieh dich einfach an.«
Dann ging er wieder ans Telefon und wählte, besann sich aber mittendrin eines Besseren. Er legte den Hörer mit solcher Beherrschung auf die Gabel zurück, daß sie spürte, am liebsten hätte er das Telefon und das ganze Schiff dazu in Stücke geschlagen. Die Hände auf den Hüften, sah er ihr mit starrem Blick beim Ankleiden zu, als gefalle ihm nicht, was sie da anzog.
»Nimm besser vernünftige Schuhe«, sagte er.
Und da blieb ihr das Herz stehen, denn an Bord gingen alle stets nur in Deckschuhen oder barfuß; lediglich am Abend durften die Damen Pumps tragen, aber nicht mit Pfennigabsätzen.
Sie entschied sich für vernünftige Wildlederschnürschuhe mit Gummisohlen, die sie auf einem ihrer Ausflüge nach New York bei Bergdorf gekauft hatte, und als Corkoran an die Tür klopfte, führte Roper ihn ins Empfangszimmer und sprach zehn Minuten lang allein mit ihm, während Jed auf dem Bett saß und an die Chance dachte, die sie noch immer nicht gefunden hatte, jene Zauberformel, die Jonathan und ihr die Rettung bringen würde. Aber ihr fiel nichts ein.
In der Phantasie hatte sie das Boot mit dem Arsenal im vorderen Laderaum in die Luft gesprengt – so ähnlich wie in *African Queen*, mit allen Leuten an Bord, einschließlich Jonathan und sie selbst; sie hatte die Wachen vergiftet, sie hatte Ropers Verbrechen vor den versammelten Gästen in einer dramatischen Rede angeprangert, was am Ende dazu führte, daß alle nach dem versteckten Gefangenen suchten; sie hatte Roper mit dem Tranchiermesser als Geisel genommen. Noch einige andere Lösungen, die im Kino so gut funktionierten, waren ihr durch den Kopf gegangen, aber die Wahrheit sah so aus,

daß Mannschaft und Personal sie unablässig beobachteten; zudem hatten mehrere Gäste sich darüber geäußert, daß sie sehr nervös war, und das Gerücht in Umlauf gebracht, sie sei schwanger; es gab keinen einzigen Passagier an Bord, der ihr Glauben schenken oder irgend etwas unternehmen würde – und selbst wenn sie sie überzeugen konnte, daß sie recht hatte, wäre es ihnen völlig egal.

Roper und Corkoran kamen aus dem Empfangszimmer, und Roper zog sich ein paar Sachen an, nicht ohne sich vorher nackt vor ihnen auszuziehen – das hatte ihm noch nie etwas ausgemacht, im Gegenteil, er tat es gern; einen schlimmen Augenblick lang fürchtete sie, er werde sie aus irgendeinem Grund, und das konnte bestimmt kein guter sein, mit Corkoran allein lassen. Zu ihrer Erleichterung ging Corkoran mit ihm zur Tür.

»Bleib hier drin und warte«, sagte Roper, als sie gingen. Dann drehte er noch von außen den Schlüssel um, was er noch nie zuvor getan hatte.

Zuerst saß sie auf dem Bett, dann legte sie sich hin; sie kam sich vor wie eine Kriegsgefangene, die nicht wußte, ob die Richtigen oder die Falschen das Lager stürmen würden. Aber *irgend jemand* setzte zum Sturm an, da war sie sicher. Obwohl sie in der Kabine eingeschlossen war, spürte sie die Spannung draußen, die gemurmelten Anweisungen ans Personal, die hastigen, leichten Schritte auf dem Gang. Die Motoren begannen zu stampfen, das Schiff legte sich ein wenig auf die Seite. Roper hatte einen neuen Kurs bestimmt. Sie sah aus dem Bullauge, der Horizont drehte sich. Sie stand auf und bemerkte zu ihrer Überraschung, daß sie Blue Jeans trug und keine der Millionen-Dollar-Hosen, die Roper auf Kreuzfahrten an ihr zu sehen wünschte; das erinnerte sie an jene magischen letzten Tage vor den Ferien, an denen man die verhaßte graue Uniform der Klosterschule ablegen und etwas richtig Gewagtes, zum Beispiel ein Baumwollkleid, für jenen wunderbaren Augenblick anziehen durfte, wenn endlich das elterliche Auto über Mutter Angelas Straßenschwellen heranrumpelte, um dich abzuholen.

Aber niemand außer ihr selbst hatte ihr gesagt, daß sie jetzt gehen würde. Es war ihre eigene Idee, und es war nur ihr Wille, den sie verwirklichen konnte.
Sie beschloß, Fluchtgepäck zusammenzustellen. Wenn sie vernünftige Schuhe brauchte, brauchte sie offenbar auch andere vernünftige Dinge. Also nahm sie ihre Schultertasche aus dem obersten Fach des Kleiderschranks und legte ihren Toilettenbeutel, die Zahnbürste und Unterwäsche zum Wechseln hinein. Sie zog die Schreibtischschubladen auf und entdeckte verblüfft ihren Paß – Corkoran mußte ihn Roper gegeben haben. Als sie zu ihrem Schmuck kam, nahm sie sich vor, Edelmut zu beweisen. Roper hatte sie immer gern mit Schmuck beschenkt, und für jedes Stück wußten die beiden, an welches Ereignis es erinnern sollte: Die Halskette aus Rosendiamanten stand für ihre erste gemeinsame Nacht in Paris; das Smaragd-Armband für ihren Geburtstag in Monaco; die Rubine für Weihnachten in Wien. Vergiß das Zeug, sagte sie sich schaudernd; laß die Erinnerungen in der Schublade. Dann dachte sie, was soll's, ist doch nur Geld, und nahm sich drei oder vier Stück zur Finanzierung ihrer gemeinsamen Zukunft. Aber kaum hatte sie den Schmuck in die Schultertasche gesteckt, holte sie ihn wieder raus und warf ihn auf Ropers Frisierkommode. Ich werde nie mehr dein Schmuckmädchen sein.
Kein Problem hatte sie freilich damit, für den Fall, daß Jonathan keine mehr haben sollte, ein paar von Ropers maßgeschneiderten Hemden und seidenen Unterhosen einzustekken. Und ein paar von Ropers geliebten Gucci-Espadrilles, die aussahen, als könnten sie Jonathan passen.
Damit war ihr Mut erschöpft, und sie ließ sich wieder aufs Bett fallen. Das ist ein Trick. Ich gehe nirgendwo hin. Sie haben ihn umgebracht.

Jonathan hatte immer gewußt, wenn es endlich soweit wäre – welches Ende auch immer sie ihm zugedacht hatten –, würden sie zu zweit kommen. Seine Erfahrung ließ ihn vermuten, daß diese beiden Frisky und Tabby sein mußten, denn Folterer haben genauso ihr Protokoll wie alle anderen: Das ist mein Job, dies ist dein Job, und die wichtigsten Jobs werden von den wichtigsten Leuten ausgeführt. Gus war immer bloß ein Gehilfe gewesen. Die beiden hatten Jonathan gemeinsam zur Toilette geschleift, sie hatten ihn gemeinsam gewaschen, was sie übrigens offenbar nicht ihm, sondern nur sich selbst zuliebe taten: Sie waren nie darüber hinweggekommen, wie er ihnen in Colón gedroht hatte, sich vollzumachen, und wenn sie wütend auf ihn waren, sagten sie ihm bei jeder Gelegenheit, was für ein mieses Dreckschwein er sei, schon der Gedanke daran sei eine Zumutung.

Als dann also Frisky und Tabby die Tür aufstießen und das blaue Sturmlicht einschalteten und Frisky der Linkshänder sich rechts neben Jonathan stellte, damit er für den Notfall den linken Arm frei hatte, und Tabby sich links neben Jonathans Kopf hinkniete – wobei er wie üblich mit seinen Schlüsseln herumfuhrwerkte, weil er nie den richtigen bereithielt –, verlief alles exakt so, wie der Beobachter es vorausgesehen hatte; nur eins hatte er nicht erwartet, nämlich daß sie sich über den Zweck ihres Besuchs so offen äußern würden.

»Wir alle hier haben leider die Nase gestrichen voll von dir, Tommy. Besonders der Chef«, sagte Tabby. »Und deshalb wirst du jetzt auf die Reise gehen. Tut mir leid, Tommy. Du hattest deine Chance, aber du mußtest dich ja stur stellen.«

Nach diesen Worten versetzte er Jonathan einen halbherzigen Tritt in den Magen, falls er vorhaben sollte, Ärger zu machen.

Aber wie sie sehen konnten, war Jonathan längst über das Stadium hinaus, in dem man Ärger machte. Einen peinlichen Augenblick lang schienen Frisky und Tabby sich sogar schon zu fragen, ob es mit dem Ärger für immer vorbei sei, denn als sie ihn so zusammengesackt, mit zur Seite gedrehtem Kopf und offenem Mund sahen, ging Frisky in die Knie, riß ihm mit dem Daumen ein Lid hoch und spähte ihm ins Auge.

»Tommy? Los jetzt. Du willst doch nicht dein eigenes Begräbnis verpassen, oder?«

Dann taten sie etwas Erstaunliches. Sie ließen ihn liegen. Sie nahmen ihm die Fesseln und den Knebel ab, und während Frisky ihm das Gesicht wusch und ein frisches Pflaster auf den Mund klebte, aber ohne Knebel, zog Tabby ihm aus, was von seinem Hemd übriggeblieben war, und steckte ihn, einen Arm nach dem anderen, in ein neues.

Jonathan stellte sich schlapp wie eine Stoffpuppe, gleichzeitig aber ergoß sich sein geheimer Energievorrat in jeden Teil seines Körpers. Seine Muskeln, zerschunden und von Krämpfen halb gelähmt, schrien geradezu danach, endlich etwas tun zu dürfen. Seine zerschlagenen Hände und verkrümmten Beine glühten, und sein verschwommener Blick klärte sich, noch während Frisky ihm die Augen abwischte.

Er wartete. Er erinnerte sich, welchen Vorteil eine zusätzliche kleine Verzögerung brachte.

Du mußt sie einlullen, dachte er, als sie ihn mühsam auf die Füße stellten.

Du mußt sie einlullen, dachte er noch einmal, als er jedem einen Arm um die Schultern schlang, sein ganzes Gewicht auf sie verlagerte und sich von ihnen durch den Korridor schleppen ließ.

Du mußt sie einlullen, dachte er, als Frisky ihm gebeugt auf der Wendeltreppe vorankletterte und Tabby ihn von unten abstützte.

O Gott, dachte er, als er die Sterne am schwarzen Himmel und einen riesigen roten Mond auf dem Wasser schwimmen sah. O Gott, gib mir diesen letzten Augenblick.

Die drei standen an Deck wie eine Familie, aus der Bar im Heck schallte durch die frühe Dunkelheit Ropers Dreißiger-Jahre-Musik zu Jonathan hinüber und das fröhliche Geplauder zu Beginn der abendlichen Lustbarkeiten. Der vordere Teil des Schiffs war unbeleuchtet, und Jonathan fragte sich, ob sie vorhatten, ihn zu erschießen; ein Schuß, wenn die Musik am lautesten war, wer würde das schon hören?

Das Schiff hatte den Kurs gewechselt. Nur wenige Meilen entfernt lag ein Küstenstreifen. Eine Straße war zu erkennen. Er

sah die Reihe der Straßenlampen unter den Sternen, wohl doch eher Festland, keine Insel. Oder vielleicht eine Inselkette? Schwer zu sagen. Sophie, bringen wir's gemeinsam hinter uns. Zeit, vom schlimmsten Mann der Welt freundlich Abschied zu nehmen.
Seine Wächter waren stehengeblieben, sie warteten auf irgend etwas. Zwischen ihnen zusammengesackt, noch immer mit beiden Armen ihre Schultern umklammernd, wartete Jonathan mit ihnen; zufrieden stellte er fest, daß sein Mund unter dem Pflaster wieder zu bluten begonnen hatte, was zweierlei zur Folge haben würde: Erstens würde sich dadurch das Pflaster lösen, und zweitens sähe er damit noch ramponierter aus, als er es in Wirklichkeit war.
Dann sah er Roper. Wahrscheinlich war er schon die ganze Zeit dagewesen, und Jonathan hatte ihn in seiner weißen Smokingjacke vor der weißen Brücke bloß nicht bemerkt. Auch Corkoran war da, nur Sandy Langbourne hatte es nicht geschafft. Vögelte vermutlich eines der Küchenmädchen.
Und zwischen Corkoran und Roper konnte er Jed sehen, beziehungsweise, falls er es nicht konnte, hatte Gott sie dort hingestellt. Aber doch, er konnte Jed sehen, und sie konnte ihn sehen, sie sah überhaupt nichts außer ihn, aber Roper mußte ihr befohlen haben, still zu sein. Sie trug normale Jeans und keinen Schmuck, was ihm außerordentlich gefiel; er konnte es nicht ausstehen, wie Roper sie mit seinem Geld behängte. Sie sah Jonathan an, und er erwiderte ihren Blick, aber das konnte sie bei dem furchtbaren Zustand seines Gesichts nicht erkennen. Und so, wie er stöhnte und sich hängen ließ, hatte sie wahrscheinlich ohnehin keine allzu romantischen Gefühle.
Jonathan sackte in den Armen seiner Wächter noch mehr zusammen, sie bückten sich zuvorkommend und packten ihn fester um die Hüfte.
»Ich glaub, der macht einen Abgang«, murmelte Frisky.
»Wohin?« fragte Tabby.
Und das war für Jonathan das Stichwort, mit mehr Kraft, als er

je in seinem Leben aufgebracht hatte, ihre Köpfe aneinanderzurammen. Die Kraft kam aus seinem Sprung, es war, als schnellte er aus dem Loch, in dem sie ihn angekettet hatten. Die Kraft ergoß sich in seine Schultern, als er die Arme ausbreitete und dann mit einem gewaltigen beidseitigen Schwung zusammenschlug, und noch einmal: Schläfe an Schläfe. Gesicht an Gesicht. Ohr an Ohr. Schädel an Schädel. Sie strömte durch seinen Körper, als er die zwei Männer von sich wegstieß, sie zu Boden schleuderte und jedem mit der Außenseite des rechten Schuhs einen mörderischen Tritt an den Kopf versetzte und dann noch einen an den Hals. Er machte einen Schritt nach vorn, riß sich das Pflaster vom Gesicht und ging auf Roper zu, der ihm wie damals im Hotel Meister Anweisungen erteilte.

»Pine. Das hätten Sie nicht tun sollen. Keinen Schritt weiter. Corks, zeig ihm deine Kanone. Bringt Sie an Land. Sie beide. Haben Ihren Job vermasselt. Totale Zeitverschwendung, völlig albern das Ganze.«

Jonathan hatte die Reling gefunden und hielt sich mit beiden Händen daran fest. Aber er ruhte nur aus. Die Kraft verließ ihn nicht. Er gab seinen geheimen Hilfstruppen Zeit, sich neu zu formieren.

»Das Zeug ist längst abgeliefert, Pine. Hab ihnen ein paar Schiffe spendiert, ein paar Verhaftungen – was soll's? Sie glauben doch wohl nicht, daß ich so eine Aktion alleine durchziehe?« Dann wiederholte er, was er schon zu Jed gesagt hatte. »Das ist kein Verbrechen. Das ist Politik. Kein Grund, sich aufs hohe Roß zu setzen. So ist die Welt nun mal.«

Jonathan ging jetzt wieder auf ihn zu, allerdings breitbeinig und taumelnd. Corkoran spannte die Pistole.

»Sie können nach Hause gehen, Pine. Nein, können Sie nicht. London hat Ihnen den Boden unter den Füßen weggezogen. Auch in England läuft ein Haftbefehl gegen Sie. Erschieß ihn, Corks. Los, mach schon. Kopfschuß.«

»Jonathan, bleib stehen!«

Wer rief da? Jed oder Sophie? Gehen war gar nicht so einfach.

Er wünschte, er könnte wieder ans Geländer zurück, aber jetzt stand er mitten auf dem Deck. Er watete. Das Deck schwankte. Ihm versagten die Knie. Doch der Wille, der in ihm steckte, wollte nicht nachgeben. Er war entschlossen, das Unerreichbare zu packen, er wollte Ropers schöne weiße Smokingjacke mit Blut beflecken, sein Delphinlächeln zerschlagen, ihn schreien lassen: *Ich bin ein Mörder, ein Verbrecher, es gibt Gute und Böse, und ich bin böse!*

Roper zählte, wie Corkoran auch gern gezählt hatte. Entweder zählte er furchtbar langsam, oder Jonathan hatte kein Zeitgefühl mehr. Er hörte *eins* und dann *zwei*, aber er hörte nicht *drei* und fragte sich, ob dies eine andere Art zu sterben sei: Man wird erschossen, aber das Leben geht genauso weiter wie vorher; nur daß niemand weiß, daß man noch da ist. Dann hörte er Jeds Stimme, und sie hatte jenen autoritären Klang, der ihn immer besonders geärgert hatte.

»Jonathan, um Gottes willen, *sieh mich an!*«

Ropers Stimme tauchte wieder auf wie ein weit entfernter Radiosender, den man zufällig einstellt. »Ja, sehen Sie hin«, bekräftigte er. »Sehen Sie mal, was ich hier habe, Pine. Ich mache mit ihr die Daniel-Nummer, Pine. Aber diesmal ist es kein Spiel.«

Obwohl Jonathan alles vor den Augen verschwamm, gelang es ihm hinzusehen. Und er sah, daß Roper sich wie ein guter Kommandeur einen Schritt vor seinen Adjutanten gestellt und in seiner schicken weißen Jacke so etwas wie Habachtstellung eingenommen hatte, nur daß er mit einer Hand Jed bei den kastanienbraunen Haaren gepackt hielt und ihr mit der anderen Corkorans Pistole an die Schläfe drückte – typisch für den guten alten Corky, eine echte Armeewaffe, eine Neun-Millimeter-Browning mit sich rumzuschleppen. Dann legte Jonathan sich hin oder brach zusammen, und diesmal hörte er Jed und Sophie im Chor: Sie schrien ihn an, wachzubleiben.

Sie hatten ihm eine Decke besorgt, und nachdem Jed und Corkoran ihn auf die Beine gestellt hatten, betätigte Jed sich wie damals in Crystal als Krankenschwester und legte ihm die Decke um die Schultern. Während Roper noch immer die Waffe hielt, falls Jonathan ein zweitesmal zum Leben erwachen sollte, schleppten Jed und Corkoran ihn, vorbei an dem, was von Frisky und Tabby noch übrig war, zur Reling.

Corkoran ließ Jed vorangehen, dann halfen Sie Jonathan gemeinsam die Sprossen hinunter, wobei Gus unten vom Beiboot aus nachhelfen wollte. Aber Jonathan schlug seine Hilfe aus und wäre beinahe ins Wasser gefallen. Jed fand das typisch für seine Halsstarrigkeit, gerade als alle ihm zu helfen versuchten. Corkoran machte die überflüssige Bemerkung, es handele sich um eine venezolanische Insel, aber als Jed sagte, er solle den Mund halten, gehorchte er. Gus wollte ihr erklären, wie der Außenbordmotor funktionierte, aber damit kannte sie sich genauso gut aus wie er, und das sagte sie ihm auch. Jonathan, wie ein Mönch in seine Decke gehüllt, hockte mitten im Boot und begann es instinktiv zu trimmen. Seine fast bis zur Unkenntlichkeit zugeschwollenen Augen waren nach oben auf die *Pasha* gerichtet, die wie ein Wolkenkratzer über ihnen aufragte.

Auch Jed blickte nach oben und sah Roper in seiner weißen Jacke, der suchend nach etwas im Wasser blickte, das er verloren hatte. Für wenige Sekunden sah er genauso aus, wie sie ihn an jenem ersten Tag in Paris gesehen hatte, ein anständiger, amüsanter englischer Gentleman, ein Idealtyp seiner Generation: Dann verschwand er, und sie glaubte zu hören, daß die Musik vom Achterdeck über dem Wasser ein wenig lauter wurde, als er wieder tanzen ging.

31

Die Hosken-Brüder haben es zuerst gesehen. Sie holten gerade draußen vor Lanyon-Head ihre Hummerkörbe ein. Pete sah es, und Pete sagte kein verdammtes Wort. Auf See spricht Pete nie. An Land auch nicht viel, wenn ich's mir recht überlege. Sie hatten an diesem Tagen einen guten Fang gemacht. Vier Prachtexemplare, zusammen zehn Pfund schwer, meine Lieben.

Jedenfalls fuhren Pete und sein Bruder Redfers in ihrem alten Postauto nach Newlyn und verkauften die Hummer gegen bar, denn etwas anderes als Bargeld nahmen sie nie. Und auf der Rückfahrt nach Porthgwarra drehte Pete sich zu Redfers um und sagte: »Haste heute morgen in dem Haus am Lanyon das Licht gesehen?«

Und es stellte sich heraus, daß auch Redfers es gesehen hatte, aber nichts dabei gefunden hatte. Wahrscheinlich irgendso ein Hippie, hatte er gedacht, ein New Ager oder wie die sich nennen, einer von diesen Irren aus dem Buslager drüben bei St. Just.

»Vielleicht ein Yuppie aus dem Norden, der das Haus gekauft hat«, fiel Redfers noch ein, während sie weiterfuhren. »Steht ja lange genug leer. Fast ein Jahr schon. Hier bei uns hat ja keiner so 'n Haufen Geld.«

Pete wollte nichts davon wissen. Er fühlte sich durch diese Andeutung tief gekränkt. »Wie soll man ein Haus kaufen, wenn

man den Arsch von Besitzer nicht finden kann?« fragte er seinen Bruder schroff. »Das Haus gehört Jack Linden. Wer dieses Haus kaufen will, muß erst mal Jack Linden finden.«
»Dann ist Jack vielleicht wieder zurück«, sagte Redfers. Pete hatte das gleiche gedacht, aber nicht ausgesprochen. Folglich sagte er höhnisch zu Redfers, er sei ja bescheuert.
Während der nächsten Tage sprachen die Brüder nicht mehr über das Thema, weder untereinander noch mit irgend jemand anderem. Wenn das Wetter einmal schön ist und die Makrelen anbeißen – und die Brassen, falls man weiß, wo man sie zu suchen hat –, was soll man sich da über irgendein Licht oben in Jack Lindens Schlafzimmerfenster den Kopf zerbrechen?
Erst eine Woche später, als sie eines Abends ein letztesmal eine von Petes Lieblingsstellen absuchten, eine Untiefe zwei Meilen südöstlich vom Lanyon, und der ablandige Wind ihnen den Geruch von Holzfeuer in die Nase wehte, erst da faßten sie jeder für sich den heimlichen Entschluß, einmal ganz zwanglos dort hinzuschlendern und herauszufinden, wer zum Teufel da jetzt wohnte – höchstwahrscheinlich dieser widerlider alte Tippelbruder, Slow-and-Lucky, mit seinem blöden Köter. Und Lucky hatte da nichts zu suchen. Nicht in Jack Lindens Haus. Der nicht. Das wäre nicht richtig.
Sie wußten schon lange, bevor sie die Haustür erreichten, daß es nicht Lucky war oder so jemand. Wenn Lucky ein Haus bezog, mähte er nicht gleich das Gras am Eingangsweg und polierte auch nicht die Türklinke, Mann. Und er stellte auch keine hübsche braune Stute auf die Koppel – Mannomann, die war so hübsch, daß sie einen fast angelächelt hat, verdammich! Lucky hängte auch keine Frauenkleider auf die Wäscheleine, auch wenn er *tatsächlich* ein bißchen abartig ist. Und er stand auch nicht reglos wie ein blöder Bussard am Wohnzimmerfenster – eher ein Schatten als ein Mensch, aber ein vertrauter Schatten, obwohl er ganz schön abgenommen hatte – und ließ einen näher herankommen, damit er einem die Beine brechen konnte, wie er es damals, als sie auf Hasenjagd gehen wollten, um ein Haar mit Pete Pengelly gemacht hätte.

Er hatte sich einen Bart wachsen lassen, stellten sie fest, bevor sie kehrtmachten und hastig zurückgingen: einen schmutzigen, einen gewaltigen Bart, wie er in Cornwall getragen wird, eher eine Maske als ein Bart. Gott steh uns bei! Jack Linden mit einem Jesusbart!

Doch als Redfers, der in diesen Tagen Marilyn den Hof machte, seinen Mut zusammennahm und Mrs. Trethewey, seiner künftigen Schwiegermutter, mitteilte, daß Jack Linden an den Lanyon zurückgekehrt sei, nicht als Gespenst, sondern leibhaftig, setzte sie ihm den Kopf zurecht.

»Das ist genauso wenig Jack Linden, wie ich es bin«, fuhr sie ihn an. »Also mach bloß keine Dummheiten, Redfers Hosken. Das ist ein Gentleman aus Irland mit seiner Frau. Sie wollen hier Pferde züchten und Bilder malen. Sie haben das Haus gekauft und ihre Schulden beglichen, sie wollen ein neues Kapitel in ihrem Leben aufschlagen, und dir kann ich nur raten, das auch zu tun.«

»Für mich hat er wie Jack ausgesehen«, widersprach Redfers mutiger, als er sich fühlte.

Mrs. Trethewey schwieg kurz und überlegte, wieviel sie einem dermaßen beschränkten Jungen gefahrlos anvertrauen konnte.

»Jetzt hör mir mal zu, Redfers«, sagte sie. »Jack Linden, der vor einiger Zeit hier aufgetaucht ist, ist über alle Berge. Der Mensch, der jetzt am Lanyon wohnt – na ja, ich gebe zu, er könnte mit Jack verwandt sein, schon möglich, und diejenigen von uns, die Jack nicht so gut gekannt haben, sehen vielleicht eine gewisse Ähnlichkeit. Aber ich hatte die Polizei im Haus, Redfers. Einen sehr überzeugenden Gentleman aus Yorkshire, ungeheuer charmant; der ist den ganzen Weg von London hierhergekommen und hat mit gewissen Leuten gesprochen. Und was für manche von uns wie Jack Linden aussehen mag, ist für etwas klügere Leute ein harmloser Fremder. Also laß nur ja in Zukunft deine unpassenden Bemerkungen, wenn du nicht zwei lieben Menschen weh tun willst.«

Danksagungen

Mein Dank gilt all jenen, die mir geholfen haben: Jeff Leen vom *Miami Herald*, Rudy Maxa, Robbyn Swan, Jim Webster von Wester Associates, Edward Nowell von Nowell Antiques. Billy Coy von Enron, Abby Redhead von ABS, Roger und Ann Harris von Harris' Restaurant in Penzance, Billy Chapple aus St. Buryan sowie all den freundlichen Geistern bei der amerikanischen Drogenbekämpfungsbehörde und bei den amerikanischen Finanzbehörden, deren Namen hier aus ersichtlichen Gründen nicht genannt werden können. Ebenso unzulässig wäre es, Waffenhändler, die mir die Türen geöffnet haben, oder einen ehemaligen britischen Soldaten in Irland, der mir erlaubt hat, sein Gedächtnis zu plündern, namentlich zu nennen. Die Leitung eines gewissen großen Hotels in Zürich bewies, getreu seinen Traditionen, faires Entgegenkommen gegenüber den Bemühungen eines langjährigen Gastes. Scott Griffin hat mich durch Kanada geführt, Peter Dorman und seine Kollegen im Chicago House in Luxor waren außerordentlich entgegenkommend und haben mir die Augen für die Herrlichkeiten des alten Ägypten geöffnet. Frank Wisner hat mir ein Kairo gezeigt, das ich nie vergessen werde. Die Mnushins überließen mir ihr Paradies. Kevin Buckley gab mir gute Hinweise, Dick Koster verschaffte mir Zutritt zu Fabergé, Gerasimos Kanelopulos verwöhnte mich in seinem Buchladen, Luís Martinz schenkte mir ein kostbares Stück vom Zauber Panamas. Jorge Ritter zeigte mir Colón und vieles andere mehr, Barbara Deshotels betreute mich in Curaçao. Sollte ich die Gastfreundschaft und die klugen Worte all dieser Menschen nicht angemessen erwidert haben, so liegt die Schuld bei mir, nicht bei ihnen. Von allen, die mir auf dem langen Weg Mut zugesprochen und mit Rat und Tat geholfen haben, stehen mir John Calley und Sandy Lean fast schon zu nahe, als daß ich ihnen danken könnte, doch ohne sie wäre die *Iron Pasha* vielleicht nie in See gestochen.

John le Carré
Eine Art Held

Roman
Titel der Originalausgabe: *The Honourable Schoolboy*
Aus dem Englischen von Rolf und Hedda Soellner
Leinen

Ein Klassiker des Genres ist dieser Thriller aus der Zeit des Vietnamkriegs, mit Schauplätzen wie Thailand, Laos, Kambodscha, Hongkong und dem *Circus* in London. Eine fesselnde Lektüre dank le Carrés Realismus und unverwechselbarer Ironie sowie Smileys Scharfsinn.

JOHN LE CARRÉ
DER HEIMLICHE GEFÄHRTE

Roman
Titel der Originalausgabe: *The Secret Pilgrim*
Aus dem Englischen von Werner Schmitz
Gebunden

Die Berliner Mauer ist gefallen, der Eiserne Vorhang zerrissen. John le Carré nutzt diesen Wendepunkt der Weltgeschichte, um mit dem Wissen und den Erkenntnissen von heute aus der Welt der Spionage während des Kalten Krieges zu erzählen. Er erzählt die Geschichte von ungewöhnlichen Leuten, eine Geschichte aus den letzten dreißig Jahren. John le Carrés Roman ist ein faszinierendes Kaleidoskop jener Zeit.

KIEPENHEUER & WITSCH

John le Carré
Ein blendender Spion

Roman
Titel der Originalausgabe: *A Perfect Spy*
Aus dem Englischen von Rolf und Hedda Soellner
Gebunden

John le Carrés Roman ist ein ungeheuer spannender Agententhriller, der während der letzten vierzig Jahre in der Geheimdienstwelt diesseits und jenseits des Eisernen Vorhangs spielt, zugleich ein sehr persönliches Buch, in dem voller Komik und Ironie das Leben der englischen Provinz, der Kriegsgewinnler und bigotten Pastoren geschildert wird.

»Dieser Roman ist zweifellos ein Meisterwerk.«
The Sunday Times

John le Carré
Die Libelle

Roman
Titel der Originalausgabe: *The Little Drummer Girl*
Aus dem Englischen von Werner Peterich
Gebunden

»Nachdem ich fieberhaft zwei Tage und Nächte lang den neuen Roman von John le Carré, *Die Libelle*, gelesen hatte, dachte ich mir: So ein Buch brächte heute in Deutschland keiner zustande, schon handwerklich nicht; wer besäße schon die Konzentration, die dramaturgischen Fähigkeiten, über sechshundert Seiten so eine Fülle von Figuren, Fakten, extremen Ereignissen und Konstellationen in einen sinnvollen, spannenden, zutiefst eindrucksvollen erzählerischen Zusammenhang zu bringen und bei dem Blick auf das Ganze der Komposition doch nicht die Aufmerksamkeit für winzige Nuancen und Details zu verlieren.« *Süddeutsche Zeitung*

»Mit dem Roman *Die Libelle* hat John le Carré für den Nahostkonflikt das geleistet, was Graham Greene in seinen besten Tagen für Vietnam, für Afrika und Südamerika geleistet hat: Der von den täglichen Nachrichten eher verwirrte Leser gewinnt zum ersten Male ein Bild von dem, was da wirklich geschieht und worum es geht; und er braucht sich dabei noch nicht einmal anzustrengen, denn er wird aufs Spannendste unterhalten.« *R. W. Leonhardt, Die Zeit*

John le Carré
Das Russland-Haus

Roman
Titel der Originalausgabe: *The Russia House*
Aus dem Englischen von Werner Schmitz
Gebunden

Der neue le Carré, die meisterlich erzählte Geschichte des englischen Verlegers Barley, der in die Mühlen der Geheimdienste gerät und als Agent von London nach Moskau reist. Ein Roman voller Spannung und Komik, der durch Episodenreichtum und genaue Milieubeschreibungen fasziniert, vor allem aber durch so unvergeßliche wie Barley und Goethe.

»Zeitbilder, Sittengemälde, politische Analysen, menschliche Komödien, Welttheater; Literatur vom Feinsten.«

Der Spiegel

John le Carré
Ein guter Soldat

Titel der Originalausgabe: *The Unbearable Peace*
Aus dem Englischen von Werner Schmitz

KiWi 247
Mit zahlreichen Abbildungen

Die Schweizer Presse nannte ihn den »Verräter des Jahrhunderts« und der Schweizer Bundespräsident verlangte noch während des Prozesses nach der »ganzen Härte des Gesetzes«. Jean-Louis Jeanmaire, Brigadier der Schweizer Armee, wurde 1976 wegen Landesverrats zu 18 Jahren Haft verurteilt.

John le Carré rollt in einer spannend zu lesenden Reportage eine ungewöhnliche Spionageaffäre in der Schweiz auf und stellt die Frage, ob der »Verräter des Jahrhunderts« nicht nur ein kleiner Spion war, der für einen großen Spion ins Gefängnis mußte.